수호지

| 시작하는 말 |

중국 4대 기서(奇書) 중의 하나인 〈수호지(水滸誌)〉 또는 〈수호전(水滸傳)〉이라고도 하는 이 소설은 중국의 민중이 사랑하고 키워 온 대중 문학의 자랑이다.

황하나 양자강이 광활한 대륙을 유구히 굽이쳐 흐르는 동안 수많은 지류를 품안에 모으듯이, 남송 이래로 이름 없이 사라진 사람들이 만들어 온 여러 이야기가 민중들의 가슴속에 깊이 간직되어 커 나가다가 〈수호지〉라는 형식의 찬란한 꽃을 피운 것이다.

〈수호지〉에는 탄압받는 민중의 절망적인 한숨과 좌절이 있고, 부패와 부정에 항거하는 열화 같은 분노와 반항이 있다.

썩어 빠진 조정에 분연히 반기를 들고 탐관오리를 통쾌하게 응징하는 영웅호걸들의 활약은 민중들의 가슴을 고동치게 하고 그들의 울분을 달래 주기에 충분한 것이었다.

어찌 보면 영웅담 형식을 취하고 있는 것 같지만, 그 본질에 흐르고 있는 것은 어디까지나 힘없고 가련한 민중의 애환 그 자체라고 할 수 있다.

그래서 청조에 들어와서는 통치자들의 눈엣가시가 되어 금서로 묶이는 수난을 당하기도 했다.

이 책의 줄거리는 송나라 휘종 때(1119~1125) 송강(宋江)의 무리 36인이 산동에서 반란을 일으켰다가 항복한 역사적 사실에 바탕을 두고 있다.

여기에다 36인의 인물전이 덧붙여지고 다시 72인의 호걸들이 추가되면서 명나라 초기에 대략 오늘날 우리들이 보는 〈수호지〉의 모습이 갖추어지게 되었다.

오랜 세월에 걸친 수많은 민중들의 설화와 이야기들을 간추리고 모아 〈수호지〉의 체계를 세운 사람은 시내암이라는 것이 정설이다. 더러는 시내암이 엮은 것을 나관중이 손질을 가했다는 주장도 있다.

특히 명나라 말기와 청나라 초기의 유명한 문예 비평가였던 김성탄 이야기를 더욱 재미있게 꾸미고 문장을 다듬으며 귀찮을 정도로 많이 나오는 시를 과감하게 삭제함으로써 흥미 있는 읽을거리로 만들기도 했다.

우리 나라에서는 1929년 영창서관에서 처음으로 〈수호지〉 번역판을 출간하여 이른바 낙양의 지가를 올릴 정도로 많이 읽혔으나, 다만 너무나 직역체여서 일반 독자가 읽기에는 어려움이 많았다.

정보화 시대의 물결을 타고 지나친 기계화와 함께 인간성의 상실을 개탄하는 목소리가 높은 오늘날에 의기를 목숨보다 중히 여기는 양산박 호걸들의 훈훈한 인간미는 우리들에게 시사하는 바가 크리라고 생각된다.

평역자 이 언 호

| 차례 |

제1편 요마사산(妖魔四散)

1. 동경성(東京城) ······ 9
2. 청의동자(靑衣童子) ······ 11
3. 복마전(伏魔殿) ······ 13
4. 백팔마왕(百八魔王) ······ 15

제2편 의기투합(意氣投合)

1. 고 태위(高太尉) ······ 19
2. 구문룡(九紋龍) 사진(史進) ······ 24
3. 화화상(花和尙) 노지심(魯智深) ······ 27
4. 조원외(趙員外) ······ 33
5. 도화촌(桃花村) ······ 39
6. 표자두(豹子頭) 임충(林沖) ······ 41
7. 소선풍(小旋風) 시진(柴進) ······ 51
8. 청면수(靑面獸) 양지(楊志) ······ 65

제3편 면모일신(面貌一新)

1. 탁탑천왕(托搭天王) 조개(晁蓋) ······ 73
2. 지다성(智多星) 오용(吳用) ······ 78
3. 일청도인(一淸道人) 공손승(公孫勝) ······ 82
4. 생일선물(生日膳物) ······ 85
5. 급시우(及時雨) 송강(宋江) ······ 96
6. 양산박(梁山泊) ······ 107
7. 초문대(招文袋) ······ 116
8. 행자(行者) 무송(武松) ······ 122

제 4 편 전변무상(轉變無常)

1. 경양강(景陽岡) ································ 125
2. 반금련(潘金蓮) ································ 131
3. 십자파(十字坡) ································ 152
4. 청풍산(淸風山) ································ 158
5. 소이광(小李廣) 화영(花榮) ······················ 165
6. 진삼산(鎭三山) 황신(黃信) ······················ 169
7. 벽력화(霹靂火) 진명(秦明) ······················ 175
8. 여방(呂方)과 곽성(郭盛) ························ 184

제 5 편 영웅취의(英雄聚義)

1. 송가장(宋家莊) ································ 193
2. 게양령(揭陽嶺) ································ 201
3. 선화아(船火兒) 장횡(張橫) ······················ 215
4. 신행태보(神行太保) 대종(戴宗) ·················· 222
5. 흑선풍(黑旋風) 이규(李逵) ······················ 225
6. 낭리백도(浪裏白跳) 장순(張順) ·················· 229
7. 십자로구(十字路口) ···························· 248
8. 백룡신묘(白龍神廟) ···························· 255

제 6 편 파적지계(破敵之計)

1. 축가장(祝家莊) ································ 265
2. 일장청(一丈靑) 호삼랑(扈三娘) ·················· 271
3. 해진(解珍)과 해보(解寶) ························ 275
4. 병울지(病尉遲) 손립(孫立) ······················ 287
5. 비천신병(飛天神兵) ···························· 302
6. 쌍편(雙鞭) 호연작(呼延灼) ······················ 310
7. 굉천뢰(轟天雷) 능진(淩振) ······················ 318
8. 금창수(金槍手) 서녕(徐寧) ······················ 323

제7편 보수설한(報讐雪恨)

1. 도화산(桃花山) ······ 331
2. 명불허전(名不虛傳) ······ 338
3. 청주성(青州城) ······ 342
4. 사진과 노지심의 재난 ······ 349
5. 조 천왕(晁天王) 귀천 ······ 364
6. 옥기린(玉麒麟) 노준의(盧俊義) ······ 373
7. 낭자(浪子) 연청(燕青) ······ 394
8. 포고문(布告文) ······ 398
9. 북경성(北京城) ······ 402

제8편 체천행도(替天行道)

1. 대도(大刀) 관승(關勝) ······ 405
2. 급선봉(急先鋒) 삭초(索超) ······ 416
3. 조 천왕(晁天王) 현성(顯聖) ······ 419
4. 원소가절(元宵佳節) ······ 421
5. 제일좌 교의(第一座交椅) ······ 426
6. 쌍창장(雙槍將) 동평(董平) ······ 440
7. 몰우전(沒羽箭) 장청(張淸) ······ 448
8. 백팔 영웅들의 맹세 ······ 456

제9편 대단원(大團圓)

1. 십로절도사(十路節度使) ······ 463
2. 동악묘(東嶽廟) ······ 502
3. 돌아온 영웅들 ······ 511

제1편 요마사산(妖魔四散)

1. 동경성(東京城)

때는 송나라 인종 황제 3년 삼월 삼짇날 아침. 천자가 자신전에서 백관들의 조하를 받고 있었다.

정편이 세 번 나직이 울리고 나자 전두관이 말했다.

"아뢸 일이 있으면 자리에서 나와 아뢰오. 없으면 조회를 파하겠소."

이 때 재상 조철이 나와 아뢰었다.

"지금 경사에 역병이 창궐하여 백성들 중에 죽는 자가 허다하옵니다. 바라옵건대 폐하께오서는 죄인들에게 특사를 내리시어 성은을 넓히시고 세금을 낮추시어 하늘의 뜻을 받들어 만민을 구휼토록 하소서."

천자는 이 말을 듣고 곧 한림원에 명하여 조서를 지어 천하에 반포케 하였다. 죄인에게는 특사를 베풀고 백성에게는 세금을 낮추어 주고 온 나라 사원으로 하여금 역병을 쫓는 기도를 올리게 했다.

그러나 역병은 조금도 누그러질 줄을 몰랐다. 인종 황제가 다시금 백관을 모으고 의논하자 참지정사 범중엄이 아뢰었다.

"이번 재앙을 물리치는 데는 아무래도 사한천사를 부르시고 궁중에서 성대히 제사를 올려 하늘에 빌어야 되오리다."

인종은 이 말을 옳게 여겨 어향과 함께 태위 홍신을 칙사를 삼아 신주 땅 용호산으로 보내 사한천사로 하여금 곧 참가하여 제사를 지내게 했다.

홍신은 칙명을 받들어 조서는 짊어지고 어향은 합에 넣은 다음 수십 인의 종인을 거느리고 역마에 올라 바로 신주로 떠났다.

칙사를 맞이한 신주에서는 대소 관원들이 성 밖으로 나와 영접하는 한편으로 사람을 용호산으로 보내 상청궁의 주지와 도사들에게 알리고 칙서를 맞이할 준비를 갖추게 했다.

이튿날 태위가 용호산 기슭에 이르자 산 위에서 수많은 도사들이 종종과 경쇠를 울리고 북을 치며 내려와 칙사를 맞았다.

태위는 상청궁으로 들어가자 조서를 전각 한가운데에 모시고 물었다.

"천사는 어디 계신가?"

주지 진인이 대답했다.

"천사께서는 워낙 성품이 괴상하셔서 사람 대하기를 싫어하십니다. 그래서 용호산 위에다 초옥을 짓고 수도에만 전념하십니다. 그러하오니 우선 차나 드시면서 의논하시지요."

태위는 속말로 절에 온 사람이라 우선 차를 대접받으면서도 못내 마음이 편치 않아 다시 진인에게 물었다.

"천사가 암자에 있다면서 어찌 불러다 조서를 영접토록 하지 않는가?"

그러나 진인의 대답이 또한 맹랑했다.

"그분은 도술이 비상하여 안개를 타고 구름에 멍에를 메워 다니시며 종적이 일정치 아니하시어 여기 사는 저희들도 뵈옵기가 극히 어려운데 어찌 마음대로 청할 수 있으리까."

태위는 듣고 나자 은근히 걱정이 되어 진인에게 사정했다.

"이번 걸음이 사사로운 것이 아니고 경사에 만연한 역병을 다스리기 위해 이렇게 천사를 뵈러 온 바인데 장차 어찌하면 좋겠소?"

"천자께서 만민을 구제하실진대 태위께서는 정성스러이 목욕재계하신 후에 혼자 조서를 지니고 산으로 올라 절하여 청하신다면 혹 천사께서 보기를 허락하실지 모르겠습니다."

태위는 이튿날 오경에 향촉을 갖추고 목욕재계한 다음 베로 지은 옷으로 갈아입고 새 짚신을 신었다. 조서는 책보에 싸서 등에 메고 향로에 어향을 피워 든 채 도사들의 인도를 받으며 뒷산으로 올라갔다.

2. 청의동자(靑衣童子)

얼마 가지 않아 진인이 다시 일렀다.

"태위께서 만민을 구하시려거든 부디 마음을 굳게 가지시고 한 마음으로 행하소서. 우리는 여기서 이만 내려갈까 합니다."

태위는 여러 도사들과 작별하자 혼자 염불을 외면서 쉬지 않고 걸었다. 가다가 정상을 바라보니 마치 구천을 꿰뚫은 듯 끝 간 데를 알 수 없었다.

태위가 정신을 가다듬고 있는 힘을 다해 더듬더듬 올라가려니 호강 속에 자라난 두 다리가 이런 고생을 이겨 내기 어려웠다. 숨은 어깨로 헐떡이고 땀은 비 오듯 흘러내렸다.

"어디 이놈들, 그냥 두나 봐라. 조정의 고관을 이렇게 곯릴 수 있단 말인가."

혼자 중얼거리며 가는 길을 계속 오르려 할 때였다. 소나무 우거진 건너편에서 가느다란 피리 소리가 들려 왔다. 태위가 숨을 죽여 가만히 바라보고 있으려니 한 동자가 황소 등에 걸터앉아 풀피리를 불면서 산모퉁이에서 나타났다.

머리를 두 갈래로 땋아 올리고 몸에는 푸른 옷을 입었으며 발에는 미투리를 신고 있었다. 맑은 눈과 하얀 이에는 조금도 세속의 흔적이 없어 보였다.

동자는 태위를 보았는지 황소 등에서 생글생글 웃으면서 다가왔다. 태위는 무심코 말을 건넸다.

"너, 어디서 오느냐? 혹 나를 아느냐?"

동자는 태위의 말은 들은 둥 만 둥 계속 피리를 불면서 가고 있었다. 몇 번이나 태위가 되풀이해서 묻자 동자는 불던 피리를 멈추고 한바탕 깔깔 웃고 나더니 피리로 태위를 가리키며 말했다.

"천사님을 찾아오는 거 아니오?"

"네가 어떻게 그걸 안단 말이냐?"

태위가 깜짝 놀라 물으니 동자는 웃으면서 말했다.

"아침녘에 초암에서 천사님이 그러시더군요. 금상 폐하께서 홍이라는 성을 가진 태위를 이 산으로 보내신다고요. 그래서 천사님을 동경성으로 모셔서 제사를 지내 올려 역병을 쫓게 하려 하신다고요. 그러시면서 천사님이 학을 타고 떠나신 지가 언젠데요. 지금 초암에 가신댔자 아무 소용없어요. 산에는 독충과 맹수가 우글우글하니 목숨이나 아끼세요."

"그게 정말이냐? 함부로 입을 놀리면 못 쓴다!"

태위가 갈피를 잡지 못하고 있을 때 동자는 아무 대꾸 없이 다시 피리를 불며 산길을 지나갔다. 태위는 속으로 생각했다.

'아무래도 저 동자가 심상치 않아. 천사께서 일러 주신 것인지도 모르지. 아마 그럴 거야. 그렇다고 여기까지 와서 그냥 돌아가 버릴 수도 없고….'

태위는 잠시 망설이다가 다시 산으로 오르기로 했다. 그러나 두어 걸음을 걷다가 주저앉아 버렸다.

'에라 모르겠다. 이렇게도 힘이 드는데 동자 말대로 그만 내려가는 게 상책일지도 몰라.'

태위는 혼자 생각 끝에 애써 올라온 길을 도로 내려갔다.

3. 복마전(伏魔殿)

태위를 보자 진인이 황급히 물었다.

"천사님을 뵙고 오셨나요?"

태위는 언성을 높였다.

"나는 조정의 고관이네! 그래, 그 험한 산길을 혼자 오르게 해야 한단 말인가!"

"저희들이 감히 일부러 대관을 욕보시게 하겠습니까."

"그건 그렇다 치고, 길에서 동자를 만났는데 오늘 아침에 천사가 학을 타고 동경으로 떠났다고 하기에 그냥 돌아오는 길이네."

"아이구, 바로 그 동자가 천사님이신데…."

"뭐라고? 그 동자가 천사님이라고?"

"그렇습니다. 퍽 젊으시지만 비상하신 분이죠. 사람들이 도통조사님이시라며 존대합지요."

"이럴 수가 있나! 모처럼 뵈옵고도 눈이 없어 알아보지를 못했으니 장차 이 일을 어쩌면 좋단 말인가?"

"너무 심려 마십시오. 천사님이 가신다고 하셨으면 틀림없습니다. 태위께서 동경에 돌아가시면 천사님은 이미 제사를 마치시고 돌아오실 겁니다."

듣고 나니 태위는 마음이 놓였다.

진인은 잔치를 베풀어 그를 대접하며, 가지고 간 조서는 상청궁에다 두고 어향은 삼청전에 피웠다. 태위는 고단한 몸을 절에서 쉬기로 하고 그 날 밤은 절에서 잤다.

이튿날이 되자 진인을 비롯한 도사들은 태위를 인도하여 경내를 구경하게 했다. 삼청전은 그 호화로움이 과연 놀랄 만했고, 다시 구천전과 자미전 등 여러 전각을 샅샅이 보고 나니 오른편 전각 밖으로 한 채 별전이 있었다.

호초를 빻아 섞은 칠로 담을 채색했는데 문은 큰 자물쇠로 잠겨 있었다. 문 사이에는 십여 장의 봉인이 첩첩이 붙어 있고 처마에는 주홍칠을 한 현판이 걸려 있는데 금색 글씨로 쓴 '복마지전'이라는 넉 자가 뚜렷했다. 태위는 궁금해서 물었다.

"여기는 어떤 전각인가?"

"예, 선조의 노조천사께서 마왕을 잡아다 가두어 둔 곳이외다."

듣고 보니 신기한 이야기였다. 태위는 불현듯 호기심이 일어나 도사에게 명하였다.

"이 문을 열어 보게. 마왕이 어떻게 생겼는지 어디 한번 봐야겠다."

도사는 크게 놀라 두 손을 비볐다.

"천사님께서도 결코 함부로 열지 말라고 말씀하셨습니다. 이 일만은 들을 수 없습니다. 어떤 일이 생길지 모릅니다."

완강히 거절했으나 태위의 호기심은 더욱 커질 뿐이었다. 태위는 언성을 높여 도사들에게 호령했다.

"허튼 수작들 작작 해라! 너희들이 산 속에 틀어박혀 허황한 말을 지어

내 백성들을 현혹하려고 그 따위 수작을 꾸며 낸 것이겠지. 내가 고서를 두루 보았지만 일찍이 귀신을 잡아 가두었다는 얘기는 듣지 못했다. 귀신이란 원래가 저 세상에 있는 것인데 이 속에 마왕이 있다니 어디 될 법이나 한 말이냐! 어서 열어라! 내 마왕이란 게 어떤 것인지 꼭 한 번 보고야 말겠다!"

그러나 도사들은 들으려 하지 않았다. 태위는 더욱 노기를 띠며 말했다.

"너희들이 정 내 말을 거스른다면 나도 생각이 있다. 조정에 돌아가면 우선 너희들이 황제의 뜻을 거역해 나를 천사와 만나지 못하게 한 죄를 보고하겠다. 그리고 너희들이 함부로 마왕을 만들어 백성들을 속이고 있는 죄를 물어 중의 도첩을 빼앗는 동시에 먼 곳으로 귀양을 보내도록 할 테니 그리 알렸다!"

진인은 태위의 권세가 우선 눈에 보이지 않는 마왕보다 두려웠다. 하는 수 없이 화공을 불러 먼저 봉인을 뜯게 하고 철퇴로 큰 자물쇠를 깨뜨렸다. 수백 년 동안 열린 적이 없던 문을 열고 그들은 그 안을 들여다보았다.

그 속은 그저 어둠침침할 뿐 검은 기운은 구름처럼 사람을 휩싸고 찬 기운은 소리 없이 스며들어 온몸이 떨렸다.

태위는 종자에게 십여 개의 횃불을 가져오라 하여 근방을 비춰 보았다. 아무리 보아도 눈에 띄는 것이라곤 없고, 다만 한가운데에 높이 5, 6척 되는 비석 하나가 우뚝 서 있었다.

4. 백팔마왕(百八魔王)

횃불로 비석에 새긴 글자를 보니 전면에는 용봉전자로 가득히 천서가 적혀 있으나 워낙 알아볼 수 없는 글이고, 다만 뒤로 돌아가 보니 예사 한 자로 '우홍이개'라 쓰여 있는데 곧 홍가 성을 가진 이를 만나 열린다는 뜻이었다.

이는 곧 북두성이 이 세상에 태어날 시운이 온 것과 송조에 충신이 나타날 것과 홍 씨가 이 일이 발단되게 만들리라고 말한 것이다. 이 바로 하늘의 뜻이 아니고 무엇이랴!

태위는 이 넉자를 읽고 크게 기뻤다.

"어떠냐? 너희들이 아무리 막으려 했지만 여기 적힌 걸 잘 봐라. 틀림없이 나더러 열어 보라는 뜻이 아니겠느냐. 아무 염려 말고 내가 시키는 대로 해라. 마왕인가 뭔가가 이 비석 아래에 있는 게 분명하다. 자, 어서 이 밑을 파라!"

진인은 기겁을 하고 말렸다.

"그러시면 안 됩니다. 무서운 변이 일어나 사람들에게 재앙을 끼치면 어떡하시렵니까?"

그러나 태위의 고집도 대단했다. 재삼 간청했으나 그의 노여움만 북돋울 뿐이었다. 드디어 진인이 인부들을 불러 비석을 넘어뜨린 뒤에 받침돌을 파헤치니 반나절이나 걸려서야 사방 열 자나 되는 푸른 반석이 나타났다. 필시 무엇을 덮어 놓은 뚜껑임에 틀림없었다. 태위는 인부를 꾸짖어 그 반석마저 열게 했다.

과연 그 아래에 큰 굴이 나타났다. 깊이 일만 장이나 될 듯싶은 깊은 굴인데 그 속에서 마치 하늘이 무너지고 땅이 꺼지는 듯 천둥 소리와 같은 굉음이 들려 왔다.

이윽고 그 소리가 그치는가 싶더니 한 가닥 검은 기운이 구멍 속으로부터 치올라오면서 복마전의 일각을 덮었다. 검은 구름은 뭉게뭉게 하늘 높이 솟아 올라 무수한 금빛을 띠는가 싶더니 이윽고 사면팔방으로 흩어지고 말았다.

사람들은 크게 놀라 비명을 지르며 문 밖으로 달아났다. 횃불을 던지고 괭이는 팽개치고 넘어지고 밟히고 한바탕 큰 소동이 일어났다.

태위는 입을 벌린 채 다물 줄 모르더니 겨우 복도로 나오자 진인을 잡고 물었다.

"달아난 게 마왕이 틀림없소?"

"글쎄, 제가 뭐라고 합디까. 그렇게 말려도 안 들으셨으니 이 일을 장차 어찌 한단 말씀이오. 태위께서는 모르시겠지만 그 옛날 개조이신 동현진인께서 말씀하시기를, 이 전각에는 36원의 북두성과 72좌의 지살성, 그러니까 백팔 마왕이 갇혀 있으니 만일에 그들을 다시 이 세상에 떠돌게 한다면 반드시 세상을 시끄럽게 하고 사람을 해칠 것이라 하셨답니다. 태위께서는 이 무서운 마왕들을 세상에 내놓으셨으니 이 일을 어찌 하시렵니까?"

태위는 진인의 말을 듣고 온몸이 떨리면서 식은땀이 전신을 적셨다. 와락 겁이 나서 황급히 짐을 꾸리고 종인들을 재촉해서 동경성을 향하여 도망치듯 산을 내려갔다.

진인과 도사들은 태위 일행을 보내고 나서 전각을 수리하고 비석을 다시 일으켰다.

태위는 동경성으로 돌아오면서 종인들에게 신신당부했다.

"마왕들을 놓친 일을 누구에게도 말하지 말라. 혹시 천사께서 아신다면 너희들까지 무슨 벌을 받을지 모른다."

태위는 엄포를 놓아 종인들의 입을 막은 다음 길을 나서 변량성에 들렀다. 그 곳에서 얘기를 들으니 천사는 이미 칠일칠야의 제사를 마치고 널리 부적을 나누어 주어 천하의 역병을 다스린 후에 학을 타고 용봉산으로 돌아갔다고 한다.

태위가 궁으로 들어가 천자를 뵈니 천자는 그의 노고를 크게 치하했다.

인종 황제가 재위 42년으로 붕어하자, 마침 그 슬하에 태자가 없었으므로 황위는 태종 황제의 손자뻘 되는 영종에게 전하고, 영종 황제는 재위 4

년 만에 황위를 태자인 신종에게 물리고, 신종 황제는 재위 18년에 황위를 태자인 철종에게 물리었다.

그 사이 천하는 태평하고 사해는 무사하였다. 다만 홍 태위의 손으로 사방으로 흩어진 백팔 마왕들이 천하에 어떤 풍파를 일으킬지 궁금할 따름이었다.

제2편 의기투합(意氣投合)

1. 고 태위(高太尉)

송나라 철종 황제 재위 때였다. 동경 개봉부 변량 땅의 선무군이라는 곳에 고이라는 자가 있었다. 위인이 본래 허랑방탕하여 가업에는 힘쓰지 않고 오직 주색잡기로 날을 보냈다.

그는 노래와 춤에 능하고 창술과 봉술도 제법 익혔는데 특히 공을 기막히게 잘 찼기에 사람들은 그를 고이라 하지 않고 고구라 불렀다.

고이는 이 고구라는 이름이 마음에 들어 공 구(毬)자의 터럭 모(毛)부를 사람인(人)변으로 고쳐 공손할 구(俅)자로 행세했으나 예의나 범절 같은 것은 도무지 모르는 사람이었다. 날이면 날마다 그는 양가 자제들을 꾀어 술집과 기생집을 드나드는 것을 일삼았다.

그러나 꼬리가 길면 밟히는 법. 철물전을 하는 왕원외의 아들에게 오입을 가르쳐 주다 크게 노한 왕원외가 마침내 그를 걸어 관가에 고발장을 올리니 부윤은 곧 고구를 잡아들여다 곤장 20대를 친 다음에 성 밖으로 내쳐 버리고 말았다.

고구는 하는 수 없이 임회주라는 먼 시골로 가 그 곳에서 3년을 지냈다.

그 후 나라에 경사가 있어 천하에 대사령이 내려지자 고구도 이 은전을 받아 다시 동경으로 돌아왔다. 고구는 아는 이를 찾아서 이 집 저 집으로 돌아다니며 몸을 의탁하려 했으나 모두들 이 무뢰배를 꺼리어 좀처럼 받아 주지 않았다.

그러다 용케 연줄을 잡아 부마 왕진경의 부중으로 들어갔다. 이 왕진경이라는 이는 바로 철종 황제의 매부가 되는 사람으로 풍류를 좋아하는 자라면 누구나 사람을 가리지 않고 수하에 거두는 터였다.

마침내 있을 곳을 얻은 고구는 그 능한 수단과 구변으로 오직 주인 대감의 비위 맞추기에 여념이 없었다.

어느 날이었다. 고구는 왕 도위의 분부를 받아 선물을 가지고 단왕의 궁중으로 들어갔다.

단왕이라는 이는 신종 황제의 열한 번째 아들로 바로 철종 황제의 아우이니 그 또한 심히 풍류를 사랑하는 사람이었다.

고구가 궁중으로 들어갔을 때 단왕은 마침 너덧 명의 호종하는 무리들과 더불어 뒤뜰에서 공을 차고 있었다. 고구는 동산문 밖에서 공손히 두 손을 마주 잡고 서서 끝나기를 기다렸다.

그 때 그가 입신출세할 길이 열리느라고 그랬던지 단왕이 찬 공이 빗나가 공교롭게도 바로 고구의 머리 위로 떨어지려 했다.

고구는 공 차는 일이라면 짝을 구하기 어려운 능수였던 까닭에 순간적으로 허리를 굽히고 무릎을 모아 법에 맞게 받아 차서 도로 단왕 앞으로 공을 보내니 이를 보고 단왕은 한편으로 놀라고 한편으로 기뻐하며 물었다.

"너는 누구냐?"

고구는 공손히 무릎을 꿇고 아뢰었다.

"소인은 왕진경 대감의 분부를 받자와 전하께 선물을 바치러 온 자이옵니다."

품속에서 왕진경의 글을 꺼내 바치니 단왕은 보고 난 다음에 다시 말했다.

"네가 공을 차는 데는 아주 능숙하구나. 네 이름이 무엇이냐?"

"고구라 하옵니다."

"고구라? 너도 들어와 공을 차거라."

"소인이 어딜 감히 어느 안전이라고 공을 놀리겠습니까."

고구는 재삼 사양했으나 단왕은 듣지 않았다.

고구는 마침내 뜰로 내려갔다. 혹은 높게, 혹은 낮게, 혹은 멀리, 혹은 가까이, 평생 재주를 다하여 차는 공은 이리 날고 저리 달리되 모두가 다 그대로 법에 맞아서 보는 이의 마음을 황홀하게 했다.

단왕은 감탄하며 곧 사람을 보내 왕진경에게 말하고 이 날부터 고구를 궁중에 머물게 하였다.

고구는 은근히 기뻐하였으나 내색은 하지 않은 채 한시도 단왕의 곁을 떠나지 않고 그의 비위 맞추기에 골몰하니 단왕도 그를 다시없이 사랑했다.

그로부터 두 달이 미처 못 되어서였다. 철종 황제가 승하하였으나 태자가 없으므로 문무백관이 단왕을 책립하여 대통을 잇게 하니 그가 곧 뒤에 휘종이다.

휘종은 고구를 사랑한 나머지 추밀원에 명령하여 그를 호위군으로 임명하고, 이어 여러 차례 벼슬을 옮기어 미처 반년이 못 되는 사이에 전수부 태위를 봉했다. 3년 전에 곤장 스무 대를 맞고 성 밖으로 내침을 받았던 일개 건달 고구가 오직 공 차기의 능란함으로 해서 어느날 갑자기 대신의 반열에 오르게 된 것이다.

고구가 태위로서 전수부에 처음 나간 날이었다. 공리, 아장, 금군의 무리들이 모두 들어와 참배하며 각각 보고서를 들고 업무를 보고 하였다.

고 태위가 일일이 점검해 보니 오직 한 사람 금군 교두 왕진이 빠졌다.

태위는 크게 노하였다.

"보고서는 여기 있는데 사람은 보이지 않으니 이 어인 연고냐?"

군정사가 아뢰었다.

"보름 전에 병가를 내놓은 채로 아직도 쾌차하지 못하여 집에서 조리하고 있다 합니다."

태위는 더욱 노하였다.

"그놈이 꾀병으로 그러는 게다. 곧 잡아들이도록 하라!"

이 때 왕진은 집에서 병을 조리하고 있다가 태위가 대로하여 부른다는 말을 듣고 어찌 하는 도리가 없어 전수부로 나갔다.

왕진이 태위에게 나아가 네 번 절을 드린 뒤에 한편으로 물러서자 고구가 물었다.

"너의 아비가 바로 도군 교두 왕승이 아니냐?"

"그러하옵니다."

고구는 소리를 가다듬어 꾸짖었다.

"너의 아비는 본래 길거리에서 봉술로 장난이나 치면서 약을 팔던 놈인데 그 아들인 네가 무슨 무예를 알겠느냐? 전관이 사람을 볼 줄 몰라 착각하여 너 같은 것을 교두로 삼았구나. 네 대체 누구를 믿고 나를 업신여겨 병이라고 핑계를 대고 안 나오는 거냐?"

곧 좌우에 명하여 끌어내다 매질을 하라 하니 본래 아장들은 모두 다 왕진과 친한 터이라 군정사와 함께 앞으로 나와 고하였다.

"태위께서 처음으로 도임하신 경사로운 날에 죄를 다스리시는 것은 아무래도 상서롭지 못하오니 왕진의 죄를 이번 한 번만 용서하여 주십시오."

고 태위는 마지못하여 말했다.

"여러 사람의 낯을 보아 오늘은 이대로 내보내지만 내일은 기어코 처단을 할 것이니 그리 알아라."

왕진은 죄를 사례한 다음에 비로소 머리를 들어 고구의 얼굴을 한 번 보고는 아문을 나오며 한탄함을 마지않았다.

'내일은 속절없이 죽고 말겠구나. 고 태위라 하기에 누군가 했더니 바로 부랑자로 이름난 고이란 놈이 아닌가. 이놈이 전에 봉술깨나 쓴다고 뽐낼 적에 우리 선친께 한 번 얻어맞고 서너 달이나 자리에서 못 일어난 일이 있었는데 여기에 앙심을 품고 있다가 오늘날 전수부 태위가 되자 내게 분풀이를 하려는 게 분명하구나. 내 무슨 수로 이 화를 면한단 말인고.'

집에는 이미 진갑이 지난 어머니가 한 분 계실 뿐이고 달리 근심을 서로 나눌 처자도 없는 왕진이었다.

아들이 횡액에 걸린 것을 알자 늙은 어머니는 왕진을 부둥켜안고 한동안 섧게 울다가 가만히 한숨을 지으며 말했다.

"이럴 땐 도망을 가는 게 상책이지만 어디 갈 데가 있어야 말이지."

이 말에 왕진은 꿈에서 깨어난 듯 머리를 번쩍 들고 어머니를 쳐다보았다.

"어머니 말씀이 옳습니다. 이대로 앉아서 죽음을 기다리느니 한시바삐 어디로든 몸을 피할 도리를 차리는 것이 좋겠습니다."

왕진은 생각 끝에 마침내 연안부를 향하여 어머니를 모시고 떠나기로 마음을 정하였다. 연안부 노충경략사의 수하 군관들은 전에 동경에 올라왔을 때 대개는 왕진에게 무술을 배운 터였다. 그들을 찾아가면 설마 괄시는 안 하리라 생각되었던 것이다.

왕진은 곧 짐을 꾸려 말에 싣고 어머니를 부축하여 그 위에 태운 다음

고삐를 잡아 날이 밝기 전에 서화문을 나서 연안부를 향해 떠났다.

이 날 저녁 때 비로소 왕진이 도망한 것을 안 고구는 열화와 같이 노하였다. 그는 즉시 문서를 각처로 돌려 왕진을 속히 잡아 올리도록 엄명을 내렸다.

2. 구문룡(九紋龍) 사진(史進)

왕진 모자가 갖은 고생을 다 겪으며 길을 가기 한 달 남짓하여 이제는 연안부도 그리 멀지 않은 어느 날 밤이었다. 길을 잘못 들어 주막을 못 찾고 산길을 헤매다가 뜻밖에도 큰 장원 앞에 이르렀다.

대문 밖은 바로 대로이고 뒤로는 맑은 시내가 흐르는데 드높은 토담이 삥 둘리어 있고 토담 밖으로는 또 몇 백 그루의 수양버들이 느런히 서 있었다.

왕진은 곧 나아가 문을 두드리고 하룻밤 신세를 졌는데, 이튿날도 그 다음날도 그들 모자는 길을 떠나지 못했다. 늙은 몸이 먼 길을 오느라 어머니께서 노독이 나고 만 것이다.

본의는 아니었으나 주인 태공에게 좀 더 신세를 질 수밖에 없었다. 주인 식구들의 간호를 받으며 다시 대엿새가 지났다.

어머니의 병도 이제는 쾌차해서 오늘은 그만 떠나리라 생각하고 왕진이 말을 끌어내려 뒤뜰로 돌아갔을 때였다. 넓은 뜰 안에서 한 젊은이가 웃통을 벗고서 봉술을 익히고 있었다. 나이는 열여덟쯤 되었을까 한데 눈같이 흰 몸에 청룡 문신이 눈이 부시게 찬란했다.

왕진은 한동안 젊은이의 봉술을 보고 있다가 저도 모르게 한마디 중얼거렸다.

"쓰기는 잘 쓰지만 아직은 모자라는 데가 있어."

이 말을 듣자 젊은이는 발끈 성을 냈다.

"내가 지금까지 이름 있다는 스승만을 찾아다니며 배운 봉술을 보고 당신이 대체 누구기에 감히 그 따위 말을 하는 거요? 어디 나하고 한 번 겨뤄 봅시다. 내 아무렇기로 당신만 못하겠소?"

그 말이 미처 끝나기 전에 태공이 나왔다.

"어딜 버릇없이 이러느냐?"

우선 젊은이를 나무란 다음 이번에는 왕진을 돌아보고 물었다.

"필시 손님께서는 봉술에 능하신가 봅니다."

"능할 건 없지만 좀 쓸 줄은 압니다. 이 분은 영감님의 자제신가요?"

"예, 내 철없는 자식 놈이올시다."

"그러시다면 제가 몇 수 가르쳐 드릴까요?"

말을 듣자 태공은 몹시 기뻐하며 아들에게 그를 스승의 예로써 뵈라고 명하였으나 젊은이는 더욱 노기만 등등할 뿐이었다.

"아버지는 저자의 허튼 수작을 곧이들으십니까? 한 번 겨뤄 보면 단번에 알 일인데요."

젊은이는 왕진을 돌아보았다.

"자아, 허튼소리는 그만 하고 이리 나오너라. 내 단단히 혼쭐을 내 줄 테니."

이리 내뱉더니 몽둥이를 계속 휘두르며 곧 달려들 형세를 보였다. 왕진은 빙그레 웃고 마침내 병기고 위에 얹힌 몽둥이를 하나 집어 들었다.

물론 젊은이는 왕진의 적수가 아니었다. 왕진이 한 번 몽둥이를 휘두르자 젊은이의 몽둥이는 그의 손을 떠나 서너 간이나 저편으로 날아갔고 두 번을 휘두르자 이번에는 보기 좋게 뒤로 나가떨어지고 말았다.

왕진이 황망히 그를 붙들어 일으키자 젊은이는 그의 앞에 공손히 절하고 죄를 빌었다.

"제가 눈은 있어도 태산을 몰라 뵈었습니다. 이제까지 배웠다는 것이 모두 장난에 지나지 않습니다. 앞으로는 사부께서 잘 좀 지도를 해 주십시오."

태공도 청하였다.

"가실 길이 과히 바쁘지 않으시다면 천천히 유숙하시면서 저 아이의 봉술이나 좀 보아 주시지요."

왕진이 응낙하자 부자는 곧 그를 후당으로 청하여 술을 권하며 은근히 물었다.

"봉술이 그처럼 능하신 것을 보니 아무래도 장사하시는 분 같지는 않은데…, 혹시 깊은 사연이라도 있어 그러시는 게 아닙니까?"

왕진은 애초에 태공을 보고 자기는 동경에서 장사하는 장모라고 말했던 것이다.

"예. 실상을 말하자면 이 사람은 동경의 금군 교두로 있는 왕진입니다. 사실은 말씀 드릴 수 없는 사연이 있어 이름을 바꾸고 연안부로 가는 길에 뜻밖에도 댁에 들러 이렇듯 폐를 끼치게 된 것입니다."

"그러십니까. 이 애가 복이 많아 교두 어른을 스승으로 모시게 되었나 봅니다. 아까 보셨겠지만 이 애의 몸에 아홉 마리의 청룡 문신이 있어 이 곳 화음현 사람들은 이 애를 구문룡 사진이라고들 부릅니다. 부디 언제까지든 계시어 이 애의 봉술을 가르쳐 주십시오."

이로써 왕진은 이 집에 머물게 되어 십팔반 무예를 처음부터 사진에게 가르쳐 주었다.

이럭저럭 반년이 지나자 사진은 십팔반 무예에 십분 익숙해져 이제는 왕진이 더 가르쳐 줄 것이 없었다. 차마 못 보내려 하는 그들 부자에게 작별을 하고 왕진은 다시 늙은 어머니를 모시고 연안부를 향해 떠났다.

그 뒤 반년이 지나 태공이 병으로 돌아가자 사진은 예로써 선산에 안장하고 집안일은 남에게 맡겨 둔 채 자기는 오직 활 쏘고 말을 달리며 무예를 익히기에만 골몰했다.

그런데 사냥꾼 이길이란 자가 상금 몇 푼에 눈이 어두워 그가 소화산 도적 떼와 내통하고 있다고 엉뚱한 무고를 했다. 혐의를 벗어날 수 없음을 알게 된 사진은 한 칼에 이길을 죽이고 스승 왕진을 찾아 혼자서 집을 떠났다.

3. 화화상(花和尙) 노지심(魯智深)

그 후 보름이 지나 사진은 위주라는 곳에 이르렀다. 그는 길가 찻집으로 들어가 포차를 한 잔 시키고 이어서 주인에게 물었다.

"여기 경략부가 어디 있소?"

"바로 저 맞은편 집입니다."

"그럼 혹시 저 안에 동경에서 오신 왕진이라는 교두가 계신지 모르겠소?"

"글쎄요, 교두가 어디 한두 분이라야죠. 참, 저 어른께 물어 보시면 아실는지 모르겠습니다."

주인이 하는 말에 사진이 고개를 돌려 보니 키가 여덟 척에 허리가 열 아름은 되어 보이는 수염투성이 거한이 마침 들어오는데 그 차림으로 보아 군관이 분명했다.

사진은 황망히 자리에서 일어나 물었다.

"좀 여쭈어 볼 말씀이 있어 그럽니다만 관인께서는 누구신지요?"

"나 말이오? 나는 경략부 제할로 있는 노달이란 사람이오. 노형은 뉘시오?"

"저는 사진이라 하온데 금군 교두 왕진이라는 분을 찾아뵈러 나선 길입니다만 관인께서는 혹시 모르시나요?"

"가만 있자. 노형이 사진이라니 그럼 바로 저 사가촌의 구문룡 사진이 아니오?"

"예, 그렇습니다."

노달은 무릎을 탁 쳤다.

"내, 이름은 벌써 들었네. 한번 만나보고 싶던 차에 이거 참 잘됐네."

바로 옛날 친구나 만난 듯 몹시 반가워했다.

"헌데 자네가 말하는 왕 교두란 바로 저 고 태위한테 미움을 받고 몸을 피한 그분이지? 그분이면 여기가 아닐세. 말을 들으니 연안부 노충경략 상공께 가 있고. 여기 계신 분은 그의 아드님 되는 소충경략 상공이네. 그야 어떻든 우리 참 잘 만났네. 어디 가서 한잔하세."

노달이 그를 이끌고 들어간 곳은 번가라는, 다리 모퉁이에 있는 주점이었다.

안주와 술 두 되를 가져오라 하여 큰 잔으로 마시며 두 사람의 주흥이 바야흐로 무르익을 때 무슨 까닭인지 문득 옆방에서 젊은 여자의 섧게 우는 소리가 들렸다.

노달은 곧 소리쳐 주인을 오라 하여 크게 꾸짖었다.

"누가 곡하는 소리 들으려고 여기 왔다더냐? 내 한 번이라도 공술을 먹은 적이 없는데 네 어찌 이렇듯 주흥을 깨뜨려 놓는 게냐?"

"원 천만에 말씀입죠. 고정하시고 제 말씀 좀 들으십쇼. 저 방에 있는 이는 소리하는 계집과 그 아비 되는 사람인데 딱한 사정이 있어 관인께서 오신 줄도 모르고 운 모양입니다."

"무슨 사정이 있어 그러는지 자네가 가서 좀 데리고 오게."

조금 있다가 주인에게 이끌리어 방으로 들어오는 두 사람을 보니 예순이 거의 다 된 노인과 열여덟쯤 되어 보이는 젊은 계집인데 썩 미인이랄 수는 없어도 십분 귀엽게는 생긴 아이였다.

노달이 무슨 사정이냐고 묻자 계집이 자기의 사정을 이야기했다.

"저희는 본래 동경 사람으로 이 곳에 일가가 있어 부모를 모시고 찾아왔더니 공교롭게도 얼마 전에 남경으로 떠나 버리고 없더군요. 그래, 오도가도 못 하고 있는 중에 어머니는 병으로 돌아가시고…, 하여 하는 수 없어 진관서 정 대관인에게 첩으로 들어갔더니만 본마누라가 어찌나 못살게 구는지 석 달이 못 돼 그만 쫓겨 나왔습니다. 그런데 애초에 삼천 관을 주겠다는 문서만 들여놓았지 돈은 구경도 못했는데 이제 와서 같이 안 살려면 돈을 돌려달라고 억지를 씁니다. 분하고 억울하지만 어찌 할 수가 없어 매일 이 집에 와서 소리를 팔아 몇 푼씩 생기는 돈으로 얼마씩이나마 빚을 갚아 왔는데, 요 며칠 동안은 손님도 별로 안 오시고 하여 벌이가 도무지 없기로 그만 제 설움에 못 이겨 아버지와 마주 붙들고 운 것입니다."

사정을 듣고 노달은 노인에게 물었다.

"그래 영감은 성씨가 무엇시오? 그리고 정 대관인이란 대체 어디서 뭘 하는 사람이오?"

"저는 김로라 하고 이 아이는 취련이라 합니다. 정 대관인으로 말씀하오면 바로 저 장원교 다리에서 고깃간을 하시는 정도라는 분입지요."

노달은 주먹으로 탁자를 쾅 쳤다.

"뭐라고? 정 대관인, 정 대관인, 하기에 난 누군가 했더니 그래 고깃간 하는 정도 말인가? 내 이 길로 가서 그놈을 때려죽이고 올 테니 두 분은 이대로 잠깐만 앉아 계시우."

말을 마친 노달이 그대로 의자에서 일어나 방을 나가려 하자 사진이 황망히 그의 팔을 잡아 다시 자리에 앉히고 좋은 말로 달랬다. 그래도 노달의 노기는 좀처럼 식지 않았다. 그는 얼마 있다가 다시 김로를 돌아보고 말했다.

"그렇다면 내 노자를 해 줄 테니 영감은 곧 따님 데리고 동경으로 돌아가시우."

"말씀은 고맙습니다만 주막 주인이 정 대관인의 부탁을 받아 가지고 있는 터라 돈을 다 갚기 전에는 놓아 보내질 않을 걸입쇼."
"그건 내가 알아서 할 테니 염려 마오."
노달은 주머니에서 은자 닷 냥을 내어 탁자 위에 놓고 사진을 돌아보며 말했다.
"내 오늘은 이것밖에 가진 게 없는데 자네 있으면 좀 취해 주게."
"어찌 갚기를 바라겠습니까. 그냥 쓰십시오."
사진은 서슴지 않고 품에서 은자 열 냥을 내놓았다. 노달은 열닷 냥 은자를 김로에게 쥐어 준 다음에 말했다.
"어서 주막으로 돌아가 짐이나 부지런히 꾸려 놓으슈. 내일 아침에 내 가서 탈 없이 떠나도록 해 드리리다."
취련과 김로는 눈물을 흘리며 사례하고 돌아갔다.

이튿날 아침, 노달이 취련의 부녀가 묵고 있다는 주막을 찾아가니 그들은 방에서 뛰어나와 황망히 그를 맞아들였다.
"조반은 어떻게들 하셨소?"
"벌써 먹었습니다."
"짐도 다 꾸리고?"
"예."
"그럼 어서 일찌거니 떠나시우."
"예, 나으리 은혜를 무엇으로 갚아야 좋을지 모르겠습니다. 부디 안녕히 계십쇼."
부녀는 수없이 절을 하며 노달에게 작별을 고하였다. 그러나 정작 주막을 나서려 하자 그 집 상노가 나와서 앞을 막고 보내지 않았다. 이를 보고 노달은 즉시 상노 앞으로 다가갔다.
"왜? 방세가 아직 셈이 다 안 되었나?"

"아닙니다. 저희 건 다 받았습니다만 정 대관인께 아직 셈이 남아 있어서요."

"그건 이따 내가 정도하고 셈을 할 테니까 염려 말고 이분들은 어서 떠나시게 해!"

"허지만 이 사람들을 이대로 보냈다간 나중에 저희가 말을 듣는뎁쇼."

여간해서는 놓아 보내지 않으려는 태도를 보이자 노달이 그대로 손을 들어 뺨을 한 번 치니 상노는 '에쿠!' 하고 입으로 피를 쏟는데 앞니 두 개가 묻어 나왔다.

안에서 동정을 살피고 있던 주인은 이 모양을 보자 그대로 방문을 굳게 닫고 다시는 내다보지도 못했다.

노달은 부녀가 떠난 뒤에도 한식경이나 그 곳에 남아 아무도 뒤를 쫓지 못하게 한 다음 이번에는 장원교 다리로 정도의 고깃간을 찾아갔다.

노한 얼굴로 들어오는 노달을 보자 정도는 자리에서 일어나 맞으며 의자를 권했다. 노달은 아무 말없이 발을 번쩍 들어서 정도의 배를 차 버렸다.

"이놈! 네가 관서의 오로 염방사나 지냈다면 진관서라도 좋을지 모르지만 고깃간 내고 돼지 잡아 파는 개 같은 놈이 아니꼽게 진관서가 다 뭐며, 네 불쌍한 취련이는 어찌하여 그토록 못살게 굴었더란 말이냐?"

억센 주먹으로 코허리를 한 번 내리치니 코는 한편으로 납작하니 붙어버리고 얼굴은 그대로 피투성이였다. 이를테면 유장포를 벌여놓은 꼴이라 짠 것, 신 것, 매운 것이 한꺼번에 쏟아져 나왔다.

정도는 일어나려고 버둥거려 보았다. 그러나 제 가슴을 꽉 밟고 서 있는 노달의 다리가 무겁기가 천근이요, 또 제가 손에 들었던 식칼도 그의 발길에 걷어 채여 저만치 나가 떨어져 있었다. 정도는 오직 입으로 뇌까릴 뿐이었다.

"네가 나를 이렇게 치다니…."

"이놈아, 무어라고?"

노달은 다시 주먹을 들어 이번에는 미간을 한 번 쥐어박으니 이마가 탁 깨지며 두 눈알이 밖으로 튀어나왔다. 흡사 채백포를 벌여 놓은 듯 분홍, 검정, 다홍이 모두 터져 나왔다.

보기에 끔찍한 광경이나 모두들 노달을 두려워하여 감히 나서서 말리려는 사람이 없었다.

정도는 더 배겨 내지 못하고 소리쳤다.

"잘못했수! 살려 주!"

노달은 다시 주먹을 들었다.

"네 이놈! 그냥이나 있다면 오히려 살려 줄까 이제 와서 빈다고 내가 용서할 줄 알았더냐?"

세 번째 주먹이 정수리에 떨어지니 정도는 그만 맥없이 사지를 쭉 뻗고 말았다.

노달은 생각했다.

'원, 이놈이 거센 체하더니 이렇게 무르던가. 내 단 세 주먹에 죽을 줄은 몰랐구나. 아무려나 이대로 있다가는 내 몸이 위태로울 거라. 어디로 피할 도리를 찾아야겠다.'

주의를 정하고 그는 정도에게서 한 걸음 물러섰다.

"네 이놈! 죽은 체하지만 누가 속을 줄 아느냐? 이따 다시 한 번 만나자!"

한마디 말을 남기고 즉시 그 자리를 떠나니 보는 사람은 많아도 앞으로 나서서 잡으려는 이는 없었다.

집으로 돌아오자 노달은 부랴부랴 보따리를 하나 꾸려 등에 메고 여섯 자 길이 몽둥이를 하나 손에 잡은 다음 그대로 남문을 나서 달아났다.

고발장이 주아로 들어가자 부윤은 곧 상공께 보고한 다음 각처로 문서를 내어 살인범 노달을 잡는 자에게는 1천 관의 상금을 주기로 하고 다시 노달의 나이와 인상착의 등을 자세히 적어 도처에다 붙여 놓았다.

4. 조원외(趙員外)

노달은 위주를 떠난 뒤로 다급하여 어디로 가는지 어디로 가야 할지 스스로도 모르는 채 산을 넘고 물을 건너 어언간 달포나 지나서 마침내 그가 이른 곳은 대주였다.

성내로 들어가 향방 없는 발길이 한 곳에 다다르니 거리에 높직이 붙은 방문 앞에 사람들 한 떼가 모여 웅성거리고 있어 노달은 걸음을 멈추었다.

그러나 그는 본래가 일자무식이었다. 눈뜨고 보아야 알 턱이 없어 가만히 귀를 기울이고 곁의 사람이 읽는 것을 들어 보니 그것은 바로 노달 자기를 잡으라는 글이었다.

어느 틈에 제 머리에 1천 관의 상금이 걸려 있는 것을 알고 노달이 은근히 놀라기를 마지않을 때였다.

"아, 장대가 아니시오? 여기는 어찌 오셨소?"

누군지 등 뒤에서 크게 부르며 팔을 덥석 잡더니 그대로 사람들 틈에서 끌어내 한길 건너로 이끌고 갔다. 어인 영문을 모르며 그대로 끌려가서 비로소 눈을 들어 자세히 보니 그는 다른 사람이 아니고 뜻밖에도 취련의 아비 김로였다.

"아니, 담대하신 것도 분수가 있지. 그래, 나리 잡으라는 방문 앞에 그렇게 태평하게 서 계신단 말씀입니까? 그런데 대체 여기는 어쩐 일로 오셨나요?"

"그 날 영감하고 헤어지자 그 길로 장원교 다리로 가서 정도를 때려죽이고 도망을 해 오는 길이오. 그런데 영감이야말로 어째 동경으로 돌아간다던 사람이 여기를 왔소?"

"처음에는 동경으로 돌아가려 했습죠. 하지만 다시 생각을 해 보니 정가가 나중에 알고 뒤라도 쫓는다면 큰일이라 이리로 왔는데 요행히 예전에 한 이웃에 살던 사람을 만났습죠. 그 사람이 중간에 들어 딸년이 조원외 라는 이 곳 갑부의 소실이 되었습니다요. 저희 부녀가 지금은 아무 걱정 없이 잘 살고 있습니다만 이것도 결국은 모두가 나리 은덕이 아니겠습니까? 하여튼 제게로 우선 가시지요."

김로가 이끄는 대로 그의 집으로 가 보니 노달이 왔다고는 소식을 듣자 취련이 황망히 달려 나와 반가워하며 곧 다락 위로 청하여 올렸다.

"아가, 너는 나리를 모시고 있어라. 내 얼른 가서 장을 좀 보아 올 테니."

"공연히 애쓰지 마시우. 이거 오히려 불안 하외다."

"원, 나리도 별말씀을 다 하십니다. 나리 은혜는 참으로 백골난망인데 약주 한잔 드리는 걸 가지고 무얼 그러십니까?"

다락에서 내려가더니 오래지 않아 김로는 젊은 계집종에게 상을 들려 가지고 올라오는데 싱싱한 생선이며 온갖 음식들 모두가 맛깔스럽고 풍성했다. 노달은 마음에 싫지 않아 계속 술잔을 기울이며 그 동안 주렸던 배를 채웠다.

그렇게 대엿새가 지나자 김로가 조원외와 함께 노달의 처소를 찾아와 말했다.

"아무래도 나리께 혐의가 붙은 모양입니다. 어제 관가에서 나온 듯 싶은 자가 서너 명이나 이웃으로 다니며 계속 뭘 캐묻더라고 하니 이를 어쩌면 좋겠습니까?"

듣고 나자 노달은 금방이라도 떠날 듯했다. 그 때 조원외가 말했다.

"이대로 떠나시게 해서야 도무지 우리들의 도리가 아니지요. 그렇다고 그대로 모시고 있자니 만일의 변이라도 생긴다면 그 또한 안 될 것이고….
제게 한 가지 좋은 생각이 있는데 노 제할께서 들으실지 모르겠습니다."

"나야 뭐 죽을죄를 지은 사람인데 무슨 말씀인들 못 듣겠습니까?"

"정말 그러시다면 좋은 수가 있습니다. 여기서 삼십 리 되는 곳에 오대산이란 산이 있고 그 산 위에 문수원이란 절이 있는데 지금 주지로 계신 지진 장로와는 각별한 사이라 저의 청이면 거절은 안 할 것입니다. 출가하여 보시는 것이 어떠실 지요? 몸을 숨기시는 데는 그만이라 생각되는데요."

노달은 가만히 생각해 보았다. 역시 그 수밖에는 달리 좋은 도리가 없을 것 같았다. 그는 마침내 산으로 들어가 중이 되기로 마음을 정하였다.

이튿날, 노달은 조원외를 따라 오대산으로 올라갔다. 지진 장로는 조원외의 말을 듣자 곧 어렵지 않은 일이라 하며 쾌히 응낙을 했다. 그러나 수좌를 비롯한 5,6백 명의 승인들은 의논이 분분했다.

생긴 모양이 추악하고 얼굴이 흉측한 사람을 그대로 절에 받아들였다가는 반드시 후에 산문에 누를 끼칠 것이라 하며 장로를 보고 그를 받아들이지 말라고 간했다. 그러나 장로는 듣지 않았다.

"이 사람이 위로 천성을 응하여 심지가 강직하니 비록 지금은 비록 흉하고 사나워 보이지만 오랜 뒤에는 도리어 청정함을 얻어서 깨달음이 있어 비범할 것이라. 너희들이 다 저만 못하리라."

마침내 길일을 가리어 삭발의 법식을 엄숙히 거행하고 지진 장로는 노달에게 지심이라는 법명을 내렸다. 이리하여 경략부 제할 노달은 불문 제자 노지심이 된 것이다.

그러나 워낙 거친 그가 머리쯤 깎았다고 그 천성이 곧 고쳐질 수는 없는 일이었다. 잠은 꼭 선불장으로 들어가서 선상에 쓰러져 자고 오줌똥은 반드시 불전 뒤로 가서 누었다.

그 뒤 마침내 겨울이 가고 산중에도 봄이 찾아들었다. 그 사이 출입을 도무지 않고 있던 노지심은 오래간만에 바깥바람이 쐬고 싶어 다시 산문을 나섰다.

정자 있는 데까지 내려와 잠시 다리를 쉬고 앉았으려니까 바로 산 아래 어디 대장간이라도 있는 듯 땅땅 망치질하는 소리가 바람을 타고 들려 왔다.

그 소리를 듣자 노지심은 다시 승당으로 돌아가 은자를 꺼내서 품에 지니고 산을 내려갔다. 내려와 보니 인가가 5,6백 호나 착실히 되는 마을에 고깃간, 반찬 가게, 술집, 국숫집 등 도무지 없는 것이 없었다.

'원 여기 이렇게 좋은 데가 있었군.'

혼자 속으로 중얼거리고 우선 대장간부터 찾아갔다.

"좋은 쇠가 있나? 선장하고 계도를 맞추고 싶은데."

"예, 있습니다. 선장은 몇 근 짜리를 쓰실 건데요?"

"한 백 근 되면 좋겠지."

"백 근요? 백 근짜리를 어떻게 쓰시려고 그러십니까? 관운장의 청룡도도 여든두 근이라는데 한 사오십 근만 돼도 무거울 걸 입쇼?"

"원 별소리를 다 듣겠군. 관운장도 사람이고 나도 사람이야. 그럼 나도 여든두 근으로 하나 만들어 주게."

"무겁기만 하면 좋습니까? 너무 크면 모양도 흉하고 쓰시기도 불편하죠. 정 그러시면 예순두 근짜리 수마선장을 만들어 드릴 테니 나중에 무겁다고 탓이나 마십쇼."

노지심은 마침내 대장장이 말을 좇기로 하고 값을 정한 다음 그 곳을 나서 술집을 찾아갔다. 들어가 자리를 잡고 앉아 탁자를 두드리며 술을 가져오라 했으나 주인은 못내 민망해하며 말했다.

"여기가 모두 오대산 소속이 돼 놔서요, 장로님 분부를 어길 수가 없습니다. 스님께 술을 팔았다가는 여기서 장사를 못하게 됩니다요."

"별소리를 다 하는군. 그만둬라, 술집이 또 없더냐?"

그러나 다른 집도 역시 마찬가지였다. 서너 집을 들러 모두 거절을 당하자 노지심은 마침내 한 꾀를 생각하고 다음에 들어간 술집에서는 주인이 무어라 하기 전에 제가 먼저 한마디 했다.

"나는 행각승으로 여기는 이번이 처음 길인데 술 한잔 파시구려."

"오대산 스님이면 안 되는뎁쇼."

"아니래도 그러는구려."

주인은 마침내 속고 술을 내놓았다. 노지심은 개고기를 안주 삼아 잠깐 사이에 술 두 통을 다 먹어 버렸다.

먹다 남긴 개다리 하나를 소매 속에 처넣고 돈을 내놓으며 자리에서 일어섰다.

"거스를 것 없소. 술값 남은 건 내일 또 와서 먹을 테니까."

그제야 비로소 그가 오대산 중인 줄을 깨달은 술집 주인은 눈을 둥그렇게 뜨고 입을 딱 벌리며 어찌 할 바를 몰랐다.

노지심은 한달음에 산을 올라 정자 앞에까지 왔다. 잠시 앉아서 쉬는 동안에 점점 술기가 올랐다. 눈이 감기고 몸이 나른하고 또 무거웠다.

"내 참, 근자에 몸을 도무지 놀리지를 않아서…."

생각난 듯이 혼자 중얼거리고 나자 그는 곧 일어서서 정자 기둥을 두 손으로 잡고는 한편 어깨를 대고 힘껏 밀어 보았다. 한 번 쓰고 또 쓰고 세 번째 힘을 쓰자 기둥은 마침내 한편으로 쏠리더니 정자는 그대로 와르르 소리를 내며 무너졌다.

이 때 산문을 지키고 있던 승인이 정자 무너지는 소리에 깜짝 놀라 밖으로 나와 살펴보니 노지심이 술에 잔뜩 취해 비틀거리며 올라오고 있었다. 그는 질겁을 하고 부리나케 절 문에다 빗장을 굳게 질러 버렸다.

"문 열어라! 문 열어!"

노지심은 주먹을 들어 문짝을 두드렸다. 그러나 열어 줄 리가 없었다. 그는 문을 두드리다 말고 문득 고개를 돌려 좌편에 서 있는 금강신장을 보자 곧 소리를 가다듬어 꾸짖었다.

"네 이놈아! 나 대신 나서서 문을 두드리려 고는 안 하고 주먹을 번쩍 들고 나를 노려보다니! 그러면 내가 무서워할 줄 아느냐!"

그대로 달려들어 창살을 하나 뽑아 들고 금강의 넓적다리를 후려 친 다음에 이번에는 우편에 서 있는 금강신장에게 달려들었다.

"너는 또 이놈아! 입을 따악 벌리고 있으니, 그래, 나를 비웃는 수작이냐!"

호통을 치고 누대 위로 훌쩍 뛰어올라 또 함부로 치니 우편의 금강은 마침내 소리를 내며 땅으로 쓰러지고 말았다.

노지심은 한바탕 크게 웃고 나서 다시 산문에다 대고 소리를 질렀다.

"이놈들아! 정말 문을 안 열겠느냐? 네 이놈! 절에다 불을 확 질러 버릴 테다!"

가만있다가는 정말 불을 지를지도 모를 일이었다. 문지기는 하는 수 없이 빗장을 빼고 문을 열어 주었다.

노지심은 그 길로 선불장으로 뚜벅뚜벅 걸어가 마룻바닥에 쭈그리고 앉아 한바탕 어지러이 토해 놓았다. 악취가 당 안에 진동했다. 수좌와 감사와 도사의 무리가 곧 장로에게 달려가 고하였다.

"지심이 이놈이 술에 취해 정자를 무너뜨리고 금강을 쓰러뜨렸으니 이를 어쩌면 좋겠습니까?"

장로는 눈을 감은 채 입을 다물고 있었다. 그러나 곧 이어 일반 직사 승인과 화공, 직청의 무리 수십 명을 상대로 노지심이 몽둥이를 휘둘러 함부로 사람을 친다고 듣자 그는 그 이상 더 버려 둘 수가 없어 마침내 법당으로 나와 소리를 가다듬어 꾸짖었다.

"네 이놈 지심아! 여기를 어디로 알고 이러느냐?"

그 때에야 술이 거의 다 깬 노지심은 장로를 보자 황망히 그 앞에 부복했다.

"우리 오대산 문수보살 도량은 천백 년 청정향화를 받들어 온 곳이다. 너 같은 놈을 이대로 두어 둘 수는 없는 일이니 불가불 다른 곳으로 보내야만 하겠다."

노지심은 다시는 안 그러겠다고 빌었으나 장로는 용서하지 않았다.

장로는 노지심을 동경 대상국사로 보내기로 했다.

5. 도화촌(桃花村)

이튿날 오대산에서 내려온 노지심은 대장간 앞에 있는 객점으로 들어가서 며칠 묵으며 선장과 계도가 완성되기를 기다렸다. 그것이 다 되자 바랑은 등에 지고 계도는 허리에 차고 선장은 손에 짚은 채 마침내 동경 대상국사를 향해 길을 떠났다.

그로부터 아홉 날 후 마침내 노지심은 동경에 이르렀다. 곧 대상국사로 가서 지청 선사에게 지진 장로의 서신을 올리니 지청 선사는 읽고 나자 사미에게 명하여 노지심을 승당으로 데리고 가서 편히 쉬게 하라 이른 다음 곧 직사 승인들을 모조리 방장으로 불러들여 의논했다.

"우리 사형 지진 선사께서 보내신 중이란 원래가 경략부 군관으로서 사람을 죽이고 출가한 사람이라 오대산에서도 몇 번이나 소동을 일으켜 생각다 못하여 우리에게로 보내신 모양인데 우린들 그런 자를 어떻게 받을 수가 있겠나? 오랜 뒤에는 반드시 증과를 얻을 터이니 부디 자비를 내려 받아들여 달라고 하시는 청을 마다할 수도 없는 일이고 그렇다고 두어 두었다가 우리 절의 법규를 어지럽게 한다면 이 또한 큰일이니 어떻게 하면 좋을꼬?"

한 승인이 말했다.

"아무리 지진 장로께서 보내신 사람이라 하더라도 그렇게 흉악한 자를 어떻게 용납합니까? 어디 다른 데로나 가 보라고 하시지요."

"그럴 수 있다면 이렇게 머리를 앓을 까닭이 어디 있겠나?"

그러자 도사가 말했다.

"좋은 수가 있습니다. 산조문 밖에 있는 채원으로 보내시면 어떻겠습니까? 그 채원은 동네 건달들이 아주 밥으로 알고 있는 터라 이 사람을 보내서 관리하게 하시면 좋을 것 같습니다."

"그래, 그 참 좋은 생각이로군."

지청 선사는 도사의 말을 받아들여 그 이튿날 노지심에게 산조문 밖 채원에 가 있으라고 명하였다.

평소에 대상국사 채원은 무와 배추를 훔쳐다 팔아서 술값이며 노름 밑천으로 삼아 오던 삼사십 명 건달들은 이번에 관리인이 갈렸다고 듣자 한번 그의 기를 꺾어 놓자고 서로 의논을 모았다. 괴수격인 장삼이 앞장을 서서 과일과 술을 사 들고 노지심을 찾아왔다.

"이번에 새로이 채원을 관리하러 오셨다구요? 저는 장삼이라 합니다. 다른 친구들도 모두 이 동네 사람입죠. 인사도 여쭐 겸 해서…."

말을 하다 말고 장삼이 와락 달려들어 노지심의 왼편 다리를 부둥켜안으니 다른 자가 오른편 다리를 맡는다. 노지심이 서 있는 곳은 바로 거름 구덩이 옆이라 둘이서 그를 거름 속에다 처박아 한 번 단단히 곯려 보자는 심산이었다.

그러나 이 근처에서 기운깨나 쓴다는 장삼이었으나 그들 힘으로는 까딱도 않는 노지심이었다. 도리어 그가 두 다리를 차례로 한 번씩 들어서 차버리자 두 사람은 그대로 거름 구덩이에 거꾸로 처박히고 말았다. 그것을 보고 모두들 깜짝 놀라 곧 도망치려 하자 노지심이 소리를 버럭 질렀다.

"이놈들! 도망을 했다가는 한 놈 안 남기고 모두 처박아 버릴 테다!"

그런 다음에 말했다.

"어서 저놈들이나 똥 속에서 끌어내라."

장삼은 채원 안에 있는 못으로 가서 똥감태기를 한 몸들을 씻고 집으로 돌아가 옷을 갈아입은 다음에 다시 노지심을 찾아와서 백배사죄했다.

"하하하! 그만하면 알겠느냐? 모처럼 받아 온 술이 있다 하니 절은 그만 하고 함께 들어가 한잔 하자!"

초막으로 끌고 들어가 술자리를 벌이니 건달의 무리들은 그의 내력을 물어 보고 연안부 군관으로 있다가 세 주먹에 사람을 쳐 죽이고 중이 되었다는 말에 혀를 내둘렀다.

6. 표자두(豹子頭) 임충(林沖)

그로부터 건달의 무리들은 매일같이 고기며 술을 사 가지고 노지심을 찾아왔다. 은연중에 그는 이들의 대두령으로 추대를 받은 셈이었다.

노지심은 날마다 받아만 먹을 수도 없는 일이어서 하루는 자기가 술자리를 벌이고 무리들을 청했다. 술이 여러 순배 돌자 건달 무리들은 그에게 부디 무예를 한번 보여 달라고 졸랐다.

노지심은 흥이 난 대로 곧 예순두 근 철선장을 들고 뜰로 나가 평생 재주를 다하여 전후좌우로 휘두르니 넋이 빠져 바라만 보았다. 모든 무리가 어린 듯 취한 듯 보고 있을 때 담 너머에서 문득 소리가 들렸다.

"훌륭해! 아주 훌륭해!"

누군지 칭찬하는 소리였다.

노지심이 선장 든 손을 멈추고 그쪽을 바라보니 담이 허물어진 곳에 한 관인이 서 있는데 머리에는 두건을 쓰고 뒤통수에는 빈환을 붙였으며 몸에는 전포를 입고 허리에는 은대를 띠고 있었다. 표범의 머리, 고리눈에 제비 턱, 범의 수염을 하고 있는데 신장은 여덟 자 가량에 나이는 서른네댓쯤 되어 보였다.

"저분이 누구시냐?"

노지심이 묻자 누군가가 대답했다.

"저분이 팔십만 금군 교두이신 표자두 임충이라는 어른입지요."

"그럼 이리로 좀 들어 오시래라."

이편에서 하는 말을 듣고 임충은 그대로 담을 훌쩍 뛰어 넘어왔다.

임충은 이 날 그의 아내와 함께 시비 금아를 데리고 이 근처 오악묘에 참배를 왔다가 뜻밖에 봉술 쓰는 소리를 듣고 그처럼 와서 보게 되었노라고 했다.

서로 보기는 이번이 처음이나 피차에 대명은 익히 들어 아는 터였다. 두 사람은 그 자리에서 곧 형제의 의를 맺었다.

나무 아래에 자리를 잡고 앉아 두 사람이 술잔을 기울일 때 문득 시비 금아가 숨이 턱에 닿아서 달려왔다. 아내 장 씨가 오악루 아래에서 무뢰배에게 붙잡혀 지금 형세가 급하다고 했다.

말을 듣자 임충은 따라가겠다는 노지심과 뒷날을 기약하고 황급히 오악묘로 달려갔다.

다락 앞까지 가 보니 무뢰배가 일고여덟 명이나 빙 둘러선 가운데 한 젊은 녀석이 장 씨의 소매를 붙잡고 오악루 위로 끌어올리려 하는 중이었다.

임충은 소리를 벽력같이 지르고 달려들어 한 손으로 덜미를 잡고 단 한 주먹에 그자를 때려뉘려 했으나 얼굴을 보니 뜻밖에도 태위 고구의 수양아들 고아내 였다.

본래 고아내는 동경 안에 이름난 부랑자로 저의 아버지 세도 하나를 믿고 누구 하나 꺼리는 일 없이 함부로 남의 처자 욕보이기를 일삼아 오는 자였다.

임충은 심히 괘씸하고 또 분했다. 그러나 본관 고 태위의 낯을 보아 감히 손찌검을 하지 못하고 있는 사이에 고아내는 무뢰배들 틈에 끼어 재빨리 그 자리를 떠나 버렸다.

아내 장 씨와 시비 금아를 데리고 집으로 돌아오며 임충의 마음은 심히 우울했다.

한편, 고아내는 그 날 부중으로 돌아오자 좌우를 물리치고 혼자 방안에 들어박혀 수일 동안은 밖에도 나가지 않고 자나 깨나 오직 임충의 부인 장 씨 생각이었다.

그 때 그를 찾아와 문안을 드린 사람은 부안이라는 자였다.

"며칠 못 뵌 사이에 안색이 아주 못되셨으니 그만한 일로 그처럼 애태우실 일이 무엇입니까?"

"그만한 일이라니? 내가 임충의 아낙을 한시라도 잊을 길이 없어 이렇듯 고민 중에 있네. 어떻게 무슨 좋은 방법이 없겠나?"

"그건 어려운 일이 아닙니다. 소인에게 맡겨 주십시오."

부안은 임충과 교분이 두터운 우후 육겸과 의논한 다음 마침내 이 일을 태위에게 고하였다.

듣고 나자 고구가 물었다.

"그 애가 과연 임충의 계집으로 해서 그렇듯 병까지 난 것이라면 너희 생각엔 장차 어찌 하였으면 좋을 성싶으냐?"

"원을 풀어 드리는 수밖에는 다른 도리가 없을까 합니다."

"글쎄, 그러니 어찌 했으면 좋겠느냔 말이다."

"임충을 없애야만 할 것으로 아옵니다."

"그야, 그 애를 살리기 위해서라면 한두 놈 목숨쯤 아낄 것이 없다만 임충은 또 무슨 수로 없애느냐?"

"그건 저희가 생각한 한 가지 계책이 있습니다."

그 계책이란 이러이러한 것이라고 말하자 고구는 무릎을 치며 말했다.

"그 참 좋은 생각이다. 성사만 시키면 내 상금은 후히 주마."

한편에서 이렇듯 흉계를 꾸미고 있는 줄은 꿈에도 모르고 임충은 그 무렵 날마다 노지심과 서로 만나 함께 거리로 나가서 술을 마셨다.

어느 날 일이었다. 두 사람이 함께 열무방 근처를 지나가려니 머리에는 두건을 쓰고 몸에는 낡은 전포를 입은 사나이가 한 자루 보검을 손에 들고 반은 혼잣말로 중얼거렸다.

"임자를 못 만나 천하의 보검이 이대로 썩는구나."

임충은 원래 무인이라 칼에 대한 관심이 많았으나 보검을 살 만 한 돈이 없어 귓가로 흘려듣고 그냥 그 앞을 지나치려니 그 사나이는 뒤를 따라오며 음성을 높여 다시 한 번 중얼거렸다.

"아깝다! 천하의 보검이 임자를 못 만나 썩고 있구나!"

임충이 마침내 걸음을 멈추고 고개를 돌리자 그 사나이가 칼을 획 뽑아 앞으로 내미는데 빛나는 검광이 보는 이의 눈을 부시게 했다. 임충이 기어코 일을 당하느라 한 걸음 앞으로 나서며 말했다.

"어디 좀 봅시다."

칼을 받아 노지심과 함께 자세히 살펴보니 과연 천하에 드문 보검이 틀림없다.

"값이 얼마요?"

"삼천 관은 받아야겠지만 이천 관이면 팔겠습니다."

"그 값에는 아마 살 사람이 없을 게요. 만약 일천 관만 받겠다면 내가 사리다."

그 사나이는 길게 한숨을 쉰 다음에 마침내 1천 관에 그 칼을 팔고 돌아갔다.

보검을 구한 임충은 그 날 밤이 늦도록 잠도 안자고 칼을 손에 잡아 이리 보고 저리 살피며 감탄했다.

'과연 천하의 보검이로구나. 고 태위 부중에도 보검이 한 자루 있다던데 내 아직 구경을 못하였지만 내 것이 결코 그보다 못하지는 않을 게야.'

이튿날도 새벽에 일어나는 길로 보검부터 손에 잡고 다시 보고 있으려니 아침때쯤 하여 승국 두 명이 와서 고 태위의 명령을 전하되 어디서 보검을 구하였다 하니 곧 들고 들어와 내 것과 한번 비교하여 보자고 한다는 것이었다.

'대체 그 말은 누구에게서 들어 이리도 빨리 알았단 말인고?'

임충은 속으로 의아해 하며 보검을 들고 두 승국을 따라 부중으로 들어갔다. 정청 앞에 이르러 걸음을 멈추자 승국이 말했다.

"태위께서는 이 뒤 후당에 계십니다."

뒤로 돌아 후당 앞에 이르러 임충이 다시 걸음을 멈추자 승국이 또 말했다.

"태위께서는 바로 이 뒤에 계십니다. 교두를 바로 거기까지 모시고 들어오라는 분부십니다."

문을 두셋이나 지나 한 곳에 이르러 보니 주위에 둘린 난간이 모두가 초록빛이었다. 두 승국은 임충을 당 앞에 머물러 있게 한 다음 안으로 들어갔다.

"여기서 기다리고 계십시오. 저희가 들어가 태위께 보고하오리다."

그러나 얼마를 서서 기다려도 도무지 아무 소식이 없었다. 마음에 은근히 의혹이 들어 당 앞에 늘인 발을 들치고 안을 살펴보니 현판에 쓰여 있는 푸른색의 네 글자는 곧 '백호절당'이 분명했다.

임충은 그만 소스라치게 놀랐다.

'이 절당은 곧 군사기밀을 상의하는 곳인데 내 어찌 여기에 들어왔단 말인고?'

곧 몸을 돌려 밖으로 나오려 할 때 문득 신발 소리를 크게 울리며 한 사람이 밖에서 들어오니 그는 다른 사람이 아니라 바로 본관 고 태위였다.

임충은 칼을 잡고 앞으로 나서며 예를 베풀었다. 그러나 태위는 뜻밖에도 소리를 가다듬어 크게 꾸짖었다.

"넌 임충이 아니냐? 내가 부른 일도 없는데 네 어찌 이 백호절당에 들어왔느냐? 너도 법도는 알고 있겠지. 더욱이 손에 칼을 들었으니 아무래도 나를 해치러 온 모양이구나!"

임충은 허리를 굽히고 보고하였다.

"아니옵니다. 승국이 와서 말하기를 태위께옵서 부르신다 하기로 들어왔사옵니다."

"너를 불렀다는 승국은 어디 있느냐?"

"저 안으로 들어갔습니다."

"이놈, 듣기 싫다! 어떤 승국이 감히 저 안으로 들어갔단 말이냐? 에잇, 저놈을 빨리 잡아 내려라!"

말이 떨어지자 이방 뒤로부터 20여 명의 무리가 우르르 달려 나와 그대로 임충을 묶어 버렸다.

고구는 임충을 개봉부로 넘기고 부윤에게 분부하되 엄히 신문한 다음에 조사를 명백히 하여 처결하라고 했다.

개봉부로 넘어간 임충은 부윤 앞에 나가자 전후이야기를 자세히 아뢰어 태위 부자가 자기를 모해하려 함이요 결단코 자기에게는 털끝만한 죄도 없음을 주장했다.

그러나 부윤은 고구의 뜻을 받아, 임충이 칼을 들고 백호절당으로 들어간 것은 태위를 모해하려 한 것이라며 기어코 그를 참형에 처하려 했다.

그러나 이러한 시절에도 올곧은 관원은 있었다. 당안공목인 손정이라는 사람은 강직하기로 유명한 사람이었다.

그는 부윤을 향하여 말했다.

"이 개봉부는 조정의 뜻을 받아 천하의 대법을 행하는 곳이 아니라 고 태위의 말 한마디로 그 처단이 좌우되는 곳이오니까?"

"그것은 어찌 하는 말이오?"

"고 태위가 권세를 빙자하여 털끝만치라도 자기 위엄을 범한 자가 있으면 곧 우리 개봉부로 넘기어 죽이고 싶으면 죽이고 살리고 싶으면 살리기를 임의로 하는 줄은 천하가 다 아는 일이 아닙니까?"

부윤이 당황하여 물었다.

"그러면 임충을 어떻게 처결해야 옳겠소?"

"임충의 이야기를 들어보면 죄 없는 사람이 분명합니다. 다만 그를 백호절당까지 데리고 들어갔다는 승국을 잡지 못하여 그 일이 명백치 못하니, 칼을 차고 잘못 절당을 들어간 죄만을 다스리기로 하여 곤장 스무 대에 처하고 멀고 험한 창주 땅으로 귀양을 보내는 것이 법에 마땅할까 합니다."

이리하여 임충은 위태로운 목숨이 겨우 살아 머리에 큰칼을 쓰고 동초, 설패라는 두 호송인 에게 끌리어 멀리 창주 감옥을 향하여 떠나게 되었다.

임충이 창자가 끊어지는 듯한 마음으로 아내에게 당부했다.

"부인은 과도히 애통해 말고 내 말 한마디 들어 보오. 내 이제 창주로 떠나니 생사를 기약할 길이 없소. 행여나 내가 돌아오기만을 기다리다가 앞길을 그르치지 말고 부디 마땅한 데가 있거든 하루라도 일찍이 개가를 하도록 하오."

아내는 그 말을 듣고 그대로 혼절해 버렸다.

사랑하는 아내 장 씨와 애끊는 작별을 마치고 임충은 마침내 창주로 향하여 길을 떠났다. 그를 압송하는 두 호송인 품에 지니고 있는 개봉부 공문에는 임충을 창주 감옥으로 넘기라 쓰여 있건만 그들은 기어코 중간에서 임충을 없애 버리려는 속셈이었다.

개봉부를 떠나기 전에 육겸이 그들 두 사람을 남몰래 주점으로 불러서 열 냥 은자를 주고 '고 태위의 분부시니 죄인을 중간에서 죽이고 돌아오라'는 당부가 있었기 때문이다.

길을 가기 사흘. 유월 더위에 숨이 탁탁 막히는 불볕더위에 어제까지도 그냥 견디었던 상처가 마침내 크게 터져 임충은 걸음을 옮기기 어려웠다.

그러나 열 냥 은자에 눈이 어두워 그의 목숨까지를 빼앗으려는 무리에게 인정사정이 있을 턱이 없었다.

"여기서 창주까지 이천 리가 훨씬 넘는 길인데 이렇게 가다 언제 가려느냐? 어서 빨리 걷지 않고 무얼 꾸물대느냐?"

동초와 설패는 계속 몽둥이를 휘두르며 그저 마소 몰듯 임충을 몰고 나갔다.

이 날 밤에 세 사람이 찾아 든 주막에서 두 사람이 계속 권하는 술에 임충이 저도 모르게 취하여 일곱 근 반짜리 큰 칼을 쓴 채 그대로 한 옆에 곯아떨어지고 말았다. 그러자 설패는 슬그머니 일어나 밖으로 나가더니 펄펄 끓는 물 한 대야를 들고 들어왔다.

"임 교두, 일어나서 발 씻고 자우."

흔들어 깨우는 통에 임충은 졸린 눈을 비비고 일어나 앉으려 했으나 머리에 쓴 칼이 걸리어 몸이 임의로 놀려지지 않았다.

"그냥 그러고 계슈. 내가 씻어 줄게."

"천만의 말씀이오."

"괜찮소이다. 발을 이리 뻗우."

그것이 악랄한 계교인 줄 모르고 임충이 불안해하면서 내놓은 발을 설패는 그대로 두 손으로 꽉 잡아 대야 속에다 잠갔다.

"악!"

한마디 소리치고 곧 발을 잡아 빼었으나 끓는 물에 덴 발은 금세 시뻘겋게 부풀어 올랐다. 그대로 에구구 소리를 지르며 쓰러져 버리는 임충을 설패는 곁눈으로 흘겼다.

"젠장 헐! 일껏 발까지 씻어 주었더니 물이 차서 싫다 더워 싫다 앙탈이니 원 별놈의 꼴도 다 보겠다."

그러면서 밤이 깊도록 투덜거리기를 마지않더니 이튿날 새벽에는 주막 사람들이 미처 눈을 뜨기 전부터 일어나서 부랴부랴 밥 지어 먹고는 임충을 재촉하여 어서 떠나자고 성화였다.

마지못하여 짚신을 꿰어 신고 그들을 따라 나서니 끓는 물에 한껏 부풀어 오른 발이 한 마장 길도 미처 못 가서 탁 터져 그대로 피투성이였다.

동초와 설패의 재촉에 못 이겨 오리 길을 더 걸어 낮에도 해를 구경하지 못할 만큼 울창한 송림에 이르자 이제는 정말 한 걸음도 더 옮기지 못하고 임충은 그대로 그 자리에 쓰러지고 말았다.

"저 사람이 더 못 걷겠다니 우리도 그럼 여기서 한잠 자고 가기로 할까?"

"하지만 우리가 자는 사이에 저 사람이 어디로 도망이나 가면 어쩌지?"

두 호송인 들이 주고받는 말을 듣고 임충이 한마디 했다.

"내게 도망치려는 생각이 있었다면 설사 호송인 백 명이었더라도 벌써 도망을 쳤을 게요. 마음 놓고들 주무시오. 더구나 지금 이 발을 해 가지고 가기는 어딜 가겠소."

"그래도 마음이 안 놓이는걸. 숫제 나무에다 비끄러매어 놓을까?"

동초와 설패는 곧 옆에 선 큰 소나무에다 임충을 꼼짝 못하게 비끄러매더니 한잠 자겠다던 놈들이 몽둥이를 꼬나 잡고 뜻밖의 말을 하는 것이었다.

"이건 뭐 우리가 하고 싶어 그러는 게 아니다. 우후 육겸이란 자가 고 태위의 분부라며 너를 죽이라고 해서 죽이는 거다. 어차피 당할 노릇을 며칠 뒤로 미뤄 봤자 너 고생만 더할 뿐이지 무슨 뾰족한 수가 있겠느냐? 오늘이 자리에서 우리 작별을 하자."

뜻밖의 말을 듣고 임충의 두 눈에서 눈물이 비 오듯 했다.

"내 두 분과 일찍이 원수 진 일이 없는데 나를 여기서 죽이다니 어인 말씀이오? 목숨만 살려 주신다면 그 은혜는 맹세코 잊지 않으리다."

그러나 동초는 코웃음을 치며 중얼거렸다.

"동관, 한가한 이야기할 필요 있나? 어서 요절을 내세."

동관과 설패가 함께 몽둥이를 번쩍 치켜들어 그대로 임충의 머리를 향하여 내리치려는 바로 그 때였다. 송림 속으로부터 벽력같은 호통이 들리며 한 자루 철선장이 날아와 두 사람의 몽둥이를 때려 떨어뜨리더니 무섭게 살찐 중 한 사람이 나섰다.

"이놈들아! 하늘이 무섭지 않느냐?"

소리를 가다듬어 꾸짖어 임충이 고개를 들어 보니 다른 사람이 아니라 노지심 이었다. 두 호송인은 놀라서 바보처럼 노지심의 얼굴만 멀거니 쳐다보았다. 노지심은 땅에 떨어진 선장을 집어 들어 곧 그들을 치려고 했다. 그러자 임충이 황망히 그것을 말렸다.

"이 두 사람에게는 죄가 없는 일이니 구태여 죽일 것까진 없소."

그 말에 노지심은 선장을 든 손을 내리고 즉시 임충의 앞으로 와서 계도를 빼어 묶은 줄을 끊어 버리고 지난 일을 이야기했다.

"자네가 고구 놈의 흉계에 걸려서 애매하게 붙들렸단 말은 그 즉시 들었으나 어떻게 구해 낼 도리가 있어야지. 창주로 귀양을 떠난다는 날 에 두 놈의 동정을 가만히 살펴보려니까 글쎄 그 육겸이라는 놈하고 술집에서 만나서 남몰래 하는 수작이 아무래도 수상하기에 내 그대로 뒤를 밟아 온 길이야."

"형님 은혜는 무엇으로 갚아야 좋을지 모르겠소. 그래, 형님은 이제 어디로 가시려오?"

"가기는 어디로 간단 말인가? 나 없으면 이놈들이 또 무슨 짓을 할 줄 아나? 내친걸음에 아주 창주까지 함께 갈 생각일세."

노지심은 동초와 설패를 돌아보고 분부했다.

"이놈들아, 어서 이 어른 곱게 모시고 내 뒤를 따라라!"

두 명 호송인은 그저 목숨이 붙은 것만도 다행이어서 임충을 좌우에서 부축하고 뒤만 따랐다.

이 때부터 매사가 모두 노지심의 주장대로였다. 가고 싶으면 가고 쉬고 싶으면 쉬고 잘해도 꾸짖고 수틀리면 매질이었으나 두 명 호송인은 말대꾸 한마디 감히 못하고 그저 하자는 대로 따랐다.

이틀이 지나 노지심은 수레 한 채를 사서 임충을 태우고 동초와 설패에게 이번에는 또 수레를 밀라고 분부했다.

그렇게 네 사람이 길을 가기 보름쯤 지나 이제는 창주도 거리가 칠십 리밖에 안 되는 곳에 다다랐다. 사람들에게 물어 보니 이로부터 창주까지는 연달아 인가가 있어 사람들의 왕래도 빈번하다 했다.

"이제는 내가 안 따라가도 별일 없을 성싶으니 여기서 나는 그만 돌아가겠네. 부디 몸 성히 지내게. 뒷날 다시 만날 때가 있겠지."

노지심은 품에서 스무 냥 은자를 내어 임충에게 주고 다시 두 명 호송인에게도 각각 두 냥씩 주고 표연히 온 길을 되돌아갔다. 두 명 호송인은 혀를 휘휘 내두르며 그가 사라진 곳을 한참이나 멀거니 바라보았다.

7. 소선풍(小旋風) 시진(柴進)

노지심과 헤어진 임충은 도중에 소선풍 시진을 만나게 되었다. 이 시진이라는 이는 대주 시세종 황제의 후손으로 무덕 황제께서 내리신 서서와

철권을 가지고 있어 아무도 그를 함부로 보지 못하는데 또 대부호라 그의 이름은 멀리 동경에까지 알려져 있었다.

시진은 이 날 노루 사냥을 나왔다가 호송인 에게 압송되어 가는 임충을 보자 물었다.

"거기 가시는 분은 혹시 임 교두가 아니시오?"

"예, 그렇소이다만…."

임충이 대답하자 시진이 탄식하며 말했다.

"임 교두께서 고 태위의 올가미에 걸려 고생하신다는 소식을 풍문에 들었소이다."

시진은 동경 팔십만 금군 교두 임충의 이름은 전부터 익히 들어서 알고 있는 터였다. 뜻밖의 만남을 크게 반겨하며 곧 호송인 에게 잘 말하여 그의 장원으로 안내한 다음 주연을 베풀어 대접했다.

시진은 임충을 십분 공경하여 그대로 후당에 머물러 있게 하고 날마다 대접함이 심히 융숭했으나, 며칠 지나자 호송인 들의 재촉이 매우 심하여 갈 수 밖에 없었다.

시진은 작별을 아쉬워하며 마침내 그를 떠나보내는 날에 두 봉의 서찰을 임충에게 써 주며 말했다.

"한 통은 창주 대윤 앞이고 또 한 통은 관영 차발 앞입니다. 두 사람이 모두 저와는 교분이 두터운 사이지요. 이 글을 보면 저들이 교두를 소홀히 하지는 아니할 것입니다."

그리고 그는 다시 스물 댓 냥 은자를 임충에게 주고 또 댓 냥 은자를 두 명 호송인 에게 주었다.

이리하여 그 날 오시에 세 사람은 창주에 다다랐다. 두 명 호송인은 임충을 감옥에 넘기고 대신 창주 대윤의 답장을 받아 품에 지닌 다음 곧 동경으로 돌아갔다.

동경에서 오는 동안은 온갖 곤경을 다 치렀고 한 번은 정말 소문 없는 죽음을 당할 뻔했던 임충이었다. 그러나 이 곳 창주 감옥에 이른 뒤로는 귀양살이는 해도 이를테면 오히려 그 신세가 편했다.

시진이 준 두 봉의 서찰과 스물 댓 냥 은자로 하여 새로 들어오는 죄인은 누구나 으레 받아야 하는 백 대 신고식의 형벌도 임충은 모면했고, 매일 하는 일이라고는 천왕당 간수의 소임이라 아침과 저녁 두 차례 향이나 피우고 마당이나 쓸면 그만이었다.

날이 가고 달이 오고 어느덧 오륙십 일이 지나 때는 벌써 첫겨울에 접어든 어느 날이었다. 임충이 오래간만에 거리로 나가 한가로운 걸음을 옮기고 있으려니 문득 등 뒤에서 부르는 소리가 들렸다.

"임 교두께서 여기는 웬일이십니까?"

이 곳에 자기를 알 사람이 없는데 어인 일일까 하고 고개를 돌려보니 그는 뜻밖에도 이소이라는 자였다.

이소이는 전에 동경의 어떤 주점에서 일을 보던 사람이었다. 한때의 잘못으로 주인의 돈을 좀 훔쳐 쓴 죄가 발각되어 관사로 붙잡혀 가게 되었다. 임충이 나서서 돈을 물어 주고 죄를 면하게 한 다음 다시 노자를 마련해 주어 동경에서 떠나도록 했는데 그를 이 곳에서 만나기는 정말 뜻밖이었다.

물어 보니 그는 동경을 떠나 바로 이 곳 창주로 와서 주점을 내고 있는 왕이라는 사람의 데릴사위가 되었는데 그 뒤 몇 해 지나지 않아 장인 장모가 차례로 돌아가 지금은 내외가 장사와 집안 살림을 주관하고 있는 터라 했다.

물론 그는 한시도 임충의 은혜를 잊지 않았다. 어떻게 하면 그 은혜를 갚을 수 있을까 생각해 온 이소이는 이렇듯 임충이 귀양살이를 와서 천왕당을 지키고 있는 신세임을 알자 한편으로는 슬프고 또 한편으로는 기뻤다.

그는 그 뒤로 틈만 있으면 임충을 자기 집으로 청하여 술과 음식을 내어 대접했고 또 정성스레 옷가지도 새로 마련하여 보내고 빨래도 맡아서 해주곤 하였다.

그러던 어느 날이었다. 바로 이소이 주점에 동경에서 온 듯싶은 손님 둘이 찾아왔다.

술과 안주를 가져오라고 한 다음에 사람을 보내서 관영과 차발을 청하여 남몰래 은밀하게 주고받는 수작이 아무래도 수상쩍었다. 이소이가 의심이 들어 아낙을 시켜 몰래 옆방에서 엿듣게 했더니 워낙 은밀히 하는 이야기라 자세히는 알 수 없어도 간간이 '고 태위'니 '임충'이니 하는 사람의 이름이 섞이어 나오는 양이 은인의 신상에 심상치 않은 관계가 있는 수작 같았다.

이소이가 곧 임충에게 이 일을 알리려 할 때 마침 임충이 찾아왔다. 이야기를 듣고 나자 그가 이소이에게 물었다.

"어떻게 생긴 사람이던가?"

"한 사람은 키가 퍽 작더구먼요. 한 다섯 자밖에 안 되어 보이는데 해끔하니 수염은 안 난 이가 나이는 서른쯤 되어 보이고, 또 한 사람도 키는 작은 편인데 얼굴은 검붉더군요."

듣고 나자 임충이 소리쳤다.

"서른쯤 되었다는 놈이 바로 육겸이란 놈이야. 이놈! 네가 기어코 나를 해치려 여기까지 쫓아왔구나. 만나기만 해 봐라. 내 그냥 둘 듯싶으냐?"

노기가 등등하여 임충은 그대로 거리로 뛰어나갔다.

철물전에서 해완첨도를 한 자루 구하여 몸에 지니고 원수를 찾아 그는 매일같이 성내를 돌아다녔다. 그러나 닷새가 지나도록 육겸의 모습은 볼 수가 없었다.

엿새째 되는 날 관영이 그를 불렀다. 육겸에게서 돈을 받아먹고 제가 나를 어쩌려고 그러나 속으로 생각하며 임충이 가 보니 천왕당 간수 소임을 풀고 앞으로는 대군 초료장으로 가서 그 곳을 관리하라고 분부했다.

이 대군 초료장이란 동문 밖 시오 리 되는 곳에 있어 다달이 정해 놓은 초료만 바치고 나면 나머지는 관리하는 사람의 임의라 얼마간 들어오는 돈도 있으므로 천왕당 간수 소임보다는 이를테면 승진한 셈이었다. 그러나 그것이 흉측스러운 계책인 줄을 임충은 꿈에도 알 수 없었다.

임충은 곧 이소이에게 가서 작별을 고하고 천왕당으로 돌아가 짐을 꾸려 등에 지고는 해완첨도는 허리에 차고 화창은 손에 든 다음 차발과 함께 초료장으로 향했다.

때마침 겨울이라 검은 구름은 하늘을 덮고 바람은 세차게 불고 함박눈이 내리고 있었다. 주막에 들러 몇 잔 더운 술로 몸을 녹인 후 임충이 차발과 함께 초료장에 이르러 보니 일고여덟 간 초옥 모두가 마초 곳간이었다.

임충이 혼자 남아 불을 쬐고 있었으나 말이 집이지 사면 벽이 모두 퇴락하여 바람이 그대로 들이쳐 한데나 진배없었다. 이 집에서 겨울을 날 생각을 하니 한심하다는 생각이 들었다.

'날이 드는 대로 성내로 들어가서 미장이를 불러다 수리를 해야 되겠군.'

그러나 당장 몸이 떨려 견딜 수가 없었다. 임충은 곧 보따리 속에서 잔돈을 내어 품에 지니고 벽에 걸린 호리병을 떼어 창끝에 매달고 머리에 전립자를 쓴 후에 재를 덮어 불을 묻고 눈보라치는 속을 걸어 술집을 찾아갔다.

술과 고기를 배불리 먹고 호리병에도 하나 가득 술을 받은 다음에 한식경이나 지나서야 다시 밖으로 나와 더욱 세차게 퍼붓는 눈보라 속을 뚫고 초료장으로 돌아왔다.

그런데 문을 열고 안으로 한 걸음 들어서자 그는 저도 모르게 소리쳤다.

"어?"

종일을 퍼붓는 눈에 가뜩이나 퇴락한 초옥이 그대로 쓰러져 버린 것이었다.

불은 어찌 되었나 살펴보니 눈에 덮여 불씨는 죽은 지 오래라 불이 날 염려는 없지만 당장 하룻밤이나마 어디서 지내나 생각하니 심히 딱했다.

그 때 문득 생각나는 곳이 있었다. 술집을 찾아갈 때 중간에서 본 한 채 고묘였다.

'그 곳으로 가서 우선 오늘 밤은 지내고 내일 날이 밝는 대로 다시 무슨 도리를 차리도록 하자.'

임충은 곧 그 곳을 찾아갔다. 묘문을 열고 들어가 보니 전상에는 한 분 금갑산신을 모셨고 벽에는 판관과 소귀가 각각 늘어서 있는데 묘주도 없는 모양이었다.

임충이 그 앞에 앉아서 호리병을 기울여 찬술을 그대로 몇 모금 벌컥벌컥 들이켰을 때였다. 문득 밖에서 계속 무엇인지 타는 소리가 들렸다. 이상하다 싶어 일어나서 뚫어진 벽 틈으로 내다보니 바로 초료장 안에서 불길이 활활 일어나고 있었다.

'어이쿠! 저게 웬일일까?'

한편으로 놀라고 또 한편으로 의아해 하며 곧 화창을 집어 들고 밖으로 뛰어나가 불을 끄려 했다. 그러나 그는 문고리를 잡은 채 멈칫했다. 소란한 발소리를 들었기 때문이었다.

가만히 밖의 동정을 살펴보려니 초료장 쪽에서 뛰어오는 사람은 도합 세 명인데 임충이 들어 있는 고묘 앞에 이르러 처마 밑으로 들어섰다. 그런데 그들이 불 구경을 하며 주고받는 수작을 들어 보니 참으로 뜻밖이었다.

"이 계책이 그래 어떻습니까? 임충이 놈도 이번에야 틀림없이 죽었을 게 아닙니까?"

"관영과 차발 두 분이 정말이지 애를 많이 쓰셨소. 내 동경으로 올라가는 길로 고 태위께 말씀드려 두 분을 좋은 자리로 옮겨 드리리다."

"고아내 병환도 이제는 나으시겠죠."

"그럼요. 하여튼 시원하게 잘 해치워 버렸습니다. 또 설사 제가 저 불길 속을 요행 빠져 나와서 목숨을 잠시 보전한다 하더라도 대군 초료장을 태워 버린 죄는 크니까요. 이러나저러나 죽음은 면키 틀렸습니다."

한 명은 차발, 한 명은 우후 육겸, 또 한 명은 부안이라고 하는 자가 틀림없었다.

'하늘이 나를 어여삐 보시어 그 눈에 초옥이 쓰러졌던 거로구나. 집이 성한 채로 있어 내가 그 안에 들어 있었더라면 억울한 죽음을 어찌 면했겠느냐?'

속으로 하늘에 사례한 임충은 곧 오른손으로 화창을 고쳐 잡자 왼손으로 묘문을 밀쳐 열고 밖으로 내달았다.

"이 벌레 같은 놈들아!"

소리를 벼락같이 지르니 세 명의 무리는 이제까지 불 속에서 타 죽은 줄로만 여겼던 임충이 뜻밖에도 묘 안에서 내닫는 것을 보자 너무나 놀랍고 떨리어 도망 갈 생각조차 못했다.

임충은 먼저 차발의 옆구리를 한 창에 찔러 거꾸러뜨리고, 그제야 도망치려는 부안의 등을 찔러 죽인 다음, 마지막으로 육겸을 잡아 칼로 가슴을 찌르니 피를 쏟고 눈 위에 그대로 쓰러져 버렸다.

임충은 세 사람의 머리를 베어 들고 묘 안으로 다시 들어가 산신 면전의 공탁 위에다 벌여 놓고 호리병에 남아 있는 찬술을 벌컥벌컥 한숨에 들이켠 다음에, 머리에는 전립자를 쓰고 몸에는 백포삼을 입고 한 손에는 화창을 잡고 그대로 묘문을 밀치고 나서서 동쪽을 향해 걸음을 재촉했다.

밖은 계속 눈보라치는 밤길이었다. 그 속을 무릅쓰고 그대로 가기 한식경이나 되었을까, 밤이 깊을수록 더욱 심한 추위를 견뎌 낼 수가 없었다.

그 때 전면 깊은 숲 속에 몇 간 초옥이 서 있고 그 창 틈으로 은은히 새어 나오는 불빛이 눈에 띄었다.

임충은 곧 그 곳을 찾아갔다. 문을 밀치고 안으로 들어가 보니 너덧 명 장객들이 빙 둘러앉아서 모닥불을 쬐고 있었다. 임충은 그들을 둘러보며 말했다.

"나는 감옥에서 심부름을 나온 사람이오. 눈에 이처럼 옷이 몽땅 젖어서 견딜 수가 없으니 잠시 불에 말려 입고 가도록 해 주시겠소?"

"그야 뭐 어렵지 않은 말씀이오. 이리 와 앉으시오."

임충은 한옆에 끼여 앉아 얼마 동안은 말없이 옷을 말리고 있었으나 문득 곁에 놓인 항아리에서 은근히 풍기는 술 냄새를 맡자 입을 열었다.

"술이 있는 모양인데 술 한 잔 나눠 주시겠소? 술값은 후히 쳐서 드리겠소."

"돈은 얼마를 준대도 그건 못하겠소. 우리는 노적 곳간을 지키려고 나온 사람들이라 이 추위에 몸을 녹이려고 가져 온 것을, 그래, 우리 먹기에도 모자라는 터에 노형 차례가 갈 듯싶소?"

"그러지 말고 그저 두어 잔만 먹게 해 주시우."

"글쎄, 안 된대두 그러는구먼."

"그럼 꼭 한 잔만 주시구려."

"안 된다면 그만이지 이 사람이 웬 잔소리가 이리 심해! 불을 쬐게 해 준 것만 해도 뭣한데, 아, 술까지 또 달라고? 염치도 참 좋다. 냉큼 나가지 못하겠느냐? 안 나갔다간 다리몽둥이가 성하질 못할 게다."

임충이 크게 노하여 창끝으로 모닥불을 들쑤시니 불똥이 튀어 그 중 늙은 장객의 수염을 태웠다. 이것을 보자 장객들도 크게 노하여 일제히 임충에게 달려들었으나 물론 그의 적수가 아니었다. 화창 자루로 한두 번씩 얻어맞자 그대로 앞을 다투어 도망들을 가 버렸다.

임충은 홀로 남아 항아리에 든 술을 반 넘게 들이켜고 곧 문을 나서자 그대로 밤길을 또 달렸다.

그러나 지칠 대로 지친 몸에 취기가 크게 올라 그는 두어 마장을 다 못 가서 마침내 눈 속에 쓰러지더니 다시 일어나지 못하고 그대로 잠이 들어 버렸다.

임충에게 얻어맞고 도망을 쳤던 장객들이 스무 남은 무리들을 모아 가지고 뒤를 밟아 와 보니 이 꼴이었다. 그들은 힘들이지 않고 임충을 단단히 묶은 다음 어깨에 떠메고 돌아갔다.

날이 훤히 밝을 쯤 해서 임충이 눈을 떠 보니 뜻밖에도 몸은 결박을 당하여 크나큰 장원 안에 뉘어져 있었다. 어인 영문을 몰라 소리쳐 사람을 부르려니까 간밤에 수염을 그을린 노인을 비롯해서 수십 명의 장객들이 각기 손에 곤봉을 들고 달려 나와 함부로 쳤다.

결박을 당한 몸이 꼼짝을 못하고 욕을 당하고 있을 때 장원의 주인인 듯 싶은 사람이 뒷짐을 지고 나와 이 광경을 보고 물었다.

"웬 사람을 그리들 치느냐?"

"예, 이놈이 간밤에 노적 곳간에 들어왔던 도둑놈인뎁쇼."

"뭐, 도둑이라?"

주인은 장객들의 어깨 너머로 임충을 한번 보더니 소리를 가다듬어 그들을 꾸짖어 물리쳤다.

"이놈들, 물러 나거라!"

그러고는 임충에게 다가왔다.

"아니, 임 교두께서 이게 대체 웬일이십니까?"

황망히 묶은 줄을 풀어 주니 그는 곧 다른 사람이 아니라 바로 소선풍 시진으로 이 곳은 그의 동장(東莊)이었다.

임충이 간밤에 겪은 일을 낱낱이 이야기하자 시진은 저도 모르게 한숨을 쉬고 말했다.

"형장의 운명도 참으로 기구도 하십니다. 그래도 이렇듯 제 집으로 끌려오신 것이 불행 중 다행입니다."

그는 바로 장객에게 명하여 새 옷 한 벌을 내오라 하여 갈아입게 하고 바로 술과 음식을 내어 접대했다. 임충은 그의 두터운 정의에 깊이 사례하며 동장에 그대로 머물러 대엿새를 지냈다.

그러나 살인범을 관가에서 그냥 내버려 둘리 없었다. 창주 감옥의 관영에게서 급보를 받자 주윤은 크게 놀라 곧 이를 공문첩에 올린 다음 수하 군교들에게 임충을 잡으라고 영을 내리니 상금은 3천 관이라 각처에 이 소문으로 왁자지껄했다.

이 말을 전해들은 임충은 마치 바늘방석에나 앉은 것처럼 불안하여 곧 시진을 보고 말했다.

"관에서 저렇듯 저를 잡으려 든다 하니 만약 제가 이 곳에 있는 사실이 드러나고 보면 피해가 대관인 에게까지 끼치고 말 것이라 오늘로 곧 이 곳을 떠나려 합니다. 염치없는 말씀이나 약간의 노자를 마련해 주신다면 이 몸이 요행 죽지 않고 살아 있는 동안은 태산 같은 은혜의 만분의 일이나마 갚아 올리오리다."

시진이 말했다.

"기왕에 형장께서 이 곳을 떠나시겠다면 내 서신을 써 드릴 터이니 양산박으로 가 보시는 것이 어떨까요?"

"양산박이 어딥니까?"

"양산박이란 산동 제주 관하의 물가에 있는 마을이라 넓이가 팔백여 리입니다. 지금 세 명의 호걸이 그 곳의 산채를 점거하고 있는데 수하에 칠팔백 명 졸개를 두어 노략질을 마음대로 하되 천하에 드문 험한 곳이라 관가에서도 감히 손을 대지 못하는 터입니다. 그 세 두령과는 일찍부터 제가 잘 아는 사이라 이제 글을 써 드릴 터이니 그리로 가셔서 화를 피하는 게 어떠하십니까?"

"그렇게만 해 주신다면 그만 다행이 없겠습니다."

임충은 곧 허리에 칼 차고 머리에 전립을 쓰고 손에 곤도를 잡은 다음에 시진에게 절하여 작별을 고하고 멀리 양산박을 향해 길을 떠났다.

그로써 열흘 남짓 지나 세차게 눈이 내리는 어느 날 저녁때 호숫가에 있는 한 주점에 찾아들어 술과 안주를 시킨 다음 임충이 양산박으로 가는 길을 물으니 주모가 대답했다.

"여기서 양산박이 오 리가 채 못 되지만 물길이라 배편을 얻지 않고는 갈 수가 없습니다."

"그렇다면 나에게 곧 배 한 척만 얻어 주시오."

"아, 이 눈에 날조차 저물었는데 배를 어디 가서 얻어 보겠습니까?"

"사례는 내 후히 할 터이니 좀 수고를 해 주시우."

"그래도 말해 볼 곳이 도무지 없는 걸요."

임충은 하는 수 없이 다시 술잔만 거듭 기울였다. 이 넓은 세상에 몸 둘 곳이 없어 이렇듯 천리 타향에서 도적의 소굴을 찾아가는 신세가 된 데에 생각이 이르자 임충은 불현듯 지난날 도성 거리를 거닐며 놀던 생각이 나서 애끊는 한숨이 저도 모르게 새어 나왔다.

그 때 문득 한 사나이가 등 뒤로 와서 어깨를 툭 치고 물었다.

"혹시 죄를 짓고 도망쳐 온 사람이 아니오?"

임충이 깜짝 놀라 돌아보니 체격이 장대하고 얼굴이 당당했다. 임충은 속으로 은근히 경계를 하며 되물었다.

"아니, 누구를 보고 하시는 말씀이오?"

"하하하, 놀라실 건 없소이다. 조용히 여쭐 말씀이 있으니 저리로 같이 들어갑시다."

임충이 그를 따라 그 뒤 수정으로 들어가자 그 사나이는 자리를 권하고 예를 베푼 후에 은근히 물었다.

"형장께서 아까 우리 집사람에게 양산박 가는 길을 물으시나 보던데 거긴 대체 무엇 하러 가시고자 하시오?"

임충은 바른 대로 대답했다.

"이 사람이 죄를 짓고 천하에 몸 둘 곳이 없어 산채로나 찾아 들어가 볼까 그러오."

"누구한테서 양산박 말씀은 들으셨소?"

"창주 친구가 일러 주더군요."

"창주 친구라니, 그럼 소선풍 시진이 아니오?"

"어떻게 아시오?"

"시 대관인이 산채의 대왕과는 일찍부터 교분이 두터워 근자에도 서로 서신 왕래가 있는 터이오. 원래 왕 두령 왕륜이 양산박으로 들어오기 전에 두천과 함께 시 대관인을 찾아가 그 장원에 머물며 신세도 많이 졌지요."

"형장은 대체 뉘시오?"

"나는 기주 기수현 태생 한지홀률 주귀라는 사람이오. 왕 두령의 분부로 이 곳에다 술집을 차리고 앉아 지나가는 나그네들에게 마취약을 탄 술을 먹인 후 재물을 뺏고 몸은 잘라서 고기라고 속여 팔아 오는 터인데 형장은 들어오자마자 즉시 양산박 가는 길을 물으시기로 감히 어떻게 하지 못하고 동정을 살피고 있었지요."

"하마터면 큰일 날 뻔했소. 그러나 배편이 도무지 없다니 어떡하오?"

"그건 아무 염려 마시오. 다 도리가 있소이다. 오늘 저녁은 여기에서 쉬고 내일 오경에 저와 함께 산채로 들어가십시다."

이튿날 이른 새벽에 주귀는 임충을 깨워 함께 배를 타고 물을 건넜다. 배가 금사탄에 닿자 주귀를 따라 산채로 올라가며 임충이 눈을 들어 살펴보니 길 양편에 빽빽하게 서 있느니 모두가 아름드리였다. 산 중턱의 한 채 정자를 지나자 큰 관문이 앞을 막고 서 있었다. 관 앞에는 병장기가 수풀처럼 서 있고 사면에 쌓여 있는 것은 모두 뇌목과 포석들이었다.

졸개 하나가 연락을 하러 그들 앞을 달려갔다. 두 사람이 관문을 지나자 길 좌우에 무수한 깃발이 바람에 나부끼고 다시 두 곳 협곡을 지나서야 비로소 산채 문 앞에 이르렀다. 사면을 뻥 둘러 험하고 높은 산 한가운데에 있는 거울같이 편편한 평지가 가히 사방 사오백 장은 되어 보였다.

정문을 들어서서 주귀가 임충을 인도하여 마침내 취의청 위에 오르니 가운데 교의에 앉아 있는 이가 바로 백의수사 왕륜이고 왼편 교의에 앉아 있는 이는 모착천 두천이며 오른편 교의에 앉아 있는 이는 운리금강 송만이었다.

임충이 예를 드린 다음 찾아온 뜻을 고하고 정중하게 시진의 서신을 올리니 왕륜은 받아 보고 나서 그를 청하여 넷째 교의에 앉게 하고 주귀에게 명하여 다섯째 교의에 앉게 했다.

곧 이어 손님을 대접하는 주연이 벌어졌다. 그러나 왕륜은 수하에 수백 명 졸개를 거느리고 산채의 대왕으로 있는 몸이건만 속이 심히 좁은 자였다. 그는 임충에게 은근히 술을 권하면서도 속으로는 딴 궁리를 하고 있었다.

'나는 본래 급제도 하지 못한 몸으로 두천, 송만과 우연히 이 곳에 들어와 이렇듯 허다한 인마를 거느리고 있지만 무예에는 익지 못하고 두천이나 송만도 보통 기량에 지나지 않는다. 그런데 저 임충으로 말하면 동경에서 금군 교두를 지냈다 하니 무예가 반드시 출중할 것이라, 만약 함께 지내다 우리들의 실력을 알게만 된다면 제가 필시 우리를 업신여겨 이 산채를 빼앗으려 들 것이 아니겠느냐? 소선풍 시진이 정중한 서신을 보내 천거를 한 터에 박절하게 물리치는 것이 도리는 아니겠지만, 그렇다고 그대로 두었다가는 후환이 될 터이니 아주 일찌감치 다른 데로 쫓느니만 못할까 보다.'

이렇게 생각을 정한 왕륜은 졸개에게 명하여 소반에 백은 쉰 냥과 비단 두 필을 담아 내오게 한 다음 술잔을 멈추고 임충에게 말했다.

"시 대관인께서 모처럼 족하를 우리 산채에 천거는 했소만 양식도 넉넉지 못하고 거처하실 곳도 마땅치 않아 호걸이 계실 만한 곳이 못 되니 박한 사례나마 허물 말고 받으신 다음에 어디 다른 곳으로나 가 보도록 하시지요."

뜻밖의 말에 임충은 놀랐다.

"이 사람이 천리를 멀다 않고 이 곳을 찾아온 까닭은 결코 은자나 비단을 얻기 위한 노릇이 아닙니다. 제가 비록 재주는 없으나 수하에 거두어만 주신다면 삼가 견마의 수고를 사양 않을 것이니 세 분 두령께서는 깊이 통찰해 주십시오."

왕륜은 좀처럼 듣지 않다가 마침내 난데없는 말을 꺼냈다.

"만약 족하가 진심으로 우리 산채에 들어올 생각이라면 투명장을 들여놓은 다음에라야 되겠소."

"이 사람이 글을 배워 아는 터라 지필만 빌려 주신다면 이 자리에서라도 곧 써서 바치겠습니다."

임충은 즉시 대답했으나 곁에 있던 주귀가 웃으며 일러 주는 말을 들어 보니 이 곳에서 말하는 투명장이란 결코 보통의 문서를 가리키는 것이 아니었다. 산 사람의 머리를 베어다 두 마음이 없다는 증거를 삼으라는 뜻이었다.

왕륜이 말했다.

"사흘을 기한으로 하고 그 안에 투명장을 들여놓아야 하고 만약 그렇지 못한 때는 이 곳을 떠나야만 할 줄로 아시오."

산 사람의 모가지가 아무 데서나 손쉽게 구해질 리가 없는 노릇이다. 왕륜은 어떻게 해서든 임충을 쫓아 버릴 생각이었다. 그것을 눈치 못 챌 임충은 아니었다. 그러나 이 곳을 떠난다면 기약 없는 발길이 어디를 또 찾아가야 한단 말인가.

그는 마침내 응낙하고 졸개 한 명을 빌려서 데리고 이튿날 산을 내려와 배로 물을 건넌 다음 으슥한 곳을 가리어 몸을 숨기고 오직 사람이 지나기만 기다렸다.

8. 청면수(靑面獸) 양지(楊志)

그러나 첫날은 헛일이었다. 둘째 날도 부질없이 저물었다. 관가에서도 그 형세를 꺼리어 감히 손을 대지 못하는 무서운 산적 떼가 살고 있는 양산박 근방을 사람들이 그처럼 생각 없이 지나다닐 리가 없었다.

임충이 그대로 산채로 돌아가니 왕륜은 입가에 비웃음을 띠고 한마디 했다.

"내 사흘 기한을 주었는데 이틀이 지나도록 투명장을 들여놓지 못했으니 만약 내일도 못해 놓겠거든 구태여 다시 산으로 올라올 것도 없이 바로 어디 다른 데로나 가 보도록 하오."

임충은 자기 처소로 물러나와 오직 긴 한숨으로 밤을 새웠다. 이제 밝는 날이 마지막 기한이다.

다음날 임충은 조반을 치르자 다시 졸개를 데리고 산에서 내려갔다.

나루를 건너 산 아래 동쪽 숲 속에 몸을 숨기고 한나절을 기다렸으나 역시 한 사람의 행인도 구경을 할 수 없었다. 임충은 마침내 졸개를 돌아보고 말했다.

"아무래도 내 운수가 불길한 탓인가 보다. 더 기다려 보면 뭘 하겠니? 그

보따리를 이리 다우. 저물기 전에 숫제 다른 데로나 가 버리는 것이 상책일까 보다."

그러나 졸개는 그 말에는 대답을 않고 한 편을 가리키며 소리를 질렀다.

"오, 저기 한 사람이 옵니다."

임충이 그쪽을 바라보니 과연 멀리 저편 산언덕 아래로 한 사나이가 등에 짐을 지고 이편을 향하여 오고 있었다. 임충은 기뻤다.

'이젠 됐다!'

입속말로 한마디 중얼거리고 그대로 곤도를 휘두르며 숲 속에서 달려나갔다. 그러나 그 사나이는 난데없이 뛰어나와 길을 막는 임충을 보자 지고 있던 짐을 내던지고 그대로 몸을 돌이켜 달아났다. 임충은 죽기로 그 뒤를 쫓았으나 끝내 놓치고 말았다.

그는 졸개를 돌아보며 저도 모르게 긴 한숨을 쉬었다.

"내 명이 궁색도 하구나. 사흘을 별러 모처럼 만난 놈을 이처럼 놓쳐 버리고 말다니."

졸개가 위로했다.

"사람은 못 죽이셨지만 그래도 짐은 빼앗으셨으니 이것이라도 가지고 우선 왕 두령께 좋도록 말씀을 드려 보시지요?"

"하여튼 너는 짐을 가지고 먼저 산채로 돌아가거라. 나는 여기서 좀 더 기다려 보겠다."

과연 기다린 보람은 있었다. 행인이 버리고 간 짐을 지고 졸개가 산채로 돌아간 뒤 얼마 지나지 않아 조금 전에 본 듯한 그 사나이가 산언덕 아래에서 이편을 향하여 걸음을 재촉해서 오고 있었다.

임충은 기쁜 나머지 곧 곤도를 잡고 앞으로 나섰다. 이를 보자 그 사나이도 박도를 꼬나 잡으며 소리를 벽력같이 질렀다.

"네 이 강도놈아, 냉큼 내 보따리를 내놓지 못하겠느냐? 아까는 내가 아직 네 배후를 몰라 잠시 몸을 피했을 뿐이다!"

임충이 다시 한 번 그 사나이의 행색을 살펴보니 신장은 일곱 자 반에 빰에 큼직한 푸른 점이 있고 귀밑에 붉은 수염이 났는데 얼굴이 괴위한 사람이 박도를 꼬나 잡고 서 있는 모양이 무예에도 결코 범상치는 않은 성싶었다.

그러나 털끝만치라도 겁낼 임충이 아니었다. 지난날의 동경 팔십만 금군 교두로 표자두 임충이라면 천하에 모를 사람이 없는 몸이다. 두 호걸의 칼은 마침내 서로 마주쳤다.

그러나 어우러져 싸우기 서른 합이 넘어도 좀처럼 승패가 나뉘지 않았다. 두 사람이 더욱 정신을 가다듬어 다시 여남은 합을 싸웠을 때 별안간 멀리서 외치는 소리가 들렸다.

"두 분 호걸은 잠시 손을 멈추시오!"

임충이 밖으로 몸을 뛰쳐나가며 그편을 바라보니 나루 건너 산언덕 위에서 왕륜이 두천, 송만과 함께 수많은 졸개를 거느리고 내려왔다.

임충과 함께 푸른 점박이 사나이도 칼 잡은 손을 멈추고 기다리고 있었다. 일행이 배를 타고 나루를 건너오자 왕륜이 다시 입을 열었다.

"두 분의 검술이 과연 신출귀몰하시오. 한데 이분은 표자두 임충이시거니와 얼굴 푸른 친구는 뉘라 하시오? 원컨대 대명이나 알고 지냅시다."

그 사나이가 대답했다.

"나는 양령공의 후손으로 양지라는 사람이오. 일찍이 무과에 뽑히어 도군 황제의 칙명을 받잡고 아홉 명의 동관과 함께 태호 물가에서 화석강을 날라 오는 도중에 뜻밖에 풍랑을 만나 그만 황하에서 배가 전복되었구려. 화석강을 잃고 그대로 경사로 돌아갈 수가 없어 다른 곳으로 몸을 숨기고 화를 피하여 지내 왔는데 풍문에 들으니 조정에서 우리 죄를 사하여 주신다고 하기에 지금 동경으로 가서 다시 이전의 벼슬자리를 구하려 하는 터요. 사정이 이러하니 내게서 뺏은 보따리는 순순히 돌려주는 것이 어떻겠소?"
그의 내력을 듣고 왕륜이 말했다.
"그러면 족하가 바로 청면수 양지가 아니오?"
"내 작호는 어찌 아시오?"
"내 수년 전에 동경에 과거 보러 올라갔다가 족하의 대명은 익히 들었소. 오늘 이처럼 만난 터에 그냥 헤어지는 것이 도리가 아니니 함께 산채로 가서 술잔이나 나누십시다."
함께 산으로 올라가서 양을 잡고 술을 내어 취의청 위에 크게 연석을 베풀고 왕륜은 은근히 양지에게 술을 권하며 속으로 가만히 생각했다.
'양지의 무예 수단이 결코 임충만 못지 않으니 두 사람을 함께 산채에 머물러 있게 한다면 두 호걸이 서로 저편을 눌러 내 자리가 도리어 온전할 것이 아니겠느냐?'
이 과연 묘책이라 생각하고 그는 양지에게 부디 산채에 머물러 있도록 하라 권했으나 양지는 듣지 않았다. 그는 임충과 달라 구태여 도적의 소굴에 몸을 숨길 것도 없이 경사로만 올라가면 떳떳하게 다시 벼슬자리에 오를 수가 있기 때문이었다.
그는 하룻밤을 양산박에서 묵고 그대로 산에서 내려갔다. 왕륜은 본의는 아니었으나 또한 어찌 할 길이 없었다. 임충에게 마침내 넷째 교의를 주어 산채에 머물러 있을 것을 허락했다.

산에서 내려온 양지는 그로써 며칠 지나 무사히 동경에 이르자 곧 지니고 온 금은 재물을 내어 추밀원 상하에 손을 후히 쓰고 어떻게든 전에 지낸 전사부 제사 벼슬을 다시 얻으려 했다.
그러나 태위 고구는 재물만을 탐내는 소인이었다. 양지의 뇌물이 적은 것을 보자 그는 크게 노하여 양지가 올린 문서를 먹으로 흐려 버리고 좌우에 명하여 그를 밖으로 밀어 내쳤다.

양지의 울적한 심사야 일러 무엇 하랴! 이럴 줄 알았더라면 차라리 왕륜이 권하는 대로 양산박에 머물러 있을 것을 그랬나 하고도 생각했으나 부모에게서 받은 청백한 몸을 차마 더럽힐 수는 없었다.

'달리 어디로든 가서 무슨 방도를 차려 보기로 하자.'

양지는 곧 동경을 떠나고 싶었다. 그러나 벼슬자리 얻으려 약간 있던 재물을 모조리 쓰고 보니 당장 객점의 밥값 셈도 못할 지경이었다. 양지는 생각 끝에 자기 가문에 오랫동안 전해 내려오는 보검을 들고 나가 돈과 바꾸기로 마음먹었다.

그는 곧 보따리 속에서 보검을 꺼내 들고 마행가로 나가 보았다. 그러나 거의 한식경이 지나도록 누구 한 사람 값을 묻는 이가 없었다.

양지는 좀 더 사람 왕래가 잦은 곳으로 가 볼까 하고 천한주교 다리 위로 갔다. 그 곳에 가서 있은 지 얼마 안 되어 별안간 사람들이 어지러이 달리며 일러 주었다.

"여보, 범이 와요, 범이! 그렇게 멀거니 서 있지 말고 어서 몸을 피하시오!"

동경 한복판에 더구나 백주 대낮에 범이 나오다니 이 어인 말인가? 양지가 괴이하게 생각하며 그대로 서서 동정을 살피려니 저편에서 한 사나이가 술이 취하여 이리 비틀 저리 비틀 하며 이편을 향하여 왔다.

그는 본래 몰모대충 우이라는 자로서 경사에서도 이름난 건달로 허구한 날 거리에 나와 갖은 행패를 다 부리어 개봉부 관원들도 우이라면 머리들을 내두르는 터였다.

사람들은 그의 그림자만 보아도 범이 나왔다고 그저 몸을 피하느라고 정신이 없었다. 양지야 물론 이 일을 몰랐고 설혹 알았다 해도 그를 두려워

할 사람도 아니었다.

우이는 비틀걸음으로 양지 앞까지 오자 걸음을 멈추고 물었다.

"여, 그 칼 몇 푼에 파는 거야?"

"천하에 드문 보검이오만 삼천 관이면 팔겠소."

"뭐 삼천 관이라고? 무슨 정신 나간 수작이야? 서른 문짜리 식칼로도 젠장칠 고기도 잘 썰고 두부도 잘 베는데, 아 그래, 그게 뭐라고 삼천 관이나 달라는 거야?"

"하하하! 가게에서 파는 백철도 하고는 다르지요."

"뭐가 어떻게 다르단 말이야?"

"첫째, 이 보검은 구리나 쇠를 베어도 날이 휘는 법이 없고, 둘째, 털을 갖다 대고 불면 날에 닿기가 무섭게 베어지고, 셋째, 이 칼로는 사람을 죽여도 피가 묻지 않소."

"너 그럼 동전을 베어 볼 테냐?"

"가지고만 오슈. 몇 조각이든 내 드리리다."

우이는 곧 다리 모퉁이 향초포 안으로 들어가서 당삼전 스무 닢을 얻어 가지고 나와 다리 난간 위에다 놓고 말했다.

"너 어디 한칼에 두 쪽을 내 보아라. 그러기만 하면 내 삼천 관에 살 터이니."

이 때 행인들은 감히 가까이는 못 와도 모두 먼발치에 서서 결과를 궁금히 여겼다.

양지가 스무 닢 동전을 가지런히 포개 놓은 다음에 소매를 걷어 올리고 칼을 번쩍 들어 한 번 내리치니 스무 닢 동전이 두 쪽이 나서 마흔 닢이 되었다.

우이는 심사가 틀렸다.

"너 둘째 조목은 뭐라고 했지?"

"털을 대고 불면 날에 닿기가 무섭게 베어진다 했소."

우이는 곧 자기 머리털을 여남은 개나 뽑아서 양지에게 주며 말했다.

"너 어디 해 봐라."

양지가 말없이 받아서 칼날 위에다 대고 입으로 한 번 훅 부니 머리털은 낱낱이 두 동강이 나서 땅 위로 떨어졌다.

우이는 화를 벌컥 내며 물었다.

"너 셋째 조목은 뭣이랬지?"

"사람을 죽여도 칼날에 피가 묻지 않는다 했소."

"너 그럼 이 자리에서 사람을 죽여 봐라!"

"금성 안에서 살인이 가당한 말이오? 정 그러면 대신 강아지라도 한 마리 끌고 오시오."

"야, 이놈의 수작 봐라! 너 애초에 사람을 죽인댔지 개를 죽인다군 안 했잖아?"

"안 살 테면 안 사도 좋으니 남 성가시게 굴지 말고 어서 갈 길이나 가 보시우."

"뭐, 성가시게 굴지 말고 갈 길이나 가 보라구? 흥, 그럼 내가 속을 줄 아느냐? 어디 그 칼로 나를 베어 봐라. 그래도 피가 묻지 않는다면 내가 살 테니."

"내 노형하고 원수 진 일이 없는 터에 까닭 없는 살인을 왜 하겠소."

우이는 와락 달려들어 양지의 멱살을 잡았다.

"그 칼을 내게 팔아라!"

"살 테면 돈을 가져 오슈."

"돈은 없는걸."

"돈 없이 멱살만 잡고 어떡할 생각이오?"

"돈은 없지만 칼이 탐이 나서 그런다. 너 선선히 그 칼을 나에게 주든지 못 주겠다면 나를 죽여라!"

말을 마치자 곧 주먹을 들어 양지를 치니 참을 만큼은 참아 온 그였으나 이에 이르러서는 더 참을 수가 없었다. 멱살 잡은 손을 홱 뿌리치고 다시 덤벼드는 놈의 가슴을 향해 보검을 한 번 휘두르니 동경 한복판에서도 이름난 건달 우이는 소리 한마디 질러 보지 못하고 그대로 다리 위에 사지를 뻗고 말았다.

뜻밖에 일을 저지르고 만 양지는 하늘을 우러러 탄식한 다음 곧 개봉부로 나가 자수했다.

살인자란 예로부터 정해져 있는 법도이나 본 사람들의 증언이 양지에게 유리했고 또 죽은 자가 관가에서도 머리를 내두르던 건달 우이라 부윤도 양지의 죄상을 가벼이 생각하여 곤장 스무 대를 친 다음 북경 대명부로 귀양을 보냈다.

그 무렵 북경 대명부 유수사는 양중서라는 이로 동경 당조태사 채경의 사위이다.

일찍부터 양지의 이름을 들어 아는 터라 양중서는 곧 그를 뽑아 내어 군중부패를 삼고 싶었다. 그러나 귀양살이 온 죄인을 그처럼 단번에 발탁했다가는 다른 사람의 분분한 공론 또한 두려운 일이라 양중서는 주저하고 있었다.

제3편 면모일신(面貌一新)

1. 탁탑천왕(托搭天王) 조개(晁蓋)

이야기는 두 머리로 나누어진다. 산동 제주 운성현에 요즈음 새로이 도임한 지현이 있으니 성은 시요 이름은 문빈이라 한다.

도임 당초에 도적의 떼가 자기 관하에 창궐한다는 말을 듣고 시문빈은 즉시 두 명 도두를 앞으로 불렀다.

"내 들으니 제주 관하에 양산박이 있어 무리들을 모아 노략질을 마음대로 한다 하고 또 각처 향촌에도 도적이 창궐하고 있다니 참으로 한심한 일이 아니겠느냐? 내 너희 둘에게 분부하니 곧 본관 토병을 이끌고 나가 길을 나누어 토벌하도록 하라!"

두 명 도두는 곧 명령을 받들고 그 앞을 물러나와 본관 토병을 점검하여 거느리고 순찰을 나서되 서로 길을 나누어 보병 도두는 동문으로 나가고 마군 도두는 서문으로 나갔다.

마군 도두는 주동이라 하는 사람으로 신장이 여덟 자 다섯 치에 얼굴은 무르익은 대추 빛이었다. 또 한 자 다섯 치 수염이 가슴 위에까지 내리어 흡사 삼국 시절의 관운장 모습인데다 무예가 출중하니 이로 인하여 사람들은 그를 미염공이라 했다.

보병 도두는 뇌횡이라는 사람으로 신장이 일곱 자 다섯 치에 힘은 열 사람을 당하고 또 여섯 자 너비의 시내를 뛰어 건너니 사람들이 그를 가리켜 삽시호라 했다.

이 날 밤에 뇌횡이 토병 스무 명을 거느리고 동문을 나서서 동계촌 안을 두루 순찰한 다음에 영관묘에 이르러 보니 문이 방긋이 열려 있었다.

뇌횡이 괴이쩍게 생각하여 수하 토병들과 함께 횃불을 들고 안으로 들어가 보니 바로 공탁 위에 기골이 장대한 사나이 하나가 옷을 뭉쳐 베개 삼아 시뻘건 알몸으로 번듯이 누워서 드르렁 드르렁 코를 골고 있었다. 뇌횡은 불문곡직하고 그 사나이를 꽁꽁 묶어 버렸다.

때는 오경이 지나 동편 하늘이 훤히 밝아 왔다. 뇌횡은 속으로 이제는 조 보정이나 찾아 해장술이나 한잔 대접받은 다음에 그만 돌아가리라 마음먹고 수하 군사들을 재촉하여 보정의 장상을 향해 갔다.

원래 이 동계촌의 보정은 조개라는 사람으로 작호를 탁탑천왕이라 하는데 대대로 이 곳에 살아 오는 갑부로서 평생에 의리를 중히 여기고 재물을 가벼이 알아 천하 호걸들과 사귀기를 좋아하며 창술과 봉술에 능하고 힘 또한 장사였다.

이 날 뇌횡이 그의 장원을 찾아가자 조개는 황망히 그를 후당으로 맞아들여 술을 권하며 물었다.

"무슨 일로 이처럼 일찍 나오셨소?"

"지현 상공의 명으로 도적을 잡으러 나왔다가 들어가는 길입니다."

"그래, 우리 마을에 도적이 있습디까?"

"꼭 도적일는지는 모르겠습니다만 영관묘 안에 웬 사내가 자고 있는 모양이 하도 수상쩍어 우선 묶어 가지고 들어가는 길입니다."

조개는 속으로 대체 누가 잡혔을까 궁금하여 술을 몇 잔 더 권하다가 잠깐 소피를 보고 오겠노라 핑계하고 밖으로 나왔다.

수상한 사나이는 결박을 당한 기둥에 매달려 있었다. 조개가 다가가 자세히 살펴보니 귀 밑에 붉은 점이 있고 점 위에 누른 털이 난 그의 얼굴이 범상치 않았다. 조개는 물었다.

"어디서 왔소? 내 도무지 처음 보는 사람이니…."

그 사나이가 대답했다.

"누구를 좀 찾아보려고 불원천리 왔다가 봉변을 당했소이다. 임자도 없는 묘 안에서 잠 좀 잔 것이 무슨 죄겠소?"

"대체 찾는 이가 누구란 말이오?"

"조 보정이오."

"그이는 왜 찾는 거요?"

"난 그이가 천하 호걸이란 말을 듣고 긴히 할 말이 있어 왔소이다."

"내가 바로 조 보정이오. 하여튼 내가 당신을 구해 줄 터이니 이따 나를 보거든 외삼촌이라 부르우. 그럼 나도 어렸을 때 멀리 떠난 내 조카라고 할 것이니."

이렇듯 입을 모은 뒤에 조개는 다시 후당으로 들어가서 술잔을 손에 잡았다.

얼마 아니 있어 날이 훤히 밝아 왔다. 후히 사례하고 자리에서 일어나는 뇌횡을 문간까지 바래다주려니까 토병들에게 끌리어 나오던 사나이가 조개를 보자 외쳤다.

"삼촌, 저 좀 살려 줍쇼!"

조개는 그를 돌아보고 놀라며 물었다.

"너 이놈, 왕소삼이 아니냐!"

"예, 소삼이에요!"

뇌횡은 깜짝 놀라 물었다.

"아니, 이 사람이 대체 누구기에 보정께서 아십니까?"

"이게 내 조카 되는 왕소삼이오. 우리 누이가 여기에서 살다가 이 애 다섯 살 되던 해에 남경으로 떠났는데 그 뒤 십여 년 지나 이 애가 한 번 나를 보러 오고는 영 소식이 없더니 어쩐 일로 여기는 왔으며 또 영관묘에는 왜 들어가 잤는지를 모르겠구려. 본래 같으면 십여 년이나 못 본 터라 얼른 알아보지를 못했겠지만 이놈은 귀 밑에 저 붉은 점이 있어 그래 알았습니다."

조개는 이번에는 그 사나이를 향해 꾸짖었다.

"이놈아, 예까지 왔으면 으레 나부터 찾아보지 않고 어디로 돌아다니며 무슨 짓을 했더란 말이냐!"

"전 잘못한 것 없습니다."

"뭐? 잘못한 것 없다? 그럼 죄 없는 놈이 이렇게 묶였단 말인가?"

조개가 소리를 가다듬어 꾸짖자 뇌횡과 수하 토병들은 모두 마음에 불안하기 짝이 없어,

"조 보정, 고정하십시오. 저희도 무어라 꼭 죄인이라 해서 그런 것이 아닙니다. 보정의 조카 되는 분이라는 걸 알았다면 애초에 이런 일이 왜 있었겠습니까?"

재삼 사과를 하고 곧 그 사나이의 묶음을 풀어 주니 조개는 사례하며 곧 장객을 불러 열 냥 화은을 내오라 하였다.

"도두, 너무 적다고 허물 마시고 웃고 받아 주시오."

"이러시면 안 됩니다."

사양하고 받지 않는 것을 굳이 받게 한 다음에 조개는 다시 약간 은냥을 내어 토병들에게도 손을 썼다.

뇌횡의 무리가 떠난 뒤에 조개는 곧 사나이를 이끌고 후당으로 들어가 옷을 갈아입히고 물었다.

"대체 뉘시오?"

그 사나이가 대답했다.

"저는 동로주에 사는 유당이라는 사람입니다. 보시는 바와 같이 귀 밑에 붉은 점이 있어 사람들이 저를 적발귀라 부르지요. 이번에 긴히 의논하고 여쭐 말씀이 있어 일부러 찾아뵈러 왔다가 간밤에 술도 취했고 밤 또한 깊었는지라 되는 대로 묘 안으로 들어가 자다가 그만 욕을 보았습니다."

"그래, 내게 하실 말씀이란 무엇이오?"

"조용히 보정께만 여쭙고 싶습니다."

"말씀하시오. 다들 내 심복이라 무슨 말씀을 하시든 괜찮소."

"그럼 말씀드리겠습니다. 제가 들으니 북경 대명부의 양중서가 십만 관의 금주보패를 자기 장인 채 태사 생신에 하례하려고 동경으로 올려 보낸답니다. 작년에도 역시 십만 관의 금주보패를 올려 보내다가 중간에서 잃고는 이제껏 물건도 못 찾고 사람도 못 잡았다 합니다. 제가 생각해 보니 이것은 정녕코 백성들의 고혈을 짜낸 불의의 재물이라 중간에서 가로채 빼앗더라도 별반 죄 될 것이 없을까 합니다. 형장의 의향은 어떠하십니까?"

"옳은 말씀이오. 서서히 의논해 보십시다. 그건 그렇고, 하여간 그렇듯 욕을 보고 몸도 고단하실 테니 객방으로 나가서 좀 편히 쉬시오."

유당은 장객의 인도를 받아 객방으로 나오자 혼자 속으로 생각했다.

'내가 대체 무슨 죄가 있어 그렇듯 욕을 당했단 말인가. 다행히 조 보정이

나서 주었기에 그쯤으로 무사히 되었지만 그렇지 않았더라면 어찌 될지 모르지 않았나. 뇌횡이란 놈은 그래 나를 그처럼 욕을 뵈고 조 보정에게 열 냥 은자까지 얻어 가지고 가 버렸으니…. 옳지! 제 놈이 갔으면 얼마를 갔으랴. 내 곧 뒤를 쫓아가 그놈을 때려뉘고 돈을 찾아다 조개에게 돌려줘야겠다.'

생각을 정하자 유당은 곧 방문을 밀치고 나와 창고 위에서 한 자루 박도를 골라잡은 다음 문을 나서 남쪽을 향하여 달려갔다.

한 오 리나 달렸을까. 눈을 들어 보니 뇌횡이 스무 명 토병을 거느리고 저 앞을 천천히 걸어가고 있었다. 유당은 더욱 걸음을 빨리하여 뒤를 쫓으며 소리를 가다듬어 외쳤다.

"네 이놈, 도망가지 말고 게 섰거라!"

뜻밖의 말에 뇌횡이 깜짝 놀라 고개를 돌려 보니 유당이 박도를 휘두르며 달려온다. 뇌횡은 자기도 토병에게서 한 자루 박도를 받아 들고 소리쳤다.

"네 이놈, 나를 쫓아와 어쩌려는 게냐?"

"네가 만약 조금이라도 사리를 안다면 삼촌에게서 받은 열 냥 은자를 도로 내놓아라! 그러면 내 너를 곱게 놓아 보내 주마!"

"이놈의 수작 좀 보아라. 네 외숙이 나에게 준 돈이 대체 네게 무슨 상관이 있다고 그러느냐? 네 외숙의 낯을 보지 않았으면 너 같은 놈을 내가 용서해 주었을 듯싶으냐? 이놈이 은혜도 모르고 날뛰는구나!"

"잔말 말고 네 우리 삼촌한테서 뺏은 열 냥 은자를 냉큼 내놓지 못하겠느냐? 지체하면 용서가 없을 테니 그리 알아라!"

뇌횡은 크게 노하여 곧 박도를 휘두르며 유당에게 달려들었다.

2. 지다성(智多星) 오용(吳用)

뇌횡은 제주 일대에서 무예가 남에게 별로 뒤지지 않는 사람이었다. 그러나 유당 또한 그 수단이 결코 그만 못하지 않았다.

두 사람이 서로 어우러져 싸우기 50여 합에 이르도록 좀처럼 승부가 나지 않았다. 곁에서 보고 있던 토병의 무리들은 저의 도두가 끝끝내 유당을 당해 내지 못할 것을 눈치 채고 곧 일제히 달려들어 그를 치려 했다.

바로 그 때 길갓집의 싸리문이 열리며 수재 행색을 한 사나이가 나와 외쳤다.

"두 분 호걸은 잠시 싸움을 멈추고 이 사람의 말씀을 좀 들으시오."

두 사람이 동시에 싸움을 멈추고 밖으로 몸을 뛰쳐나가며 눈을 들어 그 사나이를 보니 머리에는 두건을 쓰고 몸에는 마포로 지은 관삼을 입었으며 허리에는 난대를 띠었는데 미목이 청수하고 얼굴은 관옥 같고 수염은 길었다.

이 사람은 곧 지다성 오용으로 표자는 학구이고 도호는 가량 선생이라, 육도삼략을 깊이 익혀 모략은 제갈량과 짝하고 재능은 진평을 능가했다.

오용이 뇌횡을 향하여 물었다.

"두 분은 대체 무슨 일로 그처럼 다투시오?"

그러나 뇌횡이 뭐라고 대답하기 전에 유당이 끝끝내 뇌횡과 승부를 결하려 하자 이를 보고 뒤로 물러설 뇌횡이 아니었다.

두 사람이 다시 어우러져 싸우니 오용도 이제는 수수방관할 수밖에 달리 도리가 없을 때 토병의 무리들이 북쪽을 가리키며 외쳤다.

"보정께서 오십니다!"

유당이 고개를 돌려 바라보니 과연 조개가 옷깃도 여미지 못한 채 분주히 달려왔다.

"네 이놈아, 도두께 이 무슨 무례한 짓이냐?"

조개는 우선 소리를 가다듬어 유당을 꾸짖은 다음에 뇌횡을 향하여 말했다.

"부디 이 사람 낯을 보시어 오늘은 이대로 돌아가 주시오. 수일 있다 찾아뢰고 사죄 말씀을 올리오리다."

"저 사람이 도무지 경우에 닿지 않는 소리를 하기 때문이지요. 보정께서 사죄하시다니 원 말씀이 됩니까."

뇌횡은 노여움을 풀고 선선히 돌아갔다. 그가 돌아간 뒤에 오용이 조개를 돌아보고 말했다.

"보정이 오시지 않았더라면 일은 크게 벌어지고 말 뻔했소. 이분의 무예가 참으로 비범하시오. 내 울 안에서 보고 있으려니 박도를 잘 쓴다는 뇌도두도 당해 내지를 못하고 그저 막아 내기에 급급합디다. 만약 몇 합만 더 싸운다면 뇌횡이 필연코 목숨을 잃고야 말 형세라, 그래 달려 나와 싸움을 말렸지요. 한데 이분은 대체 뉘시오? 내 도무지 뵌 적이 없는데."

조개가 대답했다.

"그러지 않아도 선생을 청해 서로 의논하려던 차요. 하여튼 긴히 의논할 말씀이 있으니 곧 좀 내게로 같이 가십시다."

오용은 즉시 조개와 유당을 따라 함께 조가장으로 갔다. 세 사람이 후당으로 들어가 손님과 주인이 자리를 나누어 앉자 오용이 다시 물었다.

"보정, 대체 이분이 뉘시오?"

조개가 대답했다.

"동로주 태생의 유당이란 분으로 천하 호걸이지요. 특히 나를 찾아오시는 길에 간밤에 술이 대취하여 영관묘 안에 누워 있다가 그만 뇌횡에게 혐의를 받고 붙잡혔구려. 그래 내가 되는 대로 내 생질이라 하여 우선 구해 내었습니다. 이분의 말씀이 북경 대명부의 양중서가 십만 관의 금주보패를 동경으로 올려 보내 제 장인의 생신을 하례한다 하오. 그런 의롭지 않은 재물을 빼앗기로 무슨 구애될 일이 있겠느냐 하시는구려. 그래, 선생 생각은 어떠시오?"

듣고 나자 오용은 웃고 말했다.

"좋은 말씀이오. 그러나 다만 이 일은 사람이 너무 많아도 안 되고 또 너무 적어도 안 될 일이라, 내 생각에는 호걸 일고여덟 명이 함께 힘을 모은 다음에야 일이 될까 보오."

말을 마치자 눈을 감고 한동안 생각에 잠기더니 지다성 오용은 문득 눈을 다시 뜨며 말했다.

"되었소이다. 함께 일을 의논할 사람이 있어요."

"누구요? 곧 이 자리로 청해 옵시다."

"양산박 부근 석계촌에서 고기잡이로 생업을 삼고 있는 삼형제가 있습니다. 첫째는 입지태세 원소이, 둘째는 단명이랑 원소오, 셋째는 활염라 원소칠입니다. 전에 내가 석계촌에 살 때 같이 지내 보아 그 위인을 잘 아는 터이오 만, 글은 배우지들을 못했어도 형제들이 모두 의리를 중히 여기고 또 무예가 출중들 하지요. 내 생각에는 이 세 사람만 얻는다면 대사를 가히 이룰 수 있을까 하오."

"원가 형제의 이름은 나도 들었소만 서로 보지는 못했소. 석계촌이 여기서 백 리밖에 안 되니 그럼 곧 사람을 보내 청해 오도록 합시다."

"사람을 보내 청해서는 오지 않을 것이오. 내가 몸소 갔다 오리다."

"언제 가시려오?"

"오늘 밤 삼경에 곧 떠나겠소."

오용이 대답하고 이번에는 유당을 향하여 말했다.

"그런데 생일 선물이 북경을 떠나는 날짜는 언제며 또 어느 길로 오는지 그것을 자세히 알아야 하지 않겠소? 아무래도 이 일은 유 형이 좀 나서서 알아 오셔야만 되겠소."

"그럼 저도 오늘 밤으로 곧 떠나겠습니다."

"아니오. 그렇게 일찍 서두를 건 없을 것 같소. 채 태사 생일은 유월 보름이라는데 지금이 오월 초순 아니오? 아직도 사오십 일이나 날짜가 있으니 내가 먼저 석계촌에 가서 삼형제를 불러 가지고 온 다음에 떠나셔도 늦지 않으리다."

의논을 정한 다음, 이 날 밤 삼경에 오용은 약간의 은자를 품에 지니고 장문을 나서 밤을 도와 혼자 석계촌으로 떠났다.

3. 일청도인(一淸道人) 공손승(公孫勝)

그로부터 사흘 후 마침내 오용이 원가 삼형제와 함께 이르자 조개의 기쁨은 컸다. 함께 후당으로 들어가 손과 주인이 자리를 나누어 앉으니 한 차례 술자리가 벌어졌다.

주인의 정중한 대접을 받으며 원가 삼형제의 무리는 조개의 인물됨이 화통하고 언어가 시원스러운 것을 보고 마음에 기꺼워하기를 마지않았다.

그 이튿날에 조개는 장객에게 명하여 돼지와 양을 잡게 한 다음 오용, 유당, 원가 삼형제의 무리들과 더불어 장원 후당으로 가서 제물을 갖추어 놓고 하늘에 제사를 지냈다.

"만약 우리 여섯 사람 중에 사사로운 마음을 품는 자가 있다면 하늘이 벌을 주시고 저희들을 굽어 살펴 주소서."

여섯 사람이 차례로 맹세하기를 마치고 지전을 불사른 다음 후당에 모여 앉아 한창 술 마시며 즐길 때 문득 장객이 들어와 보고하되 문전에 한 선생이 찾아와서 보정을 뵈기를 청한다고 말했다.

"내 지금 이렇듯 손님을 모시고 있는 터이니 네가 알아서 쌀이나 서너 되 주어 보내면 될 일이지 구태여 내게 알릴 것이 없지 않느냐?"

"주었습죠. 그런데 받지를 않고 꼭 보정 어른을 뵈어야만 하겠다는 군요."

"아마 적어서 그러나 보다. 한 두어 말 내 주어라. 그리고 나는 오늘 장상에 손님이 계셔 나가 뵈올 겨를이 없다고 그래라."

그러나 장객이 다시 나간 지 얼마 지나지 않아 장문 밖에서 사람들이 들리는 소리가 왁자하게 나며 한 장객이 뛰어와 보고했다.

"그 선생이 화를 버럭 내며 그저 사람들을 함부로 치니 이를 어찌 할까요?"

조개는 깜짝 놀라 마침내 자리에서 일어났다. 장문 밖으로 나와 바라보니 신장이 여덟 자에 풍모가 당당한 이가 열댓 명 장객들을 꾸짖고 있었다.

"네 이놈들! 아무리 무지몰각한 놈들이기로서니 그렇게 사람을 못 알아본단 말이냐!"

그러면서 한편으로는 어지러이 장객들을 내려치고 있었다. 조개가 앞으로 나섰다.

"선생, 고정하시고 내 말씀 좀 들으시지요. 선생이 조 보정을 보시려 함은 식량을 구하시기 때문이 아니겠소? 그래, 저 사람들이 쌀을 내다 드렸으면 그냥 돌아가실 일이지 이토록 역정을 내시는 까닭을 도무지 모르겠구려."

말을 듣자 그 선생은 한 차례 크게 웃고 대답했다.

"나는 돈이나 쌀을 바라고 온 사람이 아니외다. 이처럼 보정을 찾아온 까닭은 은근히 상의할 일이 있기 때문인데 이놈들이 까닭 없이 나를 욕 주니 그래 내 심사가 틀리지 않겠소?"

"그럼 무슨 말씀이신지 같이 안으로 들어가시지요. 내가 선생이 찾으시는 조개입니다."

곧 안으로 청해 들여 성명과 내력을 물으니 그가 대답했다.

"나의 성은 공손이고 이름은 승이며 도호는 일청선생이라 합니다. 본래 계주 사람으로 어렸을 때부터 창봉을 익혔으며 뒤에 도술을 배워 능히 비와 바람을 부르고 안개와 구름을 타니 이로 인하여 사람들이 나를 부르되

입운룡이라 하지요. 일찍부터 운성현 동계촌의 조 보정 대명을 듣고도 뵈올 길이 없더니 이제 하늘이 내리신 십만 관의 금주보패가 있기로 두 손으로 바쳐다 보정께 드리려고 이처럼 온 터인데 보정께서는 기꺼이 받아 주시겠습니까?"

듣고 나자 조개가 웃으며 물었다.

"선생께서 말씀하시는 금주보패가 혹시나 북경서 동경으로 가는 생일 선물이 아닙니까?"

공손승은 깜짝 놀라 되물었다.

"보정께서는 대체 어떻게 아셨나요?"

"그저 짐작으로 한 말입니다."

조개는 그를 이끌고 후당으로 들어가 오용의 무리 다섯 사람과 인사를 나누게 한 뒤 새로이 술상을 차려 정돈하고 다시 예를 갖추어 접대했다.

석상에서 오용이 말했다.

"헌데 재물이 어느 길로 오는지 요전에 우리가 말한 대로 유당 형이 좀 알아 오셔야 하겠소."

"유 형, 일부러 가실 것 없습니다."

공손승이 나섰다.

"내가 벌써 알아 가지고 왔습니다. 그들은 황니강 대로상을 지나간다 하더군요."

그 말에 조개가 입을 열었다.

"황니강 동편 십릿길에 안락촌이 있는데 거기 백일서 백승이라는 사람이 살지요. 전에 내게 와서 의탁하고 지낸 일도 있고 해서 내 말이라면 거역은 못할 겁니다. 황니강 이라기에 생각이 나서 말이오 만 그 사람도 쓸 데가 있으면 씁시다 그려."

말을 듣자 오용이 무릎을 쳤다.

"거 참 잘 됐습니다."

조개가 물었다.

"그건 그렇거니와 대체 어떤 수단으로 십만 관을 뺏는 것이 좋겠소?"

오용이 웃고 대답했다.

"예, 그것은 내게 맡기시오. 저희가 오는 양을 보아서 힘으로 뺏을 것이면 힘으로 뺏고 꾀로 뺏을 것이면 꾀로 뺏을 터이니."

의논을 정한 다음에 일곱 사람은 이 날 밤이 깊도록 후당에서 술을 마시며 즐겼다.

4. 생일 선물(生日膳物)

앞서도 말했던 바와 같이 북경 대명부의 양중서는 동경 당조태사 채경의 사위로 그의 오늘날의 부귀와 공명은 장인에게 힘입은 바 컸다.

밤낮으로 그 은혜를 갚으려고 생각하던 양중서는 6월 보름 채 태사의 생신을 맞아 10만 관의 예물을 경사로 보내기로 했던 것이다.

그 날 대명부에서는 양중서가 채 부인과 함께 후당에 마주 앉아 예물 보낼 일을 의논했다.

"상공의 생일 선물은 언제 떠나기로 되었나요?"

채 부인이 눈을 빛내며 물었다.

"모레가 날이 좋기는 하다만 운반해 가지고 갈 사람이 마땅치 않아 걱정이오."

"왜 밤낮 그 사람이면 무슨 일이든 마음 놓고 맡기겠다고 하시면서 이번 길에는 보내려고 안 하시나요?"

"그 사람이 누구요?"

채 부인이 섬돌 아래를 가리키며 말했다.

"저 사람 말씀이에요."

양중서가 바라보니 다른 사람이 아니라 곧 청면수 양지였다. 양중서는 크게 기뻐하며 즉시 양지를 청상으로 불러 올려 물었다.

"자칫 내 너를 잊을 뻔했다. 네 이번에 생일 선물을 운반하여 무사히 동경으로 올라갔다 온다면 내 너를 중히 쓸까 하는데 네 생각은 어떠하냐?"

양지가 아뢰었다.

"은상의 분부시라면 어찌 감히 거역할 수 있겠습니까."

양지는 영을 받고 그의 앞을 물러나와 평범한 장사치처럼 꾸미고 특별히 가려낸 열 명의 상금군을 지휘하여 곧 예물을 꾸렸다.

이튿날 양지는 오경에 일어났다. 열 짐의 예물에 따로 내아에서 가는 것이 한 짐이라 도합 열한 짐을 열한 명 상금군에게 지웠다.

양지는 머리에 양립을 쓰고 몸에 청사삼을 입고 요도는 허리에 차고 박도는 손에 들고 나섰다.

길잡이 두 명의 우후도 모두 심상한 상인 행색을 하고 있었다. 일행 열다섯은 양중서에게 하직을 고하고 부중을 물러나오자 북경 성문을 나서 동경을 향해 떠났다.

때는 바로 오월 중순으로 날은 청명해서 좋으나 다만 심한 더위에 길을 가기가 고생이었다. 양지는 되도록 새벽 서늘한 때를 타서 길을 가고 한낮 불볕더위 때는 쉬도록 했다.

북경을 떠나온 지 꼭 보름 되는 유월 초나흗날에 일행은 마침내 황니강에 다다랐다.

남산북령에 산길은 좁고 험한 길을 더듬어 가기 이십여 리에 때는 바야흐로 한낮이었다.

공중에 나는 새도 날개를 접고 숲 속 깊이 그늘을 찾아들려 하는데 하물며 사람인들 어떠랴. 더위도 더위려니와 이제는 다리조차 아파 다시 더 가지를 못하고 일제히 소나무 그늘 속에 드러눕고 말았다.

양지는 애가 탈 대로 타고 화가 끓을 대로 끓었다.

"어서들 일어나거라! 이 곳 황니강은 가장 위험한 곳이다. 한시바삐 이 고개를 넘어야만 한다."

"죽으면 죽었지, 정말 더는 못 가겠소."

채찍을 번쩍 들고 외쳤으나 군사들은 그대로 땅바닥에 쓰러진 채 꼼짝달싹하지 않았다. 양지는 이리 뛰고 저리 뛰며 채찍으로 상금군들을 어지러이 치면서 소리를 가다듬어 꾸짖었다.

"이놈들아, 그래도 못 일어나겠느냐! 정말 아프게 매를 맞아야 직성이 풀리겠느냐!"

상금군들은 이제는 대꾸할 기력조차 없는 듯 그대로 늘어져 있었다. 양지는 화가 나서 그대로 목뒤까지 치밀어 올랐을 때 문득 저편 송림 사이로 웬 사나이 하나가 고개를 쑤욱 내밀고 계속 이쪽을 살펴보다 들어가는 모양이 아무래도 수상했다.

"이놈아, 웬 놈이냐!"

양지는 소리를 버럭 지르며 박도를 꼬나 잡고 그대로 그편으로 쫓아갔다. 숲 속으로 들어가 보니 웃통을 벌거벗은 장정 일곱이 일곱 채의 수레 옆에 앉아서 쉬고 있다가 양지가 황급히 박도를 휘두르며 뛰어드는 것을 보자 일제히 자리를 차고 일어나며 말했다.

"우리는 호주에서 동경으로 가는 대추 장수다만 너야말로 뭐 하는 놈이냐?"

"우리도 동경까지 가는 장사꾼이오. 누군가가 우리 쪽을 계속 엿보기에 수상쩍어 그랬소."

"우리도 난데없는 인기척에 잠깐 동정을 살펴본 게요. 노형들도 동경까지 간다니 그럼 동행이 되겠소 그려. 대추나 좀 드리리까?"

"그만두시우."

양지가 돌아오자 길잡이가 황망히 물었다.

"그래, 정말 도적입디까?"

"알고 보니 대추 장숩디다."

그 말에 뭇 군사들은 이빨을 드러내고 웃어 댔다. 양지는 하는 수 없이 자기도 그 곳에서 잠시 쉬어 가기로 했다.

그러자 얼마 안 있어 한 사나이가 어깨에 통을 메고 고개를 올라와 역시 소나무 아래 이르러 땀을 식혔다. 상금군들이 그를 보고 물었다.

"그 통 속에 든 게 뭐요?"

"막걸리라우."

상금군들은 서로 돌아보고 의논했다.

"덥기도 하고 갈증도 나니 우리 한 통 사서 먹세."

"그거 좋은 말이야."

돈들을 거두어 가지고 막 사 먹으려 하니 이를 보고 양지가 꾸짖었다.

"이놈들, 내 허락도 받지 않고 무얼 사 먹겠다고 그러느냐?"

"아, 우리 돈으로 우리가 사 먹는 것도 못하게 하슈?"

"이 무지몰각한 놈들아! 길에 나서면 매사에 각별히 조심을 해야 하는 거다. 길 가다 흔히들 마취약 탄 술을 먹고 욕보았단 말도 듣지 못했느냐?"

이 말에 술장수는 발끈하여 양지를 돌아보고 말했다.

"이 양반 좀 봐! 언제 내가 노형들한테 억지로 술 팔아 달랬소? 원 재수가 없으려니까 별소릴 다 듣겠네!"

"뭣이라고? 너 누구 보고 하는 수작이냐?"

피차 언성이 높아지며 형세가 제법 험악해졌을 때 맞은편 송림 속에서 대추 장수라는 사나이들이 제각기 박도를 들고 뛰어나와 물었다.

"왜들 이러시우?"

술장수가 하소연했다.

“아, 이분이 글쎄 이 술에 마취약이 들었다고 그러니 내 화가 안 나게 생겼습니까?”

“오, 그래서 시비가 났구먼. 우린 또 별안간 왁자지껄 하기에 웬일인가 했지. 하여튼 술 얘기를 들으니 반갑군. 저분들이 의심스러워 안 사 먹겠다면 우리가 사 먹겠소. 한 통에 얼마 주리까?”

“얼마고 뭐고 난 술 못 팔겠소!”

“이 친구 봐라? 언제 우리가 노형 술 가지고 뭐라고 하기나 했단 말이오? 달라는 대로 값은 쳐 줄 것이니 한 통 파슈.”

“팔라시면 드리기는 하겠지만 떠 잡수실 게 없는 걸요.”

“그건 염려 마오. 우리에게 표주박 가진 게 있으니.”

말을 마치자 한 사나이가 송림 속으로 들어가더니 표주박 두 개를 들고 나오는데 한 개에는 대추가 수북했다.

양지 일행들이 멀거니 바라보고 있는 앞에서 대추 장수들은 뼁 둘러앉아 대추를 안주 삼아서 눈 깜짝할 사이에 술 한 통을 다 먹었다.

먹고 나자 한 사람이 물었다.

“참, 지금 생각하니 우리가 값도 묻지 않고 먹었구먼. 그래, 얼마요?”

“다섯 관이오.”

“다섯 관이면 비쌀 것도 없소만 이왕이면 덤으로 한 잔 못 주겠소?”

“덤이 어디 있습니까.”

“없다면 할 수 없고. 자아, 돈이나 받우.”

술장수가 돈을 세어 받는 동안에 대추 장수 하나가 남은 술통 뚜껑을 열더니 술 한 바가지를 듬뿍 떠서 입으로 가져갔다.

“이게 무슨 짓이유?”

술장수가 소리치자 그 사나이는 마시다 남은 반 바가지 술을 들고 그대로 송림 속으로 달아났다.

술장수가 부리나케 그의 뒤를 쫓을 때 또 한 사나이가 대추 담았던 바가지로 술을 또 퍼냈다.

술장수는 질겁을 하고 되돌아와 그의 손에서 바가지를 빼앗아 술을 도로 통에 쏟고 눈을 흘겼다.

"보아하니 그렇게 보이지 않는 사람이 이게 무슨 행실이란 말이우?"

한참 투덜거릴 때 상금군들이 이제는 더 참을 수가 없어 양지를 보고 사뭇 애걸했다.

"덥기도 하려니와 목이 타서 죽겠습니다. 근처에 물 한 방울 구할 데도 없고 하니 그저 한잔들 만 사 먹게 해 주십쇼."

길잡이와 우후들도 은근히 비위가 동하여 함께 청했다. 양지는 대추 장수들이 그 술 한 통을 다 먹어도 별 이상이 없는 것을 보고 마침내 이를 허락해 주었다.

"제할도 한잔 하시오."

"어서 너희들이나 먹어라."

"그러지 마시고 한잔 드시오."

하도 권하는 통에 양지도 우선은 더위가 견디기 어려웠고 갈증이 심하여 마침내 반잔을 받아 마셨다.

두 통 술을 그 자리에서 다 팔고 나자 술장수는 빈 통을 어깨에 메고 콧노래를 부르며 도로 고개 아래로 내려갔다.

이 때 대추 장수 일곱은 소나무 그늘에 앉아 이 광경을 보고 있다가 자리를 차고 벌떡 일어나더니 양지 일행을 손으로 가리키며 외쳤다.

"어서 한잠들 푹 자거라! 어서 쓰러져 자!"

말이 미처 끝나기도 전에 양지의 무리는 그대로 그 자리에 쓰러지고 말았다.

대추 장수의 무리는 곧 송림 뒤로 들어가더니 각기 수레 한 채씩을 밀고 나와 수레에 실은 대추를 말끔히 땅에다 쏟아 버린 다음 열한 짐 금주보패를 옮겨 싣고 그대로 언덕 아래를 향해 내려가 버렸다.

이 사람들이 누굴까? 묻지 않아도 뻔 한 조개, 오용, 공손승, 유당 그리고 원가 삼형제의 일곱 무리다. 또 술장수로 차리고 나선 사람은 안락촌 사는 백일서 백승이었다.

그러면 마취약은 언제 탔던 것일까? 애초에 백승이 어깨에 메고 올라온 통 속의 술은 아무것도 섞지 않은 그냥 술이었다. 그것을 일곱이서 한 통 다 먹고 나자 유당이 새 통 뚜껑을 열고 한 바가지 떠먹은 것은 그 통의 술도 무해무독한 것임을 양지의 무리에게 보이기 위함이었다.

농간은 유당의 뒤를 백승이 쫓고 있는 사이에 오용이 또 술을 푼 바가지에 있었다. 바가지가 통 속으로 들어갔을 때 마취약은 이미 술에 풀어지고 말았다. 그것을 오용이 떠서 입에 갖다 대려 할 때 백승이 부리나케 돌아와 바가지를 빼앗아 통 속에다 도로 술을 쏟아 넣으니 귀신도 곡할 농간 속을 누가 알았겠는가? 이 모두가 오용이 꾸며 낸 계교였다.

얼마 후에 양지는 정신을 차려 일어났다. 먹은 술이 워낙 적어서 남보다 일찍 깨어난 것이다.

둘러보니 열한 짐 예물은 간곳이 없고 오직 대추만 어지러이 흩어져 있는 가운데 길잡이와 우후 둘과 열한 명 상금군이 침들을 흘리며 혼수상태로 쓰러져 있었다.

양지는 기가 탁 막혔다. 생각하면 할수록 너무나 슬프고 분했다.

'대체 무슨 낯으로 상공을 가 뵈올 것인가? 그렇다고 달리 갈 곳도 없는 신세인데! 오오 그렇다! 차라리 이 언덕 아래로 몸을 던져 죽느니만 못하겠다!'

곧 언덕 위에서 절벽 아래로 몸을 던지려다가 양지는 문득 다시 생각했다.

'부모님께서 나를 낳아 길러 주셨고 내 또한 어렸을 때부터 십팔반 무예를 익혀 오늘에 이른 터에 이제 이 곳에서 이렇게 어처구니없이 목숨을 끊기가 너무나 애석하구나! 오늘의 이 치욕을 후일 깨끗이 씻기로 하고 달리 살 곳을 구해 보자!'

양지는 이렇듯 마음을 고쳐먹고 마침내 혼자서 고개를 넘어 촌가를 찾아 내려갔다.

그 날 밤 이경이나 되어서야 모든 사람은 비로소 깨어났다. 정신이 들고 보니 일은 아니게 아니라 큰일이었다. 어떻게 저희들의 죄를 모면할 도리가 없을까 궁리한 끝에 그들은 마침내 모든 죄를 양지 한 사람에게 뒤집어 씌우기로 하고 날이 밝기를 기다려 먼저 본청 관사에 신고한 다음 총총히 북경으로 돌아갔다.

한편, 양지는 남쪽을 향해 황니강을 내려가 그 날 밤은 숲 속에서 노숙을 하고, 이튿날 새벽 다시 길을 가기 20여 리에 눈을 들어 둘러보아도 아는 이라고는 한 사람도 없는 고장에 노자조차 품에 지닌 것이 없었다.

그래도 굶어 죽지 않으려면 우선 먹고야 볼 세상이었다. 양지는 술집 문으로 들어섰다. 한편 탁자 앞으로 가서 자리를 잡고 앉으려니 부뚜막 앞에 서 있는 여인이 물었다.

"무얼 드릴까요?"

"우선 술을 좀 주. 그리고 밥을 먹겠소. 또 고기가 있으면 고기도 좀 주시우."

술과 고기가 나오고 또 밥이 나왔다. 든든하게 한 상 잘 먹고 나자 양지는 즉시 박도를 들고 술집 문을 나서려 했다.

"손님, 술값 밥값 다 안 내셨습니다."

안주인이 일깨웠으나 양지는 뻔뻔했다.

"내 지금 가진 게 없어 그러우. 요 다음 지나는 길에 틀림없이 셈해 드리리다."

말을 마치자 그대로 밖으로 나가니 상머리에서 이제껏 시중들던 젊은이가 곧 뒤를 쫓아와 소매를 덥석 잡았다. 양지는 그 젊은이를 한주먹에 때려 눕히고 그대로 달음질쳤다.

"이놈아, 네가 가면 대체 어딜 갈 테냐?"

등 뒤에서 누군지 외치는 소리가 들렸다. 양지가 걸음을 멈추고 돌아다보니 웃통을 훌떡 벗어 붙인 사나이 하나가 손에 몽둥이를 든 채 쫓아오고 그 뒤로 지금 양지에게 주먹맛을 본 젊은이가 한 자루 창을 꼬나 잡고 따라서고 또 그 뒤로 서너 명 장객들이 역시 몽둥이들을 손에 잡고 부지런히 달려오고 있었다.

"너희들이 죽지를 못해 몸살이 났느냐? 나를 쫓아와서 그래 어쩔 셈이냐?"

양지는 큰소리로 꾸짖고 박도를 휘두르며 앞장선 사나이에게로 달려들었다. 한 자루 박도와 한 자루 몽둥이가 서로 어우러져 싸우기 이삼십 합, 웃통 벗은 사나이는 저도 남만큼은 무예를 익힌 모양이나 그래도 양지의 높은 기술이야 어찌 당할 수 있으랴! 얼마 동안은 양지의 박도를 막아 내기에만 골몰하더니 마침내 몸을 날려 밖으로 뛰어나가며 외쳤다.

"잠깐, 내 말 좀 들으시우. 대체 누구신지 대명이나 알고 지냅시다."

"나는 청면수 양지라 하오."

"그럼 동경 양 제사가 아니신가요?"

"그렇소. 내가 바로 양 제사요."

말을 듣자 그 사나이는 땅바닥에 엎드려 넓죽 절을 하고 말했다.

"눈이 있어도 태산을 몰라봤습니다 그려."

양지는 그의 손을 잡아 일으키며 물었다.

"노형은 대체 뉘시오?"

"이 사람은 조정이라 합니다. 도호 출신인지라 사람들이 저를 조도귀라고 부릅지요."

"오, 그렇소? 오늘 일은 내가 잘못했소. 하도 신세가 궁해서…."

"그 말은 그만두시고 하여튼 제게로 다시 좀 가시지요."

조정은 양지를 청하여 주점으로 함께 돌아오자 곧 음식을 차려 베풀어 권하면서 물었다.

"그런데 양 제사께서는 대체 이 곳에는 어찌하여 오셨나요?"

양지가 이번에 겪은 생일 선물 일을 그에게 하소연하니 듣고서 조정이 말했다.

"정 그러시다면 얼마 동안 제게 머물러 계시도록 하시지요."

"후의는 감사하오만 나의 지금 신세가 어디 한 곳에 오래 머물러 있지 못하오."

"그럼 대체 어디로 가실 생각이신가요?"

"마땅히 갈 곳이 따로 있는 것도 아니오."

"그러시다면 이룡산으로 찾아가 보시는 것이 어떨까 합니다."

"이룡산이 어디요?"

"여기서 멀지 않습니다. 바로 청주 땅입지요. 그 산 위에 보주사라는 절이 있는데 본래는 그 절의 주지였던 등룡이란 자가 지금은 환속하여 머리를 기르고 산적의 두령이 되어 수하에 졸개 사오백 명을 거느리고 지낸답니다."

"글쎄, 그럼 그 곳으로나 가 볼까."

그 날 밤은 그 곳에서 편히 쉬고, 이튿날 양지는 주인에게서 약간의 노자를 얻은 다음 박도를 손에 들고 혼자서 이룡산을 향하여 떠났다.

하루 종일을 걸어 마침내 이룡산 기슭에까지 이르렀으나 때마침 해는 지고 날이 저문다. 오늘 밤은 숲 속에서 지내고 산에는 내일 아침에나 올라

가리라 생각하고 숲 속으로 몇 걸음 들어가다가 양지는 깜짝 놀랐다. 웬 살찐 중 하나가 벌거벗은 알몸뚱이로 나무뿌리에 앉아서 땀을 닦고 있다가 양지를 보자 옆에 놓은 철선장을 집어 들며 소리를 벽력같이 질렀기 때문이다.

"네 어디서 오는 놈이냐?"

양지는 아무도 없는 줄로만 믿었던 숲 속에서 그렇듯 벌거벗은 살찐 중을 보고 처음에는 놀랐으나 그의 말투에 자기와 마찬가지로 관서 사투리가 섞인 것이 마음에 반가워 앞으로 나가 알아보려고 다가갔다.

그러나 중은 일어나자 불문곡직하고 철선장을 들어 그대로 양지를 치려했다. 양지는 노하였다.

"웬 중놈이 이리도 무례하단 말이냐!"

곧 박도를 고쳐 잡고 달려들어 두 사람이 숲 속에서 어우러져 싸우니 두 마리 용이 보배를 으르고 한 쌍 호랑이가 먹이를 다투는 형세라 살기가 등등하였다.

이렇듯 싸우기 4,50십 합에 이르자 중은 문득 몸을 빼쳐 밖으로 뛰어나가며 외쳤다.

"좀 쉬자꾸나."

"좋다."

양지는 자기도 멀찍이 물러섰다.

'대체 어디서 온 중이기에 무예 수단이 이리도 높을까?'

속으로 은근히 칭찬을 마지않을 때 중이 불쑥 물었다.

"대체 뉘댁이시오? 대명이나 알고 지냅시다."

"동경서 제사 지낸 양지라는 사람이오."

"그럼 동경서 칼을 팔다가 건달 우이란 자를 죽인 사람 아니야?"

"그렇소."

말을 듣자 중은 '하하하!' 한바탕을 웃고 나서 말했다.

"원 여기서 우리가 만날 줄을 뉘 알았을까? 나는 연안부 노충경략 상공 장전에서 제할을 지내던 노달이야."

그가 화화상 노지심이라는 것을 알자 양지도 따라 웃으며 중얼거렸다.

"그런 줄 모르고 나는 누군가 했소. 대명을 듣기는 참 오래였소."

이 날로 노지심과 양지는 함께 이룡산의 산채로 올라가 자기들의 입당을 거절하는 등룡을 죽이고 산채의 주인이 되었다.

5. 급시우(及時雨) 송강(宋江)

한편, 십만 관의 생일 선물을 어처구니없게도 잃고 만 북경 대명부 양중서는 분이 머리끝까지 올랐다. 더욱이 그렇게도 믿었던 양지가 도적 떼와 내통하여 자기를 배반했다고 듣자 사랑은 지극한 미움으로 변하여 그를 잡는 날에는 그 몸을 수만 토막을 내리라 생각하며 이를 갈았다.

그는 서리를 불러 문서를 꾸미게 하여 곧 밤을 새워 제주부로 띄우고, 바로 편지를 써서 동경으로 올려 보내 이번 일을 채 태사에게 고하였다.

양중서의 서찰을 받아 본 채 태사의 놀람은 컸다. 10만 관의 생일 선물이란 오직 말로만 들었을 뿐이지 정작 물건은 구경도 하지 못했다. 그것도 처음이 아니라 이년 연속 당한 수모였다.

도저히 이대로 두어서는 안 될 일이라 생각하고 부간에게 공문을 주어 친히 제주 부윤을 찾아보고 대추 장수 일곱 명에 술장수 한 명, 그리고 도망한 군관 양지를 잡아 올리도록 하되 꼭 열흘이 기한이라고 못을 박았다. 만약 열흘이 지나도록 못 잡아 올리는 때에는 사문도로 귀양 갈 줄로 알라고 엄히 분부를 내렸다.

태사가 보낸 부간의 입에서 이 말을 듣고 또 태사부에서 온 명령서를 보고 난 부윤은 소스라치게 놀랐다. 곧 소리쳐 즙포인의 무리를 부르니 섬돌 아래 한 사람이 대답하고 나섰다.

"네가 누구냐?"

"소인은 즙포사신 하도라 하옵니다."

"오늘 동경 태사부에서 명령을 전하되 열흘 기한을 하고 도적들을 잡아 경사로 올려 보내라 하신다. 만약 기한을 어길 때는 다만 내 관직만 파하는 것이 아니라 사문도로 귀양을 가야 할 모양이다. 그렇게 된다면 네놈을 기러기도 안 찾아드는 곳에다 귀양을 보낼 터이니 네 각별히 명심하렷다!"

집으로 돌아온 하도는 답답한 심사에 입술에서 새어 나오느니 오직 긴 한숨뿐이었다.

바로 그 때 마침 찾아온 사람이 있으니 하도의 아우 하청이었다. 하청은 같은 형제라도 즙포관찰을 다니는 형과는 달리 밤낮 무뢰배들과 어울려 술이나 먹고 노름판이나 찾는 건달이었다. 다른 때 같으면 냉대했을 형이었지만 오늘은 사정이 달랐다.

'이놈은 본래가 술집이나 노름판으로만 떠돌아다니는 터이니 혹시 무슨 소문이라도 귀동냥으로 들은 것이 있을지 모를 일이다.'

하도는 전에 없이 술대접을 하고 또 열 냥 은자까지 쥐어 주면서 이 얘기 저 얘기 물어 보는 중에 과연 아우의 입에서 단서를 잡을 수가 있었다.

"얼마 전에 노름판을 찾아 안락촌에 있는 왕가객점이라는 술집에 갔다가 마침 대추 장수 일행을 보았소. 그리고 그 이튿날 아침 동구 밖에서 술통을 지고 가는 한 사나이를 보았는데 동행하던 객점 주인이 아는 체를 하기에 물어 보았더니 백일서 백승이라는 사람이라 일러 주더군요."

하도는 크게 기뻤다. 곧 아우 하청과 함께 주아로 들어가 전후이야기를 부윤에게 고한 다음 공인 여덟을 이끌고 밤을 새워 안락촌으로 갔다. 이윽고 왕가객점의 주인을 앞장세워 백승의 집을 찾아갔다.

때는 밤이 깊어 삼경이었다. 백승은 곤히 잠을 자다가 잡히고 말았다. 그러나 물론 쉽사리 불지 않았다. 하도는 수하 공인들을 꾸짖어 집 안팎을 샅샅이 뒤지게 했다. 마침내 마루 밑에서 장물이 나왔다. 이것을 본 백승은 얼굴이 흙빛이 되었으나 그래도 좀처럼 일곱 사람의 이름은 대지 않았다.

부윤은 크게 노하여 소리쳤다.

"장물도 나왔고 내 이미 너희 무리들이 한 짓인 줄 다 아는 터에 네가 숨기려면 되겠느냐? 여봐라, 저놈을 매우 쳐라! 어디 얼마나 견디나 보자."

계속해서 치는 독한 매질에 가죽은 터지고 살은 해어져 붉은 피가 상처마다 줄줄이 흘렀다. 견딜 만큼 견디고 참을 만큼 참았으나 이제는 정말 더 어쩔 도리가 없었다. 그는 마침내 불었다.

"괴수는 조 보정입니다. 조 보정이 웬 사람 여섯하고 제게로 와서 일을 짜고 저더러 술통을 메고 나서라기에 그대로 했습니다만 정말이지 나머지 여섯 사람은 도무지 처음 보는 사람들입니다."

"오냐, 그만하면 족하다. 나머지 여섯 놈쯤이야 조 보정만 잡고 보면 다 알 노릇이다."

곧 스무 근이나 되는 칼을 씌워 백승을 옥에다 가둔 다음 부윤은 한 장 공문을 내려 하도로 하여금 눈이 밝고 손이 잰 공인 스물을 거느리고 운성현으로 나가 본현에게 말하고 즉시로 조 보정 및 여섯 명을 잡아 오게 했다.

하도는 밤을 새워 운성현에 당도하자 우선 일행 공인과 우후 둘을 객점에다 숨겨 두고 단지 두 명만 거느리고서 운성현 아문 앞으로 갔다.

때마침 지현이 아침 공사를 마치고 난 때라 아문 앞에서는 사람을 구경할 수 없었다. 하도는 맞은편 찻집으로 들어가 포차 한 잔을 시키고 주인을 불러 물었다.

"오늘 번 드는 압사가 누군지 아시겠소?"

"저기 오시는 분이 바로 그분입니다."

찻집 주인이 가리키는 데를 보니 과연 관원 하나가 걸어오고 있었다.

눈은 단봉 같고 눈썹은 흡사 누에 같은데 입은 크고 수염은 지각을 덮었다. 나이는 서른에 만인을 양제하는 도량이 있고 키는 여섯 자에 사해를 품을 만한 심기를 가진 상이었다.

이 압사의 성은 송이고 이름은 강이며 자는 공명이니 본래 운성현 송가촌 사람으로서 얼굴이 검고 키가 작아 모두들 그를 흑송강이라 부르기도 하는 터였다.

평생에 재물을 우습게 알고 오직 의리를 중히 여기며 어버이를 섬기되 효심이 지극하고 사람을 대하매 지성으로 대하고 남의 곤란하고 급한 사정을 구하여 주므로, 이로 인하여 이름이 산동과 하북에 들리어 모두들 그를 가리켜 급시우라 하였으니, 즉 때맞추어 오는 단비라 일컫는다.

이 날 송강이 현아를 나서자 하도는 길로 나와서 그를 맞아 찻집 안으로 이끌며 자신을 소개하였다.

"저는 제주부 즙포사신 하 관찰입니다. 압사의 대명은 뉘신지요?"

"저는 송강이라 합니다."

하도는 자리에서 내려 곧 절하고 말했다.

"대명을 듣자온 지 이미 오래이나 다만 연분이 없어 여태 뵈옵지를 못했습니다."

차를 마시고 나자 송강이 물었다.

"관찰은 이번에 무슨 일로 이렇듯 우리 관할로 내려오셨소?"

"실은 저희 관하 황니강이라는 곳에서 얼마 전에 북경 대명부 양중서가 채태사께 올리는 생일 선물을 도적떼 여덟이 마취약을 술에 풀어 훔쳐 간 일이 있었는데 백승이라는 도적 한 놈을 잡아다 물어 보니 도적 일곱이 모두 이곳 관할에 있다고 합니다. 그래서 여기 공문을 가지고 나온 길입니다."

"백승이 자백했다는 일곱 도적의 이름은 무엇이라 합니까?"

"괴수는 동계촌의 조 보정이라는데 나머지 여섯은 아직 모르겠습니다."

듣고 나자 송강은 소스라치게 놀랐다. 그는 혼자 속으로 생각했다.

'조 보정은 의리가 나와 형제나 마찬가지인데 만약에 내가 구하지 않는다면 반드시 잡혀가서 목숨을 잃고 말 것이다. 그것은 그렇거니와 대체 어느 틈에 그렇듯 큰 죄를 지었단 말인고?'

내심으로는 놀랍기 한량없으면서도 겉으로는 그런 내색을 조금도 보이지 않고 말했다.

"그 공문은 관찰께서 몸소 당청에 내놓으십시오. 그러나 다만 이 일이 작게 볼 일이 아니니 미연에 누설이 안 되게 하시지요."

"그러기에 데리고 온 일행 공인들도 객점 안에다 감추어 두었습니다."

"지금 본관께서 막 아침 사무를 끝내시고 잠깐 쉬시는 터이니 관찰께서는 잠시 기다리시지요. 무어 얼마 안 있다가 다시 나오실 터이니 그 때 제가 안내해 올리오리다."

"어련히 잘해 주시겠습니까."

"그럼 관찰께서는 그대로 여기서 잠시 기다려 주십시오. 이 사람은 집에 일이 좀 있어서 잠깐 다녀와야 되겠습니다."

송강은 찻집을 나서자 거의 달음질을 치다시피 해서 집으로 돌아갔다. 때를 놓쳤다가는 조개의 목숨이 위태로울 것이기 때문이었다.

송강은 마구간에서 말 한 필을 끌어내어 타고 바로 동문을 나서 그대로 동계촌을 향해 나는 듯이 달렸다.

이 때 조개의 장상에서는 주인 조개가 오용, 공손승, 유당의 무리와 후원 포도나무 아래서 술자리를 벌이고 있는 중이었다. 원가 삼형제는 십만 관 예물에서 이미 제 몫을 받아 가지고 석계촌으로 돌아간 뒤였다.

그 때 장객이 들어와 보했다.

"송 압사께서 찾아오셨습니다."

"여러 분이시냐?"

"아닙니다. 혼자 오셨습니다. 급히 뵈옵고 여쭐 말씀이 있으시다고 합니다."

"무슨 일일까?"

조개는 곧 나가서 송강을 맞았다.

"대체 웬일이시오?"

그러나 송강은 말없이 조개의 손을 잡고 남의 이목을 피하여 앞장서서 한옆 객방 안으로 들어갔다. 조개는 마음에 의아하여 다시 물었다.

"아니, 대체 무슨 일이오?"

"형님, 큰일났습니다. 황니강 일이 발각이 돼서 백승은 이미 붙잡혀 제주 감옥에 들어가 있답니다. 백승의 입에서 형님 이름이 나와 지금 하 관찰이라는 자가 태사부 명령서를 가지고 나와서 형님을 잡으려 하고 있습니다."

"아니, 그게 정말이오?"

뜻밖의 말을 듣고 조개는 깜짝 놀랐다.

"그래도 천만다행으로 저를 먼저 보고 이 일을 의논하기에 제가 짐짓 지현께서 지금 쉬고 계시니 이따가 함께 들어가자고 하 관찰을 찻집에서 기다리게 해 놓고 이렇게 말을 달려 나온 길입니다. 삼십육계 주위상책이라지 않습니까? 한시바삐 멀리 떠나십시오. 제가 이 길로 하 관찰과 함께 들어가 당청에다 공문을 들여만 놓으면 즉시 이리로 사람을 보낼 것이니, 그때 후회 마시고 어서 다른 분들한테도 말씀을 하셔서 멀리 종적을 감추도록 하십시오."

조개는 듣고 나자 놀라워하기를 마지않으며 말했다.

"나는 그런 줄도 모르고 있었구려. 아우님의 이 은혜는 대체 무엇으로 갚아야 옳단 말이오?"

"한가한 말씀 하실 사이가 없습니다. 어서 떠날 채비나 하십쇼."

"이번 일을 같이 한 일곱 중에 원소이, 원소오, 원소칠 세 사람은 이미 석계촌으로 돌아갔고 나머지 세 사람은 지금 후원에 있으니 잠깐 들어가서 만나나 보고 가오."

조개는 송강을 이끌고 후원으로 들어갔다.

"이분이 오 학구, 이분은 계주에서 오신 공손승, 또 이분은 동로주 유당이시오."

송강은 급한 마음에 인사도 제대로 못하고 부리나케 장원을 나섰다.

"그럼 형님, 어서 한시바삐 떠나십시오."

또 한 번 당부하고 말에 뛰어올라 다시 현리를 향하여 나는 듯이 달렸다. 조개는 송강을 보내고 후원으로 돌아오자 오용의 무리에게 말했다.

"지금 그 사람이 누군지 아시겠소?"

"참, 누구요? 변변히 인사도 안 하고 그대로 나가 버리니."

"그 사람이 와 주지 않았더라면 우리 목숨이 위태로울 뻔했소."

"그럼 혹시 그 일이 드러난 거나 아니오?"

"말을 들으니 백승이 잡혀 들어가 내 이름을 불었나 봅니다. 곧 어디로 도망 칠 궁리를 해야겠소."

"지금 그분이 대체 누구시오?"

"본현 압사 송강이오."

"아, 그분이 바로 급시우 송강이시오?"

"나와는 참으로 막역한 사이지요."

조개가 대답하고 미간을 좁히며 오용을 돌아보고 물었다.

"일이 매우 급한데 대체 어찌 했으면 좋겠소?"

"삼십육계 주위상책이지요."

"송 공명도 그 말을 합디다만 가면 어디로 가야 마땅하겠소?"

"내 이미 생각해 둔 바가 있습니다. 우선 석계촌 삼원 형제에게로 가십시다."

"그 사람들 집이 뭐 크다고 우리 여럿이 가서 은신을 하고 있겠소?"

"그런 게 아니오. 석계촌과 바로 지척 사이에 양산박이 있소. 지금 그 곳 형세가 워낙 강하여 관군 포도들도 감히 바로 보지 못한다오. 정 무엇한 경우에는 그리로 피신을 합시다 그려."

"좋은 말씀이오만 저희들이 우리를 받아들이지 않을 때는 어쩌오?"

"우리가 가진 것이 모두 금은보패요. 그것을 얼마간 내주면 우리를 안 받아 줄 까닭이 있겠소?"

의논이 정해지자 오용은 유당과 함께 한 걸음 앞서 석계촌으로 떠나기로 했다. 생일 선물을 겁탈하여 얻은 금주보패를 대여섯 짐으로 나누어 묶어 장객들에게 지운 다음 오용은 단도를 소매 속에 감추고 유당은 박도를 손에 쥐고 일행 열댓이 석계촌을 향해 떠났다.

그들이 떠난 뒤 조개와 공손승은 그대로 장상에 남아 뒷수습을 했다. 장객 가운데는 따라가고 싶어 하지 않는 사람도 더러 있었다. 그런 사람에게는 돈을 후히 주어 달리 주인을 얻어 가게 하였으며, 따라가겠다는 사람은 모조리 데리고 나서기로 하여 날이 저물도록 짐을 꾸리느라 한참 부산했다.

뒤늦게 하도의 공문을 접수한 지현이 현위를 시켜 조 보정의 집을 급습했으나 그들은 이미 도망을 하고 난 뒤였다.

현위는 곧 군사들을 풀어 조 보정을 따라가지 않은 장객 둘을 잡아 운성현으로 돌아갔다.

지현이 엄히 심문을 했으나 두 장객은 그저 모른다고 대답만 했다. 그러나 모진 매에 그들은 마침내 더 숨기지 못하고 지다성 오용 이하 여섯의 이름을 불고야 말았다.

"그래, 그놈이 어디로 간다 더냐?"

"원소이의 집으로 간다고 했습니다."

하도는 밤을 도와 제주부로 돌아갔다. 부윤이 출근하기를 기다려 곧 앞으로 나가 전후곡절을 보고하니 듣고 나자 부윤은 분부를 내렸다.

"이미 그렇듯 도적들의 성명과 도망친 곳을 알았으니 네 즉시 석계촌으로 가서 그놈들을 잡아오도록 하라!"

하도는 부윤의 명령을 받고 물러나오자 포도 순검과 함께 오백 관병을 이끌고 일제히 석계촌을 향하여 나아갔다.

한편, 조개의 무리 일곱은 이 때 원소오 장상에 모두 모여 앞으로 양산박에 들어갈 일을 의논하고 있는데 문득 몇 명 어부가 황황히 달려 들어오며 난데없는 관병 인마가 바로 지금 촌중으로 쳐들어오고 있다고 일러 주었다.

그러나 그만 일로 놀랄 사람들이 아니었다. 조개는 곧 좌중을 한 번 둘러본 후 먼저 유당을 향하여 말했다.

"유 형, 형은 오 학구 선생과 함께 노소와 재물을 배에 싣고 곧 주귀의 주점이 있는 이가도구로 가서 기다리고 계시오. 우리는 관군의 거동을 보고 나서 뒤쫓아 갈 터이니."

유당과 오용이 응낙하고 일어서자 이번에는 원소이, 원소오, 원소칠을 향해 조개는 이러저러하게 하라고 계교를 일러 주었다.

한편, 하도는 포도 순검과 함께 관병을 이끌고 석계촌으로 들어오자 바로 원소이의 집을 들이쳤다. 그러나 뜻밖에도 집 안은 텅 비고 강아지 한 마리 구경할 수 없었다.

하도는 그 이웃집에 물었다.

"원소이가 어디 갔는지 모르겠소?"

"모두들 아우 집으로 가나 보더군요."
"아우 집은 어디요?"
"저 석계호 속에 있어요."
하도는 관병 대여섯과 함께 한 척 쾌선을 타고 갈대 숲을 헤치며 앞으로 나아갔다. 이 때 해는 지고 어둑어둑한 밤이 되었다. 그대로 앞으로 나아가기 한 오 리쯤 갔을 때 바로 물가 언덕 위를 한 사나이가 손에 호미를 들고 지나갔다. 하도가 물었다.
"말 좀 물어 봅시다! 혹시 지나가는 배를 못 보셨소?"
"원소이를 잡으러 나온 관병들이군요?"
"그러 하오만 원소이를 잡으러 나온 줄은 어찌 아시오?"
"바로 이 앞 오림에서 원소이가 도망을 치면서 그럽디다."
"여기서 그 곳이 얼마나 되오?"
"바로 요 앞이오."
하도는 곧 가서 원소이를 잡아야겠다 생각하고 군관 둘에게 먼저 언덕으로 올라가게 했다.
그런데 뜻밖이었다. 군관 둘이 영을 받고 언덕으로 올라오는 것을 마치 기다리고나 있었던 듯이 그 사나이는 앞으로 달려들며 손에 든 호미로 머리를 한 대씩 후려갈겨 그대로 물속에다 처박는 것이 아닌가.
이를 보고 하도는 깜짝 놀라 분주히 언덕 위로 뛰어오르려 했으나 또 한번 뜻밖이었다. 물속에서 한 사람이 불쑥 몸을 솟구치며 하도의 두 다리를 잡아 그대로 물속으로 잡아낚았다. 배 위에 남아 있던 관병들은 뜻밖의 광경에 그대로 배를 몰아 도망하려 했다.
그러나 언덕 위에 있던 사나이가 몸을 날려 배로 뛰어오르며 손에 든 호미로 머리를 한 번씩 후려갈겨 모조리 거꾸러뜨렸다.
원래 호미를 든 사람은 원소이이고 물속에 숨었던 사나이는 원소칠이

라. 이 때 형제는 코로 입으로 물을 먹고 반 주검이 된 하도를 언덕 위로 끌어올려 놓고 큰 소리로 말했다.

"우리는 본래 살인 방화로 생활을 하는 사람이야! 네 따위가 우리를 잡으러 오다니 될 뻔이나 한 수작이냐!"

하도는 애걸했다.

"어디 소인이 오고 싶어 왔겠습니까? 위에서 가라시니 왔습지요. 집에 팔순 노모가 계십니다. 소인이 죽으면 봉양할 사람도 없는 신셉지요. 그저 목숨만 살려 줍시오."

원소이 형제는 껄껄 웃고 띠를 끌러 하도를 단단히 결박했다.

이 때 뒤에 남아서 명령을 기다리던 포도 순검은 이런 일이 있는 줄은 꿈에도 모르고 중얼댔다.

"원, 이 사람이 이거 웬 일이야? 가더니 도무지 소식이 없으니."

때는 바로 초경이라 달은 없고 하늘에는 별만 총총했다.

포도 순검과 관병의 무리들이 하 관찰의 소식을 궁금히 여기며 뱃전에 앉아 땀을 닦고 있을 때 이 어인 괴변인가! 난데없는 일진광풍이 일어나며 크고 작은 배들이 나뭇잎처럼 몹시 흔들리고 있었다.

관병들이 배 위에서 몸을 가누지 못하고 정신을 차리지 못하고 있을 때 문득 저편 갈대 숲 속에서 화광이 하늘을 찌르더니 점점 이쪽으로 번져 왔다. 깜짝 놀라 자세히 살펴보니 불이 붙은 갈대와 섶 따위를 가득 실은 한 떼의 작은 배들이 바람을 타고 쏜살같이 물위를 미끄러져 오는 것이었다.

제 몸 하나를 가누지 못하는 무리들이 노를 저어 불을 피할 수 있을 턱이 없었다. 더구나 이 곳은 가뜩이나 좁은 수로 안이었다. 삽시간에 크고 작은 배들은 불이 모조리 옮아 붙어 미처 피하지 못한 자는 그대로 불에 타 죽고 간신히 불을 피한 자는 또 물에 빠져 죽었다. 물도 불도 다 피하여 가까스로 언덕 위로 기어오른 자는 어느 틈엔가 그 곳으로 배를 몰아 기다리고 있던 조개와 원가 삼형제의 칼 아래 몰살을 당했다. 본래 도술을 부려 그렇듯 괴풍을 일으키게 한 사람은 다른 이가 아니고 바로 일청도인 공손승이었다.

포도 순검과 5백 관병이 모조리 죽고 뒤에 남은 것이라고는 이제 하도 한 사람뿐이었다.

원소이는 아우 원소칠을 시켜 하도를 석계촌까지 데려다 주게 하니 원소칠은 하도를 배에 싣고 촌중으로 데리고 들어와 말했다.

"네 이놈! 머리는 온전하게 붙여 보내겠다만, 다만 우리에게 왔다 간 표시로 모가지 대신에 귀는 두고 가야 하느니라!"

칼을 번쩍 들어 하도의 두 귀를 벤 다음 그제야 하도를 묶은 줄을 풀어 주니 하도는 당장 아픈 것도 깨닫지 못하고 오직 목숨 하나 살아 가는 것이 마음에 대견할 뿐이었다.

6. 양산박(梁山泊)

한편, 조개의 무리는 그 즉시로 석계호 촌박을 떠나 이가도구로 배를 저어 갔다. 일행의 노소와 재물을 싣고 한 걸음 먼저 가서 기다리고 있던 오용과 유당이 나와 맞았다.

그들은 곧 주귀의 주점을 찾아갔다. 주귀는 오용에게서 일동의 내력을 듣자 황망히 그들을 정청 위로 청하여 들이고 크게 잔치를 베풀어 접대했다. 서로 보기는 처음이라도 조개를 비롯하여 일곱 사람의 호걸된 이름은 일찍부터 들어서 이미 귀에 젖은 터였다.

술이 여러 순배 돈 다음에 주귀가 문득 피파궁에 효시를 메워 맞은편 갈대 숲을 향하여 쏘자 소리에 응하여 졸개 하나가 배를 몰아 나왔다.

주귀는 곧 호걸들의 성명과 내력과 인원수를 적어 졸개에게 주고 먼저 산채로 가서 보고하라고 일렀다.

다시 또 양을 잡아 이 날은 밤이 늦도록 모든 호걸이 술 마시고 즐긴 다음, 이튿날 아침 일찍 주귀는 조개의 무리를 청하여 배에 올랐다.

물길을 가기 한참 만에 한 곳 수구에 이르니 언덕 위에서 북 소리 크게 울리며 일고여덟의 졸개가 네 척의 초선에 나누어 타고 나와 일동을 영접했다.

다시 앞으로 나아가 일동이 금사탄에 배를 대고 언덕에 오르려니 산 위에서 수십 명 졸개가 분주히 내려와 앞길을 인도했다. 일동은 산 위로 올라갔다.

산채 앞에 이르니 백의수사 왕륜이 일반 두령과 함께 나와 정중히 그들을 맞아서 취의청으로 인도해 들였다.

청상에 오르자 조개의 무리 일곱은 오른편에 일자로 서고 왕륜과 뭇 두령들은 왼편에 일자로 서서 각기 서로 예를 베푼 다음 손과 주인이 자리를 나누어 앉았다.

먼저 왕륜이 입을 열었다.

"일찍부터 조 천왕의 대명을 듣자왔더니 뜻밖에도 이처럼 여러 호걸과 함께 초채에 왕림하여 주시어 이만 기쁨이 또 없습니다그려."

조개가 대답했다.

"학식도 별로 없는 한낱 촌부로서 오늘날 일을 저지르고 천하에 몸 둘 곳이 없어 이처럼 찾아뵌 것이니 두령께서는 부디 버리지 마시고 장하에 거두시어 소졸이라도 삼아 주신다면 이만 다행이 없을까 합니다."

서로 인사를 마치자 크게 주연이 벌어졌다. 소 잡고 돼지 잡고 피리 소리와 북소리가 요란하게 울리는 가운데 뭇 두령과 일곱 호걸은 권커니 잣거니 하며 술잔을 기울였다.

이윽고 날이 저물어 술자리를 파하자 뭇 두령들은 곧 조개의 무리를 인도하여 관 아래 객관에서 편히 쉬게 했다.

조개는 좌중을 둘러보며 말했다.

"우리들이 그렇듯 큰 죄를 지은 몸으로 만약에 왕 두령이 받아 주지 않았던들 갈 곳이 어디겠소. 참으로 고마운 일이오."

그 말을 듣고 오용은 냉소하여 마지않았다. 조개가 물었다.

"선생은 왜 웃으시오?"

"내 달래 웃는 게 아니오. 그래, 형장은 왕륜이가 우리들을 정말 받아 줄 것으로 믿고 계시오?"

"왜, 왕륜이 어떠해서 그러오?"

"처음에 제가 우리를 대할 때는 아마도 진심으로 반겨 맞을 뜻을 가졌던 것 같소. 그러나 아까 술자리에서 형장이 오백 관병 무찌른 이야기를 자세히 하시지 않았소?"

"했지요."

"그 이야기를 들은 뒤부터 비록 겉으로는 공손 선생의 도술과 원가 삼형제의 수단을 칭찬하는 체해도 실상은 우리를 두려워하고 꺼려하는 것이 그 안색과 동정에 은연히 보입디다. 제가 만약에 우리를 산채에 용납할 뜻이 있다면 이미 그 자리에서 피차의 지위를 정했어야 옳을 일인데 그러지 않는 것만 보아도 벌써 알게 아니오?"

"과연 그렇다면 이제 앞으로 어떻게 해야 옳겠소?"

"내 오늘 자세히 살펴보니 둘째 두령 두천이나 셋째 두령 송만이나 다 보잘것없는 무리지만 오직 넷째 두령 임충이란 사람 하나는 인물입디다. 본래 동경 팔십만 금군 교두를 지낸 이로 지금 부득이 왕륜 밑에 몸을 굽혀 있기는 하지만 아까도 왕륜이 형장께 응대하는 모양을 보고 마음에 적지 아니 불만을 갖는 것 같습디다. 이 사람을 끼고 일을 꾸며야겠지요."

"그런 줄은 몰랐구려. 하여튼 선생의 묘책으로 어떻게 우리 일곱 사람이

편안하게 지낼 수 있는 방법을 알려 주시오."

일동은 그 정도로 의논을 정하고 각기 자리로 돌아가 그 밤을 편히 쉬었다.

그 이튿날이었다. 아침 일찍 졸개 하나가 들어와 보고하되 넷째 두령 임충 교두가 몸소 호걸들을 뵈러 왔다고 한다. 오용은 조개를 돌아보고 말했다.

"뜻이 있어 우리를 찾는 것이오. 맞아들여 행동을 보기로 합시다."

일곱 호걸은 분주히 나가 그를 맞아들였다. 자리를 나누어 앉자 조개가 먼저 입을 열었다.

"일찍이 교두의 대명을 듣자왔던 터에 오늘 이처럼 몸소 찾아 주시니 이만 기쁨이 없습니다."

"이 사람이 전에 동경에 있을 때 벗들과 서로 사귀되 일찍이 예절을 그르친 일이 없었는데 이제 이 곳에서는 여러 호걸들을 모시고도 모든 일이 뜻 같지 않기로 오늘 이렇듯 사죄 말씀을 올리러 온 터입니다."

"원, 사죄라니 그 무슨 말씀이십니까? 도리어 불안스럽습니다."

오용이 나섰다.

"교두의 대명은 익히 듣자온 터이오. 고구의 흉계로 없는 죄를 쓰시고 창주 초료장에서 위태로우셨던 이야기는 풍문에 들어서 알고 있습니다만, 이 양산박에는 누구의 천거로 들어오셨던가요?"

"시 대관인입니다."

"시 대관인이라면 소선풍 시진 말씀입니까?"

"그렇습니다."

"제가 들으니 시 대관인은 대주 황제의 적파 자손으로 의리는 중히 여기고 재물은 천히 알고 두루 천하 호걸들을 맞아들인다 합디다. 교두의 무예 수단은 말고라도 단지 교두를 천거한 시 대관인의 얼굴을 보더라도 왕륜은 이치가 마땅히 교두께 첫째 교의를 사양해야 할 일입니다. 이는 이 사람 하나만 그리 생각하는 바가 아니고 실로 천하의 공론인 줄로 믿습니다."

"선생의 말씀이 제게는 과분합니다만 그까짓 지위야 아무러면 대숩니까. 다만 위에 있는 사람이 도량이 좁고 유능한 사람을 시샘하는 마음이 많으니 이것이 한심할 따름입니다."

"우리가 보기에는 왕 두령이 그다지 도량이 좁은 사람 같지는 않던데 참모를 일입니다."

"이번에 여러 호걸께서 모처럼 우리 산채를 찾아 주셨건만 왕륜은 어쩌면 여러분들을 이대로 머물지 못하게 할지도 모르겠습니다."

오용은 짐짓 뜻밖인 얼굴을 하고 말했다.

"그런 줄은 몰랐습니다. 그러나 이미 왕 두령이 그러하다면 구태여 가라는 말을 들을 것 없이 우리가 먼저 다른 데로 물러가겠습니다."

"아닙니다. 그리 해서는 안 됩니다. 이 일은 이 사람에게 맡겨 주십시오. 이따가 여러 호걸을 모시고 왕륜이 하는 행동을 보아 그 말이 이치에 합당하다면 몰라도 만약 그렇지 못할 때에는 이 사람이 따로 조치를 취하겠습니다."

"변변치 못한 우리들을 그처럼 생각해 주시니 그 은혜를 이루 갚아 올릴 길이 없습니다만, 다만 우리들로 하여 산채의 여러 두령께서 의를 상하시는 일이 있다면 그런 불행이 어디 있겠습니까?"

"아닙니다. 옛말에도 잔나비는 잔나비를 아쉬워하고 호한은 호한을 아쉬워한다고 했습니다. 여러 호걸께서는 그저 모든 일을 이 임충에게 맡기십시오."

말을 마치자 임충은 산으로 올라갔다.

그가 돌아간 지 얼마 안 있어 산채에서 졸개가 내려와 왕 두령이 일곱 분 호걸을 정자로 청한다고 했다.

"곧 가겠다고 여쭈어라!"

졸개를 돌려보낸 후 조개는 오용을 돌아보고 물었다.

"오늘 잔치가 어떻겠소?"

오용이 대답했다.

"한바탕 소동이 일어나고야 말겠지요. 모두들 무기를 몸에 감추고 있다가 내가 수염을 어루만지거든 그것을 신호 삼아 일제히 나서기로 합시다."

조개의 무리는 각각 무기를 품에 감춘 다음 산채에서 내려 보낸 일곱 채 교자를 나누어 타고 정자로 갔다.

뭇 두령들이 나와서 조개 일행을 맞았다. 서로 인사를 마치자 왕륜의 무리는 좌편 주인의 자리에 앉고 조개의 무리는 우편은 손님의 자리를 잡았다.

권커니 잣거니 하며 술이 여러 순배 돌아 한낮이 제법 기울었을 때 왕륜은 문득 고개를 돌려 졸개를 보고 명하였다.

"너 그거 내오너라!"

소리에 응하여 서너 명 졸개가 나가더니 얼마 안 있어 다섯 개의 대은을 담은 큰 쟁반 하나를 들고 들어왔다. 왕륜은 잔을 손에 잡고 자리에서 일어나 조개를 보고 말했다.

"여러 호걸께서 이렇듯 모처럼 찾아는 오셨으나 조그만 웅덩이 물에 어떻게 수많은 용들이 생활할 수 있겠습니까? 사소한 예물이나마 웃고 받으신 다음 다른 곳으로 찾아가시도록 하시지요."

조개가 대답했다.

"우리가 이 곳을 찾아오기는 산채에서 어진 사람을 선비들을 받아 준다고 들었기 때문입니다. 그러나 이제 받아 주지 못 하겠다 하시니 물러갈 수밖에 도리가 없겠소이다. 다만 저 백금은 도로 거두시지요. 약간의 노비는 우리들도 가진 것이 있소이다."

"그렇게 사양하신다면 이 사람이 도리어 무안치 않소이까. 우리가 호걸들을 받아 주고 싶지 않아 그러는 것이 아니라 다만 양식이 넉넉지 않고 방이 적은 탓이니 그리들 아시고 박한 예물이나마 받아 주신 다음에 다른 데로 가 보십시오."

왕륜의 말이 미처 끝나기 전에 이제껏 잠자코 있던 임충이 자리를 차고 일어서서 크게 꾸짖었다.

"네 전번에 내가 산에 들어올 때도 양식이 넉넉지 않다느니 방이 적다느니 하더니 오늘도 또 같은 수작이구나!"

오용이 나서서 말렸다.

"임 두령, 고정하시오. 따져 보자면 우리들이 이 곳에 온 것이 잘못이오. 우리들로 하여 이 산채의 화목을 깨뜨리게 된다면 우리는 그저 물러갈 뿐입니다."

"아닙니다! 내 오늘은 정말 저놈을 용서하지 못하겠습니다!"

이 말을 듣자 왕륜은 대로했다.

"이놈이 정말 술이 취했나? 상하 분별도 없이 네 어딜 감히 이러느냐?"

"흥, 능력도 안 되는 놈이, 네가 바로 산채의 주인이라 뽐내는 것이냐?"

임충은 술상을 한편으로 밀어 붙이고 가슴을 헤쳐 날이 시퍼런 칼 한 자루를 빼어 들었다.

이것을 보고 오용이 손을 들어 수염을 어루만지니 그것을 신호 삼아 원소이는 두천의 덜미를 잡아 누르고 원소오는 송만의 멱살을 붙잡고 원소칠은 주귀의 어깨를 억눌러 각기 요동을 못하게 했다.

임충은 그대로 왕륜에게로 달려들어 그 가슴을 움켜쥐었다.

"네 이놈, 남의 위에 서려면 도량이 넓고 재주가 높아야 하느니라! 너같이 어진 이를 시기하고 유능한 사람을 시기하는 자를 살려 두어 무엇에 쓰겠느냐!"

꾸짖기를 마치자 한칼로 그 가슴을 찔러 죽이니 이를 본 조개의 무리가 모두 품에서 칼을 꺼내 손에 잡았다. 두천, 송만, 주귀의 무리는 그대로 그

자리에 무릎을 꿇고 엎드렸다.

"여러 호걸을 모시고 우리들은 명령을 따르겠습니다."

조개의 무리가 황망히 세 사람의 손을 잡아 일으키자 오용은 곧 의자 하나를 들어다 임충을 앉히고 소리를 높여 호령했다.

"이제부터 임 교두를 산채의 주인을 삼으려니와 만약 복종치 않는 자가 있다면 왕륜이로 본을 삼을 것이니 그리들 알라!"

그러자 임충이 의자에서 벌떡 일어서며 외쳤다.

"선생의 말씀이 옳지 않소이다! 내 오늘날 호걸들의 의기를 중히 여겨서 어질지 못한 도적을 죽였을 뿐이오. 실상 이 자리가 탐이 나서 그런 것이 아닙니다. 내가 이제 이 자리에 앉는다면 천하 호걸들의 비웃음을 어찌 하오리까!"

임충은 조개 앞으로 가서 여러 호걸들을 둘러보고 말했다.

"조 형으로 말씀드리자면 의리를 중히 여기시고 재물을 우습게 아시며 지혜와 용기를 겸비하시어 천하에 그 이름을 떨치신 터이니 내 오늘 의기를 중히 여기어 조형으로 산채의 주인을 삼으려 하는데 제형들의 생각은 어떠하시오?"

조개는 재삼 사양했으나 모두가 좋다고 이구동성이었다. 임충이 조개의 팔을 이끌어 의자에 앉히고 모든 무리를 시켜 정자 앞에서 세 번 절하게 했다.

또한 사람을 대채로 보내 잔치를 베풀게 하는 한편, 사람을 산전산후로 보내 작은 두목들을 모조리 대채 안으로 모이게 했다.

그리고 일행은 조개를 교자에 태워 대채 안 취의청으로 갔다. 모든 사람이 조 천왕을 인도하여 첫째 교의에 앉히자 임충이 다시 나서서 말했다.

"오늘날 하늘이 도와 여러 호걸이 이 곳에 모이시어 이미 대의가 분명한 터라 지위도 공명정대하게 정해야 하지 않겠소? 제2위에는 오 학구 선생이 앉으시어 산채의 군사로서 병권을 지위하시고 장교를 통솔하도록 하셔야만 되겠소이다."

오용은 겸사했다.

"이 사람은 한낱 촌구석의 학구로서 비록 손오병서는 좀 읽었다 하나 아직 털끝만한 공이 없는 터에 감히 둘째란 당치도 않습니다."

그래도 임충은 굳이 오용을 둘째 교의에 앉히고는 다음에 공손승을 향했다.

"공손 선생은 제3위에 앉아 주십시오."

이 때 당사자가 사양하기 전에 조개가 먼저 나섰다.

"임 교두께서 너무 이러시면 이 사람은 이 자리를 물러나고야 말겠소이다."

"아닙니다. 공손 선생으로 말씀드리자면 대명이 이미 강호에 들리신 터요, 용병에 능하시고 또 귀신 불측의 신기한 요술을 쓰는 술법이 있으니, 제3위에는 역시 공손 선생 말고는 마땅한 이가 없을 줄로 믿습니다."

공손승을 셋째 교의에 앉힌 다음 임충이 넷째 교의도 다른 호걸에게 사양하려 하니 조개, 오용, 공손승은 일제히 자리에서 일어나며 말했다.

"임 두령께서 다시 다른 이에게 사양하시겠다면 우리는 이 산채를 떠날 수밖에 없습니다."

임충을 이끌어 4위에 앉히니 5위는 유당이고 6위는 원소이며 7위는 원소오고 8위는 원소칠이며 두천, 송만, 주귀는 각각 9위, 10위, 11위이다.

지위가 정해지자 조개는 생일 선물을 약탈하여 얻은 금주보패를 내어 작은 두목들과 칠팔백 명 졸개들에게 상으로 내려 주고 마소를 잡아 천지신명께 제를 지낸 다음 크게 잔치를 베풀어 산채 상하가 연속하여 수일을 즐겼다.

양산박의 면목은 일신되었다.

조개와 오용은 뭇 두령과 상의하여 무기고를 정검하고 채책을 수리하고 군기, 창도, 궁전, 의갑 등을 정비하여 관군에 대비하고 크고 작은 선박을 준비하고 졸개들을 훈련시키고 방비를 준비 시켰다.

이로부터 양산박의 열한 명 두령은 의로 모여 그 정은 팔과 다리와 같고 뼈와 살과도 같았다.

7. 초문대(招文袋)

어느 날 조개가 오용을 돌아보고 말했다.

"우리가 오늘날 이 곳에서 이렇게 지낼 수 있게 된 것이 누구 덕택이오? 모두 송 압사가 우리의 위태로운 목숨을 구해 주었기 때문이 아니겠소? 옛 사람도 은혜를 알고 갚지 않는다면 사람이 아니라 했소. 수하 사람을 운성현으로 보내 사례를 해야 마땅할 것이고, 또 우리와 일을 함께 한 백일서 백승이 지금 제주부 감옥 안에 갇혀 있지 않소? 어떻게 하루바삐 구해 낼 도리를 생각합시다."

오용이 대답했다.

"송 압사는 본래 어진 사람이라 결코 사례를 바라지는 않겠지만 우리로서야 물론 인사를 차려야 할 일이지요. 누구든 두령 한 사람을 운성현으로 보내기로 하십시다. 그리고 백승은 우선 차발 관인들에게 뇌물을 쓴 다음에 탈옥할 기회를 잡도록 하시는 게 좋을까 합니다."

두 사람은 다시 다른 두령들과 상의한 다음에 유당에게 편지 한 통과 황금 백 냥을 주어 운성현으로 송강을 찾아보게 하였다.

어느 날 저녁의 일이었다.

급시우 송강이 현아에서 물러나와 집으로 향하여 돌아가려는데 저편에서 한 사나이가 땀을 비 오듯 흘리며 걸음을 재촉하여 오다가 문득 발길을 멈추고 서서 그의 얼굴을 유심히 바라보았다.

송강이 괴이쩍어 마주 바라보니 머리에는 전립을 쓰고 허리에 칼을 차고 등에 큰 보따리를 졌는데 얼굴이 어디선가 본 사람 같았다.

'누구더라? 내 어디서 본 사람인데.'

송강이 속으로 생각하고 있을 때 그 사나이는 뚜벅뚜벅 앞으로 다가오더니 물었다.

"송 압사 아니십니까?"

"예, 나는 송강이오만 형장은 뉘시오?"

"저를 몰라보시겠습니까?"

"잘 모르겠는데요. 어디서 한 번 뵈온 듯은 하오만…."

그 사나이는 주위를 잠깐 둘러본 다음에 말했다.

"조용히 좀 여쭐 말씀이 있습니다. 어디로 좀 함께 가실까요?"

두 사람은 조용한 술집을 찾아 들어갔다. 구석진 방에 서로 자리를 잡고 앉자 그 사나이는 등에 진 보따리를 탁자 아래 내려놓더니 넙죽 엎드려 절을 했다. 송강은 황망히 답례하고 물었다.

"족하는 누구시던가요?"

"몰라보시겠습니까? 조 보정 장상에서 압사의 은혜로 위태로운 목숨이 살아난 유당입니다."

"오! 참 유당 형이시던가? 대체 이 곳에는 웬 일이시오? 군관들의 눈에라도 띄면 어떻게 하시려고 이렇게 나다니시오?"

"실은 압사 덕분에 저희 일곱 사람이 위태로운 목숨을 부지한 뒤로 양산박으로 들어가 본래 산채를 지키던 임충, 두천, 송만, 주귀의 네 무리와 함께 모두 열한 명 두령이 졸개 칠팔백 명을 거느리고 지금 아무 탈 없이 지내고 있습니다. 이 모두 압사의 막중한 은혜 때문이라 이제 그 만분의 일이라도 은혜를 갚기 위해 이 사람이 조 보정 두령의 서찰과 황금 백 냥을 가지고 이렇듯 와서 뵙는 것입니다."

송강이 조개의 편지를 받아 펴 보니 재삼 사례하는 뜻이 적혀 있었다. 송강은 품속에서 문서낭을 꺼내 조개의 편지를 그 속에 간수한 다음 술을 가져오라 하여 유당과 함께 먹었다.

얼마 안 있어 날이 저물었다. 송강이 유당에게 말했다.

"오래 이 곳에 머물러 계시는 건 위험한 일이니 그만 돌아가시지요. 오늘 밤에 필시 달이 밝으리다."

"예, 곧 양산박으로 돌아가겠습니다. 그러면 이것을 받아 주십시오."

유당은 보따리에서 백 냥 황금을 꺼내 탁자 위에 놓았다. 그러나 송강은 받으려 하지 않았다.

"여러분 두령의 후의는 감사하오만 받지 않아도 받은 거나 다름없으니 도로 가지고 가서 군용으로나 보태 쓰시지요. 하여튼 이대로 곧 돌아가시오. 남의 이목이 시끄러우니 오래 계시는 것이 부질없습니다."

"말씀은 그러하오나 조 두령의 분부를 받자와 이처럼 나선 몸입니다. 산채의 호령이 심히 엄명하여 이대로 제가 돌아갔다가는 중한 벌이 내릴 것이니 그리 마시고 받아 주십시오."

"아닙니다. 정 그러시다면 내 답장을 써 드릴 터이니 그것을 가지고 가십시오."

그래도 유당은 재삼 받아 주기를 청했으나 송강은 끝내 듣지 않고 술집 주인에게 필연을 빌려 유당에게 답장을 써 주었다.

유당은 하는 수 없이 일껏 가지고 온 황금 백 냥을 송강의 답서와 함께 도로 보따리 속에 넣어서 등에 지고 술집을 나서서 바로 양산박을 향해 밤길로 떠났다.

유당을 보낸 뒤에 송강은 혼자 집으로 향하여 발길을 옮겼다. 그러나 얼마 가지 않아 누군가가 등 뒤에서 불렀다.

"에그, 압사 나으리! 원 이게 대체 얼마 만이야?"

송강이 고개를 돌려 보니 다름 아니라 염파였다. 염파란 송강이 근래에 얻어 들인 첩실의 어미였다.

염파는 분주히 송강의 곁으로 다가왔다.

"그래, 원 세상에 이럴 수가 있단 말이우? 내 그렇게 사람을 보내 좀 오시래두 그저 밤낮 바쁘다구만 하니…."

하도 사정이 딱하다고 하기에 서향 안에다 집을 한 채 얻어서 살림을 차려 주었지만 원래 송강은 무예를 좋아하는 호걸이지 여색을 즐기는 사람이 아니라 거의 발길을 끊고 찾아가지 않았더니 오늘 이 호들갑이었다.

"오늘은 역시 좀 바빠서…, 내 내일 가리다."

"나으리, 그러지 마시구 제발 같이 가십시다."

일이 잘못 되느라고 송강이 그 날 염파를 따라간 것이 화근이었다. 그 날 밤 염파의 딸에게는 손끝 하나 안 건드리고 뜬눈으로 밤을 새운 후 집으로 돌아오다 보니 깜빡 잊고 그 집에 문서낭을 두고 온 것이 생각났다.

송강은 어쩔 줄을 모르고 염파의 집으로 달려갔다. 그는 방으로 들어서자 염파의 딸 파석이 누워 있는 침상의 난간부터 보았다. 그러나 이미 그곳에 없었다.

그는 심히 당황하였다. 물론 계집이 감춘 것이 분명했다. 송강은 샛서방이 생겼다고 소문이 난 이 계집하고 다시는 한마디 말도 주고받기가 싫었으나 또한 어찌 할 수 없는 사정이었다.

송강은 침상 앞으로 가서 계집의 허리에 손을 대고 흔들었다.

"내 문서낭은 어쨌느냐?"

계집은 정말 자는 척 대답이 없었다.

"그러지 말고 어서 이리 내놓아라."

"문서낭은 무슨 문서낭이요? 언제 맡겼어요?"

"그러지 말고 어서 내놓아라. 이 난간 위에다 걸쳐 둔 채 나갔는데 그새 다른 사람은 밖에서 들어온 일이 없고 네가 안 감췄으면 누가 감췄단 말이냐?"

"그래, 내가 감췄다고 해요. 그래도 내놓지는 못하겠으니 어쩔 거예요?"

"그러지 말고 어서 내놔라!"

"난 못 내놓겠소! 정 찾으려거든 나를 관가로 끌고 가서 도적으로 몰아 보시죠."

"내 언제 너를 도적으로 다고 그랬느냐?"

"몰고 싶어도 몰지 못할 걸. 당신은 나에게 샛서방이 생겼다고 아마 심사가 좋지 못하나 봅니다만, 그래도 양산박 도적들하고 내통하는 것보다는 죄가 가벼울 걸요?"

아니나 다를까, 계집은 그 서찰을 벌써 보고야 만 모양이었다. 송강은 몹시 당황했다.

"우리 가만가만 얘기하자. 누가 듣기나 하면 어쩌느냐?"

"죄만 없다면야 누가 들으면 어때요? 정 그 편지가 필요하다면 내 청을 들어 줘요. 그럼 내 내줄게."

"그게 뭐야?"

"편지에 보니까 이번에 당신이 양산박 두령에게서 황금 백 냥을 받았습디다 그려. 그걸 그대로 나에게 주!"

"양산박에서 내게 돈 백 냥을 보낸 것은 사실이다 만 내가 받지 않고 돌려보냈으니 어쩌지? 받기만 했다면야 네게 주겠다만…."

"듣기 싫어요! 파리 앞의 피요 공인 앞의 돈이라고 속담에도 다 있어요. 일껏 보낸 걸 받지 않고 돌려보냈다니 말이나 되는 소리예요? 어서 여러 말 말고 내놓으세요!"

"남들은 어떤지 모르겠다만 나는 이제까지 한 번도 그런 돈을 받아 본 적이 없다. 네가 정 못 믿겠으면 더도 말고 사흘만 기다려 다오. 내 집을 팔아서라도 어김없이 백 냥 돈을 만들어서 너에게 주마. 자, 어서 문서낭을 이리 다우."

파석이는 '흥!' 하고 코웃음을 치며 다시 말했다.

"나는 문서낭을 지금 곧 당신에게 내주고 당신은 돈 백 냥을 사흘 뒤에 나에게 주겠다? 흥, 누굴 갓난애로 알고…. 어서 그러지 말고 우리 맞돈 거래합시다."

"글쎄, 없는 걸 어쩌느냐?"

"그럼 그만이지, 없다는 걸 누가 억지로 달랬나? 내 어디 두고 봐야지. 내일 공청에 나가서도 돈을 받지 않았다고 그러는지."

송강은 참을 만큼은 참았으나 계집이 공청 두 자를 입 밖에 내어 말하는 소리를 듣자 이제는 더 참을 수가 없었다.

"네 정말 안 내놓을 테냐?"

"못 내놓겠어!"

송강은 달려들어 계집이 덮고 있는 이불을 홱 젖혔다. 그러자 계집이 깔고 누운 담요 한 끝에 문서낭이 힐끗 보였다. 송강은 곧 와락 달려들었으나 계집은 두 손으로 문서낭을 잔뜩 움켜쥐고 놓지를 않았다. 하나는 뺏으려 하고 하나는 안 뺏기려고 서로 다투는 동안 저절로 칼집에서 칼이 쑥 빠졌다. 송강이 그 칼을 집어 들자 파석이 외쳤다.

"살인이야!"

그 소리에 왈칵 치밀어 오르는 노여움을 억제할 길이 없어 송강이 그대로 파석의 오른팔을 움켜쥐고 그 목에다 시퍼런 칼날을 꽂아 버렸다.

한때의 노여움으로 하여 마침내 염파석을 죽이게 된 송강은 문서낭 속에서 조개의 서찰을 꺼내 등잔불에 살라 버리고 난대를 허리에 찬 다음 층계를 내려왔다.

8. 행자(行者) 무송(武松)

뜻하지 않게 살인까지 저지른 송강은 곧 부친 송 태공과 상의하고 몸을 숨길 채비를 차렸다. 가는 곳은 창주 횡해군 소선풍 시진의 장상이었다. 송 태공은 송강이 혼자서 길에 나서는 것이 종시 마음에 불안하여 아우 송청과 함께 따라나서게 했다.

때는 시든 풀 속에서 귀뚜라미가 울고 모래 위에 기러기가 떨어지는 늦은 가을 이였다.

소선풍 시진은 대주 황제의 적파 자손으로서 의를 중히 여기고 재물을 가볍게 알아 천하 호걸들과 사귀기를 좋아하니 곧 당시의 맹상군이라 서신 왕래는 몇 번 있었어도 서로 보기는 처음인 송강이 그렇듯 불시로 찾아가자 그의 기쁨은 컸다.

그는 우선 먼 길을 오느라 고단한 몸을 더운 물에 목욕을 하게 하고 다시 새 의복과 건책을 내어 송강 형제에게 갈아입기를 청한 다음 후당에다 크게 연석을 베풀어 접대하였다.

낮부터 먹기 시작한 술이 어느덧 날이 저물어 등촉을 밝히게 될 때까지 먹었다.

"이제는 더 못하겠습니다."

송강은 그만 술을 사양했으나 시진은 그래도 계속 권하였다. 서로 잔을 잡아 거의 초저녁에 이르렀다.

송강이 몸을 일으켜 소피를 보러 나가려 하니 시진은 곧 장객 하나를 불러 등롱에 불을 밝혀 들고 길을 인도하게 했다. 송강은 그를 따라 긴 복도를 걸어갔다.

그가 동랑 앞에 이르렀을 때였다. 역시 술에 취하여 걸음걸이가 확실하지 않은 탓이었다. 송강은 한 기골이 장대한 사나이가 그 곳에 나와 앉아서 쬐고 있는 화롯불을 발로 차서 엎어 놓고 말았다.

빨갛게 피어오른 숯덩이가 그대로 튀어 사나이의 얼굴을 쳤다. 사나이는 너무나 놀란 나머지 온몸에 식은땀을 쭉 뽑고 노기가 충천하여 벌떡 일어섰다.

"이게 웬 자식이야?"

그러면서 그대로 달려들어 송강을 치려 하니 장객은 등롱을 내던지고 그 사나이의 팔에 매달렸다. 그 때 시 대관인이 쫓아 나왔다.

"압사 어른께 이 무슨 무례한 짓이란 말이오?"

"압사요? 압사라도 운성현의 송 압사나 된다면 모르지만…."

"송 압사를 잘 아시오?"

"만나 뵌 적은 없지만 대명은 익히 들어 왔소. 천하에 급시우 송 공명을 모를 사람이 어디 있겠소."

"그럼 만나고 싶겠구려?"

"그러잖아도 병만 나으면 한번 찾아뵈올 작정이오."

"상말에도 멀면 십만 팔천 리요 가까우면 바로 눈앞이라고 지금 손님 앞에 서 계신 이분이 바로 급시우 송 공명이시오."

"그 정말이오?"

송강이 비로소 입을 열었다.

"예, 이 사람이 송강입니다."

한마디 하니 사나이는 그대로 넙죽 엎드려 절을 드리며 말했다.

"몰라 뵈옵고 너무나 무례했습니다. 용서해 주십시오."

송강은 황망히 그의 손을 잡아 일으키며 물었다.

"족하의 대명은 뉘신가요?"

시진이 대신 대답했다.

"이분은 청하현 사람으로 성은 무요 이름은 송인데 저에게 와 계신 지가 한 일 년 되지요."

"내 무이랑의 명자를 들은 지 오랜데 이 곳에서 만나 뵈옵기가 천만 뜻밖입니다."

세 사람은 후당으로 함께 돌아가 다시 또 한 차례 술자리가 벌어졌다. 송강이 마음에 기뻐하기를 마지않으며 무송에게 이 곳에 온 내력을 물으니 그가 대답했다.

"제가 청하현에서 술 먹고 본처 관원과 말다툼을 하다가 홧김에 그만 한 주먹에 때려뉘고 곧 대관인에게로 와서 몸을 숨기고 있었지요. 저는 그자가 꼭 죽은 줄만 알고 있었는데 근래 풍문에 들으니까 죽지 않고 살아 있다 합니다. 그래 곧 고향으로 돌아가려던 차에 우연히 학질에 걸려 못 가고 아까 화롯불을 쬐던 까닭도 실은 오한이 심하기 때문이었습니다."

"그럼 곧 돌아가 편히 쉬시지요."

"아닙니다. 아까 불똥이 튀는 통에 온몸에 식은땀을 쭉 뽑고는 어떻게 제풀에 떨어졌나 봅니다."

"그렇다면 내게 사례해야 옳지 도리어 때리려 든단 말이오?"

주객이 함께 크게 웃고 이 날 밤은 삼경이 지나서야 술자리를 파하였다.

그로부터 열흘이 넘게 지나 무송은 시진과 송강에게 작별을 고하고 청하현을 향하여 떠났다.

제4편 전변무상(轉變無常)

1. 경양강(景陽岡)

몸에 홍색 옷을 입고 머리에 전립 쓰고 손에 한 자루 초봉을 들고 밤이면 객점에 들어 쉬며 낮이면 부지런히 길을 가기 수일에 무송은 마침내 양곡현 땅에 들어섰다.

해가 한낮이어서 갈증이 심하였다. 눈을 들어 보니 마침 저편에 주점 하나가 있었다. 무송은 곧 그 안으로 들어가서 한옆에 자리를 잡고 앉아 술을 청했다.

이윽고 주인이 안주 한 접시와 술 한 사발을 내왔다. 받아서 단숨에 들이켜고 나자 저도 모르게 감탄했다.

"거 참 술 맛 좋다. 여보 주인, 뭐 배부를 안주 없겠소?"

주인이 대답했다.

"고기가 좀 있습니다."

"그거 좋지. 한 두어 근 썰어 내오우."

주인은 안으로 들어가더니 고기를 두 근을 썰어서 큰 대접에 담아 내오며 다시 술 한 사발을 따라 주었다.

"허, 참 술맛 좋다. 어서 더 부으시우."

주인은 다시 한 사발을 따라 주었다.

무송은 세 사발 째 단숨에 들이켜고 또 청했다. 그러나 주인은 다시는 더 주려고 하지 않았다. 무송은 탁자를 두드리며 외쳤다.

"여보, 주인! 왜 술을 안 주는 거요?"

"저희 집 술이 워낙 독해 놔서 어떤 분이고 세 사발만 잡숫고 나면 취하지 않는 이가 없어 이 앞의 고개를 못 넘어가지요."

듣고 나자 무송이 껄껄 웃었다.

"그렇다면 어째서 나는 세 사발을 먹었는데 끄떡없단 말이오?"

주인은 무송이 세 사발을 마시고도 괜찮은 것을 보고 다시 계속 세 사발을 더 부었다.

"거 참 술 맛 좋다. 어서 또 부으시우."

주인은 무송이 그 독한 술을 계속하여 여섯 사발을 마시고도 까딱없자 못내 어이없어하며 그가 청하는 대로 고기 두 근을 더 썰어 내오고 술도 다시 세 사발을 더 부었다.

무송은 도합 열다섯 사발을 마시더니 그제야 초봉을 손에 집어 들고 자리에서 일어났다.

"그래, 어떠냐? 어디 끄떡이나 해?"

껄껄 웃고 문 밖으로 나서니 주인이 황망히 뒤를 쫓아 나오며 물었다.

"아니, 어딜 가십니까?"

"그건 왜 묻소? 술값 받았으면 그만이지."

"술값 누가 안 내셨답니까? 내가 호의로 일러 드리는 말씀인데 저 고개가 경양강입니다. 근자에 호랑이가 나와 벌써 수십 명이나 사람을 해쳤답니다. 그래 관가에서 사냥꾼들을 풀어 잡으려 하고 있습니다만, 왕래하는 사람들은 반드시 무리를 지어 고개를 넘되 어두워지면 고개를 넘지 못하게 되어 있지요. 지금이 미시 말 신시 초인데 이렇듯 단신으로 더구나 술에 취해 가지고 고개를 넘으려 하시다니 될 뻔이나 한 말씀입니까. 오늘은 저의 집에서 그냥 쉬시고 내일 사람들이 모이기를 기다려 수십 명이 무리를 지어 고개를 넘도록 하시지요."

듣고 나자 무송은 크게 웃었다.

"이거 왜 이래? 나는 바로 청하현 사람이야. 내 적어도 경양강을 수십 차례 지나다녔지만 호랑이 나온다는 소리는 들은 적이 없는데 웬 어림도 없는 수작이야?"

"믿지 못하겠으면 우리 집에 방문을 베껴 둔 것이 있으니 들어와 보슈."

"사람을 보고서 말을 해. 정말 호랑이가 나온 대두 두려워할 내가 아니야. 아마도 네가 굳이 나를 집 안에다 붙들어 재워서 한밤중에 내 재물을 뺏고 목숨을 해치려는 생각인가 본데 꾀에 넘어갈 줄 아느냐?"

그 말에 술집 주인은 노하였다.

"남이 일껏 호의로 일러 주는 터에 그 따위 수작이 어디 있단 말이오? 호랑이한테 물려 죽거나 말거나 난 모르겠으니 맘대로 하시구려!"

그러고는 얼굴을 붉히고 안으로 들어가 버렸다.

무송이 코웃음을 치고 초봉을 휘두르며 고개를 올라가니 이 때는 이미 해가 뉘엿뉘엿 산을 넘으려 했다.

무송은 그대로 고개를 올라가는데 이 때는 시월 중순이라 해는 짧고 밤은 길어 무송이 고개 위에 이르렀을 때는 해가 이미 산 너머로 떨어진 뒤였다. 무송은 혼자 중얼거렸다.

"호랑이는 무슨 호랑이야? 사람들이 공연히 겁을 집어먹고 못 올라오는 게지."

그대로 다시 앞으로 나아갈 때 취기가 올라 열이 오르고 정신을 못 차리게 되었다. 전립을 벗어서 등에다 걸고 옷고름은 풀어 헤쳐 가슴을 드러낸 다음 이리 비틀 저리 비틀 잡목이 우거진 속을 지나려니 큰 바윗돌이 하나 있었다.

"에라, 아무 데서나 한잠 자고 가자."

초봉을 한옆에 놓고 그 위에 쓰러져 무송이 막 잠이 들려고 할 때였다. 난데없는 일진광풍이 수풀을 헤치고 불어 들었다.

원래 구름이란 용을 따르고 바람이란 범을 좇는 법이라, 그 일진광풍이 지나자 수풀 속에서 눈이 세로로 붙고 이마에 흰 점이 박힌 한 마리 큰 호랑이가 뛰어나왔다.

무송은 깜짝 놀라 바위 아래로 뛰어내리며 곧 초봉을 집어 들었다. 호랑이는 앞발을 꿇고 넓죽 엎드리는 듯 하더니 별안간 앞발을 번쩍 들며 몸을 날려 그대로 무송에게로 달려들었다. 실로 아슬아슬한 순간이었다. 무송은 엉겁결에 간신히 몸을 홱 돌려 피했으나 아까 먹은 열다섯 사발의 술이 모조리 식은땀이 되어 그대로 온몸에 쭉 흘렀다.

앞발로 허공을 치고 땅에 떨어진 호랑이는 무송이 어느 틈에 저의 뒤에 서 있는 것을 보자 이번에는 앞발로 땅을 버티고 뒷발을 번쩍 들어 그를 차려 들었다. 무송은 또 몸을 홱 돌려 피하였다.

호랑이는 주홍 같은 입을 벌리고 한 소리 크게 '어흥!' 하고 울더니 흡사 쇠몽둥이 같은 꼬리를 번쩍 꼬나 세우며 그대로 무송을 후려갈겼다. 이번에도 무송은 몸을 홱 돌려 간신히 피했다.

원래 호랑이가 사람을 잡는 방법이란 세 가지밖에 없으니 곧 앞발로 치고 뒷발로 차고 꼬리로 때리는 것이다. 호랑이는 이 세 가지 수단을 사용하다 세 번 다 실패하자 또 한 번 입을 크게 벌려 '어흥!' 하고 울더니 몸을 번득여 돌아서며 다시 한 번 달려들려 했다.

무송은 곧 두 손으로 초봉을 번쩍 치켜들고 기력을 다해 내리쳤다. 그러나 호랑이를 친다는 것이 황겁 결에 옆에 서 있는 나뭇가지를 후려갈겨 가지가 뚝 부러지며 손에 든 초봉도 두 동강이 나고 말았다. 그 틈을 타서 호랑이는 다시 몸을 날려 앞발로 치려 들었다.

무송은 모로 훌쩍 뛰어 피하자 즉시 손에 잡았던 반 토막 초봉을 내던지고는 허공을 치며 땅에 내려앉은 호랑이에게 와락 달려들어 그 머리를 두 손으로 움켜쥐고 그대로 억누르려 들었다.

호랑이는 몸을 버르적거리며 머리를 치켜들려고 용을 썼다. 무송은 더욱 기력을 다하여 호랑이 머리를 억누르며 오른발로 그 얼굴을 수없이 찼다.

호랑이는 아픔을 견디지 못하여 계속 으르렁대며 앞발로 땅을 허우적거려 삽시간에 조그만 구덩이를 하나 파 놓았다. 무송은 즉시 그 속에다 호랑이 입을 틀어박고 왼손으로는 그 머리를 억누른 채 오른손으로는 철퇴 같은 주먹을 쥐어 그대로 계속 쳤다.

한 쉰댓 대나 후려갈겼을까. 마침내 그처럼 사납던 호랑이도 눈으로 입으로 코로 귀로 선지피를 내쏟고 그대로 그 곳에 늘어지고 말았다.

그래도 혹 다시 살아나지나 않을까 겁이 나서 무송은 부러진 초봉을 찾아 들고 다시 한 차례 후려갈겼다. 이제는 아주 죽은 모양이었다.

그러나 무송 역시 기진맥진이었다. 그는 다시 바위 위에 걸터앉아 생각했다.

'이제는 날도 아주 저물었는데 만약에 호랑이가 또 나오기라도 한다면 내 무슨 수로 그놈을 당해 내랴. 한시바삐 내려가느니만 못하겠다.'

생각을 정하자 곧 벗어 놓았던 전립을 찾아 쓰고 걸음을 재촉하여 산을 내려갔다. 그러나 한 마장을 못 가서 이번에는 호랑이 두 마리가 쌍을 지어 나왔다. 무송은 외쳤다.

"이젠 속절없이 죽었구나!"

그러나 이상도 한 일이었다. 호랑이 두 마리는 문득 걸음을 멈추더니 머리를 치켜들고 벌떡 일어섰다. 무송이 자세히 보니 그것은 호랑이가 아니라 호피로 옷을 지어 입은 사람인데 둘이 모두 손에 창을 들고 있었다. 무송이 물었다.

"그 모양으로 여기서 뭘 하고 계시오?"

호피 쓴 두 사나이가 대답했다.

"우리는 지현의 분부를 받고 호랑이 사냥을 나온 사람이오. 그놈의 짐승이 어찌나 사나운지 보통 방법으로는 잡을 도리가 없어서 이렇듯 호랑이 가죽을 쓰고 나선 게요. 저 아래에도 장정 열댓 명이 매복을 하고 있소만 임자는 대체 사람이오 귀신이오? 이 밤중에 혼자서 고개를 넘어오다니 도무지 까닭을 모를 일이오. 그래 호랑이를 만나지는 않았소?"

"바로 지금 이 위 숲 속에서 임자들이 찾는 호랑이를 만나 발로 차고 주먹으로 때려서 죽이고 내려오는 길이오."

"그게 무슨 말이오? 거짓말도 원 분수가 있지."

"못 믿겠으면 같이 가 봅시다 그려."

사냥꾼들은 반신반의하며 즉시 소리쳐서 아래에 매복하고 있던 장정들을 불러 횃불을 밝혀 들고 무송을 따라 고개 위로 올라갔다. 이르러 보니 과연 거대한 호랑이 한 마리가 죽어서 쓰러져 있었다. 모든 사람들은 한편 놀라고 한편 기뻐했다.

이튿날 아침에 무송은 네 명의 장객이 메는 교자에 높이 앉아 지현 상공을 뵈러 들어갔다. 그의 앞을 선 것은 칠팔 명 장정이 멘 죽은 호랑이였다.

거리는 구경 나온 사람들로 발 디딜 틈이 없었다.

아문에 이르러 교자에서 내려 바로 청전으로 들어가니 기다리고 있던 지현은 곧 청상으로 오르라 분부를 내리고 이어서 호랑이 잡은 곡절을 물었다.

무송이 처음에서 끝까지 자세히 이야기하니 청상 청하의 사람들로서 놀라지 않는 이가 없었다. 지현은 그에게 술을 내리고 상금으로 1천 관을 내려 주었다. 그러나 무송은 받지 않고 말했다.

"소인이 요행으로 호랑이를 잡은 것이었지 결코 능력이 있어서 잡은 것은 아니오니 어찌 감히 상금을 받자오리까?"

지현은 무송이 용력이 뛰어날 뿐 아니라 위인이 그렇듯 충직하고 덕이 있어 보여 말했다.

"네 고향이 청하현이라 하니 우리 양곡현과는 지척간이라. 내 이제 너를 도두로 삼을까 하는데 의향은 어떠하냐?"

무송은 꿇어앉아 아뢰었다.

"상공께서 그렇듯 은혜를 내리신다면 소인은 몸을 마칠 때까지 상공을 모시려 하옵니다."

지현은 곧 압사를 불러 문서를 작성하고 당일로 무송을 보병 도두로 삼았다.

2. 반금련(潘金蓮)

그로부터 며칠 지나서였다. 무송이 현문을 나서 혼자 거리를 거닐고 있으려니 누군가 등 뒤에서 불렀다.

"무 도두!"

돌아다보니 뜻밖에도 그의 형 무대랑 이었다. 무송은 진정으로 반가웠다.

“형님, 그 사이 안녕하셨습니까? 그런데 이 곳에는 웬 일입니까? 저는 그저 청하현에 계신 줄로만 알고 있었는데요.”

“내가 이리 떠나온 지도 어언 반년이 넘었나 보다. 그 동안 얼마나 보고 싶었는지 모르겠는데 어쩌면 그렇게도 무심하더란 말이냐?”

무대는 아우를 쳐다보며 한편으로는 반갑기고 한편으로는 서운해 했다.

원래 무대와 무송은 한 어머니 속에서 나온 형제건만 누가 보든 친동기라고는 믿을 수 없을 만큼 모든 점이 판이했다. 아우 무송은 신장이 여덟자에 얼굴이 출중하고 체구 당당하며 천백 근 기력을 가졌다. 그러니 그 사나운 호랑이를 맨주먹으로 때려잡을 수도 있었던 것이다.

그러나 형 무대는 신장이 다섯 자가 못 되고 얼굴은 누추하며 머리통은 주먹만 했다.

그래도 무송이 청하현에 있을 동안에는 그를 꺼리어서 아무도 무대를 감히 건드리지 못했다. 그러나 무송이 집을 나가자 고을 사람들은 매사에 무대를 업신여겼다. 더구나 반금련이라고 하는 계집을 무대가 아낙으로 맞아들인 뒤로는 더욱 심했다.

반금련이란 올해 나이 스물둘에 낯짝이 제법 반반하게 생긴 계집으로 원래가 청하현에서 몇째 안 가는 부잣집의 시비였으니 본래 같으면 무대 같은 위인에게로 올 계집이 아니었다.

그러나 일은 공교로웠다. 그 집 주인 영감이 이 반금련에게 뜻이 있어 어느 날 저녁에 남몰래 그 손목을 잡아 이끄는 것을 홱 뿌리치고 안으로 들어가서 이 일을 주인 마님께 고했으니 점잖은 주인 영감의 체면이 무엇이 되었겠는가.

속으로 크게 한을 품은 주인 영감은 그 앙갚음으로 반금련을 동네에서도 가난하고 못생기기로 이름난 무대에게 그대로 내어주고 말았던 것이다.

이것을 보고 마을 안에서 시샘하는 젊은것들은 연한 양고기가 잘못 되어 개 아가리로 들어갔다고 지껄여 댔다.

그러나 알고 보면 팔자에 없는 미인 계집을 얻어 가지고 도리어 골치만 앓고 있는 무대였다. 어떻게 할 수 없는 노릇이라 그저 그대로 붙어산다 뿐이지 계집이 속으로 밤낮 다른 사내를 생각하고 있다는 것쯤은 짐작하고 있었다. 실상 동네 젊은 사내들 사이에 별별 소문이 다 떠돌았다.

무대는 그대로 청하현에서 살 수가 없어 마침내 이 곳 양곡현으로 집을 옮기고 전이나 마찬가지로 거리에 나가 떡을 팔아서 그날그날을 지내 오던 중에 오늘 이렇듯 아우 무송을 만난 것이다.

"일전에 경양강 위에서 호랑이를 맨주먹으로 때려잡고 도두가 되었다는 장사의 성이 무가라는 말을 듣고서 내 속으로 십중팔구는 네가 아닌가 생각을 했었다. 하여튼 잘 만났다. 자, 어서 내게로 가자."

무대는 그 즉시 자석가에 있는 저의 집으로 아우를 이끌고 가서 아내 반금련과 인사를 시켰다. 반금련은 무송을 한 번 보자 혼자 속으로 생각했다.

'어쩌면 한 어머니 뱃속에서 나온 형제이면서 저렇게나 다를 수가 있을까? 경양강 호랑이를 맨주먹으로 때려잡은 장사라니 좋기는 팔 힘만이 아닐 거야. 제가 아직 장가를 안 들었거든 우리 집에 와서 같이 살자고 해야지.'

곧 음식을 마련하여 대접을 극진히 하며 현아에서는 자고 먹는 것이 다 함께 불편할 터이니 부디 자기 집으로 와 있으라고 재삼 권했다. 무대는 물론 반금련이 다른 생각이 있어서 그러는 줄을 꿈에도 알 턱이 없었다.

"그 참 좋은 말이오. 애, 오늘 밤으로라도 내게로 오도록 하여라."

형이 함께 권하니 무송은 이 날 현아로 돌아가자 곧 이 일을 지현 상공에게 보고하고 보따리와 이불을 수습하여 토병에게 지워 형의 집으로 왔다. 그리하여 이 날부터 무송은 형 내외와 한집에서 살게 되었다.

어느덧 그 해 가을이 다 가고 겨울이 되었다. 연일 삭풍이 세차게 불고 구름이 하늘을 덮더니 하룻밤 사이에 큰 눈이 내려 날이 훤히 밝자 천지는 완연한 은세계로 변하였다.

반금련은 오늘에야말로 제 그윽한 심사를 무송에게 알리고야 말리라 굳게 결심했다. 그녀는 눈이 내리는 거리로 남편 무대를 떡 팔러 내보낸 다음에 곧 이웃집 왕파에게 부탁하여 술과 고기를 사다가 주안상 하나를 얌전히 차려 놓고서 새벽에 번을 돌러 간 무송이 돌아오기만 기다렸다.

기다린 지 얼마 되지 않아 무송은 돌아왔다. 반금련은 곧 내달아 그를 맞아들였다. 무송은 전립을 벗어 눈을 떨고 허리에 찬 전대를 풀어 방으로 들어갔다.

반금련은 즉시 대문을 닫아걸고 뒷문에도 빗장을 지른 다음 준비했던 상을 받쳐 들고 들어갔다.

"형님은 어딜 가셨나요?"

반금련이 대답했다.

"오늘도 장사 나갔죠. 자아, 어서 한잔 드세요."

"형님이 들어오시거든 모시고 같이 하죠."

"아이, 언제 들어올 줄 알고 기다려요? 자아, 더운데 좀 드세요."

무송은 마지못해 잔을 들었다. 반금련은 눈가에 웃음을 띠고 말했다.

"참, 누구한테 들으니까 도련님께서 창기 하나를 동가에다 숨겨 놓고 살림을 시키고 계시다고요?"

"그거 공연한 말입니다. 전 그런 사람이 아닙니다."

"글쎄, 뉘 말이 옳은지…."

"못 믿으시겠거든 형님께 여쭤 보십쇼 그려."

"형님이 그런 걸 다 알면 저렇게 떡을 팔러 다니지를 않게요? 호호호, 도련님 어서 약주 드세요."

계속하여 권하고 저도 자작으로 석 잔을 거푸 먹고 나니 반금련은 은근히 발동하는 춘심을 스스로 억제할 길이 없었다. 그녀는 문득 팔을 늘여 무송의 어깨를 가만히 꼬집고 한마디 했다.

"아이, 도련님. 이것만 입고 춥지 않으세요?"

무송은 아까부터 형수의 거동이 심상치 않은 것을 보고 마음에 즐겁지 않았으나 그래도 꾹 참고 아무 대꾸도 하지 않았다.

그러나 오직 욕심만 불이 일 듯 한 계집은 이런 남자 마음을 눈치 채지 못했다. 반금련은 마침내 술을 한 잔 따라 제가 먼저 입을 대고 반 넘어 남은 술을 무송에게 권했다.

"여보세요, 이 잔 좀 받아 주세요."

무송은 더 참지 못했다. 그는 계집이 내미는 잔을 빼앗아 그대로 마룻바닥에 던지고 꾸짖었다.

"이게 무슨 짓이오! 무송은 저 인륜을 모르는 금수의 무리가 아니라 당당한 남자요! 만약에 다시 이러시는 일이 있다면 무송의 눈은 혹시 아주머니를 알아볼지 모르지만 이 주먹만은 아주머니를 몰라볼 것이니 그리 아시오!"

반금련은 바로 무안하고 한편 분하여 얼굴이 주홍빛이 되었다. 그녀는 허둥지둥 도망치듯 부엌으로 내려가 버렸다.

얼마 지나지 않아 무대가 돌아왔다.

"여보, 문 열우!"

남편의 음성을 듣자 반금련은 황망히 달려나가 문을 열었다. 무대는 아내를 따라 방으로 들어오자 울어서 퉁퉁 부은 반금련의 눈을 보고 놀라 물었다.

"아니, 웬일이오? 누구하고 싸웠소?"

계집은 앙큼했다.

"임자가 변변찮으니까 나까지 업신여김을 받는 게지!"

"아니, 누가 뭐랬기에?"

"무송이 녀석이지 누군 누구야! 날은 추운데 눈을 흠뻑 맞고 들어왔기에 내가 몸이나 녹이라고 술 한잔을 데워다 주지 않았겠어. 그랬더니 글쎄 이 녀석이 아무도 보는 사람이 없으니까 사뭇 날 가지고 희롱을 하려 들지 않겠어."

그러나 무대는 믿지 않았다.

"내 아우는 그런 사람이 아니야. 그런 말 함부로 하지 마. 남이 들으면 우리 모양만 흉해져."

말을 마치자 그는 무송의 방으로 갔다.

"얘, 너 점심 안 먹었거든 나하고 겸상해서 먹자."

그러나 무송은 아무 대답이 없었다. 혼자 고개를 숙이고 앉아서 생각에 잠겨 한동안 그러고 있더니 마침내 자리에서 일어나 서둘러 신을 신은 다음 웃옷을 입고 전립을 쓰고 전대를 두르고 바로 집을 나섰다.

이 모양을 보고 무대는 눈이 둥그레져 물었다.

"아니, 어딜 가니?"

그러나 무송은 역시 아무 대답 없이 그대로 거의 달음질을 쳐서 가 버렸다. 무대는 곧 안으로 들어가 반금련을 보고 물었다.

"아무리 불러도 대답 한마디 없이 가 버리니 대체 웬일이야?"

"웬일은 무슨 웬일이야? 제가 지은 죄가 있으니까 창피스러워 그러는 게지. 인제 보구려. 오늘 밤 안으로 제가 사람을 보내서 짐을 찾아가고야 말 테니."

과연 얼마 안 있어 무송은 토병 한 명을 데리고 돌아와 저의 보따리를 수습하여 가지고 나갔다. 무대가 쫓아 나와서 물었다.

"얘, 너 대체 왜 이러니?"

"형님, 구태여 아시려고 할 것 없습니다. 그저 저 하는 대로 내버려 두세요."

말을 마치자 토병을 앞세우고 현아로 돌아가 버렸다.

무대는 다시 붙들지를 못했으나 이튿날이라도 아우를 만나 보고 어인 까닭인지 물어 보리라 생각했다. 그러나 여우 같은 반금련은 죄가 드러날까 겁이 났다.

"만약 임자가 다시 그 녀석을 만날 때는 나는 이 집에서 영영 나가 버릴 테니 그런 줄이나 아우."

이리 앙탈을 부리는 통에 무대는 그러지도 못하고 형제가 한 고을 안에 살면서도 서로 소식을 모르는 채 여러 날이 지났다.

이 때 이 고을 지현은 도임한 이래 두 해 반 사이에 적지 않은 은냥을 수중에 넣었으므로 이것을 동경으로 올려 보내 가까운 분에게 부탁하여 승진할 길을 얻으려고 했다. 그는 무송을 불러들여 말했다.

"동경에 있는 내 친척에게 예물 한 짐을 보낼까 한다만, 다만 중간에 도적을 맞을까 근심되는구나. 그래 특히 너 같은 영웅 호한에게 분부하는 터이니 부디 수고를 아끼지 말고 다녀오너라!"

무송은 지현 상공의 분부를 받고 집으로 물러나오자 토병을 시켜 술 한 병과 안주를 사오라 하여 들려 가지고 자석가로 형 무대를 찾아갔다.

무대는 마침 집에 돌아와 있었다. 무송이 곧 토병에게 명하여 부엌에 들어가서 술상을 차리게 하니 이 때 반금련은 무송이 술과 고기를 들고 찾아왔다고 듣자 속으로 혼자 생각했다.

'그 때는 그랬어도 정녕 제가 내게 마음이 있어서 다시 온 게 아닐까? 어디 제가 하는 거동을 봐야지.'

하여 부리나케 머리 빗고 분 바르고 옷까지 갈아입은 다음에 나와서 무송을 맞았다.

"도련님, 그래 어찌 된 일이에요? 그 날 갑자기 나가신 뒤로 도무지 이렇다는 소식이 없으시니?"

무송이 대답했다.

"실은 형님과 아주머님께 꼭 좀 여쭐 말씀이 있어서 이렇듯 뵈러 온 터입니다."

"그러면 다락 위로 올라가시죠."

세 사람은 같이 다락 위로 올라갔다.

이윽고 술자리가 벌어졌다. 권커니 잣거니 하여 술이 몇 순배에 이르자 무송은 술 한 잔을 따라 손에 들고 형 무대를 향하여 말했다.

"형님, 제가 이번에 지현 상공의 분부를 받고 동경에 올라갔다 오게 되었습니다. 내일로 곧 떠나야겠는데 오래 걸리면 두 달이고 빨리 돌아온대도 아마 사오십 일은 걸릴까 봅니다. 그래 특히 떠나기 전에 형님께 한 말씀 당부하고 가려고 이렇게 왔습니다."

"그래, 무슨 말이냐?"

무대가 궁금한 얼굴로 물었다.

"저 없는 동안은 부디 아침에는 늦게 나가시고 저녁에는 일찍 돌아오시도록 하며 돌아오시는 대로 아주 대문을 잠그고 지내십시오. 남이 뭐라든지 그저 꾹 참고 시비를 아예 하지 마세요. 또 남에게 욕을 당하시는 일이 있더라도 제가 돌아올 때까지는 모든 걸 그저 참고 모른 체하셔야만 됩니다. 제 말씀을 들어 주시겠으면 이 잔을 받으세요."

무대는 잔을 받아 들며 대답했다.

"내 모든 일을 네 말대로만 하겠다."

무송은 다시 둘째 잔에 술을 가득히 부어 들고 형수를 향해 말했다.

"우리 형님이 워낙 순박하시니까 그저 대소사를 막론하고 아주머님께서 알아서 해 주십시오. 아주머님만 매사를 잘 보살펴 주신다면 우리 형님이야 무슨 근심이 있겠습니까? 상말에도 울타리가 튼튼하면 강아지 새끼 들어올 틈이 없다고 하지 않습니까."

말을 듣고 나자 반금련은 얼굴이 귓바퀴까지 새빨개졌다.

"온 참 나중에는 못하는 말이 없네! 울타리가 튼튼하면 강아지 새끼 들어올 틈이 없다니, 그래 내 행실이 어때서 그런 말을 해? 아이구 분해! 아이구 분해!"

반금련이 가슴을 주먹으로 쾅쾅 두드리며 홱 자리에서 일어나 층계를 뛰어 내려가더니 분에 못 이겨 우는 소리가 다락 위에까지 들렸다.

무송은 형과 몇 잔 더 나눈 다음에 입을 열었다.

"그러면 형님, 안녕히 계십쇼. 부디 제가 드린 말씀을 잊지 마세요. 그저 무슨 일이 있더라도 꾹 참고 지내시도록 하세요."

거듭 당부하고 집으로 돌아갔다. 그리고 그 이튿날 새벽 일찍 예물 실은 수레를 이끌고 바로 동경을 향해 떠났다.

흐르는 세월이 살과 같아서 어느덧 40여 일이 지나자 지현 상공의 분부를 받고 예물 수레를 운반하여 동경에 올라갔던 무송이 돌아왔다.

갈 때의 신춘 천기가 돌아오니 3월 초두라, 오는 도중에 무송은 어인 까닭인지도 모르게 마음이 불안하고 심신이 황홀함을 느꼈다. 그래서 돌아오자 서둘러 형님을 찾아가 뵈리라 생각했다. 우선 현아로 들어가 지현 상공에게 답장을 올린 다음 집으로 물러나와 옷을 갈아입고 곧 자석가로 발길을 향했다.

무송은 부리나케 걸어 형님의 집 문전에 이르자 발을 걷어 올리고 안으로 들어섰다.

그런데 대체 이게 어찌 된 일인가? 상청 위에 '망부무대랑지위' 일곱 자가 보였다. 무송은 너무나 놀랍고 어이가 없었다. 그는 몇 번인가 손으로 눈을 비비고 다시 보았다. 그러나 몇 번을 다시 보아도 그것은 틀림없는 형

무대의 위패였다.

무송은 안을 향하여 큰 소리로 형수를 불렀다.

"아주머니, 무송이 돌아왔습니다."

반금련이 아이고 하며 울면서 나오자 무송은 곧 물었다.

"아주머니, 형님이 대체 언제 무슨 병환으로 돌아가셨나요? 그리고 약은 또 누구 것을 쓰시고요?"

반금련은 한편으로 울면서 한편으로 대답했다.

"그게 도련님께서 떠나신 지 한 열흘쯤 지났을까, 글쎄 갑자기 가슴이 아프다고 자리에 눕더니 점점 병세가 중해지며 아흐레 만에 그만 돌아가시고 말았어요. 그동안 어디 푸닥거리를 안 해 보았을까 점을 안 쳐 보았을까, 또 약이란 약은 다 써 보았건만 그예 가시고 말았습니다."

아무리 반금련이 그렇게 말해도 무송은 그 말을 믿지 않았다.

"우리 형님께서 지금까지 가슴앓이라고는 앓으신 적이 없는데 그 병으로 돌아가시다니 도무지 알 수 없는 일이로군요. 그래 장사는 대체 어떻게 지내셨나요?"

반금련이 대답했다.

"저 혼자서 정말 어떻게 할 도리가 있어야지요. 그래 할 수 없이 돌아가신 지 삼일 만에 화장을 지냈답니다."

"대체 돌아가신 지가 며칠이나 되었습니까?"

"글피가 바로 사십구일이지요."

무송은 혼자 생각하기를 반나절 만에 집으로 돌아가 소복하고 토병 하나를 데리고 나와 제수를 구하여 들려 가지고 다시 형수에게로 갔다.

반금련이 또 아이고 하며 울면서 나와 맞았다. 무송은 상청 앞에 나가 등촉을 밝히고 잔에 술을 따르고 영전에 절을 하고 고하였다.

"형님, 형님의 영혼이 아직 멀리 가시진 않으셨겠지요. 혼령이 있거든 부디 저의 말씀을 들어 주십시오. 형님, 어쩌면 그리도 허무하게 돌아가셨습니까? 아무래도 믿어지지가 않습니다. 만약에 형님께서 원통한 죽음을 당하시기라도 하였다면 부디 현몽이라도 하셔서 제게 일러 줍시오. 형님 원수는 이 아우가 맹세코 갚아 드리겠습니다."

잔에 술을 가득 부어 영전에 올린 다음에 무송이 그대로 목을 놓아 우니 반금련 또한 방 속에 앉아서 서럽게 울었다.

무송은 곡을 마치자 토병과 한 상에서 저녁을 먹고 평상 둘을 내어다 토병은 중문간에 재우고 자신은 상청 앞에 팔을 괴고 누웠다.

밤이 깊어 삼경쯤 되었을 때였다. 무송은 이리 뒤치락 저리 뒤치락 하며 잠을 못 이루다가 마침내 자리 위에 일어나 앉았다.

때마침 시각을 알리는 북소리가 멀리서 은은히 들려 왔다. 가만히 귀를 기울여 보니 바로 삼경 이라 무송은 저도 모르게 한숨을 쉬고 혼자 중얼거렸다.

"우리 형님이 가슴앓이로 돌아가시다니 무슨 말인고? 아무래도 일이 수상하거든."

그런데 그 말이 미처 끝나기 전이었다. 문득 상청 아래로부터 난데없는 일진 냉기가 일어나더니 영전의 등화는 빛을 잃고 벽상의 지전은 어지러이 날았다.

무송은 머리털이 그대로 일어서는 것 같았다. 곧 눈을 크게 뜨고 자세히 지켜보니 상청 아래로부터 어떤 사람 하나가 몽롱하게 형상을 나타내며 말했다.

"아우야, 내가 참으로 못 견디게 괴롭구나."

그 소리를 듣자 무송은 곧 앞으로 나서며 한마디 물어 보려 했다. 그러나 문득 찬 기운은 흩어지고 사람의 형상은 씻은 듯이 사라져 버렸다.

'이것이 꿈일까?'

그러나 정녕코 꿈이 아니었다. 머리를 돌이켜 토병을 보니 그는 세상모르고 오직 코만 골고 있었다. 무송은 다시 속으로 생각했다.

'아무래도 우리 형님께서 돌아가신 게 무슨 깊은 곡절이 있지. 지금도 내게 무슨 말씀인지 하시려다 그만 물러가 버리신 모양인데…. 어떻든 날이나 밝거든 알아보기로 하자.'

이윽고 날이 밝았다. 토병이 일어나서 물을 데워 주었다. 무송이 세수를 하고 나자 반금련이 다락에서 내려왔다. 무송은 또 한 번 물었다.

"아주머니, 우리 형님께서 대체 무슨 병환으로 돌아가셨지요?"

반금련이 대답했다.

"듣고도 잊으셨나요? 어제 왜 제가 가슴앓이로 돌아가셨다고 하지 않았습니까."

"약은 뉘 약을 쓰셨나요?"

"약봉지가 여기 있으니 보세요."

"관은 누가 사 왔습니까?"

"어제 왔던 이웃집 왕건랑 한 테 부탁을 해서 사 왔지요."

"누가 메고 나갔나요?"

"본처 하구숙이 맡아서 해 주었답니다."

"잘 알았습니다. 그럼 잠깐 다녀오겠습니다."

무송은 토병을 데리고 골목 밖으로 나오자 곧 그에게 물었다.

"너 하구숙의 집이 어딘지 아느냐?"

"예, 사자가에 살고 있어요."

"그럼 그리로 가자."

무송은 하구숙의 집 문 앞에 이르자 토병은 먼저 돌려보내고 주인을 찾았다.

"하구숙이 집에 있나?"

하구숙은 그 때 막 자리에서 일어난 길이었다. 부르는 소리로 그가 무송임을 알자 그는 허둥지둥 문갑 속에서 은자와 뼈를 집어 내어 품속에 간수하고 밖으로 나가서 무송을 맞았다.

"무 도두, 동경서는 언제 돌아오셨습니까?"

"어제 돌아온 길일세. 내 할 말이 좀 있는데 같이 요 앞까지 가지 않겠나?"

"모시고 나갑죠."

하구숙은 무송이 이끄는 대로 골목 모퉁이 술집으로 갔다. 그러나 무송은 술이 여러 순배 돌도록 도무지 아무 말이 없었다.

이윽고 술이 제법 돌았을 때였다. 무송은 문득 옷자락을 보기 좋게 쓰윽 걷어 올리더니 품속에서 날이 시퍼런 첨도 한 자루를 꺼내 탁자 위에 탁 꽂았다.

이를 보자 하구숙의 얼굴은 그대로 흙빛이 되었다. 무송은 두 소매를 걷어 올린 다음 칼자루를 꽉 움켜진 채 하구숙에게 말했다.

"조금도 두려워 말고 바른 대로 일러 주게. 우리 형님이 대체 무슨 연고로 돌아가셨나? 사실대로만 일러 준다면 내 털끝 하나 건드리지 않겠네만, 만약에 한마디라도 거짓말이 섞인다면 이 칼이 가만 안 있을 것이니 그리 알게. 보았으니 알겠네만 우리 형님 신체에 별 의심나는 점은 없던가?"

하구숙은 소매 속에서 주머니 하나를 꺼내 탁자 위에 놓고 말했다.

"도두께서는 고정하십시오. 이 주머니 속에 그 증거물이 들어 있습니다."

무송은 주머니 끈을 풀고 속을 들여다보았다. 그러나 그 속에 들어 있는 것은 검푸른 뼈 두 개와 은자 열 냥뿐이었다.

"대체 이것이 무슨 증거물이란 말인가?"

"제가 자세한 말씀을 드릴 터이니 들어 보십시오. 바로 지난 정월 스무 이튿날입니다. 자석가에 찻집을 내고 있는 왕파가 와서 무대랑이 간밤에 돌아가셨으니 곧 와서 염을 해 달라고 합디다. 그래 옷을 갈아입고 나갔습죠. 그런데 막 자석가로 들어서려니까 생약포 하는 서문경이 그 곳에 있다가 소인을 보더니 할 말이 있다고 술집으로 끌고 갔습니다. 술을 권하고 바로 여기 있는 이 은자 열 냥을 쥐어 주며 신신당부하기를 염하러 가거든 모든 일을 부디 좋도록 해 달라고 합디다. 이게 필연코 무슨 곡절이 있는 일이로구나 생각은 했습니다만, 그 서문경이란 사람이 어떤 위인인지는 아마 도두께서도 짐작하고 계시겠지요. 모처럼 그렇게 청하는데 만약 섣불리 거절했다가는 어떤 일이 있을지 몰라 저는 이 은자 열 냥을 그대로 받아 넣고 그 길로 무대랑 댁으로 갔습니다."

"그랬더니?"

무송이 참지 못하고 재촉했다.

"시신이 있는 방으로 들어가서 시신을 살펴보았습니다. 그랬더니 칠규 안에 피 흔적이 역력하고 또 입술 위에 잇자국이 뚜렷하게 박혀 있었습니다. 이것은 정상적으로 돌아가신 시신이 아니라고는 알았으나 우선 안에서도 말씀이 가슴앓이로 돌아가셨다고 하시니 소인 혼자서 들추어내면 무얼 합니까? 그래 이러지도 못하고 저러기도 어려워 저는 짐짓 살을 맞은 것처럼 꾸미고 그 자리에서 업혀 돌아왔습지요. 그 후 가만히 소문을 들어 보니 삼일 되는 날 내어다가 화장을 한다고 하기에 저도 성 밖 화장장으로 따라 나가서 살짝 이 뼈 두 개를 주워 가지고 돌아왔습니다. 자, 보십쇼. 이 뼈가 빛이 검푸른 게 독약을 자시고 돌아가신 것이 분명합니다."

"그러면 간부는 대체 누구란 말인가?"

"그건 소인도 모릅지요. 하지만 소문을 들으니 왜 과일을 팔러 다니는 운가라는 애 녀석 있지 않습니까? 언젠가 그 애하고 무대랑하고 둘이서 왕파네 찻집에서 간통한 놈을 잡는다고 한바탕 소동이 일어났었다고 합니다.

소인 생각에 그 애한테 물어 보신다면 아마 아실 수가 있을 것 같습니다."

"그럼 수고스럽지만 나하고 그 애한테 같이 가세."

무송은 칼을 도로 집어넣고 뼈 두 개와 은자 열 냥을 소매 속에 감춘 다음에 하구숙을 앞세우고 운가를 찾아갔다.

운가는 마침 집에 있었다. 곧 불러내어 그 근처 식당으로 데리고 들어가 은자 댓 냥을 쥐어 주고 자세히 물어 보니 운가는 전후 사연을 낱낱이 무송에게 고했다.

듣고 보니 간통한 놈은 생약포를 하는 서문경이고 두 사람 사이에 다리를 놓아 준 사람은 찻집을 내고 있는 왕파이며 형을 독살한 것은 세 사람의 공모가 틀림없었다.

무송은 그 길로 두 사람을 데리고 관부로 들어갔다. 세 사람이 바로 현청 앞으로 나아가자 지현이 무송을 보고 물었다.

"네 대체 무슨 일로 들어왔느냐?"

무송은 공손히 꿇어앉아 지현에게 고하였다.

"현전에서 생약포를 내고 있는 서문경이라는 자가 소인의 형수 반금련과 간통을 하고 마침내 소인의 형 무대를 독약 먹여 살해하였기로 이제 이 두 명 증인을 얻어 감히 상공 안전에 고하는 바입니다."

듣고 나자 지현은 우선 하구숙과 운가의 진술을 받고 다음에 현리와 상의했다. 그러나 이 곳 현리의 무리들은 본래가 서문경과 평소 가까이 지내 오는 터라 이로 인하여 서로 가만히 일을 짜서 보고했다.

"아무리 생각해 보아도 이 사건은 확신하기 어렵사옵니다."

지현이 무송을 보고 말했다.

"무송아, 네 또한 본현 도두니 응당 법도를 잘 알고 있으리라. 자고로 이르기를 간통에 걸려면 현장을 본 사람이 있어야 하는데 네 비록 저들이 간통했다고 고집하나 어린아이의 말을 믿을 수 없고, 형이 살해를 당했다고 하나 이미 죽은 사람의 시신이 남아 있지 않은 터에 어찌 저 두 사람의 말만 듣고 그대로 남을 살인 사건으로 처리하란 말이냐? 네 가만히 생각해 보아라. 일이 그렇지 않은가?"

무송은 품속에서 두 조각 검은 뼈와 열 냥 은자를 내어 지현에게 바치고 아뢰었다.

"여쭙기 황송하오나 이것들을 자세히 보아 줍시오. 결단코 소인이 만들어 낸 말이 아니옵니다."

그러나 이미 서문경으로부터 거액의 뇌물을 받아먹은 지현은 냉랭하게 말했다.

"내 사실을 알아볼 터이니 그만 물러가 있으라!"

이튿날 무송이 새벽같이 다시 들어가 또 고하니 재물에 눈이 어두운 무리들은 무송이 증거로 바친 두 조각 뼈와 열 냥 은자를 도로 들고 나와 무송에게 내주며 말했다.

"이 일을 어찌 남의 말만 듣고 함부로 처단하라는 말이오? 대개 인명에 관한 일이란 시, 상, 병, 물, 종의 다섯 가지가 구비되어야 비로소 심문할 수 있는 법이오."

무송은 이에 관가의 힘을 빌려고 하다가는 끝끝내 형의 원수를 갚을 수 없음을 깨달았다. 그는 말없이 뼈와 은자를 받아서 하구숙에게 주고 집으로 물러나왔다.

이튿날 아침 무송은 토병들과 함께 자석가로 갔다. 반금련은 이미 관가에서 무송의 고발이 받아들이지 않았다는 말을 전해 들어 알고 있었다. 그래서 그녀는 무송이 그렇듯 토병을 데리고 또 왔는데도 조금도 겁내지 않았다.

대문을 들어서자 무송은 곧 형수를 찾았다.

"아주머니, 잠깐만 이리 내려오십쇼."

반금련은 천천히 다락에서 내려와 물었다.

"왜 그러시나요?"

무송이 말했다.

"내일이 바로 돌아가신 형님의 사십구일이 아닙니까? 그간 동네 사람들에게도 이래저래 폐를 많이 끼쳤으니 제가 아주머니를 대신해서 술 한 잔이라도 대접을 할까 하고 이렇게 뭘 좀 사 가지고 온 길입니다."

"무얼요. 그러시지 않아도 될 텐데…."

"아닙니다. 인사는 차려야죠."

무송은 우선 토병을 불러 상청 앞으로 나가서 두 자루 황초에 불을 밝히게 하고 향로에 향을 피우며 다시 영전에 제물을 올렸다.

그런 다음에 그는 데리고 온 토병 중 한 명은 안으로 들어가서 술을 데우게 하고 두 명은 문전에 탁자와 걸상을 내놓게 하며 또 나머지 두 명으로는 각각 앞문과 뒷문을 지키게 했다. 반금련은 말없이 그가 하는 양만 지켜보고 있었다.

이렇듯이 분별하기를 마치자 무송은 형수를 돌아보고 말했다.

"그럼 잠깐 좀 기다리십쇼. 내 곧 가서 손님들을 청하여 올 테니까요."

무송은 곧 이웃 왕파를 찾아갔다. 왕파는 처음에 사양했다. 그러나 무송은 굳이 청하였다.

"이번 일로는 어느 다른 분보다도 마나님께 신세를 너무 많이 졌습니다. 차려 놓은 것은 변변치 않습니다만 잠깐만이라도 꼭 참석해 주셔야만 하겠습니다."

왕파는 마침내 가게를 닫고 무송을 따라왔다. 왕파가 방으로 들어와 자리를 잡고 앉자 무송은 별안간 왕파를 보고 소리를 가다듬어 꾸짖었다.

"이 개 같은 늙은 년아! 우리 형님의 목숨을 그렇게 해치고도 그래 네년의 목숨은 온전할 줄 알았더냐?"

그는 다시 고개를 돌려 반금련을 꾸짖었다.

"이 더러운 년아! 네 우리 형님을 어떻게 죽였느냐? 어서 바른 대로 대어라! 그러면 내 네년의 목숨만은 살려 주마!"

그러나 반금련은 앙큼했다.

"도련님, 원 그게 무슨 말씀이세요? 형님은 정녕코 가슴앓이로 돌아가셨는데 대체 제가 무슨 상관이 있다고 이러시는 겁니까?"

그 말이 미처 끝나기 전에 무송은 칼을 들어 탁자에다 탁 꽂았다. 그리고 왼손으로는 계집의 머리채를 휘어잡고 오른손으로는 그 멱살을 움켜쥐어 번쩍 들어 상청 앞에다 팽개치더니 한 발로 그 가슴을 꽉 밟고 서서는 칼을 뽑아 손에 쥐고 꾸짖었다.

"이 개 같은 년아! 네 그래도 바른 대로 대지 못하겠느냐?"

반금련은 피할 도리가 없음을 깨닫고 빌었다.

"도련님, 제가 죽을 죄를 지었어요 잘못했습니다! 그저 모든 일을 바로 말할 테니 부디 목숨 하나만 살려 주세요!"

무송은 반금련을 잡아 일으켜 상청 앞에 꿇어앉힌 다음 소리를 가다듬어 꾸짖었다.

"이 더러운 년아! 자복하려거든 어서 해라!"

반금련은 마침내 실토했다. 서문경과 눈이 맞아 남편을 독살한 경위를 하나 빼지 않고 무송 앞에 그대로 불었다.

무송은 이번에는 왕파를 향하여 꾸짖었다.

"이년! 네 이제도 모른다고 잡아떼겠느냐?"

이에 이르러서는 어찌 할 도리가 없는 노릇이었다. 마침내 왕파도 모든 일을 자복했다.

무송은 두 사람의 자복을 듣자 토병을 시켜 잔에 술을 따라 오라 하여 영전에 올리고 두 계집을 그 앞에 꿇어앉혔다. 무송의 눈에서 눈물이 비 오듯 했다.

무송은 영전에 고하였다.

"형님! 혼령이 여기에 계시다면 지금 이 일을 굽어보시겠지요? 오늘 이 자리에서 제가 형님의 원수를 갚겠습니다!"

말을 마치자 곧 반금련의 머리채를 휘어잡고 그 가슴을 풀어 헤치니 그때까지만 해도 혹시나 하고 요행을 바라던 계집은 그만 얼굴이 새파랗게 질려 외마디 소리를 질렀다.

"에그머니!"

그러나 때는 이미 늦었다. 무송은 첨도를 들어 계집의 가슴을 일자로 쭉 가르고 손을 넣어 심장을 꺼내 영전에 바쳤다. 그리고 다시 한 번 칼을 번득여 계집의 목을 자르니 왕파와 토병의 무리는 이 너무나 끔찍한 광경에 모두들 두 손으로 낯을 가리고 오직 전신을 사시나무처럼 떨 뿐이었다.

무송은 다시 토병에게 분부하여 왕파를 잔뜩 묶어서 지키게 한 다음 자신은 반금련의 머리를 보자기에 싸서 옆에 끼고 그 길로 서문경의 생약포를 찾아갔다.

무송은 점포 안에 앉아 있는 주관을 보고 물었다.

"대관인 계시오?"

"나가시고 지금 안 계십니다."

"내 긴히 할 말이 있으니 잠깐만 이리 나오시오."

주관이 밖으로 나오자 무송은 그를 행인이 없는 골목으로 끌고 들어가 우선 한마디 다졌다.

"너 죽고 싶으냐, 살고 싶으냐?"

주관은 몹시 당황했다.

"소인은 털끝만치라도 잘못한 게 없습니다."

"네가 만약에 죽기를 원한다면 구태여 서문경이 있는 곳을 대지 마라. 그렇지만 네가 살고 싶다면 빨리 간 데를 말해라!"

"말씀드립지요. 대관인께서는 바로 조금 전에 손님 한 분이 오셔서 같이 사자교 아래 술집으로 가셨습니다."

무송은 그대로 사자교 아래 술집으로 달려갔다. 술집 주인에게 서문경이 있는 방을 물어서 알아 가지고 무송은 다락 위로 올라갔다. 첨도를 빼어 오른손에 들고 그대로 홱 문을 밀쳐 안으로 들어서며 서문경의 얼굴을 향해 반금련의 머리를 내던졌다.

서문경은 그가 무송임을 알자 소스라치게 놀라 그대로 도망 갈 길을 찾았다. 그러나 난간을 뛰어넘는다고 해도 아래 길거리까지는 두 길이 넘었다. 서문경은 감히 뛰어내리지 못하고 궁한 형세에 도리어 몸을 홱 돌리며 오른발을 번쩍 들어 무송의 배를 향하여 힘껏 찼다.

그러나 무송이 간발의 차이로 홱 몸을 피하니 서문경의 발길은 그의 칼 든 손을 맞아 저 아래 한길 복판에 칼이 떨어졌다.

한자리에서 술을 먹던 사나이와 두 명의 기녀는 도망도 못하고 그냥 마룻바닥에 털버덕 주저앉아 떨고만 있었다.

무송이 제 아무리 천하장사라 하나 그의 수중에 이미 무기가 없는 것을 보자 권봉깨나 쓸 줄 안다는 서문경은 그다지 겁내지 않았다. 오른손을 번쩍 들어 무송의 머리를 내리칠 듯 하더니 도리어 왼손으로 주먹을 쥐어 무송의 명치를 힘껏 질렀다.

그러나 무송은 또 한 번 간발의 차이로 그 주먹을 피하며 번개같이 달려들어 왼손으로 서문경의 어깻죽지를 움켜잡고 오른손으로 그의 왼편 다리를 쥐어 번쩍 머리 위로 치켜들었다.

서문경이 비록 기운깨나 쓴다고는 하나 죽은 무대의 영혼이 붙어 돌고 하늘이 용서하지 않았으니 제 어찌 무송의 용력을 당하랴!

무송이 번쩍 들어서 그대로 한길 위를 향하여 메다꽂으니 서문경은 변변히 외마디 소리도 못 지르고 거꾸로 떨어져 땅바닥에 머리를 부딪고는 그만 혼절해 버렸다.

무송은 마룻바닥에 떨어진 반금련의 머리를 집어 들고 휙 난간을 넘어 한길로 사뿐 뛰어내리더니 길바닥에 떨어뜨린 첨도를 찾아 들고 단 한 칼에 서문경의 머리를 싹둑 베어 계집의 머리와 한 보자기에 싸서 들고는 한달음에 다시 자석가로 돌아왔다.

곧 머리 둘을 영전에 바치고 무송은 형님의 혼령에게 고하였다.

"형님! 제가 이제 이렇듯 두 연놈을 죽여서 원수를 갚았으니 형님은 부디 원한을 푸시고 하늘에 올라가시어 편안히 지내십시오."

고하기를 마치자 무송은 왕파를 결박해 앞세우고 머리 둘을 손에 든 다음, 지현 상공 앞에 나아가 청전에 공손히 꿇어앉은 채로 형의 원수 갚은 일을 처음서부터 끝까지 낱낱이 고하였다.

지현은 사령을 시켜서 우선 왕파의 진술을 받게 하고 다음에 하구숙과 운가를 차례로 불러들여 물으니 여러 사람들의 증언이 모두 명백했다.

지현은 무송과 왕파에게 각각 큰칼을 씌워 옥에 넣도록 했으나 이번 일을 보고 무송의 의기에 깊이 감동된 바 있었다. 그는 어떻게 해서든 무송을 구해 주고 싶었다.

그러나 살인이란 워낙 죄가 중했다. 지현은 마침내 무송이 반금련과 서문경을 실수로 죽인 양으로 것으로 고쳐 꾸며 무송에게 읽어 들려주고 다시 한 장의 공문을 써서 올려 허락을 청하였다.

마침내 형부에서 지시가 내리기를 왕파는 간통을 부추기고 독살케 했으니 그 죄가 마땅히 능지처사에 당할 것이라 했다.

또 무송으로 말하면 제 비록 형의 원수를 갚았다고는 하나 서문경과 반금련 두 사람의 목숨을 해친 터라 그대로 사면하기 어려우니 곤장 마흔 대에 2천 리 밖으로 귀양을 보내라 하였다.

문서가 이르자 부윤은 곧 왕파를 수레에 태워 거리로 조리를 돌린 다음 능지처참하고, 무송은 일곱 근 반짜리 큰칼을 씌워 맹주 감옥으로 귀양을 보내니 무송은 두 명 호송인을 따라서 맹주로 향하였다.

3. 십자파(十字坡)

무송이 3월 초두에 사람을 죽인 뒤로 두 달 너머를 옥에서 보내고 이제 맹주로 가는 길에 오르니, 때는 유월 전후라 날마다 이글이글 타오르는 햇볕이 그대로 돌을 달구고 쇠를 녹이는 듯했다.

새벽같이 떠나 한낮에는 쉬고 부지런히 길을 가기 스무 남은 날에 세 사람은 마침내 맹주 도령의 험한 고개를 넘어 십자파라는 곳에 이르렀다. 이곳에서 맹주 감옥은 바로 지척간이었다.

세 사람은 술집을 찾아갔다.

"날이 퍽 덥습니다. 좀 들어와 쉬어 가시죠. 술도 있고 고기도 있고 또 요기를 하시겠으면 만두도 있습니다."

창 앞에 앉아 있던 한 부인이 달려 나와서 그들을 맞았다. 머리에는 한 떨기 꽃을 꽂고 얼굴에는 연지와 연분을 발랐는데 여미지 않은 치마 사이로 허벅다리가 엿보였고 눈썹에는 살기를 띠어 눈에 광체가 번뜩였다.

두 명 호송인과 함께 주점 안으로 들어간 무송은 우선 등에 진 보따리를 끌러 탁자 위에 놓고 땀에 흠뻑 젖은 옷을 벗었다.

그 때 두 명 호송인이 말했다.

"아무도 보는 사람이 없으니 여기서는 칼을 잠시 벗어 놓고 술 한잔이라도 편히 자시구려."

그러고는 곧 칼을 벗겨 주었다. 무송은 진정으로 사례하였다. 그 때 부인이 만면에 웃음을 띠고 나와 물었다.

"약주는 얼마나 드릴까요?"

무송이 대답했다.

"얼마랄 것 없이 많이 내오슈. 그리고 고기도 한 너덧 근 썰어 오구."

이윽고 부인이 술을 가져와 세 사람에게 권했다.

"자아, 어서들 드세요."

두 명 호송인은 곧 사발을 들고 벌컥벌컥 한숨에 들이켰다. 그러나 무송은 술잔을 집어 들며 문득 생각난 듯이 한마디 했다.

"아주머니, 참 안주가 없구려. 강술이야 먹을 수 있나. 수고스럽지만 고기를 좀 더 썰어다 주슈."

부인은 몸을 돌이켜 안으로 들어갔다. 무송은 때를 놓치지 않고 사발을 들어 몰래 구석에다 술을 쏟아 버리고 바로 입맛을 쩝쩝 다시며 말했다.

"참 술 맛 좋다. 바로 감로로구나, 감로야!"

그 소리를 듣자 안으로 들어갔던 부인이 곧 달려 나와 찰싹찰싹 손뼉을 치면서 외쳤다.

"이 녀석들아, 어서 쓰러져라! 쓰러져!"

마치 그 한마디 소리를 신호나 삼은 듯 두 명 호송인은 그대로 교의에 앉은 채 보기 좋게 뒤로 나가떨어졌다. 이 광경을 보자 무송은 자기도 얼른 눈을 감고 마룻바닥에 모로 쓰러져 버렸다. 부인은 깔깔 웃었다.

"그러면 그렇지 갈 데 있더냐?"

그러더니 즉시 안에다 대고 소리쳤다.

"소이하고 소삼이는 얼른 좀 나오너라!"

소리가 떨어지자 안에서 상판대기가 흉악스럽게 생긴 녀석 둘이 달려 나와서 우선 두 명 호송인을 마주잡이하여 들고 안으로 들어갔다.

부인은 그들의 탁자 앞으로 와서 위에 놓인 무송의 보따리와 두 명 호송인의 전대를 차례로 주물러 보더니 입가에 웃음을 띠고 중얼거렸다.

"속에 돈이 적지 아니 들었나 본데…. 하여튼 오늘 벌이는 역시 잘했어. 세 녀석을 잡아서 만두 속만 만들어도 값이 또 얼마야."

그 때 무송이 번개같이 손을 놀려 부인을 홱 밀어 자빠뜨리고 두 다리로 그의 허리를 꽉 껴 버렸다. 부인은 죽어 가는 소리를 내며 요동을 쳤다.

이 모양을 보고 소이와 소삼이 즉시 무송에게로 덤벼들려 했으나 벽력 같은 호통 한 번에 그만 찔끔하여 감히 다시는 나서지 못하고 흡사 얼빠진 놈들처럼 멀거니 서서 보기만 했다.

부인은 아무리 요동을 쳐 보아도 별 소용이 없음을 깨닫고 이번에는 빌었다.

"에구구, 허리가 끊어져 사람 죽겠네. 다시는 안 그러겠으니 제발 좀 살려 주슈! 에구구, 사람이 죽는 대두…."

이 때 밖에서 한 사나이가 황황히 안으로 들어오며 외쳤다.

"장사는 부디 노염을 푸시고 저 사람을 용서해 주십시오. 이 사람이 꼭 여쭐 말씀이 있소이다."

무송은 벌떡 뛰어 일어나 왼발로 부인의 가슴을 꽉 밟고 서서 그 사나이의 위아래를 재빨리 훑어보았다.

머리에는 면건을 쓰고 몸에는 백포삼을 입고 발에는 마혜를 신었다. 이마는 툭 불거지고 광대뼈가 불쑥 나온 얼굴에 수염을 길렀는데 나이는 한 서른 대여섯쯤 되어 보이는 사나이였다. 그는 무송을 향하여 허리를 굽히고 물었다.

"호걸은 대체 뉘신가요? 대명을 듣고 싶습니다."

무송이 대답했다.

"나는 양곡현에서 도두를 지낸 무송이오."

이름을 듣자 그 사나이는 다시 한 번 급히 물었다.

"그러면 바로 경양강에서 맨손으로 호랑이를 때려잡으셨다는 그 무 도두가 아니신가요?"

"내가 바로 그요."

그 사나이는 무송에게 공손히 절하고 말했다.

"참으로 대명은 일찍부터 듣자왔습니다. 그러나 이처럼 만나 뵈올 줄은 꿈에도 몰랐소이다."

이번에는 무송이 물었다.

"혹 이 아주머니가 형장의 부인이오?"

"예, 바로 이 사람의 내잡니다."

무송은 황망히 부인을 붙들어 일으키고 물었다.

"나 보기에 두 분이 모두 심상한 이는 아닌 듯싶은데 우리 이름이나 압시다."

그 사나이가 자기 내력을 말했다.

"이 사람의 성은 장이고 이름은 청입니다. 본디 이 곳 광명사의 채원 일을 보던 사람인데 여기 십자파에다 이렇게 술집을 내고 있지요. 이 사람이 약간 무예도 배웠고 천하 호걸들과 많이 알고 지내는 까닭에 모두들 이 사람을 채원자라고 불러 주는 터이외다. 저의 내자는 별명이 모야차이고 이름은 손이랑 입니다. 밖에 나갔다가 지금 돌아오며 들으니까 저 사람이 죽는 소리를 하기에 뛰어 들어왔거니와 참말이지 도두를 이렇게 뵈올 줄은 몰랐소이다."

"으음…."

"그래 매양 이 사람에게 아무리 생활이기는 하더라도 마취약도 사람 보아 가며 먹이라고 일러 왔건만 그래도 듣지 않고 오늘은 또 도두께 이렇듯 죄를 지었습니다. 참말이지 하마터면 큰일 날 뻔했습니다."

모야차 손이랑이 말했다.

"처음에는 그럴 생각이 없었지만 이 어른이 돈냥이나 지니신 것 같아서 그랬지요."

"아주머니께서 자꾸 내 보따리를 유심히 보시기에 의심이 들어 나도 술을 먹은 척했지요."

장청은 다시 한 번 죄를 사례하고 무송을 후면 객석으로 청하여 들였다. 무송은 두 호송인을 살려 달라고 청하였다. 그 말에 손이랑이 깜빡 생각난 듯 깜짝 놀랐다.

"내가 작방으로 가 보지요."

허둥지둥 나가더니 이내 돌아와 말했다.

"아이고, 이 일을 어쩌면 좋아요? 벌써 요절을 내고 말았군요."

"아이고, 큰일 났구나!"

무송이 저도 모르게 비명을 질렀다.

"저 두 호송인은 여기까지 함께 오는 동안에 내게 여러 가지로 고맙게 해준 사람들인데…. 호송인이 둘 다 죽었으니 내가 갈 곳이 막연하게 되었구려."

"우리가 무 도두님께 큰 죄를 짓고 말았구려. 기왕 일이 이렇게 되었으니 앞일은 차차 의논하기로 하고 안으로 드시지요."

장청 부부는 무송을 후원으로 청하여 닭 잡고 거위를 튀겨 새로이 자리를 정돈하고 은근히 술을 권했다. 호걸과 호걸이 만난 자리라 장청과 무송은 서로 보기는 비록 이 날이 처음이지만 그 친숙함은 바로 백년지기나 다름없었다.

서로 나이를 따져 보니 장청이 무송보다 다섯 살이 위였다. 무송은 곧 장청에게 절하여 그를 형이라고 불렀다.

계속 사흘 동안을 술 마시며 즐기던 어느 날 장청이 마침내 무송에게 말했다.

"이것은 뭐 내가 겁이 나서 하는 말이 아닐세. 아무리 생각을 해 보아도 자네가 이대로 있다가는 안 될 것 같네. 언젠가는 관가에서 자네에게 수배령을 내릴 걸세. 그래서 내가 자네의 운신할 곳을 하나 정해 놓고 하는 말인데 의향이 어떤가? 가 보겠나?"

무송이 대답했다.

"나는 단 한 분 형님이 돌아가신 뒤로 이 세상에 일가친척이라고는 아무도 없는 몸이오. 나 한 몸 운신할 곳만 있다면 어디든지 가지요."

장청이 말했다.

"그렇다면 내 말하겠네. 내가 요전번에도 한 번 말한 일이 있지 않은가. 바로 청주 관하의 이룡산 보주사 말일세. 화화상 노지심과 청면수 양지가 웅거하고 있는데 청주 관군 포도의 무리들도 이들을 바로 못 보는 터일세. 자네가 거기만 간다면 무사하리라 믿네. 내가 편지 한 장을 써 줄 테니 그리로 가 보지 않겠나?"

무송이 대답했다.

"그러지 않아도 은근히 그 생각을 하고 있던 차요. 편지만 써 주신다면 내 오늘로 떠나리다."

장청은 즉시 한 폭 종이를 펴 놓고 붓을 들었다. 그 때 곁에서 그들의 말을 듣고 있던 손이랑이 입을 열어 참견을 했다.

"아무래도 아주버니께서 혼자 먼 길을 가시는 게 안심이 안 돼요."

"그럼 어떻게 하면 좋지?"

"제게 좋은 방도가 하나 있기는 있지만, 다만 아주버니께서 들으실지 모르겠군요."

무송이 물었다.

"잡히지 않을 도리만 있다면 무슨 말씀인들 안 듣겠습니까?"

손이랑이 말했다.

"바로 두 해 전 일입니다. 두타 하나가 이 곳을 지나다가 저의 집에 들렀을 때 마취약을 타 먹여 죽인 일이 있지요. 그 때 그 사람 의복이며 도첩과 염주와 계도를 없애지 않고 그대로 두었는데, 제 생각 같아서는 아주버니께서 아주 스님 행색을 하고 나서시는 게 좋을 성싶습니다."

듣고 나자 장청은 손뼉을 치면서 옳다고 했다.

무송은 그들의 말을 좇아 마침내 머리를 자른 다음 승복을 입고 염주를 들어 완연한 행자로 행색을 바꾸었다.

장청은 노자를 마련하여 그의 전대 속에다 넣어 주고 술과 밥을 내어 배불리 먹게 한 다음에 신신당부했다.

"부디 길에 나가거든 매사에 조심하시게. 술도 좀 적게 자시고 남하고 시비 마시게. 기왕 행자 행색으로 꾸미고 나선 터이니 일거일동이 출가인 다워야 하지 않겠나. 만약 무사히 이룡산에 가거든 부디 곧 편지를 하게. 우리도 언제까지 예서 이러고 지낼 수 없는 노릇이라 조금 있다가 이룡산으로 가려 하거니와 그 때까지 부디 몸 성히 잘 지내시게."

무송은 장청 부처와 작별하고 마침내 십자파를 떠나 이룡산을 향하여 길을 나섰다.

4. 청풍산(淸風山)

한편, 염파석을 죽이고 집을 떠난 뒤로 반 년 넘어 소선풍 시진의 장상에 머물러 있던 송강은 홀로 동편을 향하여 나아갔다. 청풍채의 소이광 화영을 만나기 위해서였다.

부지런히 길을 가기 수일에 마침내 이름 높은 청풍산 아래 다다르니 팔면이 산이 높고 험하고 사방이 험준한 고산이라 고승의 수행처가 아니면 필시 산적 떼의 소굴일 것 같았다.

짧은 겨울 해가 어느덧 저물어 때는 황혼이었다. 송강은 마음에 불안하여 동편 소로를 향하여 걸음을 재촉하여 한식경이나 갔으나 인가는 보이지 않고 날은 아주 어두워져 버렸다. 이제는 길도 잘 분간할 수 없었다.

그가 더욱 당황하여 달음질치다시피 앞으로 나아가는데 문득 다리가 무엇에 걸리면서 몸이 앞으로 폭 거꾸러지니 숲 속에서 난데없는 왕방울 소리가 요란하게 났다.

'에쿠! 내가 올가미에 걸렸구나!'

속으로 깨달았을 때는 이미 늦어 숲 속에서 우르르 달려 나온 여남은 도적들에게 박도와 보따리를 빼앗기고 몸은 굵은 밧줄로 칭칭 결박을 당하고 말았다.

손 한 번 놀려 보지 못하고 이렇듯 붙잡힌 송강은 도적들이 끄는 대로 따라갈 수밖에 없었다.

산채에 이르러 송강이 불빛 아래 살펴보니 주위를 목책으로 빙 둘러막고 초청이 뜰 한가운데에 자리를 잡았는데 대청 위에는 호피 교의 셋이 놓여 있고 집 뒤는 백여 간 초가집이 있었다.

졸개들이 송강을 끌어다 뜰 아래 기둥 위에 비끄러매어 놓으니 대청 위에 있던 놈이 이들을 보고 한마디 지껄였다.

"대왕께서 지금 주무시니 아직 여쭐 건 없어. 한숨 주무시고 나거든 저 녀석의 간을 내어 해장국이나 올리고 우리는 고기나 한 점씩 얻어 먹세나."

기둥 위에 몸이 묶여 꼼짝달싹 못하는 송강은 이 소리를 듣자 기가 탁 막혔다.

'그래, 내 팔자가 이처럼이나 기박하단 말인가! 놀아먹던 계집년 하나 죽였다고 갖은 고생 다 하고 마침내는 여기까지 와서 소문 없는 죽음을 당하게 되다니….'

입술로 새어 나오느니 오직 한숨뿐인데, 아마 삼경쯤 되었으리라 할 때 대청 뒤에서 졸개 너덧이 달려 나와 외쳤다.

"대왕께서 납신다!"

등촉을 밝히자 송강이 눈을 들어 살펴보니 안에서 노랑 수염에 두 눈이 크고 둥근 자가 뚜벅뚜벅 걸어 나와 한가운데 놓인 호피 교의에 떡 걸터앉았다.

이 사나이는 산동 내주 사람으로 성은 연이고 이름은 순이며 작호는 금모호였다. 본래 각지로 양과 말을 팔러 다니던 객상이었는데 장사에 실패를 보아 본전을 들어먹고 마침내는 이렇듯 녹림총중에 몸을 던져 버린 것이다.

연순이 술이 깨어 청상에 나와 앉자 좌우를 돌아보고 물었다.

"얘들아, 저자는 어디서 잡아 왔느냐?"

뜰 아래 졸개들이 대답했다.

"뒷산 길목을 지키고 있는 중에 걸려든 놈입니다. 대왕님 해장국이나 하시라고 잡아 올렸지요."

"그 잘했다. 그럼 어서 가서 두 분 대왕도 모셔 오너라!"

졸개가 대답하고 간 지 얼마 후 대청 좌우에서 두 명 호걸이 나타났다.

좌편은 다섯 자가 미처 못 되어 보이는 작달막한 키에 막 생긴 얼굴에 두 눈이 유난히 컸다. 이 사람은 양회 태생으로 성은 왕이고 이름은 영이며 작호는 그의 키가 원체 작은 데서 왜각호라 불렀다. 천성이 누추하고 남달리 호색하기로 이름난 대왕이었다.

또 한 명 대왕은 왜각호 왕영과는 아주 딴판으로 훤칠하게 생긴 사람이 옥같이 흰 얼굴에 머리에는 두건을 썼으니 소주 태생으로 백면낭군의 작호를 가진 정천수였다.

세 명 두령이 각기 자리에 앉자 왕영이 분부를 내렸다.

"애들아, 곧 저놈의 간을 내어다 해장국을 만들어 오너라!"

말이 한 번 떨어지자 졸개 하나는 큰 구리 대야에 찬물을 가득 담아 송강 앞에 갖다 놓고 또 한 놈은 소매를 척 걷어 올리며 날이 시퍼런 한 자루 첨도를 들고 나섰다.

곧 칼질이 시작되나 했더니 먼저 놈이 손으로 물을 떠서 송강의 가슴에 확 끼얹었다. 본래 염통에는 더운 피가 엉겨 있으므로 우선 찬물을 끼얹어 피를 식히고 그 뒤에 염통과 간을 꺼내야만 먹기 좋은 까닭이었다.

졸개가 다시 손으로 물을 떠서 이번에는 송강의 얼굴에다 확 끼얹었다. 송강은 저도 모르게 한숨을 쉬고 한마디 중얼거렸다.

"슬프다. 송강이 여기서 이렇게 죽는구나!"

이 때 연순은 귓결에 '송강' 두 자를 듣고 곧 졸개에게 물었다.

"잠깐 멈추어라! 저놈이 송강이가 어쩌고 하니 그게 무슨 소리냐?"

"이놈이 저 혼자서 '슬프다 송강이 여기서 죽는구나' 그러는구먼요."

연순은 교의에서 몸을 일으키며 물었다.

"여보게, 송강을 아나?"

송강이 대답했다.

"내가 바로 송강이오."

연순은 곧 뜰로 뛰어내려와 다시 물었다.

"어디 사는 송강이오?"

"제주 운성현서 압사를 지낸 송강이오."

연순은 소스라쳐 놀라며 곧 졸개 손에서 첨도를 빼앗아 묶은 줄을 모조리 끊은 다음 껴안다시피 하여 대청 위로 모셔 올려 자기가 앉았던 가운데 호피 교의에다 앉히더니 왕영과 정천수더러 빨리 내려오라 하여 셋이 함께 넓죽 절을 했다.

송강은 황망히 교의에서 내려와 답례하고 물었다.

"세 분 장사께서 이 사람을 죽이지 않고 도리어 이렇듯 예를 베푸시는 까닭을 모르겠소이다."

연순이 말했다.

"얼른 못 알아보지 못하고 하마터면 형님 목숨을 해칠 뻔 한 일을 생각하면 곧 칼을 들어 이놈의 눈깔을 도려내고 싶습니다. 제가 녹림총중에서 십여 년을 지내 오며 형님의 대명을 익히 듣자왔으나 연분이 박해서 만나 뵙지 못하여 평생에 한이 되더니 오늘 뜻밖에 이렇듯 모시게 되어 이만 기쁠 데가 없습니다. 그는 그러하거니와 형님은 대체 어떻게 이 곳을 지나시게 되셨습니까?"

송강은 앞서 조개를 구해 준 이야기로부터 염파석을 죽인 뒤에 몸을 피하여 소선풍 시진에게 신세를 지고 있다가 이번에 청풍채로 가는 길이라고 전후의 사연을 자세히 이야기했다.

듣고 나자 세 두령은 기뻐하기를 마지않으며 우선 옷부터 갈아입힌 다음 곧 분주히 양을 잡고 말을 잡아 크게 잔치를 베풀었다. 그 뒤로 송강은 청풍산에 머물러 매일 극진한 대접을 받으며 열여드레를 꿈결에 지냈다.

그런데 섣달 초승께 일이었다. 원래 산동 사람은 이 때 성묘하는 것이 연례라, 이 날 산에서 내려갔던 졸개가 분주히 올라와 보고하되 큰길 위에 교자 한 채가 놓여 있고 종인이 대여섯이나 되는데 아마 누가 음식을 차려 가지고 성묘를 온 모양이라 했다.

왜각호 왕영은 본래 호색하는 무리라 이 말을 듣자 속으로 그 교자가 필시 부인이 타고 온 것이리라 생각하여 즉시 창을 집어 들고 오십 여명의 졸개를 이끌어 산 아래로 내려갔다.

송강, 연순, 정천수 세 사람은 뒤에 남아 술을 마시고 있었다. 그로부터 얼마 지나 왕영을 따라갔던 졸개가 돌아와 보고하되 그들이 산에서 내려오는 것을 보자 호위하던 군사들이 모조리 삼십육계를 놓고 교자에 타고 있던 부인 하나만 붙잡았는데 몸에 지닌 것이라고는 단지 은향합 하나뿐이고 달리 재물이라 할 것은 없더라고 했다.

연순이 물었다.

"그래 그 부인은 붙잡아다 어쨌니?"

졸개가 아뢰었다.

"왕 두령께서 뒷방으로 데리고 가셨습니다."

그 말을 듣자 크게 웃는 연순을 보고 송강이 한마디 했다.

"왕 두령이 아마도 여색을 좋아하나 보오. 그건 칭찬할 일이 못 되는데."

"그 사람이 다른 건 무엇 하나 탓할 것이 없어도 그거 한 가지가 병이랍니다."

"두 분, 우리 함께 가서 좋은 말로 권하십시다. 어디 그러면 되겠소?"

그 말에 연순과 정천수는 곧 송강을 인도하여 뒷산에 있는 왕영의 처소로 갔다.

연락도 없이 방문을 열어젖히니 왕영은 마침 소복한 부인을 부둥켜안고 한참 승강이를 하다가 그들이 들어오는 것을 보고 깜짝 놀라 부인을 한옆으로 떠다밀고 분주히 세 사람에게 자리를 권했다.

송강이 부인을 향해 물었다.

"부인은 어느 댁 부인이시며 산에는 왜 올라오셨소?"

"첩은 청풍채 지채의 아내입니다. 오늘이 바로 모친의 초상날이어서 성묘하러 올라왔습니다. 대왕님, 부디 이 목숨을 살려 주세요."

송강이 왕영에게 말했다.

"왕 두령, 그만 이 부인을 돌려보내기로 합시다."

그러나 왕영은 듣지 않았다.

"형님, 홀아비 사정도 좀 봐 주시우. 그까짓 관원 놈의 계집 하나 뺏는 걸 가지고 그러실 것까지는 없지 않습니까?"

송강은 마침내 왕영 앞에 무릎을 꿇고 앉았다.

"아우님이 만약 부인이 없어서 고적하다면 나중에 이 송강이 마땅한 사람을 골라 드리도록 하겠습니다. 부디 인정을 베풀어 놓아 보내 주시오."

그가 이렇듯 간청하는 모습을 곁에서 보고 있던 연순과 정천수는 황망히 앞으로 나와 송강의 두 손을 잡아 일으키며 말했다.

"형님, 그게 무어 어려운 일이라고 이렇게까지 하십니까? 이 부인은 저희가 곧 놓아 보내도록 하겠습니다."

연순이 왕영이야 싫어하거나 말거나 개의치 않고 곧 소리쳐 교군을 불러다가 명령을 내렸다.

"어서 이 부인을 모시고 내려가거라!"

"대왕님, 이 은혜를 어찌 갚사오리까."

부인이 송강 앞에 절을 드려 사례하자 송강이 말했다.

"부인, 내게 그처럼 사례하실 것도 없소이다. 또 나는 이 산채의 대왕이 아니라 운성현에서 온 손님이오."

마침내 부인이 교자를 타고 산에서 내려가자 왕영은 한편으론 부끄럽고 한편으론 분하지만 속으로 혼자 성은 내도 입에 올려 감히 말은 하지 못했다.

이보다 앞서 청풍채 군사들이 실내마마를 도적 떼에게 빼앗기고 그대로 돌아가 유 지채에게 보고하니 유고는 듣고 나자 노발대발했다.

"이 쓸개 빠진 놈들아, 그걸 말이라고 하느냐!"

곧 영을 내려 모조리 곤장을 치라 하니 군사들이 분주히 변명을 했다.

"소인들은 아무 죄도 없습니다. 소인들은 불과 대여섯이고 그놈들은 오십여 명이나 되니 대체 무슨 수로 당해 낸단 말씀입니까?"

"이놈들아, 듣기 싫다! 이 길로 곧 가서 얼른 찾아오너라!"

군사들은 어찌 할 길이 없어 그 앞을 물러나오자 본채 안의 건장한 군교 칠팔십 명과 함께 각기 창과 몽둥이를 들고 청풍산으로 향하였다. 그러나 길을 얼마 안 가 산에서 내려오는 부인의 교자와 마주쳤다.

"아이고, 마마 행차가 아니십니까? 어떻게 이렇게 내려오십니까? 지금 저희들이 모시러 가는 길인뎁쇼."

"그놈들이 모르고 나를 산채까지 끌고 가기는 했지. 내가 유 지채의 부인인 것을 알고는 그만 깜짝들 놀라면서 곧 교군들을 불러 돌려보내 주는구먼."

"참말로 불행 중 다행이십니다."

군사 무리들은 기뻐하며 전후좌우로 교자를 옹위하여 채중으로 돌아갔다.

5. 소이광(小李廣) 화영(花榮)

유 지채의 부인을 산채에서 무사히 구하여 돌려보낸 뒤 대엿새 지나 송강도 연순의 무리에게 작별을 고하고 산에서 내려왔다. 소이광 화영을 찾아보기 위해서였다.

청풍진에 와서 물어 보니 청풍채 아문은 바로 진시 중앙에 있는데 남쪽 소채에는 문관 유 지채가 들어 있고 북쪽 소채에는 무관 화 지채가 들어 있다고 일러 주었다.

송강은 그에게 사례하고 곧 북채를 찾아갔다. 아문 앞에 이르러 문 지키는 군사에게 성명을 전하고 온 뜻을 말하니 그 군사가 안으로 사라진 지 오래지 않아 한 청년 장군이 분주히 달려 나왔다. 그가 곧 활을 한 번 당기면

백 보 밖에서 버들잎도 쏘아 맞힌다는 청풍채의 무관 지채 소이광 화영이다.

화영은 몸소 송강을 부축하여 정청 위에 올라가자 그를 청하여 자리에 앉힌 다음 그 앞에 엎드려 사배를 드리고 말했다.

"형님 뵈온 지도 벌써 오륙 년이 됩니다그려. 그간 어떻게 지내셨나요? 늘 형님 생각을 했는데, 저번에 소문을 들으니 노는 계집 하나를 죽이셨다고 관가에서 각처로 문서를 돌려 잡으려 한다고요? 그 말을 듣고 어찌나 불안하고 또 답답한지 연달아 여남은 통이나 글월을 올려 부디 제게로 와 계시라 하였는데 받아 보셨는지요? 하여튼 잘 오셨습니다."

송강을 다시 후당으로 청하여 자리를 권하고 부인 최 씨와 누이를 불러내어 상면을 시켰다.

송강이 향탕에 목욕한 다음 옷을 갈아입고 나자 화영은 크게 잔치 상을 마련하여 잔을 들어 그에게 권하며 좋은 말로 위로를 했다.

그로부터 댓새를 연달아 극진하게 술대접을 받은 송강은 종일 채중에 들어박혀 있기도 답답하여 화영이 권하는 대로 종인을 데리고 매일 청풍진 거리로 나가 두루 구경하며 혹 술집과 찻집에 들러 차도 마시고 술잔도 기울여 지극히 한가한 날을 보내고 있었다.

그가 청풍진에 온 지도 어언 한 달이 넘어 해가 바뀌고 어느덧 원소절을 맞게 되었다.

물론 경사에 비할 바는 못 되지만 청풍진의 원소절도 제법 성대하여 집집이 문전에다 등화를 내어 단 것은 물론이고 저잣거리에도 인간의 천상을 이루고 있었다.

이 날 화영은 수백 명의 군사를 지휘하여 각처를 경계하며 책문을 지키느라 한가히 나가지 못하고 송강만 종인 두어 명을 데리고 거리로 나갔다.

날이 청명하여 이 날 밤에 달이 희한하게 좋았다. 하늘에는 그려 낸 듯

둥그런 보름 달 이요, 땅에는 수천의 화등이 그림처럼 깔려 있었다.

송강의 무리는 이윽고 발길을 돌려 남쪽으로 향하였다. 6,7백 보를 못 가서 문득 눈을 들어 보니 어느 대장원 모퉁이에 등촉이 휘황하며 한 때 사람이 뻥 둘러섰는데 그 속에서 바라 소리가 요란히 일어나자 모든 사람이 일시에 갈채를 한다.

쫓아가 보니 춤사위가 한창이었다. 송강은 본래 키가 작은 사람이라 남의 등 뒤에서 구경할 수가 없어 사람들 틈을 비집고 앞으로 나갔다. 춤추는 사람들이 능숙하지는 않지만 그 손짓과 몸짓이 지극히 촌스러운데 그 모양이 도리어 보기에 더욱 재미있고 우스웠다.

송강은 한 차례 보고 나자 입을 크게 벌리고 껄껄 웃었다. 그런데 일은 공교롭게 됐다. 이 때 장원 안에서 역시 이 춤을 구경하던 사람은 다른 이가 아니라 하필 유 지채 부처의 일행이었다.

유고의 아낙이 송강의 웃음 소리를 듣고 이윽히 그쪽을 바라보다가 깜짝 놀라 자기 남편을 돌아보고 말했다.

"저기 얼굴이 가무잡잡하고 키가 작달막한 녀석 보이십니까? 저 녀석이 다른 놈이 아니라 바로 저번에 나를 잡아갔던 청풍산 도적 떼의 괴수 되는 놈이랍니다."

한마디 하니 그 말에 소스라쳐 놀란 유고는 즉시 수하 군사들에게 영을 내려 송강을 잡아 청전에 대령하게 하고 황망히 남채로 돌아갔다.

사람들 틈에 끼어 구경에 정신이 팔렸던 송강은 뜻밖의 변을 당하자 변변히 항거도 못해 보고 그대로 잡혀 끌려갔다.

유 지채가 청전에 나와 앉아 죄인을 잡아들이라 하여 뜰 아래 무릎을 꿇리고 호통을 쳤다.

"네 이놈! 청풍산 도적놈이 감히 오늘 같은 날 마을로 내려와 관등을 하다니 참말이지 배짱도 크구나!"

송강은 변명했다.

"소인은 운성현에 사는 장삼이란 자로 화 지채와는 오랜 친구입니다. 이 곳에 온 지도 벌써 여러 날인데 대체 청풍산 도적이란 웬 말씀이오니까?"

이 때 유 지채의 부인이 병풍 뒤에서 나오며 소리소리 질렀다.

"아니 이놈아, 나를 산으로 잡아 올려다가 대왕님이라고까지 부르게 해 놓고 이제 와서 뻔뻔스럽게 무슨 변명이냐?"

"부인, 그 무슨 말씀이오니까? 그 때 부인께서 소인 보고 대왕님이라 하시는 걸 소인은 대왕이 아니라 본래 운성현 사람으로 이 곳에 손님으로 있다고 그렇게 말씀드리지 않았습니까?"

"원 기가 막히네. 저놈이 괴수 중에도 상괴수로 그중 제일 높은 교의에 앉아서 끄떡거리더니 이제 와선 아주 뚝 잡아떼는구먼."

"부인, 너무 하시오. 그 때 소인의 힘이 아니었더라면 꼭 욕을 보시게 되는 걸 무사히 면하고 내려오셨으면서도 이제 소인을 도적으로 얽어 죽이시려오?"

그 말에 계집은 더욱 펄쩍 뛰며 손을 들어 송강을 가리켜 소리를 질렀다.

"세상에 저런 죽일 놈이 있나! 네가 기어코 매를 맞아야만 바른말을 할 모양이구나!"

유 지채가 듣고 있다가 그 말을 받았다.

"그래, 부인 말씀이 옳소."

그러더니 곧 형리를 불러 분부를 내렸다.

"저놈을 매우 쳐라!"

사정없이 내리치는 곤장 스무 대에 송강은 가죽이 터지고 살이 해어져 그 참혹한 형상은 눈으로는 차마 볼 수 없을 지경이었다. 유고는 이 꼴을 보고 영을 내렸다.

"저놈을 철쇄로 단단히 묶어서 가둬라! 도적 떼와 내통한 화영이 놈도 이

번 기회에 아주 요절을 내야겠다."

그는 날이 밝으면 송강을 함거에 실어 화영과 함께 청주부로 압송할 생각이었다.

6. 진삼산(鎭三山) 황신(黃信)

그 무렵 청주부 지부의 성은 모용이고 이름은 언달이니 바로 휘종 황제의 총희 모용 귀비의 오라비 되는 사람이었다. 그가 제 누이의 세도를 믿고 이 청주 땅에 있으면서 양민에게 잔인하게 굴고 재물을 탐하니 이로 하여 백성들 사이에 원망하는 소리가 높았다.

이 날 일찍이 등청하여 좌정해 있으려니 좌우 공인이 유 지채의 보고서를 올렸다. 지부는 받아서 읽고 소스라치게 놀랐다.

"송강은 그렇다 하더라도 화영으로 말하면 공신의 자제인데 어찌하여 청풍산 도적 떼와 내통을 한단 말인고? 이 범죄는 참으로 작은 게 아니다. 그러나 아직 허실을 분명히 알 수 없으니 병마도감을 보내서 사실을 알아보게 할까 보다."

마음을 정하자 지부는 곧 본주의 병마도감을 불러들였다.

청주 병마도감의 성은 황이고 이름은 신이니 무예가 심히 고강하여 그 위엄이 능히 청주를 진압했다. 그래서 사람들이 그를 불러 진삼산이라 하는 터였다.

이는 청주 관하에 삼좌의 악산이 있었는데 첫째가 청풍산이고 둘째가 이룡산이며 셋째가 도화산이라 이 세 곳은 모두가 도적의 무리들이 출몰하는 곳이어서 그의 무용이 이를 진압할 만하다 하여 붙인 별호였다.

이 날 황신은 모용 지부의 영을 받자 곧 물러나와 청풍채로 갔다. 남채 앞에 이르러 말에서 내리니 도감이 왔다는 기별을 듣고 유 지채가 황망히 문 밖까지 나와 맞아들였다.

함께 후당으로 들어가 손님과 주인이 자리를 나누어 앉은 다음 유고는 주연을 베풀고 황신에게 권하며 청풍산 도적 떼의 괴수 장삼을 잡은 전후의 일을 이야기했다. 듣고 나자 황신이 물었다.

"지채가 그 장삼이란 놈을 잡아 가둔 사실을 화영이 알고 있소?"

유고가 대답했다.

"모르고 있을 것입니다."

황신은 음성을 낮추어 은근히 말했다.

"그렇다면 좋은 수가 있소. 내일 일찍 대채 안에 잔치를 베푸시오. 그리고 공청 뒤에다 군사 사오십 명만 매복해 놓으면 내가 몸소 화영을 찾아가서 그를 청하여 오되 모용 지부께서 그대들 문무관이 서로 화목치 못하단 말씀을 들으시고 특히 나를 보내시어 서로 화해케 하시는 뜻이라 말하겠소. 그러면 제가 반드시 나를 따라 이 곳에 올 것이니 그 때에 내가 술잔을 던지는 것으로 신호를 삼아 일제히 나서서 잡는다면 일이 쉬우리다. 이 계교가 어떻소?"

듣고 나자 유고는 크게 기뻐하며 참으로 묘계라 감탄하기를 마지않았다. 이 날 황신과 유고는 이렇듯 계책을 정한 다음에 밤이 깊어서야 술자리를 파하였다.

이튿날 아무것도 모르는 화영은 마침내 황신을 따라 함께 대채로 갔다. 유고는 이미 공청에 나와 있었다. 황신은 화영의 손을 잡고 청상으로 올라가 세 사람이 서로 인사를 마치자 황신이 잔을 들어 먼저 유고에게 권하며 말했다.

"두 분이 불화하다는 말씀을 들으시고 지부께서 이렇듯 나를 보내신 터이니 부디 앞으로는 오직 조정에 보답할 일만 생각하시어 매사를 좋도록 서로 상의하여 하도록 하시오."

말을 마치자 황신은 다시 술 한 잔을 가득 부어 화영에게 권하며 말했다.

"자, 화 지채도 한 잔 드시오."

화영이 잔을 받아 마시자 유고가 술 한 잔을 가득 부어 황신에게 권하며 말했다.

"도감 상공께서도 한 잔 드십시오."

황신은 잔을 받아서 손에 들더니 한 번 좌우를 둘러본 다음에 술잔을 번쩍 들어 땅에다 내던졌다. 그러자 별안간 후당에서 함성이 일어나며 양편 장막 안에서 군사들이 달려 나와 화영을 잡아서 섬돌 아래로 끌어내렸다.

황신은 소리를 가다듬어 꾸짖었다.

"저놈을 묶어라!"

뜻밖의 일에 놀라 화영이 외쳤다.

"내게 무슨 죄가 있다고 이러오?"

황신은 크게 웃었다.

"네가 청풍산 도적 떼와 내통하여 조정을 배반하고도 감히 죄가 없다고 앙탈하느냐?"

그러나 화영은 굴하지 않고 다시 외쳤다.

"무슨 증거가 있어서 감히 그런 말을 하오?"

"무슨 증거가 있느냐고? 그래, 내 그 증거를 보여 주마."

황신은 좌우를 보고 분부했다.

"네 그놈을 끌어내 오너라."

말이 떨어지자 무리들이 한 채의 함거를 밀고 나왔다. 화영이 눈을 들어 보니 함거 속의 사람은 다른 사람이 아니고 바로 송강이다. 너무나 어이가 없어 잠시 아무 말도 하지 못했다.

황신은 다시 꾸짖었다.

"네 이래도 할 말이 있느냐?"

화영은 변명했다.

"저분은 운성현 사람으로 바로 나와는 가까이 지내는 분이요. 청풍산 도적이란 대체 무슨 연유로 하는 말이오?"

"네 할 말이 있거든 지부 상공 앞에 나가서 하여라."

곧 유 지채를 시켜 군사 백 명을 점검하여 압송하게 하니 화영은 황신을 향하여 한마디 했다.

"도감이 유고의 말만 믿고 나를 이렇듯 죄인으로 대하나 상사에 이르면 내 다 분명히 밝히겠소. 다만 한 말씀 드리고 싶은 것은 나나 도감이나 다 같은 무인이니 부디 체면을 보아 의복을 벗기지 말고 함거에 실어 주오."

황신은 선선히 대답했다.

"그만 일이야 못 들어 주겠느냐."

이 날 황신이 손에 한 자루 상문검을 비껴 잡고 말에 올라 앞을 서니 유 지채 또한 말 타고 뒤를 따랐다.

수하 100명의 군사들이 각기 손에 병장기 들고 송강과 화영의 함거를 몰아 청주를 향하여 일제히 나아갔다.

그러나 일행이 청풍채를 떠나 사십 리를 못 다 갔을 때 문득 앞선 군사가 저편 숲 속을 가리키며 말했다.

"누군지 저 속에 숨어서 자꾸 우리 쪽을 엿보는 놈이 있습니다."

그 말이 채 끝나기도 전에 별안간 바라 소리가 크게 울리며 함성이 천지를 진동했다. 군사들은 놀라 그대로 몸을 빼쳐 달아나려 했다. 황신이 이를 보고 꾸짖었다.

"이놈들, 꿈쩍 말고 내 좌우로 벌려 섰거라!"

그리고 유고를 돌아보고 말했다.

"유 지채, 함거를 당부하오!"

유고는 전신이 떨리어 그 말에 대답도 제대로 못했다. 그러나 황신은 역시 당당한 무관으로 매우 배짱이 있는 사람이었다.

곧 말을 채쳐 앞으로 나가 보니 숲 속으로부터 몰려나오는 4,5백 명 졸개들이 모두가 기골이 장대하고 얼굴이 흉악한데 제각기 머리에 홍건을 쓰고 허리에는 단검을 차고 손에는 장창을 들었다.

그들이 앞길을 막고 서자 다음에 세 명 호한이 나오는데 한 명은 청포를 입고 한 명은 녹포를 입고 또 한 명은 홍포를 입었다. 세 사람 다 머리에는 두건을 쓰고 허리에는 요도를 차고 손에는 박도를 들었으니 중간은 곧 연순이고 좌편은 왕영이며 우편은 정천수다.

세 명이 앞길을 막고 서서 큰 소리로 외쳤다.

"이 곳을 지나려면 통행세로 삼천 관을 내놓아야 하느니라!"

황신은 대로하였다.

"도적놈들이 이렇듯 무례할 수가 있느냐!"

꾸짖기를 다하자 황신은 칼을 휘두르며 말을 몰아 연순을 향하여 달려들었다. 이때 세 명 일제히 박도를 휘두르며 앞으로 내달아 그를 맞았다. 황신은 기운을 뽐내어 세 사람을 상대로 싸웠다.

그러나 황신이 제아무리 무예가 고강하다 하나 어찌 세 명을 당해 내랴! 어우러져 싸우기 여남은 합에 이르러 형세가 불리한 줄을 알자 혹시나 사로잡히는 일이라도 있어 명성을 깨칠까 두려워 갑자기 말 머리를 돌려 달아났다.

세 명 호한이 박도를 휘두르며 그 뒤를 쫓았다. 황신은 이후 남을 돌볼 경황도 없이 혼자서 청풍진으로 쏜살같이 말을 몰았다.

이를 보고 군사들도 함거를 버리고 각기 도망하여 사면으로 달아났다. 뒤에 홀로 남은 유고가 소스라치게 놀라 황망히 말 머리를 돌리려 할 때 졸개들이 올가미로 유고가 탄 말을 얽으니 유고는 그대로 땅 위에 거꾸로 떨어지고 말았다. 졸개들이 아우성치며 달려들어 그를 발가벗긴 다음에 굵은 밧줄로 결박을 지워 버렸다.

이 때 화영은 이미 자기가 타고 있던 수거를 깨뜨리고 뛰어나와 묶은 줄을 모조리 끊어 버린 다음 다시 송강을 수거 밖으로 구해 내었다.

세 명 호한은 송강을 말에 태워 먼저 산으로 올려 보낸 후 화영과 함께 졸개들을 거느리고 유고를 묶어 앞세우고 산채로 돌아갔다.

원래 연순의 무리들은 송강의 소식이 궁금하여 몇 명 졸개를 청풍진으로 보내 알아보게 하였더니 돌아와 보고하기를 송강과 화영이 다 함께 유고 손에 잡혀 청주로 끌려가게 되었다고 했다.

이 말을 듣고 세 명 호한은 곧 인마를 이끌고 대로변으로 나와 길목을 지키고 있다가 송강과 화영을 구하고 유고를 사로잡은 것이었다.

일행이 산으로 돌아오니 때는 이미 이경이었다. 세 명 호한은 송강과 화영을 취의청 위로 청하여 상석에 자리를 잡게 한 다음 곧 술과 음식을 갖추어 대접하고 바로 졸개들에게도 술을 내렸다. 화영은 청상에서 세 명 호한을 향하여 칭찬함을 마지않았다.

"이번에 세 분 장사의 덕택으로 이렇듯 구원을 받고 원수를 갚게 되었으니 이 은혜를 무엇으로 갚사오리까?"

화영이 칭찬하자 송강이 말했다.

"유고 이놈을 곧 잡아들이도록 하오."

"그놈을 지금 기둥에다 묶어 놓았습니다. 곧 배를 갈라 간을 내기로 하겠습니다."

화영이 자리에서 일어나며 말했다.

"형님, 그놈은 화영의 손으로 요정을 내겠습니다."

송강을 돌아보고 한마디 한 다음 섬돌을 내려서자 칼을 번쩍 들어 유고의 배를 가르고 간을 꺼내어 송강 앞에 바쳤다.

송강이 다시 말했다.

“저놈은 비록 죽였으나 계집이 아직 그대로 있으니 그년을 마저 잡아다 죽여야만 속이 시원할까 보오.”

이 말에 왕영이 한마디 했다.

“형님, 염려 마십시오. 내 내일 산에서 내려가 그년을 잡아다가 긴히 쓸 곳이 있소이다.”

모든 무리들이 웃기를 마지않았다.

이 날은 모두가 술 마시어 즐기고 밤이 깊어서야 자리를 파하였다.

7. 벽력화(霹靂火) 진명(秦明)

한편, 병마도감 황신은 필마단기로 몸을 빼쳐 청풍진 대채로 돌아오자 곧 인마를 점검하여 책문을 엄히 지키게 한 다음 보고서를 써서 두 명 교군에게 주어 말을 달려 모용 지부에게 보고하게 했다.

지부는 긴급한 공무가 있다는 말을 듣고 그 날 밤으로 공청에 나와 황신의 보고서를 보았다.

‘화영이 조정을 배반하고 청풍산 도적들과 결탁하여 청풍채의 형세가 시각이 급하게 되었으니 서둘러 유능한 장수를 보내시어 지키게 하소서’라는 내용이었다.

지부는 보고 나자 크게 놀랐다. 그는 즉시 사람을 보내 병마총관을 청하여 이 일을 상의하기로 했다.

이 곳 병마총관은 원래 개주 사람으로 성은 진이고 이름은 명이라 했다. 성격이 조급하고 음성이 천둥소리와 같으므로 사람들이 그를 별명 지어 벽력화라 부르는데 특히 낭아봉을 잘 쓰며 만 사람을 당하는 용맹이 있었다.

이 날 지부의 부름을 받고 진명이 곧 공청으로 들어가니 모용 지부는 서로 인사를 마치자 즉시 황신의 보고서 내용을 그에게 보였다. 진명은 보고 나자 크게 노하였다.

"도적놈들이 이렇듯 무례할 데가 있나! 그러나 과히 근심 마시지요. 이 사람이 비록 재주는 없으나 곧 군마를 거느리고 가서 도적의 무리들을 모조리 잡아 오리다."

"그러나 만약 장군이 지체하게 되면 이놈들이 반드시 청풍채를 함락시키고 말 것이오."

"어찌 지체할 까닭이 있으리까. 오늘 밤에 인마를 점검하여 내일 아침에 바로 떠날 생각이오."

듣고 나자 지부는 크게 기뻐했다.

진명은 지부 앞을 물러나오자 곧 1백 기의 마군과 4백 명의 보군을 점검한 다음, 이튿날 새벽 일찍 '병마총관 진통제'라 대서한 홍기를 앞세우고 성 밖으로 나가 대오를 정제한 후 군병을 재촉하여 바로 청풍채를 향해 나아갔다.

이 때 산채에서 내려왔던 졸개들은 이 일을 탐지하여 나는 듯이 산상에 이를 보고하였다.

연순의 무리들은 송강, 화영과 함께 바야흐로 청풍채를 칠 일을 의논하다가 뜻밖에도 진명이 병마를 거느리고 산 아래에 이르렀다는 보고를 듣고 걱정을 하였다. 그러나 화영은 태연히 말했다.

"여러분, 과히 염려하실 것 없소이다. 먼저 배불리 먹인 다음에 우선 힘으로 당하고 다음에 꾀로 잡읍시다."

그리고 화영이 음성을 낮추어 자세히 계교를 말하니 듣고 난 송강은 무릎을 쳤다.

"딴은 좋은 계교네그려. 여러분, 우리 그대로만 행하십시다."

연순의 무리들은 그 계교를 좇아 곧 졸개들에게 영을 내려서 각자 준비를 급히 하게 하였다.

한편, 진명은 군대를 이끌고 청풍산 아래 당도하자 10리 밖에 채책을 세웠다. 이튿날 오경에 밥 지어 군사들을 배불리 먹인 다음에 바로 청풍산을 향하여 나아가 광활한 곳을 가리어 인마를 배치하고 크게 북을 치게 했다.

이에 응하듯 산상에서 징 소리 요란하게 울리며 인마가 나는 듯이 내려왔다.

진명이 말을 세우고 낭아봉을 비껴 잡은 다음 눈을 부릅뜨고 바라보니 졸개의 무리들이 화영을 옹위하고 산에서 내려와 언덕 아래 이르자 곧 진을 치고 있었다.

진명은 소리를 가다듬어 꾸짖었다.

"화영아! 네 대대로 무장의 자손으로서 조정이 너를 명하여 지채를 삼으시고 한 지방을 장악케 하여 녹을 내리시되 조금도 부족함이 없었거늘 네 어찌 도적 떼와 내통하여 조정을 배반하려 하느냐!"

화영은 얼굴에 웃음을 띠고 공손히 말했다.

"총관께 한 말씀 올리오. 화영이 어찌 즐겨 조정을 배반하오리까. 실은 유고가 사사로운 원한을 상사에 보고한 까닭으로 마침내 화영은 집이 있어도 돌아가지 못하고 나라가 있어도 돌아가지 못하는 신세가 된 것이니 총관께서는 부디 깊이 살펴 주시오!"

진명은 또 꾸짖었다.

"네 얼른 말에서 내려 포박을 받으려고는 하지 않고 도리어 기묘한 언사로 군심을 현혹시키려 하느냐!"

말을 마치자 진명은 낭아봉을 휘두르며 화영을 향하여 달려들었다. 화영은 소리를 높여 웃었다.

"네 본래 나의 상관이기로 겸손하게 한 말이지 내 참으로 너를 두려워하여 그러는 줄 아느냐!"

화영은 곧 창을 휘두르며 말을 채쳐 진명을 맞아 싸웠다. 어우러져 싸우는 두 장수의 형세가 그대로 한 쌍의 남산 맹호요 두 마리의 북해 창룡이었다.

두 사람이 서로 힘을 다하여 어우러져 싸우기 50여 합에도 승부가 나뉘지 않았다.

화영은 문득 뜻대로 되지 않자 말 머리를 돌려 산 아래 작은 길을 향해 달렸다. 성미 급한 진명이 크게 노하여 곧 그 뒤를 쫓았다.

그런데 갑자기 화영의 모습이 보이지 않았다. 사면을 둘러보다가 바로 옆에 나 있는 작은 길을 발견하고 말을 몰아 산 위로 올라가려 했다. 그러나 미처 4,50보를 가지 못하고 사람과 말이 그대로 함정 속으로 떨어지고 말았다.

양편에 대기하고 있던 50명의 졸개들이 달려 나와 갈고리로 진명을 걸어 밖으로 끌어내었다. 청주 지휘사 총관본부병마 진명도 이렇게 되면 달리 손을 놀려 볼 도리가 없었다. 갑옷과 무기를 모조리 빼앗기고 시뻘건 알몸은 굵은 밧줄로 단단히 묶이고 말았다.

졸개들이 진명을 사로잡아 산으로 올라갔다. 산채에 이르니 날이 훤히 밝았다.

이 때 다섯 명 호걸이 취의청 위에 앉아 있다가 잔뜩 결박을 당하여 끌려 들어오는 진명을 보자 화영은 교의에서 벌떡 뛰어 일어나 뜰로 내려가서 분주히 그 묶은 밧줄을 풀고 손을 이끌어 청상에 오르게 한 다음 그 앞에 엎드려 절을 했다.

진명이 뜻밖의 일에 놀라 물었다.

"나는 이미 사로잡힌 사람이니 장군이 나를 죽인다고 하더라도 원망할 도리가 없는 터에 도리어 절이 웬일이오?"

"아니외다. 졸개 놈들이 본래 위아래를 분간할 줄 몰라 그릇되이 장군을 모독했으니 부디 용서해 주십시오."

곧 옷을 내어다 입게 하니 진명은 그를 보고 물었다.

"저기 가운데 앉으신 분은 누구신가요?"

"저분은 운성현의 송 압사 송강이시고 여기 이분들은 이 산채의 주인 되는 연순, 왕영, 정천수십니다."

"아니, 송 압사시라니? 그럼 혹시 산동의 급시우 송 공명이란 분이 아니신가?"

화영이 미처 대답하기 전에 송강이 나섰다.

"예, 제가 바로 송강입니다."

진명은 즉시 자리에서 물러나 절을 드리며 말했다.

"대명은 익히 듣자왔거니와 이 곳에서 뵈올 줄은 정말 뜻밖입니다."

송강이 황망히 답례를 하는데 다리 쓰는 행동거지가 심히 불편해 보였다.

"다리가 불편하신 모양인데 웬일이십니까?"

진명이 묻는 말에 송강은 운성현을 떠나던 당초로부터 유고에게 형벌을 받게 되기까지의 자초지종을 이야기했다. 듣고 나자 진명은 머리를 설레설레 흔들며 말했다.

"한쪽 말만 듣고 일을 이렇듯 그르쳤습니다 그려. 저를 돌려보내만 주신다면 모용 지부를 뵈옵고 자세한 말씀을 드리겠습니다."

그러자 연순이 만류했다.

"무어 급하실 것 있습니까. 며칠 여기서 유하고 가시지요."

한마디 권하고 곧 잔치를 베풀어 대접했다. 진명은 술을 몇 잔 기울인 뒤에 곧 자리에서 일어났다.

"여러분이 만약 진명을 죽이지 않겠으면 부디 곧 돌아가게 해 주시오."

연순이 말했다.

"총관께서 청주의 5백 병마를 거느리고 나섰다가 이제 다 잃으셨으니 무슨 면목으로 다시 고을 안에 발을 들여놓을 것이며, 또 모용 지부인들 어찌

총관을 죄 주지 않으리까? 저의 생각에는 이대로 여기에 눌러 계시어 우리와 고락을 함께 하느니만 못할까 합니다."

진명은 모든 사람이 그렇듯 자기를 공경하고 사랑하는 진심을 보이자 마침내 산채에 머물러 있기로 했다.

이 날 모든 사람이 송강을 받들어 상좌에 앉히고 좌우에 진명과 화영, 다음에 세 두령이 차례대로 앉아 청풍채를 공격할 일을 의논하는데 진명이 듣고 있다 나서며 말했다.

"그것은 아주 간단한 일이니 따로 의논할 것도 없소이다. 지금 그 곳을 지키고 있는 황신으로 말하면 곧 내 수하 사람으로 바로 내게 무예를 배웠으며 사사로이 교분이 두텁소. 내 내일 몸소 가서 황신에게 권하여 저도 산으로 들어오게 하고 유고의 계집을 잡아다가 형장의 원수를 갚도록 하오리다."

이 말에 송강은 물론이고 모든 사람이 다 기뻐했다.

이튿날 진명은 아침 일찍 일어나 조반을 재촉하여 먹은 다음 즉시 낭아봉을 들고 말에 올라 산을 내려갔다.

이 때 황신은 혼자 청풍채를 지키고 있었는데 문득 군사가 들어와 보고했다.

"진 통제께서 필마로 밖에 오셔서 책문을 열라 하십니다."

황신은 몸소 나가 그를 맞아들였다. 공청에 서로 자리를 잡고 앉자 황신은 급히 물었다.

"총관께서는 무슨 일로 종인도 안 데리시고 이렇게 오셨습니까?"

진명은 먼저 청풍산을 치러 갔다가 많은 군마를 잃은 이야기며 산채에서 급시우 송 공명을 만나 자기도 함께하게 된 전후의 일을 이야기하고 끝으로 이리 권했다.

"자네는 마침 처자도 없고 홀몸이니 언제까지 문관 따위에게 지시를 받을 것 없이 나를 따라 산으로 들어가세."

황신이 대답했다.

"이미 은관께서 그러시다면 저야 다시 무슨 말씀을 드릴 수 있겠습니까. 그러나 다만 청풍산에 송 공명이 있다는 말은 금시초문입니다."

"자네가 일전에 유고와 함께 청주로 압령해 가려던 운성현의 장삼이라고 있지 않은가. 그가 바로 급시우 송 공명이었다네."

진명이 웃으며 일러 주니 황신은 발을 구르며 말했다.

"만약 그런 줄만 알았더라면 내 손으로 놓아 줄 걸! 유고의 말만 믿고 큰 일을 저지를 뻔했습니다."

이렇듯 이야기하고 있을 때 문득 군사가 나는 듯이 들어와 보고하되 양로 군마가 바라를 치고 북 치며 진상으로 들어온다고 했다.

진명과 황신이 곧 말을 몰아 책문 밖으로 나가 보니 한 패는 송강, 화영이고 한 패는 연순, 왕영인데 각기 졸개 150명을 거느렸다. 황신은 곧 책문을 크게 열고 그들을 안으로 맞아들였다.

송강이 영을 내려 백성은 추호도 범하지 말게 하고 우선 남채로 들어가서 유고의 일가 노소를 모조리 잡아 죽이니, 왕영은 유고의 계집을 뺏고 졸개들은 다투어 온갖 금은보화를 내어다 수레에 실었다. 화영이 북채로 가서 자기의 처소로 데려왔음은 새삼스러이 말할 나위도 없다.

잠깐 동안에 모든 수습이 끝나자 일행은 곧 청풍진을 떠나 산채로 올라갔다.

취의청에 모여 황신이 모든 사람과 인사를 마친 뒤에 송강은 그에게 권하여 화영 다음에 자리 잡아 앉게 하고 화영의 처소를 후원에 배정하고 유고의 재물을 모두 졸개들에게 나누어 주었다.

이 때 연순이 왕영을 돌아보고 물었다.

"유고의 계집년은 어디다 어찌 했나?"

"내 방에 데려다 두었소. 이번에는 제발 나에게 주시우. 아무래도 내 마누라로 삼아야만 하겠소."

"그건 그러더라도 우선 좀 불러오게."

송강이 말했다.

왕영에게 이끌리어 취의청 아래 이르자 유고의 계집은 목을 놓아 울며 제발 목숨만은 살려 달라고 빌었다. 송강은 소리를 가다듬어 꾸짖었다.

"네 이년! 내가 모처럼 너를 구해 내어 산에서 내려 보내 주었건만 너는 도리어 은혜를 원수로 갚아 기어코 나를 죽이려 들었으니 어디 오늘 이 자리에서 할 말이 있거든 해 보아라!"

이 때 연순이 자리에서 뛰어 일어나며 말렸다.

"형님, 이깟 년하고 무슨 말씀이십니까!"

한마디 하고는 곧 허리에 찬 칼을 빼어 일도양단을 내어 버리니 이 광경을 본 왕영은 크게 노하여 박도를 손에 쥐고 연순에게로 달려들었다.

송강은 여러 사람과 함께 나서서 칼을 뺏은 다음에 타일렀다.

"연순이 이 계집을 죽여 없앤 것은 잘한 일인 줄 알게. 내가 그 때 모처럼 구해 주었건만 그 은공은 모르고 도리어 제 사내를 충동해서 나를 해치려고만 들었으니, 만약 자네가 그런 년을 데리고 살다가는 앞으로 어떤 일이 있을지 모르지 않는가. 내가 다음에 마땅한 사람을 구하여 중매를 들 테니 그리 알고 참게."

이리 말하자 연순도 한마디 했다.

"그런 년을 집안에 둬 봤자 해만 보지 유익할 건 조금도 없네. 그저 그런 줄만 알게."

왕영은 입을 다물고 아무 말이 없었다.

그로써 다시 예닐곱 날이 지나서였다. 산에서 내려갔던 졸개가 올라와서 보고하되 청주의 모용 지부가 문서를 닦아 '화영, 진명, 황신의 무리가 모반하니 속히 대군을 내려 보내시어 청풍산을 소탕하도록 하소서' 하고 중서성에 장계를 올렸다고 했다.

두령들은 곧 도회청에 모여 의논했다. 손바닥만 한 산채에 그대로 앉아 있다가 만일에 관군이 이르러 사면을 에워싼다면 도저히 막아낼 도리가 없는 일이었다.

이 때 송강이 말을 하였다.

"내게 한 가지 생각이 있는데 여러 사람들의 의향이 어떨지를 모르겠군."

"어서 말씀합쇼. 뭐 좋은 계책이 있으신가요?"

"어차피 여기서는 막아 내지를 못할 테니 양산박으로나 들어가는 것이 어떨까 싶네. 양산박이란 산동 제주 관하로 사방이 8백여 리이며, 지금 조천왕이 4,5천 명의 무리를 거느리고 그 곳에 웅거하여 관병들도 바로 보지 못하는 터일세. 아무래도 곧 인마를 수습하여 그 곳으로 가는 것이 상책일까 하네."

진명이 말했다.

"그러한 데가 있다면 좋기는 하겠지만 우리가 누가 이끌어 주는 사람도 없이 이대로 불쑥 가면 쉽게 받아 줄지 모르겠습니다."

그 말에 송강은 크게 웃고 조개의 무리가 생일 선물을 겁탈한 일이며 유당이 돈과 글을 가지고 자기를 찾아와 사례한 일이며 그 일이 들통이나 마침내는 염파석을 죽이고 이렇듯 강호로 떠돌게 된 일을 낱낱이 들어 말했다.

듣고 나자 진명은 기뻐하기를 마지않으며 말했다.

"그러고 보니 형님께서 양산박에는 큰 은인이 되십니다 그려. 구태여 날을 지연시킬 것 없이 곧 수습하여 떠나기로 하시지요."

의논이 쉽사리 정해져 청풍산을 버리고 양산박을 찾아가기로 하는데 먼저 졸개 가운데 따라가기를 원치 않는 자는 돈을 주어 저 갈 데로 가게 하고 따라가기를 원하는 자는 모조리 부대에다 편입을 하니 진명이 거느리던 군사들과 아울러 그 수가 4,5백 명이 되었다.

또 금은과 의복 따위를 말끔히 수레로 나르고 노소는 수레를 타고 가기로 하니 그 수효가 모두 여남은 채이고 따로 말이 수백 필이었다.

많은 인마가 가깝지도 않은 곳을 무리를 지어 무사히 길을 가기가 쉬운 일이 아니라 공론 끝에 양산박을 소탕하러 나가는 관군 행세를 하기로 했다.

산채에 불을 지른 다음 3대로 나누어 산을 내려가니 첫째 대는 송강, 화영이고 둘째 대는 진명, 황신이며 셋째 대는 연순, 왕영, 정천수였다.

대마다 기호 위에 뚜렷이 '수포초구관군'이라 하였으매 노상에서 그렇듯 허다한 군마를 보고도 누구라 한 사람 앞을 막고 묻는 이가 없었다.

8. 여방(呂方)과 곽성(郭盛)

송강과 화영이 졸개 4,50명을 거느리고 노소들을 태운 수레를 보호하여 길을 가기 예닐곱 날에 한 곳에 이르니 지명은 대영산이라 했다. 좌우에 산이 높이 솟아 있고 그 사이로는 한 가닥 역로가 통하고 있었다.

두 사람이 말을 몰아 나가는 중에 귓결에 들으니 앞산 너머에서 바라 소리 크게 울리고 북소리가 요란하게 났다. 화영이 송강을 돌아보며 말했다.

"이 필시 도적들일 겝니다."

한마디 하고는 말 탄 군사에게 뒤에 오는 군마를 재촉하라 이르고 수레는 모두 그 곳에 멈추어 둔 채 송강과 함께 스무 기를 거느리고 앞으로 나아갔다.

나아가기 오 리쯤이나 되었을까. 길에 늘어선 인마가 백여 명은 되어 보이는데 모두가 붉은 옷에 붉은 갑옷을 입고 있었다. 그들을 거느리는 이는 한 명 소년 장사이니 연지를 칠한 듯 붉은 말에 올라앉아 손에 방천극 비껴 들고 말을 몰아 산언덕 아래로 나가며 크게 외쳤다.

"내 오늘 너와 겨루어 기어코 승패를 나누겠다. 어서 내려오너라!"

그러자 언덕 위에서 역시 소년 장사 하나가 백여 명의 무리를 거느리고 내려왔다. 그 소년 장사는 손에 일지한극을 들고 일필 백마를 탔는데 수하에 따르는 무리가 모두 흰 옷에 흰 갑옷을 입었다.

양편의 홍백기가 어지러이 휘날리며 한 차례 북소리가 크게 울리자 두 장사는 각각 화극을 꼬나 잡고 말을 내달아 중간 대로상에서 서로 싸우기 시작했다.

송강과 화영이 말을 멈추고 서서 보니 과연 한 쌍의 호적수였다. 두 장사가 서로 어우러져 싸우기 30여 합에 승패가 나뉘지 않았다.

송강과 화영이 마상에서 이를 보고 갈채하기를 마지않을 때, 한창 어우러져 싸우는 중에 한편 화극의 금전표자미와 또 한편 화극의 금전오색번이 공교롭게도 서로 얽히어 양편에서 힘을 다하여 잡아당기나 종시 풀리지 않았다.

화영은 이를 보자 곧 왼손으로는 활을 꺼내 들고 오른손으로는 화살을 빼어 들어 시위에 메운 다음 힘껏 당기어 표미가 얽힌 한가운데를 향하여 깍짓손을 뚝 떼었다. 시위 소리 울리며 화살은 바로 들어맞아 엉킨 끈을 탁 끊어서 화극을 좌우로 나누어 놓았다.

2백여 명의 양쪽 무리들이 일제히 갈채를 했다. 그러자 두 명의 장사는 다시 더 싸우려 하지 않고 함께 말을 달리어 송강과 화영이 있는 곳으로 와서 허리를 굽혀 예를 베풀며 이구동성으로 말했다.

"장군의 대명을 듣자올 수 없겠습니까?"

화영이 마상에서 대답했다.

"여기 계신 이 어른은 곧 운성현 압사, 산동의 송 공명이시고 이 사람은 청풍진 지채 화영이오."

이 말을 듣자 두 소년 장사는 일제히 창을 버리고 분주히 말에서 뛰어내렸다.

"두 어른의 대명을 들어 모신 지 이미 오랩니다."

그러면서 앞에 넓죽 절을 드렸다. 송강과 화영은 자기들도 황망히 말에서 내려 두 사람을 붙들어 일으키고 물었다.

"두 분 장사의 대명을 알고 싶소."

홍의를 입은 장사가 먼저 대답했다.

"소인은 담주 태생으로 성은 여이고 이름은 방입니다. 평소에 여포의 사람됨을 흠모하여 방천화극을 익힌 탓에 사람들이 소인을 별명 지어 소온후 여방이라 부릅니다. 처음에 생약 장사를 나서서 산동까지 왔다가 그만 본전을 다 없애고 그대로는 고향에 돌아갈 수 없던 차에 잠시 이 대영산에 들어와서 무리들을 모아 험한 벌이를 하며 지내게 되었는데, 근자에 저 사람이 난데없이 나타나 소인의 산채를 뺏으려 하기로 이렇듯 매일 싸우게 된 것입니다."

듣고 나서 송강이 백의 입은 장사를 돌아보니 이번에는 그가 나서서 말했다.

"소인은 서천 가릉 사람으로 성은 곽이고 이름은 성입니다. 수은 장사를 나섰다가 황하에서 풍랑을 만나 배를 잃고 고향에 못 돌아가게 되었습니다. 전에 고향에 있을 때 방천극을 익혔기에 사람들이 소인을 새인귀 곽성이라 불러 줍니다. 소문에 들으니 이 대영산에 창을 쓰는 장사가 있다기에 실력을 시험해 보려고 쫓아와서 이리 십여 일을 싸우건만 승패를 나누지 못하더니 뜻밖에도 오늘 두 분 호걸을 뵈옵게 되어 참으로 이만 다행이 없습니다."

듣고 나자 송강이 말했다.

"우리가 이렇듯 한자리에 모인 것도 인연인데 이 사람 낯을 보아서 두 분이 그만 화해하시는 게 어떠하시오?"

두 소년 장사는 쾌히 응낙했다.

이 때 후대 인마가 다 이르렀다. 서로 보기를 마치자 여방은 곧 그들을 산채로 청해 올려 소 잡고 말 잡아 대접이 융숭했다. 그 밤을 그 곳에서 편히 쉬고 나니 이튿날은 또 곽성이 술자리를 벌여 대접했다.

송강이 그들에게 자기네와 함께 양산박으로 가는 것이 어떠냐고 권해 보니 두 사람은 크게 기뻐하며 두말 없이 응낙하고 그 길로 떠날 채비를 차리려 했다.

이를 보고 송강이 말했다.

"가만있자, 이대로 4,5백 인마가 함께 몰려가면 양산박에서 소문을 듣고 혹시 관군이 쳐들어오는 게 아닌가 하여 무슨 일이 있을지 아나. 아무래도 내가 연순이하고 한 걸음 앞서가서 미리 연락을 하는 게 좋을 성싶으니 자네들은 먼저처럼 3대로 나눠어 오도록 하게."

그 말에 화영과 진명이 곧 머리를 숙였다.

"형님 말씀이 옳습니다. 어서 먼저 떠나시오."

송강은 연순과 함께 그 길로 산을 내려갔다.

부지런히 길을 가기 사흘째. 새벽부터 쉬지 않던 중에 송강이 관도 주변에 하나 있는 주점을 보고 수하들에게 술을 좀 사 먹일까 하여 연순과 함께 말에서 내려 무리들을 이끌고 안으로 들어갔을 때였다.

웬 사나이가 송강의 얼굴을 뚫어지게 쳐다보더니 별안간 그 앞에 넙죽 절을 드리고 말했다.

"혹시 송 공명 형님이 아니십니까?"

송강이 그에게 말했다.

"내가 송강이오."

그 사나이가 말했다.

"여기서 뵈옵기가 참으로 천만 다행입니다. 하마터면 길이 엇갈릴 뻔했습니다. 소인의 성은 석이고 이름은 용이라 하는데 본래 대명부 태생으로 일상 노름판으로 떠돌아다니며 이럭저럭 지내왔지요. 제 고향에서는 소인을 별명 지어 석 장군이라 한답니다. 어느 날 노름판에서 시비가 생겨 그만 사람 하나를 때려죽이고 그 즉시 집을 떠나 잠시 시 대관인 장상에 몸을 숨기고 있었지요. 그 때 형님을 한 번 찾아뵈려고 일부러 운성현까지 갔었습니다. 그랬더니 동생분의 말이 형님께서는 지금 청풍산에 계시다는군요. 그래서 다시 청풍산으로 찾아가 뵙겠다고 했더니 그렇다면 부디 서신을 전해 달라고 하며 일봉 서찰을 주기에 그래 소인이 지금 그 서찰을 가지고 청풍산으로 가는 길이었습니다."

석용의 이야기를 듣고 이번에는 송강이 자기 일행이 양산박으로 가는 길임을 이야기했다.

석용이 말했다.

"이제 형님께서 그렇듯 양산박으로 들어가신다면 부디 저도 함께 데리고 가 주십시오."

"그야 어려울 게 있소? 그렇게 합시다."

송강은 쾌히 응낙하고 석용에게 연순과도 서로 인사를 나누게 한 다음 곧 주인을 불러 술을 가져오라 했다. 석용이 마침내 보따리 속에서 아우 송청의 서찰을 꺼내어 송강에게 주었다.

송강은 봉피를 뜯고 사연을 읽었다. 그런데 너무나 뜻밖이고 또 너무나 놀라운 소식이었다. 부친 송 태공이 금년 정월 초순에 병으로 작고하여 아직 발인도 하지 않고 오직 형이 돌아오기만 기다리고 있다는 내용이었다.

송강은 한 소리 크게 부르짖고 두 주먹을 들어 자기의 가슴을 쾅쾅 두드리며 탄식했다.

"천하에 나 같은 불효자가 또 있겠는가! 연로하신 아버님께서 돌아가신 줄도 모르고 죄지은 몸이 노상 밖으로 떠돌아다니며 도무지 사람의 도리를 다하지 못했으니 개돼지보다 나을 것이 대체 무엇이란 말이냐!"

연순과 석용 두 사람이 좋은 말로 그를 위로했다.

"형님, 부디 너무 애통해 마십시오."

송강은 다시 한 차례 통곡을 했다. 이윽고 울음을 그치자 그는 연순을 돌아보고 말했다.

"아무래도 나는 집으로 돌아가 봐야 하겠네. 박정한 말 같지만 부디 나는 상관 말고 아우님들이나 산으로 올라가도록 하시게."

듣고 나자 연순이 말했다.

"형님, 태공께서 이미 돌아가신 것을 이제 형님이 지금 와서 서두르시면 무얼 합니까? 그러실 게 아니라 우선 저희들을 데리고 양산박으로 가셨다가 다음에 댁으로 돌아가시도록 하시지요. 옛말에 뱀도 머리가 없으면 못 간다고 한답디다. 형님께서 만약 앞장을 서 주시지 않는다면 양산박에서 저희들을 받아 줄지도 모르겠습니다."

그래도 송강은 듣지 않았다.

"아닐세. 나는 아무래도 즉시 집으로 돌아가 봐야 하겠네. 양산박에는 내 자세한 사연을 적어서 편지 한 장을 써 줄 터이니 그것을 가지고 함께들 올라가시게. 모르면 몰라도 알고야 어찌 그냥 있겠나? 나는 지금 한시가 바쁘네. 나 혼자서 밤을 새워 집으로 돌아갈 생각일세."

말을 마치자 송강은 즉시 주인을 불러 붓과 벼루를 빌리고 종이 한 장을 구하여 일봉 서찰을 써서 연순에게 주었다.

그리고는 석용에게서 신발 한 켤레를 얻어 신고 허리에 요도를 차고 석용의 단봉을 빌려 손에 잡은 다음 자리에서 일어났다. 그는 술 한 잔 밥 한 술 입에 대지 않고 그대로 주점 문을 나섰다.

연순과 석용은 어쩔 수 없어 그대로 뒤에 남아 점심을 마치고서 종인들을 데리고 그 주점에서 나왔다. 다시 길을 가기 다섯 마장쯤 하여 관도 주변에 큰 객점 하나가 보였다. 연순 일행은 그 곳에 들어 그 밤을 쉬며 뒤에 오는 이들을 기다리기로 했다.

이튿날 진명, 화영의 일행 인마가 모두 이르렀다. 연순과 석용이 맞아들여 송강이 부친상을 당하여 집으로 돌아가 버린 일을 자세히 말하니 모든 사람은 한결 같이 연순을 원망했다.

"그래도 못 가시게 굳이 붙들어 볼 일이지."

이 때 석용이 곁에 있다 대신 변명해 주었다.

"아무리 붙들어도 막무가내 신 걸 어찌 합니까? 한시바삐 돌아가야만 한다고 하시며 일봉 서찰을 써 주고 가셨는데 그것만 가지고 가면 양산박에서는 두말 없이 맞아들이리라 하십디다."

화영과 진명은 무리들을 돌아보고 상의했다.

"가는 도중에 이 일을 당했으니 진퇴가 양난이라. 도로 돌아가자니 말이 안 되고 이대로 헤어지자니 그도 안 될 말이라. 되나 안 되나 가 볼 도리밖에는 없을까 보오. 가 보아서 일이 여의치 못하거든 그 때 달리 방도를 차리기로 합시다."

의논이 정해지자 아홉 명 호걸들은 4,5백 인마를 거느리고 다시 길을 떠나 마침내 양산박 가까이 찾아 이르렀다.

일행이 대로를 따라서 산에 오르려고 갈대 우거진 속을 지날 때였다. 문득 물 위에 징 소리와 북소리가 요란하게 울려 왔다. 고개를 들어 보니 산을 덮고 들을 덮은 것이 모두 깃발들인데 수박 안에서 쾌선 두 척이 이쪽을 향해 살같이 내달았다.

앞서 나오는 배 위에는 4,50명 졸개들이 타고 있는데 뱃머리에 자리를 잡고 앉아 있는 두령은 곧 표자두 임충이고, 뒤를 따르는 초선 위에도 역시 같은 수의 졸개들이 타고 있는데 뱃머리에 앉아 있는 두령은 곧 유당이었다.

앞의 임충이 문득 소리를 높여 외쳤다.

"네 어느 곳 관군이기에 감히 와서 우리를 잡겠다고 하느냐? 너희들도 우리 양산박의 대명은 익히 들어 알 테지? 네 한 놈도 살아 돌아가지 못할 줄로 알아라!"

화영, 진명의 무리들은 모두 말에서 뛰어내려 물가로 나서며 대답했다.

"우리는 관군이 아니오! 산동의 급시우 송 공명의 서신을 가지고 투신을 하려고 온 사람이오!"

임충이 듣고 말했다.

"송 공명 형장의 서찰을 가지고 오셨다면 우선 저 앞 주귀 주점으로 들어가시오. 글월을 본 다음에 산으로 청하리다."

말을 마치자 선상의 청기를 한 번 흔드니 갈대 속에서 작은 배 한 척이 노를 저어 나오는데 배에 세 사람이 있어 하나는 남아서 배를 보고 두 명은 물 위로 올라와 화영의 무리를 보고 말했다.

"여러 장군께서는 저를 따라오시오."

이 때 물 위의 한 척 초선 위에서 백기가 한 번 휘날리자 징 소리 크게 울리며 일제히 수박 안으로 사라져 버린다.

화영 일행은 이 모양을 보고 모두 놀라며 어이없어 했다.

"과연 관군이 함부로 침범을 하지 못하겠소이다. 우리 산채야 도저히 여기다 비할 바가 못 되오 그려."

일행은 어부를 따라 주귀의 주점으로 갔다. 주귀는 곧 그들을 안으로 맞아들인 다음에 송 공명의 서찰을 달라고 해서 읽고는 수정으로 나가 작화

궁에다 효시를 메워 맞은편 갈대 숲을 향해 쏘았다.

한 척 쾌선이 나는 듯이 물 위를 달려왔다. 주귀는 곧 졸개에게 분부하여 송강의 서찰을 가지고 먼저 산으로 올라가 보고하게 한 다음 돼지와 양을 잡아 아홉 명 호걸들을 대접하고 이 날 밤은 일행을 주점에서 편히 쉬게 했다.

이튿날 아침이었다. 군사 오용이 몸소 주점으로 내려와 호걸들과 서로 인사를 하고 예를 마치자 한 사람 한 사람의 내력을 자세히 물었다.

그 때 30척 대선이 일행을 맞으러 나왔다. 오용과 주귀는 아홉 명 호걸을 이끌어 배에 오르게 하고 다시 노소, 수레, 인마, 보따리를 모조리 배에 실은 다음에 금사탄을 향하여 나아갔다.

일행이 뭍에 오르자 송림 속으로부터 여러 두령이 조개를 따라 북을 울리며 나와 맞았다. 화영의 무리들은 각기 교자에 올라 취의청으로 올라갔다.

이 날 소 잡고 말 잡아 산채 안에 크게 잔치가 벌어졌다. 새로 들어온 졸개들을 모조리 불러들여 청하에 참배하게 하고 또 뒷산에 거주 하도록 하였다.

제5편 영웅취의(英雄聚義)

1. 송가장(宋家莊)

한편, 연순, 석용의 무리와 작별한 송강은 그대로 밤을 새워 길을 걸었다. 여러 날 만에 마침내 고향에 다다르니 때는 점심나절이었다.

송강은 사람들의 눈을 피해 동구 밖 장사장의 주점으로 들어가 피곤한 다리를 잠시 쉬기로 했다. 이 장사장이란 이는 본래 송강의 집과 서로 왕래가 있는 터라 이 날 그가 수심이 가득하여 뺨에 눈물까지 흘리는 모습을 보자 곧 한마디 물었다.

"송 압사, 지금 돌아오시는 길이오? 생각해 보니 그 일이 있은 지도 벌써 반 년이오 그려. 참 반갑소이다. 그런데 안색이 좋지 못하니 무슨 근심이라도 있어 그러오?"

"죄를 짓고 타향으로 떠돌아다니느라 아버님의 임종도 못했으니 이런 망극한 일이 또 어디 있겠습니까?"

"송 압사, 원 농담도 분수가 있지. 태공께서 내 집에 오셔서 약주 잡숫고 돌아가신 지가 미처 한식경이 못 되는데 그게 대체 무슨 말이오?"

송강이 말했다.

"노인장께서야말로 저를 놀리십니까? 이걸 좀 보십시오."

곧 품에서 편지를 꺼내 장사장에게 보이니 노인은 보고 나서 괴이해 하기를 마지않았다.

"원 이게 도무지 웬 소린가? 태공께서 바로 조금 전에 동촌 사시는 왕 태공과 함께 여기 오셔서 약주를 잡숫고 가셨는데 이게 도무지 무슨 소린지 모르겠소 그려. 아무렇기로 이 늙은이가 그러한 일을 가지고 거짓말을 하리까?"

이 말을 듣고 송강은 대체 누구 말을 믿어야 옳을지 분간이 서지 않았다. 속으로 의심하기를 마지않으며 날이 저물기를 기다려 장사장의 주점을 떠났다.

송강이 가만히 집으로 들어가며 살펴보니 집 안에는 별로 이렇다 할 동정이 없었다. 장객들이 송강을 보더니 모두 앞으로 나와 문안을 드렸다. 송강은 곧 물었다.

"영감 마님과 작은 나으리께서 다 안녕하시냐?"

장객이 대답했다.

"예, 영감 마님께서는 그러지 않아도 큰 나으리 돌아오시기를 매일같이 고대하셨는데 참 얼마나 반가워하실지 모르겠습니다. 동촌 사시는 왕 태공과 장사장 주점에서 약주를 잡수시고 돌아오시어 지금 초당에서 주무시고 계십니다."

이제는 더 의심할 여지가 없었다. 송강은 크게 놀라 손에 들고 있던 단봉을 내려놓고 바로 초당으로 들어갔다.

마침 아우 송청이 안에서 마주 나오며 그에게 문안을 드렸다. 송강은 마음에 크게 노하여 소리쳤다.

"이 고약한 놈아, 네 그래 그게 무슨 짓이냐! 지금 초당 안에서 주무시고 계신 아버님을 돌아가셨다 하여 나를 놀라게 해? 이놈, 내 너무나 죄송해서 몇 번이나 죽으려고 했는지 모르겠다!"

송청이 바야흐로 입을 열어 변명하려 할 때 병풍 뒤에서 송 태공이 뛰어나오며 빠르게 말했다.

"얘, 고정해라! 이 일은 네 아우가 한 일이 아니다. 네가 나간 뒤로 내 하루도 네 생각을 안 한 날이 없구나. 그래 네 아우를 시켜 내가 죽었다고 편지를 써서 너를 부르게 한 게다. 더욱이 내 들으니 청풍산에는 도적 떼가 많다더구나. 혹시 네가 일시 마음을 잘못 먹고 그 무리들에게 투신하여 마침내 불충 불효한 사람이 되지나 않을까 염려가 되어, 그래 마침 석용이란 사람이 너를 그리로 찾아간다고 하기에 네 아우를 시켜서 그 사람에게 편지를 부탁하게 했던 게다. 일이 그리 된 것이니 행여나 네 아우를 원망하지 마라!"

송강은 듣고 나서 곧 그 자리에 엎드려 부친에게 문안을 드리고 이어서 물었다.

"제 일은 그 뒤 어찌 되었습니까? 이미 사면을 받았으니 필시 감형이 될 것이라는 말을 들었습니다만…."

태공이 대답했다.

"본래 주동, 뇌횡 두 도두가 힘을 많이 써 주어 관사에서도 나를 못살게 굴지는 않았는데, 요사이 또 들으니 조정에서 황태자를 책립하신 까닭으로 사면을 내리시어 민간에서 범한 죄는 모조리 일등과를 감해 주기로 했다더라. 네 이제 설사 집에 돌아온 것이 드러나 관사로 붙들려 간다 하더라도 고작 귀양이나 가면 가겠지 목숨을 잃거나 그러지는 않을 게다. 하여튼 서서히 의논하여 좋도록 하자꾸나."

송강은 다시 물었다.

"두 도두는 요사이도 가끔 집에 옵니까?"

이번에는 아우가 대답했다.

"일전에 이야기를 들으니 두 사람이 모두 다른 곳으로 갈려 갔다더군요. 주동은 동경으로 갔다는데 뇌횡은 어디로 갔는지 모르겠습니다. 지금 그들 후임으로 도두 둘이 새로 왔는데 성은 둘이 다 조가라더군요."

송 태공이 말했다.

"네 먼 길을 오느라 고단할 터이니 어서 일찍 쉬어라."

송강은 자기 방으로 물러가 곧 자리에 들었다.

이 날 밤에는 달이 심히 밝았다. 밤이 깊어 송가장 상하가 모두 잠들었을 때였다. 문득 잠결에 장원 앞뒷문에 난데없는 아우성 소리가 들렸다. 괴이하게 생각하고 뜰로 나와 보니 장원을 뻥 둘러 횃불이 낮과 같이 밝은데 사면에서 외치는 소리가 들렸다.

"송강을 잡아라!"

송 태공은 소스라치게 놀라 곧 사다리를 타고 담 위로 올라가 보았다. 무수한 횃불 속에 토병이 백여 명인데 앞선 두 사람은 곧 운성현의 신참 도두 조능과 조득 형제였다.

조가 형제는 담 너머로 내다보는 송 태공을 보자 소리를 높여 외쳤다.

"송 태공, 영감도 그만한 사리는 알 터이니 어서 자제를 이리로 썩 내보내시오! 만약 감추고 안 내놓으면 영감도 욕을 보실 것이니 그리 아오!"

"하지만 집에 없는 걸 어찌 하리까?"

조능이 말했다.

"누가 모르는 줄 알고 그러시오? 자제가 동구 밖 주점에 들러 술을 사 먹고 그 길로 댁으로 돌아온 사실을 다 알고 온 터요! 여러 말 말고 어서 선선히 내보내시오!"

사다리 아래에 서서 담 너머로 조능이 하는 소리를 듣고 있던 송강이 부친에게 말했다.

"그만두시지요! 일이 이리 되었으니 제가 나가 보겠습니다."

송 태공이 울며 말했다.

"내 공연히 너를 돌아오게 했구나."

송강은 사다리 위로 올라가서 밖을 향해 외쳤다.

"거기서들 그러실 게 아니라 두 분 도두는 잠시 안으로 들어오시지요! 내 비록 죄는 지었으나 이미 사면을 받은 터라 죽기까지는 하지 않을 것이오! 들어오셔서 약주나 한잔 하시고 내일 새벽 일찍 같이 관사로 들어가십시다!"

말을 마치자 송강은 즉시 사다리에서 내려와 장문을 크게 열고 두 도두를 안으로 청하여 들였다. 그 날 밤 닭을 잡고 거위를 튀겨 술자리를 벌이니 토병 백여 명도 모두들 술과 밥으로 배를 불렸다.

이튿날 새벽 오경에 두 도두는 송강을 잡아 앞세우고 고을로 들어갔다. 지현이 때마침 당에 올라 있다가 두 도두가 송강을 잡아 가지고 들어오는 것을 보고 곧 공소장을 받은 다음에 송강을 옥에 가두었다.

송강이 관사에 붙들려 옥에 갇혔다는 소문을 듣자 운성현의 모든 백성은 누구 한 사람 애석히 생각하지 않는 이가 없어 모두들 지현 앞으로 나가 그를 위하여 죄를 빌었다.

지현 역시 그를 두둔해 줄 생각이 없지 않아 송강에게 유리하도록 문안을 작성하여 제주로 보내었다.

제주 부윤은 이를 보고 나서 마침내 송강의 죄를 감하여 곤장 스무 대에 강주로 귀양을 보내도록 했다.

송강이 두 명의 호송인 장천, 이만에게 이끌리어 강주 감옥으로 떠나는 날 그의 부친 송 태공은 작은아들 송청과 함께 주아 앞으로 가 장천, 이만에게 술을 대접하고 약간의 은자를 쥐어 준 다음 송강을 한편으로 데리고 가서 은근히 당부했다.

"강주 땅이 생선도 흔하고 양식 걱정이 없는 곳이기에 내 적지 아니 돈을 써서 너를 부디 그 곳으로 보내 달라고 청을 한 게다. 돈은 인편이 있는 대로 자주 보낼 터이니 너는 그저 마음을 편히 가지고 몸 성히 지내라. 그러나 여기서 강주를 가려면 아무래도 양산박을 지나게 될 터인데 조개의 무리들이 혹시 산에서 내려와 너를 납치해 가지나 않을지 내 그것이 은근히 걱정이다. 네 행여 그 무리들에게 투신하여 불충 불효한 사람이 되지는 마라. 하늘도 무심치는 않으실 테지. 네 다시 무사히 돌아와 부자 형제가 서로 볼 날이 반드시 있으리라."

송강은 눈물을 뿌려 부친에게 작별을 고하고 아우 송청에게 집안일을 부탁한 다음 강주를 향하여 귀양길을 떠났다.

장천, 이만 두 호송인은 송강에게 받은 은냥이 있을 뿐 아니라 또한 그의 호걸 됨을 잘 알고 있었으므로 그로 인하여 노상에서 송강에게 극진히 대해 주었다.

세 사람은 제주부를 떠나 그 날은 하루 종일 길을 가고 날이 저물자 주점을 찾아 들었다. 두 호송인이 불 피워 밥을 지어 놓으니 송강은 술과 고기를 사서 그들에게 권하며 은근히 말했다.

"내 두 사람에게 한마디 일러 드릴 말씀이 있소. 내일은 아무래도 양산박 인근을 지나게 될 터인데 산채에 있는 호걸들이 만약 내가 지나는 줄 알 것 같으면 반드시 산에서 내려와 나를 뺏으려 할 터이니 그리 되면 두 분의 목숨이 위태로울 것이오. 그러니 우리 내일은 새벽에 이 곳을 떠나 소문 안 나게 지름길로 가기로 하십시다."

듣고 나자 두 호송인이 말했다.

"압사가 일러 주시지 않았더라면 참말이지 큰일 날 뻔했소이다. 그러면 그렇게 하기로 하지요."

이렇듯 의논을 정하고 세 사람은 이튿날 오경에 밥 지어 먹고 즉시 주점을 떠나 샛길을 택하여 걸음을 재촉했다.

그러나 한 삼십 리나 갔을까 했는데 문득 고개 너머에서 한 떼 도적의 무리가 달려 나와 앞길을 막으니 앞을 선 두목은 곧 적발귀 유당이었다.

유당이 박도를 휘두르며 앞으로 달려들어 두 명 호송인을 죽이려 하니 장천과 이만은 너무나 놀라서 그 자리에 털버덕 주저앉고 말았다. 송강은 앞으로 나서며 급히 외쳤다.

"대체 이 호송인들을 왜 죽이려고 하는 게요?"

"소문에 형님이 관사에 잡히셨다 하기로 저희들은 즉시 운성현으로 가서 그대로 옥을 깨치고 형님을 구해 낼까 했지요. 그러나 자세히 알아보니 강주로 귀양을 떠나시게 되었다고 하지 않습니까. 그러나 강주로 가는 길이 원체 여러 갈래라 혹시 잘못하다 일을 그르칠까 두려워 대소 두령들이 각기 나서서 길목들을 지키기로 했지요. 하여튼 잘 되었습니다. 형님, 어서 이 두 놈을 죽여 버리고 같이 산으로 올라가십시다."

듣고 나자 송강이 말했다.

"진정 나를 생각해서들 그러시는 거라면 부디 이대로 강주성으로 가게 해 주오. 내 기한이 차서 돌아오거든 그 때 다시 만나 말씀하기로 하십시다."

"글쎄요. 저 혼자서는 무어라 말씀드릴 수 없습니다. 지금 저 앞 대로상에 군사 오 학구와 화 지채가 나와 계시니 두 분을 이리로 청해다 같이 의논하기로 하시지요."

분부를 받고 졸개가 달려간 지 얼마 안 되어서 말굽 소리 요란히 나며 오용과 화영이 수십 기를 이끌고 말을 달려 왔다.

오용이 유당의 설명을 듣고 웃으며 말했다.

"형장의 생각은 잘 알았소이다. 그 어렵지 않은 일이외다. 산채에 머무르지 않으면 그만 아니오? 조 두령이 기어코 형장을 뵈옵고 싶다 하시니 우선 산으로 올라가셨다가 곧 다시 떠나기로 하시지요."

일행은 대로를 떠나 갈대 우거진 물가로 갔다. 배로 물을 건너 바로 취의청으로 올라갔다. 조개가 자리에서 일어나 송강을 맞으며 진심으로 치하했다.

"운성에서 위태로운 목숨이 구원을 받은 뒤로 우리 형제가 오늘날에 이르렀는데 참으로 하루라도 인형의 은혜를 생각지 않은 날이 없소이다. 일전에는 또 여러 호걸을 천거하시어 산채를 더욱 빛나게 해 주시니 그 은혜를 갚을 길이 없구려."

"이제 내가 관사에 잡히어 강주로 귀양을 가기는 하나 가서도 별로 심하게 고생은 안 할 듯하오. 이번에 인형께서 나를 만나겠다 하시기로 이렇듯 와 뵌 것이어니와 갈 길이 바빠 곧 떠나야 하겠습니다."

조개는 말했다.

"기어코 가시겠다면 굳이 붙들지는 않겠소이다만 아무리 그렇기로서니 곧 떠나시는 법이야 있소이까."

말을 마치자 조개는 송강에게 자리를 권하여 자기와 나란히 중간 교의에 앉게 하니 뭇 두령들이 모두 앞으로 나와 참배했다.

서로 보기를 마치자 두령들이 차례에 따라 양편으로 나뉘어 앉으니 곧 술자리가 벌어졌다. 술이 두어 순에 이르자 송강이 자리에서 일어나 말했다.

"여러 두령께서 이렇듯 이 송강을 친애하여 주시니 무엇이라 사례 말씀 올릴 길이 없소이다. 그러나 이 사람은 아시다시피 죄를 얻어 귀양을 가는 몸이라 감히 오래 이 곳에 머물러 있을 수 없기에 이제 그만 떠날까 하나이다."

듣고 나자 조개가 말했다.

"형장이 꼭 강주로 가야만 하겠다면 우리도 그리 알고 굳이 만류하지는 않을 터이니 마음을 놓고 오늘 하루는 여기서 편히 쉬신 다음에 내일 일찍 떠나도록 하시지요. 그마저 못할 거야 없지 않소이까?"

송강은 마지못하여 겨우 그 말을 좇기로 했다.

이튿날 아침 일찍 일어나 곧 떠날 채비를 차렸다. 그를 보고 군사 오용이 말했다.

"형장께 여쭐 말씀이 있소이다. 저와 지극히 친한 벗 하나가 지금 강주에서 압로절급으로 있는데 성은 대요 이름은 종이라 사람들이 그를 대 원장이라 부르지요. 이 사람이 본디 도술이 있어 하루에 능히 팔백 리를 가므로 신행태보라는 별명이 있습니다. 그도 역시 의리를 중히 여기는 터라 제가 간밤에 써 놓은 편지가 있으니 그것을 가지고 가서 그에게 전하시면 형장께 불리하지는 않으리다."

뭇 두령은 다시 한 차례 만류했으나 송강은 전혀 듣지 않았다. 하는 수 없이 다시 잔치를 베풀어 작별을 하며 금을 내어 송강에게 주고 두 호송인에게는 따로 스무 냥 은자를 쥐어 주었다.

두령들은 금사탄까지 내려와 송강을 배웅했다. 송강은 그들의 두터운 정을 깊이 사례하고 배에 올랐다.

장천과 이만 두 호송인은 양산박 산채에 인마가 허다하고 뭇 두령들이 모두 송강을 높이 우러르는 것을 본 뒤로 더욱 그를 공경하여 송강을 대하는 것이 마치 귀인을 모시는 충성스러운 종자나 다름없었다.

2. 게양령(揭陽嶺)

세 사람이 길을 가기 보름이 지나 마침내 한 곳에 이르니 고산이 문득 앞을 막았다. 두 호송인은 그 산을 보자 곧 송강에게 말했다.

"이제는 다 왔소이다. 저 게양령을 넘으면 곧 심양강이고 강만 건너고 보면 강주가 멀지 않지요."

때는 날이 몹시 더웠다. 세 사람은 한낮이 되기 전에 고개를 넘으려고 가파른 산길을 부지런히 더듬어 올라갔다.

마침내 마루터기에 올라서 보니 주점이 하나 있었다. 집 뒤는 바로 깎아지른 절벽이고 집 앞에는 두어 그루 고목이 서 있었다.

송강은 마음에 기뻐 호송인을 돌아보고 말했다.

"그러지 않아도 갈증이 심하여 술 생각이 간절하던 참인데 마침 잘 되었군. 우리 들어가서 몇 잔 하십시다."

세 사람은 주점으로 들어갔다. 송강이 호송인들에게 자리를 사양하여 하석에 앉으니 장천과 이만은 보따리를 내려놓고 몽둥이를 벽에다 세워 놓은 다음 상좌에 자리를 잡고 앉았다.

그러나 한동안을 앉아서 기다렸지만 아무도 와 보는 이가 없었다. 송강은 마침내 소리를 높여 불렀다.

"여, 주인 좀 봅시다!"

그제야 안에서 소리가 들렸다.

"어서 오십쇼!"

소리가 먼저 들리고 다음에 기골이 장대한 사나이 하나가 안에서 달려 나왔다.

눈을 들어 보니 둥글고 큰 고리눈에 붉은 수염이 사납게 뻗치고 머리에는 찢어진 두건을 썼으니 이 사람이야말로 풍도의 최명판관이라는 별명을 듣는 게양령의 이름난 살인 강도였다.

그러나 물론 세 사람은 그러한 것을 알 턱이 없었다. 그는 나와서 송강과 두 호송인을 향하여 공손히 인사를 한 다음에 물었다.

"무엇을 잡수시겠습니까?"

송강이 말했다.

"우리가 고개를 올라오느라 지금 갈증이 심한데 혹 술과 고기는 없소?"

"삶은 쇠고기가 있습니다. 술은 혼백주입니다."

"그 좋소. 그럼 우선 술 잔 씩과 고기 두 근만 썰어 내우."

"저 여쭙기는 어렵습니다만 저의 집에서는 돈부터 먼저 받고 약주를 드리는데요."

"그렇다면 오히려 피차에 셈이 분명해서 좋소. 자, 돈 받으슈."

송강은 보따리를 끄르고 그 속에서 은자를 꺼냈다. 주인은 옆에 서서 곁눈으로 흘끗 보고 그의 보따리가 제법 묵직한 것이 은냥이나 착실히 들어있는 듯싶어 은근히 기뻐했다.

돈을 받자 주인은 곧 안으로 들어가 술과 약주를 내왔다. 세 사람은 한편 먹으며 한편 이야기했다.

"떠도는 소문에 강호에 고약한 무리들이 많아 천하 호걸 중에도 마취약 탄 술을 먹고 목숨과 재물을 잃는 수가 많다는데 우리는 그 말을 믿지 못하겠습디다."

옆에서 술집 주인이 듣고 한마디 했다.

"손님들도 다 알고 계십니다그려. 우리 집 술에도 약이 들었으니 부디 잡숫지 마십쇼."

송강이 웃으며 말했다.

"이 집 술이라면 약 좀 탔더라도 무방하오."

두 호송인도 맞장구를 쳤다.

"약은 어떻든 좋으니 한잔 따끈하게 데워다 주시우."

주인은 다시 안으로 들어가 술 석 잔을 따끈하게 데워 내왔다. 가파른 산길을 올라오느라 갈증이 심한 세 사람은 잔을 들자 곧 단숨에 들이켰다.

그러나 괴이한 일이었다. 잔을 기울이자마자 두 호송인은 두 눈을 멍하니 뜨고 입으로 침을 흘리며 그대로 뒤로 나자빠지고 만다. 이것을 보고 송강은 자리에서 뛰어 일어났다.

"아니, 이 사람들이 그래 술 한 잔에 이럴 수가 있나!"

곧 앞으로 나가 그들을 붙들어 일으키려 했으나 송강 자신도 갑자기 머리가 어지러우며 눈앞이 캄캄해지더니 건잡을 사이 없이 그대로 쓰러지고 말았다.

세 사람이 모두 눈들은 멀거니 뜨고 있으나 손끝 하나 꼼짝을 할 수가 없었다. 이 모양을 보고 술집 주인은 입속말로 혼자 중얼거렸다.

"근래 도무지 벌이가 없더니 오늘은 참 천행으로 저것들이 굴러들어왔구나!"

그는 우선 송강을 번쩍 안아 들어 인육 작방으로 들어가 뉘어 놓고 다시 나와 두 호송인을 차례로 안고 들어갔다.

그는 다시 나오더니 세 사람의 보따리를 들고 뒷집으로 들어가 곧 펴 보았다. 나오는 것이 모두 금은이다. 그는 또 중얼거렸다.

"내 여기 술집을 낸 지 여러 해 되지만 이런 죄인은 처음 보겠군. 그래 일개 죄인이 이렇게 많은 돈을 지니고 있을 수가 있나? 하여튼 하늘이 내게 내리신 게다."

그는 보따리를 도로 싸서 한옆에 치워 놓고 문 밖으로 나왔다. 이제 동관이 돌아오면 세 사람을 잡을 생각이었다.

그 때 세 사람이 고개를 올라오고 있었다. 그는 가만히 쳐다보고 있다가 황망히 앞으로 나서며 그들을 맞았다.

"형님, 어디 가시우?"

세 사람 가운데 그중 기골이 장대한 사나이가 대답했다.

"여기서 사람 좀 기다리려고 오는 길일세. 아무리 생각해도 그만하면 오실 때가 지났는데 웬일인지 모르겠네. 며칠 전부터 고개 아래서 매일같이 눈이 빠지게 기다리건만 도무지 오시지를 않네그려."

주인이 다시 물었다.

"대체 누굴 그렇게 기다리시우?"

"대명을 말하면 아마 자네도 알 걸세. 다른 어른이 아니라 바로 운성현의 송 압사 송강이시라네."

"송 압사 송강이라니 그럼 강호에 이름이 높은 산동의 송 공명이 아니시오?"

"바로 그분일세."

술집 주인이 다시 물었다.

"그분이 이 곳에는 왜 오시우?"

"나도 모르고 있었는데 일전에 제주서 온 사람 말을 들으니 송 압사가 대체 무슨 일을 저질렀는지 모르나 하여튼 강주로 귀양을 가게 되어 제주부를 떠났다고 그러데그려. 제주부에서 강주 감옥을 가려면 또 어디 딴 길이 있나? 천하없어도 이 게양령을 넘어야 하지. 그 어른이 운성현에 계실 때에도 내 몇 번인가 찾아가 뵈려 했었는데 이 곳을 지나신다는 걸 알고야 내 어찌 가만히 있을 수 있겠나. 그래 그간 고개 아래서 그 어른 지나시기만 기다리고 있었는데 그 어른은 그만 두고 다른 죄인도 도무지 지나는 사람이 없네그려. 그래 오늘은 자네도 오래간만에 볼 겸 술도 한잔 할 겸 하여 올라온 길일세. 요새 벌이가 어떤가?"

"그간 벌이가 도무지 시원치 않았죠. 그런데 오늘은 대체 어찌 된 일인지 세 놈이나 한꺼번에 굴러들어와 장사가 오랜만에 괜찮았소이다."

그 사나이가 황망히 물었다.

"세 놈이라니 어떤 사람인가?"

"하나는 죄인이고 두 사람은 호송인 이라오."

그 사나이는 깜짝 놀라 다시 급히 물었다.

"그 죄인이란 자가 혹시 얼굴이 검고 키가 작으며 살이 찐 사람 아니던가?"

"바로 그런가 보오."

"그래 벌써 요절을 냈나?"

"그냥 작방에 들여다 만 두었소."

"그럼 내 좀 보아야겠네."

네 사람이 함께 인육 작방으로 들어갔더니 등상에 세 사람이 눈을 멀거니 뜬 채 가지런히 누워 있었다.

사나이는 송강 앞으로 갔다. 그러나 아무리 그 얼굴을 들여다보아도 과연 그가 송강인지 알 수 없었다. 뺨 위의 문신을 보아도 물론 그것으로 그가 누구임을 알 길은 없었다.

그는 잠시 속으로 궁리해 보다가 문득 깨닫고 주인을 돌아보고 말했다.

"호송인의 보따리를 내오게. 그 속에 들어 있는 공문을 보면 단번에 알 일이지."

"그 참 옳은 말씀이오."

주인은 곧 뒷방으로 들어가 호송인의 보따리를 내왔다. 급히 끌러 보니 엄청난 돈이 먼저 눈에 띄었다. 네 사람은 다시 그 속을 뒤져 마침내 문서 낭을 찾아내었다.

주머니를 끌러 속에 들어 있는 문서를 펴 보자 그들은 그만 소스라치게 놀랐다. 사나이는 저도 모르게 한숨을 한 번 쉬고 더듬거렸다.

"내가 오늘 이 곳으로 올라오기는 정말 하늘이 시키신 일이로군. 자네가 아직 그냥 두기가 천행이지 하마터면 큰일을 저지를 뻔하지 않았나. 하여튼 곧 가서 해약을 가지고 오게."

주인은 황망히 나가 해약을 가지고 돌아왔다.

우선 해약을 입 안에 흘려 넣고 네 사람은 각기 송강의 팔다리를 마주 잡아 곱게 객방으로 모셔 내었다.

송강은 한동안 정신을 차리지 못했다. 사나이는 송강을 두 팔로 안고 앉아 있었다. 이윽고 약 기운이 돌자 송강은 차차 깨어나서 눈을 두리번거리며 앞에 있는 사람들을 둘러보았다.

얼굴이 밝아진 사나이는 같이 온 두 사람에게 송강을 부축하게 한 다음 자기는 황망히 그의 앞으로 나아가 공손히 절을 드렸다. 송강이 비로소 입을 열어 물었다.

"누구시오? 내가 지금 꿈을 꾸고 있는 게 아닌가?"

그 때 술집 주인이 또한 절을 드리자 송강은 답례하고 말했다.

"두 분은 그만 일어나시오. 대체 여기는 어디며 두 분은 뉘신가?"

사나이가 대답했다.

"소제의 성은 이이고 이름은 준으로 본디 노주 사람입니다. 양자강의 뱃사공으로 지내오며 그만치 물에는 익어 사람들이 저를 혼강룡 이준이라 부르는 터이지요. 또 이 집 주인으로 말씀드리면 보시다시피 이 게양령에서 술집을 내고 술에 마취약을 타서 사람을 상하게 하고 재물을 뺏으므로 남들이 모두 최명판관 이립이라 부른답니다. 그리고 이 두 형제는 심양강변 사람으로 소금을 가지고 이 곳에 와서 장사를 하며 지내는데 역시 물에 익어 형은 이름이 출동교 동위이고 아우는 이름이 번강신 동맹입니다."

동위, 동맹이 또한 앞으로 나와 송강에게 절을 드렸다. 송강은 답례하고 이립을 향하여 물었다.

"아까는 마취약을 먹이더니 또 어찌 알고 구하여 주시는 게요?"

이준이 대신 나서서 전후 사연을 이야기하니 송강 또한 염파석을 죽인 일을 위시하여 마침내 강주 감옥으로 귀양살이를 가게 된 전후 곡절을 이야기했다. 네 사람은 듣고 나서 탄식하여 마지않았다.

이준이 말했다.

"그러시다면 이제 구태여 강주 감옥에 가실 필요도 없습니다. 여기서 저희들과 같이 지내시기로 하시지요."

송강은 물론 들을 턱이 없었다.

"지금도 말했거니와 양산박에서 뭇 두령들이 그처럼 붙드는 것도 물리치고 온 나요."

이준은 아무래도 그가 머물러 있지 않으리라 짐작하고 곧 이립을 향하여 말했다.

"그러면 저 호송인들도 살려 놓아야만 할까 보이. 어서 해약을 먹이게."

이립이 마침 돌아온 젊은 사람들을 시켜 두 호송인을 작방에서 안아 내오게 한 다음 해약을 입에다 흘려 넣으니 두 사람은 이윽고 깨어나자 서로 돌아보며 말했다.

"우리가 여러 날 길을 걷느라 아마 퍽 고단했던 모양이야. 그렇지 않고서야 술 한 잔에 그처럼 녹아떨어질 수가 있나."

모든 사람은 그 말에 한바탕 크게 웃었다.

그 날은 이립의 집에서 편히 쉬고, 이튿날 아침 일찍 송강은 두 명 호송인과 함께 이준, 동위, 동맹을 따라 산을 내려갔다. 이준의 집은 바로 게양령 기슭에 있었다.

그가 이끄는 대로 그의 집으로 들어가니 이준은 황망히 음식을 내어 융숭하게 대접하며 마침내 송강과 의를 맺어 그를 형으로 부르기로 했다.

송강은 그 곳에서 수일을 더 묵은 다음에 두 명 호송인과 함께 다시 강주를 향하여 길을 떠났다.

세 사람이 이 날 미시쯤 되어 한 곳에 이르니 곧 게양진이라 집들이 즐비하고 사람들이 들끓었다. 문득 보매 장바닥에 사람 한 떼가 빙 둘러서서 무엇인지 구경들을 하고 섰다. 송강은 곧 사람 틈을 헤치고 들어갔다.

한 약장수가 창봉을 쓰고 있으니 곧 거리에서 고약을 파는 사람이었다. 약장수가 한 차례 창봉을 쓰고 나자 이번에는 또 권술을 보여 주었다. 그 그의 실력이 대단하여 송강은 손뼉을 치며 칭찬했다.

"잘한다, 잘해!"

권술이 끝나자 약장수는 쟁반을 손에 들고 말했다.

"저는 먼 고장에서 온 사람입니다. 자랑할 만한 재주는 없습니다만 그저 여러 손님 덕택으로 고약 봉지나 팔아 볼까 하여 멀리 이 곳을 찾아왔습니다. 고약을 좀 팔아 주십시오. 설사 고약이 소용되지 않더라도 몇 푼 동전을 내려 주시면 감사하겠습니다."

이리 말하더니 구경꾼들 앞을 죽 한 바퀴 돌았다. 그러나 동전 한 닢 내주는 사람이 없었다.

"여러 손님들, 제발 많고 적음에 관계없으니 제발 도와주십시오."

그는 다시 한 차례를 돌았다. 그러나 역시 아무도 돈을 던져 주려 하지 않았다. 이 광경을 보고 송강은 품에서 닷 냥 은자를 내어 쟁반 위에 놓고 말했다.

"나는 죄를 짓고 귀양 가는 사람이라 닷 냥밖에 못 드리오만 적다 말고 받으시오."

약장수는 그에게 절하여 사례하고 쟁반에서 은자를 집어 들더니 사람들을 둘러보며 말했다.

"여러 손님네들, 이 크나큰 게양진에 타고장에서 찾아 들어온 약장수에게 돈 한 푼 던져 주는 이가 없단 말씀이오? 이분으로 말씀하면 이 고장 어른도 아니고 잠깐 여기를 지나시는 차에 이렇듯 닷 냥씩이나 돈을 내리시는데 정말이지 이 닷 냥은 다른 양반 주시는 쉰 냥보다도 더 고맙습니다."

한바탕 늘어놓고 있을 때 구경꾼들 속에서 기골이 장대한 사나이 하나가 사람 틈을 헤치고 앞으로 나서더니 바로 송강을 향하여 내뱉었다.

"이게 어디서 굴러 들어온 말 뼈다귀야! 저 약장수 놈으로 말하면 도무지 인사도 모르고 도리도 안 차리는 놈이라 누구나 동전 한 닢 주지 말라고 내가 단단히 일러 두었는데 네놈이 닷 냥씩이나 돈을 던져 주다니 나를 아주 우습게 아는 모양이로구나!"

송강이 대꾸했다.

"여보, 내 돈 내가 주는데 당신이 무슨 상관이란 말이오?"

그 사나이는 다짜고짜로 송강의 멱살을 잡으며 말했다.

"야 이 자식 봐라. 나한테 말대답을 하네."

"내가 당신한테 말대답 못할 게 뭐요?"

송강이 다시 한마디 되받자 그자는 눈결에 주먹을 들어 송강의 얼굴을 향하여 내리쳤다. 송강이 얼떨결에 머리를 뒤로 젖혀 그 주먹을 피하자 그자는 바짝 앞으로 대들며 다시 주먹을 번쩍 들었다.

이 때 약장수가 번개같이 달려들어 한 손으로 그자의 허리를 움켜쥐고 또 한 손으로는 그자의 배를 내질렀다. 그자는 그대로 '쿵!' 소리를 내며 보기 좋게 땅바닥에 나가떨어졌다.

약장수는 그자가 일어나려고 버둥거리자 다시 달려들어 발로 옆구리를 냅다 질렀다.

보다 못하여 두 명 호송인이 나서서 약장수를 붙들어 말리자 그자는 땅에서 일어나더니 송강과 약장수를 번갈아 보았다.

"이 자식들, 어디 두고 보자!"

이렇게 씹어 뱉듯 한마디 하고는 어디론지 가버렸다. 그제야 송강은 약장수를 돌아보고 물었다.

"고향은 어디시며 성씨는 뉘신가요?"

"저는 하남 낙양 사람으로 성은 설이고 이름은 영입니다. 조부께서 노충경략 상공 장전에 군관을 지내셨는데 동료들에게 미움을 받아 벼슬이 오르지 못하고 저희 자손도 이처럼 창봉이나 쓰고 다니며 약을 팔아 근근이 지냅니다. 남들이 저를 병대충 설영이라 부르지요."

"이 사람은 운성현 태생으로 성은 송이고 이름은 강이라 하오."

"그럼 바로 급시우 송 공명 아니신가요?"

"예, 그렇소이다."

설영은 곧 엎드려 절을 했다. 송강은 황망히 그를 붙들어 일으키고 말했다.

"자, 어디 가서 우리 술이나 한잔 나누십시다."

설영은 즉시 창봉과 짐을 수습하여 들고 송강과 두 명 호송인을 따라갔다. 그러나 뜻밖이었다. 찾아 들어간 술집에서 그들에게는 도무지 술도 고기도 팔려고 하지 않았다.

송강이 물었다.

"어째서 우리한테는 술을 안 파는 게요?"

"당신네들이 아까 거리에서 허우대 큰 사나이하고 서로 치고 받고 했죠? 그분이 바로 이 게양진의 깡패인데 당신네들 에게 술이고 밥이고 파는 때는 가게를 들부숴 버리겠다고 통문을 전부 돌렸으니 누가 그 분부를 거역하겠소."

그 말에 송강이 어이가 없어서 설영을 돌아보니 설영이 말했다.

"저는 곧 객점으로 가서 방세를 계산 한 다음에 수일 내로 형님을 뵈러 강주로 가겠습니다. 형님은 이 길로 곧 떠나시지요."

송강은 스무 냥 은자를 내어 설영에게 주고 즉시 그와 헤어져 호송인들과 술집을 나섰다.

얼마쯤 가노라니 길가에 또 술집이 있었다. 그러나 그 곳에서도 그들에게는 술을 팔지 않았다. 다시 두어 군데 찾아 들어가 보았으나 아무 데서도 그들을 상대해 주지 않았다.

술집뿐만이 아니었다. 객점을 몇 군데 찾아가 보았으나 역시 그들에게는 방을 내주지 않는 것이었다.

어느덧 날이 저물었다.

"이거 쓸데없이 창봉 쓰는 구경 좀 하다가 욕을 단단히 보지 않았나. 설마 촌에까지는 통문이 안 돌았을 터이니 한시바삐 여기를 떠나기로 합시다."

송강은 두 명 호송인과 함께 촌으로 나갔다. 날은 어느 틈에 아주 어두워졌는데 부지런히 촌길을 걸어가노라니까 그래도 숲 사이에 은은하게 불빛이 보였다.

"저게 필시 인가 겠구먼. 그저 염치 불구하고 하룻밤 자고 가자고 떼를 쓰고 우리 내일은 아주 새벽같이 떠나기로 합시다."

그러나 호송인은 잠깐 그쪽을 살펴보더니 중얼거렸다.

"저기는 이 길에서 너무 멀리 들어갔는 걸요."

"좀 들어갔으면 대수요? 내일 좀 더 걸을 작정을 하면 되는 게지."

세 사람이 사잇길로 잡아들어 한 오 리나 실히 걸었을까 마침내 찾아 이른 곳은 숲 속의 일좌 대장원이었다. 문을 두드리니 장객이 나와서 누가 이렇듯 늦은 시각에 찾아와 주인을 찾느냐고 물었다.

송강은 공손히 대답했다.

"이 사람은 강주로 귀양을 살러 가는 죄인인데 길을 잘못 들어 숙소를 못 잡고 댁에 찾아왔으니 아무 데서나 하룻밤 지내게 해 주신다면 내일 셈을 쳐서 올리고 일찍 떠나겠소이다."

장객은 잠깐 기다리라 하고 들어가더니 곧 다시 나와 말했다.

"태공께서 들어 오시라오."

송강이 두 명 호송인과 함께 후원 초당으로 가서 태공을 만나 인사를 드리니 태공은 장객에게 그들을 문간방으로 데리고 나가서 저녁을 대접하고 편히 쉬게 해 주라고 분부했다.

문간방으로 나온 세 사람은 종일 굶은 끝에 밥을 배불리 먹었다. 잠시 후 장객이 그릇을 수습하여 안으로 들어갔다.

방 안에 세 사람만 남게 되자 두 명 호송인이 말했다.

"압사 어른, 아무도 보는 사람이 없으니 칼을 벗고 좀 편히 누우십시오."

송강은 그 말을 좇아 칼을 벗고 두 사람과 함께 소피를 보러 밖으로 나갔다. 하늘에 별빛이 가득한데 바라보니 타맥장 뒤는 곧 소로였다.

세 사람은 손을 씻고 방으로 들어와 문을 안으로 걸고 자리에 누웠다. 막 잠이 들려 하는데 장원 뒤에서 누군지 횃불을 밝혀 들고 나와 타맥장 안을 이리저리 살피는 눈치였다.

송강이 문틈으로 가만히 내다보니 태공이 세 명 장객을 데리고 나와 자기 전에 집 안을 한 차례 살피는 모양이었다. 송강이 호송인들을 향하여 말했다.

"이 댁 태공도 우리 가친이나 마찬가지로 저러시는구려. 지금쯤 가친께서도 집 안을 한 바퀴 돌아보시겠지."

잠깐 이야기를 할 때 갑자기 밖에 누군가 와서 외쳤다.

"문 열어라!"

장객이 황망히 대문을 열어 주자 밖에서 장정 예닐곱이 들어오는데 앞선 자는 손에 박도를 들었고 뒤따르는 자들은 모두 도차와 곤봉을 잡았다.

횃불 밑을 송강이 자세히 살펴보니 박도를 든 자는 바로 게양진에서 자기를 때리려던 그 허우대 큰 자였다. 송강이 놀라워하며 가만히 들으니 태공이 그자를 보고 꾸짖었다.

"또 어디 가서 누구하고 시비를 하려고 이렇게 아닌 밤중에 몽둥이들을 들고 수선이냐?"

그자가 그 말에는 대답을 하지 않고 물었다.

"아버지, 형은 어디 있는지 아세요?"

"네 형은 지금 술이 취해 정자에서 자나 보다."

"그럼 얼른 가서 깨워 가지고 곧 쫓아가 보아야겠군."

"너 또 누구하고 싸움을 했구나. 네 형을 깨웠다간 일만 크게 벌어진다. 대체 무슨 일이냐?"

그자가 대답했다.

"오늘 게양진에 약장수 한 녀석이 들어왔는데 글쎄 우리 형제한테는 인사 한마디 없이 장사를 하려 드는구먼요. 그래 하도 괘씸하기에 그놈에게는 동전 한 닢 주지 말라고 단단히 일러 두었는데 어디서 굴러 들어온 놈인지 귀양살이 가는 놈이 나서서 닷 냥씩이나 돈을 던져 줍니다. 그래 제가 그놈 버릇을 가르쳐 주려는데 약장수 놈이 옆에서 내달아 배를 냅다 지르고 허리를 발길로 차서 지금도 거기가 아픕니다. 제가 우선 각처 주점과 객점에 통문을 돌려 그놈들한테는 술도 팔지 말고 방도 빌려 주지 말라고 단단히 일러 놓은 다음에 사람을 풀어 약장수 놈은 잡아서 묶어다 도두 집에 맡겨 놓았는데 죄수 놈은 어딜 갔는지 아무리 찾아도 없군요. 그래 형을 깨워 가지고 같이 나가서 찾아볼 참입니다."

듣고 나자 태공이 좋은 말로 타일렀다.

"네 그게 무슨 말이냐? 제 돈 제가 쓰는데 네가 대체 무슨 상관이냐? 네가 남한테 좀 얻어맞았다지만 무어 상처가 대단한 것도 아니니 제발 아비 말을 듣고 어서 네 방으로 가서 잠이나 자거라."

그러나 그자는 듣지 않고 기어이 제 형을 불러내겠다고 안으로 들어갔다. 그 뒤를 쫓아 태공도 들어갔다.

송강은 호송인을 보고 말했다.

"일이 참 공교롭기도 하군. 하필 찾아온 곳이 고르고 골라 그놈의 집이더란 말인가. 태공은 설마 우리 얘기를 안 하겠지만 장객들이야 무슨 생각이 있겠소. 우물쭈물하다가는 큰코다칠 모양이니 우리 여기서 빨리 도망을 갑시다."

"옳은 말씀입니다. 곧 나가십시다."

"큰 길로 나갔다가는 잡히기 쉬우니 타맥장 뒷길로 빠집시다."

호송인들은 행장을 수습하고 송강은 행가를 손에 들고 가만히 밖으로 뛰어나갔다.

3. 선화아(船火兒) 장횡(張橫)

세 사람은 타맥장 뒤로 나가 소로를 그대로 달렸다. 하늘에 별이 총총하여 길이 희미하게나마 보이는 것이 불행 중 다행이었다.

한식경을 족히 달려 한 곳에 이르렀는데 앞에는 갈대 숲이 우거진 가운데 큰 강이 도도히 흐르니 곧 심양강이었다.

'앞은 큰 강이 가로막으니 이를 어이 할꼬?'

이 때 등 뒤에서 휘파람 소리가 들려 고개를 돌려 보니 사람 한 떼가 횃불을 밝혀 들고 소리를 지르며 이편을 향하여 달려오고 있었다.

세 사람은 소스라쳐 놀라 덮어놓고 갈대밭으로 들어갔다. 그러나 몇 걸음을 못 가서 육지는 다하고 다음은 강이었다.

'이럴 줄 알았더라면 숫제 남들이 권할 적에 그대로 양산박에나 있기로 할 것을.'

송강이 하늘을 우러러 탄식하기를 마지않을 때 문득 강 위에서 노 젓는 소리가 들리며 숲을 헤치고 배 한 척이 다가왔다. 송강은 소리쳐 불렀다.

"여보, 사공! 우리를 좀 구해 주슈! 돈은 얼마든지 드리리다!"

돈은 얼마든지 준다는 말에 사공이 고개를 끄덕이며 배를 앞으로 갖다 대자 세 사람은 보따리부터 배 위에 던지고 허둥지둥 올라탔다.

사공이 노질을 빨리 하여 강의 중심을 향하여 나아갈 때 뒤를 쫓는 무리들이 그제야 강가에 이르렀다.

횃불이 십여 자루나 되어 그 근방이 낮처럼 밝은데 배 위에서 자세히 살펴보니 허우대 큰 자 둘은 손에 박도를 들었고 나머지 스무 남은 명은 모두 창과 몽둥이들을 손에 잡았다. 그들이 일제히 나서서 외쳤다.

"여보 사공, 어서 배를 이리 돌리우!"

송강은 두 명 호송인과 함께 선창 안에 납작하니 엎드려서 말했다.

"여보 사공, 어서 갑시다. 돈은 얼마든지 드릴 테니."

사공은 말없이 또 고개를 끄덕이며 계속 노를 저어 상류를 향해 거슬러 올라갔다. 뭍에 있는 무리들이 다시 외쳤다.

"이놈의 사공놈아! 네놈이 대체 누구기에 우리 말을 안 듣고 감히 이러느냐!"

사공은 픽 한 번 웃고 그제야 입을 열어 대답했다.

"나 말이냐? 나는 장 사공이시다!"

이 말을 듣자 그들 가운데 허우대 큰 자가 한 걸음 나서면서 말했다.

"누군가 했더니 장 대가시로군! 그럼 나를 알아보시겠소?"

"왜 내가 바보던가, 자네를 몰라보다니!"

"그럼 왜 배를 돌리지 않으시오? 거기 탄 세 놈을 어서 우리에게 내주시우!"

"그만두게! 나는 이 세 분 손님을 모시고 가서 대접할 일이 있네!"

그대로 배를 저어 상류로 올라가니 송강은 사공이 어찌나 고마운지 몰랐다.

'그래도 살 때가 되느라고 이 사공을 만났지.'

그러나 뉘 알았으랴! 그들의 환난은 이 사공을 만났기에 더 커지고 말았다. 얼마쯤 올라가다 노를 뉘어 놓더니 사공은 그들을 돌아보고 난데없는 소리를 했다.

"이놈들아, 너 판도면이 먹고 싶으냐, 혼돈이 먹고 싶으냐?"

판도면이라면 밀국수이고 혼돈이라면 도래떡이지만 이 경우는 떡이나 국수가 아닐 터였다. 자기 배에 탄 손님에게 으르는 수작이 보통 심상한 사공은 도저히 아니었다. 송강은 어안이 벙벙하여 사공의 기색을 계속해 살피며 한마디 물어 보았다.

"대체 판도면은 무엇이고 혼돈은 무엇이오?"

사공이 눈을 부라리며 대답했다.

"일러 주랴? 판도면이란 한 칼에 한 놈씩 두 동강을 내서 강 속에 처박는 게고 혼돈이란 구태여 내가 칼을 쓸 것 없이 너희 세 놈이 곱게 옷들을 벗어 놓고 물 속으로 뛰어 들어가는 게다!"

듣고 나자 세 사람은 하느님 맙소사를 불렀다. 간신히 환난을 벗어나왔나 했더니 다시 재앙을 만나고 만 것이다.

송강은 두 호송인과 함께 무릎을 꿇고 빌었다.

"사공님, 저희 보따리 속에 들어 있는 돈이며 옷가지는 하나 남기지 않고 다 드리겠으니 제발 덕분에 세 사람 목숨만은 살려 줍시오."

그러나 사공은 달다 쓰다 말이 없이 선창 속으로 들어가더니 시퍼런 칼 한 자루를 들고 나왔다.

"이놈들아, 어서 말해라! 뭘 먹을 테냐? 훌훌 벗어 놓고 물 속으로 들어가든지 칼 맛을 보든지!"

이제는 어찌 해 볼 도리가 없었다. 세 사람은 땅이 꺼지게 한숨을 쉰 다음에 죽어도 같이 죽자고 함께 얼싸안고 바야흐로 물 속에 뛰어들려고 할 때 저편에서 삐걱삐걱하고 노 젓는 소리가 들려 왔다.

송강이 급히 고개를 돌려 그쪽을 바라보니 상류로부터 쾌선 한 척이 나는 듯 내려오는데 한 사람은 손에 창을 들고 뱃머리에 서 있고 두 사람은 고물에서 쌍으로 노를 젓고 있었다.

잠깐 동안에 이편 배로 가까이 다가들더니 뱃머리에 선 자가 한마디 외쳤다.

"거 누가 거기서 벌이를 해? 본 사람도 몫이 있어야지!"

이 말을 듣자 이편 사공이 황망히 대답했다.

"목소리를 들으니 이 대가시구려. 나는 빼 놓고 혼자만 장사를 다니시우?"

"누군가 했더니 아우님일세그려. 그래 오늘 벌이는 대체 뭐야?"

"형님, 웃지나 마슈. 내 요새 며칠을 두고 벌이는 통 없지 노름은 잃기만 하지 신세가 말이 아닌데, 오늘 밤에 혹시나 해서 나와 보았더니 이놈 셋이 강가로 도망질을 쳐 오고 그 뒤를 장정 수십 명이 횃불을 밝혀 들고 쫓기에 얼른 배를 갖다 대고 세 놈을 실었지요. 쫓아온 놈은 알고 보니까 목가네 형제인데 세 놈을 저희들에게 내어 달라고 자꾸 보채는 걸 그냥 여기까지 데리고 와 버렸소. 세 놈 중 하나는 어디로 귀양살이 가는 놈이고 두 놈은 호송인 인데 갈잖게 보따리는 제법 단단해 보여 지금 막 요절을 내 버리려던 참이오."

"아니, 여보게. 귀양살이 가는 사람이라면 우리 형님 송 공명이 아니실까?"

송강은 그 음성이 귀에 익어 곧 앞으로 내달으며 큰 소리로 외쳤다.

"그 배에 계신 분이 뉘시오? 부디 송강을 좀 구해 주시우!"

그 사나이는 깜짝 놀라 배를 더욱 급히 몰아 왔다.

"어이구, 정말 우리 형님이시네!"

별빛 아래 자세히 살펴보니 그는 다른 사람이 아니라 송강이 바로 엊그제 게양령에서 서로 의를 맺어 형제가 된 이준이고, 고물에서 노를 젓는 두 젊은이는 곧 동위와 동맹이었다.

두 배를 한 데 대고 이준이 이편으로 건너와 송강을 위로했다.

"형님, 그래 얼마나 놀라셨습니까? 제가 조금만 늦게 왔다면 또 큰일 날 뻔했습니다그려. 그러지 않아도 오늘 웬일인지 집에 앉아서도 공연히 마음이 불안하여 견딜 수가 없기에 에라 벌이나 나서 볼까 하고 강으로 나왔지요. 나오기를 참 잘했군요."

이 때 장 사공은 혼자 어리둥절하여 이준의 얼굴만 물끄러미 쳐다보고 있다가 가만히 물었다.

"이 대가, 그럼 이 어른이 바로 송 공명이시우?"

"이제야 알았나?"

뱃사공은 절을 한 번 넙죽 하고 나서 죄를 사죄했다.

"몰라 뵙고 한 일이기는 하지만 원 이런 황송할 데가 없습니다. 정말이지 하마터면 이놈이 큰일을 저지를 뻔했습니다그려."

송강이 이준에게 물었다.

"이분은 대체 뉘신가?"

"이 사람은 저와 의형제를 맺은 소고산 태생 장횡으로 별명은 선화아라 한답니다. 형님이 당장 몸으로 겪어 보셨으니 아시겠지요만 이 심양강을 오르내리며 남에게·좋은 일 많이 하는 것이 이 사람의 생활이지요."

두 배를 함께 강가에 대고 모두 뭍에 내리자 장횡은 모래판에 엎드려 다시 한 번 송강에게 절을 드리고 거듭 죄를 사죄했다.

"형님, 부디 이놈의 죄를 용서해 줍시오."

송강이 별빛 아래 장횡을 자세히 살펴보니 일곱 자 신구에 눈은 세모가 지고 노란 수염에 눈동자가 붉었다. 이 사람이 곧 악수광풍도 두려워 않고 나는 고래처럼 물 속을 종횡한다는 자였다.

장횡이 절하기를 마치고 송강에게 물었다.

"형님, 대체 무슨 일로 귀양을 살러 가시게 되었소?"

이준이 송강을 대신하여 일장 연설을 하자 장횡은 그 장소가 강주임을 알고는 마침 자기 아우 장순이 그 곳에 있으니 편지를 전해 달라고 청했다.

"제 아우가 강주에서 중매인으로 있는데 형님께서 가시거든 제 편지나 좀 전해 주십시오. 하지만 참 누구더러 편지를 써 달라누."

장횡이 걱정을 하자 이준이 핀잔했다.

"이 사람아, 촌으로 들어가거든 누구 문관 선생에게라도 청하면 되지 않나."

동위, 동맹을 그 곳에 남겨 두어 배를 보게 하고 다섯 사람은 촌을 향하여 밤길을 갔다. 한 오 리쯤이나 갔을까, 저편 길 위에 횃불이 보였다.

"저 사람들이 아직 길을 헤매는구먼."

장횡이 한마디 하자 이준이 물었다.

"저 사람들이라니?"

"목가네 형제 말이우."

"목가네 형제라면 불러다가 형님께 인사나 드리게 하세."

그 말에 송강이 펄쩍 뛰었다.

"아니, 저자들을 부르다니! 그러지 않아도 나를 잡지 못해서 성화들인데!"

그러나 이준은 아무렇지도 않게 말했다.

"염려 마십쇼. 저 사람들이 형님이 누구신 줄 모르니까 그랬지 알고야 어딜 감히 그럴 수가 있겠습니까."

말을 마치고 휘파람을 한 번 휘익 불었다.

그 소리를 듣자 무리들은 한달음에 이편으로 달려왔다. 와 보니 참으로 뜻밖이었다. 저희들이 이제껏 잡지 못해 눈이 시뻘겋던 죄인을 이준과 장횡 두 사람이 바로 칙사처럼 받들어 모시고 있는 것이 아닌가.

목가 형제는 어리둥절하여 물었다.

"두 분 형님, 이 사람하고는 어떻게 아셨수?"

이준은 껄껄 웃고 물었다.

"어떻게 알다니? 자네들은 그럼 이 어른이 누구이신 줄 알고 그러나?"

"우리야 모르죠. 그저 오늘 거리에서 괘씸한 짓을 하기에 이제껏 잡으러 다니던 거라우."

"내 전에 늘 말하던 산동의 급시우 송 압사 송 공명이시네. 어서 절하고 뵙게."

그 말을 듣자 형제는 박도를 던지고 땅에 엎드려 절하고 빌었다.

"대명을 익히 듣자왔더니 뜻밖에도 이 곳에서 뵈옵니다. 저희들 죄는 만 번 죽어 아깝지 않사오나 그저 몰라 뵙고 한 일이니 부디 용서해 주십시오."

송강이 곧 그들을 붙들어 일으키고 성명을 물으니 이준이 대신 나서서 말했다.

"이 사람은 몰차란 목홍이고 이 사람은 소차란 목춘입니다. 본래 이 고장 사람으로 부유한 집안 사람들입니다. 이 게양진의 일패랍니다. 원래 이 곳에 삼패가 있는데 형님은 모르시겠지요. 게양 영하에서는 저하고 이립이 일패이고, 게양 진상에서는 이 사람 형제가 일패이며, 심양강변에서는 장횡, 장순이 일패라. 그리하여 삼패라고 한답니다."

듣고 나자 송강은 목홍을 돌아보고 말했다.

"여러분이 그처럼 정분이 각별하시다니 그럼 아주 설영이도 놓아 주셨으면 좋겠소."

이 말에 목홍이 웃으며 대답했다.

"그 약장수 녀석 말씀이군요? 제 아우를 보내서 곧 데려오도록 하겠습니다. 하여튼 저하고 같이 가시지요."

장객 하나를 먼저 보내서 잔치를 준비하게 하고 목홍이 송강과 이준, 장횡의 무리를 이끌어 목가장으로 돌아가니 아우 목춘은 설영을 데리러 가고 장객 두 명은 동위, 동맹을 청하러 갔다.

일행이 장상에 들어섰을 때는 이미 오경인데 안에서 목 태공을 청하여 서로 보고 초당 위에 손님과 주인이 자리를 나누어 앉아 술잔을 들었다.

그 날은 날이 저물도록 술 마시며 즐기고, 이튿날 송강이 떠나려 하니 목홍이 붙들고 놓지 않았다. 남의 성의를 막을 수 없어 송강은 한 사흘 그들을 따라나서 게양의 경치를 두루 구경했다.

나흘째 되는 날에 목 태공과 여러 호한에게 작별을 하고 장횡이 그 아우에게 보내는 편지를 받아 간직한 다음 송강은 마침내 두 명 호송인과 함께 목가장을 떠났다.

배를 타고 강 하나를 건너니 곧 강주라. 세 사람은 배에서 내리자 바로 강주 부내로 들어갔다.

4. 신행태보(神行太保) 대종(戴宗)

그 무렵 강주 지부는 채득장이니 곧 당조 태사 채경의 아홉째 아들이었다. 이로 인하여 강주 사람은 그를 채구 지부라 불렀다.

강주는 삶이 넉넉하고 사람과 물자가 많은 곳이었다. 그 곳을 관장하는 채구는 사람됨이 원래 음흉하고 천성이 교만한 자였다.

강주성 밖 감옥에 압송된 송강은 우선 여러 사람의 동정을 사 두기 위해 차발에게는 열 냥을 보내고 관영에게는 스무 냥을 보내었다. 그 밖에도 하졸에 이르기까지 모두 약간의 은자를 집어 주었다. 이로 인하여 누구라 한 사람 그를 좋아하지 않는 자가 없었다.

이윽고 송강은 점시청으로 끌려갔다. 관영이 청상에 좌정했다.

"새로 온 송강은 듣거라! 태조 무덕 황제의 명으로 신입 귀양인은 누구나 먼저 일백 대 살위봉을 받기로 되어 있다. 그러나 죄인의 안색이 누르고 살이 빠진 게 몸에 병이 있는 듯하니 살위봉은 아직 맡아 두기로 한다!"

그런 다음 좌우를 돌아보고 말했다.

"저자가 본래 현리 출신이라니 본영 초사방에 넣어 두도록 하여라!"

송강은 관영에게 깊이 사례하고 물러나와 보따리를 수습하여 초사방으로 들어갔다.

어느 날 차발이 초사방에서 송강에게 술대접을 받는 중에 말했다.

"송 압사, 내 그간 여러 번 말씀했거니와 왜 절급에게는 여태 상례전을 안 보내시우? 압사가 여기 온 지도 벌써 열흘이 넘었으니 내일이라도 절급이 여길 오신다면 일이 거북하지 않겠소?"

"상관없소. 저 줄 돈이 어디 있소. 혹 차발께서나 쓰시겠다면 내 얼마든지 드리겠소만 절급에게는 한 닢도 안 주겠소."

"원 이 양반 보게. 절급이 어떤 분인 줄 알고 막 이러시우? 그러다간 욕을 단단히 보지."

"상관없대도 그러는구려. 다 좋은 수가 있다오."

이렇듯 이야기하고 있을 때 패두가 들어오더니 방금 절급이 나와서 청상에 있는데 새로 온 죄인이 상례전을 안 바쳤다고 펄펄 뛰며 곧 잡아들이란다고 했다. 차발이 자리에서 일어나며 애원하듯 말했다.

"내 그래 뭐랬소. 공연히 고집을 부려서 나까지 처지가 곤란하게 되지 않았소."

송강은 도리어 웃으며 말했다.

"과히 근심 마시우. 절급은 내가 혼자 가서 만나볼 테요. 참말이지 아무 염려 말고 일간 또 술이나 자시러 오시우."

송강은 차발을 보낸 다음 천천히 걸어서 초사방에서 나와 점시청으로 갔다.

절급은 청전에 등자를 내놓고 앉았다가 패두가 송강을 끌고 들어오는 것을 보자 곧 큰 소리로 물었다.

"누가 새로 온 죄인인고?"

패두가 송강을 가리키며 아뢰었다.

"이 사람입니다."

절급은 소리를 가다듬어 꾸짖었다.

"네 이놈! 대체 누구를 믿고 상례전을 안 바치는 게냐?"

송강은 겁내는 빛도 없이 대꾸했다.

"상례전이란 본래 인정으로 주고받는 돈이 아니겠소? 그대가 무엇이라고 남의 재물을 억지로 뺏으려 한단 말이오?"

"이놈아, 무엇이라고? 이놈이 감히 내게 이럴 수가 있나! 여봐라, 어서 저놈을 형틀에 올려 매고 곤장 백 대만 쳐라!"

송강이 얼른 한마디 했다.

"아니, 절급은 대체 내게 무슨 죄가 있다고 이러시오?"

"이놈아, 무슨 죄가 있느냐고? 내 앞에서는 기침만 한 번 해도 죄가 되는 줄 알라!"

"아주 대단하시구려! 하지만 설혹 그게 죄가 된다 해도 죽을죄야 아니겠지요?"

"이놈아, 뭐라고? 죽을죄가 아니면 그래 내가 널 못 죽일 줄 아느냐?"

송강이 픽 웃었다.

"내가 상례전 좀 안 바쳤다고 죽어야 한다면 오 학구와 왕래하는 사람은 어떻게 하누?"

이리 말하자 그 말을 들은 절급이 저도 모르게 신봉을 땅에 떨어뜨리며 물었다.

"너 지금 뭐랬느냐?"

"오 학구와 왕래하는 사람 얘기를 했소."

절급은 얼굴이 창백해졌다.

"넌 대체 누구며 그 얘기는 어디서 들은 거냐?"

송강은 한 번 빙그레 웃은 다음 대답했다.

"나는 산동 운성현에 사는 송강이란 사람이오."

송강의 이름을 듣자 절급은 깜짝 놀라 황망히 손을 들어 읍하고 말했다.

"그럼 형장께서 바로 산동의 급시우 송 공명이란 말씀입니까? 이 곳은 조용히 말씀드릴 곳이 못 되어 인사도 차리지 못합니다. 저하고 같이 성내로 들어가시지요."

송강은 초사방으로 돌아와 보따리 속에서 오용의 편지와 약간의 은자를 꺼내 품에 지니고 절급과 함께 강주 성내로 들어갔다. 큰길가에 있는 주점의 누상으로 올라가 자리를 잡고 앉자 절급은 곧 물었다.

"형장, 오 학구는 어디서 만나셨소?"

송강은 말없이 품에서 오용의 편지를 내주었다. 절급은 받아서 읽고 나더니 곧 자리에서 일어나 그에게 정중하게 절을 했다. 송강은 황망히 답례를 했다.

이 절급이 대체 누구던가? 송강이 앞서 양산박에 들렀을 때 군사 오 학구가 그에게 천거한 강주 압로절급 대원장 대종이었다.

5. 흑선풍(黑旋風) 이규(李逵)

송강과 대종 두 사람은 주점 누상의 한쪽 각자 안에서 서로 술잔을 주고받으며 이야기가 그치지 않았다.

송강이 그간 서로 사귄 허다한 호걸들을 들어서 이야기하니 대종 또한 오 학구와 서로 왕래하는 일을 말하고 있을 때였다. 문득 다락 아래서 왁자지껄하는 소리가 들리더니 그 집 종인이 분주히 각자 안으로 뛰어 들어와 대종에게 호소했다.

"원장 어른, 좀 내려가 봐 주십쇼. 그 양반이 원장 어른이나 좀 어려워하시지 다른 사람은 누가 뭐라 하든 막무가내이시니까요."

"아니, 지금 아래서 행패 부리는 게 누구야?"

"왜, 늘 원장 어른하고 함께 다니시는 철우 이 대가 안 계셔요? 그 양반이 저희 주인 보고 돈 안 빌려 준다고 저러시는 거예요."

"원 참 그 사람, 하는 수 없군. 형님, 잠깐 앉아 계십쇼. 제가 내려가서 데리고 올라오겠습니다."

대종이 웃으며 일어나 아래로 내려가더니 오래지 않아 한 사나이를 데리고 올라오는데 바위 덩어리 같은 체구에 얼굴은 시꺼멓고 눈은 부리부리하게 큰 사나이였다.

송강은 한 번 보고 왠지 친근한 마음이 들어 곧 대종에게 물었다.

"대체 이분이 뉘시오?"

"이 사람은 제 수하에 간수로 있는 기주 기수현 백장촌 태생 흑선풍 이규라고 합니다. 사람을 때려죽이고 이리저리 피해 다니다가 이 곳 강주로 굴러 들어왔는데 그 뒤에 사면을 받고도 여기서 눌러 지내는 터입니다. 이 사람이 주벽이 심해 누구나 꺼리는데 도끼를 쌍으로 잘 쓰고 권술, 봉술도 대단 합니다."

이규는 아까부터 송강의 얼굴만 물끄러미 바라보고 있다가 대종의 긴 사설이 끝나자 곧 한마디 물었다.

"형님, 저 까만 친구가 누구요?"

대종이 송강을 건너다보고 웃으며 말했다.

"형님, 좀 보십쇼. 이 사람은 이렇게 인사 예절이란 도무지 모르는 위인이랍니다."

"괜히 남 험담만 하시우. 내가 어째서 인사 예절을 모른단 말이우?"

바로 시비조로 말하니 대종은 웃고 말았다.

"이 사람아, 그럼 그렇지 않단 말인가? 저기 저 어른이 누구시오 하고 물으면 될 일을 저 까만 친구가 누구요라니 그게 인사란 말인가?"

한마디 타이르고 나서는 설명해 주었다.

"저 어른이 누구신고 하니, 자네가 왜 밤낮 언제고 한 번 꼭 찾아가 뵙겠다고 벼르는 분이 계시지 않나. 바로 그 어른이시라네."

"아니, 그럼 저이가 산동의 흑송강이란 말이우?"

"그래도 또 그러는군. 점잖으신 어른 함자에다 흑자는 왜 갖다 붙이나? 사람이 인사를 차릴 줄 알아야지. 어서 절하고 뵙게."

"정말 저이가 송 공명이라면 내 절하고 뵙겠지만 혹시 다른 사람 가지고 형님이 날 놀리려고 그러는 건 아니우?"

이 때 송강이 입을 열었다.

"이 사람이 바로 산동의 흑송강이오."

한마디 하니 이규는 손뼉을 한 번 딱 쳤다.

"진작 그렇게 좀 일러 주시지! 이 형님도 아시지만 제가 얼마나 뵙고 싶어 했었는지! 자아, 아우 절 받으시우."

말을 마치자 곧 엎드려 공손히 절을 했다. 송강이 황망히 답례를 한 다음에 그에게 자리를 주고 술을 권하며 물었다.

"아까는 뭣 때문에 아래서 화를 그렇게 내셨소?"

이규가 대답했다.

"아, 급히 쓸데가 있어 열 냥만 돌려주면 금방 갚겠다구 했건만 이 죽일 놈이 빌려 주지를 않습니다 그려. 그런 괘씸한 놈이 있소? 그래 아주 이놈의 집 기둥뿌리를 뽑아 놓으려는 판인데 이 형님이 불러서 그냥 올라왔습니다."

"뭐 그만 일을 가지고 그러신단 말이오. 열 냥은 내가 내어드리리다."

송강이 품에서 열 냥 은자를 내주니 이규는 사양 않고 덥석 받았다.

"그럼, 두 분 형님들은 앉아들 계시우. 내 잠깐 가서 볼일 보고 곧 오리다."

한마디를 남기고 이규는 미처 붙들 사이도 없이 쿵쾅거리며 층계를 내려갔다.

"형님, 돈은 왜 주셨습니까? 보나마나 노름이나 하려고 그러는 건데."

"아무렴, 쓸데가 있을 땐 돈이 있어야지."

얼마 후에 이규가 벌써 돈을 다 잃은 듯 풀이 죽어서 돌아왔다. 송강이 웃으며 대종을 돌아보고 말했다.

"자아, 우리 어디 가서 술이나 한잔 더 먹읍시다."

"그럼 요 앞 강변의 비파정으로 가시지요. 그 곳이 바로 백락천의 고적이 아닙니까."

이리 대꾸하자 세 사람은 함께 비파정을 찾아갔다.

정자 위로 올라가서 한편 탁자에 자리를 잡고 앉아 주인을 불러 술과 안주를 시키니 술은 곧 강주에 이름 있는 옥호춘이라 송강이 잔을 들고 강산을 둘러보매 경치가 또한 절경이었다.

물결은 일어 장공을 치고 바람은 불어 수면을 왕래했다. 사방은 공활하고 팔면이 영롱하니 여기가 곧 지난날 백락천이 노닐던 심양강변 비파정이다.

송강은 술이 얼근히 취하자 어랄탕 생각이 나서 대종을 보고 물었다.

"여기 먹을 만한 생선이 있소?"

대종이 웃으며 대답했다.

"저기 좀 내다보십쇼. 강 위에 떠 있는 예닐곱 척 배가 모두 어선인데 잡수실 생선 없을까 걱정이십니까?"

곧 주인을 불러 백어탕을 만들어 오게 하니 시킨 지 오래지 않아 탕 세 그릇이 탁자 위에 올랐다. 우선 그릇 이름부터 아름다웠다.

"미식이 불여미기라더니 이 집이 그릇 하나는 잘 쓰는군."

송강은 한마디 칭찬하며 대종과 함께 숟갈을 들었다. 그러나 이규는 그냥 손으로 탕 속의 생선을 움켜 한입에 처넣더니 가시도 발라 내지 않고 그대로 씹어 먹었다.

송강은 그 꼴이 하도 우스워 입가에 떠오르는 웃음을 참지 못하며 국물만 두어 번 더 먹어 보고는 숟갈을 내려놓았다. 그 때 대종이 말했다.

"형님, 생선이 좀 상한 것 같지 않아요?"

"글쎄, 썩 싱싱하지는 못한 것 같구려."

"아무래도 상했습니다. 형님, 잡숫지 마십쇼."

그들의 수작을 듣자 이규가 나섰다.

"형님네들 안 잡수시려면 나에게나 주시우."

그러더니 이번에도 그냥 손으로 움켜 먹느라 온통 탁자 위에 국물을 흘리고 법석이었다. 대종은 다시 주인을 불러 올렸다.

"싱싱한 생선이 없나? 지금 건 좀 상했나 본데. 있거든 다시 한 그릇 잘 좀 해 오게."

주인이 두 손을 비비며 말했다.

"바른 대로 말씀드리면 그게 오늘 들어온 게 아니어서 그렇답니다. 여태 중매인이 나오지를 않아 일껏 저렇게 배들이 들어와 있어도 팔고 사지를 못하고 그냥 있으니 싱싱한 고기가 있겠습니까?"

그 말을 듣자 이규가 자리에서 벌떡 일어났다.

"그럼 내가 가서 펄펄 뛰는 놈을 두 마리만 구해다가 형님네들 잡숫게 하리다."

이규는 뒤도 안 돌아보고 다시 쿵쾅거리며 다락 아래로 내려갔다.

6. 낭리백도(浪裏白跳) 장순(張順)

송강이 대종과 더불어 계속 술병을 기울이고 있을 때 웬 사람이 뛰어 올라와 이규가 누군가와 싸우고 있다고 전했다.

두 사람이 헐레벌떡 달려가 보니 과연 이규가 웬 사나이와 육박전을 벌이고 있었다. 대종이 사람들을 보고 물었다.

"대체 저 사람이 누구요?"

아는 이가 대답했다.

"이 곳 중매인 장순이라는 사람입니다."

장순이란 말에 송강이 문득 깨닫고 물었다.

"그럼 바로 낭리백도란 별명을 가진 사람 아니오?"

"예, 저 사람이 바로 그 낭리백도 장순이지요."

송강은 대종을 돌아보고 말했다.

"내가 바로 저 장순의 형 되는 장횡이란 사람의 편지를 가지고 있는데…."

대종은 이 말을 듣자 곧 큰 소리로 외쳤다.

"여보, 장 이가! 우리는 형님의 편지를 부탁받고 온 사람이오! 그리고 그 시꺼먼 친구는 우리와 아는 사람이오! 싸움일랑 그만두고 이리 오시우!"

이 말을 듣고 장순이 고개를 들어 보니 대종이라 곧 이규를 놓고 달려왔다.

"원장 어른, 이 꼴을 하고 뵈어 죄송합니다."

대종이 장순에게 말했다.

"자아, 우리 비파정으로 같이 가서 이야기합시다."

장순과 이규가 다들 포삼을 찾아 입고 네 사람이 함께 비파정으로 갔다. 각기 자리를 잡고 앉자 대종이 장순을 보고 물었다.

"나를 전부터 아셨소?"

"저야 원장 어른을 모르겠습니까. 인사는 아직 못 올렸습니다만."

대종은 이번에는 이규를 가리키며 물었다.

"그럼 저 사람도 누군 줄 짐작을 하시우?"

"이 대가를 왜 제가 모르겠습니까. 역시 인사는 아직 없었지만."

대종은 그들을 번갈아 보며 타이르듯 말했다.

"한바탕 싸움을 잘 했으니 앞으로는 의좋게 형제같이 지내시우."

둘은 서로 돌아보고 한마디씩 주고받았다.

"이제부터 잘 지냅시다."

"거 좋은 말이오."

네 사람은 함께 크게 웃었다. 다음에 대종은 송강을 가리키며 장순에게 물었다.

"이 어른이 뉘신지 아시겠소?"

"전에 도무지 뵌 적이 없는데요. 뉘신가요?"

장순이 되묻자 이규가 나서서 말했다.

"이 사람아, 저 형님이 바로 흑송강이시네."

"아니 그럼 산동의, 운성현의 송 압사시란 말이야?"

"바로 아셨소. 이 어른이 송 공명 형님이시라우."

대종이 또 일러 주자 장순은 자리에서 일어나 넙죽 절을 하였다.

"대명은 익히 듣자왔는데 천행으로 오늘 이 곳에서 만나뵈옵니다. 그래 이 곳에는 어떻게 내려오셨습니까?"

송강은 대강 경위를 이야기하고 이번 오는 길에 심양강에서 그의 형 선화아 장횡을 만나 편지를 부탁받은 일을 말한 다음 오늘 대종, 이규와 함께 비파정으로 나와 술을 마시면서 싱싱한 생선 몇 마리를 구하기 위해 나갔다가 그렇듯 큰 소동이 일어나게 된 경위를 설명하였다.

듣고 나자 장순이 벌떡 일어났다.

"그럼 생선은 제가 가서 몇 마리 구해 가지고 오겠습니다."

장순은 강으로 나가더니 얼마 안 있어 커다란 금색 잉어 네 마리를 버들가지에 꿰어 들고 돌아왔다.

"웬걸 이리 많이 가지고 오셨소. 한 마리만 해도 넉넉한 걸."

"여기서 다 못 잡수시겠으면 행관에 가지고 가셔서 찬이라도 하시지요."

비파정에서는 주인에게 두 마리만 내 주어 한 마리는 어랄탕을 하고 한 마리는 회를 쳐 오라 하여 네 사람이 다시 몇 순배 술을 먹은 다음 함께 비파정을 나서서 영리로 돌아갔다.

이 날 네 사람은 초사방에서 다시 한동안 이야기를 한 다음 송강은 행낭 속에서 장횡의 편지를 꺼내 장순에게 주고 또 은화 쉰 냥을 이규에게 주어 필요한 곳에 쓰도록 했다.

세 사람은 날이 저물어서야 비로소 돌아갔다.

며칠 후 송강은 혹시 대종이 찾아오지 않나 하여 은근히 기다리다가 그 날 하루를 그냥 보내고, 이튿날은 아침을 일찍 치르고 나서 약간의 은자를 품에 지닌 다음 영리에서 나와 성내로 들어갔다.

나와 보니 강의 경치가 역시 희한하게 좋았다. 두루 구경하며 천천히 걸어서 주루 앞에 이르니 처마 아래 일면 패액에 '심양루'라 쓰여 있었다. 소동파의 필적이 분명했다.

송강은 곧 다락 위로 올라가 다락 안의 한편 각자에 자리를 잡고 앉았다.

주인이 올라와서 물었다.

"관인께서는 누구 손님을 기다리십니까?"

"혼자서 그냥 나온 길일세. 술과 안주를 마련해 주게."

주인이 내려가더니 오래지 않아 쟁반을 두 손에 받쳐 들고 올라왔다. 미주 한 병에 채소와 과품과 안주 등속이 다 맛깔스럽고 그릇은 모두가 주홍색 반칩으로 아름다웠다.

송강은 마음에 기뻤다. 이렇듯 음식이 정제하고 그릇 이름이 청초하니 참으로 강주는 좋은 곳이라는 생각이 들었다. 혼자서 난간을 의지하여 마음껏 마시다가 저도 모르게 술이 크게 취했다.

'내 본래 산동 태생으로 운성현에서 자라 다소 강호의 호한들과 왕래하며 한낱 헛된 명성은 얻었으나 나이 서른이 넘도록 공명을 이루지 못 하고 도리어 이 곳으로 귀양 오는 신세가 되었으니 고향의 노친과 형제를 어느 날에나 다시 만난단 말인고!'

신세를 생각하니 자기도 모르게 두 줄기 눈물이 뺨을 흘러내렸다.

난간에 기대어 강바람을 쐬며 이 생각 저 생각 하노라니 가슴에 떠오르는 만 가지 감회가 절로 한 수의 시가 되어 흘러나왔다. 몸을 일으켜 하얀 벽을 둘러보니 먼저 다녀간 사람들이 읊어 놓은 시들이 보였다.

'붓을 빌려 나도 한 수 적어 보자. 혹 뒷날 영달하여 와 본다면 그것도 흥취 있는 일이 아니겠느냐.'

곧 주인를 불러 필연을 가져오라 하여 주흥이 이는 대로 소매를 걷어 올리고 큰 붓에 먹을 듬뿍 찍어 써 내려갔다.

心在山東身在吳 (마음은 산동에 있고 몸은 오에 있네)
飄蓬江海漫嗟吁 (강해에 유랑하여 부질없이 한숨만 짓누나)
他時若遂凌雲志 (다른 날 만약에 뜻을 이루고 본다면)
敢笑黃巢不丈夫 (내 한번 웃어 보리, 황소가 대장부 아니라고)

쓰고 나자 송강은 끝에다 다시 '운성 송강 작' 다섯 자를 크게 썼다.

붓을 던지고 자리로 돌아와 다시 잔을 기울여 술을 마시니 이제는 정말 취하여 몸조차 가눌 수가 없었다.

송강은 주인을 불러 술값을 셈하고 행하를 두둑이 내린 다음 누상에서 내려오자 이리 비틀 저리 비틀 그래도 용하게 영리로 돌아왔다. 방문을 열고 옷을 입은 채로 침상 위에 쓰러져서 이튿날 새벽까지 세상 모르고 잤다.

잠을 깬 것이 오경쯤이었다. 그러나 그는 바로 어제 심양루 위에서 벽에 시를 쓴 일을 도무지 기억하지 못했다.

강주의 대안에 무위군이라는 성이 있었다. 이 무위군에 한 통판이 있으니 성은 황이고 이름은 문병이라 했다. 이 사람이 경서깨나 뒤적였다고는 하나 본래가 권세 있는 자에게 붙어서 아첨이나 하고 지내는 자였다.

소견이 좁아 어진 이를 투기하며 저보다 나은 자는 해치려 들고 못한 자는 농락하니 향리에서는 그를 시도 때도 없이 찔러 대는 벌침에 빗대어 황봉자라고 별명을 지어 부르는 터였다.

채구가 강주로 지부가 되어 내려오자 이자는 그가 당조 태사 채경의 아들임을 잘 알고 있었으므로 때때로 지부를 찾아가서는 갖은 아첨을 다하는데, 혹시나 그의 덕을 보아 다시 벼슬자리나 얻을까 하는 생각에서였다.

그 날 황문병은 집에 앉아 별로 할 일도 없어 또 채구 지부나 찾아가 볼까 하여 종인 두 명을 데리고 나서서 몇 가지 예물을 마련한 다음 강을 건너 부내로 들어갔다.

그러나 가 보니 부내에는 한창 잔치가 벌어져 있었다. 그는 감히 들어가지 못하고 강변으로 나왔다. 도로 그냥 돌아갈까 하다가 마침 날은 더운데 배 타는 곳이 바로 심양루 아래였다.

'오래간만에 바람이나 좀 쐬고 가자.'

이렇게 생각하고 홀로 누상으로 올라갔다. 난간에 의지하여 한동안 경치를 구경한 다음에 벽의 시를 읽어보니 송강이 쓴 시가 눈에 띄었다. 한 번 읽어 보고 황문병은 깜짝 놀랐다.

"이게 반시가 아닌가? 대체 누가 이런 걸 여기다 써 놓았노?"

다시 살펴보니 시 끝에 '운성 송강 작' 다섯 자를 써 놓았다.

처음 두 구는 그런 대로 용서를 하겠는데 다음 두 구를 보고 황문병은 고개를 설레설레 흔들었다.

"이놈 보아라! 천하의 역적 황소보다 자기가 낫다고 할 적에는 바로 역적질을 하려는 놈이 아닌가."

곧 손뼉을 쳐서 주인을 불러 올렸다.

"이 시사는 대체 누가 지은 건고?"

주인이 대답했다.

"어제 웬 사람이 혼자 여기에 올라와 술 한 병을 다 먹고 취중에 저것을 써 놓고 갔답니다."

"그게 어떻게 생긴 사람이지?"

"얼굴빛이 검고 키는 작은데 몸집은 똥똥하더군요. 빰에 문신이 있었으니까 정녕 감옥 안에 있는 사람이 아니겠습니까?"

"그래?"

황문병은 크게 고개를 끄덕이고 종이와 필묵을 가져오라 하여 그 시사와 '운성 송강 작' 다섯 자까지 모조리 베낀 다음 주인에게 분부하여 긁어 버리지 못하게 하고 누상에서 내려왔다.

그 날은 배에서 하룻밤을 지내고, 이튿날 아침 일찍 조반을 치르고 나서 종인을 데리고 바로 부중으로 들어갔다.

마침 지부가 있었다. 사람을 들여보내 통하게 하니 한참만에야 지부가 후당으로 불러들였다. 인사가 끝나자 황문병은 가지고 온 예물을 올리고 말했다.

"소인이 어제 성내로 들어왔습니다만 잔치가 있었던 모양이어서 감히 들어오지 못하고 오늘 이처럼 다시 와 뵙는 터입니다."

채구 지부가 말했다.

"통판은 내 심복이니 그냥 들어와서 동석을 하기로 어떻겠소. 내 진작 몰라서 걸음만 더 시켰구려."

이 때 좌우 집사인이 차를 올렸다. 황문병은 차를 마시고 나자 다시 입을 열었다.

"상공께 감히 묻자옵거니와 그간 태사님께서 사람을 보내시지 않으셨나요?"

"일전에 바로 하서가 있으셨소."

"경사에 무슨 새 소식은 없습니까?"

지부가 말했다.

"근자에 태사원 사천감이 위에 아뢰기를 밤에 천상을 살피매 북두성이 오초에 임하니 반란하는 자가 있을 듯하다 하였으니 곧 조사하여 소탕하도록 하라는 분부가 계셨소. 그리고 요사이 동경에서는 아이들 사이에 노래가 돌고 있는데 바로 이렇소.

모국인가목 (耗國因家木)
도병점수공 (刀兵點水工)
종횡삼십육 (縱橫三十六)
파란재산동 (播亂在山東)

이런 내용이니 부디 지방을 잘 지키라고 하셨소."

듣고 나자 황문병은 혼자 생각에 잠기어 잠깐 있다가 문득 웃으며 고개를 들었다.

"상공께 말씀이 참으로 우연이 아니올시다."

그가 소매 속에서 종이 한 장을 꺼내니 그것은 곧 심양루 벽에서 베껴온 송강의 시사였다.

"상공, 이것을 좀 보십시오."

채구 지부는 받아서 읽고 나더니 그를 돌아보고 물었다.

"이게 반시네그려. 대체 통판은 어디서 이것을 얻어 오셨소?"

"소인이 어제 심양루에 올라갔다가 벽에 쓰여 있는 이 시를 보고 베껴 왔습니다."

"그래, 이게 누가 지은 시요?"

"왜 거기 '운성 송강 작'이라 적혀 있지 않습니까?"

"송강? 송강이 대체 누구요?"

"정녕 강주로 귀양을 와서 지금 감옥 안에 있는 자인 것 같습니다."

"그렇다면 그깟 죄수 놈이 무얼 하겠소?"

그러나 황문병은 이렇게 말했다.

"상공께서 그자를 우습게 보셔서는 안 됩니다. 아까 말씀하신 동경에서 돈다는 노래가 아무래도 바로 이자에게 맞춘 것 같습니다."

"노래가 이자에게 맞추다니 어찌 하는 말이오?"

"자아, 보십시오. 노래가 '모국인가목'이라 하였지요. 나라를 어지럽히는 것은 가목(家木)에 인한다는 뜻인데 갓머리(宀) 아래 나무 목(木)을 하면 곧 송나라 송(宋)자가 아닙니까. 둘째 구는 '도병점수공'이라. 난리를 일으키는 자는 삼수(氵)변에 장인 공(工)이니 곧 물 강(江)이라 하겠습니다. 그자의 성이 송이고 이름이 강이라 하였는데 바로 그 송강이란 자가 반시를 지었으니 이것이 다 천수라 하겠습니다."

지부는 다시 물었다.

"그럼 '종횡삼십육'에 '파란재산동'이란 무슨 뜻이오?"

"그것은, 글쎄요, 육륙년 혹은 육육수를 가리킨 말이 아닐까요? '파란재산동'이라면 운성현이 바로 산동 지방 아닙니까. 하여튼 네 귀가 그대로 전부 송강이란 자에게 맞췄습니다."

"그럼 지금 이 강주에 그런 자가 과연 있을까?"

"소인이 어제 주인를 불러서 물어 보았더니 그자가 바로 전날 와서 써 놓고 갔다고 그러더군요. 무어 어려운 일입니까. 지금이라도 감옥의 문책을 들여오라고 하여 보시면 확실히 아실 걸요."

"참, 통판 말씀이 옳소."

채구 지부는 곧 종인에게 분부하여 감옥의 문책을 들이게 하였다. 문책이 오자 친히 조사하여 보니 오월 달에 새로이 들어온 죄인 가운데 '운성현 송강'이 있었다. 황문병은 그 기록을 보고 말했다.

"바로 이자가 틀리지 않습니다. 곧 잡아들여 조사해 보시지요."

"그래야겠소."

지부는 그 길로 공청으로 나가 압로절급을 불러들이게 했다. 대종이 청하에 대령하자 지부는 영을 내렸다.

"네 이 길로 공인을 데리고 감옥으로 나가 심양루에서 반시를 읊은 범인인 운성현 송강이란 놈을 잡아오되 시각을 지체하지 말라!"

대종은 소스라치게 놀랐으나 즉시 대답하고 그 앞을 물러나왔다.

절급과 공인 여남은 명을 뽑아서 각기 집으로 돌아가 창봉을 들고 성황묘 안으로 모이라 이른 다음 대종은 축지법을 써서 감옥 안으로 들어가 바로 초사청 문을 열어 보니 아무것도 모르는 송강은 반색을 하며 말했다.

"그저께는 대체 어디를 갔었소? 내 모처럼 찾아갔다가 못 만나 혼자 심양루에 가서 술을 먹고 돌아왔는데 아무래도 그 날 술이 좀 과했던 모양이야. 오늘까지 머리가 띵하구려."

대종은 물었다.

"형님, 대체 그 날 심양루 벽에다 무슨 글을 써 놓으셨던가요?"

"취중에 장난으로 한 일을 어떻게 다 외우겠소. 그런데 그건 어찌해서 묻소?"

"형님, 큰일났습니다. 바로 지금 지부가 부르기에 들어가 보니 절더러 곧 공인을 데리고 감옥으로 가 심양루 위에 반시를 쓴 범인 운성현 송강을 잡아들이라는군요. 그래 공인들을 성황묘 안으로 모이라 해 놓고 저는 바로 이리로 온 길입니다. 이 일을 대체 어찌 하면 좋습니까?"

송강은 소스라쳐 놀랐다.

"원, 이 노릇을 어쩌나! 이번에는 영락없이 내가 죽는 판이오 그려."

그러면서 어찌 할 바를 몰랐다. 대종은 잠깐 궁리한 끝에 말했다.

"형님, 이렇게 해 보십시다. 저는 여기서 더 지체할 수 없는 몸이라 곧 성황묘로 가서 공인들을 데리고 형님을 잡으러 다시 나올 터이니 형님은 머리 풀어헤치고 땅에 뒹굴며 그저 미친 사람 행세를 하십시오. 그러면 제가 어떻게 잘 조처할 도리가 있을까 봅니다."

말을 마치자 대종은 총총히 성내로 돌아갔다.

바로 성황묘 안으로 가 보니 공인들이 벌써 와 모여 있는데 제각기 손에 창과 몽둥이를 들었다. 대종은 곧 그들을 이끌고 감옥으로 가서 송강을 잡아 가지고 주아(州衙)로 돌아왔다.

"저놈을 이리로 끌어들여라!"

지부의 영이 떨어지자 공인들은 그를 앞으로 끌어내어 무릎을 꿇려 앉히려 했다. 그러자 송강은 두 다리를 쭉 뻗고 앉아서 고개를 젖혀 청상의 지부를 노려보며 소리소리 질렀다.

"네가 대체 어떤 놈이냐? 나로 말하면 곧 옥황대제의 사위님이시다! 장인이 나더러 십만 대병을 거느리고 내려가서 너희 강주 놈들을 죽이고 오라셨다! 선봉은 염라대왕이요 후군은 오도장군인데 내가 가진 금인이 무게가 팔백여 근이다! 너희 놈들이 얼른 피해야 망정이지 만약에 조금이라도 지체하는 때에는 한 놈 안 남기고 몰살을 하리라!"

"저 미친놈 아니냐?"

지부가 너무나 어이없어 황문병을 돌아보니 그는 또 나서서 차근차근 말했다.

"상공, 곧 본영의 차발과 패두를 불러들여 저놈이 당초에 여기 올 때부터 미쳤었나 혹은 근자에 갑자기 그렇게 되었나 물어 보십시오. 만약에 처음 왔을 때부터 증상이 있었다면 정말로 실성한 놈이겠지만 근자에 갑자기 그런 거라면 저놈이 흉증을 떠는 수작이 분명합니다."

"딴은 통판 말씀이 옳소."

지부는 즉시 사람을 보내서 관영과 차발을 들어오게 했다. 두 사람은 감히 거짓말을 하지 못하고 바른 대로 아뢰었다.

"이자가 처음 왔을 때는 별로 실성한 것 같지는 않았는데 근자에 갑자기 이런 증세가 생긴 모양입니다."

지부는 듣고 나더니 크게 노하여 곧 옥졸에게 엄히 영을 내렸다.

"네 저놈을 매우 쳐라!"

옥졸이 그를 형틀에 매달자 곤장을 골라 들고 달려드니 일련 쉰 대에 송강은 한 번 살고 두 번 죽고 가죽은 터지며 살은 해어져 온몸에 선혈이 낭자했다.

곁에서 이 광경을 보는 대종은 혼자 마음에 끔찍하고 안타까울 뿐 송강을 구해 낼 아무런 도리가 없었다.

쉰 대의 곤장에 송강은 더 견디어 내지 못하고 마침내 바른대로 대답하고 말았다.

"일시 취중에 잘못 반시를 쓰기는 했습니다만 사실 말씀이 옵지 별 생각이 있어서 한 일은 아닙니다."

채구 지부는 곧 진술서을 받고 스물다섯 근 큰칼을 씌워 송강을 감옥 안에 가두게 했다. 그리고 황문병을 후당으로 청하여 칭찬하기를 마지않았다.

"만약 통판이 일깨워 주지 않았더라면 그놈 꾀에 감쪽같이 속고 말 뻔했소그려."

황문병이 다시 조용히 아뢰었다.

"이 일은 곧 국가 대사입니다. 한시바삐 사람을 경사로 보내시어 은상께 보고하도록 하시지요."

"딴은 통판 말씀이 맞소. 곧 가존께 보고하되 특히 통판의 공로를 말씀드려 친히 천자께 보고하시도록 하리다. 통판도 영화를 좀 누려 보아야 되지 않겠소."

황문병이 사례하기를 마지않았다.

지부가 곧 붓을 들어 보고서를 써서 도서를 찍고 나자 황문병이 다시 물었다.

"이번 일은 특히 심복을 시키셔야 하겠는데 누구 마땅한 사람이 있습니까?"

지부가 대답했다.

"마침 그런 사람이 있소. 이 고을 압로절급에 대종이라고 축지법을 쓸 줄 아는 사람이 있어서 하루에 능히 팔백 리 길을 가는 터이니 내일 아침 일찍 떠나게 하면 넉넉잡고 열흘 안에 경사를 다녀오리다."

"그 참 희한한 재주를 가졌구먼요. 그 사람을 보내시면 참으로 좋겠습니다그려."

이 날 황문병은 지부에게 술대접을 받고 이튿날 새벽에야 무위군으로 돌아갔다.

이튿날 채구 지부는 두 개에다 금주와 보패, 선물 따위를 담고 그 위에 두루 봉피를 붙인 다음에 대종을 후당으로 불러들여 분부했다.

"여기 이 선물하고 편지가 있으니 동경에 올라가서 태사부 부중에 드리고 오너라. 가존께서 유월 보름날이 생신이신데 날짜가 많이 남지 않았기로 네 빠른 걸음을 빌려 보자는 게다. 부디 밤을 새워 가되 동경서 답장을 받거든 즉시 되돌아오너라. 이번 길을 잘 다녀오면 내 상을 후히 주마."

대종은 밖으로 물러나와 자기 처소에 잠깐 들렀다가 곧 옥으로 송강을 찾아보았다.

"지부의 분부가 있어 열흘 기한으로 경사에 다녀오게 되었습니다. 태사부에는 더러 아는 사람이 있으니 이번에 가면 어떻게 형님 일을 주선해 보도록 부탁하고 오겠습니다. 매일 조석은 제가 이규에게 당부하고 갈 터이니 아무 염려 마시고 계십시오."

송강이 당부했다.

"먼 길에 부디 무사히 다녀오우. 그리고 아우님 주선으로 이 목숨이 살 수 있다면 그 밖에 뭘 또 바라겠소."

대종은 이번에는 이규를 보고 부디 자기 없는 동안만이라도 술을 먹지 말고 송강의 조석을 때맞추어 들여보내도록 하라고 부탁했다.

"형님, 아무 염려 마시고 무사히 다녀나 오슈. 송강 형님 옥바라지는 지성껏 맡아 하리다. 그리고 오늘부터 술을 끊고 형님 돌아오는 날까지 한 잔도 입에 대지 않으리다."

이규는 이렇듯 맹세하고 대종이 없는 동안 주야로 송강 옆에 붙어 지성껏 그의 시중을 들었다.

한편, 대종은 자기 처소로 돌아가자 허리에 선패 차고 머리에 건책 쓰고 편대 속에 서신 넣고 두 개의 신롱을 손에 들었다.

갑마 네 개를 꺼내서 양쪽 넓적다리에 각각 두 개씩 붙들어 매고 입으로 주문을 외워 축지법을 일으키니 마치 구름 위를 날듯이 경각에 향진을 떠나서 편시에 주성을 지났다.

이 날 아침에 강주를 떠난 대종은 8백 리 길을 가서 객점에 들러 자고 이튿날 일찍 일어나 아침을 먹고 곧 떠나니 길에서 점심 먹느라고 잠깐 지체한 적 외에는 쉬지 않고 저녁까지 달렸다.

그 날 밤을 또 객점에서 쉬고 이튿날은 오경에 나서서 다시 3백 리 길을 가고 보니 이미 점심때가 되었다.

마침 유월 초순이라 무더운 날씨에 땀이 비 오듯 하여 온몸이 흠뻑 젖었다. 걸음을 멈추고 둘러보니 저편에 수림이 무성하고 그 곁 호숫가에 있는 주점이 하나 눈에 띄었다.

대종이 곧 그리로 가서 들어가 보니 안이 정결하고 시원했다. 한편 탁자로 가서 자리를 잡자 대종은 허리의 탑박을 풀어 난간 위에다 걸쳐 놓았다. 주인이 옆으로 와서 물었다.

"술은 얼마나 드릴까요? 고기도 여러 가지 있습니다."

"술은 많이는 안 먹네. 밥을 좀 주게."

주인이 안으로 들어간 지 오래지 않아 밥과 술을 들고 돌아왔다. 대종은 원체 허기도 졌고 무엇보다도 목이 말랐다. 곧 두부를 안주하여 가져온 술을 다 먹고 이제는 밥을 갖다 달라고 하려는데 갑자기 머리가 어찔하고 현기증이 일어나더니 하늘과 땅이 한 번 빙그르 돌며 그대로 탁자 옆에 쓰러지고 말았다.

이 때 안에서 한 사나이가 달려 나오니 그는 곧 양산박 호걸 중의 한 사람인 주귀였다. 그는 좌우를 돌아보고 말했다.

"저 신롱부터 들여가거라. 그리고 몸을 뒤져 봐라!"

수하의 무리가 한동안 대종의 몸을 뒤져 보더니 전대 속에서 종이에 싼 편지 한 통을 찾아내었다.

주귀가 호기심이 발동하여 봉피를 뜯고 편지를 꺼내서 읽어 보니 참으로 뜻밖이었다. 반시를 읊은 산동의 송강이 곧 노래와 맞는 죄인이기로 잡아서 감옥에 가두었다 하고 분부를 받들어 시행하겠다는 내용이었다.

주귀는 놀란 나머지 입만 딱 벌리고 멍하니 있는데 수하의 무리들은 그 사이에 정신을 잃은 대종을 마주잡이로 들어서 작방 안으로 들여다 놓고 옷을 벗기기 시작했다.

이 때 주귀가 무심코 눈을 들어 보니 대종이 앉았던 자리에 탑박이 걸쳐져 있는데 선패가 달려 있었다. 주귀는 앞으로 가서 선패를 집어 들고 보았다. 은으로 곱게 아로새긴 글자는 '강주 압로절급 대종'이라는 여덟 자가 분명했다.

주귀는 곧 작방에다 대고 소리쳤다.

"아직 그대로 내버려 두어라!"

분부한 다음 곧 해약을 가져오게 하여 대종의 입에다 흘려 넣었다. 얼마 뒤에 눈을 뜨고 자리에서 일어난 대종은 영문을 모르는 듯 잠깐 사면을 둘러보다가 봉서를 펴서 손에 들고 있는 주귀를 보자 큰 소리로 외쳤다.

"너 이놈, 참 대담도 하구나! 나에게 마취약을 먹여 놓고서 태사부에 올리는 서신을 맘대로 뜯어 보다니 그 죄가 죽어 마땅한 줄이나 아느냐?"

그러나 주귀는 픽 웃으며 대답했다.

"이까짓 편지 한 장이 대체 뭣이기에 그처럼 죽네 사네 하느냐? 태사부에 가는 편지를 뜯어 보는 것쯤은 말도 말고 대송 황제를 상대해도 겁나지 않는다!"

그 말을 듣고 대종은 크게 놀라 급히 물었다.

"대체 댁은 누구시오?"

"나는 양산박 두령 주귀요."

"양산박 두령이시라면 필연 오 학구 선생을 아시겠소 그려?"

"오 학구는 우리 산채의 군사로서 병권을 쥐고 있는 터에 내가 아다 뿐이겠소."

"그럼 말씀이오만 나는 그 오 학구와 교분이 두터운 사람이오."

"혹시 노형이 우리 군사가 늘 말씀하시던 강주의 신행태보 대 원장이 아니시오?"

"예, 내가 바로 그요."

"그렇다면 내가 이해를 못할 일이 하나 있소. 앞서 송 공명께서 강주로 귀양 가시는 길에 우리 산채에 들르셨는데 그 때 오 학구가 노형에게 편지를 보낸나 봅디다. 그런데 지금 노형이 도리어 송 공명을 해치려 드니 그건 웬 까닭이오?"

"아니, 그게 무슨 말이오?"

"나보고 웬 말이냐고 따질 게 아니라 이 편지를 좀 읽어 보우."

대종은 지부의 편지를 읽어 보고 소스라치게 놀랐다.

"나는 도무지 이런 줄은 꿈에도 모르고 편지를 전하려 들었구려."

"하여튼 나하고 함께 산채로 올라가서 여러 두령과 의논하여 어떻게 좋은 방법을 찾아보기로 하십시다."

두 사람은 곧 금사탄으로 건너가 그 길로 바로 산을 올랐다. 졸개를 보내서 연락을 했더니 오용이 입구까지 내려와서 영접했다.

"뵌 지 정말 오래요. 그래 무슨 바람이 불어 여기까지 오셨소? 자, 우선 대채로 올라가십시다."

대종은 대채로 들어가서 여러 두령과 인사하기가 바쁘게 송강이 이번에 불의의 변을 당하게 된 전후수말을 낱낱이 들어 이야기했다.

그 이야기를 듣고 조개는 깜짝 놀라 즉시 여러 두령과 함께 크게 군마를 일으켜 강주를 쳐서 송강을 구해 오자고 서둘렀다. 이 때 오용이 좌우를 둘러보며 간했다.

"그래서는 일이 안 됩니다. 여기서 강주가 원체 길이 먼데 한 번 군마가 움직이면 저들이 놀라서 혹은 우리가 미처 이르기 전에 송 공명의 목숨을 해치려 들지도 모릅니다. 그러니 힘으로 해서는 안 되고 꾀로 해야만 할 일인데 나 오용이 비록 재주는 없으나 한번 계교를 써 보기로 하겠습니다."

"그럼 어디 군사의 묘계를 들어 봅시다."

오용이 여러 두령을 둘러보며 계교를 말했다.

"지금 채구 지부가 글을 동경으로 보내 놓고 태사의 답장을 기다리고 있는 중이니 우리는 장계취계하자는 것입니다. 가짜 답장을 한 통 만들어 대원장을 시켜 전하게 하되 범인 송강을 그 곳에서 함부로 치죄하지 말고 곧 함거에 실어 동경으로 올려 보내라 하여 저희가 이 곳을 지날 때 우리가 내달아 잡으면 송 공명을 가히 구할 수 있을까 합니다."

"그랬다가 만약에 이 곳을 지나지 않고 다른 길로 간다면 큰일이 아니오?"

"그야 우리가 사람을 미리 내보내서 어느 길로 가는지 알아보면 그만이지요."

"그건 그렇다 하더라도 채경의 필적으로 답장을 위조하기가 어디 쉬운 일이오? 대체 누가 그걸 쓴단 말이오?"

조개가 묻자 오용이 대답했다.

"그 문제라면 이미 생각한 바가 있습니다. 지금 천하에 가장 널리 행하는 글씨체가 소동파, 황로직, 미원장, 채경 이렇게 네개의 글씨체입니다. 그런데 제가 아는 사람으로 제주 태생 소양이라고 있는데 그가 이 네가지의 글씨체를 다 잘 씁니다. 그래 사람들이 그를 성수서생이라 부르는데 대 원장더러 수고를 좀 하라 해서 이리로 불러다가 답장을 쓰게 하면 감쪽같을 것입니다."

"그럼 그건 그렇다 하고 채경의 도서는 또 어떻게 한단 말이오?"

"그것도 제가 아는 사람이 있습니다. 역시 지금 제주 성내에 살고 있는데 이름을 김대견이라 합니다. 이 사람이 비문도 잘 파고 도서, 옥석, 인기도 잘 새기는 까닭에 사람들이 그를 옥비장이라고 그런답니다. 이 사람도 역시 이리로 꾀어 오도록 하지요. 그리고 이 두 사람은 앞으로도 쓸 곳이 많으니 이번에 아주 처자들까지 데려다 놓고 입당시켰으면 좋겠습니다."

"할 수만 있으면 좋다 마다 여부가 있겠소."

이 날 산채에서는 잔치를 베풀고 대종을 후히 접대했다.

별로 힘들이지 않고 소양과 김대견이 입당을 하게 되자 오용은 그들과 의논하여 소양은 채경의 글씨체 답장을 쓰고 김대견은 또 전에 채경의 도서와 명휘를 여러 번 새겨 본 일이 있어 그대로 도서를 위조하여 잠깐 동안에 일을 끝내었다.

채경의 답장이 마련되자 대종은 여러 두령과 작별하고 산에서 내려와 즉시 금사탄을 건너 나는 듯이 강주를 향해 떠났다.

대종이 떠난 뒤에 뭇 두령들은 취의청에 모여 다시 술자리를 벌이고 즐기는데 중간에 군사 오용이 외쳤다.

"아차!"

얼굴이 창백해져 가지고 어쩔 줄을 몰라 했다. 뭇 두령들이 놀라서 물었다.

"아니, 왜 그러시오?"

오용이 대답했다.

"모처럼 송 공명을 구하려고 채경의 답장을 꾸며 본 노릇이 도리어 송 공명은 말할 것도 없고 대종까지 죽을 구덩이에 몰아 넣고 말았으니 이 일을 대체 어찌 하면 좋겠소?"

"왜 어디가 잘못되었소?"

오용이 한숨을 짓고 대답했다.

"그 도서가 잘못되었다오. 우리가 쓴 도서라는 것이 바로 옥저전문의 '한림 채경' 넉 자가 아니오? 이 도서 하나로 하여 그만 일을 그르치고 말았소그려."

그러자 김대견이 말했다.

"제가 늘 채 태사의 서함이나 문장을 보아 왔는데 다 그런 도서입니다. 이번에 쓴 도서가 잘못되었다니 도무지 모를 말씀인데요."

"그건 아우님이 모르니까 하는 말씀이오. 지금 강주의 지부는 바로 채 태사 채경의 아들이 아니오? 그런데 아비가 자기 자식에게 보내는 글에 존댓말을 썼으니 이보다 더 큰 실수가 어디 있겠소. 대종은 그걸 모르고 그대로 지부에게 바칠 텐데 그러면 즉석에서 발각이 나 문초를 받을 테니 큰일이오."

이제까지 듣고 있던 조개가 말했다.

"그럼 이러고 있을 게 아니라 곧 사람을 뒤쫓아 보내서 대종을 도로 불러올려다가 다시 써 줍시다."

"형님은 그 사람이 축지법 쓰는 줄을 모르십니까? 지금쯤은 벌써 오백 리도 더 갔을 것입니다. 아무래도 이러고만 있을 수 없으니 곧 두 사람을 구해 낼 방법을 연구합시다."

"그럼 어떻게 했으면 좋겠소?"

조개가 묻자 오용은 앞으로 나와 그의 귀에다 대고 몇 마디 속살거렸다. 조개는 계속해 고개를 끄덕인 다음에 여러 두령들에게 가만히 영을 전하고 그 날 밤에 일제히 산을 내려갔다.

7. 십자로구(十字路口)

대종은 지부에게 기한 받은 날짜를 헤아려 강주성으로 들어갔다. 곧 주아로 들어가서 답장을 올리니 채구 지부는 대종이 기한 내로 돌아온 것을 크게 기뻐하며 술을 내리고 물었다.

"네가 그래 태사 대감을 뵈었더냐?"

대종이 아뢰었다.

"소인이 이번 길에는 동경서 하룻밤을 묵었을 뿐이라 은상 대감은 뵈옵지 못하고 돌아왔습니다."

지부는 답장의 봉피를 뜯고 읽어 보았다. 처음에 신롱에 담아 보낸 예물은 잘 받았노라 하였고, 다음에 죄인 송강은 위에서 한번 보시겠다 하니 함거에 실어 군사들로 하여금 밤을 새워 압송하되 중간에 탈취당하지 못하게 엄히 단속하라 했으며, 끝으로 황문병은 천자께 말씀 올려 곧 좋은 소식이 있으리라고 하였다.

지부는 읽고 나자 기뻐하기를 마지않으며 일정 화은을 내오라 하여 대종에게 상을 주었다.

지부가 급히 함거를 마련하여 송강을 경사로 압송하려 할 때 군사가 들어와서 무위군 황 통판이 뵈러 왔다고 전했다. 지부가 곧 후당으로 황문병을 청하여 들이고 말했다.

"이제 곧 영달하시게 되었으니 얼마나 기쁘오."

"모든 것이 상공께서 애써 주신 덕분입지요. 그건 그렇거니와 이번에 경사에 보내셨던 사람이 정말 축지법을 가졌나 봅니다. 어떻게 그렇게 빨리 다녀올 수가 있습니까?"

"통판도 아마 곧이들리지 않을 게요. 내 그 답장을 아예 보여 드리리다."

"존부께서 상공께 보내신 가서를 소인이 어찌 감히 보겠습니까."

"통판은 곧 내 심복인데 좀 본다고 무어 구애될 바가 있겠소."

곧 종인을 불러 가서를 내오라 하여 황문병에게 보이니 그는 받아 들고 처음부터 끝까지 자세히 한 번 읽고 나서 다시 봉피를 보고 또 거기 찍힌 도서를 살피고 하더니 머리를 모로 흔들었다.

"이것은 존부 은상께서 내리신 답서가 아니올시다."

지부는 깜짝 놀랐다.

"통판, 그게 무슨 말씀이오? 가존의 필적임이 틀림없는데 무엇을 보고 그러오?"

"부친이 자식에게 보내는 편지에 존댓말이 합당합니까. 아무래도 이 편지는 누가 위조한 게 틀림없으니 상공께서 만약 소인의 말씀을 믿지 못하시겠으면 당장에라도 심부름한 사람을 불러 조사를 해 보십시오."

"그 어렵지 않은 일이오. 그 사람이 한 번도 동경에는 못 올라가 본 사람이라 한 두 마디만 물어 보면 허실을 당장에 알 수 있소."

황문병을 병풍 뒤에 숨어 있게 하고 곧 호송인을 내보내 대종을 불러들이게 했다. 대종이 청하에 대령하자 지부는 청상으로 불러 올려 물었다.

"어제는 내가 급한 일이 있어서 자세한 이야기를 못 들어서 오늘 다시 불러서 물어 본다만 네가 이번 경사에 갔을 때는 어느 문으로 들어갔더냐?"

대종이 대답했다.

"소인이 동경에 당도했을 때는 날이 이미 저문 뒤라 그 문이 무슨 문이라고 하는지 모르겠습니다."

"그럼 태사부 문전에는 누가 나왔으며 너는 그 날 어디서 묵었더냐?"

"문 앞에 바로 문 지키는 사람이 있기에 소인이 편지를 전했더니 받아 들고 안으로 들어간 지 오래지 않아 다시 나와서 물건을 달라기에 주고 소인은 그 근처 객점에 가서 묵었습니다. 그리고 이튿날은 오경에 다시 나가서 문전에 기다리고 있으려니 전날 그 사람이 또 나와서 답장을 내주었습니다."

지부는 또 물었다.

"그러면 내 다시 한마디 물어 본다만 네가 보았다는 그 문지기가 나이는 몇이나 되었으며 살이 검더냐 희더냐? 또 살이 찌고 키가 크더냐? 혹은 키가 작고 말랐더냐? 그리고 수염이 있더냐 없더냐?"

"먼저도 말씀 올렸습니다만 소인이 문전에 이르렀을 때는 날이 이미 저문 뒤고 이튿날 돌아올 때는 또 새벽 오경이니 미처 날이 밝기 전이라 두 번 다 자세히 보지를 못했사온데 어림에 키는 중키 같아 보였고 수염은 있었던 것 같습니다."

그의 말이 떨어지자 지부는 노기가 등등하여 큰 소리로 외쳤다.

"이놈을 빨리 잡아 내려라!"

좌우에서 10여 명의 옥졸이 내달아 대종을 섬돌 아래로 끌어내려다가 무릎을 꿇렸다.

대종이 아뢰었다.

"소인은 아무 죄도 없사옵니다."

지부가 꾸짖었다.

"저런 죽일 놈이 있나! 원래 댁의 문지기 왕공은 수년 전에 죽었고 지금은 그의 아들이 대를 물렸으니 아직 어린아이가 수염이 웬 말이며 더구나 문지기 따위는 함부로 부당 안에는 못 들어가는 법이다! 또 답장을 받자올 경우라도 최소한 사흘은 기다려야 하는 터에 바로 다음날 답장을 주더라니 말이 되느냐? 그리고 내가 올리는 예물을 문지기 따위가 곧 되돌아 나와서 받더라니 그게 될 뻔이나 한 말이냐? 내가 어제는 창졸간에 네게 속았다만 어서 바른대로 아뢰어라! 예물은 모두 어찌 했으며 또 이 답장은 어디서 가져온 게냐?"

"억울하옵니다. 소인이 두 번 다 어두운 중에 문지기를 대하여 잘못 보았을 뿐이지 어찌 상공께서 태사 대감께 올리시는 예물을 소홀히 할 까닭이 있겠사옵니까?"

대종이 좀처럼 바로 대려 하지 않자 채구 지부가 더욱 노하였다.

"저런 죽일 놈이 천하에 또 있을까? 여보아라, 저놈을 사정 두지 말고 매우 쳐라!"

엄히 분부를 내리니 옥졸은 사정을 둘 수도 없어서 그를 형틀에다 매달고 아프게 매질을 했다. 곤장 수십 대에 그대로 살이 해어져 상처마다 붉은 피가 줄줄이 흘렀다. 그는 마침내 더 견디어 내지 못하고 불었다.

"바른 대로 아뢰겠습니다. 그 답장은 위조한 것입니다."

지부는 자백을 듣더니 구태여 더 밝히지 않아도 된다 생각하고 큰칼 씌워 옥에 내려다 가둔 다음 다시 후당으로 돌아가서 황문병을 보고 칭찬했다.

"만약 통판 말씀이 없었다면 그만 대사를 그르칠 뻔했소그려."

황문병이 말했다.

"그놈이 정녕코 양산박과 결연하여 모반하려던 겁니다. 만약에 일찍 처단하지 않으시면 반드시 후환이 있을 것입니다."

"내 생각에는 곧 그 두 놈의 죄목을 가지고 문안을 세워 십자로구로 내어다 참수하고 연후에 죄목을 위에 아뢸까 하오."

"상공 말씀이 지당하십니다. 그렇게 처리를 하시오면 조정에서 상공의 크나큰 공로를 아시고 기뻐하실 것이고 양산박 도적 떼들이 몰려와서 옥을 깨치는 변을 면할까 합니다."

황문병은 이 날도 지부에게 술대접을 받고 저물녘에야 물러나와 무위군으로 돌아갔다.

그로부터 엿새째 되는 날 새벽에 지부는 먼저 사람을 십자로구로 보내 사형장을 깨끗이 치우게 하고 조반 후에는 토병과 회자 5백여 명을 감옥 문전에 배치하게 했다.

사시가 되자 옥관이 들어와서 지부에게 보고했다. 이로써 채구 지부는 몸소 감참관으로 나서게 된 것이다.

이윽고 공목이 죄인의 명찰을 당상에 올리자 당청은 종이 두 장에 각각 '참수'자를 써서 한 장의 멍석에다 각각 붙였다.

이 때 대로 안에서는 송강과 대종을 잡아 일으켜 머리를 빗기고 그 위에다 각각 한 송이 지화를 꽂아 준 다음 각기 한 사발의 장휴반과 한 잔의 영별주를 주었다.

두 사람이 먹는 시늉을 하고 나자 예닐곱 명 옥졸들은 송강을 앞세우고 대종을 뒤세워 앞에서 끌고 뒤에서 밀며 옥문을 나섰다. 송강과 대종은 서로 돌아보며 목이 메어 말도 나오지 않았다. 두 사람은 머리를 숙이고 발을 절며 형장으로 정해진 십자로구로 나아갔다.

그 곳에 당도하자 옥졸의 무리는 창과 몽둥이를 들고 빙 둘러싼 다음 송강은 남면하여 앉히고 대종은 북면하여 앉혔다. 이제 감참관의 영이 떨어지면 참형을 시행하게 된다. 이 때 강주 부내에서 구경 나온 사람이 수천 명에 이르렀다.

채구 지부가 말을 세우고 서서 시각이 이르기를 기다리고 있는데 사형장 동편이 갑자기 떠들썩했다. 뱀을 놀리는 거지 한 떼가 사람들 틈을 비집고 자꾸 앞으로 나오려는 것을 토병의 무리들이 떠다밀며 못 나오게 하는데 좀체 물러나지를 않아 그 소동이었다.

그러자 이번에는 또 사형장 서편이 왁자지껄했다. 창봉을 쓰며 약을 파는 무리들이 사람들 틈을 마구 헤치고 앞으로 나오려 하는 것을 토병들이 막고 서서 큰 소리로 꾸짖었다.

"이놈들아, 구경을 하려면 거기 서서들 해라! 어딜 자꾸 밀고 들어오는 거냐?"

그들도 지지 않고 마주 소리를 질렀다.

"아니, 앞으로 좀 나가서 보면 어때서 이렇게 막는 게냐!"

지부가 그 꼴을 바라보고 소리를 가다듬어 꾸짖었다.

"그놈들을 못 들어오게 해라! 저런 괘씸한 놈들이 있나!"

이번에는 또 사형장 남쪽이 어수선하여 그쪽을 바라보니 짐꾼들 한 떼가 앞으로 나오려는 것을 토병들이 막으며 실랑이를 벌이고 있었다.

이 때 또 사형장 북쪽이 시끌벅적했다. 한 떼 객상 무리가 수레 둘을 밀고 사람들 틈을 헤치며 염치 좋게 앞으로 나오려 했다. 토병들이 달려들어 그 앞을 막고 꾸짖었다.

"웬 사람이 어딜 가려고 마구 들어오느냐?"

"갈 길이 급해서 이러오! 좀 가게 해 주시우!"

"아무리 갈 길이 급해도 이리로는 못 가! 뒷골목으로 돌아들 가라!"

"우리는 경사에서 오는 사람이오! 뒷골목을 어디로 어떻게 가는지 모르오! 그럼 천상 여기서 기다렸다가 길이 나거든 가야겠군."

객상의 무리들은 저희들끼리 지껄이며 수레를 내려놓고 그 위에들 올라서서 구경을 했다. 이렇듯 한창 소란할 때 사형장 한가운데 모여 선 사람들 속에서 외치는 소리가 들렸다.

"오시 삼각이오!"

감참관의 입에서 영이 떨어졌다.

"죄인의 목을 베라!"

두 줄로 늘어서 있던 무리가 죄인 앞으로 가서 그들 머리에 쓰고 있는 칼을 벗겨 놓자 망나니 두 명이 제각기 손에 칼을 들고 나섰다.

이 때 사형장 북편 사람들 틈에 끼어 보고 있던 객상 하나가 품속에서 조그만 징을 꺼내 들고 땅땅 치니 그것이 신호인 듯 사면에서 사람들이 아우성을 치며 앞으로 달려 나왔다.

그러나 그들보다도 더 빠른 사람이 있었다. 아까부터 십자로구 찻집에서 웃통을 훌떡 벗어 붙이고 두 손에 각각 도끼 한 자루씩을 들고 기다리던 시꺼먼 장한 하나가 있었다.

"이놈들아!"

벽력 같은 호통 소리와 함께 몸을 날려 아래로 뛰어내리더니 한달음에 사형장 가운데로 달려들며 왼손 바른손이 한 번씩 번뜩이자 두 명의 망나니가 도끼에 찍혀 넘어졌다. 그자는 다시 번개같이 감참관 앞으로 달려들었다.

뭇 토병들이 급히 창을 꼬나 잡고 앞으로 나섰으나 범 같은 그의 형세를 어이 당하랴! 지부가 혼쭐이 빠져 말을 채쳐 달아나자 사형장 안이 발칵 뒤집혀지고 말았다.

그 때 동쪽의 뱀 놀리는 거지 떼는 각기 품에서 첨도를 빼어 들고 나서서 토병의 무리를 보는 족족 죽이며, 남쪽의 짐꾼들은 제각기 짐짝을 들어 앞에 가로 걸리는 사람은 토병이고 구경꾼이고를 막론하고 함부로 쳤다.

북편의 객상들은 수레 위에서 뛰어내리자 곧 앞으로 수레를 밀고 나와 길을 가로막아 놓고는 그 중의 두 명이 나는 듯이 달려들어 하나는 송강을 등에 업고 또 하나는 대종을 들쳐 업으니 나머지 무리들은 혹 활로 쏘는 자도 있고 표창을 던지는 자도 있었다.

원래 객상으로 차리고 나온 무리는 조개, 화영, 황신, 여방, 곽성이고 창봉 쓰는 약장수의 무리는 연순, 유당, 두천, 송만이며 짐꾼으로 차린 무리는 곧 주귀, 왕영, 정천수, 석용이고 또 뱀을 놀리는 거지 떼는 바로 원소이, 원소오, 원소칠, 백승의 무리였다.

이들 일행 열일곱 명의 양산박 두령들이 수하 졸개 백여 명을 거느리고 강주성으로 들어와서 구경꾼들 틈에 섞여 있다가 이렇듯 일제히 내달은 것이었다.

8. 백룡신묘(白龍神廟)

이 날 가장 사람을 많이 죽인 자는 두 자루 도끼를 쓰는 시꺼먼 장한이었다. 그는 토병이고 구경꾼이고 어른이고 아이고를 도무지 가리지 않고 그저 닥치는 대로 도끼를 휘둘러 해골을 부수었다.

조개는 그가 누군지를 몰랐으나 문득 대종이 양산박에 들렀을 때 송강이 강주로 내려온 뒤로 흑선풍 이규와 가깝게 지낸다고 하던 말이 생각났다.

'옳지, 그 사람인 게로군!'

그래서 앞으로 나서며 큰 소리로 불렀다.

"여보, 댁이 혹시 흑선풍이 아니오?"

그러나 그 소리도 들리지 않는 모양이었다. 그 시꺼먼 장한은 제 세상이나 만난 듯 이리 뛰고 저리 뛰며 보는 대로 사람을 찍어 넘어뜨렸다. 조개는 송강과 대종을 들쳐 업은 두 졸개를 보고 일렀다.

"너희들은 그저 저 도끼 쓰는 사람 뒤만 따라가거라!"

그러고서는 두령들과 함께 자기도 그 사나이의 뒤를 따라 성 밖으로 나갔다.

화영, 황신, 여방, 곽성의 네 두령이 뒤떨어져 나오며 연방 활을 쏘았다. 강주성의 군민 백성으로서 뉘 감히 그들을 쫓으랴!

앞을 선 시꺼먼 장한은 도망하는 사람들의 뒤를 쫓아 춤추듯 도끼를 놀려 이리 찍고 저리 찍으며 어느 틈엔가 강변에까지 이르렀다.

마침 강가에 일좌 대묘가 있는데 양선문이 굳게 닫혀 있었다. 앞선 장한은 곧 도끼로 문을 깨뜨리고 안으로 들어섰다. 모든 사람이 그를 따라 들어갔다.

양편에 늙은 소나무들이 늘어서 있어 낮에도 햇빛을 못 보겠는데 전면 패액 위에 '백룡신묘' 라고 금자로 크게 쓰여 있었다.

졸개가 송강과 대종을 묘 안으로 업고 들어가 비로소 내려놓으니 송강은 일장풍파에 혼이 다 나갔다가 그제야 겨우 눈을 뜨고 조개 이하로 여러 두령들을 둘러보고 나서 목을 놓아 울었다.

"형님, 이게 꿈은 아니오?"

조개는 좋은 말로 위로한 다음에 물었다.

"그런데 대체 저 시꺼먼 사람은 누구요? 도끼로 사람을 제일 많이 죽였는데…."

"혹 이름을 들으셨는지 모르겠는데 저 사람이 흑선풍 이규랍니다. 그간 저 사람이 여러 차례나 옥을 깨치고 도망하라는 청을 했지만 멀리 가지도 못하고 도로 붙잡힐 것만 같아서 내가 듣지를 않았었소."

화영이 졸개를 보고 분부했다.

"너 보따리에서 옷을 꺼내 두 어른 갈아입으시게 해라!"

바로 그 때 강 상류 쪽에서 쾌선 세 척이 쏜살같이 내려오는데 배 위에는 각각 장정 여남은 명이 병장기를 들고 서 있었다. 송강이 자세히 살펴보니 그는 다른 사람이 아니라 장순이었다. 송강은 앞으로 내달으며 크게 외쳤다.

"여보게, 나 좀 구해 주게!"

장순은 그가 송강임을 알자 마주 외쳤다.

"아이구, 이거 웬일이십니까!"

이윽고 배 세 척이 모두 강변에 닿았다. 첫째 배에는 장순이 십여 명 장정을 거느렸고 둘째 배에는 장횡이 목홍, 목춘, 설영과 함께 십여 명 장객을 거느렸으며 셋째 배에는 이준이 이립, 동위, 동맹과 함께 역시 십여 명의 장사패를 데리고 왔는데 손에는 모두 창이며 몽둥이들을 들었다.

장순은 송강을 보자 기쁘고 반가워 넙죽 엎드려 절부터 한 다음에 그 동안 지낸 이야기를 했다.

"형님께서 옥에 갇히시자 저희들은 한시를 가만히 있을 수가 없었습니다만 무슨 도리가 있어야지요. 불안 중에 날을 보내는데 다시 들리는 소문에 대원장이 또 잡히셨다는군요. 이 대가를 좀 만나 보려 해도 도무지 볼 수가 없고, 그래 저의 형님을 찾아보고 같이 일할 만한 사람을 모조리 모아 가지고 오늘은 강주 성내로 들어가 옥을 깨고 형님을 구해 내려는 참인데 여기서 만나 뵐 줄은 정말 뜻밖입니다. 참, 그런데 저기 저 어른이 양산박 조 두령이나 아니신가요?"

송강이 말했다.

"그렇다네. 조 천왕 형님이시네. 자, 여러분 묘 안으로 들어가서 우리 인사들 하십시다."

앞을 서서 다시 백룡묘 안으로 들어가니 장순의 무리가 아홉에 조개의 무리가 열일곱이고 송강, 대종, 이규 세 사람을 한데 합하니 도합 스물아홉이었다.

묘 안으로 들어가서 피차 성명을 통했을까 말까 했을 때 졸개가 뛰어와 급히 보했다.

"지금 강주성에서 군사들이 몰려나오는데 대체 몇 천인지를 알 수 없습니다."

듣기가 무섭게 이규는 한 소리를 크게 지르며 쌍도끼를 양 손에 갈라 들고 바로 묘 문을 나섰다. 조개도 벌떡 일어섰다.

"한 번 시작한 일이니 끝까지 해 봅시다. 우리 다들 나가서 강주 군사를 모조리 죽이지 못하면 양산박으로 들어가지 않으려오?"

무리들이 이구동성으로 응했다.

"분부대로 하오리다!"

이규가 먼저 내닫자 다른 사람들도 제각기 무기를 들고 뒤를 쫓는데 유당과 주귀 두 사람은 송강과 대종을 보호하여 먼저 배에 오르고 이준과 장순과 삼원 형제는 선척을 정돈했다.

강변에서 바라보니 성에서 나오는 군사가 도합 6,7천 명은 되어 보이는데 마군이 앞에 서 있었다. 손에는 일제히 장창을 들었고 그 뒤를 보군이 따르니 깃발은 바람에 휘날리고 함성은 천지를 진동했다.

흑선풍 이규가 웃통을 벌거벗고 쌍도끼를 휘두르며 앞서 내달으니 뒤따르는 호걸은 곧 화영, 황신, 여방, 곽성이었다.

화영은 앞서 오는 군마가 일제히 장창을 든 것을 보자 혹시나 이규가 상할까 염려하여 가만히 활에 살을 먹여 들고 마군 가운데 우두머리인 듯싶은 자를 겨누어 쏘았다. 시위 소리 울리자 그자는 그대로 말에서 거꾸로 떨어졌다.

이를 보자 마군들은 일제히 말 머리를 돌려 목숨을 구해 도망했다. 그 통에 뒤를 따르던 보군의 태반이 저희 군사들의 말굽에 밟혀 죽었다.

두령들이 그대로 뒤를 쫓아 만나는 대로 들이치니 시체는 강변에 무더기를 이루어 쌓이고 피는 강물을 붉게 물들였다.

바로 강주성 아래까지 몰아 들어가니 성 위에서 관군은 저희 군사가 성에 들자 곧 문을 닫고 미리 준비해 두었던 뇌목과 포석을 어지러이 아래로 굴려 떨어뜨렸다.

여러 두령들이 날뛰는 이규를 가까스로 달래 곧 강변으로 돌아갔다. 송강이 입을 열었다.

"여러 호걸께서 만약에 이렇듯 구해 주시지 않았다면 이 사람과 대원장은 꼭 죽은 목숨입니다. 오늘날 이 은혜는 실로 바다보다도 깊으니 여러분께 어떻게 보답해야 옳을지를 모르겠습니다. 그러나 다만 황문병 그놈이 대체 나와 무슨 원수를 졌기에 지부를 충동하여 기어코 우리 두 사람의 목숨을 뺏으려 했는지 참으로 그놈의 배를 가르고 간을 씹어도 시원치 않겠습니다. 여러 호걸께서는 아주 이번에 저의 원수까지 갚아 주시지 않겠습니까?"

조개의 무리들은 그 길로 곧 배를 타고 무위군으로 쳐들어가서 먼저 황문병의 집에다 불을 질렀다.

"불이 났소! 통판댁 뒤에 불이 났으니 어서 문 좀 여슈!"

안에서 그 소리를 듣고 뜰로 나와 보니 과연 집 뒤에 화광이 충천했다. 그들은 허둥지둥 뛰어나와 벌컥 대문을 열었다.

대문이 열리자 조개와 송강의 무리는 일제히 아우성치며 안으로 달려들었다. 제각기 손을 놀리어 하나를 보면 하나를 죽이고 둘을 보면 둘을 죽였다.

잠깐 동안에 황문병의 일문 내외 대소 4,50명을 모조리 죽였으나 정작 황문병의 모습은 보이지 않았다.

집 안을 샅샅이 뒤져 보니 황문병이 이제까지 양민들을 약탈하여 그러모은 재물이 방마다 곳간마다 그득했다. 두령들은 이것을 모조리 수습하여 졸개를 시켜 날라 올리게 했다.

이 때 강주성에서는 무위군에 불이 크게 일어난 것을 보고 별의별 소문이 다 돌아 인심이 흉흉한데 황문병은 마침 주아에 들어와 채구 지부와 일을 의논하다가 이 소문을 전해 들었다.

"무위군에 화재가 일어났다 하니 소인은 곧 집으로 돌아가 보아야 하겠습니다."

그러고는 지부에게 작별을 고하니 지부는 사람을 시켜 곧 성문을 열게 한 뒤에 한 척 관선을 내어 그를 태워서 강을 건너게 했다.

황문병은 사례하고 물러나와 종인을 데리고 곧 배에 올랐다. 노질을 빨리 하여 무위군을 향해 나아가며 바라보니 불기운이 어찌나 맹렬한지 물에까지 비치어 강 위가 그대로 시뻘게졌다.

사공이 말했다.

"불은 북문 안에서 났나 봅니다."

황문병이 그 말에 마음이 더욱 황황하여 노질을 재촉해 거의 강 한복판에 이르렀을 때였다.

작은 배 한 척이 강 위 저편으로 사라지더니 다시 한 척이 저편에서 나타나 이편 관선을 향해 바로 들이받을 듯이 달려들었다. 종인이 소리를 가다듬어 꾸짖었다.

"웬 배가 이렇게 함부로 달려드느냐?"

소리가 떨어지자 뱃머리에 앉아 있던 사나이가 일어서는데 기골이 장대하고 손에는 쇠갈고리를 들고 있었다.

"지금 불난 소식을 알리러 강주로 가는 배요!"

그 말을 듣자 황문병은 뱃머리로 나서며 황망히 물었다.

"불이 어디서 났소!"

그 사나이가 대답했다.

"북문 안 황 통판 집에 양산박 도적 떼가 쳐들어와서 집안 식구들을 모조리 죽이고 재물을 깡그리 훔쳐 낸 다음에 불을 질러서 지금 한창 타는 중이오!"

황문병은 발을 동동 굴렀다.

"에구, 에구! 저를 어쩌나! 저를 어쩌나!"

이렇듯 비명을 지르자 그 사나이는 손에 들고 있던 쇠갈고리를 날려 이편 배를 끌어당겼다.

황문병은 원체 눈치가 빠른 사람이라 이 광경을 보자 곧 몸을 날려 물 속으로 뛰어들었다. 그러나 뛰어들자마자 물 속에 한 사나이가 있다가 곧 그의 덜미와 허리춤을 잡아서 도로 배 위로 치뜨리니 물 속에 있던 사람은 곧 낭리백도 장순이고 갈고리를 들어 배를 몰아 나온 사람은 혼강룡 이준이었다.

두 사람이 밧줄로 황문병을 결박해 끌고 가자 송강 이하 모든 두령이 다들 기뻐하기를 마지않았다.

황문병이 온몸을 떨면서 말했다.

"제가 잘못했으니 한 번만 용서해 주십쇼."

그 말에 송강이 말했다.

"누구 나 대신 내려가서 저놈의 배를 가르우."

뭇 두령을 돌아보니 흑선풍 이규가 나섰다.

"그 소임은 내가 맡으리다."

이규는 곧 뜰로 내려가 첨도를 한 번 휘둘러서 황문병의 배를 가르고 간을 꺼내 송강과 대종의 원수를 갚았다.

이미 원수를 갚은 이상 그 곳에 더 머물러 있을 까닭이 없는 일이었다.

송강의 무리는 마침내 조개 이하 양산박의 뭇 두령을 따라서 함께 산채로 올라가기를 정하고 먼저 주귀와 송만을 떠나보내 이 일을 산채에 알리게 한 다음 일행을 다섯 무리로 나누어 스물여덟 두령이 수하의 무리를 거느리고 길을 떠났다.

양산박으로 향하는 다섯 무리의 인마가 서로 20리를 사이를 두고 길을 가는데 첫 대의 조개, 송강, 화영, 대종, 이규가 수레가 사람들을 인솔하여 사이를 두고 먼저 떠나 길에서 사흘을 지내고 한 곳에 이르니 지명은 황문산이다. 송강이 마상에서 조개를 돌아보며 말했다.

"이 산의 형세가 아주 험악해 보이니 혹시 이 안에 도적이 들어 있을지 누가 압니까. 사람을 보내서 뒤에 오는 인마를 재촉하여 모두 함께 지나가는 것이 좋을 성싶습니다."

그러나 그 말이 미처 끝나기도 전에 앞 고개 너머에서 징과 북소리가 요란하게 울렸다.

"제 말씀이 어떻습니까? 여기서 기다리다가 뒤의 인마가 이르거든 나가서 싸우기로 하십시다."

송강이 다시 조개를 보고 말했으나 조개가 말렸다.

"어디 가서 동정을 좀 봅시다 그려."

그리하여 화영이 활에 살을 먹여 손에 들고 조개와 대종은 각기 박도를 잡고 이규는 쌍도끼를 쥐고 송강을 옹호하여 일제히 앞으로 나갔다.

그러자 고개 너머로부터 4,5백 명 졸개들이 질풍같이 달려 나오는데 앞에 선 두령은 모두 네댓이었다. 그 가운데 하나가 소리를 가다듬어 크게 꾸짖었다.

"너희들이 강주에서 소동을 일으키더니 또 무위군을 겁략하여 허다한 관군과 백성들을 죽이고 백주 대로에 성군 작당하여 양산박으로 돌아가려 하다니 참으로 대담들 하구나! 우리가 여기서 너희들을 기다린 지 오래다! 그러나 이번 일의 장본인은 오직 송강이라 하겠으니 송강만 우리에게 준다면 나머지 사람들의 목숨은 다 용서해 주마!"

송강은 이 말을 듣자 곧 말에서 내려 땅에 무릎을 꿇고 호소했다.

"제가 송강이올시다. 죄 없이 남의 모함을 받아 억울하게 죽게 된 몸이 요행으로 여러 호걸 덕분에 이렇게 살아 나온 길입니다. 언제 어디서 네 분 영웅께 잘못을 저질렀는지 모르겠습니다만 부디 저를 가엾게 생각하시어 용서를 해 줍시오!"

그가 이렇듯 빌자 그들 네 사람은 일제히 말에서 뛰어내려 손에 든 병장기를 내버리고 땅에 엎드려 말했다.

"저희 네 사람이 본래 산동의 송 공명 대명을 듣자온 지는 오래나 뵈올 길이 없었습니다. 일전에 형장께서 반시 읊으신 일로 하여 관가에 잡히셨다는 말을 듣고 저희들은 강주로 가서 옥을 깨칠까 하고 생각하던 중에 양산박 호걸들이 강주 성내로 들어가 형장을 무사히 구해 내 오고 다시 무위군을 들이쳐 황 통판의 집을 도륙 내었다는 소문을 들었습니다. 그래 저희 생각에 필연 형장께서 양산박으로 올라가시려면 이 길을 지나시리라 하여 나와서 지키고 있던 참인데 그래도 혹 알 수가 없는 일이어서 짐짓 이런 수작을 내어 본 것입니다. 행여나 오해 하지 마시고 용서해 주십시오. 그리고 지금 저희 산채 안에 박주나마 약간 마련해 놓은 것이 있으니 여러 호걸들께서도 함께 들어가셔서 잠시 쉬어 가시도록 하시지요."

송강이 크게 기뻐하며 곧 네 사람을 붙들어 일으키고 그들의 성명을 물으니, 첫째는 황주 사람 구붕으로 별명은 마운금시이고, 둘째는 담주 사람 장경으로 별명은 신산자이며, 셋째는 남경 태생 마린으로 쌍철적을 잘 부는 까닭에 철적선이란 별명을 가지고 있다 했다. 그리고 넷째는 도종왕으로 광주 사람이니 한 자루 철초를 잘 쓰고 또 창법과 검술에도 능하여 사람들은 그를 구미구라 부른다고 했다.

네 사람이 차례로 성명과 내력을 이야기하고 있을 때 졸개가 술과 고기를 올렸다.

구붕의 무리는 잔을 들어 먼저 조개와 송강에게 권하고 다음에 화영, 대종, 이규에게로 돌렸다. 바로 술 마시며 한편 이야기하는 중에 제2대 두령들이 당도했다.

술자리를 벌인 지 한나절이 못 되어 뒤에 떨어진 나머지 두령들도 모두 이르렀다.

이 날은 모두들 취하도록 술 마시고 그 자리에서 황문산 패의 네 사람도 함께 양산박에 입당하기로 결정이 되어 이튿날 산채 안의 재물을 모조리 수습하여 수레에 싣고 산채에는 불을 지른 다음 그들은 제6대가 되어 길에 올랐다.

제6편 파적지계(破敵之計)

1. 축가장(祝家莊)

한편, 양산박에서는 조개가 뭇 두령을 거느리고 산에서 내려간 뒤 오용, 공손승, 임충, 진명 등이 산채를 지키고 있었는데 주귀와 송만이 한 걸음 먼저 돌아와서 일행의 소식을 전했다. 오용은 곧 작은 두목들을 주귀 주점으로 내보내 그들을 영접하게 했다.

마침내 일행이 모두 이르렀다. 북 치고 피리 부는 가운데 여러 호걸들이 산으로 올라가니 오용의 무리 여섯은 입구 아래까지 내려와서 일행을 취의청 위로 인도했다.

조개가 먼저 송강을 청하여 첫째 교의에 앉게 하니 송강이 사양하여 말했다.

"형님, 그게 무슨 말씀이십니까? 원래 이 곳 주인은 형님이신데 만약 이러신다면 저는 이 곳에 머물러 있지 못하겠습니다."

"아우님이야말로 그게 무슨 말씀이오. 당초에 아우님이 우리 일곱 사람의 위태롭던 목숨을 구해 이 곳으로 보내 주지 않았던들 어찌 오늘날이 있었겠소. 아우님은 곧 이 산채의 은인이니 아우님 말고 이 자리에 앉을 사람이 누가 있겠소."

송강은 끝내 사양했다.

"형님, 연세로 따지더라도 형님이 제게 십년연장이시니 어찌 제가 외람되이 첫째 자리에 앉겠습니까."

이리하여 조개가 제1위, 송강이 제2위, 오용이 제3위, 공손승이 제4위로 네 사람의 자리가 정해졌다.

이어서 크게 잔치를 베풀어 뭇 두령들과 술을 마시며 즐겼다.

조개는 수하 졸개들을 모조리 불러들여 새 두령들에게 절하여 뵙게 하고 산속에 새로이 집을 많이 지어 새로 들어온 두령과 졸개들이 기거할 곳을 마련해 주었다.

근래에 양산박에서 새로이 한 주점을 열었는데 관장하는 사람은 석 장군 석용이었다. 점심때쯤 되었을까. 범상해 보이지 않는 두 사나이가 주점 안으로 들어와 자리를 잡고 앉더니 양산박으로 가는 길을 물었다.

석용은 두 사람이 앉은 탁자 앞으로 가서 물었다.

"두 분 손님은 어디서 오셨으며 양산박으로 가는 길은 왜 물으십니까?"

한 사나이가 대답했다.

"우리는 계주서 온 사람이오."

계주라는 말에 석용은 문득 생각나는 바가 있었다.

"그럼 손님께서 혹시 석수라는 분이나 아니신가요?"

"나는 양웅이란 사람이고 석수는 이 사람이오. 그런데 대체 노형은 어떻게 석수라는 이름을 알고 계시오?"

양웅이 묻자 석용은 곧 정중히 예를 베풀고 대답했다.

"월전에 대원장 형님이 계주에 갔다 오셔서 형장 말씀을 많이 하시더군요. 그러지 않아도 언제나 우리에게로 오시나 하고 마음에 고대하고 있었답니다."

곧 주보를 불러 분례주를 가져오라 하여 두 사람에게 권한 뒤 수정으로 가서 창을 열고 효시를 한 대 쏘니 건너편 갈대 숲에서 졸개 하나가 배를 급히 몰아 나왔다. 석용은 두 사람을 청하여 함께 배에 올라 압취탄으로 건너갔다. 연락을 받은 대종이 산에서 내려와 그들을 맞아 올렸다.

새로이 호걸들이 또 들어왔다는 말을 듣고 뭇 두령들이 모두 취의청에 모였다. 대종이 두 사람을 데리고 청상에 올라 조개, 송강 이하로 여러 두령들에게 인사를 시켜 서로 보기를 마치자 조개가 두 사람의 내력을 물었다.

양웅과 석수는 각기 자기들의 내력을 이야기했다. 그들의 무예가 출중함을 알자 뭇 두령들이 십분 공경하고 서로 자리를 사양하여 앉게 했다.

그러나 이번 오는 길에 동행하던 시천이란 자가 객점에서 닭 한 마리를 훔쳐 말썽이 크게 벌어지는 바람에 그는 양산박의 도적으로 몰려 축가장에 붙잡히고, 자기들은 박천조 이응의 힘을 빌리려 하다가 그도 여의치 못하여 이처럼 산으로 들어오게 되었다는 전후사정을 이야기했다.

그 말을 듣고 조개는 크게 노하였다. 그는 곧 청전에서 거행하는 졸개를 내려다보고 호령했다.

"애들아, 얼른 저 두 놈을 잡아 내어다가 목을 베어라!"

사실을 따지자면 양웅과 석수가 생각이 부족하여 쓸데없는 말을 한 게 화근이었다.

이 때 송강이 나서서 황망히 말렸다.

"형님, 고정하십시오. 두 분 장사가 천리를 멀다 않고 이렇듯 우리를 찾아온 터에 저들의 목을 베어서야 되겠습니까?"

조개가 말했다.

"우리 양산박 호걸들이 지금까지 충의를 주장 삼아 인덕을 천하에 베풀어 오는 터에 이제 이 두 놈이 남의 집 닭을 훔쳐 먹어 우리 양산박의 이름을 더럽혀 놓았으니 어찌 그대로 둔단 말이오? 애들아, 얼른 잡아 내어다 목을 베어라!"

송강이 다시 좋은 말로 권했다.

"형님, 어디 이 두 사람이 한 일입니까? 죄는 그 시천이란 사람에게 있는데 그보다도 오히려 축가장 놈들이 괘씸합니다. 그놈들이 매양 우리를 욕하고 업신여긴다 하니 그런 놈들을 어찌 그냥 버려 두겠습니까? 또 지금 산채에 식구는 많고 양식은 부족하니 한 번 크게 군사를 일으켜 축가장을 무찌르고 보면, 첫째는 우리 원수를 갚을 수 있고, 둘째는 많은 양식을 얻을 수 있고, 셋째는 또 이응 같은 호걸을 청하여 입당을 시킬 수도 있지 않겠습니까? 제가 비록 재주는 없으나 형님이 허락만 하신다면 군마를 영솔하고 갔다 오겠습니다. 그러니 부디 이 두 사람은 용서를 해 주십시오."

그 말에 오용이 먼저 좋다 하고 대종은 그 두 사람을 죽이려거든 차라리 자기의 목을 베어 달라 말하고 다른 두령들도 모두 권하여 조개는 마침내 양웅과 석수의 죄를 용서하였다. 그러고는 송강이 두령들을 거느리고 축가장 치는 일을 허락하였다.

이튿날 축가장을 치러 갈 의논들을 하는데 조개는 산채 주인이라 움직이지 않고 오용과 유당과 원가 삼형제에 여방, 곽성이 남아서 대채를 지키기로 하며 그 밖에 관문을 파수하거나 주점을 관장하는 두령들도 모두 자리를 떠나지 않기로 했다.

그 나머지 두령들을 두 무리로 나누어 각 대가 보군 3천에 마군 3백씩을 거느려 떠나기로 하니 첫째 대는 송강, 화영, 이준, 목홍, 이규, 양웅, 석수, 황신, 구붕, 양림의 열 두령이고 둘째 대는 임충, 진명, 대종, 장횡, 장순, 마린, 등비, 왕영, 백승의 아홉 두령이었다.

송강의 첫째 대는 독룡산에서 한 마장 남짓한 곳에 이르러 채책을 세운 다음 중군장 안에서 송강이 화영과 작전을 의논했다.

"내가 전에 들으니 축가촌이란 곳이 길이 원체 복잡해서 섣불리 발을 들여놓을 수가 없다는데 아무래도 사람을 먼저 보내서 길부터 자세히 알아본 다음에 군사들이 나아가는 게 옳지 않을까 하네."

화영이 대답했다.

"형님 말씀이 지당합니다."

송강은 곧 석수와 양림을 불러들여 몰래 축가촌으로 가서 그 곳 지리를 낱낱이 살피되 아울러 축가장의 허실을 알아 오게 했다.

송강은 석수와 양림을 보내 놓고 회보가 있기를 기다렸으나 날이 저물녘까지 아무런 소식이 없었다. 궁금증을 참지 못하여 구붕을 다시 보냈더니 오래지 않아 돌아와서 보했다.

"촌으로 들어갔더니 염탐꾼이 한 명 붙잡혔다고 온통 술렁술렁하는데 더 좀 자세히 알아보고 싶은 마음은 간절해도 길이 원체 복잡해서 더 깊이 들어가 보지 못하고 그냥 돌아왔습니다."

"염탐꾼이 붙잡혔다면 석수나 양림이 분명 그놈들의 수중에 떨어진 모양 아닌가?"

송강이 즉시 군사를 거느리고 해자 가장자리에 이르러 장상을 바라보니 군사는 말할 것도 없고 불빛 하나 구경할 수 없었다. 송강은 마음에 의심하기를 마지않다가 문득 깨닫고 중얼거렸다.

"내가 일을 그르쳤구나. 내 미처 생각을 깊이 안 하고 오직 석수, 양림 두 형제를 구하려는 마음에 그만 적진으로 들어왔으니 만약 적에게 무슨 계책이 있다면 어찌할꼬?"

그가 곧 영을 내려 삼군을 뒤로 물리려 할 때 축가장 안에서 호포가 공중에 탕 하고 터지더니 독룡강 위에 무수한 횃불이 일어나며 문루 위로부터 화살과 쇠뇌가 빗발치듯했다.

송강은 곧 군사를 사면으로 풀어 돌아갈 길을 찾게 했다. 그러나 아무리 헤매어도 대체 어디로 가야 좋을지 알 수가 없었다.

그 때 독룡강 위에 호포가 또 한 번 터지며 사방에서 일시에 함성이 일어나 천지를 뒤흔들었다. 송강이 황망히 말을 앞으로 내어 살펴보니 매복한 군사들이 일제히 일어나서 사면을 에워싸고 들이쳤다. 송강은 곧 영을 전하여 큰길을 향하여 나아가게 했다.

그러나 얼마 가지 않아 길이 막히고 길 위에 무수히 꽂아 놓은 쇠꼬챙이와 대꼬챙이에 허다한 인마가 상했다. 다시 군사를 뒤로 물리려 하나 멀리서 가까이서 함성은 끊임없고 또한 화살이 비 오듯 하여 송강은 마침내 하늘을 우러러 큰 소리로 탄식했다.

"하늘이 나를 여기서 죽이려 하시는구나!"

송강의 군사들이 길을 못 찾아 갈팡질팡하며 서로 밟고 서로 밟히어 혼란에 빠져 있을 때 군중을 헤치고 한 사나이가 앞으로 뛰어오며 외쳤다.

"형님, 염려 마십시오! 길은 제가 인도 하오리다!"

송강이 급히 돌아보니 그는 곧 생사를 몰라 궁금했던 석수였다. 송강이 간신히 군마를 정돈하고 석수의 뒤를 따라 활로를 찾아 나오는데 문득 산 너머에서 다시 함성이 크게 일며 한 떼 군마가 내달았다. 급히 석수를 시켜 알아보게 하니 그는 다행히도 임충, 진명의 무리가 인솔하는 둘째 대의 군마였다.

송강은 그들과 한 곳에 군사를 모으고 높은 곳을 골라 영채를 세웠다.

어느덧 날이 훤히 밝아 왔다. 송강이 영을 내려 인마를 점검하게 하니 군사들 중에서 죽고 상한 자가 무수한 것은 말할 것도 없고 두령 가운데서도 우군을 인솔하던 진삼산 황신이 보이지 않았다.

2. 일장청(一丈靑) 호삼랑(扈三娘)

이튿날 송강이 바야흐로 장상을 향하여 싸움을 청하려 할 때 서쪽에서 함성이 크게 일어나며 한 떼 인마가 짓쳐들어왔다. 송강은 마린과 등비로 하여금 그 곳에 남아 축가장 뒷문을 지키게 하고 자기는 구붕, 왕영 두 두령을 데리고 군사를 나누어 앞으로 나아가 오는 군사를 맞았다.

산언덕 아래로부터 마군 2,30기가 급한 형세로 달려오는데 한가운데 일원 여장을 옹위하였으니 그는 묻지 않아도 호가장의 일장청 호삼랑이 분명했다.

머리에 금차를 꽂고 허리에 수대를 띠고 발에는 봉혜를 신어 아름다운 미모는 한 떨기 해당화에도 비기겠는데 두 자루 일월쌍도를 손에 잡고 한 필 청총마를 급히 몰아 내닫는 모양이 맹장도 사로잡을 기세였다.

송강이 좌우를 돌아보고 말했다.

"호가장에 여장 하나가 있다더니 필시 이 사람인 게로군. 무예 수단이 심히 높다는데 누가 나가 대적할꼬?"

그의 말이 미처 끝나기 전에 한 장수가 말을 달려 나아가니 곧 왕영이다. 그는 본래 호색하는 무리로 이제 여장이라는 말에 단지 1합에 사로잡아 보려 그렇듯 내달은 것이었다.

두 사람이 함께 어우러져 싸우는데 양편 군사가 고함 질러 싸움을 도왔다. 한편은 쌍도요 한편은 단창이라 그 수단과 솜씨가 과히 우열이 없어 보이더니 서로 싸워 10여 합에 이르자 왕영의 창법이 차차 문란해졌다.

왕영이 처음 생각에는 단지 1합에 사로잡을 듯싶다가 10합이 넘도록 이기지 못하자 초조한 생각에 함부로 창을 내지르니 이를 보고 호삼랑은 한 칼은 높게 또 한 칼은 낮게 일시에 그를 향하여 찔러 들어갔다.

왕영이 이제 어찌 이 형세를 당해 낼 것인가. 마침내 말 머리를 돌려 그가 막 달아나려 할 때 일장청 호삼랑은 오른손에 든 칼을 허리에 걸며 곧 분처럼 흰 팔을 늘이어 왕영을 잡아 말 아래 떨어뜨리니 장객의 무리가 일제히 달려들어 사로잡아 버렸다.

송강이 마음에 몹시 당황하고 있을 때 저편에서 한 떼 군마가 풍우같이 몰려오니 곧 벽력화 진명이었다. 진명이 앞문을 치고 있다가 뒷문 쪽에서 시살하는 소리를 듣고 구원하러 그렇듯 달려온 길이었다.

이를 보고 축가장 진영에서 교사 난정옥이 진명을 향하여 달려들었다. 두 장수가 서로 어우러져 싸워 20합에 이르도록 좀처럼 승패를 나누지 못할 때 난정옥은 짐짓 힘이 드는 것처럼 보이고 황망히 말 머리를 돌리더니 풀밭 속으로 말을 몰아 들어갔다.

그러나 누가 알았으랴! 진명이 풀밭 속으로 쫓아 들자 미리 매복하고 있던 무리들의 올가미에 말이 걸리어 넘어지고 사람도 함께 땅으로 떨어졌다.

이 때 등비가 진명을 도우려 그 뒤를 따르다가 그 역시 양편에 매복하고 있던 적에게 사로잡히고 말았다.

그 때 어느덧 날이 저물었다. 송강은 곧 징을 쳐 퇴군령을 내린 다음 어둡기 전에 길을 바로 찾아 나가기 위해 남보다 앞서 말을 몰았다.

그러나 얼마 가지 않아서 문득 누군가 말을 급히 몰아 자기 뒤를 쫓고 있는 것을 깨닫고 고개를 돌려보니 곧 일장청 호삼랑이었다. 송강은 소스라쳐 놀라 달리는 말에 채찍을 더하였다. 호삼랑은 일월쌍도를 휘두르며 뒤를 급히 쫓았다.

형세가 심히 위태로울 때 문득 산언덕 위에서 벽력같이 소리를 지르면서 웃통을 벌거벗은 흑선풍 이규가 쌍도끼를 휘두르며 뛰어 내려왔다.

"이년, 네 우리 형님을 해치지 말라!"

그 험한 형세를 보고 호삼랑은 곧 몸을 돌려 숲 속으로 말을 몰았다. 그러나 바로 그 때 그 속으로부터 한 장수가 10여 기를 거느리고 내달으니 곧 표자두 임충이었다. 상화준마에 높이 앉아 장팔사모 비껴 잡고 큰소리로 꾸짖었다.

"네 어린 계집애가 어디로 가려 하느냐!"

호삼랑은 칼을 휘두르며 말을 몰아 바로 임충에게로 달려들었다. 두 사람이 서로 싸워 미처 10합에 이르기 전에 임충이 짐짓 힘들어 하니 호삼랑이 곧 그의 머리를 향하여 쌍도를 내리쳤다. 임충은 장팔사모로 두 칼을 일시에 막아 슬쩍 한편으로 흘려 버리고 곧 가볍게 왼팔을 늘이어 호삼랑의 허리를 잡아 그대로 한옆에 끼었다.

송강이 이를 보고 갈채하기를 마지않을 때 임충은 군사를 꾸짖어 호삼랑을 묶게 하고 곧 말을 달려 송강 앞으로 오며 물었다.

"형님, 어디 상하신 데나 없으십니까?"

"아니, 아무 데도 상한 데는 없네."

송강은 대답하고 이규를 시켜 뭇 두령들을 모이게 했다. 두령들이 군사들을 수습하여 차례로 이르렀다.

송강은 채책을 세우고 나자 호삼랑을 두 손 묶어 말에 태워 졸개를 시켜 산채로 올려 보내되 그 무렵 양산박으로 모셔 온 자기 부친 송 태공에게 맡겨 두었다가 자기가 돌아간 뒤에 해결하기로 했다.

송강이 중매를 서서 왕영과 호삼랑이 혼례를 올린 경사는 나중의 일이었다.

이 날 밤에 송강이 장중에서 근심으로 잠을 이루지 못하고 하룻밤을 꼬박 새우고 나니 날이 밝을 녘에 염탐꾼이 들어와서 보했다.

"군사 오 학구께서 군사 5백을 거느리고 오셨습니다."

송강이 곧 나가서 영접하여 중군장으로 들어오니 오용은 가지고 온 술과 음식을 내어 송강에게 권하고 또 삼군의 여러 장수들을 위로한 다음 송강에게 말했다.

"조 두령께서 궁금하시다 하여 저희를 보내셨습니다. 대체 승패가 어찌나 되었습니까?"

"심히 불리하오. 첫날은 길을 잃었기 때문에 양림, 황신 두 두령이 저놈들에게 사로잡히고 어제 또 왕영이 잡힌데다 난정옥에게 구붕이 철퇴를 맞아 상하고 다시 진명, 등비 두 두령이 올가미에 걸려 또 사로잡혔소. 만약에 임 교두가 호삼랑을 사로잡지 못했다면 우리 예기는 여지없이 꺾어지고 말았을 것이오. 내 만약 축가장을 쳐 무찌르지 못하고 또 사로잡힌 형제들을 구해 내지 못한다면 차라리 이 곳에서 죽지 맹세코 돌아가지는 않을 생각이오. 대체 무슨 낯으로 조 두령님을 뵈옵는단 말이오."

송강의 말을 듣고 오용은 빙그레 웃으며 말했다.

"형님, 과도히 염려 마십시오. 지금 좋은 기회가 하나 있어 불과 수일 내로 축가장을 쳐 깨뜨릴 수가 있습니다. 아무 염려 마십시오."

그 말에 송강이 무릎을 다가앉으며 급히 물었다.

"아니, 대체 무슨 묘책이 있소?"

오용은 다시 웃음을 띠고 대답했다.

"이번에 우리에게 새로 입당하러 온 호걸들이 있는데 그 중에 손립이 축가장의 교사 난정옥과 잘 안답니다 그려. 그래 제가 계교를 자세히 일러 주었으니까 닷새 후에는 축가장을 쳐 깨뜨리고 사로잡힌 두령들도 다 무사히 구해 낼 수 있을 것입니다."

이어서 오용이 송강의 귀에 대고 그 계교를 말하니 송강은 입이 딱 벌어지며 칭찬을 하였다.

"참으로 묘계요, 묘계야!"

3. 해진(解珍)과 해보(解寶)

이야기는 여기서 잠시 거슬러 올라간다.

산동 해변에 한 고을이 있으니 이름은 등주다. 이 등주성 밖에 산이 하나 있는데 산상에 호랑이들이 들끓어 때때로 인명을 해쳤다.

이로 인하여 등주 지부는 사냥꾼들을 불러다 기한을 정한 문서를 관가에 들여놓게 하고 만약 기한 내에 호랑이를 잡아 바치지 못하는 자에게는 일호의 용서가 없을 줄로 알라고 엄한 분부를 내렸다.

등주성 밖 산 아래에 사냥꾼 형제가 살고 있으니 형을 해진이라 하고 아우를 해보라 불렀다. 이 두 사람이 모두 강차를 쓰되 무예가 실로 남보다 뛰어나 사람들은 형을 가리켜 양두사라 부르고 동생을 쌍미갈이라 부르는데 등주에서 사냥꾼이라면 으레 그들 형제를 첫손에 꼽았다.

해진, 해보는 관가에 문서를 들여놓고 집으로 돌아와 정리를 한 다음 곧 산으로 올라갔다.

호랑이가 다니는 길목에다 와궁을 놓고 나무 위로 올라가서 종일을 기다렸지만 허사였다. 형제는 와궁을 수습해 가지고 내려와 이튿날 또 마른 음식을 싸 들고 다시 산으로 올라갔다.

어느덧 날이 저물었다. 두 사람은 그래도 혹시나 하고 나무 위에 올라가 오경까지 기다려 보았다. 그러나 아무리 기다려 보아도 아무런 동정이 없었다.

해진 형제는 다시 산을 내려와 이번에는 서녘으로 가서 다시 와궁을 놓고 날이 밝을 때까지 기다려 보았다. 역시 허사였다.

“원 이 노릇을 어쩌나? 사흘 기한 내로 호랑이를 잡아 바쳐야 하는데 오늘 밤 안으로 못 잡을 때는 볼기에 살점이 남아나지 않을 터이니 이것 참 큰일 났군!”

두 사람은 몸이 달아 그 날 밤도 산에서 지내기로 했다. 어느덧 밤이 깊어 사경에 이르자 연일 산을 탄데다 또 잠을 변변히 못 잔 터라 형제는 서로 등을 맞대고 앉아서 꾸벅꾸벅 졸았다.

그러나 그들이 잠깐 눈을 붙였을까 말까 했을 때 휘익 하는 와궁의 시위 소리가 크게 들렸다. 귀가 번쩍 뜨여 형제는 벌떡 일어나며 곁에 놓은 강차를 집어 들고 사면을 둘러보니 바로 저편에 호랑이 한 마리가 등에 화살을 맞고 고통을 이기지 못하여 땅바닥에서 엎치락뒤치락 어쩔 줄을 모르고 있었다.

형제는 각기 강차를 꼬나 쥐고 앞으로 나아갔다. 호랑이는 사람이 가까이 오는 것을 보자 몸에 화살을 띤 채 그대로 쏜살같이 도망을 쳤다. 두 사람은 곧 그 뒤를 쫓았다.

그러나 고개 하나를 다 못 넘어서 약 기운이 온몸에 돌자 호랑이는 더 배겨 내지 못했다.

“어흥!”

산이 떠나가게 한 소리 크게 울더니 그대로 떼굴떼굴 비탈 아래로 굴러 떨어지고 말았다.

해보는 아래를 내려다보고 말했다.

“여기는 바로 모 태공의 뒷산이로구먼. 형님, 곧 돌아 내려가서 찾아 오도록 합시다.”

두 사람은 강차를 손에 들고 산을 내려와 모 태공 집에 이르러 앞문을 두드렸다. 이 때 날이 훤히 밝아 왔다.

나와서 문을 여는 장객에게 형제가 말했다.

"모 태공을 좀 뵈러 왔소."

그가 안으로 들어간 지 한참만에야 비로소 주인이 나왔다. 형제는 그에게 공손히 인사를 했다.

"영감님, 새벽에 이렇게 와 뵈어서 송구스럽습니다."

태공이 물었다.

"참, 이렇게 일찌거니 무슨 일로들 왔나?"

해진이 대답했다.

"다름이 아니라 저희가 이번에 기한 문서를 바치고 호랑이를 잡았는데 그놈이 공교롭게도 바로 영감님 댁 뒷동산으로 굴러 떨어졌습니다그려. 그래 좀 들어가서 꺼내 오게 해 주십사 하고 이렇게 새벽같이 왔습니다."

듣고 나자 모 태공이 말했다.

"그거 뭐 어려운 일인가? 내 집 후원에 떨어졌다면 갈 데 없지. 그래 이렇게 밤을 새워 가며 호랑이 사냥하느라 오죽이나 피곤하고 시장하겠나. 우선 아침들이나 좀 자시게."

모 태공은 곧 장객을 불러서 아침을 내오라 하여 은근히 두 사람에게 권했다. 해진, 해보는 먹고 나서 사례했다.

"영감님, 참 배불리 잘 먹었습니다. 그럼 그만 호랑이를 좀 내어 주시지요."

"아, 내 집 후원에 떨어졌다면야 그놈이 어딜 가겠나? 차나 한 잔 마시고 서서히 하세그려."

다시 그들에게 차를 끓여서 권하고 그것이 끝난 다음에야 비로소 두 사람을 인도하여 뒤꼍으로 갔다.

"그럼 어디 같이 들어가서 호랑이 구경 좀 하세."

동산 문에 자물쇠가 굳게 채워져 있었다. 모 태공이 장객을 불러 그것을 열게 했다. 그러나 이리 열어 보고 저리 열어 보았지만 도무지 자물쇠는 열리지 않았다.

모 태공은 두 형제를 돌아보며 말했다.

"여기 잠가 둔 채 그냥 내버려 두었더니 온통 이렇게 녹이 슬어서 안 열어지는구먼. 아마도 망치로 깨뜨려야겠네."

한마디 하니 장객은 부리나케 망치를 들고 와서 녹이 슨 자물쇠를 깨뜨리고 문을 열었다.

모두들 뒷동산으로 들어갔다. 그러나 아무리 찾아보아도 호랑이는 그림자도 구경할 수 없었다. 호랑이가 안 보이자 모 태공은 해진 형제를 돌아보고 말했다.

"어디 있나? 아마도 자네들이 호랑이가 다른 데로 굴러 떨어진 것을 내 집으로 잘못 알고 그러는 거나 아닌가?"

해진이 말했다.

"천만의 말씀입죠. 저희가 여기서 태어나서 여기서 자란 사람들인데 잘못 보다니요. 정녕 이리로 떨어졌는데요."

"그럼 어서 더 찾아보게 그려."

모 태공이 그렇게 말했을 때 해보가 손짓을 하여 형을 불렀다.

"형님, 이리 좀 오우. 그놈이 정녕 이 벼랑으로 해서 굴러 떨어졌수. 풀이 모두 납작하게 누웠구려. 또 여기 피도 군데군데 떨어져 있고. 그런데 여기에 없다니 말이 되나. 아마 영감님댁 장객들의 장난인 게지."

모 태공이 펄쩍 뛰었다.

"이 사람아, 그게 대체 무슨 말인가? 내 집 사람이 어떻게 여기 호랑이가 떨어진 걸 안단 말인가? 또 알았다면 무슨 수로 자네들 모르게 끌어내다 감춘다는 말인가? 동산 문 자물쇠가 잔뜩 녹이 슬어 열리지 않던 건 자네들도 보았으니 잘 알고 있지 않나. 그래 망치로 깨뜨려 부수고 같이 들어와 놓고는 무슨 딴소린가. 그런 말은 하지도 말게!"

해진은 한마디 청해 보았다.

"영감님, 그러지 마시고 호랑이를 내주십시오. 기한이 다 되었으니까 저희도 곧 관가로 갖다 바쳐야 하지 않겠습니까?"

그 말에 모 태공은 낯빛이 변하였다.

"무어라고? 이 사람들이, 경우가 없어도 분수가 있는 게지. 내가 모처럼 호의를 가지고 술과 밥까지 먹여 놓으니까 오히려 보지도 못한 호랑이를 가지고서 생떼를 쓰려 들어?"

이번에는 해보가 나섰다.

"생떼를 누가 쓴단 말입니까? 영감님이 이번에 이 곳 이정을 보시면서 우리와 마찬가지로 관가에다 문서를 바치고 호랑이가 안 잡혀서 걱정하던 차에 우리가 잡은 호랑이가 굴러 떨어지니까 아주 큰 수나 난 줄로 아시우? 하지만 경우가 없어도 분수가 있는 게지. 영감님은 남이 잡아 놓은 호랑이로 상을 타고 그래 우리는 일껏 호랑이를 잡고도 곤장을 맞아야 옳단 말이오?"

모 태공은 크게 노하였다.

"이놈들이 정말 무례하지 않은가! 바로 나를 도적으로 몰려 하는구나!"

형제도 벌컥 화가 나서 대청 난간을 분질러 손에 들고 대청 위로 뛰어올라가 그 곳에 놓인 의자와 탁자를 함부로 들부수자 모 태공이 큰 소리로 외쳤다.

"이놈들이 백주 대낮에 강도질을 하려는구나!"

분한 생각으로는 그놈의 집 기둥뿌리를 아주 뽑아 놓고 싶었으나 시비곡직이야 어떠하든 남의 집 내정에서 더 이상 난동을 부리는 것이 아무래도 자기들에게 불리할 것 같아 두 사람은 곧 문 밖으로 나와서 장상을 가리키며 한참 욕지거리를 했다.

"이놈아, 우리 호랑이 왜 훔쳤니? 어서 나오너라! 관가로 들어가서 우리 어디 따져 보자!"

그 때 저편에서 한 사나이가 종인과 함께 말을 타고 이리로 왔다. 해진은 그가 바로 모 태공의 아들인 모중의란 것을 알자 곧 마주 나가서 말했다.

"당신 댁 장객들이 우리가 잡은 호랑이를 훔쳤는데 영감님은 딱 잡아떼고 안 내주려 드니 그래 이런 일이 세상에 있단 말이오?"

듣고 나자 모중의가 말했다.

"허허, 그 무식한 것들이 또 그런 짓을 했나. 우리 가친께서는 그놈들의 말만 믿으시고 실상을 모르시니까 그러시는 게지. 자아, 그렇게 화들 낼 것 없이 나하고 집으로 들어가세. 내 꼭 찾아서 자네들에게 내어줌세."

해진, 해보는 허리를 굽혀 여러 번 치사하고 모중의를 따라 안으로 들어갔다. 그러나 그들이 문 안에 발을 들여놓자마자 모중의가 종인을 시켜 장문을 곧 닫아걸게 하며 외쳤다.

"이놈들을 잡아라!"

양편 낭하로부터 스무남은 졸개가 달려 나오고 그를 따라 들어온 종인 예닐곱이 또한 함께 달려드는데 알고 보니 그들은 모중의가 관가에서 데리고 나온 공인들이었다.

해진, 해보가 비록 영웅이나 저편은 수효가 원체 많고 더구나 뜻밖의 일이라 꼼짝없이 결박을 당하고 말았다. 모중의는 그들을 손가락으로 가리키며 큰 소리로 꾸짖었다.

"이런 괘씸한 놈들이 있나. 우리가 간밤에 호랑이 한 마리를 활로 쏘아 잡았더니 이놈들이 욕심이 나서 뺏으러 들어와서는 되레 우리더러 저희 호랑이를 훔쳤다고 죄를 들씌우려 들며 내정에 돌입해서 세간을 막 들부수는구먼. 너희 같은 놈은 잡아다 관가에 바치고 버릇을 가르쳐야만 하겠다."

원래 모중의는 이 날 새벽 오경에 저의 집 후원에 떨어져 죽은 호랑이를 사람을 시켜 지워 가지고 관가로 들어가 저희가 잡은 것으로 해서 바치고는 아무래도 말썽이 날 것 같아 아주 공인들까지 그처럼 데리고 돌아온 길이었다.

해진, 해보는 그 간악한 계교에 떨어져 말 한마디 못하고 관가로 잡혀 들어갔다. 이 때 이 고을 당안 공목은 왕정이라는 사람으로 곧 모 태공의 사위였다.

그는 먼저 지부에게 보고하고 난 뒤 해진, 해보가 끌려 들어오는 길로 한마디 변명도 들어 보려 하지 않고 그대로 독하게 매질부터 한 후에 두 사람이 공연히 생트집을 잡아 모 태공 장상으로 뛰어 들어가서 재물을 겁탈하려 한 죄로 일을 꾸몄다.

두 사람은 마침내 매에 못 이겨 정녕 그러기나 한 것처럼 자백하고 말았다. 지부는 그들에게 각각 스물다섯 근 짜리 큰칼을 씌워 옥에다 가두게 했다.

모 태공과 모중의 부자는 장상으로 돌아와서 다시 의논했다.

"저놈 형제를 아주 없애 버려야만 후환이 없겠다. 그대로 살려 두어서는 아무래도 마음이 안 놓이거든."

"그야 왕정한테 한마디 부탁만 하면 될 일 아니겠습니까."

두 사람은 다시 고을로 들어가서 은근히 왕정에게 그렇듯 부탁을 하고 또 지부 이하 여러 관원들에게도 돈을 먹였다.

해진, 해보 형제는 그 길로 감옥으로 끌려 들어갔다. 그들이 정자 앞에 이르러 절급에게 보이니 이 때 절급은 포길이라는 사람으로 이미 모 태공에게 많은 뇌물을 받아먹었고 또 왕 공목의 부탁을 받은 터라 기어코 두 사람의 목숨을 빼앗으려 댓바람에 목소리를 가다듬어 꾸짖기부터 했다.

"이놈들! 무슨 양두사니 쌍미갈이니 하는 게 너희 놈들이냐?"

해진, 해보는 대답했다.

"남들이 그런 별명을 지어서 부릅지요. 하지만 이번 일은 참으로 억울합니다. 저희가 무슨 죄가 있나요?"

포 절급은 다시 한 번 꾸짖었다.

"이놈들아, 듣기 싫다! 어떻든 너희 놈들 이제 내 손에 걸렸으니 양두사는 일두사가 되고 쌍미갈은 단미갈이 될 줄로 알아라!"

절급은 곧 한 명 옥졸을 불러 분부를 내렸다.

"저놈들을 감옥에다 갖다 처넣어라!"

그 옥졸은 해진 형제를 데리고 감옥으로 들어가서 주위에 아무도 사람이 없는 것을 보고 가만히 그들에게 말했다.

"두 분은 나를 모르시겠소?"

해진 형제가 대답했다.

"뉘신지 모르겠는데요."

"두 분은 손 제할과 사돈간 아니시오?"

"예, 손 제할은 우리 매부의 형님이시오만…."

"나는 바로 손 제할의 처남 되는 사람이오."

해진, 해보는 그제야 반가움을 참지 못하고 물었다.

"오, 그럼 악화란 분이 아니시오?"

"그렇소. 내가 바로 악화요."

악화는 근본이 모주 사람이나 조부 때부터 이 곳 등주에 와서 살며 누이는 손 제할에게 시집보내고 자기는 고을에서 옥졸 일을 보는데 풍류라면 모르는 것이 없고 또 노래를 잘 부르므로 사람들이 별명 지어 철규자라 부르거니와 무예도 또한 뛰어났다.

그는 가만히 해진 형제를 보고 말했다.

"포 절급이 모 태공의 뇌물을 받고 두 분 목숨을 기어이 해치려 하니 이 노릇을 어찌하면 좋단 말이오?"

해진이 대답했다.

"딴 도리가 없소. 미안하오만 소식을 좀 전해 주슈."

"대체 어디요, 소식을 통할 데가?"

"우리 누님이 손 제할의 친동생 손신의 아낙 아니오? 지금 동문 밖 십리패에서 술집을 내고 한편으로 노름판을 벌이고 지내는데 여자라지만 웬만한 장정 2,30명은 넉넉히 거느리는 터라 남들이 모대충 고대수라 부른다오. 또 우리 매부 손신이란 사람도 무예가 정숙하오. 지금 형편이 누님 내외의 구원을 빌릴 수밖에 없으니 부디 수고를 아끼지 말고 곧 가서 소식을 전해 주면 더 이상 고마울 데가 없겠소."

"그만 일이야 수고랄 게 뭐 있소. 내 곧 다녀오리다."

악화는 감추어 두었던 음식을 내어 그들에게 먹인 다음에 곧 동문 밖 십리패로 갔다.

멀리 바라보니 술집 하나가 있는데 문전에는 쇠고기와 양고기를 걸어 놓고 집 뒤에서는 사람 한 떼가 노름들을 하고 있었다. 가게 안에는 눈이 크고 얼굴이 둥글며 몸집이 비대한 부인 하나가 떠억 버티고 앉아 있었다. 단번에 그가 고대수임을 짐작할 수 있었다.

악화는 들어서며 공손히 인사하고 물었다.

"댁의 주인 양반이 손 씨이신가요?"

부인이 황망히 답례하고 물었다.

"예, 술을 사러 오셨나요, 고기를 사러 오셨나요? 만약 놀러 오셨다면 뒤로 들어가시지요."

"아닙니다. 저는 손 제할의 처남 악화입니다. 저를 아시겠습니까?"

고대수가 손뼉을 치고 크게 웃었다.

"아이고, 사돈 양반을 못 알아 뵙고 그랬군요. 어쩐지 동서님하고 모습이 같으시어. 자아, 들어가시지요."

곧 안으로 이끌고 들어가 좌정한 뒤에 물었다.

"고을에서 옥졸 일을 보신다는 말을 들었는데 오늘은 무슨 바람이 불어 이처럼 한가히 나오셨나요?"

"일 없이 어찌 나왔겠습니까? 오늘 우연히 죄인 두 명이 들어왔는데 일찍이 상면한 일은 없어도 이름을 듣고 보니 알 만한 사람이더군요. 한 사람은 양두사 해진이라 하고 또 한 사람은 쌍미갈 해보라 하는데…."

"아니, 내 동생들이 그래 무슨 일로 옥에 갇히게 됐나요?"

"그분들이 호랑이 한 마리를 잡았는데 이 지방의 부호 모 태공이란 자가 그것을 가로채 빼앗고는 억지로 도적을 만들어 관가에 고발하고 상하에 돈을 쓰기 때문에 아마도 포 절급이 조만간 옥중에서 두 분 목숨을 해치고야 말 모양입니다. 제가 혼자서는 어떻게 해 볼 길이 없어 이리저리 궁리를 한 끝에 첫째는 사돈간의 정리요 둘째는 의기를 중히 여겨 두 분에게 가만히 소식을 전달하였더니 우리 누님이 아니면 우리를 구해 줄 사람이 없다고 그렇게 말을 하더군요."

듣고 나자 고대수는 탄식하지 않을 수 없었다.

"에구, 이 노릇을 어쩌나?"

그러더니 젊은 사람을 불러 곧 가서 자기 남편을 찾아오게 하여 악화와 상면을 시켰다.

원래 고대수의 남편 손신은 경주 사람으로 군관 출신이다. 형제가 다 등주에 와서 살고 있으니, 손신은 신장이 장대하고 힘이 장사인데다 형에게 무예를 배워 편창을 잘 썼다. 그래서 사람들이 그를 소울지라 하는 터였다.

고대수가 손신을 향하여 악화에게 들은 대로 낱낱이 이야기하니 손신은 악화를 보고 말했다.

"알았소이다. 그럼 먼저 돌아가서 옥중의 일이나 잘 보살펴 주시우. 뒷일은 우리가 좀 더 의논을 해 보고 좋은 방법을 연구해부겠소."

"그럼 저는 가겠습니다. 만약 저를 쓰실 데가 있다면 무슨 일이고 말씀을 하십시오."

악화가 말을 마치고 자리에서 일어나려 하니 고대수는 손을 들어 이를 멈추게 하고 곧 술을 내어 극진히 대접하면서 또 약간의 은자를 그에게 주며 당부했다.

"미안하지만 가지고 가서 옥중의 여러 옥졸에게 손을 써 주시지요."

악화를 보내고 나서 내외가 마주 앉아 의논을 했다.

"그래, 여보. 내 동생을 어떻게 구해 내면 좋단 말이오?"

"모 태공이란 놈이 원체 돈이 있고 셋줄이 좋아 한 번 해진이 형제를 죽이려 든 이상에는 우리가 달리 구해 낼 도리가 없을 게요. 아무래도 옥을 깨고 빼내 오는 수밖에 없겠는데…."

"그렇다면 이러니저러니 할 것 없이 아주 오늘 밤에 우리 둘이 가서 옥을 깨뜨리기로 합시다."

아내가 서두르는 꼴을 보고 손신은 웃었다.

"일이 그리 쉬운 게 아니야. 앞뒤를 빈틈없이 짜 가지고 손을 대야만 하는데 내 생각에는 아무래도 우리 형제하고 그 두 사람의 힘을 빌려야만 일이 될 성싶구먼."

"그 두 사람이 누군데요?"

"왜 저, 노름 좋아하는 추연, 추윤이 숙질 말이야. 지금 등운산 안에 웅거하고 앉아 남의 재물을 약탈하고 지내는데 나하고 잘 아는 사람이라 저들의 도움만 얻을 수 있다면 일이 그렇게 어렵지 않을 게요."

"등운산이라면 여기서 멀지 않으니 그럼 곧 가서 청해다가 함께 의논을 합시다그려."

손신이 등운산으로 떠난 뒤에 고대수는 즉시 젊은 사람들을 지휘하여 돼지을 잡고 안주를 마련하여 풍성하게 술상을 차렸다.

황혼녘에 손신이 두 사람을 데리고 왔다.

추연은 원래 내주 사람으로 어렸을 때부터 내기를 좋아하여 노름판으로

만 돌아다녔으나 위인이 충직 강개하고 무예가 정숙하며 아울러 성미가 곧아 남의 허물을 용서하지 않는 까닭에 사람들이 부르기를 출림룡이라 했다.

그의 조카 추윤은 저의 숙부와 나이는 비슷한데 기골이 장대하고 머리에 큰 혹이 있어 남과 서로 다투다가 분을 참지 못하면 곧 머리로 받기가 일쑤였다. 언젠가는 냇가에 서 있는 소나무를 한번 들이받아 분질러 버린 일이 있는 까닭에 사람들이 모두 놀라 그 뒤로는 독각룡이라고 별명 지어 불렀다.

고대수가 나와서 그들과 서로 인사하고 곧 안으로 청하여 손님과 주인이 자리를 나누어 앉은 다음에 해진, 해보의 일을 들어 자세히 이야기하고 다시 옥을 어찌 깨뜨릴까 의논하니 추연이 말했다.

"지금 내가 수하에 데리고 있는 아이들이 한 8,90명 되기는 하지만 정말 심복이라 할 것은 불과 스물 남짓이오. 이번에 일을 하고 나면 아무래도 그곳에는 그대로 있지 못하게 되는데 나는 갈 곳이 있소만 두 분은 어떠신지 별로 정한 곳이 없으시다면 나 가자는 대로 따라가시겠소?"

고대수가 대답했다.

"아무 데고 가자면 따라가죠. 그저 내 동생들만 무사히 빼내 주세요."

"갈 곳이라는 게 다른 데가 아니오. 지금 양산박의 성세가 대단한데 송공명 수하에 내가 잘 아는 사람이 셋이나 있소. 하나는 양림, 하나는 등비, 또 하나는 석용이오. 이번에 옥에 든 사람을 무사히 구해 내는 대로 우리 모두 양산박으로 올라가는 게 어떻겠소?"

"거 좋은 말씀이에요. 만일 한 사람이라도 안 가겠다는 자가 있으면 내가 나서서 죽이겠소."

고대수가 하는 말에 추연은 머리를 끄덕이며 말했다.

"그런데 또 한 가지 있소. 만일에 등주부의 군마가 우리 뒤를 쫓는다면 어찌 할 테요?"

이제까지 잠자코 있던 손신이 나서서 말을 막았다.

"우리 형님이 바로 본주의 군마 제할로 계시오. 형님하고만 미리 짜 놓으면 아무 염려 없으니 내 내일 가서 부탁하여 낭패가 없도록 하리다."

이리 말하자 고대수가 다시 물었다.

"만약 형님이 양산박에 입당하기를 싫다고 하신다면 어찌 하오?"

"그건 염려 마오. 자연 좋은 도리가 있소."

의논하기를 마치자 이 날 밤은 취하도록 술들을 마셔 즐겼다. 이튿날 손신은 사람을 성중으로 보내 자기의 형과 형수를 청하여 오라 일렀다.

"주인 아주머니가 병이 위중해서 급히 모시고 오라고 말씀하더라고 그래라."

이리 이르고 또 고대수는 이에 덧붙였다.

"내가 병이 중해서 죽기 전에 꼭 한 번 만나 뵙고 유언할 말씀이 있다더라고 그래라."

4. 병울지(病尉遲) 손립(孫立)

손 제할 부처가 십리패로 나온 때는 오시가 거의 다 되었을 무렵이었다. 악화가 교자를 타고 앞선 뒤에 손 제할이 여남은 군졸을 거느려 말을 타고 따랐다.

참으로 호한이라 얼굴은 담황색이고 턱 아래 수염이 드문드문 났으며 신장은 여덟 자가 넘으니 성은 손이고 이름은 립이며 작호는 병울지이다. 강궁을 잘 쏘고 사나운 말도 잘 다루고 손에는 한 자루 장창을 잡고 팔에는 강편을 걸쳤다.

이윽고 손립이 말에서 내려 문을 들어서며 나와서 맞는 아우를 향하여 물었다.

"계수씨 병세가 그래 어떠냐?"

손신이 대답했다.

"병세가 아주 괴상하군요. 형님, 좀 들어가 보십쇼."

손립은 악화와 함께 방으로 들어갔다. 그러나 앓는다는 계수의 모습이 보이지 않았다.

"아니, 어느 방이냐?"

손립이 아우를 돌아보며 물었을 때 고대수가 추연, 추윤 두 사람을 데리고 밖에서 분주히 들어왔다.

손립이 그를 보고 물었다.

"대체 무슨 병이신가요?"

고대수가 대답했다.

"아주버님, 좀 앉으세요. 제 병은 동생 둘을 구해 내지 못하면 죽는 병이랍니다."

"아니, 그게 무슨 말씀입니까?"

고대수는 해진, 해보 형제가 모 태공의 간계에 빠져 억울하게 도적의 누명을 뒤집어쓰고 옥에 갇히어 그 목숨이 위태롭게 된 전후 사정을 이야기한 다음 이렇게 물었다.

"아무래도 옥을 깨고 구해 내서 함께 양산박으로 올라갈 수밖에 없게 되었는데 만일 이 일이 드러나고 보면 아주버님께 누가 미칠 게 아니겠습니까? 그래 제가 병이 났다 말씀드리고 아주버님과 동서님을 청해 좋은 방법을 미리 의논하자는 겁니다. 아주버님께서 함께 가기 싫으시다면 저희들만 가겠지만 지금 나라의 법도가 하도 문란하여 흑백을 도무지 분간하지 못합니다. 설혹 죄가 없더라도 관사에 걸리면 죽는 터이니 아주버님께서 우리 때문에 만약 화를 당해 옥에 갇히시게 된다면 조석은 누가 해다 드리고 주선은 누가 나서서 하겠습니까? 아주버님의 의향은 어떠하신지요?"

손립이 말했다.

"계수씨는 그리 말씀을 하지만 내가 등주 군관 된 몸으로 그런 일이야 어찌 하겠소."

"아주버님의 의향이 그러시다면 이제는 저와 아주버님과 사생결단을 할 수밖에 없지요."

한마디 하고 곧 품속에서 두 자루 칼을 썩 꺼내 드니 곁에 섰던 추연, 추윤이 또한 각각 단도를 빼어 들고 앞으로 나섰다. 뜻밖의 광경에 손립이 깜짝 놀라 손을 내저으며 말했다.

"계수씨, 이게 무슨 짓이오? 내 말 좀 들으슈."

"무슨 말을 또 들으라고 하세요?"

"만일 기어코 그 일을 행하겠다면 내가 먼저 집에 돌아가서 대강 재물을 수습하고 또 허실도 살핀 뒤에 하기로 합시다."

"아주버님의 처남인 악화 서방님에게서 전후 소식을 다 듣고 하는 일인데 무어 또 알아볼 게 있습니까? 그저 한편으로는 일을 하고 또 한편으로는 뒷수습을 하고 그러는 게지요."

손립의 입에서 한숨이 새어 나왔다. 그는 상황이 이미 어쩔 수 없음을 깨달았다.

"그렇게까지 말씀하니 더 무어라 부탁도 못하겠소. 여러분의 의향을 좇아 그럼 좋도록 의논을 하십시다."

손립은 마침내 일을 분별하여, 먼저 추연으로 하여금 등운산 산채에 가서 재물과 마필을 수습한 다음 스무 명 심복들을 인솔하여 손신의 술집으로 오라하고, 아우 손신을 성내로 들여보내 악화를 시켜서 해진, 해보 형제에게 미리 소식을 통하여 두게 하였다.

이튿날 추연이 금은보배와 심복을 데리고 이르렀다. 손신 수하에도 일고여덟 명 장정이 있고 손립이 데리고 온 군졸도 여남은 명이라 모두 합치면 마흔이 넘었다.

이 날 손신은 돼지 두 마리와 양 한 마리를 잡아 우선 모든 사람에게 배불리 먹게 했다. 고대수는 품속에 칼을 감춘 다음 옥에 갇힌 죄수에게 밥을 갖다 주는 부인의 가장하고, 손신은 형 손립을 따라 나서고, 추연은 조카 추윤을 데리고 각기 수하 군졸들을 거느려 두 패로 나뉘어 성안으로 들어갔다.

한편, 등주 옥중에서는 포 절급이 모 태공의 뇌물을 받아먹고 기어이 해진, 해보의 목숨을 해치려 하는데, 이 날 악화가 몽둥이를 손에 들고 옥문 앞에 서 있으려니까 딸랑딸랑 방울 소리가 났다.

악화가 물었다.

"누구요?"

밖에서 대답했다.

"죄인에게 밥 가지고 온 마누라랍니다."

악화가 벌써 알아차리고 선뜻 문을 열어 주니 고대수가 밥그릇을 안고 안으로 들어왔다. 이 때 포 절급이 정자 위에 앉아 있다가 이 광경을 보고 소리를 질렀다.

"웬 여편네가 옥 안으로 들어오누? 자고로 이르기를 옥에는 바람도 통하지 못한다 하지 않나?"

악화가 나서서 말했다.

"이 부인은 바로 해진, 해보의 누님인데 동생들 먹이려고 밥을 가지고 왔답니다."

포 절급이 분부했다.

"그렇다면 저 부인은 들여보내지 말고 네가 대신 받아서 갖다 주어라!"

악화가 밥을 가지고 해진, 해보가 갇혀 있는 방 안으로 들어가니 형제가 급히 물었다.

"대체 어제 부탁한 일은 어찌나 되었소?"

"다 잘되었소. 댁의 누님이 지금 이 안에 들어와 계시우. 곧 구출할 사람들이 올 게요."

바로 말하며 바로 두 사람의 칼을 벗겨 놓는데 밖에서 옥문을 요란하게 두드리는 소리가 났다. 손립의 일행이 이른 것이다.

옥졸 하나가 정자로 달려와서 급히 보고했다.

"손 제할이 오셔서 문을 열라 하시니 어찌 하올지…."

포 절급이 말했다.

"저는 영관인데 여기는 무엇 하러 왔단 말이냐? 문을 꼭 닫고 결코 들이지 말아라!"

멀찍이 서 있던 고대수가 차츰차츰 정자 앞으로 가까이 들어오고 이 때 밖에서는 사뭇 문을 들부수는 소리가 났다.

포 절급이 천둥같이 성이 나 정자에서 내려올 때 고대수가 소리를 질렀다.

"동생들은 어디 있나?"

큰 소리로 부르며 품에서 날이 시퍼런 칼을 두 자루 뽑아 손에 들고 앞을 가로막았다.

절급은 형세가 위태로운 것을 보고 곧 몸을 돌려 정자 뒤로 달아나려 했다. 그러나 이 때 옥문을 박차고 뛰어나온 해진, 해보가 벽력같이 소리치며 칼 머리를 번쩍 들어 포 절급의 정수리를 향하여 내리갈겼다. 미처 손을 놀릴 사이도 없었다. 포 절급은 외마디 소리와 함께 해골이 부서져 그 자리에 쓰러지고 말았다.

고대수는 그 사이에 옥졸 너덧을 베어 죽이고 해진, 해보와 함께 밖으로 내달아 손립, 손신의 무리와 합세했다.

가는 곳은 바로 주아였다. 그러나 그들이 앞에 이르렀을 때 추연, 추윤

숙질이 어느 틈에 왕 공목의 머리를 베어 손에 들고 안에서 뛰어나왔다. 일행은 아우성치며 성 밖으로 향했다.

고을 안이 그대로 발칵 뒤집혔다. 백성들은 모두 문을 닫고 감히 밖에 나오지 못하거니와 공인의 무리들도 그들 일행 가운데 손립이 활에 살을 메워 들고 말 위에 높이 앉아 오는 모습을 보고는 감히 나서서 막지 못하고 모두 뒷골목으로 피했다.

모든 사람이 손립을 옹위하여 성을 나서 십리패로 돌아왔다. 이제 악화를 수레에 태우고 고대수도 말에 올라 일행이 바야흐로 양산박을 향하여 갈 참인데 해진, 해보가 앞으로 나서서 말했다.

"왕 공목과 포 절급은 죽였으나 정작 모 태공을 그대로 두고 간다면 우리 원한을 어떻게 풀겠소?"

손립은 고개를 끄덕이고 아우 손신과 처남 악화로 하여금 먼저 마차를 인솔하여 떠나게 한 다음 자기는 해진, 해보 그리고 추연, 추윤의 무리와 함께 모 태공 장상으로 향하였다.

이 때 모 태공과 모중의 부자는 저의 집에서 손님들을 청하여 잔치를 하느라 아무런 방비가 없었다. 해진, 해보의 무리는 일시에 아우성치고 안으로 달려들어 모 태공의 일문 노소를 하나 남기지 않고 모조리 죽인 다음 안으로 들어가 수많은 금은재보를 얻고 후원에서는 여러 필의 좋은 말을 손에 넣었다.

해진, 해보 형제는 옥중 고초를 겪다가 나온 길이라 주제가 말이 아니었다. 옷장을 뒤져 좋은 옷을 한 벌씩 골라 입은 다음에 집에 불을 놓고 곧 말을 몰아 앞서 떠난 일행과 만났다.

그들이 석용 주점에 이른 것은 그로부터 이틀 뒤였다. 추연이 석용과 서로 본 뒤에 양림, 등비의 소식을 물으니 축가장을 치러 송 공명이 떠날 때 두 사람도 따라갔는데 두 번 싸움에 다 이기지 못하고 그들 두 사람이 모두 적에게 사로잡혔다고 하였다.

"들으니 축가장의 아들 삼형제가 호걸이고 또 교사 난정옥이란 자가 있어 두 번 다 패하였다나 봅니다."

곁에서 듣고 있던 손립이 문득 소리를 내어 크게 웃었다.

"우리가 이번에 대채에 입당하려 하면서도 반 푼의 공로가 없어 마음에 부끄럽더니 마침 잘되었소. 아직 산에는 올라가지 말고 이 길로 바로 축가장으로 가서 공을 세워 입당하는 도리를 차리도록 할까 하는데 형장의 의향은 어떻소?"

석용이 물었다.

"무슨 좋은 계책이라도 있으시오?"

"원래 그 난정옥이란 자는 나와 한 스승을 섬겨 내 창검 쓰는 법은 제가 잘 알고 제 무예는 또 내가 모두 짐작하는 터이오. 이제 우리가 등주 군관으로서 운주를 지키러 가는 길에 들렀다고 거짓으로 말하면 제가 필연 나와서 영접을 할 것이오. 그 때를 타서 우리가 들어가 내응하면 축가장을 깨치기가 어렵지 않을 터이니 이 계교가 어떠하오?"

말을 미처 마치기 전에 졸개 하나가 들어와서 군사 오용이 산에서 내려와 축가장 싸움을 도우러 간다고 보고했다. 석용은 곧 그에게 명하여 오용을 불러 오게 하였다.

얼마 안 있어 양산박 군마가 문전에 이르니 앞선 호걸은 곧 여방, 곽성과 원가 삼형제이고 그 뒤로 5,6백 인마를 거느리고 군사 오용이 따랐다.

석용이 황망히 맞아들여 손립의 무리와 서로 인사를 한 다음 그들이 대채에 입당하러 왔다는 말과 축가장을 칠 좋은 계교를 가지고 있다는 이야기를 자세히 하니 오용은 기뻐하기를 마지않으며 손립 일행과 함께 축가장으로 향하였다.

오용이 밤낮으로 이동하여 송강의 진중에 이르러 보니 두 번 싸워 두 번 모두 패한 송강은 눈썹을 펴지 못하고 얼굴에 근심하는 빛이 가득했다.

오용은 술을 권하여 그를 위로하며 이어 석용, 양림, 등비 세 두령과 서로 친한 손립이 여러 호걸과 함께 입당하려 하며 계교를 써서 축가장을 치고 그로써 입당하는 예를 삼으려 한다는 전후의 일을 이야기하였다.

듣고 나자 송강의 기쁨은 비길 데가 없었다. 모든 근심이 얼음 녹듯 사라졌다.

송강이 곧 손립, 해진, 해보, 추연, 추윤, 손신, 고대수, 악화의 여덟 호걸을 영채 안으로 청하여 들여 크게 술자리를 베풀어 대접을 극진히 하니 군사 오용은 또 가만히 영을 전하여 셋째 날은 이리이리 하고 다섯째 날은 또 이리이리 하라고 계교를 일러 주었다.

손립은 이튿날 일행을 이끌고 축가장으로 향하였다. 기호에 '등주 병마제할 손립'이라 크게 쓴 다음 일행 인마를 인솔하고 축가장 뒷문으로 갔다.

장상에서 군사가 이 기호를 보고 나는 듯이 들어가서 보고했다. 교사 난정옥은 등주 병마제할 손립이 찾아왔다는 말을 듣자 즉시 축가 삼형제를 향하여 말했다.

"손 제할로 말하면 나와 동문수학한 사람인데 이 곳에는 어째서 왔는지 모르겠군. 하여튼 곧 안으로 맞아들이세."

스무남은 인마를 거느리고 몸소 나가 장문을 열고 적교를 내려 그들 일행을 영접해 들였다. 손립의 무리가 모두 말에서 내려 예를 베풀자 난정옥이 물었다.

"자네는 등주 병마제할로서 어떻게 그 곳을 지키고 있지는 않고 여기를 왔나?"

"그런 게 아니라 이번에 총병부에서 명령이 내려왔는데 운주로 가서 양산박 도적을 대비하라고 하는군. 그래서 지금 그리로 가는 길에 잠깐 만나 보러 들른 터이네. 본래 앞문으로 가려 했지만 거기는 웬 군마가 그리 많은지 혹시 알 수 없어서 일부러 길을 돌아 이리로 왔네 그려."

"그 참 마침 잘 오셨네. 그간 여기는 양산박 떼가 쳐들어와서 여러 번 싸움에 우리가 두령 몇 놈을 사로잡았는데 이제 그 괴수 되는 송강까지 마저 잡은 다음에 함께 관가에다 바치려는 참일세."

"그렇다면 내가 별 재주는 없지만 여기 온 김에 그놈들을 모조리 잡도록 해 보겠네."

난정옥은 크게 기뻐하며 그들을 데리고 전청으로 들어가서 축조봉 부자와 서로 보게 했다.

손립이 그들과 차례로 성명을 통한 다음에 안식구들은 후당으로 들여보내고 같이 온 사람들을 소개하는데 손신과 해진, 해보 세 사람은 자기 아우라 말하고 악화는 운주에서 마중 나온 공리라 하고 추연, 추윤 두 사람은 등주에서 따라온 군관이라고 했다.

축조봉과 그의 아들 삼형제가 다들 총명한 사람이라고는 하지만 첫째는 노소들이 있고 둘째는 허다한 행리와 거장, 인마가 있으며 셋째는 그가 난정옥과 동문수학한 사람이라 어느 점으로 보든지 의심 둘 여지가 없었다. 그들은 곧 소 잡고 말 잡아 크게 잔치를 베풀고 손립의 무리를 환대했다.

이틀이 언뜻 지나고 사흘째가 되었다. 문득 군사가 들어와 보했다.

"송강의 군사가 또 쳐들어왔습니다."

축표가 자리를 차고 일어났다.

"내 나가서 이놈들을 잡아 오겠소."

한마디 남기고 즉시 장객 백여 명을 거느려 밖으로 나갔다. 쳐들어오는 군사는 모두 5백여 명인데 앞선 장수는 곧 소이광 화영이었다. 축표는 즉시 말을 달려나가서 맞아 싸웠다.

그러나 서로 겨루기를 50여 합에 승패가 나뉘지 않았다. 화영은 짐짓 파탄을 보이며 말 머리를 돌려 그대로 달아났다. 축표가 곧 그 뒤를 쫓으려 할 때 소이광 화영의 활 재주가 귀신 같다는 것을 잘 알고 있는 장객 하나가 큰 소리로 외쳤다.

"장군, 쫓아가지 마십쇼! 저 장수가 고금에 드문 명궁이랍니다!"

축표는 그 말을 듣자 즉시 말 머리를 돌려 장상으로 들어와 버렸다. 후당에 모여 술들을 먹는 자리에서 손립이 문득 한마디 물었다.

"장군은 오늘 싸움에 또 어떤 놈을 잡아 가지고 돌아오셨소?"

축표가 대답했다.

"오늘 온 놈은 말을 들으니까 소이광 화영이라는 도적놈인데 창법이 심히 대단하더군요. 50여 합을 싸운 끝에 그놈이 별안간 도망을 하기에 즉시 뒤를 쫓으려 했더니 군사들이 그놈이 고금에 드문 명궁이라 조심하라기에 그냥 돌아왔습니다."

듣고 나자 손립은 입가에 웃음을 띠며 말했다.

"내일은 내가 좀 나가서 몇 놈 잡아 오리다."

한마디 하고 노래 잘 하는 악화를 시켜 노래를 불러 술자석의 흥을 돋우게 했다. 이 날 밤이 늦도록 즐기다 비로소 자리를 파하고 각기 자기 처소로 돌아가서 편히 쉬었다.

날이 밝으니 나흘째였다. 이 날 한낮에 또 군사가 급히 달려 들어와 보고했다.

"송강의 군사가 지금 쳐들어옵니다."

이 말을 듣자 축룡, 축호, 축표 삼형제는 곧 갑옷 입고 투구 쓰고 말을 몰아 앞문 밖으로 나갔다. 장문 위에는 한가운데 축조봉이 앉고 왼편에 난정옥과 오른편에 손립이 역시 자리 잡고 앉아 적의 형세를 살피기로 했다.

진을 치고 서로 대하자 송강 진영에서 표자두 임충이 앞으로 말을 달려 나오며 큰소리로 꾸짖었다. 축룡이 창 들고 말에 올라 백여 명 장객을 거느리고 내달았다. 임충은 곧 장팔사모 꼬나 잡고 그를 맞아 싸웠다. 그러나 서로 어우러져 계속 싸우기 30여 합에 승패가 나뉘지 않았다.

양편에서 서로 징을 쳐 두 장수가 각기 말을 돌려 돌아가니 축호가 크게 노하여 칼 들고 말에 올라 달려오며 큰 소리로 외쳤다.

"송강은 어서 나와 대결하자!"

말이 미처 끝나기 전에 송강 진영에서 한 장수가 말을 몰아 나오니 그는 곧 목홍이었다.

두 장수가 서로 싸워 30여 합에 이르렀으나 역시 승패가 나뉘지 않았다. 이 모양을 보고 축표가 크게 노하여 창을 비껴 잡고 몸을 날려 말 위에 올라 2백여 기를 이끌고 뛰어나가니 송강 진영에서는 양웅이 달려 나와 그를 맞아 싸웠다.

장문 위에서 이를 바라보던 손립은 끝내 참지 못하겠다는 듯 손신을 불렀다.

"내 편창을 가져오너라."

분부한 뒤 분주히 갑옷 입고 투구 쓰고 말 위에 오르니 말은 곧 오추마였다.

축가장상에서 징 소리 한 번 크게 울리자 손립은 강편을 팔에 걸고 한 자루 장창을 손에 들고 적진을 향하여 호통을 쳤다.

"어느 놈이 감히 나와서 나와 승패를 겨루겠는가?"

말이 떨어지자 송강 진중에서 말방울 소리 들리며 한 장수가 내달았다. 모든 사람이 바라보니 곧 석수였다.

석수와 손립이 서로 어우러져서 싸우기 50여 합에 손립이 짐짓 파탄을 보이니 석수가 선불리 창을 들어 그의 가슴을 향하여 내질렀다. 손립은 홱 몸을 틀어 들어오는 창을 한편으로 흘려 버리며 곧 번개같이 손을 놀리어 석수의 허리를 잡아 옆에 끼고 장전으로 돌아오니 축가 삼형제는 수하 장객을 거느리고 일제히 적진을 향하여 짓쳐들어갔다.

송강의 군마가 크게 어지러워져 그 급한 형세를 막아 내지 못하고 그대로 멀리 도망했다.

축룡의 무리는 한 마당 싸움에 크게 이기고 군사를 수습하여 돌아오자 문루 아래서 손립을 보고 치하하기를 마지않았다.

"이번에 제할께서 와 주셔서 천만 다행입니다. 아마도 양산박이 이번에는 아주 끝장이 나나 봅니다."

곧 손립을 후당으로 청하여 은근히 술을 권하며 한편으로 석수를 옥에 가두어 놓았다. 원래 석수의 무예 수단이 결코 손립만 못하지 않으나 짐짓 이렇듯 사로잡힌 까닭은 축가장 사람들로 하여금 한층 더 손립을 믿도록 하기 위함이었다.

손립은 다시 추연, 추윤, 악화 세 사람을 시켜 후방을 지키면서 가만히 출입로를 알아 두게 하였다. 양림과 등비가 추연, 추윤을 보고 마음에 은근히 기뻐했다. 악화는 사람들이 보지 않을 때 그들에게 가만히 소식을 전하였다.

드디어 닷새째 날이었다. 이 날 진시쯤 되었을 때 군사가 또 들어와 보했다.

"송강이 군사를 네 길로 나누어 쳐들어오고 있습니다."

손립은 한 번 픽 웃고 장객들에게 분부했다.

"너희들은 조금도 두려워할 것 없다. 얼른 싸울 준비들을 하라!"

모든 사람이 분주히 출전할 준비들을 하는데 축조봉이 수하 무리들을 데리고 문루 위로 올라가서 바라보니 앞문의 송강 외에도 동쪽으로 들어오는 인마는 앞을 선 두령이 표자두 임충이고 뒤따르는 두령은 이준과 원소이인데 수하 인마는 5백이 넘어 보였고, 서쪽에도 5백여 명 인마인데 앞을 선 두령은 소이광 화영이며 뒤에 따르는 두령은 장횡과 장순이었다. 다시 남쪽 문루 위를 바라보니 거기도 인마는 5백 명 가량인데 거느리는 두령은 목홍과 양웅, 이규 세 사람이다.

축가장 사면이 모두 양산박 인마로 북소리 요란히 울리고 함성이 천지를 뒤흔든다.

난정옥이 말했다.

"이놈들 형세가 만만히 볼 게 아니로군. 나는 뒷문으로 나가서 서쪽 패를 맡을까 하네."

축룡이 말했다.

"저는 앞문으로 나가서 동쪽 패를 맡겠습니다."

축호가 말했다.

"저는 뒷문으로 나가서 남쪽 패를 맡겠습니다."

끝으로 축표가 말했다.

"저는 앞문으로 나가서 송강을 잡아 오겠습니다."

네 사람이 곧 말에 올라 각각 3백여 명 졸개들을 거느리고 나서니 이 때 추연과 추윤은 큰 도끼를 감추어 들고서 감옥 왼편에 지켜 서고 해진과 해보는 몸에 칼을 품어 뒷문을 떠나지 않으며 손신과 악화는 앞문 좌우를 지키고 고태수는 쌍도를 손에 잡아 당전을 서성거리며 때가 오기만 기다렸다.

이윽고 축가장상에 북이 세 차례 울리고 호포가 한 번 터지면서 앞뒷문이 일제히 열리고 적교가 내려지니 사로 군병이 아우성치며 각기 동남서북으로 길을 나누어 내달았다.

그들이 모두 밖으로 나간 뒤에 손립이 군사 10여 명을 거느리고 뒷문 밖 적교 위에 나와 서니 손신은 곧 원래 가지고 온 양산박 기호를 문루 위에다 높이 세웠다.

이 때 악화가 창을 들고 안으로 걸어 들어가며 소리를 높여 노래를 불렀다. 감옥 곁에 있던 추연, 추윤은 이 소리를 듣자 곧 감추어 가지고 있던 도끼를 들고 내달아 감옥을 파수하고 있는 군사 수십 명을 모조리 죽이고 옥문을 열어 일곱 마리 호랑이를 밖으로 내놓았다.

밖으로 뛰어나온 일곱 호걸은 일제히 손에 병장기들을 얻어 들고서 고함을 질렀다.

한편, 고대수는 두 자루 쌍도를 들고 내당 안으로 뛰어들자 안식구들을 한 칼에 한 명씩 하나 안 남기고 모두 죽여 버렸다.

이 뜻밖의 광경을 보고 축조봉은 도저히 피하지 못할 줄을 짐작하여 곧 우물 속에 몸을 던져 자결하려 했다. 그러나 이 때 그 곳에 달려든 석수의 칼이 한 번 번뜻 빛나자 축조봉의 머리가 몸에서 뚝 떨어졌다.

10여 명 호걸들이 앞뒤의 뜰로 돌아다니며 장객의 무리들을 보는 족족 함부로 죽이는데 이 때 또 한편에서는 해진, 해보 두 사람이 마초 더미에다 불을 질렀다. 시뻘건 불길이 그대로 하늘을 찔렀다.

밖에 나가 양산박 군사와 한창 싸우고 있던 군사들은 축가장 장상에 오르는 불길을 보자 모두 마음이 놀라 발길을 돌려 장상을 향해 달려왔다.

남보다 앞선 자는 축가장의 둘째 아들 축호였다. 그러나 그가 말을 달려 해자에 이르니 적교 위에 서 있던 손립이 뜻밖에도 소리를 가다듬어 꾸짖었다.

"네 이놈, 어디로 가려느냐?"

축호는 그제야 비로소 깨닫고 깜짝 놀라 즉시 말 머리를 돌려 다시 송강의 진영을 향하여 달렸으나 여방, 곽성 두 장수가 내달아서 일제히 방천화극을 한 번 내지르니 축호는 말에서 떨어지며 바로 군사들의 손에 어육이 되고 말았다. 그의 수하 군사들은 사방으로 달아났다.

한편, 동로의 맏아들 축룡은 임충과 싸우다가 패하여 곧 말을 달려 축가장 뒷문을 향하여 오는데 뜻밖에도 해진, 해보가 장객들의 시체를 하나하나 끌어다가 불 속에 처넣는 꼴을 보고 소스라치게 놀라 급히 말 머리를 돌려 북쪽을 향해 달렸다.

그러나 얼마 가지 않아 한 수장과 맞닥뜨리니 곧 흑선풍 이규였다. 이규는 앞으로 달려들며 도끼로 우선 그가 탄 말의 다리를 찍어 넘어뜨리고 땅에 떨어지는 축룡의 머리를 단번에 끊어 버렸다. 이 때 축표도 축가장으로 돌아가려 하다가 이규를 만나 쌍도끼 아래 이슬이 되고 말았다.

드디어 송강이 축가장상 정청 위에 자리를 잡고 앉으니 뭇 두령들이 모두 와서 보고를 하는데 사로잡은 군사가 4,5백 명이고 뺏은 말이 5백여 필이며 그 밖에 소와 양 따위는 그 수효를 알 수 없었다.

송강이 크게 기뻐하며 한편으로 감탄을 하였다.

"다만 난정옥은 호걸이었는데 난군 중에 죽었다니 참으로 애석한 일이로고!"

이 때 군사 오용이 일행 인마를 거느리고 들어왔다. 송강을 위하여 술잔을 잡으며 전공을 하례하니 송강은 석상에서 말했다.

"내 이번에 연일 이 곳을 소란스럽게 하여 마음에 불안하오. 이제 축가장을 쳐 깨뜨린 오늘날 집집마다 쌀 한 섬씩 분배해 줄까 하오."

그렇게 백성들에게 나누어 주고 남은 양식은 모조리 수레에 싣고 축가장에서 거둔 금은 재물은 나누어 삼군과 여러 두령을 포상을 하였다. 또 소와 양이며 말과 노새 따위는 산채에서 쓰기 위해 몰고 가기로 했다.

축가장을 쳐서 무찌르고 얻은 양식은 실로 50만 석이었다. 송강이 기뻐하기를 마지않으며 대소 두령들과 군마를 수습하여 산채로 돌아가는데 촌방 향민들이 늙은이를 부축하고 어린이를 업고 나와 길에서 절하고 사례했다.

송강의 무리는 일제히 말에 올라 군사를 나누어 세 무리로 삼아 개가를 부르며 밤을 도와 양산박으로 돌아갔다.

5. 비천신병(飛天神兵)

어느 날 취의청에 뭇 두령들이 모여 앉아 한가하게 한담을 나누고 있을 때였다. 한 염탐꾼이 급하게 들어오며 급보를 전했다.

"고당주 지부 고렴이 시 대관인께서 우리 양산박과 내통하고 있다는 사실을 알아내고 하옥을 시켰는데 지금 시 대관인의 목숨이 경각에 달려 있다고 합니다."

듣고 나자 송강의 놀람은 컸다.

"아니, 시 대관인께서…."

송강이 너무도 놀란 나머지 미처 말을 맺지 못하고 있을 때 조개가 뭇 두령을 돌아보고 말했다.

"시 대관인이 전부터 우리 산채에는 적지 아니 은덕을 베풀어 온 터에 이제 그런 위난을 당했다고 하니 아무래도 곧 내려가서 구해 내야만 되겠소. 이번에는 내가 몸소 다녀오겠소."

그러나 송강은 이번에도 말렸다.

"형님은 산채의 주인이신데 어떻게 거길 가겠다고 그러십니까? 시 대관인과는 제가 제일 정이 깊은 터이니 제가 형님을 대신하여 산을 내려가겠습니다."

그리하여 오용과 상의해서 출전할 두령을 정하니 임충, 화영, 진명, 이준, 여방, 곽성, 손립, 구붕, 양림, 등비, 마린, 백승 등 열두 두령은 마보 군병 5천을 거느려 선봉이 되고 중군은 송강, 오용, 주동, 뇌횡, 대종, 이규, 장횡, 장순, 양웅, 석수 등 열 두령으로 마보 군병 3천을 거느려 출동하기로 하니 군졸이 도합 8천 명에 두령이 스물 둘이었다.

송강은 산채에 남는 조개 이하 여러 두령과 하직하고 양산박을 떠나 바로 고당주로 향하였다. 이 때 고당주 지부 고렴은 양산박 전대가 이미 성밖에 이르렀다는 말을 듣고도 전혀 놀라지 않고 도리어 냉소하기를 마지않았다.

"저들 도적의 무리가 양산박 속에 숨어 있다 하더라도 내가 오히려 이들을 쳐 무찔러 모조리 잡아 없애려던 터인데 저놈들이 제 발로 걸어들 와서 묶임을 받으려 하다니 이는 곧 하늘이 나로 하여금 공을 이루게 하시는 게 아니냐."

곧 군마를 정돈해 성을 나가 대적하게 하고 백성들은 성 위에 올라 수호하게 한 다음 군마를 인솔하고 성 밖으로 나갔다.

이들과는 별도로 고렴 수하에 3백 명의 신병이 있으니 이를 비천신병이라 한다. 비천신병이란 가려 뽑은 정예병들로서 그 모습들을 보면 머리는 풀어 산발하고 몸에는 호리병을 찼는데 그 속에는 모두 화염을 감추고 있었다.

지부 고렴은 몸에 갑옷 입고 등에 칼 지고 말에 올라 이들 3백 신병을 거느리고 성 밖에 이르러 진을 쳤다. 신병은 중군에 두어 기를 두르고 아우성치며 북을 울려 적군이 이르기만 기다리고 있었다.

오래지 않아 양산박의 전대 선봉 임충, 화영, 진명이 수천 인마를 거느리고 와서 서로 대하여 진 치고 나자 어지러이 북을 치는 가운데 임충이 장팔사모 비껴 잡고 말을 달려 앞으로 나오며 소리를 가다듬어 외쳤다.

"고가 성 가진 도적놈아! 빨리 나오너라!"

고렴은 서른 명 군관을 거느리고 말을 채쳐 문기 아래로 나와 서서 손을 들어 임충을 가리키며 꾸짖었다.

"너희 도적의 무리들이 어찌 감히 내 성지를 범하는가!"

임충이 소리쳤다.

"이놈, 백성을 괴롭히는 강도 놈아! 내 곧 경사로 짓쳐 올라가 황제를 속이는 네 아재비 고구 놈을 죽여 내 원한을 풀고야 말겠다!"

고렴이 크게 노하여 곧 좌우를 돌아보며 외쳤다.

"누가 나가서 저 도적을 잡을꼬?"

군관 가운데 통제관 하나가 앞으로 썩 나서니 곧 우직이란 장수다. 우직이 칼을 휘두르며 말을 박차고 앞으로 나가자 임충이 이를 보고 곧 내달아 맞아 싸웠다.

서로 칼과 창을 어우르기 다섯 합이 못 되어 한 소리 크게 외치며 임충이 우직의 가슴을 찔러 말 아래 거꾸러뜨렸다. 고렴이 크게 놀라 소리쳤다.

"누가 감히 나가서 우직의 원수를 갚을꼬?"

이에 응하여 또 한 명 통제관이 나오니 성명은 온문보다. 한 자루 장창을 손에 들고 한 필 황표마 급히 몰아 바로 임충을 취하려 했다.

임충이 바야흐로 나가서 맞아 싸우려 할 때 진명이 크게 불렀다.

"형님은 잠깐 쉬시우. 이놈은 내가 맡으리다."

임충이 말을 멈추어 사양하자 진명이 곧 온문보를 취하여 싸우기 열 합에 한 소리 크게 외치며 낭아봉 번쩍 들어 한 번 내리치니 온문보는 골이 깨어져 그대로 말 아래로 떨어졌다.

고렴은 두 장수가 연달아 적장의 손에 죽는 것을 보자 곧 등에 진 보검을 빼어 들고 앞으로 나섰다. 무어라 한동안 입속말로 중얼중얼하더니 한마디 외쳤다.

"빨리!"

그러자 이상도 한 일이었다. 고렴의 진중으로부터 한 줄기 검은 기운이 일어나 반공중에 흩어지더니 별안간 모래를 날리고 돌을 굴리며 일진괴풍이 일어나 바로 양산박 진중으로 휩쓸어 들어오는 것이 아닌가.

임충, 화영, 진명의 무리는 낯을 대하여도 서로 볼 수가 없었다. 타고 있는 말이 먼저 놀라 어지러이 뛰니 수하 군졸이 우르르 몸을 돌이켜 달아나기 시작했다.

고렴은 이를 보고 칼을 들어 가리켰다. 3백 명 비천신병이 일시에 내닫고 그 뒤를 따라 관군이 짓쳐들어왔다.

임충의 무리는 별이 떨어지고 구름이 흩어지듯 풍비박산하여 그대로 50리나 물러가 하채 하여보니 이 싸움에 꺾인 인마가 실로 천여 명이었다. 고렴은 멀리 쫓지 않고 군사를 거두어 성으로 돌아갔다.

이윽고 송강의 중군 인마가 이르렀다.

임충의 무리가 나가서 맞아들여 패한 연유를 자세히 고하니 송강이 듣고 크게 놀랐다.

"이 대체 무슨 요술이오?"

오용을 돌아보며 물으니 오용이 대답했다.

"생각건대 사술에 불과할 것이니 만약에 바람을 돌리고 불을 물리칠 수만 있다면 적을 깨치기 어렵지 않으리다."

송강은 문득 생각이 나서 가만히 천서를 열어 보았다. 그 책은 송강이 가족을 데리러 운성현으로 갔을 때 환도촌의 '현녀의 묘'라는 무덤 안에서 우연히 얻은 기서였다. 놀랍게도 그 책에는 바람을 돌리고 불을 막는 방법이 적혀 있었다.

송강은 크게 기뻐 주문과 비결을 잘 윈 다음에 인마를 정돈하여 오경에 밥 지어 먹고 기를 두르고 북을 치며 성 아래로 짓쳐 들어갔다.

고렴은 어제 이긴 군마와 3백 신병을 거느리고 나와서 진을 치고 나자 손에 보검을 쥐고 나와 섰다. 송강은 손을 들어 고렴을 가리키며 외쳤다.

"내 어제 미처 오지 못하여 우리 형제가 네게 일진이 패했으나 오늘은 내 반드시 너를 잡아 죽일 터이니 네 그리 알아라!"

고렴이 크게 노하였다.

"이놈, 반적들아! 빨리 항복하지 않고 기어이 내 손을 더럽힐 생각이냐!"

말을 마치며 칼을 들어 한 번 휘두르고 입속말로 또 혼자 무어라 중얼중얼한 다음 외쳤다.

"빨리!"

한 소리 외치니 진중으로부터 검은 기운이 일어나면서 일진괴풍이 모래를 날리고 돌을 굴렸다.

이를 보자 송강은 그 바람이 미처 이르기 전에 자기도 입속말로 주문을 외우고 왼손으로 결을 지으며 오른손으로 칼을 들어 한 번 가리키고 크게 외쳤다.

"빨리!"

그러자 바람이 송강의 진을 바라서 오지 않고 도리어 고렴의 신병대를 향하여 몰아친다. 송강은 크게 기뻐하며 급히 인마를 휘몰아 짓쳐 나가려 했다.

이 때 고렴은 바람이 도로 자기 진중으로 돌아오는 것을 보더니 곧 동패를 흔들며 칼을 번쩍 쳐들고 주문을 외우고 염하였다. 그러자 신병대 속으로부터 황사가 어지러이 날리며 한 떼의 괴수와 독충이 앞을 다투어 내달았다.

송강의 진에서 이를 바라보고 모두 놀라며 어이없어하는 중에 주장 되는 송강이 남보다 먼저 말을 채쳐 달아나고 뭇 두령이 그를 옹위하여 일시에 뒤따르므로 수하 군졸이 서로 능히 돌아보지 못하고 길을 찾아 도망했다. 그 뒤를 고렴의 군사들이 급히 휘몰아쳤다.

송강의 인마가 크게 패하여 20여 리를 물러가니 그제야 고렴은 바라를 쳐서 군사를 거두어 성내로 들어갔다.

송강은 산 밑에 이르러 비로소 패잔병을 수습하고 군사 오용에게 계교를 물었다.

"이번에 두 번 싸워 두 번 다 패했으니 이를 어찌하면 좋겠소?"

오용이 대답했다.

“내 생각에는 아무래도 공손승을 청해다가 저놈의 요법으로 깨뜨려야만 되지 그러지 않고서는 도저히 시 대관인의 목숨을 구해 낼 방법이 없을까 봅니다.”

공손승이 쉬지 않고 말을 달려 급히 이르니 송강과 오용이 영채에서 나와 영접하여 함께 중군장 안으로 들어갔다. 뭇 두령이 다 와서 하례하기를 마치자 크게 잔치를 베풀어 모든 사람이 다 즐겼다.

이튿날 중군장에서 송강, 오용, 공손승 세 사람이 고렴을 쳐부술 일을 의논하는데 공손승이 말했다.

“형님께서 영을 전하여 군사를 거느리고 나아가시면 제가 형세를 보아 대응하겠습니다.”

송강은 그 말을 좇아 곧 영을 내려 전군이 바로 고당주성 해자 근처로 가서 주둔하였다. 이튿날 오경에 밥 지어 먹은 후 기를 휘두르고 북을 치며 성 아래로 짓쳐 들었다.

이 때 고렴은 성 안에 있다가 군졸이 들어와서 송강의 군마가 다시 이르렀다고 보고하자 즉시 갑옷 입고 투구 쓰고 말에 올라 3백 신병과 대소 장교를 거느리고 성 밖으로 나왔다.

양군이 서로 북을 둥둥둥 울리는 가운데 송강 진문이 열리는 곳에 열세 명 대장이 말을 내어 나오니 왼편의 다섯 장수는 화영, 진명, 주동, 구붕, 여방이고 오른편의 다섯 장수는 임충, 손립, 등비, 마린, 곽성이며 중간의 세 기는 곧 송강, 오용, 공손승이다.

세 명 총군 주장이 진전에 말을 내어 적진을 바라보려니 북소리가가 일제히 울리며 문기가 열리는 곳에 수십 명 군관의 호위를 받고 고렴이 말을 채쳐 나왔다.

송강은 좌우를 돌아보고 외쳤다.

“누가 나가서 저 도적을 벨꼬?”

말이 떨어지자 소이광 화영이 창을 비껴 잡고 말을 몰아 나가니 이를 보고 고렴이 또한 외쳤다.

"누가 나가서 저 도적을 잡을꼬?"

소리에 응하여 한 상장이 쌍도를 춤추며 말을 달려 나오니 그는 곧 설원휘라는 장수다.

두 장수가 어우러져 싸우기 대여섯 합에 화영이 문득 말 머리를 돌려 달아나니 설원휘는 이것이 계책임을 모르고 말을 몰아 그 뒤를 급히 쫓았다.

화영은 창을 안장에 걸더니 곧 몸을 돌려 활을 쏘았다. 설원휘는 화살을 맞고 그대로 말 위에서 거꾸로 떨어졌다. 고렴이 이를 보고 크게 노하여 말 안장에 걸어 놓은 동패를 떼어 들고 칼로 세 번을 쳤다.

그러자 신병대 안으로부터 일진 황사가 일어나며 천지가 어두워지고 일월이 무색해지더니 함성이 크게 일어나는 곳에 온갖 괴수 독충들이 황사 속에서 어지러이 달려 나왔다.

모든 군사가 소스라치게 놀라 바야흐로 달아나려 할 때 공손승이 마상에서 한 자루 검을 들어 적군을 가리키고 입으로 주문을 외웠다.

"빨리!"

한 소리 외치니 황사가 깨끗이 걷히고 괴수 독충의 무리가 떨어지는데 자세히 보니 모두가 짐승 모양을 백지로 오려서 만든 것이었다.

송강은 곧 채찍을 들어 한 번 가리켰다. 대소 삼군이 일시에 내달아 쳐부수었다. 고렴이 마침내 크게 패하여 3백 신병과 함께 급히 군사를 돌리려 할 때 양쪽에서 바라 소리 크게 울리며 좌편에 여방과 우편에 곽성이 5백 인마를 몰고 나와 들이쳤다.

수하 군졸을 태반이나 잃은 고렴이 간신히 길을 찾아 달리는데 사방이 모두 양산박의 군사들뿐이라 감히 성으로 들어갈 생각을 못하고 산길로 잡아들었다.

그러나 십 리를 미처 가지 못해서 산 뒤로부터 함성이 크게 일어나며 한 떼 인마가 내달아 길을 막으니 앞선 대장은 손립이다. 고렴이 크게 놀라 급히 말 머리를 돌려 달아나려 할 때 또 한 떼 인마가 내달으며 주동이 호통치고 나섰다.

고렴은 급히 말을 버리고 산 위로 기어 올라갔다. 그러나 산과 들을 까맣게 덮은 인마 모두가 양산박 군사들이었다. 좀처럼 도망갈 길이 없음을 깨닫자 고렴은 황망히 입으로 주문을 외웠다.

"일어라!"

한 소리 크게 외치자 그 소리에 응하여 발밑으로부터 한 조각 검은 구름이 일어났다. 고렴은 그 위에 올라타고 올랐다.

바야흐로 이 때였다. 산기슭으로부터 공손승이 달려 나오며 곧 칼을 들어 하늘을 가리키고 입으로 주문을 외운 다음 외쳤다.

"빨리!"

그러자 고렴이 구름 위로부터 거꾸로 떨어졌다. 마침 곁에 있던 뇌횡이 곧 내달아 칼로 쳐 두 동강을 내니, 애달프다, 제후의 귀한 몸도 변하여 한날 고깃덩어리가 되고 말았다.

뇌횡이 고렴을 죽였다는 말을 듣고 송강은 곧 군사들을 거느려 고당주 성내로 들어갔다.

우선 영을 전하여 백성을 상하지 말도록 하라 이르고 바로 방을 붙여 백성을 안무하며 추호도 범하지 않게 하고는 바로 사람을 감옥으로 보내어 시 대관인을 구해 내게 했다.

한참을 찾아서야 우물 속에 빠뜨려 놓은 시진을 겨우 발견했다. 모든 사람이 기뻐하기를 마지않았으나 자세히 보니 머리는 깨어지고 이마는 찢어졌으며 두 넓적다리 살은 모두 해지고 두 눈만 뜰락 말락 감을락 말락 하고 있었다.

참으로 처참한 정경이었다. 송강은 마음은 슬프고 안타까워하며 곧 의원을 불러다 보게 했다.

이어서 송강은 고렴 일가 노소 3,40명을 모조리 거리에 내어다 목을 베어 죽이고 창고의 재백이며 양미며 또 고렴 소유의 재산을 모두 실어 산으로 나르게 한 다음 고당주를 떠나 양산박으로 돌아갔다.

6. 쌍편(雙鞭) 호연작(呼延灼)

이 때 동창, 구주 두 곳에서는 고당주가 패하여 고렴이 죽고 성지가 함락한 소식을 듣자 곧 표를 닦아 조정에 보고했다.

태위 고구는 자기가 사랑하는 고렴이 도적 떼에게 죽었다는 말을 듣고 분한 생각을 억제할 길이 없었다.

그는 이튿날 서둘러 입궐하여 천자께 아뢰었다.

"양산박의 괴수 조개, 송강의 무리가 강도와 약탈을 일삼는 가운데 앞서는 제주에서 관군을 살해하고 강주 무위군을 쑥밭으로 만들었으며 이번에는 또 고당주에서 관민을 살육하고 창고를 털어 모조리 노략해 갔으니 실로 심복대환이라 만약에 일찍이 섬멸하지 아니하여 적을 키우다 보면 소탕하기가 어려울 것이오니 엎드려 비옵건대 속히 성단을 내리시옵소서."

천자는 듣고 크게 놀라 곧 지시를 내려 고 태위로 하여금 장수를 택하고 군사를 뽑아 양산박을 무찔러 도적 떼를 섬멸하라 하였다.

고 태위가 다시 아뢰었다.

"조그만 도적의 무리를 치는 데 구태여 대병을 일으킬 필요가 있사오리까? 신이 감히 한 사람을 천거하여 도적을 소멸케 하오리다."

"경이 천거하는 사람이 누구인고?"

천자의 말에 고 태위가 또 아뢰었다.

“그는 곧 개국 초의 하동 명장 호연찬의 자손으로 이름은 연작인데 두 자루 동편을 쓰되 만 사람을 이기는 용맹이 있사오니 이 사람으로 병마지휘사를 제수하시와 산채를 토벌하게 하시옵소서.”

천자가 이를 윤허하자 고 태위는 전수부에 앉아서 칙서를 받들고 호연작을 불러 올리게 했다.

그로써 여러 날이 지나 여녕주 도통제 호연작은 3,40명 종인을 거느리고 칙사를 따라 경사로 올라왔다. 바로 전수부로 들어가 고 태위를 뵈니 태위는 좋은 말로 위로한 뒤 후히 상을 내리고 이튿날 그와 함께 궐내로 들어가 천자에게 인사를 하였다.

천자가 보니 그의 용모가 비상했다. 천자는 크게 기뻐하며 곧 척설오추마 한 필을 내렸다. 이 말은 온몸이 먹칠한 듯 검고 네 굽만 분을 바른 듯 흰 까닭에 이 이름이 있으니 하루에 능히 천리를 간다.

호연작은 은혜에 감사하고 고 태위를 따라 같이 전수부로 나와서 보고하였다.

“상공께 아뢰옵거니와 지금 양산박의 형세가 자못 크니 소장이 두 장수를 천거하여 선봉을 삼아 함께 군마를 거느리고 가야만 반드시 공을 이룰 수 있을 것이옵니다.”

고 태위가 물었다.

“장군이 추천하겠다는 사람이 누구요?”

호연작이 대답했다.

“한 사람은 지금 진주 단련사로 있는 한도로 본래 동경 태생이며 한 자루 조목삭을 잘 쓰므로 백승장군이라 부르니 그를 선봉으로 삼고, 또 한 사람은 영주 단련사로 있는 팽기인데 역시 동경 태생으로 누대 장군의 자제라 무예가 출중하며 한 자루 삼첨양인도를 잘 쓰므로 세상에서 천목장군이라 부르니 이 사람으로 부선봉을 삼으려 하나이다.”

듣고 나자 고 태위는 기뻐하기를 마지않았다.

"만약 한, 팽 두 장수로 선봉을 삼는다면 어찌 도적들을 소탕 못할까 근심하랴."

당일로 두 통의 문서를 만들어 추밀원 관원에게 주어 진주, 영주 두 곳에 가서 한도, 팽기 두 장수를 불러 올리게 했다.

며칠이 못 되어 두 사람이 경사에 이르러 전수부로 들어와 고 태위와 호연작에게 참배했다.

이튿날 고 태위는 모든 장수를 거느려 교련장으로 나가 무예를 조련하고 전수부로 돌아오자 호연작에게 말했다.

"장군은 한, 팽 두 장수와 함께 정예한 마군 3천과 보군 5천을 가려 뽑아 양산박을 소탕하도록 하오."

마침내 출전하는 날이 되었다. 호연작, 한도, 팽기 세 장수는 고 태위에게 하직을 고한 후 성을 나와 길에 오르니 전군은 한도이고 중군은 호연작이며 후군은 팽기라 마보 삼군이 호탕하게 양산박을 향해 나아갔다.

이 때 양산박에서는 모든 호걸이 취의청 위에 모여 시진의 일을 경하하고 있는데 군사가 달려 들어와 보고했다.

"여녕주의 쌍편 호연작이 군마를 거느리고 쳐들어오나이다."

모든 무리가 이 말을 듣고 곧 대적할 일을 의논하는데 군사 오용이 나서서 말했다.

"내 들으니 호연작은 개국 공신 하동 명장 호연찬의 적파 자손으로 무예가 대단하며 한 쌍 동편을 잘 쓴다 하니 쉽게 잡기는 어려울 것이오. 내 생각에는 먼저 용맹한 장수를 보내 힘써 싸우게 하고 다음에 지혜로써 사로잡는 것이 마땅할 줄로 아오."

송강이 그 말을 들어 장수를 선별하니 진명은 나가서 선봉 진을 치고 임충은 둘째 진을 치고 화영은 셋째 진을 치고 호삼랑은 넷째 진을 치고 손립은 다섯째 진을 치게 하되 이 다섯 대의 군마는 마치 물레바퀴처럼 서로 응하여 전군이 후군 되고 후군이 전군 되어 번갈아 싸우게 했다.

송강은 몸소 두령 열 명과 함께 대대 인마를 이끌기로 하니 좌군은 주동, 뇌횡, 목홍, 황신, 여방의 다섯 장수이고 우군은 양웅, 석수, 구붕, 마린, 곽성의 다섯 장수이다.

수로에는 이준, 장횡, 장순과 원가 삼형제로 선척을 안배하여 접근하게 하고 따로 이규와 양림 두 사람으로 하여금 보군을 거느리고 두 길로 나뉘어 구원케 했다.

선발하기를 마치자 진명이 먼저 군사를 이끌고 산을 내려가 진군을 하니 이 때 비록 겨울철이라고는 하나 날씨가 심히 따뜻했다.

진을 치고 하루를 기다리자 이튿날 아침에 관군이 이르더니 선봉대의 백승장 한도가 군마를 인솔하여 채책을 세웠다.

이 날은 싸우지 않고 이튿날 날이 밝자 양군이 대진했다. 북소리 크게 울리며 진명이 말을 세우고 적진을 바라보니 문기가 열리는 곳에 선봉장 한도가 창을 비껴 잡고 말을 달려 나와 진명을 보고 크게 꾸짖었다.

"천병이 이에 이르렀건만 네 빨리 항복하려 않고 도리어 항거하니 그 죄가 더욱 큰 것임을 아느냐?"

진명은 본시 성미가 급한 사람이라 그 말에 아무런 대꾸도 않고 그대로 말을 몰아 낭아봉을 휘두르며 한도에게로 달려들었다.

한도가 창을 잡고 나와 마주 싸웠다. 어우러져 싸우기 스무여 합에 이르자 한도가 힘이 부쳐 바야흐로 달아나려 할 때 중군 주장 호연작이 마침 이르러 이 모양을 보고 쌍편을 휘두르며 척설오추마를 몰아 앞으로 달려 나왔다.

진명이 한도를 쫓지 않고 바야흐로 호연작을 맞아 싸우려 할 때 둘째 대

의 표자두 임충이 이미 이르렀다

"진 통제는 잠깐 쉬고 계시지요."

큰 소리로 외치며 장팔사모를 비껴 잡아 바로 호연작을 향하여 달려들었다. 진명은 스스로 군사들을 거두어 좌편 산 뒤로 들어가 버렸다.

임충이 호연작과 싸우니 두 사람이 바로 적수라 서로 싸워 쉰 합에 이르도록 승부를 나누지 못하는데 셋째 대의 화영이 군사들과 함께 진문 아래 이르러 외쳤다.

"임 장군은 잠깐 쉬시오! 내 저놈을 사로 잡으리다!"

임충이 말 머리를 돌려 돌아서자 호연작도 그의 무예가 고강함을 보고 또한 본진으로 돌아갔다.

화영이 창을 잡고 나오자 호연작의 후군이 이르러 팽기가 칼을 비껴 잡고 말을 급히 몰아 나오며 소리를 가다듬어 화영을 꾸짖었다.

"이놈 역적아, 빨리 나와 창을 받아라!"

화영은 크게 노하여 아무런 대꾸도 하지 않고 곧 말을 채쳐 나아가 팽기를 취했다.

서로 어우러져 싸워 스무여 합에 이르자 팽기의 칼 쓰는 법이 점점 어지러워지는 것을 보고 호연작이 내달아 싸움을 도우려 하는데 이 때 마침 넷째 대의 호삼랑의 인마가 이르러 크게 외쳤다.

"화 장군은 잠깐 쉬십시오! 내 그놈을 사로 잡으리다!"

화영은 인마를 수습하여 오른편 산 뒤로 들어가 버리고 팽기가 호삼랑을 맞아 다시 싸울 때 마침 다섯째 대의 손립이 군마를 거느리고 와 말을 세우고 두 장수가 싸우는 양을 관망했다.

호삼랑과 팽기가 서로 싸워 스무여 합에 이르자 호삼랑이 문득 말 머리를 돌려 달아났다. 팽기가 공을 세우려 그 뒤를 급히 쫓았다.

호삼랑은 쌍도를 말 안장에 걸고 전포 아래에서 스물네 개 금 갈고리가 달린 홍금투삭을 내어 팽기의 말이 가까이 이르기를 기다렸다가 몸을 틀면서 투삭을 홱 위로 펼치니 팽기가 미처 피할 사이 없어 투삭에 몸이 얽히어 말 아래로 떨어졌다.

손립이 곧 군사들에게 호령하여 일시에 내달아 묶어 갔다. 호연작이 이를 보고 노하여 말을 채쳐 나와 구하려 하니 호삼랑이 앞을 가로막았다.

서로 맞아 싸우기 여남은 합에 호연작은 능히 이기지 못하자 짐짓 밀리는 것 처럼 보여 호삼랑을 품에 들게 하더니 문득 쌍편을 들어 호삼랑의 정수리를 향하여 힘껏 내려쳤다.

그러나 호삼랑은 눈이 밝고 손이 빠른 사람이라 어느 틈에 쌍도를 번쩍 드니 내려오는 쌍편이 칼 위에 떨어져 쟁그랑 하는 쇳소리와 함께 화광이 사면으로 흩어졌다.

호삼랑이 말을 달려 본진으로 달려오자 호연작이 그 뒤를 좇았다. 그 때 손립이 앞으로 내달아 창을 비껴 잡고 가로막았다.

바로 이 때 송강이 열 두령을 거느리고 이르러 진을 치고 호삼랑은 스스로 인마를 이끌어 산 뒤로 들어갔다.

송강은 팽기를 사로잡았다는 보고를 듣고 마음에 기꺼워하며 전선에 나서서 손립과 호연작이 싸우는 양을 보았다. 두 장수가 어우러져 싸워 서른 합에 이르도록 승패를 나누지 못하매 송강이 바라보고 갈채를 하였다.

이 때 팽기가 사로잡힌 것을 보고 관군의 진중에서 한도가 군마를 모조리 일으켜 일시에 나와서 쳐들어 왔다.

이를 보고 송강은 채찍을 들어 한 번 가리켰다. 열 두령이 대소 군사들을 이끌어 휘몰아 나가고 배후에 네 갈래 군병이 또한 두 길로 나뉘어 협공해 들어갔다.

그 형세가 심히 급하고 날카로웠으나 호연작이 이를 보고 급히 본부 군마를 수습하여 굳게 지키자 감히 더 나아가 공격을 할 수가 없었다.

이 어인 까닭인가? 호연작의 진중이 모두 연환마라 말은 마갑을 입고 사람은 갑옷을 입었는데 사람은 오직 한 쌍 눈동자를 내 놓았을 뿐이고 말은 다만 네 굽을 드러내었을 따름이었다.

송강의 진상에도 갑마가 있다고는 하나 단지 얼굴만 가렸을 뿐이라 비록 이쪽에서 활로 쏘나 관군은 조금도 두려워하지 않고 마군 3천이 모두 어지러이 화살로 응하니 이로 하여 능히 깨치지 못하는 형세였다.

이를 보고 송강이 급히 바라를 쳐서 군사를 거두니 호연작 또한 20여 리를 물러나 주둔했다.

송강이 군사들을 물려 산 서편에 이르러 주둔하고 나자 마침 군사들이 팽기를 결박하여 들어왔다.

송강은 이를 보자 곧 몸을 일으켜 군사를 꾸짖어 물리치더니 친히 그 묶은 줄을 풀고 장중으로 이끌어 들여 자리에 앉힌 다음 그 앞에 절을 했다. 팽기는 깜짝 놀라 황망히 자리에서 내려와 답례하고 물었다.

"소장은 사로잡혀 온 몸이니 마땅히 참수을 당해야 옳은 일인데 장군께서 도리어 예를 갖추어 대하심은 어인 까닭이오니까?"

송강이 대답했다.

"우리 무리가 몸 둘 곳이 없어 잠시 양산박에 몸을 감추고 있거니와 이제 조정이 장군을 보내시어 체포케 하시니 마땅히 목을 늘이어 묶임을 받아야 도리에 옳을 것이외다. 그러나 다만 목숨을 보전하기 어렵겠기로 부득이 죄를 짓고 있는 것이니 장군은 부디 용서해 주시오."

"송 공명의 대명은 익히 들었습니다만 이제 뵈오니 과연 의기 심중하신 줄을 알겠소이다. 만일 장군께서 소장의 목숨을 붙여 주시겠다면 마땅히 몸을 버려 보답하오리다."

송강은 크게 기뻐 당일로 팽기를 대채로 올려 보내 조 천왕과 서로 보게 하고 바로 삼군과 뭇 두령을 불러 군정을 의논했다.

한편, 호연작은 군사를 거두고 한도를 청하여 일을 의논하니 한도가 말했다.

"오늘 도적의 무리가 우리의 진을 범하려다 감히 가까이 들어오지 못하고 제풀에 물러간 까닭은 정녕 우리의 장한 위세를 두려워했기 때문일 것입니다. 내일 군마를 총동원하여 한 번에 몰아친다면 크게 이길 수 있을 것 같은데 어떠하올지?"

듣고 나자 호연작은 즉시 영을 전하여 준비를 서둘게 했다.

"장군의 말이 심히 옳소. 나도 실은 그런 생각을 하고 있었소."

그 이튿날 아침이었다. 송강은 군사를 다섯 대로 나누어 앞에 두고 양로 복병은 좌우에 두었으며 열 두령은 후군을 거느리게 한 뒤에 먼저 진명을 내보내 싸움을 청하게 했다.

그 때 관군 진중에서 연주포가 터지며 1천 보군이 좌우로 갈라서더니 삼면으로 연환마군이 짓쳐 나오는데 양편에서는 어지러이 활을 쏘고 중간은 모두가 장창을 들고 달려들었다.

송강은 이를 보고 크게 놀라 급히 영을 내려 전군이 일시에 같이 활을 쏘게 했다.

그러나 무슨 수로 저들을 당해 내랴! 3천 연환마가 산과 들을 까맣게 덮으며 곧바로 짓쳐들어오니 송강의 전면 다섯 대 군마가 견디어 내지 못하고 일시에 흩어지며 후면 인마마저 각기 목숨을 구하여 앞을 다투어 달아났다.

송강이 황겁하여 말을 채쳐 달아나니 열 두령도 전후좌우로 송강을 옹위하여 함께 달아나는데 그 등 뒤를 일대의 연환마들이 급히 쫓았다.

형세가 십분 위급할 지경에 마침 이규와 양림의 복병이 내달아 송강을 구하여 물가에 이르니 이준, 장횡, 장순, 원가 삼형제의 수군 두령이 전선을 거느리고 다가왔다.

송강이 급히 배에 오르며 영을 전하여 길을 나눠서 뭇 두령들이 서로 접근하게 할 때 어느 틈엔가 연환마가 물가에까지 이르러 어지러이 활을 쏘았다.

선상에 방패가 많아 화살을 막아서 다행히 중상은 면하고 배를 재촉하여 압취탄에 다다랐다.

언덕에 올라 인마를 점검해 보니 이번 싸움에 군사를 태반이나 잃었다. 그래도 두령 가운데는 한 명도 크게 상한 사람이 없어 그나마 천행으로 여기는데 뒤미처 석용, 시천, 손신, 고대수의 무리가 목숨을 구하여 산으로 올라와서 말했다.

"보군이 조수처럼 몰려 들어와서 집을 함부로 들부수는데 만약 수군에서 배를 내어 도와주지 않았더라면 저희는 다 잡혀갔지 한 사람도 살아오지 못했을 겁니다."

송강은 일일이 좋은 말로 위로하며 뭇 두령을 점검하여 보니 임충, 뇌횡, 이규, 석수, 손신, 황신의 여섯 두령이 화살에 맞았고 졸개로서 상한 자는 그 수효를 알 수 없었다.

이 때 대채에서는 조개가 이 소식을 듣자 오용과 공손승을 데리고 수채로 내려왔다.

그는 좋은 말로 위로하며 수군에 분부하여 채책을 견고히 하고 선척을 정비하여 굳게 지키게 한 다음 송강을 청하여 함께 대채로 돌아가 편히 쉬도록 했다.

그러나 송강은 끝까지 듣지 않고 그대로 수채에 머물러 있겠다 하여 다만 부상당한 두령들만 대채로 돌아가기로 했다.

7. 굉천뢰(轟天雷) 능진(凌振)

한편, 호연작은 크게 이기고 본채로 돌아가 연환마를 풀어 놓고 모든 장수들의 공을 기리는데 죽인 도적은 이루 수효를 모르겠고 사로잡은 도적이

5백여 명이며 빼앗아 온 말이 3백여 필이라 즉시 보고서를 작성하여 경사에 보고하게 하고 바로 삼군을 크게 포상한 다음 다시 도적 깨칠 일을 의논했다.

물을 사이에 두고 연일 북 치고 고함지르며 싸움을 청하나 양산박에서는 도무지 응하려 하지 않고 수군이 물길을 막아 방비를 굳게 하니 건너가서 칠 수도 없었다.

은근히 고민하고 있을 때 경사로부터 사자가 황제의 뜻을 받들어 어주 열 병에 금포 한 벌과 금 열 관을 가지고 내려왔다.

호연작은 한도와 더불어 20리 밖에 나가 영접하여 함께 영채로 돌아와서 천은에 사례하고 잔치를 베풀어 환대 하였다.

또한 선봉장 한도에게 명하여 군중에 상금을 나누어 주게 하고 사로잡은 군사 5백여 명은 아직 채중에 가두어 두었다가 도적의 괴수를 잡는 날 함께 경사로 올려 보내기로 했다.

호연작이 사자에게 말했다.

"팽기가 송강을 잡기에 너무 열중하여 깊이 적진에 들어갔다가 그만 사로잡히고 말았소이다. 저번 싸움에 저희가 크게 지고 다시는 감히 나오지 않을 줄 알거니와 소장이 군사를 나누어 곧 산채를 토벌하고 양산박을 소탕하려 하나 다만 사면이 모두가 물로 둘러 싸여 있어 소굴을 나아갈 길이 없는 것이 한입니다."

호연작이 잠시 말을 쉬었다가 다시 계속했다.

"아무리 생각해도 화포가 없이는 도적의 소굴을 무찌를 수가 없겠습니다. 전부터 들으니 동경에 능진이라는 포수가 있어 명호를 굉천뢰라 하는데 이 사람이 화포를 잘 만들어 한 번 놓으면 능히 시오 리를 날아 화포가 떨어지는 곳에 큰 구덩이가 생긴다고 합니다. 이 사람만 얻는다면 도적을 깨치기가 어렵지 않을 터이니 사자는 이번에 돌아가시거든 태위께 말씀하여 이 사람을 급히 내려 보내도록 해 주십시오."

사자가 응낙하고 경사로 돌아가 그대로 고 태위에게 보고하니 고구는 곧 편지를 전하여 능진을 부르게 했다.

원래 능진은 연릉 사람으로 별명을 굉천뢰라 부르고 또한 무예가 뛰어나다고 알려져 있었다.

능진이 태위의 부름을 받고 전수부에 이르러 참배하니 태위가 곧 행군통령관에 임명하고 무기를 수습하여 떠나게 했다.

능진은 온갖 화포 재료 등을 수레에 싣고 3,40명의 군사를 거느려 동경을 떠나 바로 양산박으로 향하였다.

여러 날 만에 주둔지에 이른 능진은 호연작에게 참현하고 선봉장 한도를 만나 본 뒤에 먼저 군사를 시켜 물가에다 포가를 설치케 하고 장차 대포 쏠 준비를 했다.

이 때 송강은 압취탄에서 군사 오용과 더불어 계책을 의논했으나 별로 좋은 계책이 떠오르지 않았다. 그 때 첩자가 들어와 보했다.

"동경서 새로이 능진이란 포수가 내려와 물가에다 포가를 세우고 화포로 우리 영채를 치려고 합니다."

듣고 나자 오용은 송강을 보고 말했다.

"별로 근심할 일이 아니외다. 우리 산채가 사면이 모두 물로 둘러싸여 있으니 설사 화포를 쏘더라도 대채까지는 이르지 못할 것입니다. 잠시 대채로 올라가서 저들이 어찌 하는가 본 다음에 따로 의논을 하기로 하시지요."

송강은 그 말을 옳게 여겨 뭇 두령과 함께 압취탄을 떠나 대채로 올라갔다.

조개와 공손승이 그들을 취의청 위로 맞아들였다.

"형세가 이러하니 장차 어찌 했으면 좋겠소?"

서로 계교를 의논할 때 산 아래서 포성이 크게 들려 왔다.

곧 사람을 내려 보내 알아보니 오래지 않아 돌아와 보고하되 연달아 화포 세 방을 놓았는데 두 개는 물에 떨어지고 한 개는 바로 압취탄 소채 위에 떨어졌다고 했다.

송강은 이 말을 듣고 더욱 초조해 하자 뭇 두령도 다들 얼굴빛이 변했다.

이를 보고 오용이 말했다.

"아무래도 그 사람부터 잡은 뒤에 공격할 일을 의논하는 것이 좋겠습니다."

이윽고 오용이 군사들을 선발했다.

먼저 수군 두령을 두 대로 나누어 이준과 장횡이 물에 익은 수군 마흔여 명을 거느려 한 척 쾌선에 올라 갈대 수풀 우거진 곳으로 가만히 가고 그 뒤를 좇아 장순과 원가 삼형제가 또한 작은 배 마흔 척을 이끌어 접근하기로 했다.

이준과 장횡이 건너편 언덕에 오르며 곧 고함치고 내달아 포가를 뒤엎어 놓으니 이를 보고 군사가 급히 달려가 능진에게 보고했다. 능진은 즉시 창 들고 말에 올라 군사 천여 명을 거느리고 물가로 달려 나왔다.

이준과 장횡은 졸개들을 데리고 황망히 달아났다. 능진이 곧 그 뒤를 쫓아 갈대 수풀 가에 이르러 보니 물가에 작은 배 마흔여 척이 일자로 벌여섰고 배 위의 사람이 모두 백여 명인데 이준과 장횡의 무리가 배 안으로 뛰어든 뒤에도 얼른 배를 내지 않다가 관군이 가까이 이르자 모두 물 속으로 뛰어들었다.

능진은 즉시 군사들에게 호령하여 모조리 배를 빼앗아 탔다. 이 때 건너편 언덕 위에서 주동과 뇌횡의 무리가 북을 울리며 아우성을 쳤다. 능진은 이를 우습게 보고 곧 배를 내어 그쪽을 향하여 나아갔다.

그러나 바야흐로 강중심에 이를 무렵 주동, 뇌횡의 무리가 바라를 어지러이 치니 물 속으로부터 마흔여 명 수군이 떠올라 일시에 고물 아래 박아 놓은 말뚝을 빼어 버렸다.

물이 용솟음쳐 배 안으로 들어오자 좌우로 어지러이 달려들어 배를 모조리 뒤엎어 버리니 배에 탔던 군사들이 하나 남지 않고 모두 물 속에 떨어지고 말았다.

능진은 깜짝 놀라 밑 빠진 배를 돌이켜 달아나려 했다. 그러나 그가 탄 배 역시 엎어지며 물 속에 빠지고 마니 숨어 있던 원소이가 물결을 헤치고 몸을 솟구치며 물에 빠진 능진을 껴안아 언덕으로 던졌다.

주동과 뇌횡은 능진을 묶어서 앞세워 산채를 향하여 올라오며 먼저 사람을 보내 기별하였다. 송강은 뭇 두령들과 함께 관에 내려와 능진을 보자 몸소 그 묶은 줄을 풀어 주고 짐짓 주동, 뇌횡의 무리를 향해 원망했다.

"내가 여러 사람한테 부디 능 통령관을 예로써 청하여 산으로 모셔 오라고 했는데 이런 무례할 데가 어디 있단 말이오?"

묶인 몸이 풀리자 능진은 곧 송강을 향하여 죽이지 않은 은혜를 사례했다. 송강은 그의 손을 잡고 함께 산채로 올라갔다.

능진이 따라서 대채로 가 보니 앞서 사로잡혔던 팽기가 뜻밖에도 두령이 되어 자리에 앉아 있었다. 하도 어이가 없어 말도 안 나오는데 팽기가 앞으로 와서 권했다.

"조 천왕, 송 공명 두 두령이 체천행도하고 널리 호걸들을 초대하여 오로지 나라에서 초대하기를 기다리는 터이니 우리가 이미 이 곳에 이른 바에는 다만 명을 좇는 것이 옳을까 합니다."

체천행도란 하늘의 뜻을 받들어 도를 행한다는 말이니 그 명분이 서는 데다 곁에서 송강이 또한 간절히 권했다. 능진이 말했다.

"소인은 이 곳에 머물러 있어도 무방하지만 노모와 처자가 모두 경사에 있습니다. 일이 드러나는 때에는 주륙을 면치 못할 터이니 그것이 걱정이외다."

송강이 말했다.

"그것은 염려하실 게 없소이다. 날을 기약하여 가족들을 모두 이리로 모셔 오도록 하겠소이다."

능진은 이 말을 듣고 입당하기를 원했다. 뭇 두령이 모두 기꺼워하기를 마지않았다.

8. 금창수(金槍手) 서녕(徐寧)

그 이튿날이었다. 취의청 위에 크게 잔치를 베풀어 뭇 두령들이 함께 술 마시며 즐기는 자리에서 송강이 연환마 깨칠 방책이 없음을 한탄하자 금전표자 탕륭이 나서서 말했다.

"좋은 방법이 있기는 있습니다. 제 조상이 대대로 무기를 만드는 것이 업이라 선친도 이로 인하여 노충경략 상공의 지원을 받아 연안부 지채가 되셨고 그 당시 연환마를 써서 싸움에 많이 이기셨습니다. 그런데 이 연환마를 깨치는 데는 오직 구겸창법 밖에 없고 제가 그 도본을 가지고 있으니 만들려면 어렵지 않은 일입니다만 쓰는 법은 모릅니다. 이 법을 아는 사람은 제 외종형님 한 사람뿐인데 그게 조상에게서 전하여 배운 재주라 마상에서 쓰는 법과 보전에서 쓰는 법이 다 정한 법도가 있어 참으로 신출귀몰하지요."

그의 말이 미처 끝나기 전에 표자두 임충이 한마디 물었다.

"그 사람이 혹시 금창법 교사 서녕이 아니오?"

"예, 바로 그 사람입니다."

임충은 좌중을 돌아보고 말했다.

"탕 두령이 말을 하지 않았다면 이 사람도 잊어버릴 뻔했소이다. 서녕의 금창법과 구겸창법은 실로 천하 독보인데 내가 경사에 있을 때는 자주 상종하여 서로 무예도 교류하며 아주 가깝게 지냈었지요. 그러나 대체 그 사람을 무슨 수로 여기까지 불러 올린단 말이오?"

탕륭이 말했다.

"서녕에게 조상 때부터 전해 내려오는 갑옷 한 벌이 있는데 정말 희귀한 보배입니다. 서녕이 이 갑옷을 제 목숨처럼 알고 있어 만약에 이 갑옷만 집어 온다면 그가 아무리 싫어도 이 곳에 아니 오지 못할 것입니다."

듣고 나자 오용이 나섰다.

"그야 무엇이 어렵겠소. 수단 높은 형제가 있으니 그건 염려 마오."

그러고는 고상조 시천을 돌아보며 물었다.

"한번 수고를 해 보겠소?"

그러자 그 자리에서 시천이 대답했다.

"물건만 정녕 있다면야 훔쳐 오는 거야 식은 죽 먹기지요."

탕륭이 말했다.

"시 두령이 갑옷만 훔쳐 낸다면 서녕을 속여 산으로 끌어올리는 건 쉬운 일입니다."

"어떻게 산으로 끌어올리겠단 말이오?"

송강이 물으니 탕륭은 귀에다 대고 몇 마디 가만히 말했다. 송강이 웃었다.

"딴은 그 계교가 묘하구려. 그럼 곧 떠나도록 하오."

오용이 말했다.

"그럼 이 길로 아주 세 사람을 보내서 한 사람은 동경으로 올라가 화포 재료 등 필요한 기계들을 사 오게 하고 한 사람은 능 통령관의 가족을 모셔 오도록 하십시다."

그 말을 듣자 팽기가 나서며 말했다.

"만일 사람 하나만 더 내시어 영주로 가서 제 가족까지 데려다 주신다면 실로 크나큰 은덕을 입겠소이다."

송강은 쾌히 응낙하고 즉시로 일을 분별했다.

며칠 후 시천은 어렵지 않게 서녕의 갑옷을 훔쳐 내고 탕륭은 그것을 미끼로 서녕을 양산박 가까이 유인하는 데 성공했다.

마침내 주귀 주점으로 들어간 탕륭은 서녕에게 마취약을 탄 술을 먹였다. 서녕이 쓰러지자 그를 배에다 옮겨 싣고 금사탄을 건너 언덕에 이르니 이미 연락을 받은 송강이 뭇 두령들과 함께 내려와 영접하고 곧 해약을 서녕의 입에 흘려 넣었다.

마취약에서 깨어난 서녕은 눈을 떠 여러 사람을 둘러보다가 깜짝 놀라 탕륭을 보고 원망을 했다.

"자네, 어째서 나를 속여 이런 데로 데리고 왔나?"

탕륭이 일장 설화로 전후사정을 이야기하고 송강이 다시 좋은 말로 권하며 다음에 임충까지 또 나섰다.

"나 또한 여기 들어와 있소이다. 형장에 대해서는 이미 여러 형제에게 말씀해 온 바이니 저희와 뜻을 같이하는 것이 어떻겠습니까?"

입당하기를 권하자 서녕이 한동안 생각을 하다가 다시 탕륭을 돌아보고 말했다.

"그럼 내 처자는 어찌 되란 말인가? 내가 여기 들어온 게 발각되는 날이면 내 가솔은 관가에 잡혀 들어가 갖은 고초를 다 겪을 게 아닌가?"

이 말을 듣고 송강이 대신 나섰다.

"그건 조금도 염려 마시지요. 빠른 시일 안에 가족을 이 곳으로 모셔 오도록 하겠소이다."

이렇게 하여 대종과 탕륭 두 사람을 다시 경사로 올려 보내 서녕의 가족을 데려오게 했다.

과연 열흘이 못 되어 양림은 영주에서 팽기의 가족을 데려오고 설영은 동경에서 능진의 가족을 데려오고 다시 수일이 지나자 대종과 탕륭이 서녕의 처자를 데리고 산으로 올라왔다.

서녕은 마침내 조개, 송강 이하 뭇 두령과 더불어 형제의 의를 맺고 양산박 두령의 한 사람이 되는 수밖에 없었다.

이튿날이었다. 조개, 송강, 오용, 공손승은 두령들과 함께 취의청에 모여 서녕에게 구겸창 쓰는 법을 보여 달라고 청하였다.

서녕이 쾌히 응낙하고 뜰로 내려가 한 자루 구겸창을 들어 모든 비법을 다 시험하니 과연 입신의 묘기라 두령들이 갈채하기를 마지않았다.

서녕은 한 차례 쓰고 나자 이어서 뭇 군사들을 향하여 구겸창법을 가르쳤다.

"마상에서 이 병장기를 쓸 때는 세 번 걸고 네 번 헤치고 한 번은 찌르고 한 번은 끈다. 또 만약 보행으로 이 구겸창을 쓸 때는 12보에 일변하며 16보에 몸을 돌려 창을 뒤로 물리는 듯 곧 세차게 찌르고 24보에 위를 찌를 듯 아래를 치고 동쪽을 걸며 서쪽을 치는 것이니 이것이 바로 구겸창의 정법이다."

한 차례 설명하기를 마치자 다시 한 번 창 쓰는 법을 보여 주었다. 이 날부터 시작하여 특히 가려 뽑은 정예 군사들로 하여금 부지런히 창법을 배워 익히게 하고 다시 보군에게는 수풀에 숨고 풀밭에 엎드려 말의 다리를 걸고 볼기를 찌르는 암법을 일러 주니 미처 보름이 못 되어 5백여 명 군사들이 모두 창법에 능통하게 되었다.

조개, 송강과 뭇 두령들은 이를 보고 크게 기뻐하며 산을 내려가서 관군을 깨칠 준비를 부지런히 했다.

한편, 호연작은 팽기와 능진을 잃은 뒤로 매일 군사들을 이끌고 물가로 나와 싸움을 돋우었다.

그러나 산채에서는 수군 두령을 시켜 각처를 굳게 지키며 물 밑에 쇠못을 깔아 놓아 관군이 건너지 못하게 해 놓고는 도무지 뭍에 나와 싸우려고 하지 않았다.

호연작이 비록 맹장이라고는 하나 여기에 이르러서는 아무런 계책도 세울 수가 없었다.

번뇌에 빠진 가운데 날을 보내고 있을 때 산채에서는 모든 준비가 다 되어 마침내 송강이 인마를 선발하고 산을 내려갔다.

그 날 삼경에 구겸창대가 먼저 강을 건너 뭍에 오르자 사면으로 나뉘어 매복하고 사경에는 보군이 강을 건너고 오경에는 능진이 화포를 끌고 높은 데 올라 포가를 세우고 다시 서녕과 탕륭이 각각 호대를 가지고 물을 건넜다.

날이 훤히 밝을 무렵 송강은 중군 인마를 거느리고 가서 물을 사이에 두고 북 치고 고함지르며 어지러이 기를 휘둘렀다.

이 때 호연작은 중군에 있다가 즉시 영을 전하여 한도로 하여금 연환갑마를 단속하게 한 다음 자기는 척설오추마에 올라 쌍편을 들고 군사를 몰아 질풍같이 달려 나갔다.

물 건너를 바라보니 건너편 산 아래 송강이 무수한 인마를 거느리고 있었다. 호연작이 군사를 호령하여 진을 세우려 할 때 선봉장 한도가 말을 달려와 보고했다.

"정남방으로부터 일대 보군이 쳐들어오는데 그 숫자를 모르겠소이다."

호연작은 영을 내렸다.

"숫자에 괘념치 말고 그저 연환갑마로 단번에 무찌르도록 하오."

한도는 마군을 이끌고 나는 듯이 나아갔다. 그 때 동남방으로부터 또 한 떼 군사들이 몰려 들어왔다. 한도가 군사들을 나누어 막으려 하는데 다시 또 서남방으로부터 한 떼 군마들이 짓쳐 나오며 기를 두르고 아우성을 쳤다.

한도는 크게 놀라 군사들을 거느리고 돌아가 호연작에게 보고하였다.

"남쪽으로부터 짓쳐들어오는 세 갈래 군병이 모두가 양산박 기호이니 이를 어찌 하리까?"

"그놈들이 그 새 아무 기척이 없다가 오늘 갑자기 나온 것을 보면 반드시 무슨 계책이 있을 게요."

호연작의 말이 미처 끝나기 전에 북쪽으로부터 화포 터지는 소리가 하늘을 진동시켰다. 호연작은 크게 노하였다.

"저게 필시 능진이란 놈이 도적을 도와서 쏘는 포일 테지."

한 소리 꾸짖었을 때 삼 대 기호가 또 북쪽에서 일어났다. 호연작은 한도를 돌아보고 말했다.

"이는 필시 도적의 간계일 터이니 우리도 군사들을 두 대로 나누어 나는 북쪽에서 오는 적을 막고 장군은 남쪽 인마를 막도록 하오."

바야흐로 군사들을 나누려 할 때 다시 서쪽으로부터 네 갈래의 인마가 짓쳐들어왔다.

호연작이 당황해 마음이 어지러운데 북쪽에서 연주포가 어지러이 터졌다. 이 연주포는 한 방 쏘면 49대의 자포가 연달아 터지는 것이니 이름은 자모포라 포성이 한 번 울리는 곳에 바람이 크게 일어 모래를 날리고 돌을 사뭇 굴린다. 관군은 싸워 보기도 전에 제풀에 어지러워졌다.

호연작은 급히 한도와 함께 각기 마보군을 이끌고 사면으로 공격하니 송강의 열 갈래 보군이 동으로 쫓으면 동으로 닫고 서로 쫓으면 서로 달았다.

호연작은 크게 노하여 군사들을 몰아 북쪽을 향해 짓쳐 나갔다. 송강의 군사들은 모조리 갈대밭 속으로 어지러이 뛰어 들어갔다. 호연작은 연환마를 몰아 그 뒤를 쫓았다.

갑마는 한 번 뛰기 시작하면 좀처럼 멈출 길이 없다. 서른 필씩 한 덩어리가 되어 갈대밭 안으로 그대로 짓쳐 들어가는데 수풀 속에서 바라 소리가 크게 울리며 구겸창이 일시에 일어나 말 다리를 걸어서 넘어뜨리자 병사들이 일제히 나서서 사람과 말을 걸어 떠메어 갔다.

호연작은 구겸창 계교에 빠졌음을 보고 급히 말을 돌려 남쪽으로 한도를 따라 나가려 했다.

이 때 등 뒤에서 화포가 연달아 터지며 이쪽저쪽에서 산과 들을 덮고 들어오는 것이 모두가 양산박 보군이었다.

호연작은 크게 놀라 아무리 연환마를 거두려 하나 도무지 수습할 길이 없었다. 미친 듯 갈대 숲 속으로 몰려 들어가면서 관군은 낱낱이 적의 손에 잡히고 말았다.

호연작과 한도가 말을 채쳐 포위를 뚫고 달아나는데 서북편을 향해 달리기 오 리를 못가서 한 떼 군사가 길을 가로막으니 앞을 선 두 명의 두령은 곧 목홍과 목춘이라 각기 박도를 휘두르며 달려 나와 큰 소리로 꾸짖었다.

"네 패장이 어디로 달아나려 하느냐?"

호연작은 크게 노하여 쌍편을 휘두르며 두 장수에게로 달려들었다. 어우러져 싸우기 너덧 합에 목춘이 먼저 몸을 돌려 달아났다.

그러나 호연작은 계교에 빠질까 두려워 뒤를 쫓지 않고 서북 대로를 향해 달렸다. 얼마 안 가서 산언덕 아래서 또 한 떼 군사들이 달려 나오니 앞선 두 두령은 해진과 해보로 각기 강차를 꼬나 잡고 있었다.

호연작은 쌍편을 휘두르며 두 사람과 싸웠다. 예닐곱 합에 이르러 해진, 해보가 몸을 돌려 달아났다. 호연작이 분연히 그 뒤를 따라 미처 반 리를 못 가서 양쪽으로부터 24파 구겸창이 일시에 내달았다.

호연작은 싸울 마음이 없어 말 머리를 돌려 동북 대로를 향하여 달리는데 왕영과 호삼랑이 앞으로 내달아 길을 막는다.

호연작이 감히 싸우지 못하고 그대로 길을 되돌아 달아나니 이 날 한 마당 싸움에 3천 마군과 5천 보군을 모조리 잃고 필마단기로 목숨을 구하여 말을 달리는 심사가 처참하기 짝이 없었다.

한편, 한 바탕 싸움에 크게 이기고 송강이 바라를 쳐 군사들을 거두어 산채로 돌아가니 모든 두령이 공을 보고하며 상을 청했다.

그 때 유당과 두천 두 두령이 한도를 잡아서 묶어 가지고 산채로 돌아왔다.

송강은 이를 보자 친히 그 묶은 줄을 풀고 당상으로 청하여 올려 예로써 대접하며 능진과 팽기를 시켜 입당을 권하게 했다. 한도 또한 의기상투하여 두령이 되었다.

제7편 보수설한(報讐雪恨)

1. 도화산(桃花山)

한편, 호연작은 이번 출전에 수많은 관군 인마를 잃어 감히 경사로 돌아가지 못하게 되니 갑옷을 벗어 말에 걸고 홀로 척설오추마를 몰아 정처 없이 걸었다. 몸에는 푼돈마저 지닌 것이 없었다. 하는 수 없이 금대를 팔아 썼다.

'내 이제 출정했다가 이렇게 허무하게 패했으니 장차 어디로 가야 옳단 말인가?'

스스로 한탄하다가 문득 떠오른 생각이 있었다. 그것은 곧 청주로 가 볼까 하는 생각이 들었다. 청주의 모용 지부와는 친분이 있는 터라 그에게 의탁하였다가 다시 군사를 데리고 와 원수를 갚아 볼까 하고 생각한 것이다.

청주를 향하여 길을 가기 이틀에 해가 뉘엿뉘엿 서산을 넘을 때에 호연작은 길가에 하나 있는 주점을 보고 말에서 내려 집 안으로 들어갔다. 주인에게 술과 고기를 가져오라 명하여 배를 채운 다음 주인를 불렀다.

"나는 조정의 명관으로서 양산박을 치러 갔다가 싸움에 져서 이제 청주 모용 지부께 가는 길이니 자네는 내 말을 잘 먹여 주게. 그 말은 금상께서 내리신 명마로 이름은 척설오추마라. 내일 내 사례비는 후히 줌세."

그가 당부하자 주인이 말했다.

"황송합니다만 상공께 알려 드릴 말씀이 있습니다. 여기서 과히 멀지 않은 곳에 도화산이란 산이 있는데 그 산 위에 도적 떼가 있습지요. 첫째 두령은 타호장 이충이라 하고, 둘째 두령은 소패왕 주통이라 하는데, 졸개 5백여 명을 데리고 때때로 산을 내려와 집을 겁박하고 노략하건만 관사의 포도 군병들이 몇 번이나 잡으러 나왔어도 졸개 하나 못 잡았답니다. 그러니 오늘 밤은 상공께서도 너무 깊이 주무시지 마십쇼."

그 말을 듣고 호연작은 웃으며 말했다.

"나는 만 사람을 이기는 힘이 있는 터라 그놈들이 모조리 몰려온대도 두렵지 않으이. 그런 건 아무 염려 말고 내 말이나 잘 좀 먹여 주게."

주인이 방안에다 자리를 깔아 주자 호연작은 들어가서 옷을 입은 채 자리에 누우며 곧 코를 골았다. 첫째는 연일 몸과 마음이 함께 피로했고 둘째는 술을 취하도록 마셨기 때문이었다.

그대로 한숨 늘어지게 자고 삼경이나 되어서야 잠이 깨었는데 문득 들으니 뒤꼍에서 주인의 외치는 소리가 들렸다.

"어이구, 이걸 어쩌나…."

호연작은 자리를 차고 일어나서 곧 쌍편을 집어 들고 뒤꼍으로 달려갔다.

"아니, 왜 그러나?"

"소인이 방금 일어나서 풀을 좀 더 먹이려고 이리로 나오지 않았겠습니까? 그랬더니 울타리가 저렇게 쓰러지고 말이 온데간데없군요. 저어기 서너 마장 밖에 횃불이 움직이고 있지 않습니까? 아무래도 저놈들이 훔쳐 갔나 봅니다."

"저리로 가면 어딘가?"

"저리로 가면 바로 도화산입죠. 아무래도 도화산 졸개들이 내려와서 말을 훔쳐 갔나 봅니다."

호연작은 즉시 주인더러 길을 인도하라 하여 밭두렁으로 두어 마장이나 뒤를 쫓아갔다. 그러나 도적들이 낌새를 채고 횃불을 꺼 버렸는지 불빛이 갑자기 없어지고 어디로 갔는지 그 행방을 도무지 알 수 없었다.

"만약 천자께서 내리신 말을 잃고 못 찾는다면 이 노릇을 어쩌나?"

호연작이 근심하자 주인이 듣고 한마디 했다.

"지금 당장이야 어쩔 도리 있습니까? 내일 현아로 들어가 관군을 보내 도적을 치시고 말을 도로 찾도록 하시지요."

호연작은 하는 수 없이 다시 주점으로 돌아와 밤을 앉아 밝히고, 이튿날 새벽에 갑옷을 주인에게 지워 청주 성내로 들어가니 어느덧 날이 저물었다.

그 날은 객점에서 하룻밤을 쉬고 이튿날 아침 일찍 바로 부당 계하에 이르러 모용 지부에게 인사하니 지부가 그를 보고 깜짝 놀라 물었다.

"장군이 양산박 도적을 잡으러 갔다는 말을 들었는데 어째서 여기를 오셨소?"

호연작은 그간 지낸 일을 낱낱이 고하였다. 듣고 나자 지부가 말했다.

"장군이 수많은 인마를 잃었다고는 하지만 이는 결코 일을 태만히 한 죄가 아니라 도적의 간계에 빠진 때문이니 어찌 하겠소. 그러지 않아도 내 관할 지역에 도적이 많아 근심이 큰데 이미 장군이 이 곳에 이르렀으니 먼저 도화산을 소탕하여 오추마부터 찾아오도록 합시다. 그런 다음에 이룡산,

백호산 두 곳 도적들까지 마저 소탕해 버린다면 내가 천자께 힘써 보고하여 다시 군사를 내어 장군의 원한을 풀도록 할까 하는데 장군의 생각은 어떠하오?"

호연작은 두 번 절하고 말했다.

"은상께서 그렇듯 생각하여 주신다면 소장은 맹세코 그 은혜를 잊지 않으오리다."

모용 지부는 그를 청하여 객방에서 편히 쉬게 하고 또 그의 갑옷을 지고 온 주인에게는 후히 상금을 내려 돌려보냈다.

그로써 사흘이 지난 뒤 모용 지부는 마보군 2천 명을 점검하여 그에게 주고 다시 한 필 청총마를 내어 타게 했다. 호연작은 그에게 깊이 사례한 후 갑옷 입고 말에 올라 군사를 거느리어 도화산으로 향하였다.

한편, 도화산에서는 좋은 말을 얻은 뒤로 이충이 주통과 함께 연일 산채에서 술 마시며 즐기고 있는데 이 날 산 아래 내려가 지키던 졸개가 급히 올라와서 보했다.

"청주 군마가 쳐들어왔습니다."

말을 듣고 주통이 곧 몸을 일으켰다.

"형님은 산채를 지키고 계시우. 내 내려가서 관군을 물리치고 오리다."

주통은 졸개 백 명을 거느리고 아래로 내려갔다.

호연작은 관군 2천을 이끌고 산 아래 이르러 진 치고 기다리다가 주통이 내려오자 앞으로 나서며 외쳤다.

"네 이놈, 냉큼 말에서 내려 포박을 받지 않겠느냐!"

주통은 수하 졸개를 일자로 벌려 세운 다음 창을 잡고 말을 몰아 나가 호연작과 싸웠다.

그러나 어우러져 싸우기 대여섯 합이 넘지 못하여 주통은 이미 기력이 다했다. 그는 그대로 말 머리를 돌려 산 위로 달아났다. 호연작이 잠깐 뒤를 쫓다가 혹시나 무슨 계교가 있을까 하여 그대로 본채로 돌아왔다.

주통은 패하여 산채로 돌아가서 이충을 보고 말했다.

"뜻밖에도 그놈 호연작의 무예가 아주 강합디다. 만약에 그놈이 이 곳까지 쫓아 올라온다면 큰일이오."

듣고 나자 이충이 말했다.

"내가 다 생각한 게 있다네. 소문에 들으니 이룡산 보주사에 노지심과 양지가 수백 명의 무리를 거느려 웅거하고 있다는데 또 근자에는 행자 무송이란 사람이 들어갔다네. 그러니 내 생각에는 사람을 그 곳으로 보내서 구원을 청하여 다행히 위급한 지경을 면하게 되면 다달이 예물이라도 보내기로 하는 것이 좋을까 하네."

"딴은 그 말씀이 유리하오."

의논을 정하자 이충은 곧 일봉 서찰을 두 명 영리한 졸개에게 주어 급히 이룡산으로 가게 했다.

두 졸개가 이룡산에 이르러 전각 아래 엎드리자 노지심이 물었다.

"네 무슨 일로 왔느냐?"

도화산 졸개는 두 번 절하고 아뢰었다.

"근자에 양산박을 치러 갔다가 패하여 돌아온 호연작이란 놈이 청주에 이르자 모용 지부가 먼저 도화산, 이룡산, 백호산 산채부터 소탕하고 다음에 다시 군사를 내서 양산박을 무찔러 없애 원수를 갚으려 한답니다. 그래서 저희 두령께서 저를 보내시어 대두령께 구원을 청하는 터이니 힘을 빌리시어 관군을 물리쳐 주시기만 한다면 앞으로 다달이 예물을 바쳐 섬기겠다고 하십니다."

듣고 나자 양지가 노지심과 무송을 돌아보고 말했다.

"우리 무리가 제각기 산채를 수호하고 있는 터이니 본래 나가서 서로 구원하지 않는 것이 옳기는 하나, 첫째는 강호 호걸의 의리로 보아 그렇지 않고, 둘째는 그놈들이 도화산을 얻고 보면 반드시 우리 이룡산까지 우습게 볼 것이오. 그러니 이제 장청, 손이랑, 시은, 조정 네 사람은 산채를 지키게 하고 우리 세 사람이 친히 한 번 다녀오는 것이 좋을까 하오."

두 사람이 다 좋다고 찬성했다.

마침내 이룡산 세 두령은 갑옷과 무기를 수습하고 졸개 5백 명과 군마 60여 기를 선발하여 바로 도화산을 향해 떠났다.

한편, 도화산에서는 이룡산의 구원병이 온다는 전갈을 듣고 이충이 몸소 졸개 3백 명을 거느리고 산을 내려갔다. 노지심의 무리를 나가서 맞으려는 행차였다.

그러나 산을 내려가자마자 바로 관군과 맞닥뜨렸으니 이는 급보를 받은 호연작이 군사를 이끌고 내달아 길을 막았기 때문이었다.

이충은 곧 창을 꼬나 잡고 호연작을 맞아 싸웠다. 본래 그는 호주 태생으로 조상 때부터 창봉 쓰기를 업으로 삼으니 사람들이 타호장이라 별명 지어 부르는 터였다.

그러나 역시 호연작의 적수는 못 되었다. 서로 어우러져 싸우기 열 합이 못 되어 이충은 더 당해 내지 못 하고 말 머리를 돌려 달아났다.

호연작은 그의 무예가 낮은 것을 업신여겨 급히 뒤를 쫓아 산으로 올라갔다. 그러나 중턱까지 올라가기도 전에 문득 산 위에서 뇌목과 포석이 떨어져 길을 막았다. 위급하게 쫓기는 이충을 도우려고 주통이 졸개들을 지휘하여 굴려 떨어뜨린 뇌목과 포석이었다.

호연작이 황망히 말 머리를 돌이켜 내려오려니까 어인 까닭인지 관군 진중에서 고함치는 소리가 들렸다. 그는 급히 쫓아 들어가 물었다.

"왜들 이러느냐?"

후군에서 대답했다.

"멀리서 나는 듯 쳐들어오고 있습니다."

호연작이 후군으로 가서 바라보니 과연 먼지가 자욱하게 일어나는 곳에 무섭게 살찐 화상 하나가 한 필 백마를 이끌고 앞으로 달려 오고 있었다.

이 사람이 대체 누구인가? 바로 경전을 보지 않는 화화상이고 주육의 사문인 노지심 그 사람이다.

노지심이 말을 달려 들어오며 큰 소리로 외쳤다.

"어떤 놈이 양산박에서 패하고 여기 와서 죽으려고 하는가?"

호연작은 속으로 중얼거렸다.

'내 저 알대가리 중놈부터 죽여 울화를 좀 풀어야겠다.'

곧 쌍편을 춤추며 앞으로 내달았다. 노지심은 예순두 근 철선장을 휘두르며 맞아 싸웠다.

양편 군사가 다 함께 고함치며 위엄을 돕는데 두 사람이 서로 어우러져 싸우기 쉰 합이 되도록 승패가 나뉘지 않았다. 호연작이 은근히 놀라기를 마지않을 때 양군이 동시에 바라를 쳐 두 장수는 각기 자기 진으로 돌아갔다.

호연작은 잠깐 쉬고 다시 적진에 큰 소리로 외쳤다.

"이놈, 중놈아! 또 한 번 나와서 나하고 승패를 결정하자!"

노지심이 듣고 크게 노하여 다시 말을 달려 나오려 할 때 곁에 있던 한 사람이 가로막았다.

"형님, 잠깐 참으슈. 내가 나가서 저놈을 잡아 오리다."

소리를 지르고 말을 몰아 나오니 이 사람이 누구던가? 남들이 청면수라 일컫는 본시 군반 출신의 양지 그 사람이다.

양지와 호연작이 또 어우러져 싸우기 마흔 합에 역시 승패가 나뉘지 않았다. 호연작은 양지의 무예가 대단한 것을 보고 은근히 놀라 속으로 생각했다.

'이놈은 웬 놈인데 이렇듯 칼을 잘 쓸까? 아무래도 도적놈의 실력은 아니다.'

양지 또한 호연작의 무예가 고강함을 알고 말 머리를 돌려 달아났다. 호연작은 뒤를 쫓지 않고 군사를 거두어 돌아갔다. 노지심은 양지와 의논하고 20리를 물러가 산을 의지하여 주둔하고 내일 다시 쳐부수기로 했다.

2. 명불허전(名不虛傳)

호연작은 장중에 홀로 앉아 탄식하기를 마지않았다.

'내 당초에 생각하기로는 이 곳 좀도둑쯤이야 반푼의 힘도 들이지 않고 쉽사리 잡을 줄 알았는데 어찌 적수를 만날 줄 알았으랴! 참으로 내 명도가 기박도 하구나.'

장차 어찌 하면 좋을까? 호연작이 이처럼 은근히 근심을 하는 중에 마침 모용 지부에게서 사람이 왔다.

백호산에 웅거하는 도적 공명, 공량이 인마를 거느리고 와서 청주성을 치고 옥을 깨뜨리려 드니 장군은 부디 급히 돌아와서 먼저 성을 지켜달라는 청이었다. 호연작은 이 기회를 타 군사를 거두어 청주로 돌아가 버렸다.

이튿날 노지심이 양지, 무송과 더불어 졸개들을 거느리고 산 아래 이르러 보니 군사가 단 한 명도 눈에 띄지 않았다.

마음에 의심하고 놀라기를 마지않을 때 산 위에서 이충과 주통이 인마를 인솔하고 내려와 세 두령을 산채로 청하여 올린 다음 양 잡고 말 잡아 대접하며 바로 사람을 가만히 청주로 보내 소식을 알아 오게 했다.

이 때 호연작은 군사를 재촉하여 청주로 향하였다. 거의 성 앞에 이르렀을 무렵 길가에서 한 떼 인마가 내달아 앞을 가로막았다. 이들은 곧 다른 사람이 아니라 백호산 아래 사는 공태공의 아들 모두성 공명과 독화성 공량이었다.

이 두 사람이 본현의 한 세력가와 서로 다투다가 그의 일가를 모조리 죽이고 5백여 명 졸개를 모아 백호산에 웅거하여 지내던 중 성내에 살고 있는 저의 숙부 공빈이 모용 지부의 손에 잡혀 옥에 갇혀 있다는 소식을 듣고 공명 형제는 저의 숙부를 구하러 오다가 성 아래서 호연작을 만난 것이었다.

양편 군사가 진 치고 서로 대치하자 호연작이 말을 진전에 내어 세우니 모용 지부는 그가 싸우는 양을 보려고 성루 위로 올라갔다.

공명이 창을 비껴 잡고 내달아 호연작을 취하였다. 호연작은 곧 그를 맞아 스무 합을 싸우다가 공명의 무예 수단이 낮은 것을 알자 지부가 보고 있는 앞에서 한 번 재주를 자랑하려 한 소리 크게 외치며 팔을 늘이어 마상에서 공명을 사로잡았다.

이를 보자 공량은 크게 낭패하여 졸개들을 데리고 분주히 도망했다. 모용 지부는 성루 위에서 호연작을 지휘하여 그 뒤를 급히 몰아치게 했다.

공량은 군사를 절반이나 잃고 간신히 목숨을 구하여 날이 저물어서야 한 고묘를 찾아들어 비로소 몸을 쉬었다.

한편, 호연작이 공명을 잡아 성으로 들어가니 모용 지부는 큰칼을 씌워 그의 숙부 공빈과 함께 가둔 다음 바로 삼군을 포상하고 환대하며 도화산 소식을 물었다.

호연작이 한숨짓고 대답했다.

"소장이 본래 생각에는 도화산 도적 떼쯤이야 독 속에 든 자라 잡듯 잡을 수 있으리라 믿었는데 뜻밖에 도적 한 떼가 어디에선지 또 달려들어 합세를 합니다그려. 그 중의 한 놈은 살찐 화상이고 한 놈은 뺨에 시퍼런 점이 있는데 한 번씩 다 싸워 보았으나 원체 두 놈의 무예가 심상치 않아 잡지를 못했소이다. 아무래도 도적들의 실력은 아니더군요."

듣고 나자 지부가 말했다.

"그 살찐 중놈이란 곧 전에 연안부 노충경략 상공 장전의 제할 노달이란 자로 뒤에 머리를 깎고 중이 되어 세상에서 화화상 노지심이라 하는 터이고, 또 뺨에 푸른 점이 있다는 자는 동경 전수부의 제사관을 지낸 양지이며, 그 밖에 또 한 사람이 있으니 그는 행자 무송이라 전에 경양강에서 맨주먹으로 호랑이를 때려잡은 무 도두요. 이 세 놈이 이룡산에 웅거하여 행인을 겁박하고 마을로 나와 노략질을 하는데 관군에 항거하여 그 사이 포도관을 댓 명이나 죽였건만 우리는 이 때까지 졸개 한 놈 잡지를 못하였소."

호연작은 그의 말에 고개를 끄덕였다.

"그놈들의 무예가 하도 강하기에 괴이하다 생각했더니 원래 양 제사와 노 제할입니다 그려. 과연 명불허전이라 하겠습니다만 은상께서는 과히 근심하지 마십시오. 이 호연작이 대강 저놈들의 수단을 짐작했으니 이제 한 놈 한 놈 차례로 잡아다 은상께 바치겠습니다."

지부는 크게 기뻐 곧 잔치를 베풀어 그를 대접하고 이 날은 객방에 나가서 편히 쉬게 했다.

한편, 공량이 패잔병을 이끌고 길을 찾아 나가는데 문득 숲 속에서 한 떼 인마가 내닫는다. 공량이 눈을 들어 보니 앞선 호걸은 곧 행자 무송이었다. 공량은 황망히 말에서 뛰어내려 절하였다.

"무 도두, 그간 안녕하셨습니까?"

공량이 인사를 하니 무송 또한 분주히 답례하며 그를 붙들어 일으키고 물었다.

"족하 형제가 백호산에 있다는 말은 내 들어서 알고 있었네. 그래 한 번 꼭 찾아가 보겠다 하면서도 산을 내려가기가 쉽지 않고 길 또한 순탄치 못해서 이 때까지 그냥 지내 온 걸세. 그런데 여기는 무슨 일로 왔나?"

공량이 저의 숙부 공빈을 구하러 나섰다가 형 공명마저 잃은 전후사정을 이야기하니 무송 또한 노지심, 양지와 더불어 도화산을 구하러 온 일을 말했다.

"이제 곧 두 분 두령이 뒤쫓아 오실 테니 함께 의논하고 바로 청주성을 박살내고 족하의 숙부와 형을 구해 내기로 하세."

좋은 말로 위로하는 사이에 노지심과 양지가 이르렀다. 무송은 곧 공량을 이끌어 두 사람과 서로 보게 한 다음에 말했다.

"내가 전에 공명, 공량 형제의 장상에 있을 때 적지 아니 폐를 끼쳤소. 우리가 본래 의기를 중히 여기는 터이니 이제 세 산채의 인마를 모두 모아 청주를 들이쳐 모용 지부를 죽이고 호연작을 사로잡은 다음에 부고의 전량을 취하여 산채의 살림에 보태는 것이 어떻겠소?"

노지심은 곧 찬동하였다.

"내 생각 또한 그러하네. 곧 사람을 도화산으로 보내서 이충과 주통더러 졸개를 데리고 오라 하여 삼산 인마가 힘을 합해 청주를 치기로 하세."

그러나 청면수 양지의 생각은 좀 달랐다.

"청주는 성지가 견고하고 군사가 강한데다 호연작 그놈이 심히 영리하오. 내가 구태여 우리 위풍을 깎아서 하는 말이 아니라 삼산 군사만 가지고는 청주성을 깨치기가 쉽지 않을 게요. 아무래도 많은 군마를 가져야만 할 것 같소이다. 내 들으니 양산박 송 공명의 대명이 천하에 크게 떨쳐 강호에서 그를 송강이라 부르는 터요. 또한 호연작은 그 곳과는 원수지간이라서 양산박의 구원을 청하여 함께 치면 청주성 깨치기가 어렵지 않을 게요. 공량 형제가 송 공명과도 가까운 사이라니 직접 가서 청하면 오지 않을 리가 없을 것이오."

노지심이 말했다.

"딴은 그러는 게 좋겠네. 송 공명이 하도 유명하다 하여 꼭 한 번 만나 봐야겠다 하면서도 길이 없었는데 제가 그렇듯 이름이 천하에 떨쳤을 때는 짐짓 남자일 거라. 그럼 공량 형제는 빨리 양산박으로 가서 그를 청해 오도록 하게. 우리는 그 동안 저놈들과 싸우며 기다릴 테니."

공량은 곧 수하 졸개들을 노지심에게 붙이고 종자 하나만 데리고 객상처럼 차린 다음 양산박을 향하여 떠났다.

뒤에 남은 노지심, 양지, 무송 세 사람은 시은과 조정을 산채에서 불러 내려 싸움을 돋우게 하고 다시 사람을 도화산으로 보내 이충, 주통에게 산채 군사를 모조리 거느려 청주 성하로 모이게 했다.

3. 청주성(靑州城)

독화성 공량이 청주를 떠나 여러 날 만에 양산박 근처에 이르러 한 주점을 찾아 들어가니 그 곳은 곧 이립의 주점이다. 술을 사 먹으며 양산박 길을 물으니 이립은 저들 두 사람의 행동거지가 심상치 않은 것을 보고 안으로 청하여 들여 물었다.

"손님이 양산박에는 누구를 보러 가시려는 거요?"

"진작 인사를 못 드렸소. 나는 백호산의 공량으로 송 공명을 만나러 가는 길이오."

"아, 그러시오? 송 공명 형님께서 늘 말씀을 하시더니 오늘 이렇듯 찾아오셔서 진정 반갑소이다."

술을 다 먹고 나자 이립은 창을 열고 수정 위에서 건너편 갈대숲을 향하여 효시를 쏘았다. 졸개가 한 척 쾌선을 저어 이편으로 건너왔다.

이립은 곧 공량을 청하여 함께 배에 오른 다음 금사탄 언덕에 내리자 앞장을 서 관상으로 인도했다. 뒤따라 산으로 올라가며 공량이 살펴보니 삼관이 웅장하고 창도검극이 숲처럼 늘어서 있다. 공량은 속으로 혀를 내둘렀다.

'양산박이 대단하다더니 이렇듯 왕성하리라고는 생각도 못했다!'

거의 대채 앞에 이를 무렵 연락을 받고 송강이 분주히 나와서 영접했다. 공량은 땅에 엎드려 절하고 목을 놓아 울었다. 송강이 붙들어 일으키며 온 연유를 묻자 공량은 자기가 멀리 이 곳까지 찾아오게 된 전후사정을 낱낱이 들어 호소했다.

듣고 나자 송강이 위로하였다.

"이는 어렵지 않은 일이니 자넨 아무 염려 말게."

송강은 그를 이끌어 대채로 들어가 조개, 오용, 공손승 이하 뭇 두령들에게 인사를 시켰다.

조개가 말했다.

"이룡산, 도화산 두 곳 호걸들도 의를 위하여 어진 일을 행하고 있는데, 이제 아우님과 친한 벗이 위급한 지경에 이르렀는데 우리가 어찌 가만히 보고만 있겠소. 아우님은 그간 여러 차례 산을 내려가 수고를 많이 했으니 이번은 남아서 산채를 지키도록 하고 청주에는 내가 한 번 다녀오겠소."

송강이 말했다.

"형님은 산채의 주인이시니 함부로 움직이시는 것은 옳지 않습니다. 더구나 공량이 특히 저를 찾아온 터이니 만약에 제가 가지 않는다면 저들 형제가 다 마음에 불안해 할 것이라 이번에도 제가 몇 두령과 함께 다녀와야만 할까 봅니다."

이 날은 취의청 위에 크게 잔치를 베풀어 공량을 접대하였다. 다음날 송강이 산을 내려갈 인원을 선발하게 하니 전군은 곧 화영, 진명, 연순, 왕영이 길을 열어 선봉이 되고 제2대는 곧 목홍, 양웅, 해진, 해보이고 중군은 곧 주장인 송강, 오용, 여방, 곽성이고 제4대는 주동, 시진, 이준, 뇌횡이고 후군은 곧 손립, 양림, 구붕, 능진이라 군사를 재촉하여 합후를 삼으니 이상 5군의 두령이 도합 스무 명에다 마보 군병은 3천 인마였다. 그 밖에 남은 두령들은 조개를 모셔 산채를 수호하기로 했다.

드디어 송강의 무리는 조개에게 하직하고 공량과 함께 산을 내려갔다. 지나는 곳은 추호도 범하는 일 없이 여러 날 만에 청주에 이르렀다.

공량이 한 걸음 앞서 노지심 진중에 들어가 양산박 이미 이르렀음을 보고하여 뭇 호걸들이 영접할 준비를 하고 기다리려니 마침내 송강의 중군이 이르렀다.

무송은 곧 노지심, 양지, 이충, 주통, 시은, 조정의 무리를 인도하여 송강과 서로 인사를 했다.

이 날은 모든 사람이 술을 나누어 즐기고 이튿날 송강이 청주 소식을 물으니 양지가 대답했다.

"공 두령이 떠난 뒤에 전후 접전이 서너 차례 있었으나 별로 승패는 없었소이다. 지금 청주에서 믿는 자는 호연작 한 사람뿐이라 그 하나만 잡고 보면 성을 깨치기는 어렵지 않으리라 생각됩니다."

곁에 있던 오용이 웃으며 말했다.

"그는 지혜로 잡아야지 힘으로 잡지는 못할 게요."

송강이 물었다.

"군사는 무슨 계교가 있으시오?"

오용은 좌중을 둘러보며 자세히 계교를 말했다.

듣고 나자 송강은 크게 기뻐했다.

"참으로 그 계교가 묘하구려."

이 날 인마를 분발하여 이튿날 차례로 나아가 청주성을 에워싼 후 북 치고 고함지르며 싸움을 돋우었다.

모용 지부는 급히 호연작을 불렀다.

"저 도적들이 양산박에 가서 송강을 또 불러왔다니 어찌 하면 좋겠소?"

호연작은 조금도 겁내는 기색이 없었다.

"상공께서는 아무 염려 마십시오."

말을 마치자 곧 갑옷 입고 말에 올라 1천 인마를 거느려 성 밖으로 내달으니 송강의 진중에서 진명이 낭아봉을 꼬나 잡고 소리를 가다듬어 크게 꾸짖었다.

"지부는 재물을 탐하여 백성을 해치는 도적이라 내 가족을 주륙한 원수를 오늘에나 갚을까 보다!"

호연작은 곧 쌍편을 휘두르며 나와서 진명을 취했다. 진명이 낭아봉을 꼬나 잡고 호연작과 싸우니 바로 적수라 쉰 합에 이르도록 좀처럼 승패가 나뉘지 않았다.

지부는 보고 있다가 혹시나 호연작에게 실수가 있을까 걱정되어 바라를 쳐 군사를 거두었다. 진명이 구태여 그 뒤를 쫓으려 하지 않고 본진으로 돌아오니 송강 또한 퇴군하여 10여 리를 물러가서 주둔했다.

한편, 호연작은 성내로 돌아오자 지부에게 말하였다.

"소장이 바야흐로 진명을 잡으려 할 때 상공께서는 무슨 연고로 군사를 거두셨습니까?"

지부가 대답했다.

"장군이 여러 합을 싸워 몸이 피곤할 듯하기에 군사를 거둔 게요. 진명으로 말하면 원래 통제관으로서 화영과 함께 나라를 배반했는데 우습게 볼 상대가 아니오."

"상공께서는 심려 마십시오. 소장이 맹세코 저 도적을 잡으오리다."

집으로 돌아온 호연작은 곧 갑옷을 벗고 한숨 달게 잤다. 그리고 날이 미처 밝기도 전에 군교 하나가 가만히 들어와 보고하되 성 북문 밖 언덕 위에 적도 셋이 말을 타고 올라와 몰래 성내를 살펴보는데 한가운데 홍포 입은 자는 백마를 탔고 왼편에 있는 자는 도복을 입었으며 오른편에 있는 자는 틀림없는 화영이라 했다.

그 말을 듣고 호연작이 일렀다.

"홍포 입은 놈은 송강이고 도복 입은 놈은 군사 오용일 게다. 공연히 서둘러 그놈들이 도망치게 하지 말아라!"

호연작은 1백 인마를 거느려 급히 말에 올라 성문을 열고 나는 듯이 토산 위로 달려갔다.

세 사람은 그런 줄도 모르고 성안을 계속 살피다가 호연작이 말을 몰아 가까이 이르자 그제야 황망히 말 머리를 돌이켜 달아났다. 호연작은 힘을 다하여 그 뒤를 쫓았다. 세 사람은 분주히 달아나다가 몇 그루 나무가 서 있는 곳에 이르자 갑자기 말을 멈추어 섰다.

호연작이 더욱 말을 급히 몰아 그 앞으로 가자, 누가 뜻했으랴! 함성이 크게 일어나며 그는 말을 탄 채 그대로 깊은 함정 속에 빠지고 마니 양편에서 5,60명 병사가 일시에 내달아 호연작을 묶었다.

뒤를 따라오던 수하 군졸 백여 명이 급히 말을 몰아 나오며 저희 대장을 구하려 했다. 화영이 곧 활을 당기어 앞서 오는 다섯을 연달아 쏘아 말 아래 떨어뜨리니 나머지 무리는 소스라쳐 놀라 말 머리를 돌려 서로 앞을 다투어 도망했다.

송강이 오용, 화영과 함께 영채로 돌아오니 마침 도부수의 무리가 호연작을 묶어서 끌고 왔다. 송강은 곧 뛰어 내려가 황망히 그 묶은 줄을 풀고 몸소 부축하여 장상에 올려 앉힌 다음 그 앞에 정중히 예를 드렸다.

호연작은 뜻밖의 일에 놀라 물었다.

"무슨 연고로 이렇듯 하시오?"

"송강이 어찌 감히 나라를 배반하리까만, 다만 조정이 탐관오리를 보내서 너무도 핍박하는 까닭에 잠깐 숨어 화를 피하려 할 뿐입니다. 전부터 장군을 깊이 사모하던 터에 이제 만부득이 실례를 범했으니 장군은 부디 죄를 용서하십시오."

"사로잡혀 온 사람에게 무슨 이유로 이렇듯 후한 예로 대하십니까? 혹시나 나로 하여금 경사로 올라가서 천자께 고하여 나라에서 죄를 용서하고 초안하시기를 구하는 것이나 아니오?"

"아니외다. 장군이 어찌 돌아가시겠소. 고 태위란 놈이 원래 심보가 편협하여 남의 큰 은혜는 잊어버리고 작은 허물은 따지는 무리라 장군이 많은 군마와 전량을 잃었으니 그가 어찌 장군을 가만두겠습니까? 이제 한도, 팽기, 능진 세 분도 우리에게 입당하여 두령이 되었으니 장군도 우리와 의를 맺어 입당해 주시기 바랍니다."

호연작은 한참을 생각한 후 자연히 의기상투하였으며 송강의 예의가 지극히 정중한 것을 보고 마침내 한 번 길이 탄식하며 입당하기를 원했다.

"호연작이 나라에 불충하고자 함이 아니라 형장의 의기에 감동하여 삼가 말씀에 따르는 것이외다."

송강은 크게 기뻐 호연작을 청하여 뭇 두령과 서로 인사를 하게 하고 이충, 주통을 불러 앞서 뺏은 척설오추마를 그에게 돌려주게 했다.

모든 사람이 다시 모여 앉아 공명 구할 일을 의논하는데 군사 오용이 나서서 말했다.

"호연작을 시켜 청주 성문을 속여서 열게만 한다면 힘 안 들이고 얻을 것이고 또한 호연작의 돌아갈 길도 아주 끊게 되오리다."

송강은 그 말을 옳게 여겨 즉시 호연작을 자리로 청하여 말했다.

"결코 송강이 성지를 탐내서 그러는 것이 아니라 실로 공명의 숙질이 죄 없이 옥에 갇혀 있기로 이를 구해 내기 위함이니 장군은 부디 수고를 아끼지 말고 한 번 저들을 속여 청주 성문을 열게 해 주오."

호연작이 응낙했다.

이 날 날이 저물기를 기다려 송강은 오용의 말을 좇아 진명, 화영, 손립, 연순, 여방, 곽성, 해진, 해보, 구붕, 왕영 등 열 두령을 뽑아서 일제히 군사의 복색을 하고 호연작을 따라가게 하니 11기의 군마는 장령을 받고 바로 청주성 해자까지 나아가 큰 소리로 외쳤다.

"문 지키는 장수는 빨리 성문을 열어라! 나는 호연작이다!"

성 위에 있던 사람이 호연작의 음성을 알아듣고 분주히 지부에게 보고했다. 이 때 지부는 하늘같이 믿고 있던 호연작을 잃고 어찌 할 바를 몰라 하다가 뜻밖에 그가 돌아왔다는 말을 듣자 기쁨이 비길 데 없어 황망히 말을 타고 성으로 나왔다.

성루 위로 올라가 내려다보니 10여 기 인마가 있는데 원체 어두워 얼굴은 알아볼 수 없으나 음성만은 호연작이 틀림없었다.

"장군은 어떻게 돌아오셨소?"

호연작이 대답했다.

"소장이 저들의 함정에 빠져 잡혀갔다가 요행으로 전에 소장 수하에 있던 군졸들이 몰래 말을 훔쳐 내다 주어 이렇듯 함께 도망해 온 길이외다."

지부는 그 말을 믿어 곧 군사를 시켜 성문을 열고 적교를 내리게 했다. 군사 복색을 한 10명 두령은 앞을 다투어 성내로 말을 몰아 들어갔다.

벽력화 진명은 먼저 낭아봉을 휘둘러 모용 지부부터 죽여 말 아래 거꾸러뜨렸다. 해진, 해보 형제는 여기저기 돌아다니며 어지러이 불을 놓고 구붕, 왕영 두 두령은 성 위로 올라가 파수 군병들을 모조리 죽였다.

송강은 성 안에 불길이 이는 것을 보자 계교가 맞았음을 알고 즉시 군사를 거느리고 일시에 성으로 들어갔다.

먼저 영을 전하여 함부로 백성들을 상하지 못하게 하고 다음에 부고를 열어 전량을 거두고 감옥 안에서 공명과 그의 숙부 공빈을 구해 내었다. 한편으로는 불을 끄며 한편으로는 모용 지부의 일가를 모조리 잡아내어다 머리를 베고 물건을 뺏어 군중에 나누어 주었다.

날이 밝은 뒤에 알아보니 불에 탄 민가가 적지 않았다. 일일이 점검하여 각기 곡식을 주어 구휼케 하고 창고의 금백과 양미를 5,6백 수레에 실어 내고 또 양마 2백여 필을 거두었다.

부중에서 크게 잔치를 베풀고 세 산채의 두령을 청하여 함께 양산박으로 돌아가기로 뜻을 모았다.

며칠 안으로 3산의 인마가 다 모여들었다. 송강이 군사를 거느려 돌아가는데 화영, 진명, 호연작, 주동 네 두령으로 길을 열게 하여 지나는 고을마다 털끝 하나도 범하지 않으니 향촌 백성들은 늙은이를 부축하고 어린아이를 안고 나와 향을 피우며 길에 엎드려 영접했다.

마침내 일행이 양산박에 당도했다. 수군 두령들은 선척을 준비해 놓고 일행을 맞았으며 조개가 뭇 두령들을 인솔하고 금사탄까지 나와서 공을 하례했다.

바로 대채로 올라가 취의청 위에 모든 호걸이 자리를 정하고 앉아 크게 연석을 베풀고 새로 들어온 두령을 경하하였다. 이번에 송강을 따라 산에 올라온 호걸은 모두 열두 명이니 곧 호연작, 노지심, 양지, 무송, 시은, 조정, 장청, 손이랑, 이충, 주통, 공명, 공량의 무리다.

4. 사진과 노지심의 재난

어느 날 노지심이 송 공명에게 와서 말했다.

"나의 친분으로 이충도 잘 아는 구문룡 사진이라는 자가 지금 화주 화음현의 소호산에 있습니다. 그 외에 신기군사 주무란 자와 조간호 진달이란 자, 또 한 사람 백화사 양춘, 이 네 사람이 도사리고 있습니다만 저는 언제나 그들의 일이 걱정입니다. 한 번 찾아가 그들을 동지로 끌어들이고 싶은데 어떨지요?"

"나도 사진의 소문을 듣고 있습니다. 당신이 가서 그를 데리고 온다면 그 이상 바랄 것이 없습니다. 혼자서는 안 되겠지요. 무송과 함께 갔다 오십시오."

그 날 노지심은 중의 옷차림을 하고 무송은 그의 시승 차림을 하여 소화산으로 향했다.

소화산 기슭까지 가자 망루에 있던 부하의 보고를 듣고 주무, 진달, 양춘 등이 산에서 내려와 마중 나왔다. 그러나 사진의 모습이 보이질 않았다.

"사진은 어째서 안 보입니까?"

노지심이 묻자 주무가 말했다.

"전번에 사 대관인이 산을 내려갔을 때 그림 그리는 사람과 만났습니다. 그 그림쟁이는 북경 대명부 사람으로 왕의라 하며 서악화산 금천성 제묘의 벽화를 그리는 것이 원이었기에 그 원을 풀려고 왔는데 그가 왕교지란 딸을 데리고 왔었습니다. 그런데 이 곳 화주의 하 태수란 놈은 채 태사의 문하생으로 무도한 짓을 하고 백성들을 못살게 구는 못된 관리입지요. 이놈이 묘에 참배를 하러 왔다가 우연히 왕교지의 고운 얼굴에 눈독을 들여 사람을 보내 자기 첩으로 달라고 자꾸 졸랐으나 왕의가 듣지 않았습니다. 그러자 태수는 그 딸을 유괴해 첩으로 삼은 뒤 왕의는 문신을 새겨 화주의 경계로 유형을 보냈는데 가는 도중에 여기서 사 대관인과 만나게 되어 사정 얘길 하게 되었지요. 그래서 사 대관인은 왕의를 구출해 산으로 올려 보낸 후 두 사람의 호송인을 죽이고 그대로 관가로 하 태수를 죽이러 갔습니다. 그러나 놈이 먼저 그걸 알아챘기에 도리어 잡혀 지금은 옥에 갇혀 있습니다. 뿐만 아니라 하 태수는 병졸들을 동원해 산채를 토벌하려 하기에 지금 우리는 어떻게 해야 할지 모를 지경입니다."

노지심은 그 말을 듣자 소리쳤다.

"못된 놈이군! 그런 놈은 내가 대신 죽여 버려야겠다!"

"형님, 성급히 덤비면 안 됩니다. 둘이서 빨리 양산박으로 돌아가 알리고 송 공명께 부탁해서 대군을 동원해 화주를 공격해야 합니다. 그렇게 하지 않는 한 사 대관인을 구출해 낼 수 없습니다."

무송이 그렇게 말했지만 노지심은 생각을 바꾸지 않았다.

"우리들이 산채에 지원을 구하러 가 있는 동안에 네 형제들의 목숨이 어떻게 될지 알 수 없잖소?"

모두가 아무리 말려도 듣지 않았다. 다음날 아침 일찍 일어난 노지심은 선장을 들고 계도를 차고 곧장 화주로 뛰어갔다.

노지심은 화주의 성내로 뛰어 들어가 길에서 주 관청은 어디에 있느냐고 물어 보았다.

"주교를 건너 바로 동쪽으로 꺾어지면 있소."

어떤 사람이 손가락으로 가리켜 주었다. 노지심이 마침 그 다리 위로 갔을 때 사람들이 외쳤다.

"스님, 비켜요! 태수님께서 지나가신다!"

노지심은 속으로 뇌까렸다.

"내가 찾아가려고 하는데 마침 그쪽에서 내 손아귀에 굴러 들어오다니 이놈 아무래도 뒈질 때가 된 모양이군!"

하 태수의 행렬 선두가 두 명씩 줄을 지어 오고 있었다. 노지심이 보니 가마 양쪽에는 열 사람씩 붙어 있고 제각기 칼, 창, 철련 따위를 들어 지키고 있었다.

하 태수는 노지심이 뛰어나올 듯하면서도 차마 뛰어나오지 못하는 모양을 가마 위에서 보고 관가로 돌아가자 그를 불렀다.

'그놈, 되게 내 손에 죽고 싶은 모양이군! 지금 내가 가려는데 자기가 날 불러들여?'

노지심은 이렇게 생각하면서 곧장 관가로 갔다. 태수는 이미 노지심이 마당 한가운데에 들어오면 선장과 계도를 떼어 놓은 후 안쪽 서재실로 안내하도록 시켜 놓았다. 노지심은 처음엔 순종하지 않았으나 모두가 이렇게 일렀다.

"당신은 불가의 몸인데도 어째 그렇게 이해 못할 말만 하십니까? 관가에 칼이나 지팡이를 가지고 갈 순 없잖아요?"

그러자 생각을 바꾸었다.

'내 이 두 주먹만으로 놈의 대가리쯤 때려 부술 수 있어!'

노지심은 선장과 계도를 낭하에 놓고 관리의 뒤를 따라 들어갔다. 그 때 하 태수는 안방에서 번쩍 손을 들며 외쳤다.

"저 중놈을 잡아라!"

그러자 양쪽 벽의 칸막에서 3,40명의 포졸들이 튀어나오더니 손발을 붙잡아 꼼짝 못하게 하고 몽둥이질을 한 후에 큰칼을 채워 감방에 처넣으려고 했다.

생포된 노지심은 화가 울컥 치밀어 소리쳤다.

"사람을 못살게 구는 색마놈! 네가 나를 잡았겠다! 사진과 함께 죽는다면 아무런 미련도 없겠지만 잊지 말아라! 너 이놈, 귓구멍을 쑤시고 잘 들어 둬라! 이 세상에 갚지 못하는 원수란 없는 법이다! 너는 사진을 옥에서 내어 놓고 왕교지를 이쪽으로 돌려보내고 곧 화주 지부를 사직해야 한다! 그런 도둑놈 근성에다 계집을 좋아해서는 도대체 지부 노릇을 할 자격이 없다! 자, 어때? 이 세 가지를 듣는다면 용서해 주겠지만 만약에 싫다는 '싫' 자만이라도 입 밖에 내면 그 땐 후회를 해도 이미 늦다! 자, 우선 나를 사진이 있는 곳으로 안내해라! 이야기는 그 다음이다!"

하 지부는 분통이 치밀어 올라와 목소리조차 나오지 않았다.

'암살을 하러 왔구나 했더니 사진하고 한 패라니! 이놈, 옥에다 처박아 천천히 모든 사실을 토해 내게 해야겠다.'

이런 생각이 들어 그 때는 고문을 하지 않고 칼을 씌워 감옥에다 넣고 도성에는 그 처분에 대해 상신을 했다. 선장과 계도는 봉해 관가에서 보관했다.

화주 성 안은 한동안 이 이야기로 떠들썩했다. 소화산의 두 부하는 그 소리를 듣고 곧 보고하러 뛰어 올라갔다.

무송이 듣고 깜짝 놀랐다.

'둘이서 같이 나와 가지고 한 사람이 죽는 것을 멀거니 보면서 혼자서 돌아갈 수는 없지.'

고민을 하고 있자니 산채의 부하가 뛰어와서 보했다.

"양산박의 두령으로 신행태보 대종이란 분이 산 밑에 와 계십니다."

무송은 황급히 내려갔다.

산채까지 안내를 하고 나서 주무 등 세 사람을 소개함과 동시에 노지심이 말을 듣지 않고 실패한 사건을 설명했다.

"그건 큰 실수로군."

깜짝 놀란 대종이 말했다.

"난 곧 양산박으로 돌아가겠습니다. 형님에게 보고하고 부하들을 보내서 구해야죠."

"그럼 어서 빨리 돌아가 주시오. 난 여기서 기다리고 있겠소."

대종은 음식으로 배를 불리고 나서 축지법으로 돌아갔다.

사흘 만에 산채에 도착한 대종이 조, 송 두 두목에게 노지심이 사진을 구하기 위해 지부 태수의 목숨을 노리다가 도리어 자는 범의 코를 찌른 격이 되었다는 전후이야기를 말하자 송강도 놀라며 그 날 안으로 군사들을 동원했다.

"사진과 노지심의 재난은 내버려 둘 수 없다. 어서 빨리!"

부대는 셋으로 나뉘었다. 전군 다섯 사람의 두목은 임충, 양지, 화영, 진명, 호연작으로 기병 1천에 보병 2천을 이끌고 나가 산에는 길을 내고 물에는 다리를 놓으며 전진했다. 중군은 주장이 송강, 그 밑에 오용, 주동, 서녕, 해진, 해보 이 여섯 두령이 2천 명을 인솔하고 출격했다. 후군은 주로 보급을 맡는 부대로 이응, 양웅, 석수, 이준, 장순의 다섯 사람이 역시 2천의 군사들을 인솔했다.

이렇게 해서 모두 7천의 군사들이 양산박을 떠나 화주로 가는 길을 재촉했다.

얼마 후 노정의 반을 지났다. 소화산으로는 대종이 한 걸음 앞서 보고하러 달려갔다. 주무 등은 돼지, 소, 말을 잡고 맛 좋은 술을 빚어 놓은 채 기다리고 있었다.

송강 등 세 부대가 산기슭까지 오자 무송이 주무, 진달, 양춘 세 사람을 데리고 하산하여 송강, 오용을 비롯한 두목 일동에게 소개한 다음 산채로 안내를 했다.

송강이 성내의 형편을 물었다.

"사진과 노지심은 지부가 옥에 가둬 버렸습니다. 조정의 명령을 기다려 처단을 하겠죠."

주무가 말하니 송강이 물었다.

"두 사람을 구원해 낼 수 있는 무슨 방법이 있을까?"

재차 물어 보자 주무가 또 대답했다.

"글쎄요. 화주는 큰 성이어서 방어호도 깊고 그리 간단하게는 안 될 겁니다. 결국 안팎에서 호응을 해야 가능하겠습니다."

오용이 말했다.

"그럼 우선 내일 성으로 나가 사정을 살펴본 뒤에 다시 의논합시다."

송강은 늦게까지 술을 마셨다. 겨우 날이 새기를 기다려 성을 정찰하러 출발하려고 하자 오용이 말렸다.

"성에 거물 둘이 갇혀 있으니 경비가 대단할 것입니다. 그러니 낮에 나가면 안 됩니다. 오늘 밤에는 달도 밝습니다. 저녁때 산에서 내려가 어둠이 깃들거든 가서 정찰해 봅시다."

그 날 저녁때 송강, 오용, 화영, 진명, 주동, 다섯 사람이 말을 타고 산에서 내려왔다.

일행은 성 밖에 이르러 언덕 높은 곳에 말을 세우고 성 안을 바라보았다. 때는 시월 중순이었다. 달빛은 대낮 같았고 하늘에는 한 점의 구름도 없었다. 내려다보니 성 둘레에는 성문이 몇 개나 있었다. 성벽은 높고 지형은 험하고 방어호도 넓고 깊었다.

일동은 잠시 그 곳을 두루 살펴본 다음 다시 시선을 멀리 옮겼더니 서악의 화산이 보였다.

송강 등은 화주성이 견고하여 이빨이 서지 않음을 느꼈다.

"자, 돌아가서 다시 의논해 봅시다."

다섯 사람은 급히 소화산으로 되돌아왔다. 송강은 매우 근심스러운 낯빛이었다.

"우선 부하들 중 재치 있는 이들 10여 명을 보내 봅시다. 무슨 소문이 있을지도 모르니까."

이윽고 오 학구가 말했다.

그로부터 이틀이 지난 뒤 부하 한 사람이 우선 돌아와 보고했다.

"이번에 조정에서 전사태위가 출장을 나온답니다. 천자께서 헌납하시는 금령조괘를 받들고 서악 화산으로 분향을 하러 오는데 황하에서 위하로 가는 수로로 온답니다."

"그거 잘됐다. 이걸 계략의 근본으로 삼으십시오."

오용은 곧 송강에게 말하고는 이준, 장순 두 사람을 불렀다.

"이렇게 저렇게 부탁하네."

"하지만 지리를 알 수가 있어야죠. 누가 안내해 줄 사람이 있었으면…."

이준이 말하자 곧 양춘이 말했다.

"제가 가면 어떨까요?"

세 사람은 산에서 내려갔다. 오용도 그 다음날 송강, 이응, 주동, 호연작, 화영, 진명, 서녕 등 일곱 사람과 함께 5백 명쯤 되는 부하를 이끌고 몰래 산에서 내려왔다. 그리고 위하의 도선장으로 갔다.

이미 그 곳에는 이준, 장순, 양춘 등이 열댓 척의 큰 배를 입수해 기다리고 있었다.

오용은 화영, 진명, 서녕, 호연작 네 사람을 언덕에 매복시키고 송강, 오용, 주동, 이응은 배를 탔다. 이준, 장순, 양춘은 그 배들을 도선장 앞에 남모르게 숨겨 놓았다.

이렇게 해서 일동은 그 날 밤 꼼짝 않고 대기를 했다.

얼마 후 날이 밝아 왔다. 멀리서 징 소리와 북소리가 들려 왔다. 물 위로 세 척의 관선이 내려오고 있었다. 배에 꽂힌 무수한 황기에는 '흠봉성지 서악강량 태위 숙' 이라고 쓰여 있었다.

주동과 이응은 장창을 손에 쥐고 송강 뒤에 대기했다. 오용은 선수에 우뚝 서 있다가 태위의 배가 접근하자 턱 하고 가로막고 나섰다.

배 안에서 자주색 옷에 은대를 띤 차림의 부하들 20여 명이 우르르 나타나 호령을 했다.

"너희들은 누구냐? 왜 무례하게 태위님을 가로막는 거냐?"

송강은 공손히 절을 했다. 오 학구가 선미에서 말했다.

"양산박의 의사 송강이 명령을 받고자 한다!"

배에서 응대를 맡은 자가 소리쳤다.

"태위님이 황제의 뜻을 받들고 서악으로 참배를 가시는 길이다! 양산박 난적들의 무례는 용서할 수 없다!"

송강은 허리를 굽힌 채였다. 오용이 재차 소리쳤다.

"우리는 태위를 만나고 싶을 뿐이다! 여쭐 말씀이 있다!"

응대원이 다시 말했다.

"네 따위 놈들이 태위님께 면회를 청하다니 그게 될 법이나 한 말이냐?"

부하들은 이구동성으로 꾸짖었다.

"조용히 물러나라!"

송강은 그대로 꼼짝 않고 있었다. 오용이 다시 말했다.

"태위님께서 잠시 상륙해 주시기 바랍니다! 의논할 말이 있습니다!"

"못난 소리 작작 해라! 태위님은 조정의 대관이시다! 네놈들하고 무슨 의논이 있겠느냐!"

이 때 송강은 몸을 일으키며 입을 열었다.

"만약 끝내 만나 주지 않으시면 부하들이 무슨 짓을 할지 모릅니다!"

주동은 순간 창끝에 단 작은 기를 휘둘렀다. 그러자 언덕에서 화영, 진명, 서녕, 호연작이 기병을 이끌고 나타났다. 그리고 일제히 활과 살을 잡고 하구에 2열로 서서 겨누었으므로 관선의 사공들은 놀라 전부 배 안으로 도망쳐 들어갔다.

응대하는 자도 당황해서 급히 보고하러 물러갔다.

숙 태위는 할 수 없이 선수에 모습을 나타냈다. 송강이 머리를 조아리고 말했다.

"무례한 점 죄송합니다!"

숙 태위가 물었다.

"그대는 어째서 배를 이 곳에 정지시켰는가!"

"천만에 말씀이십니다. 고귀한 분의 배를 정지시키다니요. 오직 약간 말씀드릴 일이 있어 상륙해 주시기를 원할 뿐입니다."

"나는 황제의 뜻을 받들고 서악으로 참배를 가는 사람이다. 너희들하고는 아무런 볼일도 없다. 조정 대신의 몸으로 그리 쉽사리 상륙할 수 있겠는가."

배에서 오용이 말했다.

“그 점을 특별히 승인해 주시지 않으면 아무래도 저 부하들이 잠자코 있지 않을 겁니다.”

이응은 이 때 기가 달린 창을 또 흔들었다. 그러자 이준, 장순, 양춘 등이 일제히 배를 저어 나왔다.

숙 태위는 겁이 났다.

이준과 장순은 비수를 번뜩이며 재빠르게 관선으로 뛰어올라 번개같이 두 사람의 부하를 물에다 집어던졌다.

“폭행은 하지 말라. 각하께 실례가 된다!”

송강이 제지했다.

이준과 장순은 물로 뛰어들어 집어던진 두 사람을 곧 배로 건져 올리고 자기들 또한 훌쩍 뛰어나왔다.

숙 태위는 몸에 소름이 끼쳐 덜덜 떨기 시작했다. 송강과 오용이 말했다.

“모두들 근신하라! 무례한 짓을 해서는 안 된다. 각하께 천천히 상륙하시라고 부탁드릴 테다.”

“무슨 볼일이 있거든…, 상관없으니 여기서 듣겠다.”

“여기서는 말씀드릴 수 없습니다. 일단 산채로 와 주십시오. 결코 위험한 짓은 아니 하겠습니다. 만일 그런 일이 있으면 하늘의 벌을 받을 것입니다.”

이제는 빼지도 박지도 못할 처지였다. 숙 태위는 할 수 없이 배를 떠나 상륙했다. 나무 그늘에서 말이 끌려 나왔다. 태위는 그 말을 타고 내키지 않는 출발을 했다. 송강과 오용은 우선 화영과 진명을 태위의 호위로 보냈다. 그리고 자기들도 말에 올랐다.

관선의 일동도 어향, 공물, 금령조괘 등을 전부 수습해서 소화산을 향해 떠났다.

관선을 지키기 위해 이준과 장순이 백여 명의 부하와 함께 뒤에 남았다.

얼마 후 일행은 소화산에 도착했다.

송강, 오용 등은 말에서 내려 숙 태위를 부축하여 취의청 중앙으로 모셨다. 여러 두목들은 양쪽에 칼을 빼 들고 벌려 섰다.

송강은 혼자 그 앞으로 나아가 네 번 절을 했다.

"저는 원래 운성현의 관리였습니다. 소송을 당해 낼 수 없어 산림으로 들어와 피신을 하고 있습니다만 이번에 아무런 죄도 없는 두 동지가 지부 하 태수의 모함에 빠져 옥에 갇히게 되었습니다. 따라서 태위님과 어향과 기타 금령조괘를 빌려 화주에서 연극을 꾸며 볼 생각입니다. 끝이 나면 곧 도로 반환하여 무사히 돌아가시게 하겠사오니 꼭 승낙해 주셔야겠습니다."

"글쎄 그건…. 만약 이 일이 탄로가 난다면 나는 입장이 아주 난처해지네."

"그러나 돌아가서 뒤에 만사를 이 송강에게 전가시키시면 무방하지 않겠습니까?"

숙 태위는 그 곳의 형편상 도저히 거절할 수가 없었다. 그래서 그만 그러라고 승낙을 하고 말았다. 송강은 잔을 들어 감사의 축연을 시작했다.

한편으로 태위 수행원들의 옷을 전부 벗겼다. 그리고 산채 부하들 중에서 살결이 흰 자를 골라 수염을 깎고 태위의 관복을 입혀 숙 태위 숙원경으로 변장을 시켰다.

송강과 오용은 응대역, 해진, 해보, 양웅, 석수는 부하로 변장했다.

많은 부하들이 자주색 옷에 은대를 띠고 깃발과 어향, 공물, 금령조괘를 받아 들었다. 화영, 서녕, 주동, 이응은 네 사람의 위병이 되었다. 또 태위와 그 수행원을 접대하기 위해 주무, 진달, 양춘 등은 산채에 남았다.

한편에서는 진명과 호연작, 임충과 양지가 각각 한 대를 이끌고 일동과는 따로 화주성을 기습하기로 했다.

무송은 먼저 서악으로 파견됐다. 묘의 정문 근처에 있다가 신호와 더불어 습격하는 소임이었다.

산채를 떠난 일행은 곧 하구로 내려와 거기서 배를 탔다. 화주의 지부에는 일부러 통지를 하지 않았다. 곧장 서악묘로 직행했던 것이다.

대종은 한 걸음 앞서 서악묘에 있는 운대관의 관주와 묘내의 일동에게 알리기 위해 달려갔다. 그들은 곧 강변까지 나와 영접을 했다.

향, 꽃, 등불, 초, 기, 보개의 행렬이 앞장을 섰다. 그리고 어향을 향롱에 담아서 묘의 인부가 메고 금령조괘가 앞을 서서 갔다.

관주는 가짜 태위인 줄도 모르고 공손히 그 앞에 모시고 섰다. 오 학구가 일렀다.

"각하께서는 도중에 병환이 나셔서 불편하시다. 가마를 곧 대령하도록 하라!"

그러자 가마가 움직여 서악묘 앞까지 가서 내렸다. 응대역이 된 오 학구가 관주를 향해 물었다.

"이번에 황제의 뜻을 받들어 태위께서 금령조괘를 성제께 헌납하러 왔는데 어찌 된 일로 본주 지부는 영접을 하지 않는가?"

"이미 기별을 해 놓았습니다. 곧 올 것입니다."

관주가 죄송해하고 있을 때 추관이 우선 공인 5,60명과 함께 술과 안주를 가지고 왔다.

그런데 태위는 누가 보든 허울은 비슷했으나 귀인의 말을 몰랐다. 그래서 병든 체하며 이불을 덮고 평상에 누워 있을 수밖에 없었다. 하지만 깃발이며 기타 행렬 기구 일체가 틀림없는 궁중 물건이었으므로 추관은 속아 넘어가고 말았다.

응대역은 바쁘게 드나들다가 추관을 불러들여 멀리 뜰 아래에서 인사를 하게 했다. 하지만 태위가 손을 흔드는 모습이 보였을 뿐 무슨 소리를 하는지 도무지 알 수가 없었다.

응대역이 내려와 추관을 향해 불평을 털어놓았다.

"태위 각하께서는 천자님을 가까이 모시고 계신 분이다. 천 리나 되는 먼

길을 싫다 않고 황제의 뜻을 받들어 분향하러 오시다가 도중에 병환이 나셨는데 이 고을의 관인들은 어째서 도중까지 영접을 나오지 않는가?"

"틀림없이 공문을 받았습니다만 도중에 연락이 뚝 끊어져 그만 그럭저럭하고 있는 동안에 태위님께서 먼저 이 곳에 도착하시어 이렇게 되고 말았습니다. 곧 지부께서 대령할 예정이었사오나 마침 소화산의 산적들이 양산박 무리들과 손을 잡고 성을 노리고 있으므로 그들을 막기에 급해 곧 나오지를 못하고 우선 제가 선물을 지참했습니다. 지부는 곧 나오실 것입니다."

"태위 각하께서는 술은 한 방울도 못 잡수신다. 빨리 지부를 보내도록 하라. 여러 가지 의식에 관해 미리 말해 둘 일이 있다."

추관은 곧 술을 가져다가 우선 수행원 전원에게 대접했다.

응대역인 오 학구는 또다시 뛰어 올라가 태위에게 '열쇠를 좀!' 하고는 받아 가지고 내려왔다.

추관을 안내해 그 열쇠로 먼저 궤의 자물쇠를 열었는데 향백 주머니에서 꺼낸 물건은 다름 아닌 은사의 금령조괘였다. 그것을 한 가닥 대나무 끝에 달아 쳐들어 추관에게 보여 주었다. 과연 세상에 비할 바 없이 정교하게 궁전 어용 기술자가 만든 보물로 칠보와 옥 구슬 장치가 눈부시고 그 중심에 홍사등롱이 끼워져 있었다.

즉, 성제님의 어전 중앙에 매다는 장식품으로서 하사가 없는 한 민간에서는 도저히 만들 수 없는 물건이었다.

응대역은 그것을 추관에게 보인 후 다시 괘 속에 넣고 자물쇠를 채웠다. 동시에 중서성의 많은 공문서를 꺼내 보이고 곧 지부를 부르라고 재촉했다. 그들은 이런 증거를 보자 황급히 지부에게 뛰어 돌아갔다.

송강은 아주 흐뭇해하며 중얼거렸다.

"저놈들, 만만치 않은 놈들인데 그냥 속아 넘어가는구나."

무송은 그 때 묘의 정문 근처에 있었다. 오 학구는 석수에게도 단도를 가지고 무송을 도우라 말해 내보내고 대신 대종을 부하로 변장시켰다.

운대관 관주가 이번에는 음식을 대접했다.

이 때 묘내에서는 강향하는 데 필요한 준비를 서둘렀다.

송강은 한가한 틈을 타 서악묘를 두루 구경했다. 웅장한 건물, 정채한 단청, 마치 천상계 같았다. 일순간 뒤쪽 건물로 들어가니 문지기가 일렀다.

"하 지부의 행차요!"

송강은 화영, 서녕, 주동, 이응 네 위병에게 무기를 잡게 하고 양측에 서게 했다. 해진, 해보, 양웅, 대종들도 무기를 몸 안에 감추고 좌우에서 모시게 했다.

하 지부가 3백여 명을 거느리고 들어왔다. 묘 앞에서 말에서 내린 다음 일제히 밀려 들어왔다. 응대역인 오 학구와 송강은 그들 수행원이 전부 칼을 찬 관인인 것을 보았다.

"조정의 귀한 분이 계신 곳이다! 아무나 마구 들어갈 수는 없다!"

오 학구가 호령했다.

3백여 명이 일제히 발을 멈추었다. 하 지부 혼자서 들어오는 모양을 본 오 학구가 다시 일렀다.

"각하께서 만나 뵙겠다고 하신다!"

하 지부는 방 앞으로 다가와 멀리서 꿇어 엎드렸다. 오 학구가 다시 큰 소리로 호령했다.

"네 잘못을 모르는가?"

"네, 각하께서 오시는 줄도 모르고 실수를 한 데 대해서는 드릴 말씀이 없습니다."

"멀리 길을 떠나 온 참배다. 어째서 영접을 하지 않았는가?"

"도중에 보고가 두절되었기 때문에 이렇게 실례를 하게 되었습니다."

오 학구가 소리쳤다.

"여봐라, 저놈을 잡아 묶어라!"

해진, 해보 형제가 단도를 번뜩이며 뛰어나가 하 지부를 '이놈!' 하면서 차 넘어뜨리고 나서 목을 베어 버렸다.

"제군!"

송강이 신호를 했다.

호위병 3백여 명은 그냥 꼼짝도 못했다. 화영 등이 '와' 하고 소리치며 나와 그들을 골패짝 넘어뜨리듯 때려눕혔다. 나머지 반수가 오금아 날 살려라 하고 묘문까지 도망쳤을 때 무송과 석수가 칼춤을 추며 내달았다.

산채의 부하들도 사면팔방에서 치고 덤볐다. 3백여 명은 한 사람도 살아남지 못했고 뒤늦게 묘에 도착한 자들도 장순과 이준의 손에 모조리 목숨을 잃고 말았다.

송강은 곧 어항과 조패를 거두어 배로 돌아갔다.

일행이 화주까지 달려와 보니 그 때 성내에는 불길이 두 곳에서 오르고 있었다. 일동은 함성을 지르며 쳐들어갔다. 먼저 감옥을 깨뜨려 사진과 노지심을 구해 내고 계속 창고를 털어 탈취한 재물을 수레에 쌓아 올렸다.

노지심은 안채로 뛰어 들어가 계도와 선장을 되찾았다. 왕교지는 그 때 이미 우물에 투신한 뒤였다.

일동은 소화산으로 개선했다. 숙 태위에게 어향, 금령조괘, 기치, 기타를 모조리 되돌려주고 사례를 한 다음 송강은 쟁반 가득히 담은 금은을 태위에게 증정했다. 수행원 일동에게도 신분의 고하를 막론하고 미안하다는 인사와 함께 돈을 주고 다시 송별연을 크게 베풀었다.

두목 일동은 산에서 내려와 하구까지 전송하고 배를 비롯해 무엇 하나 손상됨이 없이 깨끗하게 돌려주었다.

송강은 숙 태위와 작별하고 소화산으로 되돌아왔을 때 그 곳의 네 두령은 결정을 지었다. 있는 전곡은 다 거두고 산채에는 불을 질러 태워 버렸다. 그리고 바로 양산박을 향해 떠났다.

왕교지의 아버지 왕의는 두둑이 돈을 받아 들고 일동과 헤어져 떠나갔다.

한편, 숙 태위는 얼마 후 배에서 내렸다. 우선 화주성을 방문해 본 후 비로소 양산박 사람들이 쳐들어와 백여 명의 병사들을 죽이고 말을 전부 빼앗아 떠난 사실을 알았다. 서악묘에서도 많은 사람이 목숨을 잃었다고 했다. 결국은 관영 추관에게 명해 중서성으로 보고를 내게 했다. 요컨대 송강이 도상에서 어향, 조괘를 탈취하여 그것을 이용해 지부를 속여 서악묘로 나오게 하고는 살해했다는 내용이었다.

숙 태위는 서악묘로 가서 어향을 피우고 금령조괘는 운대관의 관주에게 바친 후에 급히 궁궐로 돌아가 천자께 그 같은 사실을 아뢰었다.

이쪽에서는 송강 등이 소화산 일동과 함께 인마를 거느려 세 부대로 나뉘어 양산박으로 귀환했다. 도중에 물론 아무 데도 건드리지 않았다.

산채에는 대종이 먼저 보고하러 달려갔다.

이 무렵 망탕산의 번서, 항충, 이곤이 또한 입당했다.

5. 조 천왕(晁天王) 귀천

어느 날 한 사나이가 양산박으로 송강을 찾아와서 넓죽 절을 드렸다. 송강이 황망히 자리에서 내려가 그를 붙들어 일으키고 물었다.

"족하의 성명은 무엇이고 어디 사람이오?"

그 사나이가 대답했다.

"소인의 성은 단이고 이름은 경주라 하옵는데 보시는 바와 같이 소인의 터럭이 붉고 나룻이 누름으로 하여 사람들이 금모견이라 별명 지어 부르는 터입니다. 본래가 북방에 가서 말을 훔쳐다 파는 일이 생업인데 올 봄에 창간령 북쪽에 갔다가 우연히 한 필 명마를 얻었습니다. 이놈이 어떻게 생겼는가 하면 온몸에 잡털이라고는 한 올도 없이 눈같이 흰데 몸체도 엄청 크거니와 걸음도 잘 하여 하루에 능히 천 리를 가니 북방에서는 모두 이 말을 조야옥사자라 부르고 있습죠."

단경주는 잠시 말을 끊었다가 계속했다.

"소인이 일찍부터 강호에서 형장의 대명을 듣자왔으나 길이 없어 뵈옵지 못하다가 우연히 이 천리마를 얻었기로 형장께 이를 바치고 저의 성의를 표하려 했는데 뜻밖에 능주의 증두를 지나다가 이른바 증가오호에게 말을 빼기고 말았습니다."

송강이 그 사람을 자세히 보니 우람한 체격에 위풍이 범상치 않았다. 즉시 그에게 자리를 주며 입당을 권하니 쾌히 응했다.

송강은 신행태보 대종을 시켜 증두성으로 가서 그 말의 행방을 알아 오게 했다. 대종이 간 지 너댓새 만에 돌아와서 보했다.

"증두는 인가가 모두 3백여 호로 대주인은 증 장자라는 사람인데 아들 5형제를 두어 이들의 별명을 증가오호라 하니 큰아들은 증도요 둘째는 증밀이고 셋째는 증색이며 넷째는 증괴인데 다섯째는 증승입니다. 이 밖에 사문공이란 교사와 소정이란 부교사가 있는데 채책을 세우고 5,6천 인마를 모아 기필코 우리 산채의 두령들을 사로잡고야 말겠다고 큰소리를 치고 있습니다. 조야옥사자라는 말은 지금 교사 사문공이 타고 다니는데 가장 괘씸한 것은 시중의 아이들에게 이런 노래를 가르쳐 주고 있다는 것입니다."

> 쇠방울을 흔드니 신령 마귀 다 놀라네
> 쇠수레가 있구나 쇠사슬도 있구나
> 양산을 허물자 수박을 무찌르자

조개 머리 썩뚝 베어 동경으로 보내자
급시우를 잡아서 지다성을 잡아서
증가오호 그 이름을 천하에 드날리자

이 말을 듣고 조개는 발연히 크게 노하였다.

"그놈들이 이렇듯 무례할 수가 있단 말인가! 내 몸소 한 번 나서서 그놈들을 말끔히 잡아 올 생각인데 못 잡을 때는 맹세코 다시 돌아오지 않겠소!"

그 날로 곧 5천 인마를 점검하고 스물 두령을 청하여 산을 내려가며 나머지 두령들은 남아서 송강과 더불어 산채를 지키게 하니 조개를 따라 떠나는 스물 두령은 곧 임충, 호연작, 서녕, 목홍, 유당, 장횡, 원소이, 원소오, 원소칠, 양웅, 석수, 손립, 황신, 두천, 송만, 연순, 등비, 구붕, 양림, 백승의 무리이다.

송강이 오용, 공손승 이하 뭇 두령들과 함께 산을 내려가 삼군 인마를 전송하는데 한창 잔을 들어 서로 권하는 중에 문득 난데없는 일진광풍이 일며 조개가 새로 지은 인군기의 중턱이 뚝 부러지고 말았다.

모든 사람이 보고 크게 놀라 얼굴빛이 변하는데 오용이 나와서 조개를 보고 간했다.

"형님이 바야흐로 행군하시는 날 인군기가 부러지니 이는 정녕 크게 상서롭지 않은 조짐이외다. 부디 날을 고쳐서 떠나시도록 하시지요."

그러나 조개는 듣지 않았다.

"천지 풍운을 괴이하게 여길 것이 무어요. 지금 봄날이 한창 화창한 때 가서 잡지 않으면 저희들의 힘만 길러 주어 더욱 잡기 어려울 터이니 아무래도 날짜를 연기할 수는 없소."

끝내 고집하고 군사들을 인솔하여 금사탄을 건너가니 송강은 산채로 돌아온 뒤 가만히 대종을 뒤쫓아 보내서 소식을 알아 오게 했다.

한편, 조개는 스물 두령과 5천 인마를 거느리고 바로 증두 가까이 이르러 하채하고 적을 깨칠 계책을 물으니 임충이 말했다.

"내일은 바로 증두 어귀에 가서 한 번 싸움을 돋우어 저희들의 허실을 보고 그 뒤에 다시 의논하기로 하시지요."

조개가 그 말을 옳게 여겨 이튿날 새벽에 삼군을 이끌고 증두로 나아가 넓은 들판에 주둔을 하니 증두 하늘에 포성이 진동하며 많은 병사와 일곱 장수가 일자로 쭉 벌려 섰다.

모두가 늠름 호한인데 특히 교사 사문공은 팔에 활 걸고 어깨에 전통 메고 조야옥사자에 높이 올라 손에 한 자루 방천화극을 잡았다.

북이 세 번 울리자 증가의 진중에서 몇 채의 함거를 밀고 나와 진 앞에다 벌여 놓더니 큰아들 증도가 이편을 손으로 가리키며 큰 소리로 말했다.

"이놈, 도적들아! 여기 이 함거가 보이느냐? 너희 놈들을 한 놈 한 놈 사로잡아 함거에다 실어서 동경으로 올려 보낼 생각이니 그리 알아라!"

듣고 나자 조개가 크게 노하여 창을 꼬나 잡고 말을 몰아 바로 증도를 취하니 뭇 두령들이 혹시나 조개에게 실수가 있을까 두려워 일시에 내달아 엄호했다.

양편 군사가 한동안 혼전한 뒤에 증가의 무리가 점점 뒤로 물러 들어가니 임충과 호연작은 조개를 좌우로 옹위하여 뒤를 급히 몰아치다가 길이 좋지 않은 지형을 보고 급히 군사를 거두었다.

한마당 싸움에 양편이 모두 적지 않게 인마를 상하였다. 조개가 영채로 돌아와 분하게 여겨 계속 사흘을 나가 싸움을 청했으나 증가에서는 군사 한 명을 내지 않았다.

나흘째 되는 날이었다. 뜻밖에도 두 사람의 중이 조개의 영채로 찾아왔다. 군사가 이끌어 중군장 앞에 이르니 두 중은 조개 앞에 무릎을 꿇고 말했다.

"소승은 증두 동편 머리에 있는 법화사란 절의 감사승이온데 증가오호라는 것들이 걸핏하면 저희 절에 와서 갖은 행패를 다 부리며 토색질이 심하여 약간 가지고 있던 재물을 모조리 다 빼앗기고 지금은 아무것도 남은 것이 없습니다. 소승이 본래 저놈들의 허실을 자세히 아는 터라 이제 두령을 청하여 저놈들의 영채를 없애려 하니 만약에 저놈들을 모조리 잡아 없애주신다면 참으로 소승들로서는 그만 다행이 없을까 합니다."

조개가 그 말을 듣고 크게 기뻐하며 곧 두 중을 자리로 청하여 술을 주어 먹게 하니 이를 보고 임충이 간했다.

"형님, 중들이 하는 말을 믿지 마십시오. 혹시 증가놈들이 간사한 꾀를 내어 저 중놈들을 보냈는지 누가 압니까?"

그러나 조개는 듣지 않았다.

"저들은 출가한 사람인데 어찌 거짓말을 할 까닭이 있겠소? 더구나 우리 양산박이 오래 인의를 행하여 지나는 곳에 추호도 백성을 범한 일이 없으니 이로 인하여 저 중들도 우리를 찾은 것이라 조금도 의심할 건 없을 줄 아오."

"형님께서 굳이 저들이 하는 말을 믿으시겠다면 제가 형님 대신 가겠으니 형님은 군사를 거느리고 밖에 계시다가 응대하도록 하시지요."

그러나 임충이 간하는 말을 끝내 듣지 않고 조개는 군사를 반으로 나누어 중을 따라 영채를 쳐부수러 가기로 했다.

이 날 저녁에 밥 지어 군사를 배불리 먹인 다음 말은 방울을 떼고 사람은 매를 물고 가만히 두 중을 따라 법화사에 이르러 보니 도무지 인적이 없었다. 조개는 말에서 내려 두 중을 보고 물었다.

"어찌하여 이렇듯이 큰 절에 중이 한 명도 없느냐?"

중이 대답했다.

"증가놈들이 와서 하도 행패를 부려 하는 수 없이 모두들 환속하여 가고 다만 장로와 몇 명 시자가 머물러 있는 터입니다. 두령께서 잠시만 이 곳에 군사를 머물러 기다려 주시면 밤이 좀 더 깊기를 기다려 소승이 저놈들의 영채로 인도하오리다."

조개가 기다리고 있는데 중두에서 북이 울리는 소리가 들려 왔다.

"아마 이제는 저놈들이 모두 잠이 깊이 들었을 터이니 가 보시지요."

두 중이 앞을 서서 길을 인도했다. 조개는 곧 두령들을 인솔하고 그 뒤를 따라갔다. 법화사를 떠나 한 오 리나 갔을까. 한데 문득 깨닫고 보니 어두운 밤길에 두 중의 행방을 알 수 없었다. 자세히 둘러보니 사면이 모두 복잡한 수림이고 인가라고는 단 한 채를 구경할 수 없었다.

그제야 계교에 빠진 줄 깨닫고 급히 돌이켜 오던 길로 되돌아가려 할 때 미처 백 보를 못 다 가서 사면에 북소리가 어지러이 일어나고 함성이 천지를 진동하며 화광이 충천했다.

조개와 뭇 두령들이 급히 군사를 이끌어 길을 찾아 도망하는데 어둠 속에서 한 떼 인마가 내달아 앞을 가로막고 어지러이 활을 쏘니 아뿔싸 조개가 미처 피하지 못하고 뺨에 화살을 맞아 말에서 떨어졌다.

삼원 형제와 유당, 백승 다섯 사람이 죽기로 그를 구하여 말에 올려 태우고 진중을 빠져 나오는데 때마침 임충이 뭇 두령과 함께 군사를 몰고 와서 구원을 했다.

양편 군사가 한 마당 어지러이 싸우다가 날이 훤히 밝은 다음에 서로 군사를 거두어 돌아가니 연순, 구붕, 송만, 두천의 무리가 모두 목숨을 겨우 구하여 왔고 2천 5백 인마에 절반 이상이 죽어 천여 명이 호연작을 따라 겨우 무사했을 뿐이었다.

뺨에 박힌 화살을 뽑으니 피가 뻗쳐 나오며 조개가 그대로 혼절했다. 화살을 보니 대에 '사문공' 석 자가 적혀 있어 쏜 자를 알겠는데 이 화살이 원래 독화살이라 이 때 독이 이미 온몸에 돌아 조개는 말을 하지 못했다.

임충은 우선 급한 대로 금창약을 가져오라 하여 상처에 붙이고 여럿이 부축하여 수레에 태운 다음 삼원 형제와 두천, 송만 다섯 두령으로 하여금 호위하여 급히 양산박으로 돌아가게 하고 열다섯 두령이 남아서 계책을 의논하되 도무지 좋은 방법이 없었다.

사기가 크게 떨어져 모두 돌아갈 마음뿐인데 이 날 밤 보초를 서던 군사가 달려 들어와 보했다.

"앞에서 오로 군마가 짓쳐들어옵니다."

임충이 깜짝 놀라 두령들과 함께 말에 올라 나가 보니 무수한 횃불이 하늘을 찔러 낮같이 밝고 아우성 소리가 천지를 진동했다. 임충이 감히 나가서 맞아 싸우지 못하고 두령들과 함께 급히 영채를 빼어 달아나니 증가의 군마가 더욱 기세를 얻어 뒤를 몰아 쳤다.

한편 싸우며 한편 달아나 5,60리를 가서야 비로소 추격에서 벗어날 수 있었다. 군사를 점검해 보니 다시 6,7백 명이 꺾이어 남은 무리가 4,5백에도 차지 못했다.

급히 양산박으로 돌아와 조 천왕의 병을 보니 음식을 입에 넘기지 못하고 온몸이 퉁퉁 부어 올라 꼼짝도 하지 못했다.

송강은 침상 머리를 떠나지 않고 눈물이 마를 사이 없이 친히 상처에 약을 붙이고 탕약과 산약을 입에 흘려 넣으며 간병을 극진히 하였다. 뭇 두령들이 함께 장전에 머물러 병을 보는데 이 날 삼경에 조개의 병세가 더욱 악화되어 겨우 머리를 돌려 송강을 보고 말했다.

"아우님은 부디 몸조심하오. 나는 이제 가거니와 후에 누구라도 사문공을 잡아 내 원수를 갚는 사람으로 이 산채의 주인을 삼도록 해 주오."

한마디 당부하기를 마치며 눈을 감고 길이 잠들어 버렸다.

송강은 부모를 여읜 듯 목을 놓아 울다가 혼절해 버렸다. 두령들이 그를 붙들어 일을 주장하게 하는데 오용과 공손승이 송강에게 권하여 말했다.

"형장은 너무 번뇌하지 마시오. 죽고 사는 것이 다 정한 일인데 구태여 그렇듯 마음을 상하실 일이 무엇이오?"

송강은 눈물을 거둔 다음 향탕으로 조개의 시신를 깨끗이 씻고 장렴하여 취의청 위에 모셨다. 산채 가운데 두령들이 송강 이하로 다 거상을 입고 작은 두목과 졸개들도 모두 효두건을 썼다.

송강은 매일 여러 사람과 슬퍼하면서 도무지 산채 사무를 관리하는 데는 뜻이 없었다.

임충은 오용, 공손승 및 여러 두령과 더불어 송강을 세워 산채의 주인을 삼기로 의논을 정하고, 이튿날 이른 아침에 임충이 주장하여 취의청에 좌정한 다음 임충이 오용과 함께 나서서 말했다.

"나라에는 하루도 임금이 없어서는 안 되는 것이고 집에는 하루도 주인이 없어서는 안 되는 것이니 조 두령께서 이미 귀천하신 이제 산채 안의 만사가 주인 없이 될 일이겠습니까? 천하가 모두 형장의 대명을 흠앙하는 터이니 내일 부터 형장께서 산채의 주인이 되어 주신다면 모든 사람이 다 명령에 따르겠습니다."

듣고 나자 송강이 말했다.

"조 천왕이 임종할 때 당부하시기를 누구든지 사문공을 잡는 사람으로 산채의 주인을 삼으라 하셨으니 이는 여러분 두령들이 다 아시는 바요. 이제 골육이 아직 식지 않은 터에 어찌 잊겠으며 더구나 원수를 갚지 못한 터에 어찌 그 일을 의논한단 말이오?"

오용이 말했다.

"조 천왕이 비록 그렇듯 말씀은 하셨으나 오늘날 아직 사문공을 잡지 못했다 하여 어찌 한시라도 산채에 주인이 없어서야 되겠습니까? 형장이 아무래도 이 자리에 앉으셔야 하지 그렇지 않고는 산채 안의 허다한 인마를 관리할 수가 없소이다. 형장은 우선 임시로 이 자리에 앉아 계시다가 뒷날 다시 의논하여 정하도록 하시지요."

송강은 한동안 말이 없다가 이윽고 입을 열었다.

"딴은 군사의 말씀이 일리가 있소. 그러면 내가 임시로 잠시 이 자리에 앉았다가 후일 사문공을 잡는 사람이면 누구임을 막론하고 이 자리에 청하여 앉게 하십시다."

마침내 송강이 그 의견을 좇을 뜻으로 말하니 이제까지 잠자코 있던 이규가 나서서 한마디 했다.

"형님, 형님이 양산박의 주인은 말고 대송 황제가 되신다 해도 누가 말리겠소?"

송강은 얼굴을 붉히고 소리쳤다.

"이놈아, 그게 무슨 소리냐? 다시 그따위 미친 소리를 했다가는 혓바닥을 잘라 버릴 테니 그리 알아라!"

"내가 언제 형님더러 나쁜 사람이 되라고 권한 거유? 대송 황제가 되라고 그런 건데 왜 혓바닥은 자르겠다고 그러시우?"

이규가 그래도 가만히 있지 않고 입을 놀리자 오용이 얼른 나서서 말렸다.

"이 사람은 존비를 모르는 사람이라 신경 쓰지 마시고 어서 대사를 주장하도록 하시지요."

송강이 그의 말을 좇아 분향하고 나서 임시로 제일좌 교의에 앉으니 상수는 군사 오용이고 하수는 공손승이며 좌일대는 임충이고 우일대는 호연작이 어른이라 모든 사람이 참배하고 나서 양편으로 나뉘어 앉자 송강이 입을 열었다.

"내 오늘날 이 자리에 오르게 되기는 오로지 형제의 도움에 힘입은 바라 이제 서로 합력하여 체천행도 하도록 합시다."

말을 듣고 대소 두령들이 모두 기뻐하기를 마지않았다.

6. 옥기린(玉麒麟) 노준의(盧俊義)

어느 날 송강은 뭇 두령을 모아 놓고 군사를 일으켜 증두를 쳐서 조 천왕의 원수 갚을 일을 의논하려 했다. 그러자 군사 오용이 나서서 간했다.

"서민들도 상중에는 가볍게 동하지 않는 법이오. 백 일이나 지나거든 그때 군사를 일으키도록 하시지요."

송강이 그 말을 옳이 여겨 산채를 지키며 매일 도량을 베풀어 조개의 명복을 비는데 하루는 우연히 한 중을 청하여 오니 법명은 대원이라 했다. 원래 북경 대명부 용화사의 중으로 마침 양산박 근처를 지나다가 발견되어 산으로 청하여 들인 것이다.

산채 안에 도량을 베풀고 재를 올린 다음 함께 앉아 한담을 나누는 중에 송강이 북경의 풍토와 인물에 대해 물으니 대원이 대답했다.

"두령께서 어찌 하북 옥기린의 이름을 못 들으셨습니까?"

송강은 이 말을 듣고 크게 개탄하며 말했다.

"늙지도 않았는데 어찌하여 이렇게 잊어버리기를 잘 하누. 북경 성내에 노 원외라는 사람이 있어 이름은 준의고 작호는 옥기린이니 곧 하북 삼절이라 본시 대명부 사람으로 무예가 출중하여 곤봉을 손에 잡으면 천하에 대적할 자가 없다고 하니 만약에 우리 양산박 채중에 이 사람 하나만 얻고 보면 천하의 병마가 다 쳐들어온다 해도 두려울 것이 없을 게요."

오용이 웃으며 말했다.

"기어코 그 사람을 입당시키시겠다면 산으로 들어오게 하는 것쯤이야 그리 어렵지 않소이다."

"어찌 어렵지가 않다고 하오? 그 사람으로 말하면 북경 대명부에서 첫손 꼽히는 부자인데 무슨 수로 꾀어 온단 말이오?"

"그저 조그만 계교 하나만 쓰면 제가 아무리 싫어도 산으로 올라왔지 안 올라오지는 못 하지요."

"남들이 모두 족하를 지다성이라 하더니 과연 헛된 말이 아니오. 대체 군사는 무슨 계책을 쓰려고 하는 게요?"

"소생이 몸소 북경으로 가서 세 치 혀만 놀리고 보면 노준의가 안 오고는 못 배기는데 다만 얼굴이 괴상한 사람이 없어 걱정입니다."

말을 미처 마치기 전에 이규가 나서서 큰 소리로 외쳤다.

"형님, 나를 데리고 가시우!"

댓바람에 송강이 꾸짖었다.

"네가 어딜 따라가겠다고 그러느냐? 만약 사람을 죽이고 집을 약탈하고 고을을 치고 하는 일이라면 너를 쓰겠지만 이 일로 말하면 세작이나 할 노릇이라 네 성미로 무엇을 어떻게 해 보겠단 말이냐?"

"군사가 얼굴 괴상한 사람이 있어야만 한다기에 내가 따라가겠다는데 왜 괜히 형님은 못 간다고 야단만 치우?"

듣고 있다가 오용이 말했다.

"자네가 기어이 따라오겠다면 세 가지 일을 꼭 지켜야만 하는데 만약 못 지키겠으면 애초에 따라나설 생각도 하지 말게."

"세 가지 지킬 것이 대체 뭐유? 세 가지 말구 서른 가지래도 내 다 지키리다."

오용이 손가락으로 꼽으며 말했다.

"첫째는 자네가 술만 먹으면 매양 일을 저지르는 터이니 이번 길에는 술을 한 방울도 입에 대지 않아야 하고, 둘째는 길잡이 모양을 하고 나를 따라가는데 무슨 말이고 내 말이면 어기지 말아야 하고, 셋째는 가장 어려운 일이네만 내일부터 벙어리 행세를 하며 말은 한마디도 하지 말아야만 내가 데리고 가겠네."

듣고 나서 이규가 한마디 했다.

"술도 끊겠고 길잡이 노릇도 어렵지 않은데 벙어리 행세 하라는 건 너무

심하우. 사람이 말을 안 하고 답답해서 어떻게 한시를 지낸단 말이우?"
"아닐세. 자네는 입만 벌리면 곧 무수한 시비를 자아내고 마니 천하없어도 이번 길에는 벙어리 노릇을 좀 해야만 되겠네."
"아따 그렇게까지 말하니 그럼 내 엽전 한 닢 입에다 물고 가지."
뭇 두령이 듣고 다들 크게 웃었다.
이리하여 이튿날 새벽에 오용은 송강 이하 두령들에게 하직을 고하고 산을 내려가는데 이규는 길잡이의 맵시로 보따리를 등에 지고 따라나섰다.
양산박에서 북경 대명부가 너댓새 노정이라 매일 저물어 객점에 들고 일찍 일어나 밥 지어 먹고는 떠나는데 노상에서 오용이 이규로 인해서 괴로움을 겪는 일이 한두 가지가 아니었다.
그럭저럭 북경성 밖에 당도한 날에도 객점에 들어 밤을 지내는데 이규가 부엌에 내려가 밥을 짓다가 대수롭지 않은 일에 화를 내고 객점의 더부살이를 주먹으로 쳐서 상처를 입혀 오용이 대신 사과하고 여남은 관이나마 돈을 주어 간신히 무마를 시키느라 땀을 뽑았다.
그 날 밤을 지내고 이튿날 아침에 조반을 먹고 나자 오용은 이규를 방 안으로 불러들였다.
"여기까지 오는 동안에도 내가 자네로 해서 얼마나 속을 썩인 줄 아나? 오늘은 성내로 들어갈 텐데 매사에 각별 조심을 해야지 남하고 시비나 일으키고 했다간 의외의 봉변을 당하네."
"잘 알았소. 내 조심하리다."
"조심도 해야겠지만 우리 신호 하나 정해 두세. 언제든지 내가 머리만 한 번 흔들거든 자네는 아예 꼼짝을 말게."
"아무려나 그렇게 합시다 그려."
오용과 이규가 성문 아래 이르니 성문을 지키는 군사가 물었다.
"어디서 온 누구요?"

오용이 대답했다.

"소생의 성은 장이고 이름은 용이며 이 길잡이는 성은 이니 강호에 점을 팔아 생계를 잇는 사람이라 이제 성내로 들어가 사람의 한평생 운수를 점치려 찾아왔소이다."

군사는 흘끗 한 번 이규를 돌아보더니 한마디 중얼거렸다.

"저 길잡이의 눈이 꼭 도둑놈의 눈 같군."

이규가 이 소리를 듣고 발작하려 했다. 오용이 황망히 머리를 흔들자 이규가 고개를 숙였다.

성문을 지나 오용이 성내로 들어가니 이규가 그 뒤를 따라가는데 지축지축 걸음도 병신스럽게 걸었다.

오용은 번화가를 향해 걸어 들어가며 손으로는 연방 방울을 흔들고 입으로는 계속 무어라 웅얼거렸다.

"모두가 수요 운이며 명이니라. 생사와 귀천을 내가 다 아는 터이니 누구나 앞날을 알고 싶거든 한 냥 은자를 아끼지 마오."

길게 늘어놓고는 다시 방울을 딸랑딸랑 흔들었다. 북경 성내의 아이들이 수십 명이나 그의 뒤를 줄줄이 따라다니며 낄낄대고 웃었다.

이리저리 돌아 노 원외의 집 문 앞에 이르러 더욱 어지러이 방울을 흔들고 구호를 외우니 아이들이 또한 더욱 웃고 떠들었다.

이 때 노 원외가 안에 앉아 있다가 당직을 불러 물었다.

"왜 이리 문 밖이 시끄러우냐?"

당직이 보고 들어와 고했다.

"외처에서 들어온 점쟁이 하나가 거리에서 은자 한 냥에 귀신같이 사람의 신수를 보아 주겠다고 외치는데 그 뒤를 따라다니는 길잡이라는 자가 심히 누추하고 걸음 걷는 꼴이 우스워 동네 애들이 둘러싸고들 웃는 군요."

노준의가 듣고 말했다.

"제가 그렇듯 큰소리를 칠 때는 필연 아는 게 있을 게다. 너 가서 좀 불러 오너라."

당직은 곧 밖으로 뛰어나와 오용을 불렀다. 오용은 곧 이규와 함께 그를 따라 청전으로 들어갔다.

오용이 앞으로 가 노 원외를 보니 용모가 청수한데 신장은 아홉 자로 위풍이 늠름하여 의표는 바로 천신과도 같았다. 옥기린 노준의의 명자가 과연 헛되지 않다고 생각하며 오용이 그를 향하여 예를 올리니 노준의가 몸을 굽혀 답례하며 물었다.

"선생의 고향은 어디시며 이름은 뉘시오?"

"소생의 성은 장이고 이름은 용이며 호는 담천구라 합니다. 능히 천수를 헤아려 사람의 생사 귀천을 꿰뚫어 아는데 복채는 은자 한 냥이외다."

노준의는 곧 그를 후당 안으로 청하여 자리를 권하고 당직을 불러 은자 한 냥을 내오라 하여 탁자 위에 놓고 말했다.

"약소하나마 복채로 거두시고 이 사람의 신수를 한번 보아주시오."

"생년월일을 일러 주십시오."

"군자는 재앙을 묻되 복은 구하지 않는다 하니 이 사람의 부는 말씀할 것 없고 다만 앞으로의 행장만 알아보아 주시오. 이 사람이 올해 서른둘이니 곧 갑자년 을축월 병인일 정묘시외다."

오용은 한 줌 철산자를 꺼내 탁자 위에 벌여 놓고 한동안 꼽고 세고 하더니 문득 손을 들어 탁자를 탁 치며 큰 소리로 외쳤다.

"이거 참 괴이하구나!"

노준의 또한 깜짝 놀라 물었다.

"이 사람의 길흉이 어떠하기에 그러오?"

오용이 말했다.

"원외께서 괴이하게 듣지 않으시겠다면 바로 말씀하오리다."
"내 어찌 괴이하게 생각할 까닭이 있겠소? 바른 대로 일러주시오."
"원외의 명리에 백 일 이내에 반드시 혈광지재가 있어 가산도 보전 못 하고 칼 아래 목숨을 잃으시겠소이다."
그러나 노준의는 듣고 나자 웃었다.
"선생, 그게 무슨 말씀이오? 내가 부유한 집안에 태어난 몸으로 조상 중에 법을 범한 사람이 없고 일가에 두 번 시집간 계집이 없으며 또한 이 사람이 매사에 극히 근신하여 비리는 행하지 않고 부정한 재물은 취하지 않는 터이니 어찌 혈광지재가 있겠소?"
오용은 낯빛을 변하며 받은 은자를 도로 내놓고 자리를 차고 일어났다.
"천하 사람이 다 아첨하는 말만 좋아하는구나. 그만두어라! 분명히 옳은 길을 가리켜 주건만 도리어 충성된 말을 악한 말로 돌리다니. 소생은 이만 물러가오."
곧 밖으로 나가려 하니 노준의는 황망히 말했다.
"선생은 노여워하지 마오. 먼저 한 말은 그냥 해본 말이오. 선생의 가르치심을 받겠으니 어서 자리에 앉으시오."
"원래 직언이라는 것은 믿기가 어려운 법이외다."
"나는 믿을 터이니 조금도 숨기지 마시고 일러 주시오."
오용은 비로소 다시 자리에 앉아 말했다.
"원외의 평생이 아주 좋은 팔자이나 다만 금년은 시가 태세를 범하여 악운을 당하였으니 앞으로 백 일 이내에 몸과 머리가 따로 있을 수외다. 이는 팔자라 정한 수라 도저히 피치 못 하오리다."
노준의가 물었다.
"그래 정말 피할 도리가 없겠소?"
"글쎄요…."

오용은 다시 산자를 집어 들고 한동안 달가닥거리더니 노 원외를 건너다보고 말했다.

"다만 동남방 천 리 밖으로 나가야만 비로소 이 대난을 면하겠소이다."

"참으로 화를 면할 수 있다면 후히 사례하지요."

"내게 네 귀의 괘가가 있으니 불러 드리겠소. 벽에다 받아 쓰시지요. 일후에 반드시 영험이 있을 게니 그 때 가서야 소생의 영험한 것을 아시리다."

노준의는 붓과 벼루를 가져오라 하여 오용이 부르는 대로 벽에 받아 쓰니 이른바 사구괘가라는 것은 다음과 같다.

> 갈대 숲 속에 조각배가 있으니
> 준걸이 이 땅에 좇아 놀도다
> 의사가 만약 능히 이 이치를 안다면
> 몸을 돌이켜 난을 피하매 근심이 없으리

노준의가 쓰기를 마치자 오용은 산자를 수습하여 자리에서 일어났다. 주인을 향하여 길이 읍하고 나가려 하니 노준의가 손을 들어 멈추게 하였다.

"선생, 점심이나 자시고 가시오."

그러면서 다시 자리에 앉기를 권했다. 그러나 오용은 사양하고 나와 이규를 데리고 바로 성을 나서며 이규에게 말했다.

"대사를 이미 마쳤으니 곧 산채로 돌아가세. 노준의가 일간 우리에게로 올 것이니 한 걸음 먼저 가서 영접할 준비를 좀 해 놓아야겠네."

한편, 노준의는 오용을 보낸 뒤에 홀로 후당에 앉아 마음이 즐겁지 않았다. 모두가 믿기 어려운 수작이라고 웃어 버리고 싶었으나 역시 불안한 생각은 금할 길이 없었다.

마음을 진정하지 못하고 마침내 당직을 시켜 뭇 주관들을 불러들이게 했다.

오래지 않아 모두 모여드는데 그 중에 도주관으로서 집안일을 총찰하는 사나이의 성은 이요 이름은 고니 그의 수하에 딸린 소주관의 수효만도 쉰 명이라 모두들 그를 불러 이 도관이라 하는 터였다.

이고가 오자 노준의가 물었다.

"그 애는 어디를 갔느냐?"

말이 미처 끝나기 전에 계하에서 또 한 사람이 나오니 여섯 자가 넘는 신장에 스물너덧 살의 나이라. 코 아래 수염이 예쁘장한데 허리는 가늘고 어깨는 넓었다. 이 사람이 누구냐 하면 원래 북경 사람으로 어려서 부모를 여의고 노 원외 집안에서 자란 사람이었다. 무예가 출중한 가운데 활을 잘 쏘아 사냥을 나가면 실로 백발백중이었다.

재주도 있거니와 또한 유달리 영리하여 머리를 이르면 꼬리를 아니 그의 성은 연이고 이름은 청이라 북경 성내의 사람들이 모두 그를 불러 낭자 연청이라 불렀다.

주인의 부름을 받고 앞으로 나와 연청은 왼편에 서고 이고는 오른편에 서니 노준의가 그들을 보고 입을 열어 말했다.

"내가 이번에 사주를 보니 백 일 내에 혈광지재가 있어 동남방 천 리 밖으로 나가야 비로소 화를 피할 수 있다 한다. 가만히 생각해 보니 태안주가 곧 동남방 천 리 밖인데 그 곳에 동악 태산재가 있어 천하 만민의 생사 재액을 주장하는 터이니 내 첫째는 그 곳에 가서 재앙을 면케 해 달라 하늘에 빌고 둘째는 장사도 할 겸 외방 경치를 구경할까 하는 바이다. 그리 알아서 이고는 마차 열 채를 주선하여 물건들을 싣고 나와 함께 다녀올 채비를 차리고 연청이는 남아서 집안일을 돌보도록 하여라. 사흘 안으로 떠날 터이니 그리들 알라.”

듣고 나자 연청이 나서서 말했다.

“나으리, 태안주를 가시려면 아무래도 양산박 아래를 지나게 됩니다. 근래 그 곳에 송강 이하로 한 떼 도적이 모여들어 가까운 촌으로 나와 다니며 노략질을 마음대로 하건만 관병 포도조차 얼씬 못 한다 합니다. 점쟁이가 되는 대로 지껄인 말을 곧이들으시고 태안주로 가시려 그 곳을 지나시겠다니 화를 피하는 게 아니라 화를 맞으시는 게 아니겠습니까?”

“양산박 소문은 나도 들어서 알고 있다만 그놈들을 두려워할 내가 아니다. 만나게 되면 내 한 놈씩 다 잡아서 관가에 바칠 뿐이다. 옛날에 배운 무예를 천하에 드러내는 것 또한 남자 대장부가 할 일이 아니겠느냐?”

그의 뜻이 그처럼 굳은지라 다시는 아무도 나서서 옳다 그르다 말하는 자가 없었다.

이고는 가고 싶지 않은 길이었으나 또한 주인의 분부를 어길 수가 없어 마차 열 채를 준비하고 보따리와 행화를 말끔히 묶어서 수레에 실었다. 수레를 끄는 말만 해도 쉰 필이었다.

마침내 떠나는 날 아침 노준의는 새 옷을 갈아입은 다음 아침을 재촉하여 먹고는 후당 안으로 들어가 사당에 하직을 고하고 문을 나서기에 앞서 부인 가 씨를 향하여 당부했다.

“집을 잘 보고 있으시오. 오래 걸린대도 석 달이고 빠르면 두어 달 안으로 돌아올 거요.”

가 씨가 말했다.

“부디 길에서 조심하시며 또 자주 소식을 전하세요.”

드디어 노준의는 손에 곤봉 들고 집을 떠나 성 밖으로 나갔다. 길을 가면서 둘러보니 좌우 산천이 수려하고 평원과 광야가 평탄하여 실로 마음까지 활짝 트이는 것 같았다.

'내가 만일 집 속에만 들어앉아 있었더라면 이런 경치를 어찌 구경해 보랴!'

이 날 밤은 그 곳에서 묵고 이튿날 새벽같이 일어나 밥 지어 먹고 다시 길에 올랐다. 그렇게 가기를 여러 날 하여 하루는 한 객점에서 묵은 후 날이 밝자 떠나려 하는데 문득 주인이 노준의를 보고 말했다.

"관인께 일러 드릴 말씀이 있습니다. 여기서 한 이십여 리쯤 가시면 바로 양산박 아래를 지나시게 되는데 산상의 송 공명 대왕이 내왕하는 객인들은 해치는 법이 없다 하지만 그래도 혹시 모를 일이니 관인은 그저 가만가만 소리 없이 지나가도록 하십시오."

"그래? 그것 잘됐군. 그러지 않아도 내 이번 길에 그놈들을 사로잡으려는 참일세."

주인은 어이가 없어 말했다.

"관인은 부디 큰 소리로 말씀 마십시오. 소인네들한테까지 화가 미칠까 지레 겁이 납니다. 여기를 어디로 아시고 그러십니까? 일 이 만 군사쯤 가지고는 근처에도 못 와 보는 양산박입니다."

"그런 방귀 같은 소리는 하지도 말게."

한마디로 코웃음을 친 다음 계속 수레를 나아가게 하니 이고의 무리들이 모두 한숨을 쉬면서 따라갔다.

노준의는 손에 한 자루 박도를 들고 수레를 재촉하여 양산박 대로를 거침없이 나아갔다.

험준하고 꼬불꼬불한 산길을 이고의 무리는 마지못해 따라는 가면서도 꼭 저승길만 같아서 한 걸음에 한 번씩 깜짝깜짝 놀랐다.

새벽에 객점을 나서 아침나절이 되니 저편에 멀리 수풀이 바라다보였다. 빽빽이 들어선 아름드리 나무가 실로 수백 주라 그대로 수레를 몰아 그 앞에 이르자 숲 속으로부터 난데없는 고함 소리가 들려 왔다. 이고의 무리가 피할 곳을 못 찾아 쩔쩔 매다가 노준의가 수레를 한 옆으로 벌려 세우게 하니 모두 앞을 다투어 그 밑으로 들어가 숨었다.

노준의는 꾸짖었다.

"너희들은 조금도 겁내지 말고 내가 잡는 대로 묶어서 수레에 싣기나 하라!"

말이 미처 끝나기 전에 숲 속에서 4,5백 명의 졸개가 뛰어나오고 등 뒤에서 바라 소리가 크게 일어나며 다시 4,5백 명 졸개가 내달아 돌아갈 길을 끊었다.

때맞추어 화포 소리가 크게 울리더니 한 호한이 머리에 붉은 두건을 쓰고 손에 큰 도끼 한 쌍을 춤추며 달려 나와 소리를 가다듬어 외쳤다.

"노 원외야! 네 벙어리 길잡이를 알아보겠느냐?"

노준의는 그제야 깨닫고 마주 소리쳤다.

"내 매양 너희 놈들을 잡으려 하던 차에 너희가 제 발로 걸어 나오는구나. 어서 송강이 더러 산에서 내려와 항복을 하라고 이르되 만일 제가 지체하는 때는 내 한 놈 안 남기고 너희들을 모조리 죽여 버릴 테니 그리 알라!"

이규가 입을 벌려 크게 웃으며 말했다.

"노 원외야, 네 이미 우리 군사의 점괘에 속아 여기까지 왔으니 여러 말 말고 어서 교의에나 올라앉아라."

노준의가 크게 노하여 박도를 휘두르며 내달으니 이규가 또한 쌍도끼를 춤추며 나와서 맞았다.

그러나 어우러져 싸우기 세 합이 못 되어 이규가 밖으로 뛰어나가더니 그대로 몸을 돌려 숲 속으로 달려 들어갔다.

노준의는 박도를 꼬나 잡고 그 뒤를 급히 좇았다. 복잡한 숲 속에서 이규가 이리 피하고 저리 피하며 노준의의 화를 돋울 대로 돋운 다음에 어디론지 슬쩍 몸을 감추고 말았다.

노준의가 하는 수 없이 몸을 돌려 밖으로 나오려 할 때 홀연 한편에서 또 사람 한 떼가 나오며 앞을 선 자가 소리를 높여 불렀다.

"원외는 달아나려 말고 나를 보고 가거라!"

바라보니 무지무지하게 살찐 화상이 손에는 철선장을 거꾸로 짚었다.

노준의는 꾸짖었다.

"네 어디서 온 중놈이냐?"

화상이 한바탕 껄껄 웃고 대답했다.

"나는 노지심이오. 송 공명의 장령을 받고서 원외를 산채로 모셔 올리러 나온 길이오."

"네 이놈, 하찮은 중놈이 뭐라고 주절대느냐?"

노준의는 초조하여 큰 소리로 꾸짖고 박도를 춤추며 그에게로 달려들었다. 노지심은 철선장을 들어 맞아 싸우기 세 합에 또한 몸을 돌이켜 달아났다. 노준의가 바야흐로 그 뒤를 쫓으려 할 때 그 수하 졸개들 가운데에서 행자 무송이 한 자루 계도를 휘두르며 내달았다.

노준의는 노지심을 버려 두고 무송에게 달려들었다. 그러나 무송 역시 그와 어우러져 싸우기 세 합이 못 되어 발길을 돌려 달아났다.

노준의는 그 뒷모양을 바라보고 껄껄 웃었다.

"내 너를 쫓지 않겠다. 그놈들 참 하잘것없는 놈들이로구나."

냉소하기를 마지않을 때 문득 산언덕 아래에서 한 사나이가 나타나며 또 소리를 질렀다.

"나는 유당이다."

"네 이 좀 도적놈, 도망가지 말아라!"

한마디 소리치며 다시 박도를 꼬나 잡고 유당에게로 달려들어 서로 싸우기 겨우 세 합에 한 옆에서 또 한 사나이가 나오며 크게 외쳤다.

"호걸 목홍이 예 있다!"

유당과 목홍 두 사람이 각기 박도를 춤추며 노준의와 싸우는데 또한 세 합이 못 되어 등 뒤에 난데없는 발소리가 들렸다.

"이놈아!"

노준의가 소리를 벽력같이 질러 유당과 목홍이 두어 걸음 뒤로 물러나는 사이에 몸을 돌려 등 뒤의 호걸을 맞아 싸우니 그는 곧 이응이었다.

세 두령이 에워싸고 들이치는데 노준의는 조금도 어려워하지 않고 수단을 다하여 맞아 싸웠다. 그러자 문득 산 위에서 바라 소리가 크게 울렸다. 그것이 신호인 듯 세 사람은 각기 공격을 중지하고 일시에 몸을 돌려 달아났다.

노준의는 이 때를 당하여 온몸에 땀이 쭉 흘렀다. 감히 그들을 쫓지 못하고 다시 먼저 있던 곳으로 나와 찾는데 수레 열 채와 허다한 사람이 다 어디로 갔는지 하나도 보이지 않았다.

노준의는 마음에 의심하여 곧 높은 언덕 위로 올라갔다. 사면을 둘러보니 한편 산언덕 아래로 무수한 졸개들이 무리를 생선 두름같이 엮어서 북 치고 바라 치며 송림 속으로 들어가고 있었다.

이 모양을 보자 노준의는 마음에 불이 왈칵 일어 박도를 꼬나 잡고 아래로 쫓아 내려갔다. 거의 따라 이르려 할 때 길가에서 문득 두 명 호한이 내달으며 소리쳐 불렀다.

"어디를 가느냐? 우리를 보고 가거라!"

한 명은 곧 주동이고 또 한 명은 뇌횡이었다. 노준의는 그들을 보고 소리를 가다듬어 꾸짖었다.

"이 도둑놈들아, 빨리 내 수레와 사람들을 돌려보내지 못 하겠느냐?"

주동이 손으로 긴 수염을 쓰다듬으며 껄껄 웃고 말했다.

"노 원외는 어찌하여 여태껏 깨닫지 못하는고? 이미 우리 군사의 묘계에 걸리고 말았으니 설사 두 겨드랑 밑에 날개가 돋쳤더라도 피할 길이 없는 터라 앙탈 말고 함께 산채로 올라가서 교의에 앉는 것이 좋을 성싶구먼."

노준의는 크게 노하여 박도를 휘두르며 바로 두 사람을 향하여 달려들었다. 주동과 뇌횡이 각기 병장기를 잡고 맞아 싸웠다. 그러나 역시 세 합이 못 되어 몸을 빼쳐 달아났다.

'저놈들 가운데 단 한 놈이라도 사로잡아야만 내 수레와 사람들을 찾을 것이 아닌가.'

속으로 생각하고 죽기로써 산언덕을 돌아 그 뒤를 쫓았다. 그러나 산모퉁이를 돌아서자 두 사람은 흔적도 없이 어디론가 사라지고 산꼭대기에서 퉁소 부는 소리가 유량히 들려 왔다.

고개를 들고 우러러 보니 바람에 일면 행황기가 휘날리며 그 위에 수놓은 '체천행도' 넉 자가 뚜렷하다. 다시 자세히 보니 홍라소금산 아래 송강이 앉았는데 좌편에는 오용이고 우편에는 공손승이라. 일행 부종 2백여 명이 일제히 소리를 높여 정중히 인사를 한다.

"원외는 그래 안녕하시오?"

노준의가 더욱 노하여 산 위를 손가락으로 가리키며 큰 소리로 꾸짖으니 오용이 좋은 말로 타이른다.

"원외는 부디 노여워 마시오! 송 공명이 일찍부터 원외의 위명을 사모하여 특히 저로 하여금 친히 문하에 내려가 원외를 산 위로 청하여 더불어 체천행도하려 함이니 과히 책망하지 마오!"

듣고 나자 노준의는 크게 꾸짖었다.

"좀 도적놈들이 감히 나를 꾀는구나!"

이 때 송강의 등 뒤에서 화영이 활에 살을 메워 들고 나서서 노준의를 향하여 말했다.

"노 원외는 너무 잘난 체 말고 화영의 신전이나 구경하라!"

곧 깍짓손을 떼니 시위를 떠난 화살은 바로 노준의가 머리에 쓰고 있는 전립 갓끈에 들어맞았다. 노준의는 깜짝 놀라 곧 몸을 돌이켜 달아났다.

산 위에 북소리 어지러이 일어나며 진명과 임충이 일표 군마를 거느리고 기를 두르며 산 동편으로 쫓아 달려 내려오고 다시 쌍편 호연작과 금창수 서녕 또한 군마를 몰아 역시 기를 두르고 산 서편으로 쫓아 내려왔다.

노준의는 심히 당황했다. 달아나려 하나 길은 없고 날은 곧 저물려 하는데 다리는 아프고 배는 고팠다. 황망 중에 어이 길을 가리겠는가. 되는 대로 소로를 찾아 도망을 하는 중에 어느덧 황혼 때가 되었다. 연기와 안개가 산에 자욱하여 하늘에 달빛이 희미한데 겨우 더듬어 찾아 이른 곳이 압취탄 머리였다.

사면을 둘러보니 갈대가 무성하고 안개가 자욱하였다. 노준의는 한 차례 둘러보고 나서 하늘을 우러러 길이 한숨 쉬었다.

"내 연청의 말을 듣지 않고 나섰다가 과연 오늘날 이런 화를 당하는구나!"

바야흐로 번뇌하기를 마지않을 때 문득 갈대 숲 속에서 한 어부가 한 척 작은 배를 저어 나오다가 그를 보고 말했다.

"댁은 참으로 대담도 하시오. 이 곳은 바로 양산박 사람들이 수시로 출몰하는 곳인데 이 밤중에 어찌 여기 와 계시오?"

노준의가 말했다.

"내 길을 잘못 들어 이리로 들어왔으니 부디 나를 좀 구해 주시오."

어부가 말했다.

"여기서 큰길을 찾아 돌아 나가려면 인가 있는 데까지는 30리가 넘는데 길이 극히 복잡하여 초행에는 더구나 어렵겠고 곧장 물길로만 쫓아간다면 불과 5리밖에 안 되니 손님이 돈 열 관만 주겠다면 이 배로 건네다 드리리다."

어부는 배를 언덕에 갖다 대고 노준의를 붙들어 배에 오르게 한 다음 노를 저어 갈대 숲을 헤치고 나아갔다.

한 4,5리쯤 갔을 때 홀연히 저편 갈대 숲에서 한 척 작은 배가 나는 듯이 나오는데 배 위의 두 사람이 하나는 뒤에서 노를 젓고 하나는 뱃머리에 벌거벗은 알몸으로 우뚝 서 있었다.

노준의가 보고 마음에 은근히 놀라기를 마지않을 때 이번에는 오른편 갈대 숲 속에서 두 사람이 한 척 작은 배를 몰아 나왔다. 역시 한 명은 뒤에서 노를 젓고 한 명은 뱃머리에 섰는데 손에 상앗대 비껴 잡고 노래를 불렀다.

하늘이 나 같은 놈을 내셨구나
천성이 사람 죽이기만 좋아하네
만 냥 황금 내 다 싫고
옥기린 하나만 잡아 보려네

"어이구!"

노래를 듣고 노준의의 입에서 비명이 절로 나오는데 또 한가운데에서 한 척 작은 배가 나는 듯이 노를 저어 나왔다. 이윽고 배 세 척이 한 곳으로 모여드니 곧 중간은 원소이이고 좌편은 원소오이며 우편은 원소칠이었다.

'내 물에는 익지 못하니 어찌 하면 좋을꼬?'

노준의는 마음에 불안하기 짝이 없이 어부를 돌아보고 간청했다.

"여보, 빨리 배를 언덕으로 좀 대어 주."

그러자 어부는 입을 크게 벌려 한바탕 껄껄 웃더니 노준의를 향하여 말했다.

"위는 청천이고 아래는 녹수라. 심양강에 나서 양산박에 올라와 사람 죽이기를 생업으로 삼으니 나로 말하면 곧 이준이오. 원외가 종시 우리에게 항복을 않겠다면 끝끝내 목숨을 보전치 못하리다."

노준의는 불같이 노하여 소리쳤다.

"목숨을 보전 못할 사람은 내가 아니라 바로 네놈이다!"

소리를 벽력같이 지르며 곧 박도를 들어 이준의 가슴 한복판을 향하여 찌르려 드니 이준은 방패를 들어 칼을 막으며 한 번 발을 굴러 곤두박질쳐 물 속으로 들어가 버렸다.

사공 없는 배가 물 위에서 빙빙 돌았다. 노준의가 어찌 할 바를 모를 때 문득 한 사람이 배 밑에서 솟아나왔다.

"나는 낭리백도 장순이다!"

한 소리 외치더니 한 손으로 고물을 잡고 두 발로 물을 차며 모로 배를 뒤집어 버렸다.

노준의가 무슨 수로 견디어 내겠는가! 그대로 물 속에 텀벙 떨어지고 마니 장순은 곧 그의 허리를 안고 건너편 언덕으로 헤엄쳐 갔다. 물가에 쉰 명쯤의 졸개가 있다가 횃불을 밝혀 들며 노준의를 받아 올려 요도를 끄르고 젖은 옷을 말끔 벗긴 다음에 곧 밧줄로 묶으려 할 때였다. 한 사나이가 달려오며 소리쳤다.

"무례하게 굴지 말아라!"

그는 곧 장령을 받고 달려온 신행태보 대종이었다.

뒤따라 이른 졸개에게서 한 벌 금의수오를 내어 노준의에게 입히고 나니 여덟 명 졸개가 한 틀 교자를 메고 왔다. 노준의를 부축하여 태우고 가노라니까 멀리서 수십 쌍 홍사등롱이 한 떼 인마를 옹위하고 오는데 풍악이 앞을 섰다.

가까이 이르는데 보니 곧 송강, 오용, 공손승과 뭇 두령들이었다. 그들이 일제히 말에서 내리는 것을 보고 노준의도 황망히 교자에서 내리니 송강이 먼저 땅에 무릎을 꿇자 두령들 또한 따라서 무릎들을 꿇었다.

노준의가 마음에 불안하여 저도 황망히 무릎을 꿇고 예를 한 다음에 말했다.

"이미 사로잡혔으니 어서 죽여 주시오."

이 때 송강이 크게 웃었다.

"원외는 어서 교자에 오르시지요."

한마디 하고 모든 사람이 다시 말에 올라 풍악을 울리며 삼관을 차례로 지나 이제는 충의당으로 이름을 바꾼 취의청 앞에 이르러 말에서 내렸다.

노준의를 청하여 함께 청상에 오르자 등촉을 낮같이 밝힌 다음 송강이 앞으로 나와 정중히 말했다.

"원외의 대명을 우레같이 들었더니 오늘 다행히 뵈올 길을 얻어 크게 평생을 위로하겠소이다."

오용이 또한 나와서 말했다.

"전일에는 형장의 명을 받들어 특별히 문하에 가서 점치는 방술을 빙자하고 원외를 꾀어 산에 올라오시게 하였으니 이는 더불어 대의를 모아 체천행도하려 함이외다."

오용의 말이 끝나자 송강은 곧 노준의의 손을 이끌어 제일좌 교의에 앉히려 했다. 그러자 노준의가 말했다.

"내 그릇 호위를 범했으니 만 번 죽어 마땅한데 어찌 이렇듯 희롱하십니까?"

"희롱함이 아니외다. 원외의 덕망을 사모하기 실로 목마른 이 물 구하듯 하는 터이니 부디 이 산채의 주인이 되어 주신다면 모든 사람이 다 함께 명령을 듣겠소이다."

그래도 노준의는 듣지 않았다.

"내 비록 죽는 한이 있어도 그 말씀은 못 좇겠소이다."

오용이 곁에 있다가 일렀다.

"그 의논은 내일 다시 하기로 하시지요."

그런 다음 술과 음식을 갖추어 대접하니 노준의는 마지못하여 두어 잔 술을 마셨다.

이 날은 졸개가 인도하는 대로 후당에 들어가 쉬고 이튿날 송강이 다시 소 잡고 말 잡아 잔치를 베풀고 청하여 노준의는 다시 자리로 나갔다.

송강은 그를 상좌에 앉히고 술을 권하여 두어 순에 이르자 잔을 잡고 몸을 일으켜 말했다

"산채가 너무 좁아 비록 행동하시기는 어렵겠으나 충의 두 자를 생각하셔서 입당하여 주시겠다면 송강이 진정으로 원외께 자리를 사양하오리다."

그러나 노준의는 역시 듣지 않았다.

"제가 일신에 지은 죄가 없고 집에 약간의 재물이 있으니 살아서는 대송 사람이고 죽어서는 대송의 귀신이라. 이 자리에서 죽으면 죽었지 그 말씀을 좇지는 못 하겠소이다."

뜻이 굳었음을 알고 오용이 말했다.

"이미 그러하시다면 우리가 억지로 권하지는 못할 일이니 며칠 이 곳에 머물러 계시어 모든 사람이 평소에 사모하던 마음이나마 위로해 주시고 돌아가시지요."

"이 사람이 며칠 머물러 있기는 어려운 일이 아니나 다만 집안 식구들이 소식을 궁금해 할 일이 난처 하외다."

"그야 무엇이 어렵겠습니까? 수레와 사람들은 이 도관을 시켜 먼저 인솔하여 돌아가게 하시고 원외는 며칠 더 계시다 서서히 돌아가시면 될 일이 아닙니까?"

오용은 곧 이고를 불러서 물어 보았다.

"본래 인솔해 온 수레와 사람들은 다 그대로 있는가?"

"예, 다 그대로 있습니다."

이고가 대답하자 송강은 대은 두 개를 가져오라 하여 이고에게 주고 소은 두 개는 당직에게 내리고 여남은 인부들에게는 각각 백은 한 냥씩을 주

었다. 모든 사람이 사례하고 받자 노준의는 이고를 보고 분부했다.

"내 딱한 사정은 네가 보아서 모두 아는 터이니 집에 돌아가거든 낭자더러 아무 근심 말라고 일러라. 내 늦어도 대엿새면 돌아가마."

"예, 그러면 먼저 돌아가겠습니다."

이고가 하직하고 충의당에서 내려가니 오용은 노준의를 돌아보고 말했다.

"원외는 앉아 계십시오. 소생이 이 도관을 산 아래까지 바래다주고 오리다."

한마디 하고 곧 금사탄으로 먼저 내려갔다.

오래지 않아 이고와 두 명 당직이 수레와 사람들을 인솔하고 산에서 내려왔다. 오용은 이고를 한편으로 불러 가만히 말했다.

"자네 주인 어른이 우리와 의논을 하고 둘째 교의에 앉기로 하셨으니 그리 알게. 이는 본래 산에 올라오기 전에 이미 작정을 한 일이네. 노 원외가 댁 바람벽에다 네 구 반시를 써 놓으신 글이 있으니 한 구마다 머릿자에 뜻이 있는 걸세. 내 일러줄 테니 들어 보게. '노화총리일편주'란 노가 아닌가? '준걸아종차지유'는 준이 아니가? '의사약능지차리'는 의이며 '반궁도난가무우'는 반이니 이 넉 자를 모으면 곧 '노준의반'이 되지 않나? 미리 그렇듯 집에 다 써 놓고 산에 올라온 것을 자네들이 어찌 알겠나? 원래는 자네들을 모조리 죽이려 했었으나 그냥 돌려보내는 걸세. 그러니 그리 알고 어서 돌아가게."

이고는 깜짝 놀라 곧 하직을 고하고 무리들을 거느려 나루를 건너자 북경으로 길을 재촉하였다.

오용은 다시 충의당으로 돌아와 그런 눈치를 보이지 않고 술자리에 끼어 계속 노준의에게 잔을 돌렸다.

이 날은 이경이나 되어 자리를 파하고 이튿날 또 잔치를 베풀어 노준의를 청하니 그는 좌중을 둘러보고 말했다.

"여러 두령께서 이렇듯 사랑해 주시니 감사하나 다만 이 사람이 지금 날 보내기를 해같이 하고 있으니 오늘은 그만 보내 주시지요."

송강이 말했다.

"모처럼 만나뵌 터이니 내일 송강이 따로 잔치를 베풀어 회포나 펴고 가시게 하오리다. 부디 사양 마십시오."

다시 하루가 지나 다음날은 송강이 청하고 다음날은 오용이 청하고 또 다음날은 공손승이 청하여 이렇듯 상청에 앉은 두령 십여 명이 매일 한 명씩 차례로 잔치를 베풀어 청하니 하루하루 끌어온 지가 어느덧 한 달이 넘었다. 노준의가 참다 못해 다시 하직을 고하려 하니 이규가 버럭 소리를 질렀다.

"내가 원외를 청해 오느라고 목숨을 내놓아 북경까지 갔었건만 이번에 한 번도 모시고 잔치를 못해 봤으니 이럴 법이 세상에 어디 있소?"

오용이 듣고 크게 웃으며 말했다.

"내 저렇게 손님 청하는 법은 생전 처음이로군."

그러면서 노준의에게 말했다.

"모든 사람이 저렇듯 말하니 며칠 더 묵어 가시지요."

노준의 또한 어찌 하는 수 없어 다시 며칠을 더 머무니 전후 오십여 일이 되었다. 북경을 떠나 온 올 때가 오월 초순이었는데 양산박에서 두 달이나 묵어 어느덧 7월이니 이제 중추절이 가까웠다.

노준의는 이제 한시가 급하여 송강을 보고 간절히 청했다. 송강이 마침내 내일 떠나갈 것을 허락했다. 노준의의 기쁨은 비길 데가 없었다.

이튿날 송강은 의상과 박도를 노준의에게 돌려주고 뭇 두령들과 함께 그를 바래서 산 아래로 내려갔다.

금사탄에 이르러 송강은 일반 금은을 주려 했으나 노준의는 북경까지 돌아갈 노자만 있으면 족하다 하여 받지 않고 송강 이하 뭇 두령들에게 하직을 고한 다음 나루를 건넜다.

7. 낭자(浪子) 연청(燕靑)

그로써 여남은 날이 지나 노준의는 북경의 성 밖에 이르렀다. 날이 이미 저물어 하룻밤을 성 밖 객점에 들어 묵고 이튿날 새벽 성내를 향해 걸음을 재촉하는데 길가에서 머리에 찢어진 두건을 쓰고 의복이 심히 남루한 자가 달려 나와 그를 보고 땅에 엎드려 절을 했다.

노준의가 자세히 보니 뜻밖에도 낭자 연청이었다. 그는 놀라서 급히 물었다.

"너 이게 웬일이냐?"

연청이 말했다.

"여기서는 말씀을 여쭐 수가 없습니다."

노준의는 사면을 둘러보다가 길가 토담 곁으로 그를 끌고 가서 다시 물었다.

"대체 어찌 된 일이냐?"

그제야 연청이 조용히 말했다.

"나으리께서 나가신 지 보름 만에 이고가 돌아와서 저에게 나으리께서는 양산박 송강에게 귀순하여 둘째 교의에 앉으셨다고 말하고 즉시 관사에 고한 후 마님과 부부가 되었는데 소인이 저의 눈에 가시라 집에서 끝내 내쫓고 말았습니다. 만약 나으리께서 지금 양산박에서 오시는 길이라면 빨리 그리로 돌아가서 다시 좋은 도리를 찾으십시오. 그냥 성내로 들어가셨다가는 이고 놈의 수단에 빠져 어찌 되실지 모릅니다."

듣고 나자 노준의는 꾸짖었다.

"내 마님이 결코 그런 짓을 할 사람이 아니다! 네 이놈, 어림도 없는 소린 하지도 말아라!"

"아니올시다. 모르고 하시는 말씀이십니다. 나으리께서 평소에 여색을 가까이 안 하시는 까닭에 마님은 전부터 이고 놈과 남몰래 정을 통해 왔는데 이번에 기회를 타서 아주 펼쳐 놓고 함께 산답니다."

연청은 노준의의 옷자락을 붙잡고 말렸으나 노준의는 믿지 않았다. 한 발로 연청을 차 버리고 바로 성내로 들어갔다.

집으로 돌아가 대문을 밀고 들어서니 대소 주관이 모두 놀라기를 마지 않는 중에 뒤에서 이고가 달려 나와 당상으로 맞아 올리고 문안을 드렸다.

노준의는 대뜸 물었다.

"연청이는 어디 있느냐?"

이고가 대답했다.

"나으리께서는 우선 옷이나 갈아입으시고 진지나 잡수십시오. 안방 마님께서도 곧 나오실 겁니다. 그놈 이야기는 그 뒤에 들으셔도 좋지 않겠습니까?"

노준의가 그 말을 좇아 옷을 갈아입고 바야흐로 상에 앉아 수저를 들려 할 때였다. 앞문과 뒷문에서 함성이 일시에 일어나더니 공인 2,3백 명이 쏟아져 들어와 다짜고짜로 노준의에게 달려들었다.

하도 뜻밖의 일이라 어이가 없어 노준의는 말 한마디 물어 보지도 못하고 그대로 결박을 당하여 유수사로 끌려갔다.

이 때 양중서가 공청에 나와 앉아 범 같고 이리 같은 공인 7,80명을 좌우에 두 줄로 늘어세우고 노준의를 잡아들이게 하니 가 씨와 이고는 한편에 무릎을 꿇고 앉았다.

양중서는 소리를 가다듬어 꾸짖었다.

"네 이놈! 네가 무엇이 부족하여 양산박 소굴에 몸을 던져 둘째 두령이 되었단 말이냐? 이번에 다시 돌아온 것은 아마도 내통하여 우리 북경성을 도모하기 위함이겠지? 네 이놈, 무슨 할 말이 있거든 해 보아라!"

노준의는 아뢰었다.

"소인이 일시 아둔하여 양산박 두령 오용이란 자의 간교한 수단에 속아 동남방 천 리 밖으로 향하던 중에 소굴에 잡혀 두 달을 갇혀 있다가 이번에 요행 몸을 빼쳐 돌아왔소이다. 소굴에 몸을 던졌다는 말씀은 실로 억울한 말씀이오니 은상께서는 깊이 통촉해 주십시오."

"네 이놈! 무슨 잔말이냐? 네가 양산박 도적들과 정을 통하지 않았으면 어찌 그렇듯 오랜 시일을 머물러 있었겠느냐? 네 처와 이고가 고해 올린 죄가 정확한 사실이니 구차히 변명하려 말아라!"

곁에서 이고가 말했다.

"나으리, 이제 와서 무슨 변명을 하시려오? 벽에다 써 놓고 가신 반시가 다시없는 증거이니 어서 자수를 하시우."

부인 가 씨마저 이에 거들었다.

"우리가 무엇 하러 나으리를 모함하려 하겠어요? 다만 집안에 역적이 나면 구족이 멸망을 당한다니까 연루되는 게 두려워 고한 게죠."

노준의는 섬돌 아래 꿇어앉아 당상을 우러러보며 말했다.

"이런 억울할 데가 어디 있으리까? 참으로 억울합니다! 통촉합시오!"

노준의가 호소하나 상하가 모두 이고의 뇌물을 먹은 터라 장 공목이 나서서 양중서에게 고했다.

"저놈이 아무래도 좀 맞아야 실토를 할까 봅니다."

"옳지, 저놈을 매우 쳐라!"

한마디 분부하니 좌우 공인이 노준의를 묶은 채 땅에 엎어 놓고 사정없이 쳤다.

마침내 가죽이 터지고 살이 해어지며 유혈이 낭자한 지경에 이르니 노준의는 더 견디어 내지 못 하고 하늘을 우러러 길이 탄식한 다음 굴복을 해 버렸다. 장 공목은 곧 진술서를 받은 다음에 백 근짜리 칼을 씌워 옥에 가두게 했다.

연청은 이 소식을 전해 듣고 어찌 할 바를 몰랐다.

'이 노릇을 대체 어찌 하느냐? 옳지, 양산박으로나 가서 말을 하고 그 곳 군마를 얻어다 구하도록 하자. 그 밖에는 달리 우리 주인의 목숨을 구할 도리가 없겠다.'

그는 곧 양산박을 향해 길을 떠났다. 하루 낮 하룻밤을 계속 걸으니 다리 아픈 줄은 모르겠어도 배가 고파 견딜 수가 없는데 수중에는 돈이 한 푼도 없었다. 울창한 숲 속을 찾아들어 잠깐 졸고 있으려니 근처 나뭇가지 위에서 깍깍 까치가 지저귀었다.

'옳지, 저 까치나 잡아 요기를 하자.'

속으로 생각하며 연청은 단 한 개 남은 화살을 시위에 메워 까치를 향하여 쏘았다. 화살은 바로 들어가 까치 꽁지를 맞혔는데 까치는 살을 띤 채 날아가 언덕 너머에 뚝 떨어졌다. 연청은 곧 뛰어가 떨어진 자리를 찾았다.

그러나 아무리 찾아도 까치는 간곳이 없고 저 편에서 두 사람이 나는 듯이 걸어와 앞길로 지나간다.

자세히 보니 앞선 사람은 머리에 두건을 쓰고 손에는 한 자루 곤봉을 들었으며 뒤따르는 사람은 머리에 전립 쓰고 손에는 한 자루 단봉을 들었으며 허리춤에는 또 한 자루 요도를 찼다.

두 사람을 지나쳐 놓고 나서 연청은 생각했다.

'내 지금 노자라곤 한 푼도 없으니 저 두 놈을 때려뉘고 보따리를 빼앗아야겠구나.'

급히 그들의 뒤를 쫓아가며 주먹을 들어 뒤에 가는 전립 쓴 사나이의 등줄기를 쳐서 땅에 쓰러뜨리고 다시 내달아 앞서 가는 사나이를 치려 했다. 순간 그 사나이가 고개를 돌려 이 모양을 보고 번개같이 몽둥이를 들어 내리치는 바람에 연청은 도리어 왼편 넓적다리를 되게 얻어맞고 땅에 털썩 주저앉아 버렸다.

먼저 주먹을 맞고 쓰러졌던 사나이가 벌떡 일어나며 한 발로 연청의 가슴을 밟고 서서 요도를 홱 뽑아 그의 얼굴을 치려 했다. 연청은 저도 모르게 중얼거렸다.

“연청이가 여기서 죽는 건 아깝지 않지만 내가 죽으면 대체 우리 주인 소식은 누가 전하나?”

그 말을 듣자 사나이는 칼을 멈추고 연청을 잡아 일으키며 물었다.

“아니, 네가 노 원외 집 낭자 연청이란 말이냐?”

연청이 생각하니 어차피 죽기는 마찬가지라 차라리 바른 대로 말하고 영혼이나마 주인과 한 곳에 모여야겠다고 생각했다.

“그래, 내가 연청이다. 우리 주인이 관사에 잡혀가게 되어 지금 양산박으로 소식을 전하러 가는 길이다.”

두 사람은 그 말을 듣더니 껄껄 웃었다.

“우리가 자네를 곧장 죽이지 않기를 잘했네. 자네는 우리가 누군지 모를 테지.”

이들은 양산박 두령 양웅과 석수였다.

연청은 그들이 양산박 두령으로 송강의 장령을 받고 노준의의 소식을 들으려 산에서 내려왔음을 알자 곧 전후이야기를 들어 낱낱이 호소하니 양웅이 석수를 돌아보고 말했다.

“별 수 없다. 나는 이 길로 연청 형제와 산채로 올라가 이 일을 통보할 테니 너는 바로 북경으로 가서 자세히 소식을 알아 가지고 오너라.”

석수는 응낙하고 두 사람과 헤어져 혼자 북경성으로 향하였다.

8. 포고문(布告文)

석수가 성 밖에 이르렀을 때 날이 저물었다. 객점에 들어 하룻밤을 지내고 이튿날 아침 일찍 성내로 들어가며 들으니 사람마다 탄식하고 모두가 슬픈 빛이었다.

석수가 마음에 의심하여 지나가는 노인 하나를 붙들고 자세한 말을 물으니 그가 일러 주었다.

"타지 사람은 모르시리다. 북경의 유명한 부호 노 원외가 양산박 소굴에 잡혀 들어갔다 도망하여 돌아왔으나 억울한 죄를 뒤집어쓰고 오늘 오시 삼각에 저자로 끌어내어 참수하기로 되었으니 어찌 안타까운 일이 아니겠소."

석수가 듣고 나서 바로 저잣거리로 나오니 십자로구에 술집이 있었다. 곧 누상으로 올라가 거리가 보이는 각자로 들어가 자리를 잡고 앉으니 주인이 앞으로 와서 물었다.

"누구 또 오실 분이 계신가요 혹은 혼자신가요?"

석수는 눈을 부릅뜨고 말했다.

"어서 술하고 고기나 가지고 올 게지 무슨 잔소리냐?"

주인은 깜짝 놀라 아무 소리 못하고 술과 고기 한 접시를 갖다 주었다. 석수가 한편 먹으며 한편 밖을 내다보고 있으려니 오래지 않아 거리가 떠들썩해지며 사람들이 모여들기 시작했다. 집집마다 문을 닫고 있었다.

얼마 후 거리 위에 바라 소리와 북소리가 요란하게 일어났다. 석수가 내려다보니 십자로구에 사형장을 만들어 놓고 십여 쌍 집행관들이 노준의를 끌고 와서 바로 주루 아래에 꿇어앉혔다. 노준의와 친분이 있는 채복은 법도를 손에 잡고 채경은 노준의의 칼을 잡아 주며 가만히 말했다.

"우리 형제가 원외를 구하지 않으려 해서가 아니라 일이 이렇게 되어 그러니 부디 우리를 원망하지 말우."

말을 겨우 마쳤을까 말까 했을 때 외치는 소리가 들렸다.

"오시 삼각이다!"

채경이 앞으로 나와 노준의의 칼을 벗기고 머리를 붙드니 채복은 법도를 쑥 빼어 손에 잡았다.

당안 공목이 큰 소리로 죄목을 읽고 그것이 끝나자 집행관의 무리들이 일제히 노준의 앞으로 다가갔다.

바로 이 때 석수는 요도를 손에 빼어 들고 주루의 누상으로부터 몸을 날려 아래로 뛰어내리며 벽력 같은 소리로 외쳤다.

"양산박 호걸들이 여기 모두 다 와 있다!"

그 소리를 듣자 채복, 채경이 노 원외를 버려 두고 먼저 달아나 버렸다.

석수는 칼을 휘두르며 달려들어 미처 도망가지 못한 무리들을 십여 명이나 삽시간에 참외 베듯 하고 한 손으로 노준의를 이끌어 길을 찾아 도망을 쳤다.

급보를 받은 양중서는 깜짝 놀라 곧 북경성 사대문을 굳게 닫고 지키게 하며 공인들을 모조리 풀어 두 사람을 급히 잡아들이게 했다.

얼마 지나지 않아 석수와 노준의는 마침내 수백 명 공인들이 쫙 둘러싸고 올가미를 던져 다리를 얽는 통에 둘 다 잡히고 말았다.

석수는 노준의와 함께 청전으로 끌려가자 큰 눈을 부릅뜨고 청상의 양중서를 노려보며 목소리를 가다듬어 꾸짖었다.

"네 이 나라를 망치고 백성을 해치는 도적놈아! 나는 장령을 받고 혼자 먼저 왔거니와 이제 송 공명 형님이 수일 내로 대군을 거느려 이르는 때에는 북경성이 평지가 되고 네놈의 몸뚱이는 천 토막이 나고 말 것이니 네놈이 그런 줄이나 아느냐?"

양중서는 하도 놀랍고 어이가 없어 한참을 생각한 끝에 두 사람을 큰칼 씌워 감옥에 가두게 했다.

채복은 그 전부터 양산박 두령들과 은근히 사귀려는 마음을 가진 터라 노준의와 석수를 한 방에 가두어 놓고 매일 좋은 술과 고기를 들여다 먹이니 이리하여 두 사람은 옥중에 있으면서도 별로 고생은 하지 않았다.

그 이튿날이었다. 졸개들이 성내와 성외에 양산박이 퍼뜨린 포고문 수십 장을 주워 다가 바쳤다. 양중서가 받아 보니 글 뜻은 대강 다음과 같았다.

> 양산박 송강은 대명부에 향하여 천하에 포고하노라. 이제 조정의 탐관과 오리들이 권력을 빙자하여 양민을 혹사하고 백성을 도탄에 빠뜨릴 새, 북경의 노준의는 곧 호걸지사라 내 청하여 산에 올라 함께 체천행도하려 하거늘 어이 망녕되이 뇌물을 탐하여 선량을 살해하려 하는고. 특히 석수를 보내 먼저 보고하게 했더니 뜻밖에 그 또한 사로잡혔도다. 만약에 두 사람의 생명을 온전히 하고 간통한 자들을 잡아서 바친다면 내 구태여 침략하지 않을 것이나, 만일 이를 어길 때는 대병을 이끌고 가서 성을 파괴고 일벌백계할 것이다.

읽고 나자 양중서는 크게 놀랐다. 양산박 일당들은 이제까지 조정에서 잡으려 해도 못 잡은 무리들이다. 저희가 정말 쳐들어온다면 북경 한 고을의 힘으로는 도저히 당하지 못할 일이었다.

그는 마침내 병마도감 대도 문달과 천왕 이성 두 사람을 정청으로 불러들여 양산박의 포고문을 내보이고 그들의 의견을 물었다.

천왕 이성이 말했다.

"그만한 일로 상공은 마음을 괴롭히지 마십시오. 제가 비록 재주는 없사오나 군졸을 이끌고 나가 성을 나가서 주둔하고 기다리겠소이다. 저들이 만약 오지 않는다면 모르겠으되 소굴을 떠나서 오기만 한다면 맹세코 저들을 소탕하오리다."

그 말을 듣고 양중서는 크게 기뻐 곧 비단을 내려 두 장수를 위로하니 이성과 문달은 은혜를 사례하고 각기 영채로 돌아갔다.

원래 양산박의 포고문은 오용이 대종에게서 노준의와 석수 두 사람이 잡혔다는 소식을 듣자 포고문을 각처에다 붙임으로써 우선 양중서의 간담을 서늘하게 하고 아울러 두 사람의 목숨을 잠시 안전하게 하기 위한 것이었다.

9. 북경성(北京城)

양산박에서는 군대를 일으켜 북경을 치고 노준의와 석수를 구해 내기 위해 송강이 오용과 함께 의논하여 산을 내려갈 인원들을 정하고 이튿날 출발하였다.

양산박에는 다만 부군사 공손승과 유당, 주동, 목홍의 네 두령이 남아 지키도록 했다.

한편, 북경성의 상장 급선봉 삭초가 비호곡 진중에 있으려니 군사가 들어와 보고하되 양산박 군마가 수도 알 수 없이 2,30리 밖에 이르렀다고 한다. 삭초가 듣고 급히 이성과 문달에게 이를 보고하여 싸울 준비를 서둘렀다.

이튿날 양군이 서로 진 치고 대하자 송강의 진중으로부터 일원 대장이 말을 달려 나오니 홍기에 은자로 '벽력화 진명'이라 대서하였다. 진명은 손에 낭아봉을 꼬나 잡고 말을 세우고 소리를 가다듬어 꾸짖었다.

"북경의 탐관오리들은 듣거라! 내 너희 성지를 벌써 도륙을 낼 것이로되 다만 죄 없는 양민이 상할까 두려워 주저하였노라! 이제 너희가 선선히 노준의와 석수를 내놓고 간통한 자들을 묶어 우리에게 바친다면 곧 군사를 거두어 물러가려니와 종시 깨닫지 못하고 항거를 한다면 옥석이 구분하리니 그리 알렷다!"

문달은 크게 노하였다.

"누가 나가서 저 도적을 잡을꼬?"

크게 외치니 말방울 울리는 곳에 일원 대장이 갑주로 차려입고 엄히 하고 큰 도끼 손에 들어 오화마 급히 몰아 나오니 그는 곧 급선봉 삭초였다.

"이놈, 네 조정의 명관으로서 도리어 적굴에 몸을 던져 나라를 배반하니 내 이제 너를 사로잡아 천 토막을 내리라!"

진명이 크게 노하여 내달아 삭초와 싸우는데 20여 합에 이르도록 승부가 나뉘지 않았다.

이 때 송강 군중의 선봉대 안에서 한도가 이를 보고 곧 가만히 활을 당기어 삭초를 겨누고 쏘았다. 시위 소리 울리니 화살이 바로 그의 어깻죽지에 들어맞았다. 삭초는 말에서 떨어질 듯 그대로 도끼를 끌고 말을 채쳐 달아났다.

송강은 때를 놓치지 않고 채찍을 들어 한 번 가리켰다. 대소 삼군이 일제히 아우성치며 내달아 그 뒤를 급히 몰아쳤다. 시체가 들을 덮어 깔리고 피는 흘러 내를 이루었다.

송강이 크게 이기고 군사를 거두니 오용이 말했다.

"저들이 이번 싸움에 대패하여 마음에 겁을 집어먹었을 터이니 곧 뒤를 급히 몰아쳐 처부서야 합니다."

송강은 그 말을 옳이 여겨 곧 영을 전하여 정예한 군사를 이끌고 네 길로 나누어 성을 향하여 나아갔다.

한편, 양중서는 유수사에 모든 장수들을 모았다.

"싸움이 우리에게 이롭지 않으니 어찌 하면 이 급한 형세를 풀꼬?"

계책을 물으니 이성이 말했다.

"적병이 성 아래 임하였으니 만일 이대로 시각을 지체하다가는 반드시 함락되고 말 것입니다. 상공께서는 곧 편지를 써서 심복에게 주시고 밤을 새워 경사로 올라가 채 태사께 고하게 하십시오. 조정에서 정병을 내어 구원해 주지 않으면 우리가 살아날 길은 없습니다."

양중서는 그 말을 좇아 급히 동경 채 태사에게 올리는 편지를 써서 수장 왕정으로 하여금 마군 두엇만 데리고 성문을 나가 동경으로 올라가게 했다.

또 한편으로 인근 부현에 연락하여 구원병을 청하며 백성들 가운데서 장정들을 뽑아 성을 지키게 했다.

제8편 체천행도(替天行道)

1. 대도(大刀) 관승(關勝)

왕정은 주야를 쉬지 않고 말을 달려 동경으로 올라갔다. 태사부 앞에 이르러 수문장에게 찾아온 뜻을 말하니 이윽고 태사가 안으로 불러들였다.

그는 후당으로 들어가 태사에게 인사하고 가지고 온 편지를 올렸다. 채 태사는 서찰을 읽고 나자 크게 놀라 왕정에게 자세한 말을 묻고 나서 말했다.

"네 먼 길을 오느라 피곤할 터이니 관역에 나가 쉬도록 하여라. 내 곧 중관을 모아 의논하겠다."

그를 내보낸 다음 그 길로 추밀원관을 청하게 하니 시각을 지체하지 않고 삼사의 태위들을 인도하여 절당으로 들어왔다.

태사는 곧 북경 대명부의 급한 사정을 이야기한 다음 계책을 물었다. 듣고 나자 모든 무리가 서로 돌아보며 얼굴에 두려워하는 빛을 띠고 말을 못하는데 문득 한 사람이 나오니 그는 곧 아문의 방어보의사로 성은 선이고 이름은 찬이란 사람이었다.

이 사람이 타고나기를 얼굴은 냄비 밑바닥같이 검고 콧구멍은 하늘로 쳐들렸으며 붉은 수염에 신장이 여덟 자인데 한 자루 강도를 쓰고 무예가 뛰어나니 사람들이 추군마라 일컫는 터였다.

선찬이 태사에게 아뢰었다.

"소장이 당초에 향리에 있을 때 서로 사귄 사람이 있으니 그는 곧 한말 삼국 시대의 한수정후 관운장의 후손으로 성은 관이고 이름은 승인데 형용이 바로 저의 조상과 방불한데다 청룡언월도를 쓰는 까닭에 사람들이 대도 관승이라 부르고 있습니다. 만일 이 사람을 청하여 상장군으로 삼으신다면 가히 양산박을 소탕하고 도적들을 섬멸하여 보국안민하올 것이오니 태사께서는 곧 윤지를 내리소서."

태사는 크게 기뻐하며 곧 선찬으로 사신을 삼아 관승을 불러오게 했다.

며칠 후 관승이 태사부 앞에 이르러 말에서 내리니 태사는 관승을 곧 절당으로 불러들였다.

관승은 수하의 학사문과 함께 선찬을 따라 들어가 계하에서 태사를 뵈었다. 태사가 눈을 들어 관승을 보니 당당 여덟 자 장신에 수염은 가슴을 지나고 누에 눈썹에 얼굴은 무르익은 대추 빛이었다.

태사는 기뻐하기를 마지않으며 한마디 물었다.

"장군의 나이가 얼마나 되는고?"

관승이 아뢰었다.

"소장의 천한 나이 올해 서른둘이로소이다."

"이제 양산박 도적떼가 북경성을 에워싸 십분 위태로운 터에 장군은 무슨 묘책으로 그 포위를 풀려고 하는고?"

"소장이 듣자니 도적의 무리가 양산박을 점거하여 세상을 소란케 한다 하더니 이제 저희가 함부로 소굴을 떠나온 것은 곧 스스로 화를 취함이오이다. 지금 이 순간 북경을 구하려 한다면 부질없이 인력만 수고만 하는 것이니, 은상께오서 소장에게 정병 수만 명만 주시면 이 길로 바로 양산박을 들이쳐 도적으로 하여금 머리와 꼬리가 서로 돌아보지 못하게 할까 하나이다."

듣고 나자 태사는 기뻐하기를 마지않았다.

"이는 곧 위위구조계이니 정히 내 뜻과 맞도다!"

곧 추밀원관을 불러 산동 하북의 정예 군병 일만 오천을 조발하여 학사문으로 선봉을 삼고 선찬으로 후군을 거느리게 하며 관승으로 영병지휘사로 봉하여 즉시 출발 하게 하였다.

관승은 마침내 태사에게 하직을 고하고 삼군을 인솔하여 양산박을 향하여 나아갔다.

이 때 송강은 뭇 두령들과 함께 매일 성을 쳤다. 그러나 이성과 문달은 성문을 굳게 닫고 감히 나오지 못했다.

성을 쉽사리 깨치지 못하여 송강이 마음에 초조함을 견디지 못할 때 소교가 들어와 보고하되 군사 오용이 왔다 하였다. 곧 맞아들이게 하니 오용은 중군장 안으로 들어와 자리를 잡고 앉자 송강에게 말했다.

"일전에 성에서 달려나간 세 기마가 있지 않았소이까? 그들이 정녕코 양중서의 밀서를 지니고 동경 채 태사에게 구원을 청하러 간 사자일 터인데 어찌하여 오늘까지 아무 동정이 없는지 자못 수상한 일이 아니오니까? 이 사람 생각에는 혹시 저들에게 꾀 많은 장수가 있어 위위구조계를 써서 이 곳을 구원하러 오지는 않고 도리어 우리 양산박 대채를 취하려는 것이나 아닐지…. 만약 그렇다면 여기 이대로 머물러 있어서는 안 될 것이오이다."

한창 이야기하는 중에 신행태보 대종이 달려와 숨 돌릴 사이도 없이 급히 보했다.

"동경 채 태사가 관운장의 현손인 관승을 시켜 대병을 거느리고 양산박으로 내려왔는데 산채 두령들의 힘만으로는 지키기 어려우니 아무래도 형님께서 곧 회군하여 먼저 양산박의 급한 사정부터 구하셔야 하겠습니다."

송강이 오용에게 계교를 물으니 오용이 대답했다.

"오늘 늦은 밤에 보군을 먼저 떠나게 하고 군마를 비호곡 양편에 매복시켜 두었다가 성중에서 우리가 퇴군하는 것을 보고 뒤를 쫓거든 그 때 내달아 치도록 하십시다."

송강은 그 계교를 좇아 그 날 밤이 되기를 기다려 천천히 후퇴하여 이튿날 아침에는 모두 물러가게 하였다.

이 때 이성과 문달이 성 위에서 바라보니 양산박 군병들이 기를 말고 칼과 도끼를 어깨에 멘 채 영채를 빼고 돌아가는 눈치였다. 곧 양중서에게 들어가 보고하니 양중서가 물었다.

"저놈들이 갑자기 군사를 거두어 돌아가는 모양이니 이것은 어인 까닭일꼬?"

문달이 대답했다.

"아마도 경사의 원군이 바로 양산박을 취하려 하므로 저놈들이 행여나 소굴을 잃을까 겁이 나서 도망을 하는 모양이니 곧 뒤를 공격하면 가히 승리를 얻을 수 있을까 하나이다."

그의 말이 미처 끝나지 아니하여 유성마가 동경으로부터 공문을 들고 이르렀다. 펴 보니 대병이 바로 양산박을 가서 취하려 하므로 만약 도적의 무리가 포위를 풀고 물러가거든 시각을 지체하지 말고 곧 그 뒤를 몰아치라는 명이었다.

양중서는 크게 기뻐 즉시 이성과 문달로 하여금 군마를 거느리고 나가게 하였다.

두 장수가 영을 받고 풍우같이 뒤를 쫓아 바야흐로 비호곡에 이르자 별안간 뒤에서 포성이 일어났다. 깜짝 놀라 말을 멈추고 돌아다보니 후면에 무수한 깃발이 바람에 휘날리고 북소리가 어지러이 울렸다.

복병이 있음을 깨닫고 두 장수가 황급히 군사를 물리려 할 때 좌편에서 화영이 내닫고 우편에서 임충이 내달아 좌우로 끼고 쳤다.

두 장수가 군사를 거두어 달아나는데 앞에서 호연작이 또 일지군을 거느리고 내달아 길을 막았다.

이성과 문달은 투구를 벗어 버리고 죽기로 싸워 간신히 성으로 들어가서는 감히 두 번 다시 나오려 하지 않았다.

송강의 군마는 군사 한 명도 꺾이지 않고 차례로 돌아가 양산박 가까이 이르니 선찬이 군사를 거느리고 나와서 길을 막았다.

송강은 우선 그 곳에 주둔한 다음 가만히 샛길로 하여 사람을 양산박으로 올려 보내 수륙 군병과 연락하고 서로 구원하기로 했다.

한편, 양산박 산채 안에서는 두령 선화아 장횡이 그의 아우 장순과 의논했다.

"우리 형제가 산채에 올라온 뒤로 세운 공이 별로 없는 터에 이제 대도 관승이 대군을 거느리고 와서 우리 산채를 치려하니 우리 둘이 가서 영채를 공격하여 관승을 사로잡아 오는 것이 어떠하겠느냐?"

장순이 말했다.

"우리 형제의 힘만 가지고 일이 쉽게 될 성싶소? 만약 실수라도 했다가는 도리어 남의 비웃음만 사게 될 것이오."

그러나 장횡은 그 말을 듣지 않았다.

"그렇게 매사에 조심만 하려 들면 어느 천년에 공을 한 번 세워 보겠단 말이냐? 네가 가기 싫다면 오늘 밤에 나 혼자라도 가 보겠다."

장순이 굳이 말렸건만 끝끝내 듣지 않고 이 날 밤 장횡은 소선 50여 척에 배마다 졸개 다섯 명씩 거느리고 희미한 달빛을 좇아 가만히 배를 저어 건너편 언덕으로 갔다.

이 때 관승이 중군장 안에서 등촉을 밝히고 병서를 보고 있는데 소교가 들어와서 보고했다.

"갈대 숲 속에 작은 배 쉰 척쯤이 와 닿으며 사람마다 장창을 손에 들고 갈대밭 속으로 들어가 좌우로 매복하니 그 뜻을 알지 못하겠습니다."

듣고 나자 관승은 희미하게 냉소를 지으며 즉시 전하여 군중에 은밀히 준비를 시켰다.

이런 줄은 꿈에도 모르고 장횡이 2,3백 명의 수군을 갈대밭 속에 매복시켰다가 영채 가까이 이르러 바로 중군으로 들어와 진중을 바라보니 등촉이 휘황한 아래 관승이 손으로 수염을 어루만지며 병서를 보고 있다.

장횡은 크게 기뻐 곧 창을 꼬나 들고 장방 안으로 뛰어들려 했다. 바로 그 때였다. 한옆에서 바라 소리가 요란히 울리며 하늘도 무너지고 땅도 꺼지게 함성이 일어나더니 미처 몸을 빼쳐 도망할 사이도 없이 사면에서 복병이 일제히 내달아 장횡과 그 수하 졸개들을 모조리 묶어 버렸다.

진중으로 끌고 들어가니 관승은 둘러보고 웃으며 꾸짖었다.

"어리석은 도적이 어찌 감히 나를 엿보는고?"

장횡을 함거 속에다 가두게 한 다음 이제 송강을 마저 잡는 대로 함께 경사로 압송하기로 했다.

요행히 도망한 졸개가 곧 양산박 대채에 이 일을 보고하니 유당이 다시 장순을 시켜 헤엄을 쳐 송강의 영채에 가서 소식을 전하게 했다.

송강은 오용에게 계책을 물었다.

"내일 나가서 싸워 승패를 본 연후에 계교를 정하기로 하시지요."

바야흐로 이야기하는 중에 홀연 북소리가 어지러이 일어나며 군사가 들어와 보고하되 선찬이 삼군을 거느려 바로 대채를 향하여 쳐들어온다고 한다.

송강은 장수들을 거느리고 곧 앞으로 나아갔다. 선찬이 문기 아래 말을 세우고 있었다. 송강은 좌우를 돌아보고 외쳤다.

"어느 형제가 나가서 저놈을 잡을꼬?"

말이 떨어지자 화영이 창을 꼬나 잡고 내달으니 선찬 또한 칼을 춤추며 마주 나와 어우러져 싸우기 스무 합에 화영이 짐짓 뒤를 보이며 말을 돌려 달아났다.

선찬은 뒤를 급히 쫓았다. 화영은 창을 요사환에다 걸고 활에 살을 먹여 몸을 틀며 선찬을 겨누고 쏘았다.

선찬이 시위 소리에 눈을 크게 뜨고 보니 바로 가슴을 향하여 날아드는 화살이 보여 번개같이 칼을 들어 막았다. 쟁그렁 하고 살촉이 칼에 맞아 소리를 내고 땅으로 떨어졌다.

화영은 둘째 살을 쏘았다. 선찬은 또 몸을 앞으로 굽혀 화살을 피하며 그의 궁술이 대단함을 알고 즉시 말 머리를 돌려 본진으로 돌아갔다.

이를 보자 화영은 다시 말 머리를 돌려 급히 그 뒤를 쫓으며 또 한 살로 선찬의 뒤를 겨누어 힘껏 쏘았다. 화살이 방탄망을 맞히어 쩡 하고 소리가 났다. 선찬은 황망히 말을 채쳐 진중으로 들어가며 곧 사람을 보내 관승에게 보고하였다.

이윽고 문기가 열리는 곳에 관승이 나오니 금갑녹포에 탄 말은 한 필 적토마요 손에 잡은 칼은 청룡언월도이니 곧 한말 삼국 때 관운장과 방

불했다.

송강은 그의 일표비속함을 보자 오용과 더불어 갈채하기를 마지않으며 머리를 돌려 뭇 두령들을 보고 한마디 했다.

"대도 관승이라더니 과연 장군의 영웅 됨이 명불허전이로고."

그러자 임충이 이 말에 격동되어 곧 창을 꼬나 잡고 말을 채쳐 내달으려 할 때 진명 또한 대로하여 낭아봉을 춤추며 살같이 달려 바로 관승을 취한다.

두 장수가 쌍으로 관승을 취하니 관승은 조금도 두려워하지 않고 그들을 맞아 싸웠다.

삼기마가 주마등 돌듯 뼹뼹 돌아가며 싸우는 모양을 이윽히 보고 있다가 이미 관승을 아끼는 마음이 생긴 송강은 혹시나 그가 상할까 두려워 급히 바라를 쳐서 군사를 거두었고 관승 또한 말 머리를 돌려 돌아갔다.

이 날 밤 관승이 장중에 있으려니 달빛이 유난히 밝은데 문득 군사가 들어와 보했다.

"수염 많은 장군 한 분이 필마로 장군을 뵈러 왔다 하나이다."

"누구냐고는 묻지 않았더냐?"

"그 장군이 갑옷도 입지 않고 군기도 들지 않고 왔는데 성명은 물어도 대답을 않고 다만 장군을 뵈옵겠다고만 합니다."

"그럼 불러들여라."

오래지 않아 한 장수가 장중으로 들어와 관승에게 절하는데 등불 아래 자세히 보니 어디서 한 번 본 일이 있는 듯싶은 사람이었다.

"대체 뉘시오?"

"좌우를 잠깐 물려 주실 수 없겠습니까?"

"다 내 심복인이니 염려 말고 말씀하오."

"소장은 호연작이외다. 앞서 연환마군을 거느리고 양산박을 치러 왔다가 뜻밖에 적의 간계에 빠져 군사를 잃고 돌아가지 못하고 있는 중입니다. 이 사람이 전부터 조정에 귀순할 마음을 가졌으나 때를 얻지 못하고 있었는데 오늘 소장이 몰래 계교를 세운 바가 있소이다. 장군이 만약 소장을 의심하지 않고 내일 밤 함께 소로를 따라 바로 적채로 들어가 송강의 무리들을 사로잡아 경사로 보내신다면 장군 한 분의 공훈에 그치지 않고 소장도 죄를 속하여 다시 양민이 될 수 있을까 하나이다."

관승은 크게 기뻐하며 술을 권하여 호연작을 위로했다.

그 이튿날 송강이 다시 군사를 이끌고 와 싸움을 청했다. 호연작은 곧 관승과 함께 말 타고 진전으로 나갔다. 송강은 호연작을 보고 소리를 가다듬어 꾸짖었다.

"산채에서 일찍이 너를 박대하지 않았거늘 네 어찌하여 야반도주를 하였느냐!"

호연작이 마주 나서서 꾸짖었다.

"너희 좀도적들이 무어라고 함부로 주둥아리를 놀리느냐!"

송강은 곧 진삼산 황신을 내보내 싸우게 했다.

호연작은 곧 내달아 맞아 싸웠다. 여남은 합이 미처 못 되어 호연작이 채를 번쩍 들어 황신의 머리를 후려쳐 말 아래 떨어뜨리니 송강의 군중에서 군사들이 일제히 내달아 떠메어 가지고 돌아갔다.

이를 보고 관승은 크게 기뻐 대소 삼군으로 일시에 엄살하려 하자 호연작이 간했다.

"오용이란 놈은 원체 꾀가 많으니 지금 쳤다가는 반드시 간계에 빠질 것이외다."

관승은 그 말을 믿고 즉시 군사를 거두어 본채로 돌아갔다.

이 날 밤 관승은 장령을 전하여 선찬과 학사문으로 길을 나누어 만나기로 하고 몸소 5백 마군을 거느려 호연작이 인도하는 대로 송강의 영채를 향하여 나아갔다.

이 날 밤은 마침 보름달이어서 밝기가 대낮과 같아 호연작이 앞을 서고 모든 사람은 뒤를 쫓아 나아갔다. 얼마 안 가서 길가에 쉰 명쯤 졸개들이 엎드려 있다가 그들이 이르는 것을 보자 낮은 음성으로 가만히 물었다.

"오시는 어른이 호연 장군이 아니십니까?"

호연작은 저도 역시 낮은 음성으로 일렀다.

"떠들지 말고 가만히 따라오너라."

한마디 이르고 다시 앞으로 가 한 산모퉁이를 지나니 창을 들어 앞을 가리키며 말했다.

"저기 붉은 등롱이 보이지요. 바로 저것이 송강의 대채 외다."

관승은 급히 인마를 재촉하여 앞으로 나아가 등롱 달린 대채 가까이 이르자 곧 그대로 짓쳐 들어갔다.

그러나 대채 안팎에는 단 한 명의 군졸도 볼 수가 없었다. 관승은 크게 놀라 호연작을 찾으니 그 또한 간 곳이 묘연했다.

그제야 비로소 계교에 빠진 줄 깨닫고 황망히 말 머리를 돌려 달아나려 할 때 숲 속으로부터 북소리 어지러이 일어나며 좌우에 매복한 병사들이 일시에 내달아 관승을 사로잡고 갑옷을 벗긴 채 앞뒤로 옹위하여 대채로 끌고 갔다.

관승만 잡힌 게 아니었다. 선찬은 호삼랑의 투삭에 얽혀 사로잡혔고 학사문은 진명에게 잡히고 말았다.

이러한 때 한편으로는 이응이 대소 군마를 거느리고 관승의 영채로 짓쳐 들어가서 먼저 장횡과 수군을 모조리 찾아낸 다음 바로 식량과 마필을 거두며 한편 사면의 패잔병을 잡았다.

이 때 동방이 비로소 밝아 왔다. 송강은 모든 장수를 모아 함께 산으로 올라갔다.

충의당 위에 자리를 정하고 앉으니 마침 도부수 무리들이 관승, 선찬, 학사문을 잡아 가지고 들어왔다. 이를 보자 송강은 황망히 당에서 뛰어내려 군사들을 꾸짖어 물리치고 친히 묶은 줄을 끌러 준 다음 관승을 붙들어 자기가 앉았던 한가운데 교의에 앉히고 그 앞에 절하며 말했다.

"무례하게도 그릇되이 장군의 무례를 범하였으니 장군은 부디 죄를 용서하십시오."

호연작이 또한 사죄했다.

"소장이 명령을 받고 부득이 계교를 행하였으니 장군은 과히 허물치 마소서."

관승은 한동안 말이 없다가 선찬과 학사문을 돌아보고 말했다.

"우리가 이미 사로잡힌 몸이 되었으니 장차 어찌 하였으면 좋겠는가?"

두 사람은 함께 대답했다.

"소장들은 오직 명령대로 좇으리다."

관승이 송강에게 말했다.

"우리 무리가 이제 다시 돌아갈 낯이 없으니 부디 곧 죽여 주시오."

송강은 그 앞에 다시 절하고 말했다.

"장군은 왜 그런 말씀을 하십니까? 만일 저희 미천한 것들을 버리지 않으신다면 저희가 장군을 이 곳에 모시어 함께 체천행도할 것이고 또 여기 머물러 계실 마음이 없으시다면 곧 무기와 인마를 돌려 드려 경사로 돌아가시게 하오리다."

관승이 그 말에 감격하여 마침내 선찬, 학사문과 함께 입당할 것을 허락했다.

송강은 크게 기뻐하며 곧 충의당 위에 잔치를 베풀게 하고 한편으로 설영을 포동으로 보내 관승의 처자를 데려오게 했다.

석상에서 술이 반감에 이르자 문득 송강이 눈물을 머금고 말했다.

"노 원외와 석수 두 사람을 대체 어떻게 하면 구해 낸단 말인고?"

오용이 얼른 나섰다.

"형님은 과히 상심 마십시오. 오늘은 이미 늦었거니와 내일은 일찍 군사를 일으켜 이번에는 기어코 대명부를 쳐 깨뜨리고 두 형제를 구해 오도록 하십시다."

이런 말로 송강을 위로하니 그 말을 듣고 관승이 자리에서 몸을 일으키며 말했다.

"소인이 사랑하시는 은혜를 갚을 길이 없으니 이번 길에 선봉이 될 것을 허락해 주시오."

스스로 선봉 되기를 자원했다. 송강은 기뻐하기를 마지않으며 이를 허락했다.

이튿날 관승으로 선봉대장을 봉하고 선찬과 학사문으로 부장을 삼아 군사를 거느려 먼저 나아가게 하고 남은 두령은 모두 그 뒤를 따르며 이준과 장순으로는 또 수군을 거느려 지원하게 했다.

2. 급선봉(急先鋒) 삭초(索超)

북경 대명부에서는 양중서가 급선봉 삭초와 더불어 성중에서 술을 마시고 있는 중에 급보를 받았다.

관승, 선찬, 학사문의 무리가 양산박에 들어가 이미 입당을 하였으며 이제 도적의 선봉이 되어 군마를 이끌고 이 곳을 향하여 쳐들어오고 있다는 보고였다.

뜻밖의 소식에 양중서가 소스라쳐 놀라 손에 잡았던 잔을 저도 모르게 마룻바닥에 떨어뜨리자 삭초가 태연히 말했다.

"전자에는 도적의 화살을 맞고 패배를 하였지만 이번에는 기필코 그 원수를 갚을 터이니 상공께서는 아무 염려 마십시오."

양중서는 마음에 기뻐 곧 술을 큰 잔에 가득 부어 격려한 다음 본부 인마를 이끌어 성 밖에 나가 대적하게 하고 다시 이성, 문달 두 장수로 인마를 조발하게 하여 뒤따라 나가 지원하라고 했다.

이 때는 곧 한겨울이라 연일 큰 눈이 내리고 철갑은 얼음같이 찼다.

삭초가 군사를 이끌어 비호곡에 나가 주둔하고 기다리니 이튿날 양산박 군사가 이르러 진을 쳤다. 북이 세 번 울리며 한 장수가 손에 청룡언월도를 잡고 적토마를 몰아 문기 아래로 나와 선다.

삭초가 본래 대도 관승의 얼굴을 모르나 묻지 않아도 이 사람이 관승임에 틀림없었다. 삭초는 그대로 말을 채쳐 내달았다.

이 때 이성이 중군에서 삭초와 관승이 싸우는 양을 바라보니 두 장수가 어우러져 싸우기 열 합이 못 되어 삭초가 도끼 쓰는 법이 점점 어지러워졌다.

이성은 곧 쌍도를 춤추며 내달았다. 이를 보고 양산박 진중에서 선찬과 학사문이 일시에 내달아 싸움을 도왔다.

다섯 장수가 한 덩어리가 되어 어지러이 시살할 때 높은 언덕에 올라 이 광경을 바라보던 송강이 채찍을 들어 한 번 가리키자 함성이 천지를 진동하는 가운데 대군이 일시에 내달아 몰아쳐 왔다.

이성과 삭초는 한 마당 싸움에 크게 패하고 성중으로 급히 도망하여 들어갔다. 송강은 때를 놓치지 않고 곧 군사를 재촉하여 성 아래 이르러 하채하였다.

이튿날 붉은 구름이 하늘에 빽빽하게 끼고 하늘이 어두운데 삭초가 일지군을 거느리고 나와 싸움을 청했다. 오용은 가만히 영을 전하여 이 날 싸움에는 거짓 패하게 하였다. 삭초는 일진을 이기고 기뻐하기를 마지않으며 성으로 들어갔다.

이 날 날이 저물면서 날씨가 더욱 사나워졌다. 오용이 장막 밖에 나와 보니 눈이 내리고 있었다. 오용은 곧 군사들을 시켜 성 밖 여러 곳에 함정을 깊이 파 놓게 했다. 이튿날 새벽이 되자 밤새도록 온 눈이 말의 배를 지나게 쌓였다.

한편, 삭초가 아침 일찍 성 위에 올라 바라보니 송강의 군사들이 두려워하는 빛이 가득한 채 한 곳에 붙박여 있지 못하고 우왕좌왕하고 있었다. 삭초는 곧 정병 3백 명을 점검하여 거느리고 가만히 성문을 열어 짓쳐 나갔다.

송강의 군사들은 사면으로 흩어져 달아났다. 삭초가 동서로 좌충우돌하는데 수군 두령 이준과 장순이 손에 긴 창을 꼬나 잡고 내달았다. 삭초가 맞아 싸워 두어 합이 못 되어서 두 사람이 모두 창을 버리고 달아났다. 함정 파 놓은 곳으로 유인하기 위함이었다.

그러나 본래 삭초는 성미가 유달리 급한 사람이라 앞뒤를 헤아리지 않고 그대로 급히 뒤를 쫓는데 이준이 시내를 끼고 달아나다 앞에 어지러이 도망하는 인마를 향하여 큰 소리로 외쳤다.

"송 공명 형님, 어서 빨리 달아나슈!"

이 말에 삭초는 더욱 몸을 돌아보지 않고 말을 채쳐 급히 쫓다가 문득 산이 무너지는 소리가 일어나며 말을 탄 채 함정 속에 떨어지고 말았다. 복병이 일시에 내달아 얽어 올렸다.

수하 군졸들은 대장이 사로잡힌 것을 보자 곧 앞을 다투어 성으로 들어가 버렸다.

양중서는 크게 놀라 즉시 사람을 경사로 올려 보내 급한 형세를 고하고 굳게 성을 지켜 다시는 나가서 싸우려 하지 않았다.

송강이 장중에 앉아 있으려니 도부수의 무리가 삭초를 잡아 들어왔다. 송강은 곧 군사를 꾸짖어 물리치고 그 묶은 줄을 풀어 준 다음 손을 이끌어 자리에 앉히고 술을 내어 권하며 은근히 말했다.

"장군도 보시다시피 여기 모인 여러 형제들의 태반이 다 조정 명관이오. 우리와 함께 산에 올라 체천행도하심이 어떠하오?"

이에 이르러 급선봉 삭초도 마침내 입당할 것을 허락하여 이날 양산박 진중의 상하가 모두 취하도록 술을 마셔 즐겼다.

3. 조 천왕(晁天王) 현성(顯聖)

그 뒤로 송강이 수일을 계속하여 성을 급히 쳤으나 함락을 시키지 못했다. 마음에 초조하기를 마지않는 중에 어느 날 밤의 일이었다.

송강이 홀로 진중에 앉아 있는데 문득 일진 찬바람이 일어나며 등촉이 흐리다가 다시 밝아졌다.

송강이 눈을 들어 자세히 살펴보니 등불 밑에서 한 사람이 나오는데 그는 곧 다른 사람이 아니고 돌아간 조개였다. 그는 앞으로 나올 듯 나오지 않으며 입을 열었다.

"아우님은 여기서 무엇을 하고 있나?"

송강은 깜짝 놀라 급히 몸을 일으키며 말했다.

"형님, 어찌 오셨습니까? 형님 원수를 빨리 갚아 드리지 못하여 주야로 불안한데 또 연일 군무에 바빠 제사도 제대로 못 지내고 송구하기 짝이 없습니다."

"내 한마디 급히 일러 줄 말이 있어 이렇듯 온 걸세. 자네들에게 무슨 일이 일어나고 보면 강남의 지령성이 아니고는 무사하지 못할 것이네. 또 삼십육계에 주위상책이니 곧 이 곳을 떠나는 것이 좋겠네."

말을 마치자 즉시로 흔적이 없이 사라지는데 송강이 놀라서 깨달으니 곧 꿈이었다. 즉시 오용을 청하여 꿈꾼 이야기를 자세히 하니 듣고 나서 오용이 말했다.

"조 천왕이 현성하신 일을 믿지 않을 수 없소이다. 지금 하늘이 차고 인마가 추위를 견디기 어려우니 산에 돌아갔다가 봄이 되기를 기다려 다시 오는 것이 마땅할까 봅니다."

"군사의 말씀도 옳기는 하나 지금 노 원외와 석수 두 사람이 옥에 갇혀 오직 우리가 구원하기만 기다리는 터이니 차마 저들을 어떻게 버리고 간단 말이오?"

과연 진퇴양난이었다. 얼른 결단을 내리지 못하고 있는데 이튿날 송강이 심사가 번열하고 전신이 노곤하며 머리가 빠개지는 듯 아파 자리에 누운 채 일어나지를 못했다.

뭇 두령이 장중으로 들어와 병을 물으니 등이 심히 아프고 뜨겁다 한다. 곧 옷을 벗기고 살펴보니 대추씨만한 종기가 나서 사면에 붉은 발이 뻗쳐 있었다.

오용이 말했다.

"이것이 등창입니다그려. 방서에 녹두 가루가 가히 해독한다 하였으니 우선 이것을 구하여 써 보겠지만 이 곳에서는 의원을 얻기 어려우니 이 노릇을 어찌 하면 좋으리까?"

뭇 두령들이 모두 근심하기를 마지않을 때 낭리백도 장순이 나서서 말했다.

"소제가 전일 심양강에 있을 때 모친이 등창이 나서 백약이 무효였는데 건강부 사람 안도전이란 이를 청해 뵈고 즉시 병이 나았습니다. 지금 가만히 보니 형님 증세가 바로 그 때 우리 모친 증세하고 같습니다. 그 사람을 청해 오기 전에는 도저히 고치지 못할까 합니다."

송강이 그 말을 듣고 곧 가서 안도전을 청해 오라 분부하니 장순은 즉시 길을 떠났다.

장순이 떠나자 오용은 군중에 영을 전하여 모든 장수들로 하여금 속히 군사를 거두게 하고 송강은 온거에 실어 먼저 양산박으로 향하게 하였다.

4. 원소가절(元宵佳節)

안도전의 치료를 받고 송강의 종기는 아직 완전히 아물지는 않았어도 병상을 떠나 걸을 수 있게 되었다. 그러자 곧 대명부를 치고 노준의와 석수를 구해 낼 방법을 이야기하니 군사 오용이 말했다.

"그 동안에 사람을 보내서 알아보았더니 양중서는 우리 군사가 다시 쳐들어올까 겁이 나서 주야로 성을 굳게 지키고 있다 합니다. 이제 해가 바뀌어 상원일이 가까운데 대명부에서 해마다 등불놀이를 하는 터라 이 때를 타서 먼저 성내에 매복하고 밖에서 군마를 몰아 내외상응하면 쉽사리 깨칠 수 있으리다."

송강이 듣고 무릎을 쳤다.

"딴은 묘책이오. 그러면 군사는 곧 선발토록 하오."

오용은 뭇 두령들을 둘러보며 말했다.

"제일 요긴한 일이 먼저 성내로 들어가 있다 불을 놓는 일인데 형제 중에서 누가 이 소임을 감당하겠소?"

말이 끝나지 않아 계하에서 한 사람이 나서며 외쳤다.

"그 소임은 제가 맡으오리다."

모든 사람이 보니 곧 시천이었다.

"제가 전일에 대명부 안에서 놀아 익히 압니다만 취운루에다 불을 놓는 것이 가장 좋을 성싶습니다."

"내 생각이 바로 그러하니 시 두령은 내일 일찍 산을 내려가 기약을 어기지 말고 행하도록 하오."

오용은 시천에게 불 놓는 소임을 맡기고 다음에 다른 두령들을 앞으로 불러 각기 임무를 나누어 주었다.

모든 사람이 군사의 영을 받고 차례로 산을 내려가니 이 때는 바로 정월 초순이었다.

이 무렵 북경 대명부 성중에서는 양중서가 이성, 문달 이하 일반 관원을 모아 놓고 상원일의 축하 행사를 의논했다.

"연례로는 성내에 찬란하게 불을 밝혀 원소가절 하례를 동경과 같이 해 왔지만 올해는 지난해에 두 차례나 양산박 도적 떼의 침범을 받은 끝이라 만약 예년대로 하다가 화라도 당하면 큰일이 아니겠소. 내 생각에는 이번만은 이를 폐하고 더욱 방비나 굳게 할까 하는데 모든 사람의 의견은 어떠하오?"

그의 말이 끝나자 문달이 나서서 말했다.

"저들이 두 번이나 침범해 왔으나 두 번 모두 패하여 물러갔으니 이제는 이미 기진맥진하여 설사 다시 온다 하더라도 근심할 바가 없으리다. 만일 겁을 내어 행사를 폐하고 보면 저놈들의 비웃음을 면하지 못할 터이니 금년 행사는 예년보다 오히려 더 성대하게 하시지요. 소장이 일지군을 거느리고 나아가 비호곡에 주둔하고 이 도감이 철기를 거느리어 성내를 순찰한다면 아무걱정 없을 것입니다."

그의 말을 듣고 양중서는 마침내 이 해 원소절은 예년보다도 오히려 더욱 성대하게 하기로 마음에 작정했다.

이 소식을 양산박 첩자가 나는 듯이 대채로 보고하니 송강이 서둘러 가겠다고 주장했다.

그러자 안도전이 간하였다.

"장군의 몸이 아직도 완전하지 못했으니 함부로 움직이시면 안 됩니다. 만일에 종기가 한 번 덧나고 보면 다시는 고칠 도리가 없을까 합니다."

이 말에 송강이 주저하는데 오용이 나섰다.

"제가 이번에 형님을 대신하여 여러 형제와 함께 가서 대명부를 깨치고 노 원외와 석수 두 사람을 구해 내고 간통한 연놈을 잡아 형님의 마음을 위로하도록 할 터이니 그 일은 제게 맡기시고 형님은 몸이나 잘 조리하시지요."

송강이 마침내 이를 허락하자 오용은 즉석에서 팔로 인마를 선발하였다.

팔로 마보군이 차례를 따라 산을 내려가되 정월 대보름 밤을 기약하여 북경 대명부 성문 아래 모이기로 하고 나머지 두령들은 모두 송강을 보호하여 산채를 지키기로 했다.

북경 대명부는 본래 하북에서 으뜸가는 대군으로 중요 요충지인데다 예년보다 올해는 더욱 행사를 성대하게 한다는 말을 듣고 모두들 구름같이 모여들었다.

가가호호 문전에 등불을 세우고 집 안에는 또 오색 병풍을 둘러 놓으니 곳곳에 등불을 아니 켜 놓은 곳이 없었다.

특히 취운루 사면에는 켜 놓은 불의 수를 헤아릴 수 없으니 원래 이 주루는 이름을 하북에 떨친 가장 큰 술집이라 누상과 누하에 백여 처가 넘는 각자가 있어 밤낮 없이 음악이 하늘에 울리었다.

이 밖에도 성중 각처의 사원이며 불전 법당에 모두 한결같이 등화를 베풀어 풍년을 기리었다.

드디어 정월 대보름 상원가절이었다. 이 날 날씨가 청명하여 황혼에 달이 오르고 육가삼시에 불을 켜자 길거리마다 넘쳐나는 것이 모두 등불이었다.

어느덧 누상의 북이 이경을 알릴 때 시천은 유황 염초 따위의 화약을 광주리에 담고 위에는 몇 묶음 꽃을 덮어 옆구리에 끼고 취운루 누상으로 갔다.

각자마다 술 마시고 노래 불러 상원가절을 즐기는 모습이 보였다. 시천은 꽃을 팔러 다니는 체하고 이 각자 저 각자로 돌아다니는데 별안간 취운루 아래 함성이 크게 일어나며 누군지 큰 소리로 외쳤다.

"양산박 군마가 서문 밖에 왔단다!"

사람들의 말을 들으니 비호곡에 나가 주둔하고 있던 문달은 양산박 군마에게 패하여 채책을 잃고 패군을 수습하여 성내로 들어오고 이성은 성위에 있다가 이 소식을 듣자 유 수사 앞으로 가서 군졸에게 분부하여 성문을 굳게 닫아걸게 했다고 한다.

시천은 이 말을 듣고 곧 누상으로 뛰어 올라가 불을 질렀다. 이 때 양중서는 아문에 앉아 술이 거나하게 취한 채 이 소식을 듣고는 말을 끌어오라 하여 기다리고 있는데 취운루에 불길이 솟아 화광이 사뭇 달을 가리었다.

양중서는 급히 말에 올라 삼문 밖을 나가 그편을 향하여 급히 말을 몰아 나갔다. 이 때 군사가 전하기를 어떤 살찐 화상이 철선장을 들고 마구 사람을 죽이며 또 범 같은 행자 하나는 쌍계도를 들고 짓쳐들어온다고 했다.

양중서는 깜짝 놀라 말 머리를 돌이켜 유 수사 앞으로 도망해 오는데 해진, 해보 형제가 각기 강차를 휘두르며 내달아 좌충우돌한다.

양중서는 혼백이 다 허공에 떠서 급히 부중을 향하여 말을 달렸다. 그 때 마침 저편에서 왕 태수가 군사를 끌고 와 양중서와 합하려 할 때 유당과 양웅이 번개같이 달려들며 창을 번쩍 들어 왕 태수의 머리를 내리치니 두 눈이 쏟아져 말 아래 떨어졌다.

양중서가 다시 말 머리를 돌려 이번에는 서문을 향하여 달리니 성황묘 안에서 난데없는 포성이 천지를 진동하며 추연, 추윤이 장대 끝에 불을 붙여 집집마다 불을 지르고 돌아다녔다. 북경 성내가 발끈 뒤집혀 온통 악머

구리 끓듯 했다.

양중서는 서문을 향하여 계속 달아나다가 이성을 만나 함께 문루 위로 올라 성 밖을 바라보니 무수한 군마가 풍우같이 몰려오는데 중앙은 대도 관승이고 좌편은 학사문이요 우편은 선찬이며 그 뒤를 다시 황신이 따라오니 마치 기러기가 날개를 편 듯한 형세였다.

양중서는 감히 나가지 못하고 이번에는 북문으로 가서 바라보니 달빛이 낮처럼 밝은 가운데 임충이 앞을 서고 좌편은 마린이요 우편은 등비이며 뒤에는 화영이 있어 무수한 인마를 휘몰아 오고 있었다.

양중서는 또다시 말 머리를 돌려 남문을 향하여 달렸다. 가까스로 길을 헤치고 나가 적교에 이르니 화광이 충천한 가운데 이규가 이립, 조정 두 장수와 함께 해자로부터 쫓아 들어오는데 웃통을 벌거벗고 손에 쌍도끼를 든 양이 십분 흉악했다.

이성이 내달아 혈로를 뚫고 양중서를 보호하여 달리는데 진명과 호연작이 내달아 길을 막았다. 이성은 쌍도를 춤추며 내달아 몇 합 어울려 보았으나 도무지 싸울 마음이 없었다.

이성은 온몸에 상처를 입어 피를 흘리며 죽기로써 양중서를 보호하여 길을 뚫고 달아났다.

이 때 두천과 송만은 양중서의 일문을 다 죽이고 공명, 공량 형제는 옥문을 깨뜨려 감옥 안으로 들어가 노준의와 석수의 칼을 벗겨서 데리고 나왔다.

노준의는 이고와 가 씨를 잡아서 한을 풀려고 석수, 공명, 공량, 추연, 추윤 다섯 형제와 함께 자기 집을 향하여 달려갔다.

이보다 앞서 이고는 양산박 두령들이 크게 군사를 일으켜 성내로 짓쳐 들어왔다는 말을 듣자 그만 혼이 빠져 어찌 할 바를 몰랐다. 놀란 가슴을 간신히 진정하고 가 씨와 함께 금은보배를 수습하여 보따리 하나를 만들어 등에 지고 막 문을 나서려는데 미처 문간까지도 못 가서 대문이 부서지며 밖에서 두령 한 떼가 안으로 달려들었다.

이고는 가 씨의 손을 잡고 황망히 몸을 돌이켜 뒷문으로 나갔다. 뒷문 밖은 곧 물가였다. 두 남녀가 길을 찾아 도망하려 할 때 누군가 손을 늘여 머리를 움켜쥐며 꾸짖었다.

"이놈, 이고야! 네, 나를 알아보겠느냐?"

들으니 곧 연청의 음성이었다. 이고는 빌었다.

"여보, 우리가 별로 원수 진 일이 없으니 부디 나를 놓아 주."

그러나 연청은 다시는 대꾸 않고 이고를 잡아끌고 장순은 가 씨를 잡아 옆에 낀 채 두 사람이 동문을 향하여 나갔다.

마침내 오용은 영을 내려 성내의 불을 끄게 하고 대명부 부고에 있는 금은보배와 전량들을 있는 대로 찾아내어 모조리 수레에 싣고 군대를 3대로 나누어 양산박으로 돌아갔다.

연청이 사로잡은 이고와 가 씨는 그 자리에서 죽이지 않고 함거에 실어 양산박까지 데리고 가서 잔치 끝에 배를 갈라 죽였다.

5. 제일좌 교의(第一座交椅)

삼군이 금사탄에 이르니 연락을 받고 송강이 뭇 두령들과 함께 산을 내려와 영접했다. 함께 산채로 올라가 충의당에 오르자 송강은 노준의를 향하여 말했다.

"본래는 원외를 산으로 모시어 함께 대의를 맺자고 한 노릇이 뜻밖에도 도리어 사지에 빠뜨려 하마터면 목숨을 보전하지 못하게 했소이다. 그래도 천우신조로 이렇듯 돌아오시니 참으로 감개가 무량하외다."

죄를 사례한 다음에 그의 손을 이끌어 자기가 앉았던 제일좌 교의에 앉게 했다. 노준의는 크게 놀라 뒤로 물러나며 말했다.

"이 사람이 무엇이기에 감히 산채의 주인이 된단 말씀이오? 이는 천만 부당한 말씀이외다."

노준의는 결코 들으려 안 하는데 그래도 송강은 부득부득 권한다. 이 모양을 보고 이규가 자리에서 벌떡 일어났다.

"형님 천성이 곧지가 못하우! 전일에 형님이 좋아서 앉은 자리를 왜 또 남한테 물려주겠다고 이 야단이오? 대체 저 교의가 순금으로나 만든 교인지 밤낮 이 사람 앉아라 저 사람 앉아라 사양하다 볼일을 못 보겠네!"

송강은 낯빛을 붉히며 큰 소리로 꾸짖었다.

"이놈, 네가 무슨 말을 그렇게 함부로 하느냐?"

그래도 이규는 할 말은 하고야 마는 성미였다.

"형님이 만일에 황제가 된다면 노 원외는 승상이 되고 우리는 다들 장군이 되겠지만 그것은 다 금란전에서나 할 얘기고 여기로 말하면 불과 양산박 물 속에 강도가 앉는 자리니 구태여 뭐 사양하고 어쩌고 할 것 없이 그대로 전같이 지내십시다 그려!"

송강은 그만 기가 막히어 말을 못했다. 이 때 군사 오용이 나섰다.

"지금 자꾸 그러실 게 아니라 차후에 노 원외가 공을 세우거든 그 때 다시 사양하시는 것이 좋겠소이다."

이리 권하자 송강도 그제는 다시 더 사양하지 않고 그 자리에 앉았다.

그리고 이 날 마군, 보군, 수군에게 모두 후히 상을 내리고 크게 잔치를 베푸니 대소 두목들은 물론이고 졸개들까지도 취하도록 술 마시고 배불리 먹어으며 사흘을 즐겼다.

어느 날 산을 내려갔던 대도 관승이 능주 단련사 위정국과 단정규를 초대하여 함께 산으로 데리고 왔다.

송강 이하로 모든 두령이 기뻐하기를 마지않을 때 북지로 말을 사러 갔던 금모견 단경주가 급히 들어왔다.

송강이 어인 연고인가를 물으니 그가 대답했다.

"제가 양림, 석용 두 두령과 함께 북지에 가서 근력 있고 털색이 좋은 준마 2백여 필을 사지 않았겠습니까. 그래 몰고 청주 지방까지 왔는데 욱보사라나 하는 자가 수백 명 장객들을 몰고 내달아 와서는 말을 모조리 빼앗아 가지고 증두로 가 버렸는데 그 통에 석 두령과 양 두령도 어디를 갔는지 모르겠고 저만 밤낮을 달려 이렇게 오는 길입니다."

이 말을 듣고 송강은 크게 노하였다.

"전에 우리가 잃은 말을 이제껏 찾지 못했고 조 천왕의 원수도 아직 갚지 못한 터에 이제 또 이렇듯 저들이 무례하니 만일 이번에 아주 소멸하지 못한다면 남의 비웃음 어찌 면할꼬?"

오용이 나서서 말했다.

"이제 봄날이 화창하여 시살하기 꼭 좋소이다. 전에 조 천왕이 패하신 까닭은 지리를 잃었기 때문이니 먼저 시천을 보내 소식을 알아본 뒤에 의논하여 하십시다."

송강은 그의 말을 좇아 시천을 증두로 보냈다. 그가 떠난 지 사흘 뒤에 양림과 석용이 돌아와 증두의 교사 사문공이 큰소리를 텅텅 치며 양산박을 쳐 무찌르겠다고 말하자 송강은 또 화가나서 노하여 그 날로 기병하자고 서둘렀다.

오용이 또 나서서 시천이나 돌아오거든 자세한 소식을 들어 보고 기병을 하자고 권했지만 송강은 급해 하며 대종을 시켜 가서 급히 알아 오라고 명했다.

대종이 떠난 지 며칠 만에 돌아와 하는 말이 증두에서 군마를 일으켰는데 증두 어귀에 대채를 세우고 법화사 안에 군중장을 베풀어 수백 리를 계속하여 두루 정기를 꽂았으니 대체 어느 곳으로 군사가 나올 작정인지를 모르겠다고 했다.

그 때 또 시천이 돌아와 보했다.

"제가 증두 시내에 들어가 자세히 알고 돌아왔습니다. 그놈들이 증두 앞에다 채책 다섯을 세우고 군사 2천 명을 풀어 입구를 지키고 있는데 대채에는 교사 사문공이 주장하고 북채에는 부교사 소정이 증도와 함께 지키고 서채에는 셋째 아들 증색이 있고 동채에는 넷째 아들 증괴가 있으며 중앙 정채에는 아비 증롱이 막내아들 증승과 함께 있습니다. 욱보사라는 놈은 신장이 열 자에 허리가 열 아름이나 되며 작호는 험도신이라 하는데 우리한테서 뺏은 말은 모두 법화사 안에다 두고 기르더군요."

듣고 나자 오용은 뭇 두령을 충의당에 모아 놓고 의논했다.

"저희가 5채를 세웠다 하니 우리도 군마를 5로로 나누어 치는 것이 좋겠소."

좌중의 노준의가 몸을 일으켜 말했다.

"이 사람이 산에 오른 뒤로 일찍이 작은 공도 세운 것이 없으니 이번에 증두를 치게 하시면 목숨을 버려 은혜를 갚을까 하오."

조 천왕이 임종시에 유언하기를 누구든 일후에 증두를 치고 사문공을 잡아 자기의 원수를 갚는 사람으로 산채의 주인을 삼으라 했었다. 송강은 그 말을 듣고 오용을 돌아보며 물었다.

"노 원외가 저렇듯 말씀을 하시니 이번에 선봉을 삼아 한번 치시게 하는 것이 어떻겠소?"

오용이 대답했다.

"원외께서 전장에 익지 못하신 터에 그 곳의 산길이 복잡하여 선봉은 어려우실 겁니다. 따로 한편의 인마를 거느려 수풀이 있는 들판에 매복하고 계시다가 중군에서 호포 소리가 나거든 나와서 지원하시도록 하는 게 좋을까 합니다."

송강은 노준의로 하여금 연청과 함께 5백 보군을 이끌어 소로에 매복하라 하고 곧 5로 군마를 분발했다.

양군이 대치한 지 하루가 지나서였다. 맏아들 증도가 사문공에게 말했다.

"내 오늘 나가서 송강을 베고 도적을 모조리 섬멸하여 돌아올 것이니 선생은 부디 영채를 단단히 지키고 계십시오."

사문공이 응낙하니 증도는 곧 갑옷 입고 말에 올라 군사를 거느리고 나아가 싸움을 돋우었다.

송강은 중군에 있다가 증도가 와서 싸움을 돋운다고 듣자 곧 여방, 곽성 두 장수를 데리고 나섰다. 증도는 진전에서 송강을 향하여 어지러이 욕을 했다.

송강이 크게 노하여 외쳤다.

"누가 능히 저 도적을 잡아 전날의 원수를 갚을꼬?"

말이 떨어지자 곧 여방이 방천화극을 휘두르며 내달아 바로 증도를 취했다. 두 사람이 서로 어우러져 싸워 서른여 합에 이르렀다.

곽성이 서서 바라보니 여방의 무예 수단이 증도만 못하여 서른 합이 지나니 차차 창법이 어지러워졌다.

혹시나 실수가 있을까 하여 곽성이 창을 꼬나 잡고 말을 채쳐 나아가 싸움을 도왔다.

세 필 말이 진상에서 한 덩어리가 되어 싸우는 중에 여방, 곽성 두 장수가 증도를 잡으려고 쌍극을 일시에 내리친 노릇이 창끝에 단 금전표미가 서로 얽히어 떨어지지 않았다.

증도가 이를 보고 곧 창을 들어 여방의 목을 찌르려 할 때 진상에서 바라보던 화영이 왼손에 활을 들고 오른손에 화살을 빼 힘껏 당기어 한 번 쏘니 시위 소리 울리면서 증도의 왼편 팔에 맞아 말 아래 떨어졌다. 뒤이어 여방, 곽성의 쌍극이 일시에 내려오니 증도는 비명에 죽고 말았다.

종인의 무리가 도망하여 돌아가 이를 보고하자 증 장관은 그대로 목을 놓아 울었다. 곁에서 이 광경을 보고 막내아들 증승이 이를 갈며 자리를 차고 일어났다.

"내 나가서 형님 원수를 갚고 오리다!"

그는 갑옷 입고 말에 올라 군사를 거느리고 나아갔다.

송강이 벽력화 진명을 시켜 맞아 싸우게 하려 할 때 그보다 먼저 한 장수가 쌍도끼를 춤추며 내달으니 곧 이규였다.

증승은 곧 궁노수에게 명하여 일시에 활을 쏘게 하였다. 이규는 언제나 적과 싸울 때는 벌거벗고 나서는 터라 다른 때는 항충과 이곤이 방패로 가려 주었으나 오늘은 홀로 나왔다가 다리에 화살을 맞고 그대로 뒤로 나가 떨어지고 말았다.

그가 쓰러지는 모양을 보자 증승 수하의 마군이 내달아 사로잡으려 했다. 이를 보고 송강의 진중에서 화영과 진명이 채쳐 나와 죽기로써 구하여 돌아가니 증승은 양산박 진중에 인물이 많음을 보고 그대로 군사를 거두어 돌아갔다.

그 날 밤 오용은 분향하고 암축하여 한 점괘를 얻어 이를 송강에게 말했다.

"오늘 밤에 적군이 기습해 올 괘요."

"그럼 미리 방비가 있어야 하겠구려."

"이미 정한 계교가 있으니 형님은 아무 염려 마십시오."

오용은 곧 뭇 두령들에게 분부하여 좌우에 매복하게 하고 밤이 되기만 기다렸다.

이 날 밤에 사문공이 증승에게 말했다.

"이번 싸움에 적장이 계속하여 상했으니 저희가 반드시 두려워할 것이라. 이 때를 타서 공격하는 게 좋겠소."

"그러면 부교사와 셋째 형님을 청해서 같이 갈까 보오."

의논을 정하고 밤이 깊어지자 말은 방울을 떼고 사람은 매를 물고 가만히 나아가 송강의 영채로 가니 안이 텅 비어 단 한 사람을 볼 수가 없었다.

계교에 빠진 걸 깨닫고 급히 군사를 돌이켜 나오는데 왼편에서는 해보가 짓쳐 나오고 오른편에서는 해진이 짓쳐 나오며 또 뒤에서는 소이광 화영이 군사를 몰아 질풍같이 내달았다.

사문공, 소정, 증색, 증승의 무리가 서로 돌아보지 못하고 각기 길을 찾아 도망하는 중에 증색이 미처 피하지 못하고 해진의 강차에 맞아 죽고 말았다.

증 장관은 이번 싸움에 또 셋째 아들을 잃고 마음에 번뇌하기를 마지않다가 마침내 항복 문서를 써서 소교를 시켜 송강의 대채로 보냈다.

송강이 들어오라 하여 바치는 글을 보니 그 뜻은 대강 다음과 같았다.

> 증두시주 증롱은 돈수재배하여 글월을 송 공명 통군 두령 휘하에 바치나이다. 전자에 작은아이가 한때 용맹만 믿고 그릇 호위를 범하매 천왕이 무리를 거느려 오시니 도리에 마땅히 귀부해야 하올 것을 부하들이 무단히 화살을 쏘고 다시 말을 빼앗은 죄를 더하였소이다. 입이 설사 백이 있은들 변명할 길이 있겠사오리까. 그러나 근본을 따지면 이는 본의가 아니므로 이제 화친을 청하는 터이니 만약에 싸움을 파하고 군사를 쉬기로 하신다면 앗아 온 말을 모조리 반납하고 다시 금백을 보내어 삼군을 호상하오리니 엎드려 비옵건대 깊이 살피소서.

송강은 글을 보고 화가 나서 크게 노하여 소리를 가다듬어 꾸짖었다.

"너희가 우리 형님을 죽인 터에 화친이 다 무엇이냐? 내 너희 놈의 고을을 쑥밭으로 만들어야만 한을 풀겠다!"

글을 가지고 온 자가 이 소리를 듣고 땅에 엎드려 전신을 사시나무 떨 듯했다. 오용이 황망히 말했다.

"형님, 그것은 옳지 않소이다. 우리가 서로 다투는 것이 모두가 의기 때문인데 이미 저희가 이렇듯 글을 보내 화친을 청하는 터에 어찌 노여움으로 인하여 대의를 저버릴 수 있겠소?"

곧 회서를 닦아 주고 은자 열 냥을 사자에게 상으로 주니 회서에 담긴 글 뜻은 대강 다음과 같았다.

> 양산박 주장 송강은 글로써 증두시주 증롱 장전에 회서하노라. 자고로 신의가 없는 나라는 마침내 반드시 망하고 예의가 없는 사람은 마침내 반드시 죽고 용기가 없는 장수는 마침내 반드시 패하는 법이니 이는 당연한 이치로서 족히 기이하다 할 일이 아니로다. 양산박이 자고로 증두와 더불어 원수 진 일이 없어 각각 지경을 지켜 왔는데 한 때의 악한 마음을 인연하여 드디어 오늘날의 원수를 맺은 것이라 만약 강화를 하려 하거든 두 차례 빼앗아 간 마필과 흉도 욱보사를 잡아 보내는 것이 당연한 일이니 정성스러운 마음을 보여 주기 바라노라.

이튿날 증두에서 사자가 다시 왔다. 욱보사를 잡아 보내라고 하니 그러면 그 편에서도 볼모를 보내라는 청이었다.

오용은 이를 응낙하고 시천, 이규, 번서, 항충, 이곤 다섯 사람을 보내는데 떠나기에 앞서 가만히 시천을 앞으로 불러 계교를 일러 주되 그 곳에 가 있다가 만일에 변고가 있거든 이리이리 하라 하였다.

시천의 무리가 볼모가 되어 증두로 가니 사문공은 볼모를 다섯 사람씩이나 보낸 것을 은근히 의심하는 모양이었다. 그러나 증 장관은 마음에 강화하기가 급하여 술과 밥을 내서 환대한 다음 법화사에 안돈케 하고 막내아들 증승을 시켜 욱보사를 데리고 송강의 진중으로 가게 하였다.

증승이 욱보사와 함께 두 번에 걸쳐 빼앗아 간 마필과 금백 한 수레를 인솔하여 대채에 이르니 송강이 불러들여 보고 말했다.

"어찌하여 조야옥사자는 안 가지고 왔느냐?"

"그 말은 우리 사부 사문공이 사랑하여 타고 다니는 까닭에 못 가지고 왔습니다."

"그게 될 말이냐? 빨리 돌아가서 옥사자를 가져오도록 하여라!"

증승이 곧 글을 닦아 종인에게 주어 보냈더니 사문공이 회서하기를 만일 옥사자를 찾으려거든 곧 퇴군하라며 그러면 돌려보내겠다고 한다.

송강은 오용과 더불어 상의하여 군사를 움직이지 않고 그대로 있었다. 그러는 한편 가만히 욱보사를 불러내 좋은 말로 어루만진 다음에 은근히 한마디 일렀다.

"자네가 내 말대로 하여 공을 세운다면 산채의 두령을 시켜 주고 말을 빼앗아 간 일은 묻지 않기로 하겠네. 자네 의향이 어떤가?"

욱보사는 절하고 말했다.

"진심으로 항복하기를 청하는 터이니 부디 장하에 두고 부려 주십시오."

오용은 곧 계교를 일러 주었다.

"그럼 자네는 몰래 도망해 온다 하고 증두로 돌아가 사문공에게 말하게. 가서 눈치를 보니 송강은 옥사자만 찾으면 돌아가려고 하는데 이 때를 타서 들이치면 틀림없이 깨칠 것이오 그러란 말이네. 그래서 저희가 자네 말만 믿고 그대로 한다면 내 다 좋은 도리가 따로 있네."

욱보사는 응낙하고 그 날 밤으로 사문공의 영채로 가서 일러 준 대로 말했다. 사문공은 그를 데리고 증 장관을 찾아갔다.

"송강 그놈이 우리와 싸울 생각은 별로 없는 모양이고 우리를 심히 두려워하는 눈치이니 오늘 밤에 군사를 몰고 가서 공격하면 틀림없이 송강을 사로잡게 되오리다."

듣고 나자 증 장관이 말했다.

"그렇다면 모든 일을 교사가 알아서 물샐틈없이 잘 하오."

사문공은 그 길로 영을 전하여 북채의 소정과 남채의 증괴와 동채의 증밀로 하여 이 날 밤에 군사를 모조리 일으켜 송강의 대채를 엄습하게 했다.

한편, 송강의 영채에서는 오용이 송강을 보고 일렀다.

"욱보사가 돌아오지 않는 것을 보니 계교가 들어맞아 저놈들이 오늘 밤에 공격하러 오는 것이 분명하오. 곧 군사를 분별 해야겠소이다."

영을 내려 대채를 텅 비우게 한 후 양편에 군사를 깔아 놓았다. 그리고 노지심과 무송으로 하여금 보군을 이끌고 가서 동채를 치게 했다. 또한 주동과 뇌횡은 역시 보군을 이끌고 가서 서채를 치게 하고 양지와 사진은 마군을 거느리고 북채를 치게 하였다.

이런 줄을 알 까닭이 없는 사문공은 기필코 공격하여 송강을 사로잡기 위해 소정, 증밀, 증괴 세 장수와 더불어 전 군마를 모두 거느리고 길을 나섰다.

이 날 밤에는 구름이 많아 달빛이 밝지 못했다. 말은 방울을 떼고 사람은 매를 물어 사문공과 소정이 앞을 서고 증밀, 증괴가 뒤를 따라 가만히 송강의 진 앞에 이르러 보니 채문이 활짝 열려 있고 안에는 도무지 사람의 기척이 없었다.

그제야 계교가 틀린 줄 깨닫고 급히 군사를 돌려 본진으로 돌아오는데 증두성 안에서 난데없는 포성이 진동했다.

법화사 누상에서 시천이 종과 북을 어지러이 치자 동문, 서문 두 곳에 화광이 크게 일고 함성이 천지를 진동하여 군마의 다소를 도무지 알 수 없었다.

절 안에서는 이규, 번서, 이곤, 항충의 무리가 일시에 고함을 지르며 내달았다.

사문공은 소스라쳐 놀라 도로 옆길로 달아났다.

증 장관은 양산박 군마가 양로로 나뉘어 조수처럼 몰려 들어온다는 말을 듣자 마침내 당하지 못할 것을 깨닫고 스스로 목매달아 죽었다. 증밀은 서채를 향하여 달아나다가 주동을 만나 한 칼에 죽게 되고 증괴는 동채로 달아나다가 난군 가운데 밟혀 죽었다. 소정은 죽기를 무릅쓰고 북문을 빠져 나갔으나 노지심, 무송이 뒤를 쫓고 사진, 양지가 앞을 막아 난전 속에 죽고 말았다.

이 때 사문공은 천리마 조야옥사자를 급히 몰아 서문으로 향하여 홀로 달려 나갔다. 그러나 이 어인 일인가? 검은 안개가 사면을 자옥이 덮어 도무지 동서를 분별할 수 없었다.

황황한 가운데 10여 리를 달려갔을 때 별안간 바라 소리가 어지러이 일어나며 등 뒤에서 5백 명 군사가 아우성 속에 나오는데 앞을 선 장수는 곧 노준의였다. 사문공이 깜짝 놀라 말을 몰아 길을 찾아 나가려 할 때 연청이 앞을 막고 노준의가 뒤를 쫓았다.

"네 이놈! 어디로 달아나려느냐!"

노준의가 한 소리 외치며 박도로 내리치자 사문공은 미처 손을 놀릴 사이가 없어 다리에 한칼을 맞고 그대로 말 아래 떨어졌다.

노준의는 군사를 꾸짖어 사문공을 단단히 결박해 앞세웠다. 연청은 조야옥사자를 끌고 뒤를 따라 함께 증두로 들어갔다.

조야옥사자를 보고 송강은 크게 기뻐했으나 노준의의 손에 사로잡혀 들어오는 사문공을 보는 순간 얼굴에 일순 어두운 그림자가 스쳤다.

먼저 증승을 본채에서 베어 버리고 증가 일문의 노소를 하나 남김없이 주륙한 후 금은보화와 무기와 양식을 모조리 수레에 실어 양산박으로 돌아오는데 사문공은 함거에 가두어 산채까지 압령하였다.

송강 이하로 뭇 두령이 모두 충의당 위에 모여 조 천왕의 영전에 뵈이는데 제문을 지어 제를 올리고 일제히 발상한 다음 사문공의 배를 가르고 간을 내어 바쳤다.

송강은 다시 충의당 위에 뭇 두령들과 함께 앉아 양산박 주인 세우기를 의논했다. 군사 오용이 먼저 입을 열었다.

"역시 형님께서 제일좌 교의에 앉으시고 노 원외가 차석이 되고 그 밖의 다른 두령들은 다 예전대로 지내는 것이 좋을까 합니다."

그러자 송강이 말했다.

"전일에 조 천왕이 유언하시기를 누구를 막론하고 사문공을 잡는 사람으로 산채의 주인을 삼으라 하신 터가 아니오? 오늘날 노 원외가 이 도적을 사로잡아 원수를 갚고 한을 풀었으니 떳떳이 제일좌 교의에 앉아야 할 것이라. 군사는 다시 그런 말을 마오."

말을 듣고 노준의가 입을 열었다.

"이 사람은 덕도 박하고 또 재주도 없소. 산채의 주인이 되다니 될 뻔이나 한 말씀입니까. 말석에 앉는 것도 오히려 과분한 일이외다."

송강은 뭇 두령을 향하여 말했다.

"내가 겸사하여 하는 말이 결코 아니오. 내가 도저히 원외만 못한 점이 세 가지가 있으니, 첫째로 나는 키가 작고 인물이 보잘것이 없는데 원외는 일표 당당하고 일신이 늠름하니 여러 형제가 다 미치지 못할 일이오. 둘째로 나는 아전 출신으로 죄를 짓고 도망해 다니다가 여러 형제의 덕택으로 잠시 이 자리에 앉았으나 원외로 말하면 부유한 집안에 귀히 자라나 호걸의 풍채가 있으니 이도 여러 형제가 미치지 못하는 일이오. 셋째로 나는 문으로 말하거나 무로 말하거나 특히 내세울 것이 없으나 원외는 힘이 만 사람을 능히 대적하고 고금을 환히 통했으니 여러 형제가 더욱 미치지 못할 일이오. 원외가 이렇듯 재능이 있으니 산채의 주인으로 모시는게 마땅할 것이오."

말을 마치며 곧 노준의를 돌아보았다.

"송강이 이미 마음을 정한 터이니 원외는 사양하지 마시오."

노준의는 곧 땅에 엎드려 말했다.

"형장은 다시 그런 말씀을 하지 마십시오. 이 사람이 비록 죽는 한이 있다 하더라도 그 말씀에는 좇지 못하겠소."

그의 말이 끝나자 오용은 뭇 두령을 향하여 넌지시 눈짓하고 한마디 했다.

"아까 내 말씀대로 형님이 주인이 되시고 원외가 버금이 된다면 모든 형제들이 다 심복하겠지만 이렇듯 여러 번 사양하시면 다들 마음이 편치 않을 것이오."

좌상에 이규가 벌떡 일어나며 큰 소리로 외쳤다.

"내 강주에서 목을 내놓고 형님을 구해 내어 함께 산에 올라온 뒤로 형님을 산채 주인으로 섬겨 온 터에 오늘날 이렇게 남에게 자리를 사양하지 못해 애쓸 일이 뭐요? 나는 하늘도 두렵지 않고 땅도 무섭지 않은 사람이라 마음에 있는 대로 말을 하오. 왜 공연히 거짓말로 사양을 하는 체 그러는 게요? 자꾸 그러면 우리들은 모두 뿔뿔이 헤어져 버리겠소!"

행자 무송이 또한 오용의 눈짓을 보고 나서서 말했다.

"형님 수하에 허다한 사람이 태반은 다 조정 명관인데 다른 사람은 다 제쳐 두고 유독 원외 한 사람만 가지고 이러시는 뜻은 무엇이오?"

유당이 또한 큰 소리로 말했다.

"당초에 우리 일곱 사람이 산에 왔을 때 형님을 산채의 주인으로 모실 뜻이 있었던 것인데 오늘날에 이르러 도리어 뒤에 들어온 사람에게 사양할 게 없지 않소."

노지심도 한마디 했다.

"형장이 공연한 고집을 부리신다면 우리는 다 이 자리에서 그만 떠나 버리고 말겠소."

여러 사람이 이렇듯 말하는 것을 듣고 송강은 조용히 입을 열었다.

"여러 형제가 하는 말은 잘 알겠소. 이미 그러하다면 좋은 수가 있으니 이 일을 어떻게 정해야 옳을지 한번 하늘에 알아보도록 합시다."

"하늘에 알아보다니 어떻게 하시는 말씀인가요?"

오용이 묻자 송강이 말했다.

"지금 산채에 전량이 부족한데 우리 양산박 동편에 있는 동평부와 동창부 두 고을이 모두 부유한 곳이오. 이제 그 두 고을로 가서 전량을 취하여 오기로 하되 제비 두 개를 만들어서 나하고 노 원외하고 뽑아 누구든지 먼저 공을 이루는 사람으로 산채의 주인을 삼는 것이 좋을 듯한데 여러 형제의 뜻은 어떠하오?"

오용이 곧 이어 말했다.

"그거 참 좋은 말씀이오."

즉석에서 찬성하는데 노 원외는 머리를 흔들었다.

"구태여 그렇듯 번거로이 하실 일이 아니외다. 형님이 그대로 주인이 되시면 이 사람은 삼가 영을 좇으리다."

그러나 송강은 그의 말을 듣지 않고 곧 철면공목 배선을 불러 제비 두

개를 만들게 한 다음 하늘을 우러러 암축하고 노준의와 더불어 하나씩 집어서 펴 보았다.

송강에게는 동평부가 걸리고 노준의는 동창부였다. 곧 연석을 베풀고 모든 사람이 말없이 술잔을 기울이다가 석상에서 인마를 분발했다.

송강의 부하는 임충, 화영, 유당, 사진, 서녕, 연순, 여방, 곽성, 한도, 팽기, 공명, 공량, 해진, 해보, 왕영, 호삼랑, 장청, 손이랑, 손신, 고대수, 석용, 욱보사, 왕정륙, 단경주 등 대소 두령 스물다섯 명에 마보군 1만이고 수군 두령은 원소이, 원소오, 원소칠이었다.

노준의의 부하는 오용, 공손승, 관승, 호연작, 주동, 뇌횡, 삭초, 양지, 단정규, 위정국, 선찬, 학사문, 연청, 양림, 구붕, 능진, 마린, 등비, 시은, 번서, 항충, 이곤, 시천, 백승 등 대소 두령 스물다섯 명에 역시 마보군이 1만이며 수군 두령은 이준, 동위, 동맹이었다.

그리고 나머지 두령은 산채를 지키기로 했다.

6. 쌍창장(雙槍將) 동평(董平)

때는 바로 춘삼월이라 날은 따뜻하고 바람은 고르며 풀은 푸르고 땅은 물러 바야흐로 시살하기에 좋았다.

한날 한때에 산을 내려와 노준의는 뭇 두령과 함께 동창부로 향하고 송강은 군사를 이끌어 동평부를 향하여 떠났다.

송강은 동평부에서 상거 40리 되는 안산진이란 곳에 군사를 주둔하고 먼저 성중에 격서를 전하러 갈 사람을 물으니 장하에서 욱보사와 왕정륙이 나와 저희들이 가겠다고 자원한다.

송강은 크게 기뻐 만일에 성을 들어 항복하고 군량을 꾸어 주겠다면 군사를 움직이지 않겠으나 그렇지 않을 때에는 성을 쳐서 만민을 주륙하리라는 뜻으로 격서를 꾸며 두 사람에게 주어 보냈다.

그 무렵 동평부 태수 정만리는 송강이 군사를 일으켜 안산진에 이르렀다는 말을 듣고 본부 병마도감을 청하여 의논하고 있었다. 그 때 군사가 들어와 보고하되 송강이 사람을 시켜 격서를 보내 왔다고 한다.

태수가 곧 불러들이라 하여 계하에서 올리는 격서를 받아 보고는 곁에 앉은 병마도감을 돌아보았다.

"이놈이 우리더러 군량을 꾸어 달라고 하니 어찌 할꼬?"

이 병마도감은 본래 하동 상당군 사람으로 성은 동이고 이름은 평인데 쌍창을 잘 쓰는 까닭에 남들이 불러 쌍창장이라 하니 실로 만부부당지용이 있었다.

"아니, 이놈들이 쳐 들와서 감히 군량을 꾸어 달라고 하다니!"

동평은 크게 노하였다.

"저놈들을 얼른 끌어내어다 한칼에 베어라!"

군사들에게 호령하니 정 태수가 급히 손을 들어 말렸다.

"예로부터 두 나라가 서로 다툴 때 사자를 베는 법이 없으니 곤장 스무 대를 쳐서 돌려보내 저희가 어찌 하는가를 보기로 하세."

마침내 욱보사와 왕정륙 두 사람을 땅에 엎어 놓고 각각 곤장 스무 대를 치니 가죽이 찢어지고 살이 으스러져 유혈이 낭자했다.

두 사람이 돌아와 울며 송강에게 호소하자 송강은 크게 노하였다. 우선 욱보사와 왕정륙을 산채로 올려 보내 조리하게 하고 뭇 두령들을 모아 동평부를 쳐 부술 일을 의논했다.

구문룡 사진이 앞으로 나와 말했다.

"제가 전일에 동평부에 있을 때 이수란이라는 창기와 가까이 지낸 일이 있소이다. 이제 금은을 많이 가지고 가만히 성내로 들어가 그 계집의 집을 빌어 은신하고 날짜를 약속하여 성을 치시면 동평이 군사를 이끌고 나갈 것이라 그 때 제가 누상으로 올라가서 불을 놓아 신호를 하면 대사를 가히 이룰까 하는데 형장의 의향은 어떠하십니까?"

"그 참 좋은 계교요."

송강이 즉석에서 좋다 하여 사진은 그 날로 금은을 보따리에 싸 들고 몸에 무기를 감춘 다음 성내로 들어갔다.

서와자에 있는 이수란의 집을 찾아가니 먼저 그 아비가 나와 보고 깜짝 놀라 안으로 청하여 들여 딸과 서로 보게 했다. 이수란은 사진을 누상으로 끌고 올라가 마주 대하고 앉자 곧 물었다.

"소문에 들으니 양산박에 올라가 두령이 되었다고 하더군요. 관사에서 방을 내붙이고 잡으려 한다던데 여기는 어떻게 왔어요?"

사진이 대답했다.

"내 자네에게 속이지 않고 말함세. 지금 양산박에 들어가 두령으로 있는데 이번에 송 공명 형님이 이 고을을 쳐서 군량을 꾸어 가겠다고 하기에 내가 자원해서 첩자로 들어온 걸세. 여기 약간 금은을 가지고 온 게 있으니 받아 두게. 그리고 행여나 내가 자네 집에 와 있다는 말은 입 밖에 내지 말게. 이번에 일이 뜻대로만 되면 내 자네를 데리고 산으로 올라가 한번 호강을 시켜 줌세."

듣고 나자 이수란이 웃었다.

"내가 인제 팔자가 늘어지나 보다. 호호호!"

모호하게 한마디 한 후 금은을 싼 보따리를 받아 가지고 안으로 들어가서 저의 어미에게 주고 사진의 일을 이야기했다.

듣고 나자 어미가 말했다.

"제가 우리 집에 손님으로 드나들 적에는 좋은 사람이었지만 지금은 나라의 죄인이니 만약 일이 드러나게 되면 이 노릇을 어찌 한단 말이냐?"

아비가 곁에서 말했다.

"그건 그렇지만 양산박 패들이 여간 기세가 성하지 않으니 저들 손에 이 고을이 함락될지도 모를 일이야. 그걸 생각하면 무턱대고 괄시할 수도 없지."

어미가 그 말에 화를 버럭 냈다.

"늙은 게 무얼 안다고 떠들어! 상말에도 벌이 품에 들면 옷을 풀어 헤치라고 했는데 한시바삐 관가로 들어가서 고해야 죄가 없지 무슨 당치도 않은 소리야!"

그래도 아비는 다시 말했다.

"우리가 저 사람한테 이렇듯 많은 돈을 받았으면서 뒤로 밀고하는 것이 너무나 인정에 박하지 않을까?"

"그 방귀 같은 소리 좀 하지 말우. 예로부터 창기들이란 으레 사내들을 천 명이고 만 명이고 함정에다 빠뜨리게 마련인데 저 하나를 아껴? 임자가 정 관가에 안 들어가겠다면 내가 들어가 고할 테니 알아서 해."

아비는 하는 수 없어 딸을 보고 말했다.

"그럼 너는 어서 다락에 올라가 있거라. 내 곧 가서 공인을 데리고 올 테니 그 동안 털끝만치라도 수상한 눈치를 보이지 말아야 한다."

은근히 당부하고 밖으로 나갔다.

이수란이 다시 다락 위로 올라와서 사진을 대접하는데 얼굴이 붉으락푸르락하니 태도가 심상치 않았다.

"왜 무슨 근심스런 일이라도 있나? 아주 얼굴빛이 좋지 못 하네."

사진은 괴이하게 생각하여 한마디 물었다.

"아녜요. 지금 여길 올라오다가 층계를 잘못 디뎌 하마터면 떨어질 뻔해서 가슴이 그저 두근두근하는군요."

사진은 계집이 그럴싸하게 대답하는 말에 다시 묻지 않고 술잔만 기울였다.

그로써 오래지 않아 바깥이 술렁술렁하며 수십 명 공인의 무리가 안으로 들이닥쳤다. 너무나 뜻하지 아니한 일에 사진은 손 한 번 변변히 놀려보지 못하고 결박당하여 관사로 끌려 들어갔다.

태수는 그를 계하에 꿇려 놓고 친히 문초했다.

"네 이놈, 담도 크구나. 감히 단신으로 첩자가 되어 여길 들어오다니. 만일 이수란이 아비가 고하지 않았더라면 성내 백성들이 큰 화를 입을 뻔했구나. 송강 그놈이 어째 너를 보냈으며 여기 들어와 무슨 일을 하려고 했는지 어서 사실 대로 말을 하여라!"

그러나 사진은 입을 봉하여 도무지 말이 없었다. 동평이 곁에 있다가 아뢰었다.

"저놈이 아무래도 매를 좀 맞아야 사실 대로 말을 할까 봅니다."

태수는 곧 좌우에게 호령하여 매우 치게 하였다.

옥졸의 무리가 달려들어 먼저 사진의 두 넓적다리에다 찬물을 끼얹고 계속하여 곤장 백 대나 쳤다. 그러나 사진은 끝내 입을 봉하여 말이 없었다.

태수는 하는 수 없이 그대로 옥에 가두게 하고 앞으로 송강을 잡는 대로 함께 동경으로 올려 보내기로 동평과 의논을 정하였다.

한편, 송강이 사진을 보내 놓고 그 연유를 적어 노준의 진중에 있는 오용에게 기별하니 오용은 보고 크게 놀랐다.

'원 세상에, 창기를 끼고 대사를 도모하는 데가 어디 있담?'

곧 노준의에게 말하고 오용은 밤을 새워 송강의 진중으로 달려왔다. 송강으로부터 다시 자세한 말을 듣고 오용이 말했다.

"자고로 창기라 하는 것은 마음이 물 같아서 정한 주견이 없고 또 목전의 이해만 생각하여 의를 돌보지 않는 터이니 이번에 사 두령이 반드시 실수가 있을 게요."

한편, 병마도감 동평이 태수를 보고 말했다.

"이제 군사를 거느리고 성 밖으로 나가 도적을 잡을까 합니다."

태수는 이를 허락했다.

동평은 곧 군마를 거느리고 성을 나가 바로 송강의 영채를 향해 짓쳐 들어갔다. 군사가 나는 듯이 이를 영채로 달려가 보고하자 송강은 즉시 삼군에 영을 전하고 나와서 맞았다.

양편 군사가 서로 만나 진을 벌이고 나자 동평이 말을 몰고 나오니 송강은 진전에서 동평의 인물됨을 보고 마음에 은근히 사랑하기를 마지않았다.

송강은 곧 한도에게 명하여 나가 싸우게 했다. 한도가 창을 꼬나 잡고 말을 몰아 나가서 싸우는데 동평의 창법이 과연 신출귀몰했다. 한도가 능히 대적하지 못하는 것을 보고 송강은 다시 서녕을 시켜서 나가 싸움을 돕게 했다.

서녕이 구겸창을 비껴 들고 내닫자 한도는 곧 몸을 빼쳐 돌아왔는데 서녕도 동평과 어우러져 싸우기 50합에 이르러서는 점점 창법이 어지러워졌다.

이를 보고 송강이 급히 바라 쳐서 군사를 거두니 동평은 곧 쌍창을 춤추며 말을 몰아 진중으로 짓쳐들어왔다.

송강이 곧 채찍을 들어 한 번 가리키자 사면에서 군마가 일시에 일어나 동평을 향해 짓쳐들어갔다.

송강은 높은 곳에 올라 동평을 진 속에 몰아넣고 동으로 달아나면 동쪽을 가리키고 서로 달아나면 서쪽을 가리키면서 그를 쳤다.

그러나 동평은 조금도 어려워하는 빛이 없이 쌍창을 꽃잎 흩날리 듯하며 포위를 뚫고 마치 무인지경을 가듯 빠져 나가 군사를 거두어 성내로 들어갔다. 송강은 곧 군사를 몰아 성 아래 이르러 진을 쳤다.

이튿날 송강은 싸움을 청했다. 동평은 크게 노하여 곧 갑옷 입고 투구 쓰고 말에 올라 성 밖으로 나갔다.

송강은 문기 아래 서 있다가 큰 소리로 말했다.

"내 수하에 맹장이 천 명이고 용병이 십만이다! 너희 조그만 고을로 어찌 당하겠느냐? 빨리 항복하여 목숨들이나 살도록 하라!"

이번에는 동평이 소리를 가다듬어 외쳤다.

"도적놈이 어찌 감히 큰말을 하느냐?"

한마디 꾸짖고 즉시 쌍창을 춤추며 내달아 바로 송강을 취하려 했다. 화영, 임충 두 장수가 내달아 그를 맞았다.

그러나 세 합이 못 되어 두 장수가 패하여 달아나니 송강 또한 말 머리를 돌려 달아나고 군사들도 모두 사면으로 어지러이 흩어져 도망했다.

동평은 위용을 자랑하며 말을 채쳐 송강의 뒤를 급히 쫓았다. 쫓고 쫓기어 10여 리를 가니 한 촌락이 나서는데 양편이 모두 초가이고 한가운데로 길이 나 있었다.

송강은 미리 계교를 정해 왕영, 호삼랑, 장청, 손이랑 네 두령으로 하여금 양편 초옥에 군사를 매복시킨 다음 길에다 그물을 깔고 그 위에 흙을 덮어 동평이 이르거든 곧 그물을 일시에 들어 그를 사로잡기로 했던 것이다.

동평은 이 계교를 모르고 송강의 뒤를 급히 쫓아 이 곳에 이르자 바라소리 크게 일어나며 그물이 일시에 일어났다.

말이 놀라 뛰는 서슬에 동평은 땅에 떨어지고 말았다. 좌편에서 왕영, 호삼랑이 달려 나오고 우편에서 장청, 손이랑이 내달아 동평의 의갑과 투구와 쌍창을 모조리 빼앗고 단단히 결박을 지운 다음에 송강 앞으로 끌고 갔다.

송강은 나무 그늘 아래 말을 세우고 서 있다가 군사들이 동평을 잡아 오자 곧 소리를 가다듬어 꾸짖었다.

"내 너희들더러 동 장군을 모시고 오랬지 누가 이렇게 무례히 묶어 오랬더냐?"

송강은 황망히 말에서 뛰어내려 몸소 그 묶은 줄을 풀어 준 다음 금포를 벗어 동평에게 입히고 그 앞에 정중히 절을 드렸다. 동평은 황망히 답례했다.

송강이 그에게 말했다.

"만약 장군께서 미천한 것을 버리지 않으시겠다면 받들어 산채의 주인을 삼으오리다."

동평이 대답했다.

"소장은 사로잡힌 사람이라 만 번 죽어도 오히려 모자라는데 산채의 주인이 당한 말씀입니까?"

송강은 다시 말했다.

"산채에 양식이 부족하여 동평부로 꾸러 온 길이지 다른 뜻은 조금도 없소이다."

동평이 말했다.

"정만리 그자가 백성들을 들볶고 무관을 우습게 알아 항상 불만이 있는 터입니다. 의심하지 않고 이 동평을 놓아 주신다면 곧 가서 성문을 속여 열고 성내로 들어가 전량을 취하여 오리다."

송강은 크게 기뻐하며 의갑과 군기 마필이며 일행 인마를 다 돌려준 다음 동평은 앞에 있고 송강은 뒤에 있어 군사를 거느리고 가만히 동평부 성 아래로 갔다.

동평이 말을 멈추고 서서 문을 열라고 큰 소리로 외치자 성 안에 있는 군사가 불을 비추어 살펴보니 과연 동 도감이라 의심치 않고 성문을 활짝 열었다. 송강은 동평의 뒤를 따라 인마를 재촉하여 풍우같이 성내로 달려 들어갔다.

송강은 옥을 깨뜨려 사진을 구해 낸 다음 부고를 열어 금은보옥과 허다한 양미를 내어 모두 수레에 싣고 양산박으로 올려 보냈다.

사진은 옥에서 나오자 곧 사람을 데리고 이수란의 집으로 가서 그 일문 노소를 모조리 죽여 한을 풀었다.

7. 몰우전(沒羽箭) 장청(張淸)

송강은 동평부를 함몰하고 승전고를 울리며 회군 길에 올랐다. 일행 인마가 성에서 40리 떨어진 안산진에 이르렀을 때 뜻밖에도 노준의를 따라 동창부를 치러 갔던 백일서 백승이 말을 달려와서 보했다.

"노 원외가 동창부를 치다가 계속하여 두 번을 패했습니다. 성내에 창덕부 출신으로 장청이란 장수가 있는데 돌을 날려 사람을 치면 참으로 백발백중이라 작호가 몰우전이랍니다. 수하에 또 부장 둘이 있어 하나는 공왕이라 하여 비창을 잘 쓰고 하나는 정득손이라 하여 비차를 잘 씁니다. 우리가 저들과 몇 차례 싸웠으나 번번이 장청이 던지는 돌에 맞아 두령들이 상하고 싸움은 계속 패하고 있습니다. 그래 군사가 나더러 형님께 가서 구원을 청해 오라 해서 이렇게 달려온 길입니다."

"노 원외가 어찌 이리 연분이 박할까? 내가 특별히 오 학구와 공손승 두 두령을 제게 딸려 보낸 까닭은 아무쪼록 일찍 공을 이루도록 바라고 한 노릇인데 또 저렇듯 적수를 만나 이기지 못한다니 딱한 노릇이로군."

재삼 탄식하고 송강은 곧 삼군을 거느려 동창부로 갔다.

노준의의 대채에 이르러 서로 보고 바야흐로 동창부 칠 일을 의논할 때 군사가 급히 들어와 몰우전 장청이 또 나와서 싸움을 돋운다고 보했다.

송강은 노준의와 함께 대소 두령을 거느리고 아래로 나아갔다. 북소리가 크게 울리는 곳에 장청이 정득손과 공왕을 데리고 나와 손을 들어 송강을 가리키며 소리를 가다듬어 꾸짖었다.

"도적이 어찌 우리 구역을 침범하는가!"

송강은 좌우를 돌아보고 물었다.

"누가 나가서 싸울꼬?"

한 장수가 말을 달려 나가니 곧 서녕이었다. 서녕이 장청과 어우러져 싸우기 대여섯 합에 장청이 문득 말 머리를 돌려 달아났다. 서녕이 구겸창을 꼬나 잡고 그 뒤를 급히 쫓는데 장청이 창을 왼손으로 바꾸어 들고 오른손으로 자루 속에서 돌 한 개를 집어 서녕의 얼굴을 향하여 한 번 던지니 바로 들어맞아 서녕이 미간에 돌을 맞고 말 아래로 떨어졌다.

송강 진영에서 여방, 곽성 두 장수가 급히 내달아 서녕을 구하여 돌아오기는 했으나 기세는 크게 꺾였다.

송강이 다시 좌우를 돌아볼 때 한 장수가 장령도 기다리지 않고 내달으니 팽기였다. 팽기가 삼첨양인도를 휘두르며 나가는데 장청이 돌을 던져 그의 칼을 맞혔다.

팽기가 감히 싸울 생각을 못하고 돌아오니 이 때 노준의의 등 뒤에서 한 장수가 또 벽력같이 호통 치며 내달았다. 선찬이었다. 선찬이 장청을 향하여 말을 몰아 나가자 장청의 손이 번뜻 하더니 돌 한 개가 날아 선찬의 입을 바로 맞췄다. 선찬이 말에서 떨어져 십분 위태로운 목숨을 여러 장수가 일제히 내달아 구해 가지고 돌아왔다.

여러 장수가 연달아 패하는 것을 보자 송강은 크게 노하여 칼을 들어 자기가 입은 전포 자락을 찢고 외쳤다.

"내 만일에 이 도적을 잡지 못하면 맹세코 돌아가지 않으리라!"

쌍편 호연작이 이 말을 듣고 격동되어 분연히 척설오추마를 몰아 나아갔다.

"이놈, 장청아! 네 호연작을 아느냐?"

큰 소리로 외치니 장청이 맞받았다.

"나라를 욕되게 한 패장이 무슨 낯으로 감히 나와서 큰소리를 치느냐!"

장청은 꾸짖기를 마치자 돌을 날렸다. 호연작은 강편을 들어 막다가 팔을 맞고 싸울 뜻이 없어 돌아왔다. 송강은 좌우에 늘어선 장령들을 돌아보고 물었다.

"마군 두령들은 이미 패하였으니 보군 두령 가운데 나가 싸울 사람은 없나?"

소리에 응하여 한 장수가 내달으니 곧 유당이었다. 유당이 박도를 휘두르며 진전으로 나서니 이를 보고 장청은 입을 벌려 크게 웃었다.

"마군도 다 패하여 들어가는데 보군이 무얼 믿고 내닫느냐!"

유당은 크게 노하여 한달음에 뛰어 장청을 취하려 했다. 그러나 장청은 짐짓 싸우지 않고 말 머리를 돌려 본진으로 돌아간다. 유당이 급히 그 뒤를 쫓아 바야흐로 그가 탄 말을 찍으려 할 때 말이 뒷발을 들어 유당을 차며 꼬리로 얼굴을 후려친다. 유당이 놀라서 흠칫 뒤로 물러나자 벌써 돌이 날아들어 유당을 맞히어 땅에 자빠뜨렸다. 장청의 군사들이 내달아 유당을 사로잡아 진중으로 들어갔다.

이를 보고 송강은 큰 소리로 외쳤다.

"누가 나가서 유당을 구할꼬?"

이 때 한 장수가 말을 채쳐 진전으로 나서니 곧 양지였다. 장청의 손이 또 한 번 번뜻 하자 돌이 날아든다. 양지가 눈이 빨라 이를 보고 몸을 기울여 피하니 연달아 돌이 또 들어오며 그의 투구를 맞히었다.

양지는 싸울 뜻이 없어 그대로 안장에 엎드려 돌아오니 이를 보고 두 장수가 일시에 좌우에서 내달았다. 곧 우편은 주동이고 좌편은 뇌횡이었다.

장청은 껄껄 웃었다.

"한 놈으로는 당할 수 없어 두 놈이 한꺼번에 나오는구나! 그러나 열 놈이 오면 무얼 하겠느냐!"

돌 두 개를 손에 감추어 들고 있다가 먼저 뇌횡의 이마를 맞히고 다음에 주동의 목을 맞히어 두 장수가 모두 땅에 쓰러졌다.

이를 보고 대도 관승이 크게 노하여 청룡도를 춤추며 적토마 급히 몰아 주동과 뇌횡을 구하여 돌아오는데 또 돌 한 개가 날아들었다. 관승이 번개같이 청룡도를 들어 막으니 화광이 방출하는데 관승도 싸울 마음이 없어 그대로 돌아왔다.

이 모양을 보고 동평이 속으로 생각했다.

'내 이제 새로이 항복한 터이니 한 번 크게 수단을 보여 뭇 두령들을 놀라게 하리라.'

곧 쌍창을 비껴 잡고 나는 듯이 진전으로 나가니 장청이 소리를 가다듬어 꾸짖었다.

"네 나와 이웃 고을에 있어 함께 병마를 통솔해 온 터에 이제 조정을 배반하고 도적이 되다니 부끄럽지도 않느냐?"

동평은 그 말에 아무 대꾸 않고 말을 채쳐 달려들어 서로 싸우기 대여섯 합에 문득 장청이 말 머리를 돌려 달아났다.

"네 다른 사람은 맞혔지만 나도 맞힐 듯싶으냐?"

동평이 큰 소리로 외치며 뒤를 급히 쫓는데 장청은 창을 요사환에 걸며 곧 돌 한 개를 꺼내 바로 동평의 얼굴을 향해 던졌다. 동평은 몸을 굽혀 날아드는 돌을 피했다. 장청이 마음이 급할때에 동평의 말이 풍우같이 들어오며 쌍창이 일시에 장청의 뒤를 찌르려 했다. 장청은 번개같이 몸을 틀어 들어오는 창을 피하며 곧 두 손으로 동평의 어깨를 잡아 그대로 말 아래 내리치려 했다. 동평이 또한 마주 팔을 잡고 서로 한 덩어리가 되어 떨어지지 않았다.

송강 진상에서 이 광경을 본 삭초가 금잠부를 높이 들고 내달으니 장청 진상에서 공왕과 정득손이 한꺼번에 마주 나와 삭초와 어우러져 싸웠다.

이렇듯 동평은 장청과 싸우고 삭초는 공왕, 정득손 두 장수와 서로 싸워 좀처럼 승부가 나뉘지 않을 때 송강 진상에서 임충, 화영, 여방, 곽성 네 장수가 일시에 내달았다.

장청은 형세가 이롭지 않은 것을 보자 동평을 버리고 말을 달려 본진으로 돌아갔다. 동평은 분연히 그 뒤를 쫓았다.

"받아라!"

장청이 한 소리 외치자 소리보다 먼저 돌이 날아들었다. 동평은 급히 피하려 했으나 살같이 들어오는 돌에 귓전을 맞고 그대로 말을 돌려 본진으로 돌아왔다.

이를 보고 삭초는 공왕, 정득손 두 장수를 버리고 장청을 향하여 적진으로 뛰어들었다. 장청의 손이 다시 한 번 번뜻 하며 유성처럼 날아오는 돌이 삭초의 뺨을 맞혔다. 삭초는 뺨이 터져 피를 흘리며 본진으로 돌아왔다.

이 때 한편에서는 임충과 화영이 공왕을 둘러싸고 치다가 사로잡아 돌아오니 또 한편에서는 여방, 곽성 두 장수가 정득손을 에워싸고 쳐서 마침내 사로잡아 돌아왔다.

장청은 문기 아래서 두 장수가 적진에 잡혀 들어가는 광경을 보고도 감히 나서서 구하지 못했다.

송강은 군사를 거두어 돌아오자 사로잡은 공왕, 정득손 두 장수를 함거에 실어 산채로 보내고 노준의와 오용을 돌아보며 말했다.

"오늘 장청이 우리 대장 여럿을 한때에 상하게 하였으니 그 수단이 참으로 놀랄 만하오. 군사는 무슨 묘계로 이 사람을 사로잡으면 좋을지 생각을 좀 해 주오."

오용이 말했다.

"형장은 아무 근심 마시오. 내 이미 계교를 정한 바가 있소이다."

그러고는 곧 돌에 상한 두령들을 산채로 올려 보내 상처를 조리하게 하고 노지심, 무송, 손립, 황신, 이립으로 하여금 수군을 이끌고 내려와 수륙 병진하여 계교를 행하게 했다.

한편, 장청은 태수와 마주 앉아 앞으로 싸울 일을 의논했다.

"우리가 비록 두어 번을 이기기는 했으나 저들의 병력을 별로 상하게 하지 못했으니 서둘러 사람을 보내서 적정을 탐지해 본 뒤에 무슨 도리를 차리는 것이 마땅할까 봅니다."

태수가 그 말을 옳이 여겨 바야흐로 사람을 보내려 할 때 군사가 들어와 보했다.

"대체 어디에서 오는 군량인지는 모르오나 서북쪽에서 양식을 가득 실은 수레가 백여 채나 뒤를 이어 들어오고 또 강 위로도 양식 실은 배가 백 척가량 들어오고 있습니다."

태수와 장청은 혹시 적의 간계나 아닐까 의심하여 다시 자세히 알아보게 했더니 이튿날 소교가 돌아와서 보했다.

"수레에 실은 것이 모두 틀림없는 양식이고 배에는 위를 덮어 잘 알 수는 없으나 역시 군량인 듯싶습니다."

장청은 더 의심하지 않고 군사들을 배불리 먹인 다음 갑옷 입고 투구 쓰고 손에는 장창을 들어 말 위에 높이 올라 군사 2천 명을 거느려 가만히 성문을 열고 나가니 이 날 밤에 월색이 교교하고 별빛이 찬란했다.

10리를 다 못 가서 앞을 바라보니 한 떼의 수레가 오는데 수레 위에 '수호채 충의량'이라 큰 글씨로 쓴 기를 꽂고 노지심이 어깨에 철선장 메고 앞을 서서 가고 있었다.

장청은 곧 금대에서 돌을 하나 꺼내 그를 노리고 던졌다. 노지심은 뒤에 따라오는 장수가 있는 줄은 알았지만 돌 던지는 수단이 귀신 같은 줄은 몰라 전혀 방비를 않고 가다가 뒤통수에 돌을 맞았다.

"에쿠!"

한 소리 지르며 그대로 쓰러지니 장청의 수하 군사들이 고함치며 내달아 사로잡으려 했다. 무송이 앞서 가다 이를 보고 달려와 죽기로써 구해 내어 수레를 버려 두고 달아났다.

장청은 양식 실은 수레를 모조리 성 안으로 옮겨 놓고 다시 군사를 거느려 성을 나갔다. 강으로 가서 배에 실은 군량도 마저 빼앗아 올 요량이었다.

장청이 남문을 나가 바라보니 강 위에 양식 실은 배가 이루 그 수효를 모를 지경이었다. 장청은 크게 기뻐하며 군사를 몰아 물가로 짓쳐 나가는데 문득 난데없는 검은 안개가 자욱하게 끼며 마보 군인이 서로 얼굴을 대하고도 볼 수가 없었다. 이는 일청도인 공손승이 도술을 행하기 때문이었다.

장청이 마음에 황망하여 나아가지도 물러가지도 못할 때 사면에서 함성이 크게 일어나며 임충이 철기를 이끌고 풍우같이 몰려들어 장청의 군사를 모조리 물 속에다 몰아넣었다.

강 위에는 이준, 장횡, 장순, 원소이, 원소오, 원소칠, 동위, 동맹의 여덟 수군 두령이 일자로 벌려 서 있었다.

장청이 아무리 용맹무쌍하나 벗어날 도리가 없어 드디어 원가 삼형제에게 사로잡히고 말았다.

장청이 이미 붙잡혔으니 태수가 제 어찌 홀로 성을 지키겠는가. 양산박 군사들이 아우성치며 달려들어 마침내 성문을 깨뜨리고 조수처럼 몰려 들어갔다.

먼저 부고의 전량을 풀어 반은 산채로 올려 보내고 반은 부중 백성들에게 나누어 주었다. 태수는 청렴한 사람으로 평소에 추호도 백성에게 폐해를 준 일이 없는 까닭에 해하지 않았다.

송강이 정청 위에 올라가 앉자 수군 두령이 장청을 잡아 가지고 들어왔다. 그를 보자 두령 가운데 그에게 돌로 맞아 상한 무리들이 저마다 이를 갈며 죽이려 했다.

송강은 급히 이를 말리고 장청을 묶은 줄을 풀어 주며 손을 이끌어 청상으로 올려 앉히고 죄를 사례했다.

"장군, 내 그릇 호위를 범했으니 부디 허물 마시오."

그의 말이 미처 끝나기 전에 계하에서 머리를 수건으로 동여맨 노지심이 철선장을 꼬나 잡고 올라왔다. 송강은 앞으로 나서서 이를 막고 꾸짖어 물리쳤다.

장청은 의기에 감동하여 마침내 항복하기를 청했다. 송강은 화살을 꺾어 맹세하고 뭇 두령들에게 말했다.

"이제 이미 형제가 되었는데 만약 다시 원수를 갚으려 드는 사람이 있다면 하늘이 반드시 도우시지 않을 게요."

두령들은 모두 말이 없었다.

이에 군사를 수습하여 양산박으로 돌아가기로 하는데 장청이 한 사람을 천거했다.

"이 고을에 수의 황보단이 있습니다. 이 사람이 말을 잘 보고 또 온갖 짐승의 병을 잘 고쳐 침과 약을 쓰면 아니 낫는 병이 없는데 수염이 하도 탐스러워 남들이 자염백이라 부르지요. 이 사람을 청하여 함께 산채로 올라가시는 것이 어떠하리까?"

"우리 산채에 꼭 그런 사람이 필요하오."

송강이 장청을 시켜 황보단을 청하여 보니 과연 풍모가 뛰어났다. 송강은 기뻐하며 함께 산에 오르기를 청하자 황보단이 쾌히 응낙했다.

곧 뭇 두령에게 영을 전하여 무기, 양식, 금은을 수습하여 떠나게 하고 송강은 장청, 황보단과 함께 뒤따라 산채로 올라갔다.

양산박 충의당 위에 올라 먼저 사로잡았던 공왕과 정득손을 불러내어 좋은 말로 위로하니 두 사람이 또한 절하여 항복을 했다.

이리하여 이번에 산채에는 또 새로이 동평, 장청, 공왕, 정득손, 황보단의 다섯 두령이 들어와 두령의 수효가 바로 108명이 되었다.

8. 백팔 영웅들의 맹세

송강이 동평부와 동창부를 계속하여 취하여 산채로 돌아와 대소 두령을 점검하니 모두 108명이라 마음에 기뻐하기를 마지않으며 뭇 두령들을 대하여 말했다.

"내 강주에서 죄를 짓고 산에 올라온 후 여러 형제의 도움을 입어 산채의 주인이 되었거니와 우리가 그 동안 싸우면 반드시 이기고 치면 반드시 취하며 혹 사로잡히거나 상하여도 끝내는 다 무사하여 이제 백팔 인이 온전히 모였으니 이는 참으로 고금에 드문 일이라 하겠소. 우리가 전일에 군사를 이끌고 도처에서 무수한 생명을 해쳤으니 내 마음에 아무래도 한 번 죽은 이들의 명복을 비는 제사를 지내 천지신명이 도와주신 은혜에 보답할까 하는데 여러 형제들의 의향은 어떠하오?"

"여부가 있겠습니까. 형님 생각이 옳소."

두령들이 모두 칭찬하는 가운데 군사 오용이 나서서 말했다.

"먼저 일청 선생으로 하여금 이 일을 주장하게 하되 사람을 내려 보내 널리 득도한 고승을 청하여 오고 또 한편으로 소용되는 제수를 구하여 오게 하시지요."

의논을 정하고 4월 보름을 기하여 7주야를 계속하여 재를 올리는데 충의당 앞에 큰 기 네 개를 세웠다. 당상에는 3층 고대를 모으고 당 안에는 칠보의 삼청성상을 포설하며 당 밖에는 신장을 벌여 세웠다.

송강은 하늘의 보응을 구하여 특히 공손승으로 하여금 청사를 올려 천제께 주문케 하였다.

바야흐로 제7일에 이르러 삼경시분에 공손승은 허황단 제1층에 있고 뭇 도사들은 제2층에 있고 송강 이하 뭇 두령들은 제3층에 있으며 작은 두목들과 장교들은 단 아래 있어 간절히 보응 있기를 구하려니 홀연 하늘 위에서 깁을 찢는 듯한 소리가 크게 일어났다.

모든 사람이 괴이히 여겨 하늘을 우러러보니 바로 서북방 천문상에 금반을 세운 듯 양 끝이 빨아들이고 중간이 넓은 구멍이 보이는데 이른바 천문개 혹은 천안개라 부르는 하늘 문이었다. 그 속에서 찬란한 빛이 뻗쳐 사람들의 눈을 쏘더니 한 덩어리 불이 바로 허황단을 향해 살같이 내려오며 단 위를 한 번 돌아 서남방 땅 속을 뚫고 들어갔다. 이 때 하늘이 도로 합하여 천안의 흔적이 없어졌다.

송강은 사졸을 시켜 철추로 땅을 파서 불덩어리를 찾게 하였다. 석 자 깊이를 다 못 파서 비석 한 개가 나타나는데 꺼내어 살펴보니 위에는 곧 과두문자라 아무도 알아보는 사람이 없는 중에 하 도사라는 자가 송강에게 말했다.

"빈도에게 조상으로부터 전해 내려오는 한 권 문서가 있으니 이는 천서를 적은 것이외다. 석갈 위에 있는 글이 과두문자가 분명하니 빈도가 보면 능히 뜻을 풀 수 있을까 합니다."

송강은 크게 기뻐 곧 하 도사를 시켜 석갈에 쓰인 글을 자세히 상고하게 하니 그는 이윽히 보다가 말했다.

"이 돌 위에 새겨 놓은 글자들이 모두 의사들의 대명이고 한편 모서리에는 '체천행도' 넉 자이며 또 다른 편에는 '충의쌍전' 넉 자인데 만약 책망하지 않으신다면 처음부터 차례로 번역하여 읽어 드리오리다."

송강이 곧 성수서생 소양을 앞으로 불러 종이를 펴고 하 도사가 부르는 대로 받아쓰게 하니 앞면의 천서 서른여섯 행은 모두가 북두성이고 배후의 천서 일흔두 행은 모두가 지살성인데 그 아래에는 뭇 의사들의 이름이 차례에 따라 적혀 있었다.

하 도사가 천서를 새겨 읽기를 마치니 듣는 무리들이 모두 놀라며 신기해하기를 마지않았다.

송강은 뭇 두령들을 둘러보고 말했다.

"내 원래 무학 무능한 관리로서 하늘의 뜻으로 수령에 응하고 여러 형제가 또한 하늘의 명에 의해 차례를 분배하셨으니 뭇 두령은 각기 그 자리를 지켜 서로 다투지 않는 것이 좋겠소."

모든 무리가 대답한다.

"천지의 뜻과 이치에 따라 차례가 정하여진 터에 누가 감히 어기오리까."

송강은 길일을 가리어 충의당과 단금정에 새로이 명패 걸고 '체천행도'의 기를 세우며 크게 잔치를 베풀고 친히 병부와 인신을 받들어 명령을 전했다.

"대소 두령들은 각기 관령하여 준수하되 장령을 어기어 의기를 상하는 일이 없도록 하오. 만약 영을 지키지 않는 자 있으면 군법으로 다스리어 일호의 용서함이 없으리라."

이어서 인원을 다음과 같이 분조하였다.

一, 양산박 총병 도두령(總兵都頭領) 두 명(二名)

호보의(呼保義) 송강(宋江), 옥기린(玉麒麟) 노준의(盧俊義)

一, 기밀 군사(機密軍師) 두 명(二名)

지다성(智多星) 오용(吳用), 입운룡(入雲龍) 공손승(公孫勝)

一, 참찬 군무 두령(參贊軍務頭領) 한 명(一名)

신기군사(神機軍師) 주무(朱武)

一, 전량 관리 두령(錢糧管理頭領) 두 명(二名)

소선풍(小旋風) 시진(柴進), 박천조(撲天鵰) 이응(李應)

一, 마군 오호장(馬軍五虎將) 다섯 명(五名)

대도(大刀) 관승(關勝), 표자두(豹子頭) 임충(林沖), 벽력화(霹靂火) 진명(秦明), 쌍편(雙鞭) 호연작(呼延灼), 쌍창장(雙鎗將) 동평(董平)

一, 마군 팔호기 겸 선봉사(馬軍八虎騎兼先鋒使) 여덟 명(八名)

소이광(小李廣) 화영(花榮), 금창수(金槍手) 서녕(徐寧), 청면수(靑面獸) 양지(楊志), 급선봉(急先鋒) 삭초(索超), 몰우전(沒羽箭) 장청(張淸), 미염공(美髥公) 주동(朱同), 구문룡(九紋龍) 사진(史進), 몰차란(沒遮攔) 목홍(穆弘)

一, 마군 소표장(馬軍小彪將) 열여섯 명(十六名)

진삼산(鎭三山) 황신(黃信), 병울지(病蔚遲) 손립(孫立), 추군마(醜軍馬) 선찬(宣贊), 정목안(井木犴) 학사문(郝思文), 백승장(百勝將) 한도(韓滔), 천목장(天目將) 팽기(彭玘), 성수장(聖水將) 단정규(單廷珪), 신화장(神火將) 위정국(魏定國), 마운금시(摩雲金翅) 구붕(歐鵬), 화안산예(火眼狻猊) 등비(鄧飛), 금모호(錦毛虎) 연순(燕順), 철적선(鐵笛仙) 마린(馬麟), 도간호(跳澗虎) 진달(陳達), 백화사(白花蛇) 양춘(楊春), 금표자(錦豹子) 양림(楊林), 소패왕(小霸王) 주통(周通)

一, 보군 두령(步軍頭領) 열 명(十名)

화화상(花和尙) 노지심(魯智深), 행자(行者) 무송(武松), 적발귀(赤髮鬼) 유당(劉唐), 삽시호(揷翅虎) 뇌횡(雷橫), 흑선풍(黑旋風) 이규(李逵), 낭자(浪子) 연청(燕靑), 병관삭(病關索) 양웅(楊雄), 반명삼랑(拚

命三郎) 석수(石秀), 양두사(兩頭蛇) 해진(解珍), 쌍미갈(雙尾蝎) 해보(解寶)

一, 보군 장교(步軍將校) 열일곱 명(十七名)

혼세마왕(混世魔王) 번서(樊瑞), 상문신(喪門神) 포욱(鮑旭), 팔비나탁(八臂哪吒) 항충(項充), 비천대성(飛天大聖) 이곤(李袞), 병대충(病大蟲) 설영(薛永), 금안표(金眼彪) 시은(施恩), 소차란(小遮攔) 목춘(穆春), 타호장(打虎將) 이충(李忠), 백면랑군(白面郎君) 정천수(鄭天壽), 운리금강(雲裏金剛) 송만(宋萬), 모착천(摸着天) 두천(杜遷), 출림룡(出林龍) 추연(鄒淵), 독각룡(獨角龍) 추윤(鄒閏), 화항호(花項虎) 공왕(龔旺), 중전호(中箭虎) 정득손(丁得孫), 몰면목(沒面目) 초정(焦挺), 석장군(石將軍) 석용(石勇)

一, 수군 두령(水軍頭領) 여덟 명(八名)

혼강룡(混江龍) 이준(李俊), 선화아(船火兒) 장횡(張橫), 낭리백도(浪裏白跳) 장순(張順), 입지태세(立地太歲) 원소이(阮小二), 단명이랑(短命二郎) 원소오(阮小五), 활염라(活閻羅) 원소칠(阮小七), 출동교(出洞蛟) 동위(童威), 번강신(飜江蜃) 동맹(童猛)

一, 정탐 겸 내빈접대 두령(情探兼來賓接待頭領) 여덟 명(八名)

소울지(小蔚遲) 손신(孫新), 모대충(母大蟲) 고대수(顧大嫂), 채원자(菜園子) 장청(張靑), 모야차(母夜叉) 손이랑(孫二娘), 한지홀률(旱地忽律) 주귀(朱貴), 귀검아(鬼臉兒) 두흥(杜興), 최명판관(催命判官) 이립(李立), 활섬파(活閃婆) 왕정륙(王定六)

一, 총탐첩보 두령(總探諜報頭領) 한 명(一名)

신행태보(神行太保) 대종(戴宗)

一, 군중기밀 보군 두령(軍中機密步軍頭領) 네 명(四名)

철규자(鐵叫子) 악화(樂和), 고상조(鼓上蚤) 시천(時遷), 금모견(金毛

犬) 단경주(段景住), 백일서(白日鼠) 백승(白勝)

一, 수호중군 마군 효장(守護中軍馬軍驍將) 두 명(二名)
소온후(小溫侯) 여방(呂方), 새인귀(賽仁貴) 곽성(郭盛)

一, 수호중군 보군 효장(守護中軍步軍驍將) 두 명(二名)
모두성(毛頭星) 공명(孔明), 독화성(獨火星) 공량(孔亮)

一, 행형회자(行刑劊子) 두 명(二名)
철비박(鐵臂膊) 채복(蔡福), 일지화(一枝花) 채경(蔡慶)

一, 전장 삼군내채사 마군 두령(專掌三軍內採事 馬軍頭領) 두 명(二名)
각호(矮脚虎) 왕영(王英), 일장청(一丈青) 호삼랑(扈三娘)

一, 제반 전문직 두령(諸般專門職頭領) 열여섯 명(十六名)
성수서생(聖手書生) 소양(蕭讓), 철면공목(鐵面孔目) 배선(裴宣), 신산자(神算子) 장경(蔣敬), 옥번간(玉旛竿) 맹강(孟康), 옥비장(玉臂匠) 김대견(金大堅), 통비원(通臂猿) 후건(侯健), 자염백(紫髥伯) 황보단(黃甫端), 신의(神醫) 안도전(安道全), 금전표자(金錢豹子) 탕륭(湯隆), 굉천뢰(轟天雷) 능진(凌振), 청안호(青眼虎) 이운(李雲), 조도귀(操刀鬼) 조정(曺正), 철선자(鐵扇子) 송청(宋清), 소면호(小面號) 주부(朱富), 구미귀(九尾龜) 도종왕(陶宗旺), 험도신(險道神) 욱보사(郁保四)

이 날 송강은 영을 전하여 뭇 두령들을 분조하고 나서 모든 호걸들에게 각각 병부와 인신을 나누어 준 다음 엄숙한 목소리로 말했다.

"이제는 산채가 옛날에 비할 것이 아니기로 내 한 말씀 드리겠소. 오늘날 이 곳에 하늘에 뜻으로 함께 모였으니 모름지기 하늘에 맹세하여 각자 딴 마음이 없음을 표하고 생사와 고락을 함께 하는 것이 어떠하오?"

모든 무리가 듣고 크게 기뻐했다.

차례에 따라 각각 분향하고 일제히 당상에 엎드리니 송강은 마음을 정성스러이 하여 맹세를 지었다.

"송강이 이제 형제를 양산에 모으고 영웅을 수박에 맺어 모두 백팔 명이니 위로는 천수에 응하고 아래로는 인심에 맞혔나이다. 앞으로 만약 각자가 마음을 어질지 못하고 대의를 끊는 일이 있다면 바라옵건대 하늘이 벌을 주어 멸망하도록 하여 주소서. 이제 맹세하거니와 한 가지로 충의를 마음에 두어 공훈을 나라에 나타내며 체천행도하고 보국안민하리니 하늘이시여 굽어 살펴 주소서."

맹세하기를 마치매 뭇 두령들은 이구동성으로 외쳤다.

"바라옵건대 살아서는 함께 살고 죽어서도 서로 만나 길이 헤어지지 말게 하소서!"

그러고는 피를 마시어 맹세하고 취하도록 술 마시어 즐기었다.

제9편 대단원(大團圓)

1. 십로절도사(十路節度使)

양산박의 무리가 너무 설친다 하니 드디어 고구, 즉 고 태위가 토벌군 총수가 되어 나섰다.

고 태위가 채 태사에게 말했다.

"전에 열 명의 절도사가 크게 나라에 공을 세운 일이 있습니다. 그들은 남방을 정복했고 혹은 서하를 치고 또 금과 요를 쳐서 용맹을 떨쳤으니 그들을 장수로 임명해 주십시오.

채 태사가 승낙하니 열 통의 명령서를 하달하되 휘하에 정예 1만씩을 거느리고 제주에 집결하여 지휘를 기다리라고 명령했다. 이 열 명의 절도사는 모두 범상한 인물이 아니었다.

이들 십로 군사들은 모두 정병이었다. 하지만 절도사들은 모두 원래가 도적이었으나 초안을 받고 이 같은 높은 관직에 오른 자들이었다.

그 날 중서성에서는 날짜를 정하여 열 통의 차부 문서를 보내 기일을 어기는 자는 군령으로 처벌할 것을 선언했다.

또한 금릉의 건강부에는 유몽룡이란 통제관이 있었는데 모친이 검은 용 한 마리가 뱃속으로 들어오는 태몽을 꾸고 그를 낳았다. 장성함에 따라 물에 익숙해져 서천의 협강에서 도적을 친 공적으로 주관에 발탁된 뒤 도통제까지 올랐고 5천의 수군과 5백 척의 전선을 거느려 강남을 수비하고 있었다.

고 태위는 이 수군과 전선을 쓰기로 하고 급히 휘하에 들라는 명령을 내렸다.

그리고 심복 부하 우방희라는 자를 보병 교위로 발탁하여 이 사람으로 하여금 장강 연안 일대 및 모든 운하로부터 배를 징발하게 하여 많은 아장을 모았다. 그 중에서도 가장 뛰어난 장수가 둘 있는데 한 사람은 당세영이라 하고 다른 한 사람은 당세웅이라 불렀다. 그들은 형제간으로 이번에 통제관에 임명되었으며 만부부당의 지용이 있었다.

고 태위는 또 어영군 가운데서 1만 5천의 정병을 가리어 뽑았다.

각지의 군사를 합하니 13만인데 우선 각 방면으로 관원을 파견하여 양곡을 도중에서 차출하는 한편, 전투 태세를 갖추기에 연일 분주한 나날을 보냈다.

한편, 대종과 유당은 며칠 동안 동경에 머물며 자세한 내막을 염탐하고 나서 급히 산채로 돌아와 보고했다.

송강은 고 태위가 몸소 정예 군사 13만을 거느리고 열 명의 절도사로 하여금 지휘하게 했다는 소식을 듣고 당황하여 오용에게 상의하니 오용이 말했다.

"근심하실 게 없습니다. 저도 진작부터 열 명의 절도사에 대한 소문을 듣고 있으나 대단치 않은 무리들입니다. 그들이 조정을 위해 큰 공을 세웠다지만 그 당시 상대할 만한 호걸이 없었기에 그리 되었을 뿐입니다. 지금 이 자리에는 이리와 범 같은 우리 형제들이 있으니 그 따위 열 명의 절도사는 이젠 시대에 뒤떨어진 무리에 지나지 않습니다. 이제 그들의 군대가 쳐들어오거든 간담을 서늘하게 해 줍시다."

"무슨 방책이 있소?"

"적의 십로 군대가 제주에 집결한다니 우리 측에서도 날쌘 두 장수를 보내 제주 근방에 숨어 있다가 한바탕 맞부딪치게 하여 고구를 혼내 줄 필요가 있습니다."

"그럼 누굴 보내면 될까?"

"장청과 동평을 보냅시다. 이 두 장수라면 능히 해낼 만하지요."

송강은 두 장수에게 각각 마군 천 명을 딸려 주고 제주로 나가 적정을 정찰한 후 매복해 있다가 적을 때려 부수라는 명령을 하달했다. 이어서 수군 두령들에게는 호수에서 적의 선박에 대비하여 이를 빼앗을 준비를 시키고 산채 두령들도 요소에 배치를 시켰다.

고 태위가 동경에서 스무 날 가까이 꾸물대자 천자로부터 출전을 독촉하는 칙서가 내려왔다. 고구는 우선 어영 마군을 출정시키고 교방사에서 가수와 무희 서른 명을 골라 종군케 했다.

드디어 출전하는 날이 되자 제사를 지낸 다음 천자께 하직을 아뢰고 출발하는데 준비 기간이 한 달이나 걸렸다. 때는 초가을이라 대소 관원들이 모두 장정까지 나와 전송했다. 군장을 갖추고 황금 안장을 얹은 말에 탄 고 태위의 좌우를 당세영, 당세웅 형제가 호위하였으며 뒤에는 전수, 통제관, 통군 제할, 병마 방비, 단련 등 수많은 장수를 거느렸다.

고 태위는 대군을 이끌고 출정하여 장정 앞까지 와서 전송 나온 관원들과 작별 인사를 나누며 출전을 축하하는 술을 들고 마침내 길을 떠났다.

그러나 제주로 향하는 도중에 이미 군기가 해이해져 병사들은 마을에 이를 때마다 닥치는 대로 약탈을 일삼아 주민들의 폐해가 막심했다.

한편, 십로 군사들도 속속 제주로 출발했다.

절도사 왕문덕은 경북 지방의 군대를 거느리고 제주에서 40여 리 되는 곳에 이르렀다. 그 곳은 봉미파라는 곳인데 그 언덕 밑은 커다란 숲이었다. 전군이 막 숲을 지나려 하는데 돌연 징 소리가 요란히 울리며 일대의 군사들이 튀어나오더니 장수 하나가 선두에 서서 앞길을 막았다.

그 장수는 갑옷 투구에 활과 화살을 등에 메고 두 개의 황색기를 전통과 활집에 꽂았는데 양 손에 두 자루의 장창을 들었으니 이 장수는 양산박에서 선진 격파의 명수인 용장 동평이었다.

동평이 소리쳤다.

"네놈은 어디로 가는 어떤 놈이냐? 썩 말에서 내려 포승을 받지 못할까!"

왕문덕도 말을 멈추고 큰 소리로 비웃었다.

"호리병에도 두 귀가 있는 법! 네놈도 들어 두어라! 우리들 열명의 절도사가 대공을 세우고 그 이름을 천하에 펼친 것쯤은 알고 있으리라! 이 대장 왕문덕의 이름도 알리라!"

동평은 크게 웃었다.

"네 따위가 무슨 큰소리냐! 되지 못한 자식 같으니!"

이를 듣고 왕문덕은 열화같이 노했다.

"나라를 배반한 도둑놈아! 네놈이 감히 날 비웃느냐!"

고함을 지르며 창을 겨누어 동평에게 달려드니 동평도 쌍창으로 이를 맞아 두 장수가 어울려 서른 합을 싸웠으나 승부가 나지 않았다. 이에 왕문덕은 동평을 이기지 못할 것을 알아차렸다.

"한숨 돌리고 나서 다시 싸우자!"

그리고 각각 자기 진으로 돌아갔다.

왕문덕은 휘하 군사들에게 결전을 나중으로 미루고 우선 뚫고 나가라고 지시한 후에 몸소 선두에 서서 전군이 함성을 지르며 돌진케 했다.

동평은 군사들을 거느리고 그 뒤를 쫓았다. 왕문덕의 군졸들이 숲을 빠져 나왔을 때 전방에서 다시 일대의 군사들이 튀어나왔다. 선두에 선 맹장은 다름 아닌 장청이었다.

"게 섰거라!"

마상에서 대성일갈하며 돌멩이를 날려 왕문덕의 머리를 겨누었다. 급히 몸을 돌리려 했으나 돌멩이가 투구에 명중하여 왕문덕은 안장에 찰싹 엎드려 간신히 도망쳤다.

동평과 장청이 이들을 쫓아 달려가는데 불쑥 옆에서 일대의 군사들이 튀어나왔다. 왕문덕이 보니 같은 절도사 양온의 군대였다. 그들이 구원하러 온 관군임을 안 동평과 장청은 쫓던 것을 중지하고 되돌아갔다.

왕문덕과 양온의 2로 군마는 합류하여 제주로 들어가 주둔했다.

태수 장숙야가 각 대의 군사를 접대했다. 며칠 지나자 선봉군으로부터 고 태위의 대군이 도착했다고 알려 왔다. 열 명의 절도사들이 성 밖으로 나가 영접했다. 고 태위는 현청 관사를 임시 원수부로 정하고 쉬었다.

10로 군대는 모두 성 밖에 주둔하고 있다가 유몽룡의 수군이 도착하면 일제히 진군하기로 되어 있었다.

그래서 각각 진을 치게 되었는데 가까운 산에서 벌목을 하는가 하면 인가에서 문짝과 창을 뜯어다가 막사를 지었으므로 주민들의 피해가 막심했다.

고 태위는 성내 원수부에서 토벌군의 편제를 정할 때 뇌물을 바치지 않은 자는 모두 첨병으로 맨 선두에서 싸우게 하고 뇌물을 바친 자들은 중군에 머물게 하여 전공이 없어도 있는 것처럼 상신케 했다.

고 태위가 제주에 사나흘 묵고 있는 사이에 유몽룡의 전선이 도착하여 원수부로 뵈러 오니 고구는 즉시 10절도사들을 불러 모아 전략을 의논했다.

"먼저 보군과 마군을 척후로 보내 도적 떼를 끌어낸 후 수로에서 전선을 내

보내 적의 본거지를 들이치면 놈들이 두 동강이 나서 연락이 끊길 것입니다."

왕환 등이 이리 말하자 고 태위는 그 말에 따라 왕환과 서경을 선봉에 내세우고 왕문덕과 매전을 전군으로 삼고 장개와 양온은 좌군에 두고 한존보와 이종길을 우군에 두며 항원진과 형충을 전후의 지원군으로 한 다음 당세웅에게는 3천 정병을 주어 배를 타고 유몽룡의 수군과 협력하도록 명령했다.

명령을 받은 장수들은 사흘에 걸쳐 장비를 정비한 다음 고 태위에게 일일이 검열을 받았다. 검열이 끝나자 대소 전군 및 수군은 바로 양산박을 향해 출발했다.

한편, 동평과 장청이 산채로 돌아와 자세히 보고하니 송강은 두령들과 함께 대군을 거느리고 산을 내려오는데 얼마 안 가서 밀려오는 관군이 보였다.

전군이 화살을 퍼부어 적의 발을 멈추게 하고 쌍방이 서로 대치하는데 관군의 선봉 왕환이 진두에 나타나 장창을 휘두르며 크게 외쳤다.

"이 무지막지한 도적놈들아! 선봉대장 왕환을 몰라보느냐!"

그러자 대진의 수기가 좌우로 열리는 곳에 송강이 몸소 앞으로 나와 왕환에게 정중히 인사를 했다.

"왕 절도사님! 절도사께서는 연로하시어 나라를 위해 힘을 뽐내기에는 너무 짐이 무거운 줄 아옵니다! 맞붙어 싸우다가 혹시 상처라도 입게 되면 존귀한 이름이 허사가 될 것 아니겠소! 그러니 이만 물러가시고 다른 젊은 사람을 대신 내보내시는 게 어떨지요!"

왕환은 그 말을 듣고 열화같이 노하여 욕설을 퍼부었다.

"이놈, 상판대기에 죄수 문신을 한 잡졸 놈아! 감히 천병에게 대들다니!"

"왕 절도사님, 너무 큰소리치지 마시오! 여기에 나온 호걸들은 모두 하늘을 대신해서 천도를 행하는 의사들이오!"

송강이 말을 마치자 왕환은 창을 휘두르며 덤벼들었다. 이 때 송강의 뒤편에서 불쑥 튀어나온 장수는 임충이었다. 두 맹장이 맞부딪는 창은 흡사 벽력과 같고 번개와 같아 바위라도 뚫을 듯 용의 꼬리가 춤을 추듯 번쩍이며 빛을 발했기에 보고 있는 군사들은 발을 구르며 아우성을 쳤다. 두 사람은 7,80합을 싸웠으나 승부가 나지 않았다.

드디어 양군에서는 북이 울리고 두 맹장이 떨어져 자기 진으로 돌아가니 절도사 형충이 앞으로 나와 고 태위에게 큰 소리로 아뢰었다.

"저를 보내 주십시오!"

고 태위가 즉시 형충을 내보내니 송강의 뒤에서는 호연작이 튀어나왔다. 형충이 황색 말에 올라 큰 칼을 휘두르며 호연작과 맞겨루기 20여 합에 호연작이 일부러 틈을 보이자 상대방은 큰 칼을 내리쳤다. 호연작이 이를 재빨리 피하며 철편을 들어 일격을 가하자 형충의 머리통이 갈라지고 눈알이 튀어나와 굴러 떨어졌다.

절도사 한 사람이 적의 손에 목숨을 잃자 고구는 급히 절도사 항원진을 불러 적진으로 내보냈다.

항원진은 칼을 휘두르며 달려 나왔다.

"도적놈들아, 나를 당할 자는 없는가!"

소리가 끝나기도 전에 송강의 뒤에서 동평이 튀어나와 맞붙었다. 여남은 합도 겨루기 전에 항원진은 갑자기 말 머리를 돌리더니 창을 질질 끌며 달아나기 시작했다. 동평이 뒤를 쫓아가니 항원진은 진 안으로 도망가지 않고 진 밖을 빙빙 돌아 달아났다. 동평이 기를 쓰고 추격하자 항원진은 갑자기 활을 들고 몸을 홱 돌리더니 화살을 힘껏 날렸다. 동평은 시위 소리를 듣고 손을 들어 뿌리치려 했으나 화살이 오른편 팔꿈치에 명중하는 바람에 창을 버리고 말 머리를 돌려 진으로 달아났다. 이번에는 항원진이 역습을 해 왔으나 송강 편에서 임충이 달려나가 동평을 구해 냈다.

고 태위는 대군에게 혼전을 명하였다. 송강은 우선 동평을 구해 산채로 돌아갔으나 후군이 적을 막지 못하고 뿔뿔이 흩어져 패주했다. 고 태위는 물가까지 추격하라 명하고 동시에 따로 군사들을 보내 수로의 수군을 지원케 했다.

수군을 거느린 유몽룡과 당세웅은 배를 몰아 양산박 깊숙이 들어갔으나 앞길은 망망한 갈대 숲과 수초가 무성하여 강어귀를 뒤덮었기에 아무것도 보이지 않았다.

관군의 배들이 10여 리나 수면에 연속하여 늘어서서 앞으로 나아갈 때 갑자기 언덕 위에서 한 발의 포성이 울림과 동시에 사방팔방에서 일제히 작은 배들이 나타났다.

관군의 수병들은 처음부터 겁을 집어먹고 있었기에 그 울창한 갈대 숲 속에서 한 순간에 몰려드는 적의 배들을 보고는 태반의 군사들이 앞을 다투어 달아나기에 바빴다.

관군의 진형이 흐트러지는 모양을 본 양산박 호걸들은 일제히 북을 울리며 추격해 왔다. 유몽룡과 당세웅은 급히 배를 뒤로 빼려 했으나 방금 지나온 얕은 강어귀는 양산박 호걸들이 작은 배들에 가득 실은 시초와 산에서 잘라 내 온 나무들로 빽빽이 막아 버린 후여서 노나 삿대가 전혀 듣지를 않아 배를 움직일 수 없었다.

군사들은 모두 배를 버리고 물 속으로 뛰어들었다. 유몽룡도 갑옷을 벗어 던지고 기슭으로 기어올라 달아나 버렸다.

당세웅만은 끝까지 배를 버리지 않고 군사들을 독려하여 수심이 깊은 곳을 골라 배를 저어 갔는데 20리도 못 가서 세 척의 작은 배가 나타나 앞을 막았다.

거기에 타고 있는 원 씨 삼형제는 갈고리를을 이용해 배를 갖다 붙였다. 배 위의 군사들은 모두 물 속으로 뛰어들고 당세웅만 뱃머리에 우뚝 서서 철삭을 움켜쥐고 맞붙어 싸웠는데 원소이가 물 속으로 뛰어들자 이어서 원소오, 원소칠 두 장수가 다가왔다.

형세가 불리함을 깨달은 당세웅이 철삭을 내던지고 물로 뛰어들자 물

속에서 장횡이 불쑥 나타나 한 손으로 당세웅의 머리털을 쥐고 한 손으로는 허리를 틀어잡아 갈대가 우거진 기슭으로 질질 끌어올렸다. 그러자 미리 숨어 있던 10여 명의 부하들이 붙잡아 꽁꽁 묶어 수호채로 끌고 갔다.

한편, 고 태위는 호수 위의 배들이 모두 어지럽게 산 쪽으로 달아나고 배 위에 묶여 있는 자들은 모두 유몽룡의 수군인 것을 보자 수로의 패전을 알아채고 급히 명령을 내려 전군을 제주로 철수시키려 했다. 그 때였다. 마침 날은 저무는데 돌연 사방에서 포성이 연달아 울리더니 헤아릴 수 없이 많은 송강의 군사들이 밀어닥쳤다. 고 태위는 급히 휘하 장수들에게 알리는 한편으로 자신도 걸음아 나 살려라 하고 도망치지 않을 수 없었다.

사실 양산박에서는 단지 공포를 사방에서 쏘아 댔을 뿐이고 복병을 매복시켜 두었던 것은 아니었는데 고 태위는 그만 겁을 집어먹고 간이 콩알만해져 휘하 장병을 거두어 가지고 제주로 돌아왔던 것이다.

돌아와서 점검해 보니 보병들은 별반 손상이 없었으나 수군은 태반이 없어졌고 전선이 한 척도 돌아와 있지 않았다. 유몽룡은 난을 피해서 돌아오기는 했으나 병사들 중 헤엄을 칠 줄 아는 사람만 목숨을 건졌고 나머지 병사들은 온통 물에 빠져 죽어 버렸다.

관군의 위신을 땅에 떨어뜨리고 패기가 꺾인 고 태위는 일단 휘하 장병들을 성 안에 머무르게 하고 우방희가 배를 징발해 오기만을 기다렸다.

배가 얼른 징발되지 않자 사자에게 독촉하는 공문서를 주어 보내는 한편, 어떠한 배건 쓸 수 있는 것이라면 닥치는 대로 모조리 징발하여 제주로 보내서 출진 차비를 갖추라고 명했다.

한편, 수호채에서는 송강이 동평의 몸에 박힌 화살을 뽑아 내고 신의 안도전의 치료를 받게 했다. 안도전은 금창약을 상처에 발라 주며 며칠 쉬도록 했다.

뒤이어 오용이 두령들을 이끌어 대채로 돌아오고 수군 두령 장횡은 당세웅을 충의당에 끌고 와서 논공을 하려고 신고했다.

송강은 일단 당세웅을 후채로 호송하여 연금하도록 분부하고 빼앗아 온 배들은 모조리 수채에 수용케 한 후 각 두령에게 이를 분배하도록 했다.

그즈음 고 태위는 제주 성내에서 장수들을 모아 놓고 양산박을 공략할 계책을 도모했다. 이 때 여러 장수들 가운데서 상당 절도사인 서경이 진언했다.

"저는 어렸을 때 이곳저곳을 떠돌아다니며 창을 쓰고 약장사를 했습니다. 그러다가 잠시 어떤 사람과 알게 되었는데 그자는 병서에 통달하여 병법에 아주 밝고 손오의 재주와 제갈공명의 지모를 갖추고 있었습니다. 성은 문이고 이름은 환장이라 하는데 현재는 동경성 밖의 안인촌에서 서당을 내고 있는 모양입니다. 이 사람을 맞아다가 참모로 삼는다면 오용의 흉계를 능히 깨뜨릴 수 있다고 생각합니다."

고 태위는 즉석에서 부장 한 사람을 사자로 정하고 비단과 안장을 실은 말을 선물로 주어 급히 동경으로 떠나보냈다. 그런데 부장이 떠나간 지 아직 너덧새도 되지 않았을 때 성 밖으로부터 기별이 날아들었다.

"송강의 군사들이 가까이까지 밀려들어 싸움을 걸고 있습니다."

고 태위는 왈칵 화가 치밀어 즉시 부하 장병들을 소집해 성 밖의 적을 맞아 쳐부수라고 분부를 내리는 한편, 각 진의 절도사들도 함께 출전하라고 분부했다.

송강의 군대는 고 태위가 군사들을 이끌고 가까이 다가오는 것을 보자 서둘러 성 밖의 평탄한 곳까지 후퇴했다. 고 태위가 군사들을 이끌고 쫓아가 보니 송강군은 이미 언덕 기슭에 진을 치고 선두에 한 사람 맹장이 서 있었다. 그 맹장은 호연작으로 말을 옆에 세워 창을 비껴 들고 선두에 서 있었다.

이를 본 고 태위는 곧 그가 누군지 알아보았다.

"저놈은 전에 연환마를 지휘해 갔을 때 조정을 배반한 바로 그놈이다."

곧 운중 절도사 한존보를 내보내서 그를 치게 하였다. 이 한존보는 방천화극의 고수였다. 두 사람은 마주치자마자 한마디 말도 없이 대뜸 하나는 화극을 휘두르고 하나는 창을 들어 상대를 맞아 싸웠다.

양자는 다 같이 싸우기를 50여 합이나 하였다. 이 때 호연작은 주춤하는 듯이 보이더니 살짝 몸을 빼서 말을 타고 언덕 기슭으로 도망을 쳤다. 한존보는 기어이 공을 세워 보겠다고 말채찍을 갈기며 그를 쫓아갔다.

여덟 개의 말굽은 10리 가량이나 되는 인적 없는 길을 달려갔다. 그리하여 마침내 한존보가 그의 뒤까지 바짝 쫓아가 보니 호연작은 말 머리를 급히 돌리면서 창을 치우고는 쌍편을 휘둘러 대며 무섭게 반격을 가해 왔다.

이리하여 두 사람은 다시 10여 합 남짓 싸움을 겨루었다. 그러다가 호연작은 돌연 쌍편으로 화극을 피하더니 다시금 급히 말 머리를 돌려 달아나기 시작했다.

'저놈은 창으로 나를 당해 내지 못하고 쌍편으로도 나를 이길 수 없는 거다. 이럴 때 놈을 쫓아가서 사로잡지 못한다면 두 번 다시 기회는 없으리라.'

한존보는 이리 생각하고 호연작을 쫓아갔다. 그리하여 어느 산허리를 돌아갔는데 마침 길이 두 갈래로 갈려 있어 호연작이 어느 쪽으로 가 버렸는지 전혀 알 수가 없었다. 한존보는 말 머리를 돌려 산꼭대기로 올라가서 사방을 두루 살펴보았다. 그러자 골짜기를 돌아서 도망쳐 가는 호연작이 눈에 띄었다.

한존보는 큰 소리로 외쳤다.

"이 바보 같은 놈아! 네까짓 놈이 도망을 치면 어디로 간단 말이냐! 얼른 말에서 내려 항복해라! 목숨은 살려 주겠다!"

그러자 호연작도 말을 세우고 한존보에게 마구 욕설을 퍼부었다. 한존보는 분해서 숨을 씨근덕거리며 호연작의 퇴로를 향해 달려갔다. 이리하여 그들은 골짜기 어귀에서 다시 마주쳤다.

한쪽은 산이고 다른 한쪽은 골짜기로 이어져 이었다. 그 사이에 좁다란 한 줄기 오솔길이 나 있는데 그들의 말은 몸을 자유롭게 움직일 수가 없었다.

"항복을 하려면 지금 해라! 지금밖에는 때가 없다!"

호연작이 외쳤다.

"이미 내 수중에 들어와 있는 패장 주제에 항복을 하라니! 분수 없이 주제넘은 놈이로구나!"

"내가 네놈을 여기까지 유인해 온 까닭은 생포하기 위해서였느니라! 네놈 모가지는 이제 내 손에 달렸다!"

"나야말로 네놈을 생포해야겠다!"

이리하여 두 사람은 또다시 30여 합이나 싸웠다. 싸움이 한창 절정에 달했을 때 한존보는 화극으로 호연작의 옆구리를 겨냥하고 찔렀다. 이 때 호연작이 재빠르게 한존보의 창대를 한 손으로 움켜잡자 한존보도 호연작의 창대를 틀어쥐었다. 일이 이렇게 되자 그들은 말 위에서 서로 밀치고 밀며 허리와 옆구리와 다리에 힘주어 힘을 다해서 싸웠다.

그러다가 마침내 한존보의 말이 뒷발을 계곡에 빠뜨리는 바람에 호연작도 말과 함께 물 속으로 끌려들고 말았다. 이리하여 두 사람은 서로 엉키어 물 속에서 뒹굴었다. 물에 빠진 두 필의 말은 물 속에서 언덕으로 후다닥 뛰어올라 산 쪽으로 달려가 버렸다. 그러나 두 사람은 물 속에서 무기를 떨어뜨리고 쓰고 있던 투구도 잃고 몸에 입은 갑옷마저 조각조각 찢어진 채 맨손으로 치고 막고 했다.

그 때 언덕에 한 떼의 군사들이 몰려왔다. 그 무리의 우두머리는 장청이었다. 병사들이 왈칵 달려들어 한존보를 생포하고 병졸 몇 사람은 달아난 두 필의 말을 급히 찾아 나섰다.

호연작은 젖은 몸으로 말을 탔다. 장청의 군사들은 한존보의 손을 뒤로 묶어 말에다 실은 후에 골짜기 어귀를 향해 나아갔다. 그러자 저쪽 앞에 일진의 군대가 나타났으니 이는 한존보를 찾아 나선 군사들이었다. 이리하여 두 군대는 정면으로 부딪치게 되었다.

한존보를 찾아 나선 군대의 한 사람 우두머리는 매전이고 또 한 사람 우두머리는 장개였다. 말 위에 묶인 채 물방울이 뚝뚝 떨어지는 한존보를 본 매진은 크게 노하여 심첨양인도를 휘둘러 대며 장청을 습격해 왔다.

장청은 말을 휘몰아 싸우기 세 합도 되지 않았는데 곧장 도망을 치기 시작했다. 매전이 좇아가자 장청은 가볍게 팔목을 뻗치어 완만하게 허리를 꼰 후 팽 하니 돌팔매질을 했다. 돌멩이는 정확히 매전의 이마를 맞혀 붉은 피가 뿜어져 나왔다. 매전은 잡고 있던 삼첨양인도를 버리고 두 손으로 얼굴을 감쌌다.

장청이 재빠르게 말 머리를 돌리려 할 때 장개가 살을 메긴 활을 힘껏 당기었다가 쏘았다. 때마침 장청이 말 머리를 쳐들었으므로 화살은 말 눈에 명중하여 말이 쓰러져 버렸다. 장청은 말에서 뛰어내려 창을 비껴들고 땅 위에서 싸웠다. 그러나 본시 장청은 적장을 쳐서 쓰러뜨리는 돌팔매가 장기이지 창은 그다지 잘 쓰지 못했다.

장개는 우선 매전을 구해 놓고 나서 장청에게 다시 도전해 왔다. 말 위에서 휘두르는 그의 창은 신출귀몰하여 장청은 단지 그 창끝을 막아 내기에 바빴으나 마침내 그도 막아 낼 수가 없게 되었다. 그는 할 수 없이 창을 끌고 기병대 속으로 몸을 숨겼다.

장개는 말 위에서 창을 휘둘러 5,60명의 기병을 죽이고 기병대를 이리저리 마구 흩트려 버린 후 군사들을 거두어 막 물러가려 할 때 갑자기 크게 함성이 일어나며 골짜기 어귀에서 두 무리의 군대가 밀려 들어왔다.

그 일진은 진명이고 다른 일진은 관승이었다. 이렇게 두 사람의 맹장이 달려들자 장개는 겨우 매전을 보호해 도망치는 것이 고작이었다. 때문에 두 무리의 군사들은 일제히 달려들어 다시 한존보를 빼앗았다.

장청은 말 한 필을 빼앗아 타고 호연작은 있는 힘을 다하여 병사들과 함께 마구 칼을 휘둘러 관군의 본대에까지 습격해 가서 관군을 제주까지 철수시켜 버렸다.

송강 등은 충의당에 모여 있다가 잡혀서 밧줄로 묶여 오는 한존보를 보자 병사들을 물리친 후 손수 밧줄을 풀어 주고 대청에 모셔 정중하게 접대를 했다.

한존보는 너무 감격하여 몸 둘 바를 모를 지경이었다. 송강은 그 때 당세웅을 불러 대면을 시키고 함께 접대하며 말했다.

"두 분 장군께서는 아무쪼록 의심하지 말아 주시오. 저희들은 결코 딴마음을 품고 있지 않습니다. 다만 탐관오리들에게 쫓기어 이렇게 되었을 뿐입니다. 만약 조정에서 은사초안의 분부를 내리신다면 기꺼이 국가를 위하여 전력코자 합니다."

송강은 이튿날 말을 준비해 그들을 돌려보냈다. 두 사람은 도중에 여러 가지로 송강의 좋은 점을 이야기하며 제주성 밖까지 왔다. 그러나 이미 해가 저물었으므로 이튿날 성 안에 들어가 고 태위를 만나 송강이 자기네를 돌려보낸 사연을 이야기했다. 그러자 고구는 크게 노했다.

"그것은 우리 관군의 사기를 무디게 하려는 모략이다! 너희들은 감히 내 앞에서 비윗살 좋게 이러쿵저러쿵 어떻게 그런 말을 하느냐! 여봐라, 이놈들을 끌어내다가 당장 목을 베어라!"

이렇게 소리 지르자 왕환 등 여러 장수가 일제히 엎드려 그에게 빌었다.

"그것은 단지 송강과 오용의 계략일 뿐 이들 두 사람과는 아무런 관련도 없는 일이옵니다. 만약 이들 두 사람의 목을 베게 되면 도리어 그놈들의 웃음거리가 될 뿐이옵니다."

고 태위는 여러 장수들의 간절한 청원으로 두 사람의 목숨만은 살려 주기로 하고 관직을 박탈하여 동경에 있는 태을궁에 그들을 후송하면서 다른 분부가 있을 때까지 기다리라고 하였다. 그들은 할 수 없이 태을궁으로 호송되어 갔다.

한편, 채경은 무슨 생각에서인지 조례를 올릴 때 휘종 황제가 전각에 납시자 양산박의 무리들에 대해 아뢰었다.

"조칙을 내리시어 초안토록 하는 사자를 보내 주심이 어떠하올지요."

그러자 천자가 분부를 내리었다.

"일전에 고 태위가 사자를 보내 안인촌의 문환장을 급히 진중으로 불러다 참모로 쓰겠다고 하였는데 그렇다면 그자와 함께 사자를 보내도록 하오. 만약 투항하여 온다면 그들의 죄상은 다 용서해 주겠지만 여전히 반항한다면 고구에게 기한부로 수일 내에 한 놈도 남기지 말고 평정해 버리고 돌아오도록 해야 하겠소."

이리하여 채 태사는 조칙의 초안을 작성하는 한편으로 문환장을 중서성에 초대하여 연석을 베풀었다. 본시 이 문환장이란 사람은 이름이 널리 알려진 문인인데 조정의 대신들 사이에서도 아는 사람이 많았으므로 모두들 주석에 참석하여 환대했다.

연회가 파하여 사람들이 집으로 돌아가자 이내 출발 준비를 서둘러 문환장은 얼마 후 칙사와 함께 도성을 떠났다.

한편, 고 태위는 제주에서 이것저것 두루 생각하다 보니 여간 마음이 울적하지 않았다. 이 때 문지기가 들어와 아뢰었다.

"우방희 나리가 찾아왔습니다."

고 태위는 곧 그를 들게 하였다. 서로 인사가 끝나자 고 태위가 물었다.

"배는 어찌 되었는가?"

"여기저기서 긁어모아 천 5백 척 가량 징발되었습니다. 징발된 배는 모두 수문 근처에 집결해 있습니다."

우방희가 대답하자 태위는 몹시 기뻐하며 그에게 상을 내리고는 곧 명령을 전하였다.

배는 모두 넓은 만 쪽으로 모으고 세 척씩 옆으로 못을 쳐서 떨어지지 않도록 붙여 놓은 후 그 위에다 널판자를 깔고 선미에는 고리를 달아 사슬로 묶으라 했다. 그리고 보병들을 전부 배에 태우고 나머지 기병은 언덕에서 배를 호위하여 행군하라 했다.

양산박에서는 그러한 준비를 샅샅이 알고 있었다. 오용은 유당을 불러 계략을 세워 주고 수로전을 지휘하여 공을 세우라 하였다.

수군의 두령들은 저마다 작은 배를 준비한 후 뱃머리에는 철판을 넣어 못을 박고 배 중간에는 갈대나 깍지 같은 것을 심었으며 그 깍지에는 유황이나 초산 등의 인화물을 뿌려 두고 조그만 강어귀에서 관군이 오기를 기다렸다.

포수인 능진에게는 따로 앞이 탁 트인 산꼭대기에서 호포를 쏘도록 하였다. 또 물가의 나무숲이 우거진 주변 일대에는 나뭇가지 끝에 정기를 매달아 두고 그 곳에 금고와 화포를 배치하여 인마가 거기 주둔해 진지를 구축한 듯이 꾸며 놓았다.

또 공손승에게는 술법을 써서 바람을 다스리게 하고 육상에서는 세 대의 기병을 배치하여 지원하게 하였다.

이렇게 오용은 완전히 준비를 끝냈다.

한편, 고 태위는 제주에서 군대를 출동시켰다. 수로군의 통사는 우방희이며 이 밖에 유몽룡과 당세영 두 사람을 더하여 셋이서 지휘하게 하였다.

고 태위는 장비를 갖추고 북을 세 번 울리는 것으로 신호를 삼아 강어귀에서는 배를 떠나보내고 육로에서는 기마대를 진군케 하였다. 배는 쏜살같이 나아가고 말들은 나는 듯이 달려 양산박으로 쇄도해 갔다.

우선 수로선들은 간격을 나란히 하고 북을 울리며 양산박 깊숙이까지 파고 들어갔다. 그러나 적군의 배는 한 척도 보이지 않았다.

그리하여 금사탄 가까이에 이르니 마침내 풀이 우거진 속에 두 척의 어선이 보였다. 두 배에는 사람이 둘씩 앉아 손뼉을 치며 웃고 있었다. 뱃머리에 앉아 있던 유몽룡이 화살을 마구 쏘아 보내자 어부들은 모두 물로 들어가 버렸다.

유몽룡은 급히 전선을 그쪽으로 몰게 하여 금사탄 언덕으로 가까이 다가갔다. 언덕에는 온통 버들이 우거져 있고 그 중 어느 버드나무에는 소가 두 마리 매여 있는데 푸른 풀 위에서 목동 세 명이 잠을 자고 있었다. 훨씬 저편에는 목동 하나가 황소의 등을 옆으로 타고 앉아서 퉁소를 불고 있었다.

유몽룡은 곧 선봉으로 정한 병사 하나를 맨 먼저 상륙케 했다. 그러자 잠자던 목동들이 일어나더니 큰 소리로 웃어 대고는 모두들 우거진 버드나무 숲 속으로 달려가 버렸다. 이어 5,6백 명 군사들이 동시에 상륙하자 버드나무 우거진 숲 속에서 포성이 진동하고 좌우에서 일제히 북소리가 울려 퍼졌다.

뒤이어 좌측에서 붉은 갑옷을 입은 일대가 뛰어나왔다. 그들의 두령은 진명이었다. 우측에서 달려 나온 일대는 검은 갑옷으로 입었는데 그들의 두령은 호연작이었다. 각각 군사 5백 명을 거느리고 물가로 쳐 나왔다.

유몽룡이 낭패하여 병사들을 배에 불러들였을 때는 이미 반이 목숨을 잃고 난 뒤였다. 우방희는 앞에서 동요하는 소리를 듣고 곧장 뒤따라오는 배를 물러서게 하였으나 이 때 산꼭대기에서 연주포가 불을 뿜고 갈대 숲에서는 바람이 일기 시작했다. 머리를 풀어 헤친 공손승이 검을 손에 든 자세로 산정에서 바람을 일으키는 도술을 부렸다.

처음에 바람은 숲을 울리고 이어서 돌을 날리다가 모래를 휘몰아 올리더니 뒤이어 흰 물결은 하늘에 솟아 소용돌이를 치면서 순식간에 검은 구름이 땅을 덮어 햇빛마저 빛을 잃고 바람결은 광풍으로 변했다.

당황한 유몽룡이 배를 저어 뒤로 물리려 하자 갈대 숲과 연꽃이 어우러져 핀 깊숙한 못과 조그마한 강어귀로부터 일제히 작은 배들이 쏟아져 나와 급히 대선대 속으로 쳐들어왔다.

울려 퍼지는 북소리와 함께 작은 배들은 일제히 횃불을 밝혔다. 이어서 순식간에 세찬 불길이 치솟고 하늘에 떠오른 불꽃들은 큰 배 안으로 떨어졌다. 앞뒤에 늘어선 관선들은 한꺼번에 불타기 시작했다.

유몽룡은 그 광경을 보았지만 어떻게 할 도리가 없었다. 그래서 투구와 갑옷을 벗어 던지고 물로 뛰어들었으나 언덕으로는 가까이 갈 수가 없기에 깊숙한 곳에 있는 넓은 강어귀를 향해 헤엄쳐 갔다.

이 때 갈대 숲에서 한 사나이가 조그만 배를 저어 나타났다. 유몽룡이 물 속에 숨었으나 그 순간 누군가가 그의 허리를 안아 올려 배에 던져 넣었다. 배를 저어 온 사람은 동위이고 허리를 안아 배 안에 던져 넣은 사람은 이준이었다.

한편, 우방희도 주위의 관선대에서 일어나는 불길을 보고 당황하는데 그 때 뱃머리 쪽에서 남자 하나가 기어 나오더니 갈고리로 머리를 걸어 물로 끌어당겨 처박아 버렸다. 그 남자는 장횡이었다.

양산박 안에서 수로선들이 이 같이 참패하여 시체들은 수면을 메우고 피는 물결을 타고 출렁거렸다. 당세영은 가까스로 조그만 배를 타고 노를 저어 달아났으나 좌우의 갈대 숲으로부터 날아온 화살에 맞아 끝내 물에서 죽고 말았다.

병사들은 헤엄칠 줄 아는 자만 가까스로 목숨을 건지고 헤엄을 칠 줄 모르는 병사들은 모두 죽었다. 그 중 생포된 자들은 모조리 산채로 끌려갔다.

이준은 유몽룡을 생포하고 장횡은 우방희를 잡았는데 처음에는 산채로 그들을 끌고 가려 했으나 송강이 이번에도 그들을 석방해 줄 것만 같아 둘이서 상의한 결과 그들을 길에서 죽여 목을 잘라 머리만 산으로 보냈다.

한편, 군사들을 이끌고 수군과 호응하기로 했던 고 태위는 갑자기 연주포가 터지고 북소리가 울리자 아마 물 위에서 싸움이 벌어졌나 보다 생각하며 말을 달려 으슥한 산기슭에 이르러 보니 병사들이 물 속에서 허우적거리며 언덕으로 기어오르는 것이 아닌가. 고구는 그 병사들이 자기편 군사임을 알자 어떻게 된 영문인지 까닭을 물었다. 병사들은 불의 공격을 받아 배가 모조리 타 버렸는데 모두 어떻게 되었는지 전혀 모른다고 대답했다.

고 태위는 몹시 놀라 어쩔 줄 몰라 하는데 잇달아 또 함성이 들려 오고 검은 연기가 하늘에 가득히 피어올랐기에 그는 서둘러 군사들을 이끌고 왔던 길을 되돌아갔다.

그러자 앞쪽에서 북소리가 울려 퍼지며 일대의 군사들이 뛰어나와 길을 막았다. 그들의 대장은 삭초로 큰 도끼를 휘둘러 대며 말을 달려 공격해 왔다.

고 태위의 곁에 있던 절도사 왕환이 창을 들고 삭초와 싸웠다. 그런데 싸우기 다섯 합도 채 되지 않았을 때 삭초가 말 머리를 돌려 도망치기 시작했다. 고 태위가 군사들을 이끌고 쫓아갔으나 산허리를 돌자 삭초의 모습은 보이지 않았다.

그래도 계속해서 뒤쫓아 가는데 뒤에서 갑자기 임충이 군사들을 이끌고 나타나 덤벼들었다.

그를 피하여 10리 정도 갔을 때 이번에는 양지가 군사들을 이끌고 나타났다.

다시 그를 피해서 달아나는데 10여 리도 채 못 갔을 때 뒤에서 주동이 쫓아와 칼을 휘두르며 베려고 했다.

이는 모두 오용이 만들어 낸 작전이니 전면에 나와서 막지 않고 뒤에서 쫓아와 공격하는 전법이다. 패한 장군은 싸울 용기를 잃고 오로지 도망을 치기에만 바빠 후군을 구할 엄두도 낼 수 없게 된다.

이렇듯 고 태위가 쫓기면서 황급히 제주로 도망을 쳐서 성 안에 이르렀을 때는 이미 삼경이었다. 그런데 이 때 또다시 성 밖에 있는 진지가 타기 시작해 우왕좌왕하는 처참한 아우성 소리가 들려 왔다. 이 작전은 석수와 양웅이 5백 명의 보병을 숨겨 두었다가 이곳저곳에다 불을 지르고 도망을 치게 했기에 생긴 소동이었다.

고 태위는 넋이 허공으로 빠져 나간 듯 놀랐다. 계속 염탐꾼을 시켜 확인을 시키니 들려오는 보고는 모두 불을 지르고는 퇴각해 버렸다는 보고뿐이었다. 일은 어찌 되었건 일단 적군이 퇴거했다고 하자 그는 가슴을 쓸어내렸다. 그리고 군사들의 수효를 점검해 보니 거의 태반이 없었다.

고구는 너무나 속이 상해 마음을 졸이고 있었다. 이 때 파수병이 들어와 아뢰었다.

"폐하의 칙서가 도착했습니다!"

고구가 황급히 보병, 기병, 절도사를 인솔하고 성 밖에 나가 칙사를 맞았더니 조정에서 온 황제의 사자는 초안의 칙서가 내렸다고 말했다. 문환장도 함께 와 있었다. 새 모사인 문환장과 인사를 나누고 함께 성안의 원수부에 들어와 상의를 했다.

고 태위는 우선 칙서의 사본을 받아 들고 자세히 읽었다. 초안의 칙서를 그대로 적군에게 내주기가 싫었지만 싸움에 두 번이나 패한데다 징발해 온 많은 배들이 송두리째 불타 버렸으니 어찌 하는 도리가 없었다. 그렇다고 초안의 칙서를 그대로 내리고 나면 동경으로 돌아갈 체면이 서지 않았다. 그래서 어떻게 하면 좋을지 결정을 짓지 못한 채 며칠을 보냈는데 엉뚱한 일이 생겼다.

제주 관아에 성은 왕이요 이름은 근이라고 하는 늙은 관원이 있었다. 이 사람은 성품이 각박하고 잔인하여 사람들은 그에게 완심왕이라는 별명을 붙여 주었다. 그는 제주 관아에서 원수부에 파견되어 잡다한 일을 맡아 하는 하급 관원으로 근무하다가 고 태위가 그 칙서 때문에 고민하고 있다는 말을 듣고 급히 원수부에 달려가 교활한 계책을 아뢴 것이다.

"태위님, 그렇게 걱정하실 것 없습니다. 저도 읽어 보았습니다만 그 칙서에는 구멍이 뚫린 데가 있습니다. 그 칙서를 기초하신 담당관께서 태위님을 위해 미리 빠져 나갈 구멍을 뚫어 놓은 듯하옵니다."

고 태위는 깜짝 놀라며 물었다.

"어느 대목이 그렇다는 말인가?"

"칙서의 가장 중요한 대목은 가운데에 있는 행입니다. 그것은 송강, 노준의 등 대소배가 범한 죄상을 제하고 함께 사면하노라 하는 대목인데 이 구절이 애매합니다. 그러니 송강을 제한다는 대목을 한 구절로 하고 노준의 등 대소배가 범한 죄상과 함께 사면한다는 대목을 따로 한 구절로 나눕니다. 그리고 놈들을 속여서 성 안에 유인했다가 두령인 송강을 붙잡아 죽여 버리고 아랫놈들은 흩어지게 하여 이곳저곳으로 쫓아 버리면 됩니다. 옛적부터 머리가 없는 뱀은 움직이지 못하고 날개가 없는 새는 날지 못한다고 합니다. 송강만 없애 버린다면 나머지 놈들이 무슨 짓을 하겠습니까? 어떻습니까, 저의 생각이?"

고구는 크게 기뻐 곧 왕근을 기용하여 원수부로 임명하였다. 계속하여 사람 하나를 양산박에 보내 칙서가 내려왔다는 사실을 알리고 송강 이하 전원이 제주성에 내려와 천자의 칙서를 받아 은사를 얻으라고 전했다.

한편, 송강은 또다시 고 태위와 싸워 이기자 불에 탄 배는 부하들에게 시켜 운반했다가 땔감으로 하고 타지 않은 배들은 거두어 산채 깊숙이 옮겨 놓았다. 포로로 잡혀 온 병사들은 한 사람도 남김없이 석방하여 잇따라 제주로 떠나게 했다.

그 날은 마침 송강이 대소 두령들과 함께 충의당에서 이야기를 나누고 있었다. 이 때 부하 하나가 들어와서 아뢰었다.

"제주 관아에서 사자가 왔습니다. 사자의 말에 의하면 이번에 조정에서 칙사를 보내시어 칙서를 내리셨다고 합니다. 죄과를 용서하여 무사하게 하고 관직을 주기로 한답니다. 사자는 이 기쁜 소식을 알리러 왔다고 합니다."

송강은 뜻하지 않은 소식을 듣고 만면에 웃음을 띠었다. 급히 사자를 맞아 당상에 앉히고는 자세한 내용을 물었다.

"조정에서 칙서를 내리시어 초안한다 하옵기에 고 태위께서 소인을 보내시어 여러분께 알리라고 하셨습니다. 그러니 여러분은 다 함께 제주성에 나오시어 칙서를 펴 보는 의식을 받으라고 하셨습니다. 아무런 계략도 없사오니 결코 의심하지 마시기 바랍니다."

송강은 군사와 상의한 끝에 우선 은자와 비단 등을 사자에게 주어 제주로 돌려보냈다. 그리고 모든 두령은 한 사람도 빠짐없이 준비를 갖추어 칙서를 봉독하는 의식에 참여하라고 명했다.

그러자 노준의가 나섰다.

"형님, 일을 그르쳐서는 아니 됩니다. 혹시 고 태위의 계략인지도 모르지 않습니까? 가시지 않는 편이 좋겠습니다."

"그렇게 의심만 해서야 언제 올바른 길로 되돌아갈 수 있겠나. 그러니 우선 의심하지 말고 가 보기로 하세."

오용이 웃으며 말했다.

"고구란 놈은 우리에게 형편없이 참패했으니 잔뜩 겁을 집어먹고 있겠지요. 그러니 제 따위가 아무리 계략을 꾸민들 어떻게 하겠습니까. 걱정 말고 송 공명 형님을 앞에 세워 다 같이 산을 내려가기로 합시다. 하지만 먼저 이규에다 번서, 포욱, 항충, 이곤 등을 보충하여 보병 1천을 주어 제주의 동쪽 길목에 복병케 하고, 다음은 일장청 여 두령에 고대수, 손이랑, 왕영, 손신, 장청 등을 주어 보병 1천을 거느려 제주의 서쪽에 숨어 있도록 해야겠지요."

오용이 이와 같이 부하들의 배치를 끝내고 나자 두령들은 다 함께 산을 내려가고 수군의 두령들만 뒤에 남아 산채를 지키기로 하였다.

고 태위는 제주성 원수부에서 왕한 등 절도사를 여럿 모아 놓고 협의한 끝에 각로의 군사들을 성 안으로 들어오도록 했다.

또한 절도사들은 각각 무장을 갖추고 성 안에 숨어 있게 하되 성벽에는 어디든 기를 꽂지 못하게 하고 북문에 '천자'라 새겨진 황색기 하나만 세워 두게 했다.

그 날 양산박에서는 우선 장청에게 마군 5백을 주어 척후로 내보냈다. 장청은 제주성 가까이 가서 성 주변을 한 바퀴 돌고는 북쪽으로 사라져 갔다. 뒤이어 대종이 걸어서 성 주변을 대강 돌아보았다.

드디어 멀리 북쪽에 송강의 군사들이 보였다. 금고와 오방의 정기를 앞세우고 두령들은 원형 혹은 반원형으로 정연하게 대오를 지어 행군해 왔다. 그 선두는 수령 송강과 노준의, 오용, 공손승이며 마상에서 몸을 숙여 고 태위에게 인사를 보냈다. 이를 본 고 태위는 성벽 위에서 종자로 하여금 소리치게 했다.

"이번에 조정에서 그대들의 죄를 용서하시고 특히 초안하신다 하였는데 어찌하여 무장을 하고 오는가?"

송강은 대종을 성벽 아래까지 보내 그 말에 대답하게 했다.

"저희들은 아직 성은을 받잡지 못하여 칙서의 취지가 어떠한 것인지 알지 못하옵니다! 그 때문에 언감생심 갑주를 벗지 못하고 왔습니다! 태위께서는 아무쪼록 충분한 배려를 하시어 성 안에 사는 백성들과 장로들을 한 사람도 남김없이 불러다 놓으시고 그들과 함께 칙서를 받들도록 해 주십시오! 그 때에는 삼가 갑옷을 벗겠습니다!"

이에 고 태위는 성 안의 주민들과 장로들이 성벽까지 나와 칙서를 받들도록 하라고 분부를 내렸다. 얼마 뒤 왁자지껄 떠들어 대며 모두들 성벽 앞으로 몰려왔다. 송강은 백성들이 노소를 막론하고 성벽 위로 잔뜩 몰려든 것을 보고 나서야 말을 몰아 나아갔다. 북이 한 번 울리자 모든 장수들은 말에서 내렸다. 북이 두 번 울리자 장수들은 성벽 아래로 걸음을 옮겼다. 뒤에는 부하들이 말고삐를 잡고 성으로부터 화살이 닿을 만한 거리에 늘어서 있었다. 금고가 세 번 울리니 장수들은 성벽 아래에서 공수한 채 성벽 위에서 읽는 칙서의 내용을 듣기 위해서 귀를 기울였다. 칙사가 칙서를 읽어 내려갔다.

"이르노니 사람의 본심은 본시 두 갈래가 없고 나라의 항도는 모름지기 한 가지 이치뿐이니라. 선을 행하면 곧 양민이요 악을 행하면 곧 역도가 되느니라. 짐이 듣건대 양산박 무리들은 모인 지 이미 오래되었으나 선화를 입지 못한 바 아직 양심을 되찾지 못하였다 하니 짐이 이번에 칙사를 보내 조서를 내리는 바 송강을 제외한 노준의 등의 무리들이 범한 죄과는 함께 사면키로 하노라. 그 우두머리 되는 자는 동경으로 나와서 은혜에 감사할 것이며 나머지 무리들은 각기 그 고향으로 돌아가라. 오호라, 하루 속히 산채를 떠나서 옳은 길로 돌아와 마음을 잡고 광포한 행동을 범하지 말고 낡은 것을 새롭게 하고 새 것을 취하도록 하라. 이처럼 짐의 뜻을 밝히니 이 뜻을 명심하여 새겨들으라."

이 때 군사 오용은 '송강을 제외한' 이라는 말을 듣자 곧 화영에게 눈짓을 했다.

"들었지?"

칙서를 다 읽자 화영이 큰 소리로 외쳤다.

"형님만은 용서하지 않는다고 하니 우리끼리만 투항해서 무엇합니까!"

그러고는 살을 메겨 활을 당기며 칙서를 읽은 그 칙사를 향해 소리쳤다.

"화영의 신전을 알아 둬라!"

살을 쏘아 보내니 화살은 칙사의 얼굴에 명중했다.

사람들은 황망히 칙사를 부축하려고 달려왔다. 성 아래에 있던 송강의 군사들은 일제히 외쳤다.

"해치우자!"

군사들은 함성을 지르며 성벽 위를 향해 화살을 퍼부어 댔다. 고 태위는 간신히 몸을 피했다.

네 개의 성문으로부터 관군이 쏟아져 나오자 송강의 군사들은 일제히 말에 올라 도망쳤다. 관군이 그들을 뒤쫓아 10여 리쯤 갔다가 되돌아오려고 하는데 갑자기 송강의 후군으로부터 포성이 터지더니 동쪽으로부터 이규의 보군이 쳐 나오고 서쪽으로부터 호삼랑이 이끄는 마군이 쇄도해왔다. 관군은 틀림없이 복병이 있으리라 짐작이 되어 겁을 집어먹고 후퇴를 서둘렀다.

그러자 송강의 전군도 방향을 바꾸어 쫓아오기 시작했다. 이리하여 삼면으로부터 협공을 받게 된 관군은 대혼란 속에서 우왕좌왕하다가 목숨을 잃은 자들이 적지 않았다. 송강은 군사를 한데 모으는 한편 더 이상 쫓지 않고 양산박으로 돌아갔다.

이렇게 되니 고 태위는 제주에서 송강 등 역적의 무리가 칙사를 살해하고 초안에 순종하지 않았다는 보고문을 작성하여 상신하는 한편, 채 태사와 동 추밀, 양 태위에게 밀서를 꾸며 보냈다. 밀서의 내용인즉 아무쪼록 잘 협의해 태사께서 보고하시고 연도로부터 양초와 원군을 급히 보내 주시어 도적 떼를 쳐부수도록 해 달라는 청이었다.

채 태사는 이러한 고 태위의 밀서를 받자 즉시 궁중으로 들어가 천자께 이를 보고했다.

"수시로 조정을 욕되게 하고 함부로 대역을 일삼는 역적들이로군."

천자는 이내 조서를 내려 각지로부터 각각 보강군을 보내고 태위의 지휘를 받도록 하라고 분부했다.

양 태위는 다시금 어영사에서 두 장수를 선발하여 용맹, 호익, 봉일, 충의 네 영으로부터 각각 몇 백 명씩 골라낸 정병 2천을 거느리고 고 태위의 토벌군에 합세토록 보냈다.

두 사람의 장수 중 하나는 80만 금군 도교두로서 벼슬은 좌의위친군의 지휘사 호가장군인 구악이요, 다른 한 사람은 80만 금군 부교두로서 벼슬은 우의위친군의 지휘사 거기장군인 주앙이었다. 이들 두 장군은 많은 싸움에서 발군의 공을 세워 이역에까지 이름을 떨친 자들로서 무예에 통달하여 위력이 동경에 있는 대장군들을 누를 지경이었으며 고 태위의 심복 부하이기도 했다.

양 태위는 이 두 장군에게 곧 출발하라는 분부를 내렸다. 두 장군은 채 태사에게 떠난다는 인사를 하러 갔다.

"아무쪼록 조심하고 큰 공을 세우고 돌아들 오게. 내 반드시 중히 쓸 것이니 조심들 하오."

채 태사는 이렇듯 넌지시 말했다.

네 영에서는 하나같이 키가 크고 건장하며 산동, 하북 출신으로서 산을 잘 타고 물에 익숙한 군사들을 선발하여 두 장군에게 배속시켰다.

구악과 주앙은 군사들을 각 네 대로 나누어 용맹, 호익 두 영의 천 명과 마군 2천여 기는 구악이 지휘하고 봉일, 충의 두 영의 천 명과 2천여 기의 마군은 주앙이 지휘했다. 이 밖에도 천 명의 보군이 있었는데 이들도 반씩 나누어 각기 소속시켰다.

이리하여 구악과 주앙은 선두가 되어 대열을 이어 성 밖으로 나아가 제주를 향해 진군해 갔다.

한편, 고 태위는 제주에서 문 참모와 협의하여 원군이 도착할 때까지 군사들로 하여금 부근 산에서 목재를 베어 오게 하고 가까운 주와 현으로부터 선공들을 징발해 왔다. 이리하여 제주성 밖에 조선소를 설치하고 전선을 만들게 했다. 동시에 용감한 뱃사람들과 군사들을 모집했다.

구악과 주앙 두 장수는 원수부에 와서 부임 인사를 하였다. 고 태위는 술과 음식을 내어 그들을 접대하고 사람을 보내서 군사들도 위로했다.

"두 분께서는 얼마 동안 푹 쉬시오. 해추선이 완성되면 그 때 수륙 양로로 배와 말을 나란히 몰아 쳐들어갑시다."

한편, 양산박으로 돌아온 송강은 오용 등과 다시 의논을 했다.

"초안을 가지고 온 칙사를 다치게 해서 죄가 더 무거워졌으니 조정에서는 반드시 토벌군을 보내 올 게 아닌가? 그러니 대책을 강구해야지."

그들은 곧 부하들을 하산시켜 관군의 동정을 살피게 했다. 사흘이 채 못 되어 하산했던 부하들이 자세한 정보를 얻어 가지고 올라왔다.

"고구는 요즘 수군을 모집하며 크고 작은 해추선 수백 척을 건조하고 있습니다. 또 동경에서 어전 지휘사 두 장수가 원군을 이끌고 와 제주 성 아래 진을 치고 있습니다. 그 밖에 각지에서도 많은 원군을 보냈습니다."

듣고 난 송강은 곧 오용에게 의견을 물었다.

"그처럼 큰 배를 가지고 싸움을 걸어 오면 좀처럼 쳐부술 수 없을 텐데."

오용은 웃으며 말했다.

"뭐 크게 걱정하실 것 없습니다. 수군 두령들 몇 사람에게 맡기면 해결됩니다. 헌데 그렇게 큰 배를 만들려면 다 끝내기까지는 아마 수십 일은 걸리겠지요. 그러니 아직 한두 달 여유는 있습니다. 그 동안 우선 우리 두령 두세 명을 조선소에 보내 소동을 벌여 놓은 뒤에 천천히 상대해 주기로 하시지요."

"그것 참 묘안이오. 그러면 시천과 단경주 두 사람을 보내도록 할까."

오용이 말했다.

"그 밖에 장청과 손신을 보냅시다. 그들은 재목을 나르는 인부로 가장하여 조선소에 잠입하고 고대수와 손이랑은 밥을 날라 주는 일꾼으로 가장하여 여자들 틈에 섞여 잠입합니다. 그리하여 시천과 단경주의 일을 돕도록 하는 겁니다. 또 장청은 군사들을 이끌고 가서 응원하도록 만전을 기해야 합니다."

고 태위는 밤낮으로 배 만드는 일을 독려하여 아침저녁으로 주민들을 잡아다 일을 시켰다. 그 때문에 제주의 동쪽 일대는 온통 조선창으로 변했으며 수천 명을 헤아리는 목공들로 붐벼 댔다. 횡포한 병사들이 칼을 빼 들고 인부들을 위협하여 주야의 구별 없이 배 만드는 일을 독촉했다.

시천과 단경주는 은밀하게 계획을 짠 뒤 유황, 염초 등을 몸에 숨기고는 우선 건조장에 들어가 불 지르기에 적당한 장소를 찾아 다녔다.

장청과 손신은 제주성 밑에 가서 5백 명이나 되는 인원들이 목재를 끌고 조선소로 가는 틈에 끼어 함께 안으로 들어갔다. 조선소 입구에서는 2백 명 병사들이 요도와 곤봉을 뽑아 들고 인부들을 매질하며 재목 운반을 독촉하고 있었다. 조선소 주위에는 목책이 빙 둘러쳐져 있고 띠로 지붕을 이은 작업장이 3백 채나 되었다. 두 사람이 안에 들어가 보니 수천 명이 혼잡하게 뒤섞여 일을 하고 있었다. 두 사람은 살금살금 사람들 사이를 돌아서 부엌채 뒤에 가 숨었다.

손이랑과 고대수는 때가 낀 옷을 입고는 각각 밥통을 들고 밥을 나르는 여자들 틈에 끼어 부엌으로 들어갔다.

드디어 날이 저물고 밤하늘에 달이 떴다. 대부분의 목공들은 그 때까지 채 끝나지 않은 일을 서둘렀다. 드디어 이경 무렵이 되었을 때 손신과 장청은 왼쪽 조선소에 불을 지르고 손이랑과 고대수는 오른쪽 조선소에 불을 질렀다. 두 조선소로부터 불이 일어나자 안에서 일하던 목공과 인부들은 앞을 다투어 목책을 넘느라고 야단법석이었다.

이 때 고 태위는 잠을 자던 중이었다.

"조선창에 불이 났습니다!"

잠결에 갑작스런 보고를 받은 그는 허둥지둥 일어나서 관병들을 풀어 불을 끄게 했다.

구악과 주앙 두 장수는 각각 휘하의 군사들을 끌고 조선창에 일어난 불을 끄려고 달려갔다.

그러나 금방 성루에서도 불길이 일어났다.

보고를 받은 고 태위는 말에 올라 병사들을 이끌고 손수 불을 끄러 나갔다. 그런데 또다시 보고가 올라왔다.

"서쪽 마초장에서도 불길이 충천해 그 일대가 대낮같이 환합니다!"

구악과 주앙이 군사들을 이끌고 서쪽 마초장으로 불을 끄러 갔더니 북소리가 땅을 흔들고 함성이 하늘을 찔렀다. 장청이 표기병 5백 명을 거느리고 잠복해 있다 지르는 소리였다. 장청은 구악과 주앙이 군사들을 거느리고 불 끄러 온 것을 알자 정면으로 그들을 치기로 한 것이다.

"양산박 호걸들이 총출동 하셨느니라!"

장청은 소리치며 창을 들고 구악과 싸우다 슬쩍 말 머리를 돌려 도망쳤다. 구악은 공명심이 앞섰다.

"역적 놈아, 게 섰거라!"

큰 소리로 외치니 장청은 장창을 거두고 비단 주머니에서 돌멩이 한 개를 꺼내 구악에게 던졌다. 돌멩이는 구악의 얼굴에 명중하여 그는 말에서 거꾸로 떨어졌다. 이 광경을 본 주앙은 급히 아장을 시켜 필사적으로 구악을 구출케 하고 자신은 장청과 어울려 싸우기 시작했다. 주앙과 두서너 차례 겨루고 난 장청은 말 머리를 돌려 도망치기 시작했다. 그러나 주앙이 쫓아오지 않으니 다시 말 머리를 돌려 주앙을 향해 달려왔다.

이에 왕환, 서경, 양온, 이종길 등의 사로군이 네 갈래로 나뉘어 진격해왔다. 이를 본 장청은 표기병들을 거두어 오던 길로 되돌아섰다.

관군은 복병을 두려워하여 그 뒤를 쫓지 않고 군사들을 거두어 진화 작업에 달려들었다. 이리하여 세 군데의 화재가 진화되었을 때는 이미 새벽이었다.

고 태위는 사람을 보내 구악을 문병케 했다. 돌멩이가 얼굴 한가운데와 입 언저리에 명중했기에 이빨 네 대가 부러지고 코도 입술도 형편없이 깨져 있었다. 의원의 치료를 받게 했으나 구악의 상처가 너무 끔찍해 양산박에 대한 고 태위의 원한은 골수에 맺히게 되었다.

고 태위는 섭춘을 불러 전력을 다해 배를 만들라고 분부하고 나서 조선창 주변에는 절도사들에게 진을 치게 하여 밤낮으로 경계하도록 했다.

배 건조가 겨우 끝났을 때는 어느덧 겨울철이었다. 그러나 그 해에는 날씨가 유별나게 따뜻했기에 고 태위는 하늘의 도움이라고 기뻐했다.

드디어 고 태위는 절도사들을 거느리고 건조된 전선을 검열하러 나왔다. 2백여 척의 해추선이 수면 가득히 떠 있고 그 중 10여 척에는 군기가 나부끼고 있었다. 마침내 징과 북이 울리자 배 양쪽에서 물을 가르는 수레바퀴가 일제히 움직였다. 그것은 마치 바람이 휘몰아 나가는 듯한 기세였다. 고 태위는 마음이 대단히 흡족하였다.

"마치 날아가는 것 같구나! 도적놈들이 아무리 날쳐도 이 배는 막아내지 못하리라!"

고 태위는 이리 생각하며 금은과 비단을 내어다가 섭춘에게 선사하고 다른 목공들에게도 각각 후한 노자를 주어 집으로 돌려보냈다.

그 이튿날 고 태위는 흑소, 백마, 돼지, 양 등을 잡고 마른안주도 장만하여 금은과 지전을 바치며 수신제를 지냈다.

수신제가 끝나자 고구는 동경에서 데려온 기녀와 무희들을 배에다 태워 주연을 베풀며 노래를 부르고 춤을 추게 했다. 또한 병사들에게 배 젓는 연습을 시켜 물 위로 달리게 했다. 놀이는 해가 저물도록 끝나지 않았다. 연회는 사흘 동안 계속되었고 그 때문에 배는 발이 묶여 있었다.

그 때 병사 하나가 와서 알렸다.

"양산박 도적이 시를 써서 제주성 안의 토지묘에 붙여 놓은 것을 누가 떼어 이렇게 가지고 왔습니다."

그 시의 내용은 아래와 같았다.

일개 건달 고구가 뜻을 얻으니
아무리 해추선 만 척을 움직여 본들
양산박에 들어오면 한 척도 안 남을 것을

시를 읽고 난 고 태위는 대로하여 곧장 군대를 출동시켜 양산박 적들을 토벌하려 했다.

"한 놈도 남김없이 놈들을 죽여 버리기까지는 맹세코 군사들을 물리지 않으리라!"

고구가 흥분해서 소리치자 참군 문환장이 말했다.

"태위님, 노여우시더라도 잠시 고정하십시오. 생각하옵건대 도적들은 지레 겁을 먹고 일부러 악담을 써 갈겨 허세로 위협을 하고 있습니다. 며칠 동안 푹 쉬고 난 뒤 수륙 양군을 재편성하여 토벌하는 것이 상책일까 합니다. 지금 한겨울인데도 날씨가 이같이 따뜻하니 이는 폐하의 은덕과 태위님의 위광이옵니다."

고구는 크게 기뻐하며 성 안으로 돌아가 군대의 재편성을 협의했다. 이리하여 적을 쫓는 주앙과 왕환에게 각각 육군과 수군을 거느리고 중군을 수행하여 지원하도록 했다. 또 항원진과 장개에게는 마군 1만을 지휘케 하여 곧장 양산박 산 앞길까지 가서 적을 막아 싸우게 했다.

본시 양산박 일대는 예로부터 사방이 망망한 채 갈대에 덮여 있는 수면 위로 물안개가 연기같이 뿌옇게 피어오르곤 할 뿐이었다. 그렇던 곳이 이즘에는 산 앞에 한 줄기 길이 나 있는데 이 길은 송강이 새로 닦은 길로서 본시 없었던 것이다.

고 태위는 마군을 먼저 이 길로 진군케 하여 길을 막기로 했다. 그리고 참군 문환장, 구악, 서경, 매전, 왕문덕, 양온, 이종길, 장사 왕근, 목공인 섭춘, 수행하는 아장들, 대소 군교와 군졸들은 온통 고 태위를 수행하여 배를 타고 가기로 했다.

문 참군은 이러한 고 태위의 편성에 대해 염려되는 점을 말했다.

"원수께서는 마군을 독려하시며 육로로 진군해 주십시오. 수로를 택하심은 스스로 위험을 택하시는 길이니 다시 생각해 주시기 바라옵니다."

"걱정 말게. 전번에는 두 번 다 장수다운 장수가 없어서 싸움에 패하고 많은 배들을 잃었지만 이번에는 훌륭한 배를 건조했고 또 장수들도 다 믿음직하지 않은가. 내가 진두 지휘하지 않는다면 그 도둑놈들을 쳐부수지 못해. 이번에야말로 놈들을 깨끗이 쓸어 버릴 터이니 군소리 말게."

문 참군은 그 이상 더 말할 수가 없어 할 수 없이 고 태위를 따라 배에 올랐다. 고구는 서른 척의 대해추선을 선봉인 구악, 서경, 매전에게 맡겨 지휘케 하고 쉰 척의 소해추선은 선두에 나아가게 하여 양온, 장사 왕근, 목공 섭춘으로 하여금 지휘케 했다. 맨 앞장을 선 배에는 큰 홍기 두 개가 세워졌다.

중군의 배에는 고 태위와 문 참군이 기녀와 무희들을 데리고 탔는데 그 배는 중군 선단을 통제하는 사령선이기도 했다.

때는 동짓달 중순이었다. 마군은 명령을 받고 수군보다 먼저 출발했다. 수군은 선봉인 구악, 서경, 매전 등 세 사람이 선단의 선두를 지휘하며 바로 양산박을 향해 전진했다.

그러자 바야흐로 앞에서 이쪽을 향해 오는 한 떼의 배가 보였다. 어느 배에나 14,5명씩 타고 있을 뿐인데 한 결 같이 갑옷을 입었고 배의 한가운데 두령이 한 사람씩 앉아 있었다. 그 선두의 세 척 배에는 하얀 깃발이 하나씩 세워져 있는데 거기에는 '양산박 원 씨 삼웅'이라는 글이 쓰여 있었다. 한가운데가 원소이이고 왼편이 원소오이며 오른편이 원소칠이었다.

선봉을 선 관군의 세 장수는 그들을 발견하자 화포와 화창과 화전을 쏘았다. 그러나 원 씨 삼형제는 조금도 겁내지 않고 그대로 이쪽을 향해 오더니 드디어 창이나 화살이 날아가서 닿을 만 한 거리에 이르자 함성을 지르며 일제히 물로 뛰어들었다. 구악 등은 세 척의 빈 배를 빼앗아 가지고 그대로 앞을 향해 나아갔다.

그러나 5리도 채 못 갔을 때 세 척의 쾌속선이 바람을 가르며 노를 저어 오는 모습이 보였다. 그 중 앞장을 선 배에는 여남은 명이 타고 있을 뿐이었는데 한 결 같이 개흙을 몸에 바르고 머리털은 풀어헤친 채 휘파람을 불며 나는 듯이 배를 저어 왔다. 그 양편의 두 척 배에는 예닐곱 명씩 타고 있는데 그들은 빨강이나 초록 등 멋대로 물감을 칠한 차림이었다. 한가운데는 맹강이고 왼편은 동위이고 오른편은 동맹이었다. 이쪽의 선봉인 구악이 다시 화기를 쓰자 그들을 고함을 지르며 모두 다 배를 버리고 일제히 물로 뛰어들었다.

이리하여 다시 세 척의 배를 나포해 앞으로 나아가는데 5리 도 채 가지 못했을 때 또다시 세 척의 중형 배가 나타났다. 각 배는 꼭 같이 여덟 명이 네 대의 노를 젓고 여남은 남짓 되는 부하들이 한 대의 붉은 기를 세우고 뱃머리에는 한 사람씩 두령이 앉아 있었다.

가운데 배의 깃발에는 '수군 두령 혼강룡 이준'이라고 쓰여 있었다. 왼쪽 배에 앉아 있는 두령은 창을 손에 들고 초록 깃발 한 폭을 뱃전에 꽂아 놓았는데 그 깃발에는 '수군 두령 장횡'이라고 큼지막하게 쓰여 있었다. 오른쪽 배에 의연히 서 있는 두령은 상반신에 아무것도 걸친 것이 없었다. 하반신도 두 다리를 그대로 드러내 놓았는데 허리에다 몇 자루 끌을 꽂고 손에는 구리 망치를 들고 있었다. 그 배에도 한 폭의 검은 깃발이 펄럭이는데 그 깃발에는 은박으로 '수군 두령 장순'이라 쓰여 있었다. 장순이 갑자기 배 위에서 큰 소리로 외쳤다.

"배를 보내 줘서 고마 우이!"

그러자 관군 선봉인 세 장수가 명했다.

"활을 쏴라!"

시위 소리와 함께 세 척 배에 있던 두령들은 일제히 물로 뛰어들었다.

때는 겨울의 마지막 고비였다. 관군의 배에 타고 있던 병사와 모집한 뱃군들은 '어떻게 얼음같이 차가운 물 속으로 뛰어드나' 하며 놀라고 있는데 갑자기 양산박 산정에서 호포가 터지기 시작했다. 이 때 갈대 숲에서 천여 척의 작은 배들이 일시에 나타났기에 수면은 마치 메뚜기 떼가 어울려서 날고 있는 것같이 어지러워졌다. 어느 배에나 4,5명씩 타고 있을 뿐이었는데 그 배 안에 무엇이 들어 있는지 알 길이 없었다. 대해추선은 앞으로 더 전진하려 했으나 나아갈 수가 없었다. 수레바퀴를 밟아 움직이려 했으나 물 속에 무엇인지 꽉 차 있어 수레바퀴가 움직이지 않았다. 노두에서 활을 쏘아도 작은 배에 타고 있는 장사들은 저마다 널판을 방패 삼아 화살을 막으며 차츰 대해추선으로 가까이 다가왔다.

그리하여 어떤 장수는 갈고리로 키를 누르고 어떤 장수는 칼로 수레바퀴를 밟는 병사의 목을 치는데 어느 틈에 5,60명이 관군의 선봉선에 올랐다.

관군은 계략에 빠졌음을 알고 후퇴하려 했으나 퇴로가 막혀 후퇴할 수 없었다. 중군 배에 있던 고 태위와 문 참군은 관군이 대패하였을 알자 황급히 기슭으로 상륙을 꾀했다.

그러나 이 때 우거진 갈대 숲으로부터 북 소리가 요란하게 울리고 배에 타고 있던 병사들이 떠들어 대기 시작했다.

"배에 물이 새어 들어온다!"

물은 왈칵왈칵 배 안으로 치솟았다. 앞배에도 뒷배에도 온통 물이 새어 가라앉고 있었다. 주위의 작은 배들은 마치 개미 떼같이 큰 배를 향해 몰려왔다.

새로 만든 배에 물이 새게 된 까닭은 장순이 이끌고 온 수군의 일대가 망치와 끌로 배 밑에 구멍을 뚫어 놓았기 때문이었다.

고 태위는 뱃머리 위에 올라가서 뒤에 있는 배에 구원을 청했다. 그러자 물 속에서 한 사람이 나와 타루로 뛰어 올라왔다.

"태위님, 제가 도와 드리겠습니다."

고구가 보니 한 번도 본 적이 없는 얼굴이었다. 그 사나이는 가까이 다가서더니 한 손을 뻗어 왈칵 고 태위의 두건을 움켜잡고 다른 한 손으로는 고 태위의 허리에 띤 속대를 움켜잡았다.

"에잇!"

소리를 지르며 그를 물 속에 던져 버렸다. 이어 곁에 있던 두 척의 작은 배가 달려와 태위를 배 위로 건져 올렸다. 태위를 건져 낸 장사는 장순으로 그가 물 속에서 사람을 건지는 일은 마치 독 안에 든 자라를 잡는 것이나 다름이 없었다.

선봉인 구악은 전세가 기울어졌음을 보고하자 급히 도망칠 궁리를 했다. 이 때 곁에 몰려 있던 뱃사람들 사이에서 갑자기 한 사람이 튀어나오더니 몰래 그에게로 다가갔다. 그리고 한 칼에 구악을 쳐서 목을 베어 배 밖으로 날려 버리니 그는 양림이었다.

서경과 매전은 선봉인 구악이 죽는 광경을 보자 둘이 함께 양림에게 덤벼들었는데 동시에 뱃사람들 속에서 차례로 네 명의 소두령들이 뛰어나왔다. 한 사람은 정천수, 한 사람은 설영, 한 사람은 이충, 한 사람은 조정이었다. 그들은 일제히 뒤로부터 습격해 들어갔다. 서경은 형세가 불리함을 알고 갑자기 물 속에 뛰어들어 도망치려 했으나 뜻밖에도 물 속에는 이미 누군가가 그를 기다리고 있어 사로잡히고 말았다. 설영은 창으로 매전의 넓적다리를 찔러 그를 쓰러뜨렸다.

원래 두령 여덟 명은 관군의 뱃사공으로 들어가 있었고 이 밖에도 양산박 사람 세 명이 다 관군의 선봉선에 타 있었다. 한 사람은 청안호 이운, 한 사람은 탕륭, 한 사람은 두흥이었다. 절도사들이 설사 삼두육비의 괴력을 가지고 있었다 하더라도 양산박의 이들 앞에서는 꼼짝도 못했으리라.

한편, 양산박의 송강과 노준의는 각각 수륙으로 나뉘어 이미 공격을 개

시하고 있었다. 송강은 수로를 맡고 노준의는 육로를 맡았다.

수로군의 완승은 말할 나위도 없었다.

노준의는 여러 장수들과 각 군을 이끌고 산 앞에 난 한길로 쏟아져 나왔다. 이 때문에 관군의 선봉인 주앙과 왕환은 그들과 정면충돌을 면치 못했다. 주앙은 양산박 군대를 보자 맨 먼저 말을 달려 앞으로 나왔다.

"도둑놈들아, 내가 누군 줄 모르겠느냐!"

호통을 치니 노준의도 큰 소리로 받았다.

"이름도 없는 하졸이구나! 지금 당장에 네 목이 떨어져 나갈 줄도 모른단 말이냐!"

그는 창을 비껴 들고 말을 달려 주앙을 공격했다. 주앙은 큰 도끼를 휘두르며 말을 달려 대항했다. 이리하여 두 장수는 양산박 한길에서 서로 싸우기를 30합이나 했지만 승부가 나지 않았다.

이 때 갑자기 후군 기병대에서 함성이 터져 나왔다. 그들은 양산박 기마대군으로 산 앞 수풀에 숨어 있던 복병들이었다. 그들은 함성을 지르며 사방으로부터 짓쳐 달려들었다. 동남쪽으로부터는 관승과 진명, 서북쪽으로부터는 임충과 호연작 등 용사들이 나타났기에 항원진과 장개는 도저히 그들을 막아 낼 도리가 없었다. 가까스로 혈로를 열어 겨우 도망치는 일이 고작이었다. 주앙과 왕환도 전의를 잃고 창과 도끼를 거두어 필사적으로 도망쳐 가까스로 제주성으로 돌아왔다.

수로를 맡은 송강은 고 태위를 생포하자 급히 분부를 내려 관병을 살해치 못하게 했다. 중군의 대해추선에 타고 있던 문 참군 등과 기녀 무희 일행은 모조리 체포해서 다른 배에 옮기고 북을 쳐서 군사들을 거두어 산채로 호송해 갔다.

이리하여 송강, 오용, 공손승 등 일동이 충의당에 모여 있노라니 장순이 물방울 흐르는 차림새 그대로 고구를 호송해 왔다. 이를 본 송강은 급히 충의당에서 내려와 고구를 부축해 일으키고 새로 지은 비단옷을 가져다 갈아 입도록 하고는 그의 손목을 잡고 당상으로 오르게 하여 정좌에 앉혔다. 그러고 나서 머리를 숙여 최대한의 예를 갖추었다.

"뵈올 면목이 없습니다."

인사를 하자 고구는 급히 그에게 답례를 했다. 송강은 오용과 공손승에게 고구가 그렇게 못하도록 말리게 한 뒤에 인사를 끝내고 나서 고구를 상좌에 앉게 했다. 그리고 연청을 보내 명령을 했다.

"금후 만약 살인하는 자가 있으면 군령에 의해 중형에 처하리라!"

그로부터 한참 지나 관군 포로들이 차례로 호송되어 왔다. 송강은 그들도 옷을 갈아입혀 매무새를 고치게 한 뒤에 함께 충의당에 불러다가 자리를 베풀고 환대했다. 포로로 사로잡은 병사들은 모두 석방해서 제주로 돌려보냈다. 기녀와 무희와 종자들을 위해서는 따로 좋은 배 한 척을 주어 거기서 쉬게 하고 행동도 자유롭게 하도록 했다.

송강은 소와 말을 잡아 성대한 연회를 베풀었다. 이리하여 한편으로는 각 군의 병사들을 위로하고 또 한편으로는 피리를 불고 북을 치며 대소 두령들을 모두 불러다가 고 태위에서 인사를 시켰다. 두령들의 인사가 끝나자 송강은 술잔을 들고 오용과 공손승은 술병을 들고 노준의 등은 곁에 시립해 섰다. 송강이 입을 열었다.

"얼굴에 문신을 넣은 하급 관리인 제가 천자에게 반역하려는 생각은 추호도 없습니다. 바라옵건대 깊은 함정에 빠져 있는 저희들을 어여삐 생각하시고 저희 무리들을 구원해 주시어 밝은 빛을 받게 해 주십시오. 그렇게만 된다면 그 뜻을 뼈에 새기고 평생토록 깊이 간직해서 끝까지 은혜에 보답하겠습니다."

고구가 주위를 둘러보니 둘러서 있는 장사들은 모두들 용맹한 영웅들이었다. 또 임충과 양지는 눈을 번뜩이며 고구를 흘겨보고 있었는데 당장에라도 달려들어 요절을 낼 것만 같은 자세였다. 그는 겁이 잔뜩 났다.

"송 공명, 그리고 여러분, 아무 걱정도 마시오. 내가 조정에 돌아가면 반드시 폐하께 또 한 번 보고해서 은사를 베풀어 초안토록 하고 벼슬을 내리도록 하겠소. 여러분은 모두 의사이므로 한 분도 남김없이 조정의 녹을 받으며 어진 신하로 지낼 수 있도록 도모하겠소."

송강은 크게 기뻐하며 성대하게 연회를 베풀어 그를 후하게 대접했다. 대소 두령들은 번갈아 그에게 술잔을 건네고 술을 따르는 등 은근하고 융숭한 대접을 했다. 그러자 고 태위는 심하게 취한 나머지 간이 커져 버렸다.

"나는 젊었을 때부터 씨름을 했었지. 그 때문에 씨름은 아무도 나를 당해내지 못했지."

노준의도 취해 있었으므로 연청을 가리키며 말했다.

"내 아우 놈인 연청도 태악에서 세 번 시합을 했는데 천하무적이었지요."

그 말을 들은 고구는 벌떡 몸을 일으키더니 웃통을 벗어젖히고 연청에게 씨름을 청했다. 두령들은 송강이 고구를 조정의 태위로서 공경하므로 모두들 참고 앉아서 그의 자랑을 듣고 있었으나 뜻밖에도 그가 씨름을 하자고 대들자 일제히 자리에서 일어났다.

"그것 참 재미있겠소. 어서 시작하시오. 구경합시다."

그러고는 떼를 지어 충의당 아래로 내려갔다. 송강도 취해 있었으므로 별로 말리려 하지 않았다. 이리하여 그들 두 사람은 옷을 벗고 당 아래 넓은 마룻방에 내려섰다. 이 때 송강은 졸개를 시켜 부드러운 깔개를 가져와 깔게 했다.

두 사람은 부드러운 융단 위에서 씨름할 자세를 취했다. 고구가 달려들자 연청은 살짝 손을 뻗어 고구를 움켜잡고는 단 한 번 몸을 비틀어 융단 위에다 동댕이쳐 버렸다. 고구는 목을 새우처럼 웅크린 채 한동안 일어나지 못했다. 이 수법을 수명박이라 한다. 송강과 노준의는 여찌할 바를 몰라

고구를 부축해 일으키고는 옷을 입혀 자리에 앉게 했다.

"태위님께서는 지금 취중이시므로 씨름은 무리올시다. 아무쪼록 용서해 주시오."

여럿은 웃으며 말했다.

고구는 겁에 질려 있었으나 자리에 돌아와 밤늦게까지 술을 마시다가 잠이 들었다.

송강 일동은 이튿날도 역시 연회를 베풀어 고 태위를 위로했다. 고구가 이제 돌아가야겠다고 송강 등에게 하직 인사를 청하자 송강은 말했다.

"저희들이 고귀한 신분이신 태위님을 여기까지 모셔 온 것은 결코 딴 뜻이 있어서가 아니었소이다. 만약 저희들에게 조금이라도 거짓이 있다면 천벌을 받겠소이다."

"만약 의사께서 나를 도성으로 보내 주신다면 여기 계신 여러분들을 의사로서 폐하께 보고하여 반드시 초안토록 하고 나라에서 중용하도록 하겠소. 만약 내가 변심이라도 한다면 하늘도 땅도 나를 버리시어 끝내는 활이나 창 아래에서 목숨을 마칠 것이오."

고구의 이러한 맹세를 듣고 송강은 땅에 닿도록 머리를 숙여 사례했다. 고구는 다시 말했다.

"의사께서 나의 맹세가 의심스럽다면 관군의 장수들을 모두 인질로 잡아 두셔도 좋소."

"태위님 같은 고귀하신 분의 말씀을 의심할 리가 있겠습니까. 여러 장군님들을 저희가 억류할 필요도 없습니다. 저희들이 말에 안장을 얹어 태위님과 여러 장수들을 태워 전송해 드리겠습니다."

"여러 가지로 환대해 주시어 참으로 고맙소. 그럼 돌아가 봐야겠소."

고 태위도 다시 예를 갖추어 인사했다.

송강 등은 한 번 더 만류하여 다시 성대한 잔치를 베풀어 이야기꽃을 피우며 술을 마셨다. 이리하여 연회는 날이 새도록 계속되었다.

사흘째 되는 날 고 태위가 기어코 돌아가겠다고 우기므로 송강 등도 더 만류하지 못하고 또다시 주연을 베풀어 이별주를 나누었다. 그리고 금은과 붉은 비단 등 수천 어치를 내어 와서 예물로 주고 절도사 이하의 인물들에게도 따로 선물을 안겨 주었다. 고 태위는 결국 그 선물을 다 받지 않을 수 없었다. 마지막 전별의 잔을 나눌 때 송강이 다시 초안 이야기를 하니 고 태위가 말했다.

"그렇다면 누구라도 믿을 수 있는 분을 저에게 딸려 보내 주시오. 제가 그분을 폐하께 알현토록 하여 양산박에 계신 여러분들의 충정을 말씀드려 하루속히 조칙이 내리도록 하겠소."

송강은 오로지 초안만을 생각하고 있었으므로 곧 오용과 상의하여 성수서생 소양을 딸려 보내기로 했다. 이 때 오용이 덧붙였다.

"그 밖에 악화도 같이 보내도록 하시는 게 좋겠습니다."

고 태위는 이를 흔쾌히 받아들였다.

"좋소. 그렇다면 나는 약속의 증거로 문 참군을 남겨 두겠소."

송강은 크게 기뻐했다.

나흘째 되는 날 송강 등은 20여 기의 기마군을 거느리고 고 태위와 절도사들을 배웅하여 산을 내려왔다. 금사탄을 건너 20여 리나 더 와서 비로소 이별주를 나누었다. 이리하여 고 태위와 작별하고 산채로 돌아온 송강 등은 오직 하루 속히 초안이 내려오기만을 기다리게 되었다.

2. 동악묘(東嶽廟)

고 태위로부터 소식이 오기를 기다리던 어느 날 관문에서 한 무리가 호송되어 송강 앞으로 왔다. 송강이 보니 모두 몸집이 우람한 사나이들뿐이었다. 그 중의 하나가 무릎을 꿇고 말했다.

"저희들은 봉상부에서 왔는데 태안주의 태산으로 참배하러 가는 길입니다. 오는 삼월 스무 여드렛날이 천제 성제님의 탄생일이고 우리는 곤봉 시합에 출전할 사람들입니다. 올해는 씨름에 강한 사나이가 나오게 됐는데 그는 태원부 사람으로 성은 임이요 이름은 원이라 하며 스스로 경천주라 이름 짓고 큰소리를 치는데 천하무적이랍니다. 그도 그럴 것이 이태 동안 묘당 시합에서 아무도 그를 쓰러뜨린 자가 없어 상품까지 독점해 왔는데 올해도 방문을 내어 걸고 적수를 기다리는 중이랍니다. 우리는 참배도 할 겸 임원의 솜씨도 구경하면 배울 점이 있지 않을까 싶어 지금 갈 길이 바쁘니 제발 지나가게 해 주십시오."

이리 말하자 송강은 소두목에게 분부했다.

"이 사람들을 즉시 산에서 내려 보내라. 앞으로도 참배하러 가는 사람들에겐 시비를 걸지 말고 그대로 지나가게 하여라!"

그들은 절을 거듭한 뒤에 산을 내려갔다. 그런데 이 때 연청이 일어서서 한마디 했다.

"저는 어려서부터 노준의 어른을 모시고 씨름을 익혀 왔는데 아직까지 그럴듯한 상대를 만나지 못한 것이 한이었습니다. 이번에 천행으로 그 기회를 얻었으니 그 날에 동악묘의 씨름판 위에서 기어이 임원이라는 놈을 쓰러뜨리고 말겠습니다. 설사 그자한테 져서 죽는다 해도 원한은 없겠습니다."

"하지만 그자는 금강역사와 같아 천근의 무쇠도 거뜬히 들어 올린다지 않는가. 그러니 자네의 마른 몸으로 어떻게 대적이 되겠나. 자네 솜씨가 아무리 뛰어나다고는 해도 안 될걸."

송강이 부정적인 반응을 보이자 연청이 다시 말했다.

"속담에도 씨름할 때 힘이 있으면 힘으로 잡고 힘이 없거든 지혜로 잡으라 했습니다. 미리 큰소리치는 건 아니지만 임기응변으로 해치울 자신이 있습니다."

노준의도 거들었다.

"연청은 어려서부터 씨름을 충분히 익혀 왔으니 걱정하지 마시고 보내 주시오."

송강은 연청에게 물었다.

"그럼 언제 떠나겠나?"

"내일 떠나겠습니다."

이튿날 송강은 술자리를 마련하여 연청의 출발을 축하해 주었다. 산골 촌놈 행색으로 허리에 작은 북을 찬 연청을 보자 일동은 한꺼번에 웃음을 터뜨렸다.

연청은 두령들과 하직하고 산에서 내려가 금사탄을 건너 태안주로 향했다. 그 날 해가 질 무렵 객점을 찾고 있는데 뒤에서 누군가 부르는 소리가 들렸다.

"여보게."

연청이 짐을 내리고 뒤돌아보니 이규였다.

"웬일인가?"

"자네 혼자만 보내자니 마음이 안 놓이기에 형님께도 말하지 않고 살짝 빠져 나왔어."

"난 그런 건 바라지도 않아. 그러니 속히 돌아가게."

연청의 말에 이규가 버럭 화를 냈다.

"여기까지 쫓아왔는데 그게 무슨 소리야! 자네가 뭐라 든 난 따라갈 테니 그리 알게!"

연청은 이규와 사이가 나빠질까 봐 이렇게 말했다.

"함께 가는 건 상관없지만 거기는 사방에서 참배인들이 모여들 텐데 자네 낯을 아는 자도 더러는 있을걸. 그러니 자네가 내 말을 듣는다면 함께 가 주지.”

“좋아.”

“지금부터는 따로 떨어져 갈 것. 객점에 들어가면 함부로 밖에 나오지 말 것. 이것이 첫째일세. 그리고 묘당 근처의 주점에 가서는 꾀병을 부려 이불을 뒤집어써서 얼굴을 숨기고 아무 말도 하지 말 것. 셋째는 그 날 묘에서 시합이 시작되면 결코 구경꾼들 틈에서 소란을 피우는 일이 없을 것. 자네는 이 세 가지를 모두 지키겠나?”

“아무렴! 내 꼭 지킬 테니 두고 보게!”

그 날 밤 두 사람은 객점에서 쉬고 이튿날 오경에 일어나 돈을 치른 후에 길을 나섰다. 도중에 밥을 지어 먹고 나서 연청이 말했다.

“자넨 십 리 가량 앞서가게. 난 그 뒤에 따라갈 테니.”

연청은 오후 신시 무렵에 묘당 근처에 이르렀다. 짐을 내린 후에 사람들을 비집고 들어가 보니 두 개의 빨간 표주가 서 있었다. 그 표주 위에 걸린 흰 현판에는 ‘태원상박 경천수 임원’이라 쓰여 있고 그 곁에는 좀 작은 글씨로 다음과 같이 쓰여 있었다.

주먹으로는 남산 맹호를 치고
발로는 북해 창룡을 찬다

연청은 그 글을 보더니 갑자기 몽둥이를 들어 그 현판을 마구 두들겨 부수어 놓고는 다시 짐을 메고 묘당으로 향했다.

이를 본 한 사람이 임원에게 달려가 그 같은 사실을 알렸다.

“올해는 현판을 두들겨 부수는 상대가 나타났소.”

연청은 걸음을 재촉하여 이규를 따라잡아 객점에서 방 한 칸을 얻어 편히 쉬려고 했으나 묘당 인근에는 많은 참배객들로 인해 150여 개나 되는 가게는 물론 1천 5백 개가 넘는 객점들도 모두 대만원이었다.

연청과 이규는 하는 수 없이 마을의 변두리에 방을 정하고 막 쉬려 하는데 그 집 심부름꾼이 들어와서 물었다.

“형씨는 산동에서 온 행상이지요? 구경꾼들을 노리고 장사하러 온 모양인데 숙박비 치를 돈이나 가졌는지 궁금하오.”

연청은 사투리를 섞으며 대답했다.

“너, 사람을 업신여기면 못 쓴다. 이까짓 방 값 하나 못 낼 것 같으냐? 남들이 내는 대로 낼 터이니 걱정 마라.”

“식사도 여기서 하시겠죠?”

이래서 심부름꾼이 밥을 짓고 있는데 대문 밖이 떠들썩해지더니 2,30명의 덩치가 큰 사내들이 몰려와서 심부름꾼에게 물었다.

“현판을 두들겨 부수고 도전에 나선 호걸이 어느 방에 있느냐?”

“저희 집엔 그런 사람 없는뎁쇼.”

심부름꾼이 대답하자 한 사내가 말했다.

“모두가 너희 집에 있다고들 해서 왔다.”

“빈방은 두 칸뿐인데 한 칸은 지금 비어 있고 다른 한 칸엔 산동에서 온 행상이 병객 한 사람과 함께 쉬는 중입니다.

“바로 그자다. 그 행상이 현판을 두들겨 부순 도전자란 말이다.”

“웃기지 마십쇼. 그 행상이란 작자는 빼빼 마른 말라깽이예요. 그 몸으로 씨름을 한다는 겁니까?”

“어쨌든 좀 봐야겠다.”

모두가 이렇게 떠드니 심부름꾼은 그 방을 가리켰다.

“저쪽 구석에 있는 방입니다.”

일행이 다가가 보니 방문은 단단히 닫혀 있었다. 문구멍으로 들여다보니까 침대에서 자는 중이라 모두가 수군댔다.

"예까지 들어와서 현판을 두들겨 부순 놈이니 예삿놈이 아닐 게다."
"틀림없어. 아무튼 간에 그 때 가 보면 알게 되겠지."
그로부터 해질 무렵까지 이 객점으로 와서 묻고 간 사람이 부지기수라 심부름꾼은 대꾸하느라고 입술이 부르틀 지경이었다.
이윽고 그 날 삼경이 되자 주악 소리가 들려 왔다. 참배자들이 성제께 축원을 드리는 절차가 시작된 것이다. 사경에는 연청과 이규도 일어나서 준비를 했다.
"이 도끼 두 자루를 가지고 가도 되겠나?"
이규가 물으니 연청이 대답했다.
"그건 안 돼."
두 사람은 사람들 틈에 섞여 들어가 묘당 복도로 가서 숨었다. 참배자들이 밀어닥쳐서 인파는 지붕 위에까지 기어올랐다. 맞은편에 높직한 시상대가 꾸며져 있는데 선반 위에는 금은 기물과 비단 명주가 가득 쌓여 있고 문밖에는 다섯 마리 준마에 안장이 얹혀 재갈이 물려진 채 매여 있었다. 이윽고 지부가 참배인들을 단속할 겸 봉납하는 씨름판을 보러 왔다.
늙은 심판이 나와 죽비를 들고 무대에 올라서서 신에게 배례한 후에 목청을 뽑았다.
"씨름 시합에 출전할 분들은 어서 나와서 시합을 시작하시오."
그 말이 끝나기가 바쁘게 인파가 물결처럼 술렁대는 가운데 10여 쌍의 곤봉을 든 사나이들이 나타났다. 그 선두는 수를 놓은 네 개의 깃발을 앞세우고 교자에 탄 임원이었는데 앞뒤로 팔에 문신을 넣은 2,30조의 장사들이 에워싼 채 무대 쪽으로 나왔다. 심판이 임원을 교자에서 내리게 한 후에 인사를 마치니 임원이 말했다.
"나는 두 해째 이 곳에 와 연승하고 상품을 독차지해 왔소이다. 금년에도 한바탕 설쳐 볼까 하오."

그러자 한 사람이 물통을 들고 올라왔다.

임원은 배에 두른 띠를 풀고 두건을 벗은 후에 촉금 비단으로 지은 윗옷만 걸치고 나서더니 엎드려 큰 소리로 기원을 드렸다. 그런 다음 신수를 두 모금 마시고 촉금의 상의를 벗어 던지니 많은 구경꾼들이 일제히 함성을 질렀다.

심판은 임원을 향해 말했다.

"장사께서는 이태를 연거푸 묘에 나오셨으나 대적하는 사람이 없었소. 금년이 세 해째이니 여기 모인 천하의 참배인들에게 인사 말씀이나 한 마디 해 주시오."

그러자 임원은 관중들을 보고 큰 소리로 말했다.

"사백여 주의 칠천여 고을에서 오신 믿음 깊은 참배인들께서 성제님을 위해 바치신 현상금을 이 임원이 이년 연속 차지했소. 누구 여기 나와서 나와 상을 다투어 볼 분은 없소이까?"

그 말이 미처 끝나기도 전에 연청이 여러 사람들 틈을 비집고 나오면서 소리를 질렀다.

"여기에 있느니라!"

그가 구경꾼들의 잔등을 밟고 무대 위로 뛰어들었기에 사람들의 아우성은 한층 더 높아졌다. 심판은 연청을 맞아 물었다.

"성명이 무엇이며 어디서 온 사람이오?"

"나는 산동에서 온 행상으로 장이라 하옵니다. 저 사람과 한번 싸워 보려고 왔소이다."

"목숨을 건 시합인 줄을 아실 테지요? 그리고 보증인은 있습니까?"

"내가 바로 보증인이오. 설령 목숨을 잃더라도 원망하지 않겠소이다."

"그러시면 의복을 벗으십시오."

연청은 두건을 벗어 말끔히 빗어 올린 상투를 드러내고 미투리를 벗었다. 맨발로 무대에 올라 각반과 무릎 덮개를 풀더니 벌떡 일어나 한삼을 벗어붙이고 몸을 보였다.

구경꾼들은 물 끓듯 소란해지며 거의 모두가 제정신들이 아니었다.

연청은 무대 위로 올라가 임원과 마주 섰다. 심판은 먼저 그에게서 서약서를 받고 씨름판에서 지킬 규칙을 읽은 후에 말했다.

"아시겠지만 속임수를 써서는 아니 되오."

연청은 웃으며 말했다.

"내겐 이 잠방이 하나뿐이오. 속임수를 쓸래야 쓸 수가 있겠소?"

사람들은 일제히 시합을 시작하라고 떠들어 댔다. 양편으로 갈라진 구경꾼들은 생선 비늘처럼 술렁대며 서로 밀고 밀치면서 이 씨름 시합이 중지되면 안 된다고 저마다 목에 핏대를 세웠다.

임원은 이 말라깽이 녀석을 단번에 구천의 구름 밖으로 내던져 날려 버리겠다고 잔뜩 벼르고 있었다. 연청은 빙긋 웃었다.

심판이 말했다.

"두 사람이 기어이 시합을 하겠다니 금년은 이 첫 번째 씨름을 성제님께 봉납하기로 하겠소. 그럼 두 분은 준비를 하시오."

무대 위에는 세 사람뿐이었다. 아침 해가 떠오르기 시작해 지난밤에 내린 이슬도 말끔히 말라 있었다. 심판은 죽비를 들고 쌍방에게 마지막 주의를 주고 나서 외쳤다.

"시작!"

연청이 재빨리 오른쪽으로 가서 쭈그리고 앉자 임원도 지체 없이 왼쪽에 가서 버티고 앉아 자세를 취했다. 연청은 그대로 꼼짝도 하지 않았다. 처음에는 각각 무대 반쪽을 차지하고 있다가 한복판에서 맞부딪치게 되어 있었는데 연청이 움직이지 않는 것을 보자 임원은 한 발 한 발 다가갔다. 연청은 뚫어지게 임원의 아랫도리를 노려보았다. 임원은 속으로 생각했다.

'이놈이 내 사타구니를 노리고 있구나. 오냐, 그렇다면 손을 댈 것도 없

이 무대 밖으로 차 버려야겠다.'

그러고는 연청의 앞으로 다가가며 일부러 왼쪽 다리가 허술한 척했다. 그러자 연청이 소리를 질렀다.

"요것이?"

임원이 '옳지!' 하고 나는 듯이 덤벼드는 순간 연청은 그의 왼쪽 겨드랑 밑으로 슬쩍 빠져 나갔다. 임원이 벌컥 노기를 띠고 얼른 돌아서서 다시 연청에게 덤비자 연청은 맞설 것처럼 하더니 그대로 오른편 겨드랑 밑으로 빠져 나갔다. 몸집이 큰 임원은 몸을 돌이켜 세울 때에는 아무래도 민첩하지 못했다. 임원의 발놀림이 어지러워지는 순간 연청이 달려들어 오른손으로 임원을 움켜잡고 왼손은 그의 사타구니로 파고들며 어깨로는 상대방의 가슴패기를 냅다 지르면서 임원의 몸뚱이를 들어 올려 몇 바퀴 빙빙 돌리다가 무대 가장자리로 들고 가서 '에잇!' 하고 무대 밖으로 집어던졌다. 임원은 머리를 거꾸로 처박고 나가떨어지니 이 기술이 바로 유명한 '발합선'이라는 수법이었다.

수만 관중은 일제히 함성을 올렸다. 임원의 제자들은 선생이 나가떨어지자 시상대를 때려 부수고 상품을 탈취했다. 구경꾼들이 소리를 지르면서 잡으려 하자 2,30명의 제자들은 무대 위로 뛰어올라 난동을 부렸다. 지부는 그 소란을 보면서도 손을 쓸 수가 없었다.

때마침 괴상하게 생긴 사람이 노하여 이 자리에 뛰어드니 그는 이규였다. 괴상하게 번쩍이는 눈을 부라리며 호랑이 수염을 곤두세우고 나타난 이규는 손에 잡히는 게 아무것도 없자 마치 파를 뽑듯이 무대를 가설한 통나무 둘을 빼더니 성난 귀신처럼 달려들었다.

마침 참배인 가운데 이규를 아는 자가 있어 이규의 이름을 불러 대니 밖에 있던 관원들이 그 소리를 듣고 묘 안으로 몰려와서 외쳤다.

"양산박 이규를 놓치지 마라!"

지부는 그 말을 듣자 머리끝에서 혼이 빠져 나가고 다리 풀려 허둥지둥 도망을 쳤다. 사람들은 떼를 지어 이리 밀리고 저리 밀리며 앞을 다투어 달아났다.

이규가 임원을 보니 무대 밑에 눈을 감고 쓰러진 채 간신히 숨을 할딱이고 있었다. 이규는 댓돌을 들어서 임원의 머리를 박살내 버렸다.

연청과 이규가 묘 안에서 설치고 있으려니 문 밖에서 여러 대의 화살이 날아왔다. 두 사람은 하는 수 없이 지붕 위로 기어 올라가서 기왓장을 떼어 잡히는 대로 내던졌다.

이 때 북문 근처에서 함성이 일어나며 한 떼의 무리가 쳐들어왔다. 선두에서 달리는 사람은 머리에 흰 범양 전립을 쓰고 몸에는 흰 주단 상의를 입었는데 요도를 옆구리에 끼고 박도를 휘두르며 짓쳐 왔다. 그는 북경의 노준의 인데 뒤에는 사진, 목홍, 노지심, 무송, 해진, 해보 일곱 호걸이 뒤따르며 천여 명 군사를 이끌고 응원을 와서 묘당 문을 때려 부수었다. 연청과 이규는 그 모양을 보고 지붕에서 뛰어내려 그들을 따라 묘에서 벗어났다. 이규는 그 길로 객점에 가서 도끼 두 자루를 움켜쥐고 뛰쳐나와 관원들을 마구 때려죽였다. 관군이 몰려왔을 때 양산박 호걸들은 이미 멀리 도망치고 없었다. 관병들은 양산박 병력이 얼마나 강세인지 아는지라 감히 뒤를 쫓아가지 못했다.

3. 돌아온 영웅들

고 태위가 돌아와 전후 사정을 소상히 아뢰자 천자는 크게 꾸짖은 뒤 신하들을 둘러보았다.

"그대들 중에 양산박 송강의 무리를 선무하러 갈 사람이 없는가?"

그 말이 채 떨어지기도 전에 시종 태위인 숙원경이 나섰다.

"소신을 보내 주옵소서."

숙 태위의 주상을 받은 천자는 비로소 희색을 띠었다.

"그러면 내가 스스로 조서를 쓰겠노라."

천자는 곧 어안을 가져오게 하더니 손수 조서를 썼다. 근시 중 한 사람이 옥새를 바치니 천자는 그것으로 날인했다. 그리고 창고를 맡은 신하에게 일러 금패 서른여섯 면, 은패 일흔두 면, 붉은 비단 서른여섯 필, 또 녹금 일흔두 필, 황봉의 어주 백여덟 병을 가져오라 하여 숙 태위에게 내렸다. 금패, 은패로 말하면 천자가 내리는 찬사가 새겨져 있고 명예로운 현창이나 권한의 부여 또는 신분의 보장 등이 입증된다. 은패는 금패보다는 하위에 속한다.

어쨌든 숙 태위에게는 다시 금문자로 '초안'이라 수놓은 어기 하나를 주면서 날을 받아 출발하라는 하명이 내려졌다. 숙 태위는 천자에게 절을 하고 물러났으며 백관들도 퇴궐했다.

어느 날 송강이 향을 사르면서 구천현녀의 천서를 내어 하늘에 기도하고 점괘를 짚어 보니 상상대길의 조짐이 나왔다.

"이번에는 소원 성취하겠군."

이렇게 말하면서 연청과 대종을 곁으로 불러 수고스럽지만 급히 달려가 동정을 살펴 달라고 했다. 그들의 보고를 받아 보아 준비를 갖추고자 한 것이다. 대종과 연청은 떠난 지 며칠 만에 돌아와 보고했다.

"조정에서 숙 태위에게 칙서, 어주, 비단 등을 실려 초안차 보냈다니 미구에 도착하겠습니다."

송강은 기뻐하여 즉시 충의당의 여러 두령들에게 명을 내려 칙사를 맞이할 준비를 서두르도록 하였다. 즉, 양산박에서 제주까지 이르는 사이에 스물네 개의 봉우리를 만들어 세우게 하여 그 윗면은 채색 비단과 조화로 장식하고 아래층에는 가까운 고을에서 사들인 악사들을 각 봉우리에 나누어 배치시켜 조칙을 봉영하도록 했다. 그리고 봉우리마다 한 사람씩 두령이 딸려 감독하게 했으며 환영연을 위한 술과 안주 그 밖의 갖가지 음식도 소홀함이 없이 미리 장만하게 했다.

한편, 숙 태위는 칙서를 받들어 양산박으로 초안의 길을 떠났는데 일행이 제주에 도착하니 태수인 장숙야가 교외까지 마중 나와 성 안으로 인도하여 역관에 편히 모셨다. 태수는 숙 태위에게 인사를 하고 나서 접풍주를 대접했다.

"조정에서 조칙을 내려 초안을 하러 왔었지만 그럴 만한 사람을 얻지 못하여 나라의 대사를 그르쳤던 것입니다. 이번에 태위 상공께서 내려오셨으니 반드시 나라를 위한 큰 공을 세우실 걸로 믿습니다."

장숙야가 말하자 숙 태위가 응답했다.

"폐하께서는 이번에 양산박 일당이 의로운 마음으로 고을을 침노하지 않고 양민을 해치지 않을 뿐더러 체천행도를 표방한다 들으시고 나에게 손수 쓰신 칙서와 함께 금패 서른여섯 면, 은패 일흔두 면, 홍면 서른여섯 필, 녹금 일흔두 필, 황봉의 어주 백여덟 병, 복지 스물네 필을 하사해 주시면서 초안을 보내셨습니다만 예물은 이만하면 되겠소?"

"그들 일당은 예물 같은 것은 생각지도 않고 있소이다. 오로지 충의를 나라에 다해 이름을 후세에 걸어 두자는 일념뿐이지요. 만일 태위 상공께서 좀 더 속히 오셨더라면 나라도 군대도 손실되지 않고 전곡도 허비하는 일이 없었을 것이외다. 저 의사들은 하산만 하면 반드시 조정을 위해 훌륭한 공적을 세울 것이외다."

"그럼 나는 여기서 기다리고 있을 테니 수고스럽지만 그대가 산채에 가서 조서 봉영 준비를 하라고 전해 줄 수 있겠소이까?"

"지당하십니다. 기꺼이 가겠습니다."

장숙야는 대답을 하고 곧 말을 달려 성 밖으로 나가 열댓 명의 부하들을 데리고 양산박으로 향했다. 산기슭에 이르니 벌써 소두목들이 마중을 나와 있다가 산채에 알리러 갔다. 송강은 보고를 받고 급히 산을 내려가 장 태수를 영접해 산으로 인도했다. 두 사람은 충의당으로 들어가 서로 초대면의 예를 나누었다.

먼저 장숙야가 입을 열었다.

"송 의사, 축하하오. 조정에서 근시의 숙 태위를 사자로 세워 어필의 조서와 초안을 내렸으며 금패, 은패, 어주, 비단 등을 가지고 이미 제주의 성내에 도착해 계시오. 곧 황제의 뜻을 받들 준비를 해 주시오."

송강은 기쁨을 어찌 할 길 없다는 듯 두 손을 이마에 올려 또 한 번 큰 절을 했다.

"황공무지로소이다. 저희들은 이제 재생하는 기쁨뿐이옵니다."

그는 곧 장 태수를 모시고 잔치를 벌이려 했다. 그러나 장 태수는 굳이 사양하며 말했다.

"사양하는 것은 본의가 아니지만 늦게 돌아가면 태위를 뵈올 낯이 없으니 이만 가게 해 주시오."

"그러신 줄 압니다만 꼭 한 잔만이라도 드시고 떠나 주십시오. 크게 책망하지는 않으실 것입니다."

송강이 간곡하게 권유했으나 장 태수는 겸사하고 사양하며 돌아가고자 했다. 하는 수 없이 송강은 급히 사람을 시켜 그릇에 가득 금은을 담아 오게 하여 주려고 했다. 장 태수는 질겁하고 손을 내저으며 사양했다.

"하도 섭섭해서 정표로 드리는 겁니다. 다음날 일이 끝나면 다시 예를 표해 드릴 생각입니다."

"아니오. 정히 그러면 우선 산채에 두었다가 다음에 찾아가도록 하겠소."

장 태수야 말로 청렴고결한 관리였다. 그에 대해서 읊은 시가 있다.

제주 태수, 썩어 가는 세상에
그야말로 둘도 없는 존재로다.
진정 황금을 사랑한 게 아니라
송강이란 인물을 사랑했노라.
청렴의 덕으로 다스릴 일이지
권도나 위세로 짓누른다고
정치가 되는 게 아니리라.

이리하여 송강은 군사 오용과 주무, 그리고 소양과 악화 네 사람으로 하여금 장 태수와 함께 제주에 가서 숙 태위에게 인사를 하도록 했다. 그리고 이틀 뒤에는 크고 작은 두령 전원이 산채에서 30리 밖까지 나가 길가에 엎드려 칙사를 봉접하기로 했다.

오용 등은 장숙야를 따라 곧장 제주에 가서 그 다음날 역관에 나가 숙 태위를 뵙고 인사를 드린 다음 무릎을 꿇었다. 숙 태위는 깍듯이 일어나라 이르며 각기 자리에 앉으라 권했다.

그러나 네 사람은 사양하며 자리에 앉을 생각을 하지 않았다. 태위는 오용에게 다정한 구면 인사를 했다.

"가량 선생, 화주에서 헤어진 후 몇 해 만에 오늘 뜻밖에 이렇게 만나게 되었소이다. 나는 그대 형제가 진작부터 충의심을 가지고도 간신배들 때문에 길이 막혔으며, 남을 음해하고 상사에게 아첨이나 하는 소인배들이 권력을 내둘러 그대들 뜻이 위에까지 이르지 못하고 있었음을 잘 알고 있소. 이번에 폐하께서는 그 사정을 아시고 이 사람에게 명령을 내리시어 친히 쓰신 조서와 함께 금패, 은패 등과 기타 어주와 복지를 하사하시어 초안을 보내셨소. 그러니 추호의 의아심도 가지지 말고 성의를 다해 받아 주기를 바라오."

오용은 재배하고 예를 갖추었다.

"산야의 필부인 저희들이 태위님께서 내려오심으로 그 영광을 입고 다시 천은을 받잡게 된 것은 오로지 태위님께서 힘써 주신 덕택이옵니다. 형제들 일동은 뼈에 새겨 잊지 않고 이 은혜에 보답코자 합니다."

장숙야는 네 사람을 위해 잔치를 벌여 위로해 주었다.

사흘째 되는 날 아침이 되자 제주부에서는 세 대의 향거를 만들어서 어주는 모두 용봉을 그린 함에 넣고 금패, 은패, 홍금, 녹금은 따로 함에 넣었다. 그리고 조서는 용정에 봉안했다. 오용 등 네 사람도 그 뒤를 따랐다. 수행원 일행은 모두 이들을 호위하고 갔다. 선두의 말에는 은사의 금박 황기를 세우고 금고와 기를 든 대오는 길을 인도하면서 제주를 뒤로 두고 천천히 나아갔다.

10리도 채 못 가서 보니 벌써 봉영의 봉우리가 세워져 있었다. 숙 태위가 마상에서 바라보니 위는 오색 무늬의 채견과 갖가지 조화로 꾸몄고 아래층에서는 악사들이 피리와 북을 울리며 봉영했다. 다시 몇 십 리를 가니 거기에도 비단과 꽃으로 꾸민 봉우리가 있는데 향을 사르는 연기가 서려 있었으며 송강과 노준의가 앞줄에 꿇어 엎드려 있고 그 뒤에는 두령 전원이 정연하게 열을 지어 엎드려 봉영하고 있었다.

"모두들 말을 타시오"

숙 태위가 부드럽게 말했다.

일동이 물가에 다다르니 양산박의 천여 척 전선이 일제히 이 일행을 태워 금사탄에 상륙시켰다. 세 관문의 위아래에는 흥겨운 가락이 울리고 있었는데 많은 군사들이 의장의 대열을 지어 섰고 향내가 그윽한 속을 곧장 올라가자 일행은 충의당 앞에 다다랐다. 말을 멈추어 향거와 용정은 충의당 안에 모시었다.

송강과 노준의는 숙 태위와 장 태수를 당상에 청해 자리에 앉혔다. 왼편에는 소양과 악화가 시립하여 섰고 오른쪽에는 배선과 연청이 시립했다. 송강, 노준의 등 일동은 당 앞에 꿇어 앉았다.

"예를 표하라!"

배선이 호창하자 일동은 예를 표했고 소양이 근엄하게 조서를 개독했다.

> 제하여 이르노니 짐이 즉위한 이래 인의를 써서 천하를 다스림과 상벌을 공평하게 하여 간과를 청했노라. 어진 이를 구함에 나태함이 없고 백성을 사랑함에 미치지 않을까 걱정했으니 원근의 적자가 다 짐의 마음을 아는 바라. 간절히 생각하노니 송강, 노준의 등은 본시부터 충의를 품고 포학을 저지르지 아니하여 귀순하려는 생각을 가진 지 이미 오래인 바 보효의 뜻이 늠연했도다.
>
> 비록 죄악을 범했다 해도 각각 그 말미암은 바가 있었던 것이니 그 충정을 살피매 깊이 연민하여 알고 있도다. 짐이 이제 특히 전전의 태위 숙원경을 시켜 조서를 제봉하고 친히 양산박에 이르게 해 송강 등 대소 인원이 범한 죄악을 전부 사면하고 금패 서른여섯 면, 홍금 서른여섯 필을 급강하여 송강 등 상두령에게 사여하고 은패 일흔두 면, 녹금 일흔두 필을 송강의 부하들에게 사여하노라. 사서가 이르는 날 짐의 마음에 위배되는 일이 없이 모두 다 귀순할지어다. 반드시 무겁게 등용하리라. 고로 이에 조서하는 바이로다. 바라건대 그대들은 십분 헤아릴지어다.
>
> 선화 사년 춘이월 조시

소양이 조서를 다 읽고 나자 송강 등 일동은 만세를 부르고 다시 두 번의 절로써 성은에 감사했다.

숙 태위는 금패, 은패, 홍금과 녹금을 내려다 배선에게 명하여 차례대로 두령에게 나누어 주게 했다. 그 일이 끝나자 어주의 봉을 뜯어 모두 은으로 만든 술통에다 쏟아 부었다. 그리고는 곧 당 앞에서 주병표에 데우도록 하여 이것을 다시 은 항아리에 옮겼다.

숙 태위는 금잔에 술 한 잔을 담더니 여러 두령들을 보고 말했다.

"나는 군명을 받들어 일부러 어주를 예까지 가지고 와서 여러 두령 일동에게 드리기로 되었지만 혹시라도 그대들이 의심할지도 모르는 일이니 내가 먼저 이 술을 여러분 앞에서 마셔 보이겠소."

이리 말하고는 단숨에 주욱 들이켰다. 두령들은 감사해서 어찌 할 바를 몰라 했다. 숙 태위는 자기가 비운 잔에 술을 부어 우선 송강에게 권했다.

송강은 잔을 받아 무릎을 꿇고 마셨다. 그 뒤로 노준의, 오용, 공손승 등이 차례로 마셨고 백여덟 명의 두령들이 한 사람도 빠짐없이 마셨다. 송강은 명을 내려 어주를 거두어 봉해 두게 하고 자리를 정해 앉기를 청했다. 그리고 태위에게 나아가 감사의 말을 드렸다.

"제가 일찍이 서악에서 존안을 뵌 적이 있습니다만 이번에 또 과분한 호의로 폐하께 여러 가지로 잘 말씀드려 저희들에게 다시 하늘을 보게 해 주시니 그 큰 은혜야말로 깊이 뼈에 새겨 평생토록 잊지 않겠습니다."

숙 태위는 그 말에 답했다.

"이 사람도 의사 여러분들이 충의심이 늠연하여 체천행도를 하고 있다는 사실은 이미 알고 있었소만 자세한 사정까지는 아는 바 없어 폐하께 말씀드리지 못하고 오랫동안 세월만 헛되이 보내 왔소. 저번에 문 참모의 편지를 받고 또 여러분들이 정성껏 보내 준 예물을 받고서야 늦게나마 여러분의 충정을 알게 된 것이오. 그 날 폐하께서 피향전에서 나하고 한담을 하고 계실 적에 그대들에 관한 이야기를 물으시길래 내가 아는 바 그대로 말씀드렸는데 뜻밖에도 폐하께서 나보다 더 소상하게 알고 계시어 내 말과 일치가 되었소. 그래 다음날 폐하께서는 문덕전에 납시어 여러 중신들 앞에서 호되게 동 추밀을 질책하시고 고 태위가 두세 차례 패전을 한 일에 대해서도 심히 나무라셨소. 그리고 곧 문방사보를 가져오라 하시어 친히 조서를 쓰셨고 나에게 대채에 내려가 여러 두령에게 전하라는 분부를 내리셨소. 그러니 아무쪼록 빨리 준비를 차려 도읍으로 향하여 천자님의 높으신 뜻에 어긋남이 없도록 하시오."

일동은 크게 기뻐하여 배수로써 감사의 뜻을 표했다. 예가 끝나자 장 태수는 공사가 바쁘다 하며 숙 태위와 작별하고 성내로 돌아갔다.

한편, 이쪽에서는 송강이 문 참모를 불러 숙 태위와 가까이 만나 보도록 했다. 숙 태위는 흔연히 이를 맞아 두 사람은 서로 반겨 구정을 이야기했다. 숙 태위는 즉시 중앙의 상좌에 앉고 문 참모는 그 맞은편 자리에 앉고 당상당하의 일동은 각기 위계에 따라 열을 지어 자리에 앉고는 성대한 연회가 베풀어졌다.

다음날도 주연이 벌어져 모두들 흉금을 털어 놓아 여기저기서 이야기꽃이 피었다. 사흘째도 또 술과 음식을 장만하여 숙 태위를 산놀이에 불러 질탕 마시고 놀다 저물어서야 흩어졌다. 이렇게 하여 날 가는 줄 모르게 어느덧 며칠이 지나자 숙 태위는 이제는 돌아가야겠다고 말했다.

송강 등이 한사코 만류하자 숙 태위가 말했다.

"그대들은 내정을 깊이 모르겠지만 나는 그대들이 쾌히 귀순을 해 주어 내가 맡은 막중한 임무는 성과를 거뒀소. 하지만 빨리 돌아가지 않으면 간신들이 투기하여 무슨 장난을 치지 않는다고 장담할 수 없소."

"그러한 사정이시라면 무리하게 더 만류하지 않겠습니다만 오늘 만큼은 맘껏 마시고 즐겨 주십시오. 내일 아침 떠나시도록 채비를 차리겠습니다."

송강은 곧 여러 두령을 한자리에 모이게 하여 술자리를 마련했다. 술을 마시며 일동은 감사의 말을 다시 했으며 숙 태위도 간곡하고 정중하게 이들을 위로했다. 이 날도 해가 저물어서야 흩어졌다.

이튿날 아침 일찍 거마가 준비되자 송강은 숙 태위의 장중으로 가서 금과 주옥이 가득 들어 있는 함을 드렸다. 숙 태위는 사양했으나 송강이 두 번 세 번 간곡히 권하자 마지못해 받았다. 숙 태위는 의복 산자와 짐을 꾸리도록 이르고 인마 정비를 재촉하여 길 떠날 채비를 끝마쳤다. 다른 수행원들은 연일 주무와 악화로부터 응분의 대접을 받고 겹쳐서 금은과 비단을 선사받았기에 모두들 크게 기뻐하였다. 그들도 사양했으나 송강이 끝까지 굽히지 않고 권하는 바람에 정표로써 받아 두었다.

송강은 그 때 문 참모에게 숙 태위를 따라 동경으로 돌아가기를 권했다. 이렇게 해서 양산박의 대소 두령들은 금고를 울리며 태위를 전송하여 산을 내려가 금사탄을 건너 20리 밖까지 바래다 주었다. 두령들은 말에서 내려 숙 태위에게 전별주를 올렸다. 제일 먼저 송강이 잔을 올렸다.

"태위님께서 돌아가셔서 폐하를 뵈옵거든 아무쪼록 말씀을 잘 드려 주시기 바라옵니다."

이에 답하여 태위도 말했다.

"안심하시오. 그보다도 빨리 정비를 하고 도읍으로 올라오는 게 좋을 것이오. 그대의 군대가 도성에 올 때는 미리 내 집에 사람을 보내시오. 내가 폐하께 먼저 아뢰고 영접 사신을 보내도록 하겠소. 그러면 그대의 체면도 서지 않겠소?"

"한 말씀 드리겠습니다. 저희들의 대채는 맨 처음에 왕륜이 열었던 것을 조개가 맡아 했었고 지금은 제가 맡아 가지고 있기까지 몇 해 동안 부근의 주민들에게 적잖은 신세를 지고 있습니다. 그래서 이번에 재산을 털어 한 열흘 동안 저자를 열어 말끔하게 뒤처리를 한 다음 모두 도성으로 올라갈 생각입니다. 결코 일부러 기일을 지연하자는 뜻이 아니오니 거듭 바라옵건대 아무쪼록 저희들의 충정을 폐하께 말씀 사뢰 주시옵고 며칠 늦음을 관대히 보아주십시오."

숙 태위는 잘 알겠노라면서 여러 두령들과 작별하고 수행원 일동을 거느려 제주를 향해 떠났다.

송강 등은 대채로 돌아와 충의당으로 들어가 북을 울려 일동을 모이게 했다. 대소 두령들이 자리에 앉고 군사들이 당 앞에 모이자 송강은 엄숙히 말했다.

"여기 모인 여러 형제들, 왕륜이 이 산채를 연 뒤에 조 천왕이 산으로 올라와 이 대채를 이어받아 이 곳에 와서 산채의 주인 노릇을 한 지 여러 해가 되었는데 이번에 조정으로부터 초안을 받아 다시 천일을 보게 되었소. 이제 도성으로 올라가 나라를 위해 힘쓰지 않으면 안 되게 되었소. 그에 앞서 여러 형제들에게 드릴 말씀이 있소. 부고에서 가져온 재물은 각 집에 그대로 남겨 두어 공용에 쓰도록 하려니와 기타의 재물은 골고루 균등하게 나눠 갖기로 하겠소. 우리들 백여덟 명은 상천의 별에 응해 생사를 같이해야 할 형제가 아니겠소. 이번에 천자께서 특별한 대사 초안의 관명을 내리시어 우리들 일동은 한 사람 빠짐없이 여태까지의 죄를 면하게 되었소. 그러므로 머지않아 도성에 올라가 천자님을 뵈옵고 그 홍은에 보답할 결심이오. 하지만 군사들 중에는 자진해서 우리 편에 가담한 사람도 있고 끌려서 산에 올라온 사람도 있으며 또는 조정의 군관으로 싸움에 진 탓에 한 식구가 된 사람 혹은 생포되어 머무르게 된 사람이 있지만 이번에 우리들이 초안을 받고 가는데 함께 가고 싶지 않은 사람에게는 노자를 주어 생업에 종사하도록 하리다."

송강은 말을 다 끝내자 배선과 소양에게 일일이 명부에다 그 이름을 기재하도록 하였다. 군사들은 끼리끼리 모여 한참 의논했는데 집으로 돌아가겠다는 군사들은 3천 명 정도 되었다. 송강은 그들에게 고루 금품을 나누어 주며 자유롭게 가도록 했다. 따라가겠다는 군사들은 명부에 올려 관아에 보고하도록 했다.

다음날 송강은 또 소양에게 방문을 쓰게 하여 사방으로 사람을 보내 가까운 고을의 거리나 마을에 붙여서 열흘 동안 저자가 열릴 테니 뜻이 있으면 산으로 모여 거래하자고 알리게 했다. 그 방문은 다음과 같았다.

> 양산박의 의사 송강 등이 삼가 대의로써 사방에 포고하오. 저희들이 산에 무리를 모아 있음으로 인해 여러 곳의 백성들에게 적잖은 작폐가 있었소이다만 이번에 다행히도 천자님의 관인후덕하심이 있사와 특히 조칙을 내리시어 본죄를 사면 받아 초안 귀향하여 조정으로 올라가 천자를 뵈옵게 되었소이다. 그리하여 열흘 동안 산 위에서 저자를 열어 평소에 여러분들에게 진 신세에 보답코자 하오. 결코 헛말이 아님을 밝혀 두니 원근의 백성들께서는 추호도 의심 마시고 왕림해 주시면 성심껏 응해 드리겠소이다.
>
> 선화 사년 삼월 초 양산박 의사 송강 등 근청

소양은 방문을 쓴 다음 가까운 곳에 붙이도록 했다.

그리고 대채의 각 집에서 금주보패와 대단능라사와 견사 등을 꺼내어 각 두령과 병사들에게 나누어 주었으며 일부는 별도로 골라 나라에 바치는 헌상물로서 남겨 두었다. 그 외의 물건은 모두 산채에 쌓아 놓고 열흘 동안 저자를 열기로 하여 삼월 초사흗날에 시작해서 열 사흗날에 끝내기로 했다. 또 소와 양을 잡고 술을 빚어 산채의 저자에 모인 사람들을 후히 대접하기로 했다.

그 날이 되자 사방의 백성들이 바랑을 메거나 채통을 지고 떼 지어 산채로 모여들었다. 송강이 열 냥짜리는 한 냥으로 쳐서 싼 값에 팔도록 명을 내렸기 때문에 사람들은 저마다 기뻐하며 산을 내려갔다. 열흘이 지나 저자를 거두자 전원에게 명을 전해 뒤처리를 끝내고 도성으로 올라가 천자를 뵈올 준비를 했다. 각자의 가족들은 고향으로 돌려보내고자 했으나 오용이 반대했다.

"형님, 그것은 안 될 말씀입니다. 가족들은 당분간 이 산채에 머물러 있도록 해 두었다가 우리가 천자를 뵙고 은전을 입은 연후에 각기 고향으로 돌려보내는 게 좋을 것 같습니다."

"군사의 말이 그럴 듯하오."

송강은 고개를 끄덕였다. 다시 명을 내려 여러 두령들에게 곧 준비를 시켜 군사들을 한 곳에 모이게 했다.

이리하여 송강은 출발을 서둘러 제주에 도착하여 태수 정숙야에게 예를 올렸다. 태수는 곧 연석을 베풀어 의사들을 환대하고 전 군사들에게도 술과 음식을 나누어 먹여 위로했다.

송강은 장 태수에게 작별을 고하고 많은 군사와 함께 동경으로 향했다. 먼저 대종과 연청이 한 걸음 앞서 동경의 숙 태위 집에 알리기 위해 빨리 떠났다. 태위는 기별을 받고 즉시 입궐하여 천자에게 주상했다.

"송강 등의 군사들이 도성에 닿았다고 하옵니다."

천자는 크게 기뻐하며 곧 태위와 어가 지휘사 한 사람을 사자로 세워 성 밖으로 마중하러 내보냈다. 숙 태위는 황제의 명령 받은 즉시 교외로 나갔다.

송강의 군사들은 그 대오가 질서정연했다. 선두에는 두 개의 홍기를 세웠는데 한 기에는 '순천' 이라는 두 글자가 쓰여 있었고 다른 하나에는 '호국' 이라는 두 글자가 쓰여 있었다. 두령들은 모두 군장 차림이었다. 오용은 윤건에다 도복을 입고 공송승은 학의 털로 만든 갓옷에 역시 도포를 입었으며 노지심은 붉은 장삼, 무송은 검정 직철, 그 밖의 두령들은 모두 전포에 금개라는 본래의 차림이었다. 어가 지휘사가 일행을 맞으러 오자 송강은 두령들을 이끌고 선두에 나아가 숙 태위에게 인사를 했다. 그리고 군사들을 신조문 밖에 머물게 하여 황제의 명령이 내려지기를 기다렸다.

한편, 숙 태위와 어가 지휘사는 성내로 돌아와 천자에게 복명했다.

"송강 등의 군사들 일동이 신조문 밖에 주둔하여 황제의 명령을 기다리고 있습니다."

"진작 들은 바에 의하면 양산박의 송강 등 백여덟 사람은 상천의 별에 응해 모두가 영웅으로 용맹하다고 한다. 지금 귀순해서 도성으로 왔다 하니 내일 짐이 백관을 거느리고 선덕루에 올라 송강 등 일동에게 완전한 군장을 시켜 사오백 보기병만 입성케 하여 내가 친히 열병을 하겠노라. 동시에 성내의 백성들에게도 이 영웅호걸들이 나라의 양신이라는 것을 보여 주겠노라. 그것이 끝나면 갑옷을 벗기고 무기를 풀게 한 다음 일동에게 금포로 바꿔 입게 하여 동화문으로 들어와 문덕전에서 짐을 보는 예를 엄숙히 거행토록 하라!"

어가 지휘사는 즉시 양산박 군사들이 있는 진 앞으로 가서 이 같은 황제의 명령을 구두로 송강 등에게 전했다.

다음날 송강은 명을 내려 배선에게 몸이 장대한 사람으로 6,7백 명의 보군을 뽑아 선두에 금고, 기번을 세우고 군사들에게는 각각 도검, 궁시를 들렸으며 두령 일동은 본시대로 갑옷을 입혀 대오를 짜 질서정연하게 동관문으로 들어갔다. 동경의 주민들은 노인들은 부축하고 어린이들은 손목을 쥐어 길가에서 구경했는데 마치 신을 우러러보는 듯했다.

이 때 천자는 선덕루에서 백관을 거느리고 노대에 나와 열병했다.

그가 보니 선두에는 금고와 기번 그리고 창칼과 도끼를 들렸고 각기 대오를 나누어 중앙에는 백마를 탄 기병이 순천 호국의 두 홍기를 세웠는데 그 둘레에 2,30기가 따르며 말 위에서 군악을 울리고 있었다. 뒤를 이어 많은 호걸들이 줄을 이어 행진했다. 영웅다운 호걸들의 입성 모습은 그야말로 장관이었다.

휘종 황제는 선덕루에서 송강 등의 위용을 보고 용안에 웃음을 감추지 못하면서 백관들을 둘러보며 감탄하기를 마지않았다.

"과연 그들 호걸은 듣던 바 그대로 영웅들이로군!"

그리고 송강 등에게 은사의 금포로 바꿔 입고 배알하도록 명했다. 송강 등은 동화문 밖에서 군의와 무구를 벗고 은사의 홍금, 녹금의 윗옷을 걸치고 금패, 은패를 달고 각각 조천의 건을 쓰고 누런 조화를 신었다. 조천의 건과 조화는 천자 배알용 두건과 신을 말한다. 단 그 중에서 공손승은 홍금으로 도포를 지어 입고 노지심은 장삼을 짓고 무송은 직철을 지어 입었다. 비단으로 승복을 지어 입은 까닭은 천자가 내린 뜻을 잊지 않기 위해서였다. 이리하여 송강과 노준의가 앞을 서고 오용과 공손승이 그 뒤를 따랐으며 그 뒤로는 대소 두령들이 줄을 이어 동화문으로 들어갔다.

그 날 천자를 뵙는 조현 의식의 준비가 끝나자 어좌가 정해지고 신시경에 천자가 문덕전으로 납시었다. 의례사의 관리는 송강 등을 인도하여 위계로 열을 지어 예를 드리도록 했다. 송강 등은 전두관의 지시에 따라 천자께 예를 드리고 만세를 불렀다. 천자는 매우 기분이 좋아서 문덕전으로 가까이 올라오도록 불러 위계대로 차례차례 자리에 앉기를 권했다. 그리고 곧 연석을 열도록 하명했다. 어명대로 광록사에서 연회 준비를 곧 시작해 양온서에서는 술을 내오고 진수서에서는 요리를 내오고 장염서에서는 밥을 지어 내오고 대관서에서는 상을 나르고 교방사에서는 악을 연주하는데 천자는 친히 어좌에 앉아 같이 술을 들면서 연회를 즐겼다.

천자는 송강 등에게 연석을 내려 날이 저물도록 즐기다 산회했다. 연석을 파한 송강 등은 서화문 밖까지 나와서 각기 말을 타고 진영으로 돌아왔다.

수호지(水滸誌)

▪ 지은이 시내암(施耐庵)

중국 원말명초(元末明初)의 소설가로 수호전 〈水滸傳〉의 저자. 이름은 자안(子安)이며 자는 내암이다. 고소(姑蘇: 소주[蘇州]) 사람으로 상급 관리와 사이가 좋지 않아 관직을 버리고 소주에 돌아와 문학 창작에 전념했다. 〈삼국지연의〉의 작가 나관중과 친분을 쌓기도 하였다. 〈수호전〉에 대해서는 다양한 설이 있지만 현재는 대체로 민간 전승을 기초로 그가 예술적으로 각색하여 완성시킨 것으로 보고 있다.

▪ 평역 이언호

부산대에서 영문학을 전공했으나 중국 문학에 심취하여 중국 소설을 연구하였다. 평역 및 저서로는 〈공자를 알아야 나라가 산다〉 〈수호지〉 〈삼국지〉 〈제자백가〉 〈열국지〉 〈금병매〉 〈초한지〉 등 다수의 작품이 있다.

수호지 水滸誌

초판 인쇄 2014년 8월 5일
초판 발행 2014년 8월 10일

편 역 이 언 호
발 행 인 권 우 현
발 행 처 도서출판 **큰방**(모든북)
서울 동대문구 신설동 114-89 삼우C 403호
TEL : 02)928-6778
FAX : 02)928-6771
E-mail : keunbang@naver.com
등록년월일 1989년 3월 7일
등록번호 제10-309호
ISBN 978-89-6040-082-5